E. R. Ramdohr

II

EL SECRETO DE LOS PROCERES

La Historia de Chile contada desde dentro

Novela Histórica

EL SECRETO DE LOS PRÓCERES

La Historia de Chile contada desde dentro

Tomo II

Autor: E. R. Ramdohr

Segunda Edición: 2025

Inscripción de Registro de Propiedad Intelectual N° A-303169 del 03/05/2019

I.S.B.N. N° 978-956-398-492-7 del 02/01/2019 (Obra completa)

I.S.B.N. N° 978-956-398-789-8 del 06/05/2019 (Tomo II)

Agradezco la santa paciencia de mi querida esposa
y el apoyo incondicional de quienes me aprecian.
Muy en especial agradezco a Mauricio Electorat
y a Alfredo Sepúlveda, quienes colaboraron
conmigo en este proyecto.

«*Usted dirá que esta es una resolución propia de un sargentón, puramente despótica: tiene usted razón, pero si no la toman, los maturrangos nos darán en la cabeza.*»
José de San Martín

«*A Chile no le encuentro otro remedio que el palo.*»
Manuel Rodríguez

«*Hallo que nuestros pueblos no serán felices, sino obligándolos a serlo...*»
Bernardo O'Higgins

1.

1840

Santiago, Chile

El martes 8 de abril de 1840, el joven heredero Louis Phillipe García-Lazcano, el Barón de La Huguette, se desquitó con Juan Segundo Ramírez, el antiguo secretario de su padre, y destruyó la casa en que vivía junto a Auristela, su mujer, y sus hijos. Azuzando a dos yuntas de bueyes había logrado desencajar los pilares del corredor exterior y con ello la pesada techumbre de teja se fue inclinando y arrastrando consigo los gruesos muros de adobe hasta que no quedó nada en pie. Mientras eso sucedía frente a los ojos exaltados de su tío José Pedro, de sus amigos "Carrerinos", de Juanito y su madre y de parte de los inquilinos de la hacienda, el joven patrón, totalmente fuera de sí, bailoteaba delante los bueyes riendo como desaforado.

El acto de enajenado fue repudiado por sus amigos, quienes se alejaron a paso rápido hacia las pesebreras para buscar sus caballos y retirarse hacia sus hogares en Santiago. Louis Phillipe no tomaba conciencia de ello y los seguía, gritando obscenidades y vanagloriándose de su osadía. Cuando vio que se alejaban montando sus bestias solo atinó a gritarles:

—¡Cojonudos, que se afectan por tan poca cosa, váyanse donde sus papitos!

Enseguida entró como una exhalación a la caballeriza y le gritó al caballerizo:

—¡Mouvais brute! —y lo empujó lejos, dándole después un guascazo en la espalda.

Enseguida ensilló su caballo, lanzando la silla de montar sobre su lomo sin ninguna consideración. Apretó la cincha más de lo necesario, montó de un salto y salió del galpón al galope furioso, mientras encajaba sus pies en los estribos. Enfiló por el camino hacia el cerro Lonquén y no le dio descanso al pobre animal, apretándole los ijares con rabia. Durante media hora no paró de galopar y su mente afiebrada no dejaba de recordarle la ira que sentía contra el viejo Juancho, que se había escabullido vilmente, no presentándose a ver el espectáculo, que había forjado solo para él. Para que viera que él tenía el poder y que no le perdonaría jamás el daño que le había causado desde su más tierna infancia y, menos aún, su bajeza al haber mandado a matar al glorioso general *Carrera*. ¡Eran demasiadas las culpas que cargaba el indignante sujeto y que debía pagar, no menos que con su propia vida!

Se acercó a los pies del enorme cerro Lonquén, descansó un minuto y luego se devolvió sin haber podido encontrar calma alguna. Llegado a las casas, saltó del caballo, corrió por el corredor, se frenó frente al despacho de su fallecido padre y pateó la puerta hasta que esta se abrió de par en par. Entró dando manotazos para botar cuanto se le pusiera por delante. No contento con ello, descolgó de la pared el antiguo sable del capitán García-Lazcano y las emprendió contra todo lo que veía en frente de sí. Destruyó todas las carpetas y cartapacios ordenados por Juancho sobre una mesa, descabezó una pequeña escultura de *Jean Jacques Rousseau*, hizo trizas el retrato de su abuelo José Manuel y se dio el gusto de trozar en mil pedazos el diploma que le había entregado *O'Higgins* a su padre con motivo de su participación en las guerras de la Independencia.

—¿Desahogado? —escuchó que le decía su tío desde la puerta.

—En absoluto —gritó en respuesta, lleno de furia—, no podré calmarme mientras ese imbécil siga vivo. No descansaré hasta pillarlo y hacerlo pagar. Tendrá que dolerle, tendrá que sentir lo que es la agonía. Y luego lo mataré y lo descuartizaré para darles los restos a los perros.

—Pero si sigues así, capaz que te provoques más daño a ti mismo —dijo el tío.

Louis Phillipe no lo escuchaba y seguía dándole estocadas al cuero de vaca que cubría la poltrona, parecía querer matar al animal que, por supuesto, no exhalaba siquiera. En una de esas, moviéndose como toro en el pretil, se descuidó y la filuda hoja del arma cayó sobre su pie derecho cercenándole el ortejo menor junto con parte de su escarpín[1], con lo cual un chorro de sangre saltó ensuciando todo a su alrededor. Un feroz grito de pánico salió de la garganta del joven, inundando el recinto y llegando hasta las zonas más extremas de la casa. José Pedro se acercó agitadísimo, le quitó el sable de las manos y sujetó al sobrino que se fue desmayando de a poco mientras veía su sangre derramada.

—¡Auxilio! —gritó el tío mientras ya los criados se acercaban corriendo—, ¡la vieja Emilia, alguien que la vaya a buscar de inmediato!

Aprovechando que el joven patrón estaba desmayado, ña María, la cocinera, le desprendió con sumo cuidado el calzado para descubrir la herida que no paraba de sangrar.

—¡Meche, corre a buscar agua caliente y paños! —le gritó a su ayudante.

Cuando esta volvió, al cabo de un minuto, la cocinera echó agua sobre la herida para que fluyera la sangre y se pudiera reconocer el daño. Efectivamente, donde debía estar el dedo chico solo había un cráter rojo, de donde manaba a raudales la sangre. Hizo una bola con el paño de cocina y la apretó tapando la herida.

—Sujeta —le dijo a la muchacha mientras con otro paño le hacía un torniquete sobre el tobillo para menguar el flujo de sangre.

—Suban el pie —aconsejó el tío— para que le llegue menos sangre.

En eso estaban, cuando llegó la meica[2] con sus yerbajos en una bolsa colgada al hombro.

—Déjenme ver —dijo, corriendo hacia el lado a la joven criada—, mierda, se ve bien feo esto, habrá que ponerle una cataplasma con llantén para cortar la hemorragia y le vamos a dar un té de valeriana para que se le quite el susto. ¡Válgame Dios el desparramo que hay aquí dentro!

—Le agarró la locura a mi sobrino —dijo José Pedro—, a ver, los hombres, llevémoslo a su cama. Y tú, Perico, ándate a buscar al cura.

*

[1] Escarpín: Calzado tipo zapato liso con lengüeta alta
[2] Meica: Mujer mapuche conocedora de la medicina natural

Cuando Louis Phillipe volvió en sí, vio que había varias personas en torno a su cama, el tío, las criadas, la meica y hasta el cura.

—¿Qué pasó? —preguntó.

—Te cortaste el dedo chico —contestó el tío—, la vieja Emilia te puso una cataplasma y te vendó la pata.

—¡Oh Dios! —exclamó el joven, haciendo una mueca de dolor—, ¡que salgan todos, excepto el tío y el cura!

—Tienes que calmarte, Luchito, no vas a llegar a ninguna parte con tanto alboroto. Todos se han portado de primera, ña María te curó, la ayudó la Meche, la meica te dio yerbas, y los hombres te trajeron para acá. ¿Qué más quieres?

—Esto fue un mensaje bien clarito —dijo el joven—, y viene de arriba, con esto no olvidaré jamás mi obligación de vida, encontrar al culpable y matarlo.

—Por favor, don Louis Phillipe —dijo el cura—, Dios no manda ese tipo de mensajes, no es de buen cristiano pretender la muerte de un semejante.

—No me diga nada, padre, el dios de la biblia era bien brutal para castigar a los enemigos y la crueldad de muchos correligionarios suyos, los inquisidores, también ha sido fuera de toda mesura, mejor que me deje tranquilo, por favor váyase también.

—Está bien, nos vamos los dos —dijo José Pedro—, pero ahora cálmate y duérmete.

—Usted tío, vaya ahora mismo donde doña *Javiera*, cuéntele lo que pasó y dígale que consiga con su gobierno que busquen al infeliz por todo el país. Y que le hable también al obispo para que los curas de todos los pueblos lo encuentren.

—Muy bien, sobrino, eso haré.

***

1814, acogidos en Mendoza,

La tertulia del día en que llegamos a Mendoza se fue extendiendo y duró hasta muy pasada la medianoche. El tema más recurrente era el de los desvaríos de los hermanos *Carrera*, quienes habían entorpecido a más no poder el proceso de emancipación con sus afanes de poder y de gloria.

—Los hermanos *Carrera* han obstruido el desarrollo en innumerables ocasiones —dijo el hermano *Mackenna*—, son personas muy peligrosas, nunca paran de intrigar, han violado nuestro código de honor muchas veces.

—Permítanme informarles algo que ustedes no pueden saber —dijo el coronel *San Martín*, gobernador de la provincia de Cuyo—. Después del desastre de Rancagua, aprovechándose de su cargo en la junta de gobierno, mandó a requisar enormes cantidades de plata del estado, de los particulares y de las iglesias y monasterios. Fundió todo para llevarlo consigo. Dicen que juntó más de 300.000 pesos.

—¿Y logró escapar, viene en camino? —preguntó el hermano *Marín*.

—Así es, ha tenido serios problemas con los realistas que lo han estado persiguiendo —respondió el hermano *San Martín*—, ya casi no tiene soldados que lo defiendan, está muy complicado.

—¿Qué vamos a hacer cuando llegue aquí? —preguntó el hermano *Argomedo*.

—Yo lo voy a mandar apresar —dijo *San Martín*—, no quiero que empiece a sublevar a nuestros soldados. Después lo voy a mandar a Buenos Aires, allá sabrán qué hacer con él.

—Entonces ha llegado el momento de hacer uso del sumario que hemos preparado —dijo mi señor—, Juancho, anda a buscar tus papeles.

Fui y volví en un par de minutos, ordenando mis documentos, los que quise entregar a mi señor, pero él me instruyó que yo leyera el contenido:

SUMARIO A DON *JOSE MIGUEL CARRERA*

El hermano lautarino, don *José Miguel Carrera Verdugo* ha incurrido en las siguientes ofensas a la moral y las leyes que rigen a la logia:

1.- Violó su juramento al estatuto, particularmente al artículo 9°, al no informar a sus hermanos de todos los actos cometidos al encontrarse en el poder gubernativo.

2.- Mandó apresar, mantener en cautiverio o desterrar a varios hermanos de la logia.

3.- Se tomó el poder, destituyendo dos veces a las juntas gubernativas, en que había hermanos lautarinos de vocales.

4.- Dispuso por sí mismo la designación de vocales de la junta de gobierno sin incluir a sus hermanos.

5.- Mandó al hermano *Bernardo O'Higgins* a negociar un acuerdo con el hermano *Juan Martínez de Rozas* y luego lo desconoció.

6.- Negoció con el enemigo realista para que se tomara la ciudad de Valdivia.

7.- Conspiró para alzar en armas al ejército de Concepción con el fin de deponer a la junta provincial, en que participaba un hermano.

8.- Traicionó al hermano *Rozas*, desconociendo el acuerdo convenido y luego lo mandó apresar y mandar desterrado a Mendoza.

9.- No tuvo problema en negociar con el enemigo para instigar revueltas.

10.- Impuso por la fuerza el Reglamento Constitucional de 1812 con el propósito de mantenerse en el poder.

11.- Descuidó la defensa de Chile despreciando el peligro que implicaba el virrey *Abasacal*.

12.- Su comportamiento al mando del ejército patriota adoleció de numerosos desaciertos y falta de coraje, eludiendo batallas que pudieron y debieron haberse ganado.

13.- Impuso, en dos ocasiones, a sus hermanos como jefes militares, pasando por encima de los méritos de otros soldados mejor preparados y de mayor experiencia.

14.- Mintió a sus hermanos en el gobierno respecto de sus resultados en la campaña bélica de 1813.

15.- No destituyó a su hermano *Juan José,* cuando este lo desobedeció, poniendo en peligro las acciones militares.

16.- Sin ningún sentimiento ético se dio a la disipación y a la fiesta, cuando sus soldados sufrían de enormes privaciones.

17.- Le negó el auxilio al hermano *O'Higgins*, cuando este se encontraba asediado en el sitio de Rancagua.

18.- Ha reconocido que seguirá complotando para impedir que se impongan los principios de la Logia Lautarina.

Seguía a este encabezamiento un extenso documento con el detalle pormenorizado de los hechos señalados y con las pruebas del caso.

—Gracias, hermano Ramírez —dijo en ese momento el hermano *Irisarri*—, ha sido un trabajo minucioso que servirá para enjuiciar a este señor. Lo sumaremos al «*Informe Militar de los Carreras, dado en virtud de la orden, espedida al efecto del Brigadier don Juan Mackenna, sobre la conducta, por el Supremo Director don Francisco de la Lastra*», el que llegó a manos del hermano *de la Lastra* con fecha 20 de julio de 1814.

—Gracias, don Juan —dijo después el capitán *de las Heras* recibiendo mi carpeta—, los cargos son muchos y pesarán sobre el general *Carrera*. Él cumplió con el juramento de rigor al ser aceptado en la logia y luego lo desconoció, es merecedor del peor castigo.

—Para servirle, su excelencia —le contesté sonriendo orgulloso y volví a asumir mi papel de criado procediendo a servirles otra ronda de coñac.

—A propósito de ese informe del hermano *Mackenna* —preguntó el hermano *Vera y Pintado*—, ¿es efectivo que contiene una opinión lapidaria de los hermanos *Carrera*?

—Así es, querido hermano —dijo el propio general *Mackenna*—, no pude encontrar nada bueno que decir de esos tres infames. Incluso menciono allí lo que me dijo el coronel *Urízar*, quien aseguró que don *José Miguel* juró, en su presencia, por lo más sagrado, que perdería a Chile.

—¡Qué ignominia! —exclamó el hermano *Argomedo*.

—Fueron tales los excesos de los *Carreras*, los robos y los saqueos por parte de sus secuaces, que hicieron execrable hasta el nombre de Patria —dijo *Mackenna* evidentemente afectado con el recuerdo.

—Bueno, dejemos esto hasta aquí —dijo *San Martín*—, ya veremos cómo nuestros hermanos en Buenos Aires tratan este tema.

1814, *Carrera* en Mendoza

Era la tarde del día 17 de octubre de 1814 cuando Romilio, el criado de don *José Gregorio Argomedo*, quien usaba el cuarto junto al mío en la gran casona, que le habían facilitado al general *Mackenna*, llegó del exterior muy agitado:

—Venga, don Juancho —me dijo, interrumpiendo mi lectura—, ha llegado nuestro gobernante.

—¿A quién te refieres, a don *José de San Martín*? —le pregunté alzando la vista.

—No, amigo –insistió —don *José Miguel Carrera*—, dicen que viene entrando al pueblo, vamos a la plaza.

Dejé mi libro sobre una mesilla, crucé el tercer patio y golpeé en la puerta de la señorita Anette, a quien mi patrón no se había atrevido a instalar en los patios señoriales por los comentarios que habría suscitado. La había hecho pasar como parte de la servidumbre, lo que, obviamente, nadie le creyó. Muy molesta por su indignante situación, me agradeció la invitación y partió conmigo a la plaza, donde se congregó un gran número de los emigrantes chilenos. El lugar estaba repleto de tiendas de campaña de diferentes tamaños, en las cuales se alojaba un número importante de los compatriotas autoexiliados que no tenían los recursos ni los contactos para acceder a alguna casa. Junto a Romilio y al Palomo nos ubicamos en un extremo para esperar la llegada. Desde lejos escuchamos al tambor que marcaba el ritmo y de repente apareció a nuestra vista el caballo blanco del general *Carrera*. Este lo llevaba con la rienda muy corta y lo hacía corcovear un poco, tenía la vista fija en el horizonte, como exaltando al máximo su soberbia, y destacaba su gallardía con el uniforme de Húsares que siempre lo distinguía. Detrás de él venía desfilando un grupo impreciso de soldados de infantería que, aunque mal vestidos y mal armados, demostraban una disciplina intachable, como si pertenecieran a una división victoriosa entrando en una ciudad conquistada. Los oficiales acompañaban al cuadro con sus sables desenvainados y sus espaldas muy rectas. Nadie habría dicho que se trataba de los restos derrotados del ejército chileno sucumbido en el desastre de Rancagua.

—Mira, Palomo —le dije—, allí va don José Pedro.

—¿Qué, sigue al lado de *Carrera*? —preguntó la señorita Anette.

—Sí, señorita —le respondí—, está completamente subyugado a su general, lo idolatra.

Detrás de los soldados venía un contingente de entre 50 y 100 personas montadas en mulas. Entre estas se distinguía a la joven esposa de don *José Miguel*, otra joven, de seguro la señora de don *Juan José*, algunas distinguidas damas que no conocía y varios caballeros bien vestidos, probablemente amigos personales del gobernante chileno. Entre estos reconocí al cura *Julián Uribe* y a don *Manuel Muñoz Urzúa*, los últimos compañeros de junta del general, y a don *Manuel Rodríguez*, el secretario. Después de estos venía un buen número de criados y criadas con rostros impávidos. Finalmente cerraba el cortejo un contingente de unas 30 mulas cargadas al tope con bagajes de todo tipo. Después de que el grupo completo hubo pasado delante de nosotros, lo seguimos un par de cuadras hasta el Cuartel de la Caridad, donde ingresó el contingente completo. Cuando todo se calmó, tanto nosotros como los demás curiosos, emprendimos la vuelta hacia la plaza, comentando el hecho presenciado, que no dejaba de sorprendernos. No faltaban los comentarios muy agrios referidos a *Carrera* y sus hermanos, a quienes culpaban de la derrota en Rancagua y los tildaban de cobardes.

Al poco rato llegamos de vuelta a la casa, que *San Martín* había requisado a un realista y entregado a don *Juan Mackenna*, don *José Gregorio Argomedo* y don *Antonio José de Irisarri*, cuando estos llegaron, desterrados por *Carrera,* a Mendoza. Los tres señores estuvieron dispuestos y gustosos de alojar en ella a todos los hermanos lautarinos llegados junto con nosotros, arrancando de los realistas. Me acerqué a la cuadra, donde estaban varios de los hermanos platicando, fumando y bebiendo.

—Llegó *Carrera* —le dije a mi señor abriendo la puerta—, como *Napoleón* entrando en Bruselas, un verdadero héroe conquistador.

—¡Oh Dios! —exclamó el hermano *Bernardo Vera y Pintado*—, empezaron las intrigas. *San Martín* va a tener en él un hueso duro de roer. Los hermanos *Carrera* y mi buen amigo *Manuel Rodríguez* le van a hacer la vida imposible.

—Prepárate, Juancho —me dijo mi señor—, vamos a ir a hablar con el caudillo mayor.

—¿Lo hará? —le preguntó el hermano *Gaspar Marín*—, ¿cree que tenga algún sentido?

—Voy a ir —dijo don Luis Manuel—, tengo que enrostrarle su huida de Rancagua, fue un cobarde, ni siquiera por salvar a su hermano, *Juan José*, tuvo mayor hombría.

—Ten cuidado, Manolo —le dijo el tío—, *José Miguel* debe estar muy irritable, acuérdate que son muchos los que lo están condenando por eso.

Al anochecer partimos los dos, vestidos de civil y desarmados, hacia su cuartel mayor. Un oficial nos recibió sin mucha simpatía y a mi patrón le costó mucho convencerlo de que era un amigo de la infancia y que deseaba entrevistarse con él. Después, se demoró un tiempo indecible en volver para franquearnos el paso. Encontramos a don *José Miguel*, junto con *Manuel Rodríguez*, fumando y bebiendo en un recinto que había sido habilitado para él.

—Entre —le dijo a mi señor con cara agria—, pero que tu esbirro se quede afuera.

—¿Cómo está? —alcancé a oír y ver que lo saludaba de mano, mientras el general permanecía sentado en un butacón.

—¿Cómo crees que puedo estar? —escuché que contestaba el general—, el imbécil de *San Martín* me ha tratado como vil perro callejero.

—¿Por qué? —preguntó mi señor.

—Ya en Uspallata, en vez de acercarse y saludarme con el respeto que se merece un gobernante extranjero, quiso que yo le rindiera pleitesía, algo inaudito.

—¿Gobernante extranjero? —rio mi señor—, ¿no le parece un poco pretencioso, siendo un rey destronado por un enemigo conquistador?

—Oficialmente sigo siendo el presidente de la junta de gobierno chilena, para que tú sepas —dijo el general con firmeza—, y eso no me lo quita nadie. Seguiré siéndolo en Chile, aquí y en cualquier otra parte.

—Pero supongo que, aun así, le deberá el debido respeto al gobernador provincial *San Martín*.

—No tengo por qué —dijo *Carrera*—, al único que le debo respeto, y eso entre iguales, es al presidente de las Provincias Unidas del Río de la Plata, a nadie más.

—Pienso que, con ese criterio, *José Miguel*, no va a conseguir nada bueno del coronel *San Martín*.

—Me importa un bledo, yo soy un general y además presidente, él es apenas un coronel, me debe sumisión a mí.

—¡Estás loco, *José Miguel*! —escuché que exclamaba mi señor.

—¡Más respeto, Manolo! —le contestó este molesto—, soy tu general y tu gobernante, eres mi subordinado.

—¡A ti no te reconozco como mi general, este es don *Bernardo*! —le gritó mi patrón—, ¡además te aborrezco después de lo que hiciste con nosotros en Rancagua!

—¡Otro más, Rancagua, Rancagua! —exclamó *Carrera*—, ¿también me vas a calumniar como todos tus secuaces?

—No se te olvide, *José Miguel*, que yo estuve allá, y estaba sobre la torre de la iglesia viendo lo que pasaba, ustedes se cagaron de miedo y se arrancaron, a mí no me cuentas otra cosa.

—¡Mientes, Manolo! —gritó furibundo—, ellos eran demasiados, no teníamos cómo ganarles, hice lo que correspondía.

—Eres tú el que miente —dijo mi señor, repentinamente muy calmado—, eran apenas unos pocos, los godos tenían repartido su ejército en las cuatro bocacalles, los que salieron a vuestro encuentro era apenas una guerrilla menor, con un poco más de valor y de decisión los habrían vencido.

—Eran muchos…

—¿Y es que tú no tenías a toda la tercera división a tu mando? —le enrostró mi señor—, ¿por qué no la movilizaste completa, y mucho antes?, podrían haber entrado por varios frentes, nosotros ya teníamos diezmado al enemigo, les habría salido fácil.

—¡Qué sabes tú de táctica militar!

—Al lado de mi general *O'Higgins* he aprendido mucho —dijo mi señor—, y él sí ha estudiado, me consta, tiene un tremendo libro de un general francés.

—¡Ni me nombres a ese cretino! —gritó *Carrera*—, ¡y ahora vete, dejaste de ser mi amigo hace rato, eres solo un hereje recalcitrante, es la última vez que te atiendo, ándate ya!

—Hasta luego, *José Miguel*, te deseo suerte —dijo mi señor antes de abrir la puerta.

***

1814, instalándonos en Mendoza,

La vida en la casa de don *Juan Mackenna*, durante esos primeros días de exilio, no era fácil ni cómoda. Estaba repleta, no solo de los mayores, sino también de los hijos pequeños de los hermanos lautarinos. Ellos correteaban durante toda la jornada por los patios y no pasaba media hora sin que alguno de ellos se hubiera caído o dos se hubieran peleado por cualquier motivo. Había que hacerse de mucha paciencia para poder pasar por alto tanto bullicio. Y las criadas corrían de un lado para otro haciendo aseo o atendiendo a sus amas. En las cocinas había que preparar a diario ingentes cantidades de comida y todas las tardes se consumían muchos litros de vino durante las tertulias que se extendían hasta tarde.

En medio de ese maremágnum, estaba la pobre señorita Anette confinada al tercer patio. No era criada y, sin embargo, no podía ser recibida en los patios delanteros. Yo lamentaba lo que le acontecía, pero no tenía atribuciones para cambiar los hechos. Por tal motivo la invitaba con cierta frecuencia a salir de casa aprovechando que mi amo no me necesitaba. Este nos autorizaba en forma tácita, ya que se daba cuenta de la situación. Una noche de esas, en que yo dormía un poco inquieto, escuché que se abría la puerta del dormitorio de ella. Intuí de inmediato que habría ido en la oscuridad de los corredores hasta el aposento de mi señor, lo que me parecía de toda justicia.

A la mañana siguiente mi sospecha se confirmó. El patrón me mandó llamar y me dijo:

—Juancho, tienes que encontrar ya una casa para nosotros, no tiene por qué ser grande, pero tenemos que poder vivir en forma normal, con mayor privacidad.

—Veo que la señorita Anette ha puesto sus condiciones —sonreí.

—Así es, de manera que ya sabes cuál es el encargo, comienza desde ya la búsqueda.

Encontrar una casa en la ciudad de Mendoza resultó ser un imposible. Los inmigrantes de todas las clases habían tomado posesión de las pocas casas ofrecidas en alquiler y muchas familias mendocinas habían acogido a las chilenas imposibilitadas de arrendar. En vista de esta desagradable noticia, me dirigí donde el hermano *San Martín* con la esperanza que me supiera dar alguna información.

—¡Alto ahí! —me dijo con excesiva soberbia un cabo de guardia cuando, llegué al palacio de gobierno provincial de Cuyo—, ¿qué desea?

—Por favor dígale al ayudante de mi coronel *San Martín* que desea hablarle el secretario de don Luis Manuel García-Lazcano, que se recuerde de Londres.

Afortunadamente mi presentación dio sus frutos y el cabo volvió al instante permitiéndome la pasada. El ayudante, un mayor de impecable uniforme, salió a mi encuentro y me guio a la oficina del general. Este se adelantó con mucha gentileza, rasgo habitual en él, me extendió la mano y me hizo pasar y tomar asiento.

—¿Pues qué lo trae por aquí, hombre? —me preguntó con su notorio acento español.

—Un pequeño encargo de mi señor —le respondí—, verá usted, estamos alojados en casa de mi general *Mackenna* junto a varias otras familias, lo que hace la vida bastante difícil.

—Qué quiere que le diga, chaval, que estamos viviendo tiempos difíciles —dijo sonriente—, pero coño, que entre hermanos habrá siempre buena voluntad. ¡Olivares! —gritó hacia el corredor, apareciendo al instante su ayudante—, acompañe a este señor y hágale entrega de alguna casa requisada a los maturros[3].

Yo no lo podía creer, la solución estaba tan a la mano, y la buena voluntad de *San Martín* era tan evidente. Me deshice en agradecimientos, me despedí y seguí al mayor Olivares a paso marcial.

---

[3] Maturro, matucho, maturrango: sobrenombre dado a los realistas

—Debe ser muy buen amigo su patrón —me dijo, apenas hubimos traspasado el umbral del cuartel—, no a cualquiera se le traspasa una de estas casas quitadas a los realistas.

—Es que mi señor lo conoce desde nuestra estadía en Inglaterra — le contesté.

—Ahora entiendo —comentó este, mostrándome con el dedo una casa al otro lado de la calle—, venga, entremos.

El soldado que estaba de guardia junto al zaguán se puso firme y saludó llevando la mano a la gorra. El mayor poco lo miró y entró con gran soltura hasta el primer patio. Allí extendió su brazo haciendo un giro como abarcando todo:

—Esto es —dijo—, puede instalarse cuando quiera.

—Muchas gracias, mi mayor —le dije y salí de allí a toda velocidad para ir a avisar a mi señor.

En menos de dos horas nos hubimos trasladado y, ahora sí, todos nos sentimos a nuestras anchas. La casa estaba plenamente alhajada, los recintos con sus correspondientes muebles y las cocinas con toda su utilería. La señorita Anette ubicó con mucha destreza el dormitorio principal y se apoderó de él, haciendo entrar a mi señor, quien la seguía un poco indeciso.

—Juancho, eres un maestro —me dijo él sonriendo—, ahora tendrás que encargarte del personal.

—Ya lo he hecho, su merced —le respondí sonriendo—, parte del servicio del godo estaba aún aquí y les he ofrecido seguir, lo que han aceptado con gusto. Tenemos una cocinera, tres criadas, una lavandera, un criado de patio y uno para guardia en el zaguán.

—Nada se te olvida, Juancho —rio entonces el tío Pancho—, ¿tienes decidida cuál será mi recámara?

—No su merced, elíjala usted, hay de sobra —le contesté—, lo que sí sé es cuál será el despacho y cuál la sala de reuniones, la que habilitaré de inmediato.

—Bien dicho, Juancho, tenemos que invitar a nuestros hermanos a la brevedad —dijo mi señor. Encárgate de avisarles y también de hacer las compras necesarias.

1814, Logia Lautarina en el exilio

Acatando la orden de mi señor, me concentré, primero, en ir de compras, para lo cual le pedí ayuda al Palomo. Al día siguiente de instalados, nos fuimos a la primera pulpería que encontramos y descubrimos que los precios de todos los alimentos habían subido en forma desmesurada con la llegada de los desterrados chilenos. Hicimos las compras de los alimentos de guarda y dejamos comprometido al pulpero con el aprovisionamiento futuro. Después de ello, el Palomo ensilló nuestros caballos y nos fuimos hacia las vegas cercanas al río para comprar verduras y, de paso, un par de corderos para disponer de carne fresca. Finalmente, después de haber entregado todo en la cocina, salimos hacia el lado norte en dirección a lo que se llamaba El Plumerillo, donde nos habían dicho que podríamos encontrar varias bodegas de vino. Mi acompañante no se contentó con probar todos los mostos que había en la primera de ellas que encontramos, sino que exigió, al menos, catar en otras tres, le gustaba catar al hombre. Ambos nos decidimos por la segunda y le encargamos al bodeguero el despacho a casa de cuatro barriles.

A nuestro regreso, me puse en campaña para las invitaciones. Escribí las esquelas que más tarde le hice firmar al patrón. A la hora de la oración, cuando el sol se había escondido detrás del macizo andino, fui, en primera instancia, a la casa del hermano *Mackenna*, luego a la que tenía ocupada mi general *O'Higgins* y, finalmente, al cuartel general para entregar las de los militares.

El día martes 25 de octubre de 1814, tan solo días después de haber llegado a Mendoza, se llevó a cabo la primera reunión de los hermanos lautarinos, la que tuvo un carácter informal cargado de afectos, recuerdos aciagos y entusiasmo para enfrentar el futuro próximo. Uno tras otro, fueron llegando los hermanos, a quienes yo recibía y hacía pasar a la cuadra. El primero fue el prelado *Juan Pablo Fretes*, muy puntual. Después de él entraron todos los que estaban alojados en la casa del hermano *Mackenna*, por supuesto él mismo, don *José Gregorio Argomedo*, el hermano *Irisarri*, don *Gaspar Marín*, don *Bernardo Vera y Pintado* y fray *Camilo Henríquez*. Luego tres que estaban ubicados en otra parte, los hermanos *Miguel Zañartu*, *Hipólito de Villegas* y *Manuel José de Gandarillas*. Cuando aún no se habían alcanzado a sentar, aparecieron los militares, don *Bernardo O'Higgins*, don *Ramón Freire*, don *José*

María de la Cruz, don *Pedro Ramón de Arriagada* y don *Juan Gregorio de las Heras*. Solo esperábamos al coronel *San Martín*, quien nos sorprendió llegando acompañado de otras tres personas, a quienes no habíamos invitado.

—Queridos hermanos —dijo el coronel entrando—, pues que me he permitido traer conmigo a tres de mis hermanos de este lado de Los Andes, a uno de ellos ya lo ubican, el hermano *Juan José Paso*, a los otros no tienen por qué conocerlos, son el mayor *José Antonio Álvarez-Condarco* y el joven *Tomás Godoy Cruz*. Más adelante traeré a otros.

—Qué gusto de recibirlos —dijo mi señor acercándose a saludarlos.

Una vez que se hubieron terminado los saludos, las bromas y los comentarios y cuando ya había dado la segunda vuelta recargando las copas, don *José Gregorio Argomedo* tomó la palabra:

—Permítanme, queridos hermanos, que sea el primero en hablar —dijo bastante ceremonioso—, en Santiago ostentaba el cargo de presidente de nuestro circulo provincial. Quisiera, en primer lugar, agradecer la magnanimidad con que el hermano *San Martín* nos ha agasajado y brindado su apoyo desde que asomamos nuestras cabezas por encima de las altas cumbres. Un lamentable hecho, por el cual nosotros responsabilizamos al general *Carrera*, nos ha llevado a una cruel derrota y al consecuente exilio forzado. Pero nuestros ideales siguen tan vigentes como antes y nuestros proyectos no pueden sucumbir. Hemos de recuperarnos de este avatar trágico y renacer como el ave Fénix de las cenizas. Nosotros, los hermanos lautarinos de Chile, nos ponemos desde ya a disposición de nuestro hermano Gobernador de Cuyo para lo que sea su menester, propendiendo siempre a la consecución de nuestros fines libertarios. Le solicitamos formalmente, hermano *San Martín*, que sea usted quien presida nuestra logia en este valle tan generoso.

—Gracias por sus palabras, hermano *Argomedo* —dijo el general con mucha solemnidad en su español con acento peninsular—, lo que usted ha manifestado es el pensamiento de todos nosotros, se ha perdido una batalla, pero no la guerra. Esta no concluirá hasta que hayamos expulsado al último maturrango de nuestras tierras. Yo le agradezco de sobremanera vuestro ofrecimiento a tan honorable cargo y lo considero un honor. Formalmente lo aceptaré, pero estimo que mi persona, en su calidad de gobernador y jefe militar, así como todos los demás oficiales, no estaremos con el tiempo necesario para atender tan exigentes tareas. Le ruego, por tal motivo usted me subrogue en el cargo y que ordenemos el cuadro directivo de acuerdo a este criterio.

—Creo que podemos entender en toda su extensión y significado su postura, querido hermano —intervino de nuevo *Argomedo*—, si todos están de acuerdo con que el hermano Ramírez siga siendo nuestro secretario de actas, le pediré a él que transcriba a estas los cargos que aquí se designen y los protocolos de funcionamiento que se decidan:

Acto seguido se produjo una fluida conversación en medio de la cual se fueron poniendo de acuerdo para designar los cargos directivos, lo que más tarde llevé al acta fundacional de la logia que pasó a llamarse "de los Andes" y que estaría integrada por hermanos chilenos y cuyanos:

A∴ L∴ G∴ D∴ A∴ D∴ U∴

S∴ F∴ U∴

En el Valle de Mendoza, a 20 de Octubre de 1814 se celebra la Primera Tenida Protocolar de la recién instalada Logia Lautarina de los Andes bajo la dirección de los Q∴ H∴

Presidente:	H∴ *J. de San Martín*
Primer Vicepresidente:	H∴ *J. G. Argomedo*
Segundo Vicepresidente:	H∴ F. J. García-Lazcano
Tesorero:	H∴ *G. Marín*
Secretario:	H∴ J. Ramírez

Asisten a esta los siguientes H∴H∴

1. H∴ *B. O'Higgins*
2. H∴ *J. G. de las Heras*
3. H∴ *A. J. de Irisarri*
4. H∴ *R. Freire*
5. H∴ *J. M. de la Cruz*
6. H∴ *L. M. García-Lazcano*
7. H∴ *B. Vera y Pintado*
8. H∴ *T. Godoy Cruz*
9. H∴ *J. A. Álvarez-Condarco*
10. H∴ *C. Henríquez*
11. H∴ *J. P. Fretes*
12. H∴ *J. J. Paso*
13. H∴ *M. J. Gandarillas*
14. H∴ *M. Zañartu*

15. H::: *H. F. de Villegas*
16. H::: *P. R. de Arriagada*

Después de terminada la reunión, conduje a los hermanos al gran comedor, donde la mesa ya estaba servida. Luego de escanciarles sus copas, permanecí en mi puesto habitual tomando nota de lo que se conversaba.

—¿Alguien ha tenido noticias de nuestros hermanos que permanecieron en Chile? —preguntó don *Bernardo Vera y Pintado*.

—Pues sí, y a ese respecto tengo algo que revelarles —intervino el coronel *San Martín*—, tan pronto supimos del desastre de Rancagua y de vuestra huida de Chile he organizado un sistema de correos furtivos que ha estado funcionando con gran regularidad. Puedo contarles que todos vuestros coterráneos quienes, de una manera u otra, habían participado en las esferas de gobierno, se ocultaron en sus chácaras[4] o sus haciendas. Ante esto, el gobernador subrogante emitió un bando asegurando que ninguno de ellos sería perseguido ni enjuiciado. Fue redactado de una manera tan convincente, que todos los refugiados han vuelto y están tratando de poner en orden sus negocios.

—Qué alivio lo que nos relata, querido hermano —dijo entonces el hermano *Marín*—, quiera Dios que el general *Ossorio* respete su palabra.

—¿Y qué pasa con don *José Miguel*? —preguntó fray *Camilo*.

—¡Ostia!, está bien que toquemos este tema peliagudo —exclamó el coronel *San Martín*—, este inefable señor llegó a esta tierra como si se tratara de un feudo suyo, demostrando ostentación de fuerza, soberbia e insumisión. Me ha faltado el respeto a mí y a todo nuestro ejército. Y a corto andar, él y sus hermanos han comenzado a intrigar, lo que aparentemente es habitual en ellos. Su soldadesca es indisciplinada e irrespetuosa, ha robado y ha ofendido en toda la ciudad. Tengo la certeza que el permitirles permanecer aquí, hará la vida insufrible para todos nosotros. Estoy evaluando enviar a todos los *Carreras* a Buenos Aires para que allá resuelvan qué hacer con ellos.

---

[4] Chácara: chacra, predio agrícola pequeño

—Don *José Miguel* me reveló que él se sigue considerando el presidente de Chile y que su cargo lo ostentará en cualquier parte que se encuentre —dijo mi señor.

—Craso error de este tío —volvó a tocar el tema el hermano *San Martín*—, yo, al menos, no voy a respetar un cargo que él se adjudicó por la fuerza. En tal sentido, he pedido al hermano *O'Higgins* que siga al mando de todas las milicias chilenas y obligaré a *Carrera* a entregar a su gente.

—Parece muy atinado —comentó el hermano *Argomedo*.

—Por supuesto, coronel, puede contar conmigo —respondió entonces con sumo respeto el general *O'Higgins*—. Aprovecho de comentarle que hay un hermano nuestro, don *José Ignacio Zenteno*, un hombre extraordinario, al que hemos motejado como "el filósofo" por lo serio, que no ha querido molestar a nadie y se ha retirado a una chácara a cultivar la tierra. Creo que nos perdemos en él a un gran colaborador. Tal vez quiera entrevistarlo y asignarle una tarea remunerada para que se incorpore a nuestro grupo.

—Qué bueno que me lo advierta, don *Bernardo* —respondió este—, lo visitaré a la brevedad para concretarlo.

*

Desde la llegada de *José Miguel Carrera* a Mendoza hubo un intenso intercambio epistolar entre él y el coronel *San Martín*, el que dejó en evidencia la permanente disputa por la autoridad. Cuando *Carrera* se dio cuenta que no alcanzaría sus objetivos, le solicitó a *San Martín* poder ir a Buenos Aires, hacia donde pretendía viajar con sus militares afines, lo que este no iba a permitir. Sí aceptó que don *Luis Carrera* y otro militar fueran a Buenos Aires a parlamentar con el gobierno. Él, a su vez, se preocupó de enviar al coronel *Mackenna*, al hermano *Irisarri* y al capitán *Gómez* con la instrucción de advertir al gobernador *Posadas* sobre el carácter insurrecto de los hermanos *Carrera*.

El día 30 de octubre el coronel *San Martín* ya no soportó más la dilación de *Carrera* en cumplir la exigencia que le había impuesto, en cuanto a entregar su tropa al mando de *O'Higgins*, y dejó rodear el cuartel de este, instaló una pieza de artillería, lo sometió y le exigió cuadrar a toda su gente en el patio. Una vez que eso hubo sucedido, el gobernador, personalmente, dispuso que dieran un paso adelante todos los soldados que estuvieran llanos a incorporarse a sus filas. Solo dos lo hicieron y por tal motivo todo el resto fue tomado prisionero. Luego de esto *San Martín*, expulsó a los dos *Carreras* que aún quedaban allí junto con todo su séquito y vigilados por un escuadrón de granaderos que debía acompañarlos hasta Buenos Aires.

***

1814, noticias de Chile

A mediados de noviembre, mi patrón me encargó que instruyera al Palomo para que fuera a Chile a ver en qué estaban las cosas. Antes de su partida, conseguimos con el coronel *de las Heras* que nos informara de los pasos cordilleranos más seguros. No contento con esto, puso a nuestra disposición un perito conocedor de la zona para que acompañara a nuestro correo. Sobre la marcha nos preocupamos de confeccionarle unas alforjas con doble fondo para poder llevar nuestra correspondencia. Antes de su partida recibí el encargo de escribir a la Francesa, a misiá Charito, al Barón de la Huguette y al ministro de Santa Lucía, mi suegro. Por supuesto yo adjunté una carta para mi madre y otra para mi mujer.

A los 15 días volvió el Palomo muy agitado y acompañado del Viejo Arteaga. Después de haberse descansado un poco, fuimos juntos a rendir cuenta a los patrones, quienes estaban sentados en un escaño del corredor del primer patio:

—Buenas tardes, sus mercedes —saludó el Palomo, apoyándose en uno de los pilares—, como ven, aquí estoy vivito y coleando. Y además les traje al Viejo Arteaga, que se aburrió allá y quiere colaborar aquí en lo que sea.

—Me parece excelente, hay mucho qué hacer por estos lados —lo interrumpió el patrón riendo—, pero no tanto cuento, Palomo, vamos al grano.

—Lo primero, su merced, permítame decirle que la ruta, por la que me llevó el guía, resultó ser muy adecuada, cruzamos por lo que se llama Paso Portillo Los Piuquenes.

—¿Ah sí, y por dónde es eso? —preguntó el tío Pancho.

—Nos fuimos primero como 100 kilómetros al sur, ahí pernoctamos y desde allí atacamos la cordillera avanzando por senderos escarpados hasta una laguna que está bien arriba en los cerros y de ahí bajamos al estrecho valle del río Maipo. Como normalmente hay guardias junto al río nos fuimos por las crestas hasta salir a las chacras que hay al lado oriente de Santiago. Hasta allí me acompañó el perito y luego se devolvió. Yo esperé la hora en que los huasos entran a la ciudad para llegar al centro.

—¿Algún problema en la ruta? —le pregunté.

—Afortunadamente no —respondió—, solo que, cuando íbamos llegando a la cumbre, nos cruzamos con tres baqueanos que venían atravesando los cerros para acá. Estaban como a 100 metros de nosotros, al otro lado de una quebrada re profunda. Apenas atinamos a llevar la mano al sombrero. Nunca sabremos si eran de los nuestros o si eran espías de los godos. A esa distancia es imposible reconocer a alguien y menos comunicarse. Pa mí que por todos los orificios de la cordillera están pasando pa lao y lao sin que nadie pueda evitarlo.

—Ya, muy bien —lo apremió el patrón—, ahora cuéntanos de la familia.

—Al otro lado de la ciudad salí como Pedro por su casa y me fui a Santa Lucía. A cada na me encontraba con patrullas de milicos, pero como yo soy un simple huaso más, nadie se preocupó. Llegué a la tarde donde don Salva y, p'tas el ministro, que se sorprendió al verme.

—¿Cómo está, ministro? —lo saludé apenas me bajé del caballo—, parece que aquí no pasara nada, se ve to'o igualito que antes.

—¿Es qué no vio los milicos en el camino, compadre? —me preguntó.

—Clarito que los vi —le respondí—, pero ni me pararon, ni na.

—Están ahí los muy cretinos desde unos pocos días después de que los españoles entraron en Santiago —dijo él—, se metieron pa acá con un tremendo batallón buscando rebeldes y armas. Las mujeres estaban espantadas y se escondieron todas en la Casa Grande y a mí me anduvieron zamarreando para que confesara. ¿Y qué?, yo no tenía na que confesar, les dije que los patrones se habían ido y que no sabía na de ellos. Al día siguiente volvieron con un funcionario con tremendo ni que papel en que supuestamente decía que la hacienda estaba requisada, que sería puesta a la venta.

—¡¿Y cómo?! —le dije impresionado—, ¡pero eso no se puede!

—No se engañe Palomo, en estos días todo se puede, si viera cómo están las cosas allá en Santiago, es terrible.

—¿Bueno y la vendieron?

—No sé qué pasaría —dijo el ministro—, paré que nadie quiso comprar, porque después la pusieron en arriendo y hemos tenido suerte, la alquiló don *Manuel Manso* y este ha dejado todo como estaba. Solo que la Casa Grande está cerrada y la Francesa se fue con todos los patrones. No he sabido nada de ellos.

—Chuta —exclamé—, ¿y los milicos afuera, pa qué?

—Dicen que por si a algún patrón se le ocurre aparecerse por aquí. Por ahora, todo tranquilo. Le cuento que me dijo el secretario de don *Manuel Manso* que tienen que entregarle al gobierno la mitad de las cosechas y también de las crías nuevas. Más no sé.

—Su hija, la Telita, ¿cómo está? —le pregunté al ministro—, ¿y los niños? Mire que traigo una cartita para todos.

—Están bien, gracias a Dios —dijo—, no la tocaron los milicos de mierda, aunque ganas no les faltó, menos mal que el teniente a cargo era todo un caballero y los anduvo frenando.

—Por suerte —le dije—, ¿podría pasar a saludarla?

—Pero por supuesto don, vamos andando juntos —me dijo mientras ya íbamos alejándonos de las casas.

—Estaba bien la Telita, don Juancho, pa que usté no se preocupe, y los niños, sanitos están, y su mamá, un siete, me invitó a una mansa ni que cazuela esa noche. Y su suegra también está bien. Estuvimos todos comiendo allí, les pasé las cartas y les conté de lo que está pasando acá.

—Ya, Palomo, córtala ahora con el campo, ¿viste a la Francesa y mis niños? —lo frenó el patrón.

—Al día siguiente fui a la casa de Santiago —continuó el Palomo—, estaba todo tranquilo por allá también, al único que vi fue al Humberto, que sigue dormitando en el zaguán igual que siempre. Me contó que la patrona se había ido al campo de Pirque. Se llevaron a todos, los niños, los criados, todos.

—¿Y fuiste para allá después?

—Por supuesto puh, patrón, no faltaba más. La señora está bien y todos los demás también. Me dijeron que no hay peligro allá, porque el papá de don Juan María, su cuñado, ha sido realista toda la vida, así que no los van a molestar.

—¡Qué buenas noticias, Palomo! —se descargó mi señor—, te mereces un premio.

—Cierto, viejo —se levantó el tío y le palmoteó la espalda—, toma esta moneda y anda a tomarte un buen pencazo.

—Gracias —dijo el Palomo con una sonrisa en sus labios—, pero déjenme que les diga que la gente está enfurecida con el tal *Ossorio* y, más que nada con el *San Bruno*, un chacal.

—¿Ah sí? —dijo el tío—, cuéntanos.

—Lo primero, el gobernador engañó a todos y, después de que iba a dejar tranquilos a los patriotas, se dio una mansa vuelta de carnero y no respetó ni su propia firma: mandó a un montón de gente pa la isla de Juan Fernández. Vean, aquí me traje una lista que conseguí por allá. Miren, don Juancho les puso unas cruces a algunos nombres, no sé por qué:

Rosauro Acuña +C	*Juan Crisóstomo Álamos*
Ramón Mariano de Arís	*José Manuel Astorga +S*
Agustín Beiner	*Juan Miguel Benavente*
Manuel Blanco Encalada +S	*Carlos Correa de Saa +S*
Ignacio de la Carrera	*Luis de la Cruz +C*
Francisco de la Lastra +S	*Fernando Márquez de la Plata*
Francisco Javier de Reyna	*Manuel de Salas +S*
Francisco Echagüe	*Juan José Echeverría*
Juan Egaña +S	*Mariano Egaña +S*
Isidoro Errázuriz	*Agustín Eyzaguirre*
José Joaquín Guzmán	*Mateo Arnaldo Hoevel*
Diego Larraín	*Joaquín Larraín +S*
Antonio Mendiburu +C	*Santiago Muñoz y Bezanilla*
Juan Antonio Ovalle +S	*Pedro Prado Jaraquemada*
José Antonio Rojas +S	*Juan Enrique Rosales +S*
Gaspar Ruiz	*Ignacio Torres*

Pedro Nolasco Valdés   *Bernardo Vergara*

Se entenderá que las cruces corresponden a aquellas personas integrantes de las logias de Santiago y Concepción.

—Oh Dios —exclamó el tío—, cuántos amigos nuestros y cuántas personas distinguidas.

—Por eso mismito, puh patrón, que la gente está réquete enojada con los godos.

—Ya, ándate ahora —dijo mi señor—, vamos a tener que informar de esto. Juancho, prepara desde ya una invitación.

***

2.
1840
Mendoza, Argentina

Días después del destemplado exabrupto del joven Louis Phillipe, que había destruido la casa de la familia Ramírez, provocando su traslado a Santiago, Juan se enteró de sus raíces biológicas. Por otra parte, supo del interés de los patrones de arrebatarle sus escritos y eso le provocó la urgente necesidad de escaparse de Santiago hasta concluir el manuscrito. Luego vería la manera de entregarlo a la *Logia Filantropía Chilena*. En estas circunstancias y bastante apremiado por el tiempo, Juan, que había decidido huir a Mendoza, emprendió la travesía hacia allá en compañía de un perito de nombre Fermín, un viejo bueno para la conversa y de piel muy curtida por el sol y el frío de la montaña.

Juan ya sabía lo que era cruzar la cordillera subiendo y bajando por escarpados senderos que agotaban a los caballos, las mulas y los jinetes. Al llegar a la cima, que demarcaba la frontera entre la provincia de Cuyo y Chile, los dos viajeros se detuvieron y desmontaron.

—¿Cuándo te volveré a ver, patria querida? —dijo Juan emocionado, mirando hacia el poniente por sobre los picachos con nieves eternas—, tantos recuerdos que me provoca este lugar, en especial la gloriosa incursión junto al Ejército de los Andes en el 17.

—Se ve que usted aún no me ha recordado, che —dijo Fermín riendo—, es que usted estaba siempre allegado a su capitán, pero yo era uno más de la extensa tropa.

—¡No me diga! —exclamó Juan—, ¿usted se vino con nosotros para Chile entonces?

—Clarito puh, si yo era antes de los soldados del general *Carrera* —siguió el viejo—, cuando el *San Martín* nos disolvió en Mendoza yo me fui a trabajar a las chácaras, lo que sabía hacer desde siempre, como tantos otros de los nuestros, por lo demás.

—Sí pues, si me acuerdo que muchos de ustedes buscaron trabajo en el campo.

—Pero despúes igual nos reclutaron pa venir a Chile —rio Fermín—, y eso que yo había encontrado una gauchita muy amorosa y estaba bien encamado.

—¿Y ha ido a verla después? —preguntó Juan con cierta malicia.

—Todo el tiempo puh patrón, usté sabe lo que se dice, dos puntas tiene el camino y en cada una, una china me espera.

—Vaya amigo, se ve que no ha perdido su tiempo —rio Juan—, tendrá una tracalada de chiquillos.

—Así mesmito nomás, puh, como diez a cada lado —rio Fermín—, algunos están grandes ya, imagínese que empezamos en el 14, ya van más de 25 años. Y, a propósito, ¿usté a qué viene a Mendoza?

—Arrancando de gente mala —dijo Juan—, gente cercana a su antiguo general.

—No me diga, si era tan re buena persona el general *Carrera*, tan bueno para la fiesta que era, y si hasta la guitarra tocaba.

Juan calló y no hizo ningún comentario, podía entender que hubiera gente que le tuviera aprecio a don *José Miguel* y a sus hermanos, él, por el contrario, no cambiaría de opinión, siempre le parecieron fatuos y mal intencionados. Pero no era tiempo de rememoraciones, ahora tenía un plan que cumplir y este era desaparecer en la ciudad de Mendoza hasta acabar su tarea. Los dos volvieron a montar y siguieron su camino hacia Uspallata.

Poco antes de llegar a Mendoza Juan le preguntó a Fermín si sabía de un hotel donde pudiera pernoctar hasta encontrar dónde quedarse más tiempo.

—Está el "Hotel de la Viuda" —le contestó éste—, queda a un par de cuadras de la plaza, un poco caro talvez, pero dicen que es de lo mejorcito que hay en estos pagos.

—Bueno amigo, entonces lléveme para allá y después se va rapidito a donde su tercio de naranja.

—¿Qué es eso?

—No se preocupe amigo, vamos andando no más —respondió Juan sonriendo.

Después de ingresar a Mendoza por el lado sur, los dos viajeros cruzaron en dirección norte hasta dos cuadras más allá de la plaza. Llegaron a una gran casona típica, que tenía al costado de su zaguán una placa de madera tallada con el nombre del albergue. Entonces, después de haberle pagado al guía y haberse despedido de él con afecto, Juan amarró su caballo al palenque y entró con su valija a una oficina de recepción que estaba al lado derecho del acceso. Preguntó allí por alojamiento y se registró debidamente.

—Vaya al segundo patio, habitación 12 —le dijo la joven que lo atendió—, Jeremías entrará su caballo. A las 10 se sirve cena, por si lo desea.

—Gracias, señorita —contestó Juan saliendo del lugar para dirigirse a su dormitorio.

Apenas torció por el corredor, vio en el muro a su derecha unos pequeños dibujos de niño, de tamaño cuaderno escolar, debidamente enmarcados y colgados en una perfecta secuencia. Siempre se repetía el mismo tema, una mujer de cabello oscuro. Le llamó la atención cómo, a medida que avanzaba, los dibujos iban progresando en su expresión. El quinto ya no era hecho por un infante, sino que, por un niño de unos diez años, los detalles de la ambientación y el dibujo del cuerpo humano ya denotaban cierta experticia y, lo que más impresionó a Juan, es que el rostro de la mujer empezaba a tener rasgos más pulcros. Entonces, cuando llegó al sexto, se detuvo afligido, le parecía que el rostro que estaba viendo le era conocido. —No puede ser —se dijo—, si es igual a la señorita Trinidad. Siguió inspeccionando los siguientes cuadros, que ya no eran meros dibujos a crayón en una hoja de cuaderno, sino que estaban pintados al óleo sobre tela, rústicos todavía, pero mucho más desarrollados. Juan se sonrió, pensando que tal vez sí era la señorita Trini, tal vez ella era conocida en este hotel. Y siguió avanzando cada vez más interesado. El rostro era progresivamente más perfecto y sí, tenía que ser el de ella, casi no le quedaba duda. Ya había llegado al segundo patio y recién en ese momento se percató que, al centro de este, a la sombra de unos naranjos, estaba un hombre joven de menos de treinta años de tez morena y un cuerpo de notoria obesidad. Estaba sentado en una silla de mimbre y tenía ante sí un atril sobre el cual había una tela con una versión más del mismo rostro.

—Buenas tardes, joven —lo saludó Juan—, mi nombre es Juan Ramírez, ¿y el suyo?

—Me llamo Juan García —contestó este con amabilidad—, pero me dicen Juancho.

—A mí también me dicen Juancho —dijo este embobado—, mire qué coincidencia. ¿Y a quien está pintando?

—Es mi mamita —dijo sonriendo orgulloso—, todos mis cuadros son de mi mamita, ya no necesito ni mirarla, la tengo en mi cabeza.

—¿Y dónde está su madre? —preguntó Juan.

—Por ahí —contestó el joven pintor—, mi mamita anda siempre por ahí y de repente aparece, y me da un besito, y me pone muy contento. Y me trae jugo y, a veces, un pan.

—Qué bien —dijo Juan, sorprendiéndose de la simpleza y bonhomía del hombre—, ¿y usted vive aquí?

—Sí, por allá atrás —respondió el pintor abstrayéndose de repente para concentrarse en unas pinceladas muy finas.

Juan lo dejó, lo miró desde lejos moviendo la cabeza, volvió a coger su equipaje y siguió camino a su habitación, siempre acompañado de las miradas dulces de la mujer de los cuadros. Sin tener la completa certeza, se repetía una y otra vez que no podía ser otra que la señorita Trini. Supuso que se habría casado y tenido a ese hijo que, le parecía un poco extraño, como carente de toda malicia. —Bueno —se dijo—, ya lo averiguaremos. Cerró la puerta y se extendió sobre la cama para descansar del largo viaje. Esa noche no se acercó al comedor a la hora de la cena, su cuerpo agotado le exigía mayor reposo.

Pero a la mañana siguiente, bastante temprano, creía él, se levantó, se vistió, después de sacudirle el polvo a su ropa y salió al patio. Para su mayor sorpresa el joven pintor ya estaba sentado en su silla y tenía frente a sí una tela virgen.

—Hola —lo saludó desde el corredor—, ¿tan temprano ya por aquí?

—Sí, Floro me trajo para acá como todos los días.

Juan siguió su camino hacia el comedor y un poco más adelante casi se cae de espaldas, creyó haber tenido un síncope, su corazón se aceleró al ver, frente a sí, con una amplia sonrisa en sus labios, a la señorita Trinidad. Le pareció que estaba igual a como la recordaba, pero mayor. Con mucho nerviosismo se acercó y le quiso pasar la mano. Se veía elegante, estaba bien vestida y maquillada, delgada como siempre y con el cabello entrecano. Detrás de ella salió de una de las habitaciones una mucama.

—Sigue tus tareas, Lucha —le dijo y recién entonces se acercó a Juan con la mano extendida. Hola Juancho, qué gusto me da verte.

—Estoy abrumado —dijo Juan—, desde ayer no me he podido calmar.

—Me imagino —contestó ella riendo—, si me viste una y mil veces te debe haber provocado estupor. Tenemos tanto de qué hablar Juan, estoy tan feliz que hayas venido.

—Gracias, señorita Trini —dijo él—, se la ve tan bien, tan dueña de sí.

—No me digas señorita Trini o te voy a echar de aquí a las patadas —rio ella—, Trini y de tú, ¿de acuerdo?

—Me va a costar, pero lo intentaré.

—Ya, ahora ve a tomar desayuno, más tarde nos sentaremos en el corredor y miraremos a Juancho cómo me pinta por milésima segunda vez.

Juan se sintió temblar, era mucho lo que su mente estaba absorbiendo de una sola vez, caminó rápido, casi arrancando de ella, hacia el comedor. Eran tantos los recuerdos, ahora sumados a hechos que él desconocía y que quería escuchar de ella. Y, además, la terrible noticia que tenía que transmitirle él, el reciente conocimiento de su origen biológico, el espantoso acto contrario a toda moral que ambos habían cometido en su ignorancia. —Ella es sobrina mía —se dijo afligido por el pecado. ¿Podremos cargar con esa culpa?, ¿y tenemos realmente alguna culpa o es esta atribuible a nuestros progenitores? Hizo un esfuerzo para calmar su espíritu y se dio mucho tiempo para tomar un largo mate y acompañarlo con unos panes de miga con queso. Recién cerca de mediodía se fue a sentar en un escaño del segundo patio donde entraba un sol filtrado por los naranjos. Juancho, el joven pintor, estaba muy concentrado en dar las primeras pinceladas sobre el bosquejo que había en la tela.

—Bien, llegué —dijo Trinidad, sentándose al lado de Juan—, todas las mañanas tengo que revisar que todo se esté haciendo bien.

—Estoy tan alterado, que no sé por dónde comenzar —dijo Juan—, mi mente está atribulada, el solo hecho de verla, señori…

—¡Te advertí, Juan, no me obligues a repetirlo!

—Perdón, Trini —dijo él—, ¿puedo llamarla Trini?

—Está bien, pero te obligo a tutearme, ya sabrás por qué.

—¿Por qué? —preguntó Juan lleno de curiosidad.

—Para hacerlo fácil —comenzó ella—, ese pintor que está allí es tu hijo.

—¡¿Qué?! —saltó él como un resorte del asiento y se tomó la cabeza con ambas manos.

—Así es, querido Juancho —dijo ella—, la madre naturaleza puede jugar con los dados muy cargados.

—¿De esa única vez? —preguntó Juan asustado.

—Así es —repitió ella—, de esa única vez. Mi intención de casarme con el Señor se malogró de entrada. A los tres meses en el convento, empecé a engordar y a sentirme mal. Las monjas captaron de inmediato que estaba embarazada. No me podía quedar allá.

—¿Y cómo yo, que sabía todo lo que pasaba en su casa, nunca me enteré de nada? —se preguntó Juan en voz alta.

—Le avisé a la Fernanda y ella me ayudó. Pero le contó a Manolo y este se desquició. Le dijo a mi hermana que él no iba a aguantar que una suelta, una marrana, destruyera el honor de la familia.

—Increíble que yo…

—No sabes los esfuerzos que hicimos con mi hermana para que tú no llegaras a saberlo, habría sido para peor, todos arrastrando culpas. Manolo me desterró y me mandó para acá. Lo que él no sospechaba es que ustedes iban a aparecerse también por acá en el 14. Yo los divisé a los dos, pero me escondí. Solo una vez me acerqué a él, pero me echó, dijo que no era hermana suya, que me desconocía.

—Me sorprende, con lo bueno que…

—Qué no te sorprenda, Juancho, el honor de la familia es demasiado poderoso, vuelve locos a los hombres de nuestra clase, se llegan a matar por ello. El tío Pancho me vio un día y conversamos largo rato, él supo todo y se comprometió a guardar silencio.

—Y bien lo hizo —dijo Juan—, nunca se le salió una palabra.

—Fue bueno eso, así pudimos soportar nuestros destinos, cada uno el suyo. Durante años fue la Fernanda, la que me mandaba plata para poder vivir con mi hijo. Y vivía en un estado muy pobretón, nada que ver con el que estaba acostumbrado, yo lo entendí como el castigo divino por haber pecado.

—Pero eras tan joven…

—No le busques excusas Juancho, yo sabía lo que estaba bien y lo que estaba mal, y no me controlé, además, después de que pasó, he acarreado siempre conmigo el momento más feliz de mi vida, el recuerdo de esa noche increíble y, más tarde, el recuerdo vivo de ti en la presencia de mi hijo.

—Me da tanta pena escucharte —se lamentó Juan—, si tan solo hubiera sabido algo.

—Durante años me dediqué a la costura, con eso mejoraba mis ingresos. Y en 1815 empecé a colaborar con las demás mujeres en la fabricación de los uniformes militares, fue mi pequeña contribución a la liberación de mi país.

—Haberlo sabido…

—Y de repente me pasó algo extraordinario —siguió ella con su relato—, le pagué a otras mujeres para que me cosieran y, sin saber cómo, me transformé en empresaria. Descubrí que tenía la inteligencia suficiente y las ganas de progresar.

—Siempre fuiste inteligente…

—Me di cuenta que faltaba una buena hospedería en Mendoza, averigüé todo lo necesario y le pedí plata mi hermana, la que se la pidió a Manolo. Gracias a Dios este me había ido perdonando y estuvo llano a prestarme.

—Ahora entiendo esas remesas que me hacía mandarle a don Juan María a Pirque —recapacitó Juan.

—Y aquí me tienes —rio ahora Trinidad—, una potentada, dueña de este albergue.

—¿Y el nombre que le pusiste?

—Tu eres un hombre vivaz, Juancho, te darás cuenta que no podía llegar como madre soltera, tuve que inventar mi viudez. De ahí viene el nombre.

—¿Y Juancho?

—Juanchito —dijo Trinidad con un dejo amargo—, el pobre quedó como niño.

—Ah, eso es…

—Cuando era chiquito no se notaba, pero cuando llegó a los 10 años siguió pensando como niño, nunca llegó a la pubertad. Él entiende todo lo que un niño de esa edad, pero no le pidas más. Y no lo necesita, él es feliz pintando, y tiene talento, tú te has dado cuenta. Lo único malo es que solo me pinta a mí. Nunca hemos conseguido que pinte a alguien más.

—Eso explica muchas cosas —dijo Juan—, ahora me toca a mí.

Durante un tiempo prolongado le contó de su vida y, finalmente, de las cartas de Manolo y de su padre Florencio. Trinidad lo miraba incrédula, con los ojos muy abiertos y con un dejo de miedo en su mirada.

—¡¿Eres mi tío?! —exclamó al final.

—Así es, querida Trinidad, ¿te das cuenta las peripecias por las que nos hace transitar el destino? Yo, una vida entera sirviendo a Manolo como el lacayo más abnegado, jamás poniendo un pero, servil y dispuesto a sufrir el deshonor de los sirvientes, y de repente soy un medio miembro de la clase aristocrática, huacho como don *Bernardo*, pero de alcurnia. Puede ser muy extraña la vida.

—Lo que más me alegra de lo que me has contado es que Manolo te haya pedido venir a buscarme y llevarme de vuelta. Significa que en su corazón me perdonó y eso me causa gran felicidad.

—¿Y te gustaría volver a Chile?

—No lo sé, me he acostumbrado aquí, tengo un trabajo que me enaltece y del cual me siento orgullosa. No me falta nada y la gente me respeta, soy una señora de bien en este país. ¿Qué podría ser allá?

—Tienes mucha razón —dijo Juan—, además con lo sibilina que es la alta sociedad chilena, te harían la vida imposible. Pero, si no te parece mal, podemos seguir en contacto cuando yo me vaya de vuelta, las cartas alegran el corazón y, estoy seguro, mi Auristela se va a contentar de saber de ti. Te advierto eso sí, que lo nuestro es mejor dejarlo en un pasado nebuloso, no es necesario afectar a nadie.

—Bueno, ¿y hasta cuándo te quedarás aquí?

—Ese es otro cuento, querida Trini, creo que tendré que pasar un buen tiempo aquí, tengo que terminar de escribir las memorias que me encargó tu hermano para poder pasárselas a una persona determinada en Santiago. Y para ello tengo que ocultarme de quienes me persiguen.

—Me parece maravilloso —dijo ella con euforia—, te vas a quedar aquí, con nosotros, nadie te molestará, podrás escribir con tranquilidad. Y, para mí, será un gusto poder alojarte en mi casa. Pero, ¿por qué te persiguen?

—Pero, Trinidad, eso no... —murmuró Juan—, y ya te contaré por qué me persiguen.

—Nada de no aquí, tú vas a ser mi huésped de honor y correrás por mi costo, si no ¿de qué vale ganar plata?

—Lo que te pediría, si este ha de ser el caso, es poder estar aquí de incógnito y que ningún extraño me pueda ver, no vaya a ser cosa que me descubran y que me roben el manuscrito.

—Ya sé —rio ella—, te instalarás en el tercer patio, igual como era allá en Santiago. Te prepararé una buena pieza y allá nadie te podrá molestar.

***

1814, planes futuros

A fines de noviembre de 1814 llegó una mañana un mensajero que traía una carta de don *José de San Martín*, por medio de la cual nos invitaba a pasar el día sábado 3 de diciembre en la hacienda Santa Corina, para tratar diversos temas de interés de la logia. Lo comuniqué a mis patrones y más tarde llevé una respuesta al ayudante del coronel.

Temprano, en la mañana de ese día, estuvimos todos los hermanos lautarinos montados, a la espera de que apareciera el hermano *San Martín*, quien se asomó, para nuestra sorpresa, con cuatro oficiales más y con el hermano *Zenteno*. Antes de montar, el coronel hizo las presentaciones:

—Hermanos —dijo acercándose a nosotros—, les presento a mis cercanos compañeros de armas y de orden, el general *Manuel Belgrano*, el general *Marcos González Balcarce* y al general *Tomás Guido* y el coronel *Antonio Luis Beruti*. Y además he invitado, tal como se me sugirió, a vuestro hermano *Zenteno*. Es una linda mañana, vámonos ya, que tenemos mucho de qué conversar.

Cuando estábamos listos para partir, llegó al galope el capitán *Pablo Gómez*, quien frenó su caballo delante del hermano *San Martín*, desmontó de un salto y se cuadró delante de su coronel.

—¿*Gómez*, no estaba usted en Buenos Aires junto a *Mackenna* e *Irisarri*? —preguntó éste.

—Así es, mi coronel —contestó el capitán—, el doctor *Irisarri* me mandó de urgencia a informarle que ha sucedido algo deplorable, señor, mi general *Mackenna* ha fallecido con fecha 21 de noviembre.

—¿Pero cómo, si estaba tan bien? —preguntó el coronel lleno de sorpresa.

—El coronel *Luis Carrera* lo retó y ambos se batieron a duelo, el general *Mackenna* resultó muerto.

—¡Por Dios! —exclamó el general *O'Higgins*—, finalmente el desalmado lo logró. Varias veces lo retó a duelo, aduciendo el honor de su familia, que el hermano *Mackenna* habría ofendido.

—Hay algo más que deben saber —dijo el capitán *Gómez*—, al cabo del primer disparo ambos contendientes salieron ilesos, por lo cual los padrinos estimaron terminada la confrontación, pero don *Luis* insistió en que mi general hiciera una retractación pública, a lo cual este no accedió. En vista de ello hubo un nuevo disparo y en esta oportunidad mi general *Mackenna* fue herido de muerte en el cuello, junto a la arteria aorta. Don

Luis fue apresado por el gobierno por trasgredir la ley que prohíbe los duelos.

—Gracias, capitán —dijo entonces *San Martín*—, puede retirarse a descansar. Es muy lamentable lo que ha pasado, me siento personalmente muy afectado, pero en este momento tenemos que superar las emociones, no hay tiempo para ellas, debemos seguir adelante. Partamos ya.

Formábamos un numeroso contingente de jinetes levantando un polvo blanquecino en nuestra ruta, que se orientaba en dirección noreste, alejándonos cada vez más de los contrafuertes cordilleranos. La mañana estaba despejada, pero, para nuestra suerte, corría una brisa fresca que aliviaba el efecto de los poderosos rayos del sol primaveral. Al cabo de una larga media hora, llegamos a las puertas de la hacienda Santa Corina, donde se apreciaban extensas planicies de trigo, verdes llanuras pobladas de reses y un enorme viñedo con parras muy cargadas. El coronel nos guio hasta las casas y allí nos recibieron los caballos. Todos nos dirigimos a un gran emparronado donde estaban dispuestas cómodas banquetas y poltronas junto a un largo mesón con entremeses y jarras de greda. A cierta distancia había varios criados a la espera de recibir órdenes.

—Pónganse cómodos, hermanos —nos dijo entonces *San Martín*—, pueden aflojar vuestras chaquetas, tendremos calor intenso en esta jornada.

Yo esperé con paciencia que todos se hubieran sentado y luego permanecí de pie detrás de mi señor, quien ocupaba un sillón de mimbre junto a su tío. Todos mirábamos expectantes al coronel, teníamos gran curiosidad por saber qué nos iba a decir.

—Queridos hermanos, les ruego que me presten mucha atención a lo que tengo que transmitirles —comenzó este—, es conocido por todos ustedes el enfrentamiento que estamos viviendo los pueblos americanos, que luchamos por nuestra independencia, con la monarquía española, que pretende extender su reinado colonial sobre estas tierras. A esta fecha los españoles han sometido a la casi totalidad de los pueblos insurgentes, quedando nosotros, las Provincias Unidas del Río de la Plata, como único territorio libre, pero, no por ello, exento de riesgo de ser reconquistado. En las provincias del norte hemos sido incapaces de doblegar a nuestro vecino de la provincia de Charcas, después está la región ubicada en ribera oriental del Río de la Plata, que está amenazada por los portugueses y luego nuestra capital, Buenos Aires, que puede ser atacada en cualquier momento por mar, tan pronto el monarca esté en condiciones de armar una escuadra poderosa. Por favor, mi general *Belgrano*, siga usted.

—Es mi deseo, queridos hermanos, ratificar lo dicho por el coronel *San Martín*. Yo he estado al mando de nuestras fuerzas en la lucha contra el Alto Perú —dijo este—, ha sido una lucha estéril que podría dilatarse por decenios sin que alguno de los bandos pueda obtener una victoria definitiva. Lo escarpado del terreno, los incontables valles cordilleranos y la extensión total de la región hacen imposible dominar una porción del territorio. Hemos sostenido numerosas batallas que han concluido con la dispersión y huida de alguno de los regimientos, para luego recuperarse y volver a la guerra tiempo después. Por esta vía jamás derrotaremos a los realistas. Coronel.

—En virtud de lo señalado por el hermano *Belgrano* —siguió este—, es que se han estrechado nuestras opciones para destruir el poderío español asentado en América. Después de mucho darle vueltas al asunto he llegado a la conclusión que la única manera de vencer al virrey en Lima es hacerlo por mar. Para ello es imprescindible contar con un lugar seguro junto al océano Pacífico. Recordé, en tal sentido, una estrategia planteada en Inglaterra por un militar de esa nacionalidad, de apellido *Maitland*, quien la propuso a la corte para arrebatarles estas tierras a los españoles. El plan es muy sencillo de esbozar, consiste en sobrepasar los Andes, vencer a los españoles de Chile, armar una escuadra en Valparaíso y, desde allí, sostener un sitio por mar a la ciudad de Lima. La ejecución es probablemente mucho más difícil de lo que se escuchan mis palabras.

—Suena impresionante —comentó alguien.

—Así es —dijo *San Martín*—, no solo es impresionante, requiere de una eximia planificación de los detalles, lo que exige la estrecha colaboración de hombres inteligentes, como lo son todos ustedes. Ahora, siga usted, don *Bernardo*.

—Gracias —dijo el general *O'Higgins*—, hemos conversado largas horas con el hermano *San Martín* analizando la factibilidad de esta empresa y hay dos factores que son fundamentales. El tiempo, por un lado, está claro que no podemos permitir que los españoles se hagan fuertes en nuestra patria, y la astucia, por el otro, tenemos que lograr que el pueblo chileno presente una resistencia permanente a los españoles, para que estos se vean obligados a distraer fuerzas militares de los puestos de defensa del territorio.

—Disculpe, hermano *San Martín* —se dirigió a él don *José Gregorio Argomedo*—, perdone si le parezco un poco negativo, pero nosotros sabemos que conducir una guerra requiere de fondos que parecieran no tener límites. ¿Qué ha pensado en tal sentido?

—Lo que usted dice, querido hermano, es muy cierto —respondió *San Martín*—, yo tengo claro que los dineros, que podamos reunir en esta provincia, serán insuficientes para lograr nuestro cometido, pero una vez que en Buenos Aires se convenzan de que este plan es nuestra única opción, espero que recapaciten y estén dispuestos a entregar los recursos necesarios. Para eso es fundamental poder contar con hermanos lautarinos en el gobierno central. Por ahora está el hermano *Gervasio Antonio de Posadas*, no sabemos por cuánto tiempo más, tenemos que estar muy atentos a que sus sucesores también lo sean. Ahora, descansemos un rato, después les contaré lo que hemos pensado con los hermanos *Bernardo O'Higgins* y *Juan Gregorio de las Heras*.

Todos se levantaron y nos acercamos al ambigú a servirnos de comer y de beber. Los hermanos se relajaron un poco, caminaron en grupos de dos o tres por la sombra del parrón y se dejaron oír los comentarios respecto de lo que habían escuchado:

—¿Seremos capaces de afrontar esta tremenda tarea? —preguntó el tío Pancho y se engulló unas aceitunas—, pareciera ser titánica.

—No podemos fallar —dijo mi señor con gran decisión—, la liberación de las colonias debe ser nuestro objetivo central, nosotros formamos parte de la comunidad americana y además somos impulsores de nuestro ideario masónico, nos hemos comprometido con él, no podemos fallar.

—Gracias a Dios tenemos al frente a un hermano, no solo de gran inteligencia, sino que además con una voluntad de hierro —dijo después de morder su empanada el hermano *Vera y Pintado*.

Yo observaba y escuchaba a los hermanos yendo y viniendo mientras daban cuenta de sus entremeses. Algunos gesticulaban con gran convicción, otros solo oían a sus contertulios. El coronel *San Martín* caminaba con don *Bernardo* y ambos, muy serios, intercambiaban palabras en voz baja. Al cabo de media hora, el hermano *San Martín* nos volvió a reunir:

—Sigamos con lo nuestro —dijo—, les expondré ahora a grandes rasgos el plan, que se sustenta en varias acciones muy específicas:

1. La formación de un gran ejército capaz de derrotar a los españoles, quienes cuentan con un contingente numeroso de soldados veteranos. Para ello es condición sine qua non el adiestramiento prolongado de los nuevos reclutas, su apertrechamiento más apropiado y la disposición de un armamento moderno y eficaz.

2. Imponer en las provincias una economía de guerra destinada a generar riqueza y, a la vez, producir los bienes necesarios para nuestra campaña.

3. Iniciar una "guerra de zapa[5]" destinada a convencer al gobernador de Chile de que no necesita preocuparse por una posible invasión nuestra, desincentivando así el fortalecimiento de su ejército.

4. Incursionar en el territorio chileno a través de espías que nos informen de su capacidad militar, el número de soldados de las distintas unidades, su ubicación, su armamento, su disciplina, etc., etc.

5. Mandar a un buen número de insurgentes que solivianten a las masas en todo el territorio para mantener al gobernador en constante cautela.

6. Infiltrar en el ejército español a instigadores que hostilicen a los oficiales criollos y peninsulares en contra de su mando central.

7. Finalmente, lograr un conocimiento muy acabado del terreno montañoso por el cual habremos de ingresar a Chile.

—Oh Dios —exclamó *Fray Juan Pablo Fretes*—, no es casi nada lo que hay qué hacer.

—Disculpe, coronel —preguntó el hermano *Gaspar Marín*—, ¿en cuánto tiempo espera usted llevar a cabo su magistral obra?

—Yo quisiera poder cruzar la cordillera en el verano de 1816, vale decir que tendríamos un año para preparar todo. Pero quiero que sepan,

---

[5] "guerra de zapa" = conflicto indirecto, soterrado, de desgaste lento

queridos hermanos, que la campaña por la liberación de Chile está comenzando ahora. El último paso será el cruce de los Andes.

—¿Será posible hacer eso en tan poco tiempo, hermano *San Martín*? —preguntó el general *Guido*—, lo digo porque yo, que he estado a la cabeza de la Secretaría de Guerra de las Provincias Unidas, veo muy difícil allegar los fondos en tan poco tiempo. Y si el gobierno central no nos da su apoyo es imposible lograr el objetivo.

—Bien, señores —dijo entonces *San Martín*—, la fecha indicada se mantiene como propósito inicial a evaluarse en un plazo de seis meses, si esta falla, tendremos que posponer todo en un año.

—Eso suena más razonable —acotó el general *Belgrano*.

—Ahora, a la asignación de tareas —siguió *San Martín*—, los hermanos *O'Higgins, de las Heras, Belgrano, Guido, Arriagada, Balcarce* y *de La Cruz*, asumirán tareas relativas a la formación del ejército, la construcción del campamento, el reclutamiento, la logística y el planeamiento preciso de la estrategia de guerra. Los hermanos *Godoy Cruz* y *Paso* serán nuestros representantes en el parlamento de Tucumán y harán los esfuerzos necesarios para que un hermano nuestro sea elegido Director Supremo. Los hermanos eclesiásticos se deberán encargar de estimular a la población cuyana para lograr su adhesión a la causa. A los hermanos *Argomedo* y *Vera y Pintado* les ruego apoyarme en la certeza jurídica de mis acciones como gobernador civil y militar. El hermano *Álvarez-Condarco*, al margen de su función como encargado de la fábrica de pólvora, cumplirá más adelante una labor de inteligencia muy importante. A los hermanos *de Villegas* y *Marín* los quiero supervisando a mi equipo de hacienda y cuentas públicas. El hermano José Francisco García-Lazcano tendrá que desplegar todas sus condiciones de sociabilidad y conocimiento del alma chilena para embarcar a sus compatriotas en esta aventura. Los hermanos Luis Manuel García-Lazcano y el sargento Ramírez colaborarán estrechamente conmigo en las labores de contrainteligencia y guerra sicológica. El hermano *Zenteno* será mi secretario personal. Los que no nombré, no se aflijan, pronto les informaré de sus encargos.

—¿Sargento Ramírez? —pregunté en forma involuntaria.

–Así es, estimado hermano —contestó *San Martín* sonriendo—, ya es hora que le asignen el grado que le corresponde. Colaborará conmigo y con el capitán García-Lazcano en lo ya mencionado. Y, a propósito, sargento, tome este pequeño presente, para que haga honor a su grado.

—Oh, gracias mi coronel —respondí un poco atolondrado mientras observaba alucinado una caja de madera abierta, con un par de pistolas refulgentes en su interior—, cuente conmigo siempre.

—Por último —siguió—, todos ustedes tendrán claro que nuestro secreto sigue tan vigente como siempre. Nada de lo dicho puede salir de aquí. No hay personas confiables fuera de nuestro círculo, cualquier cosa que se diga en Mendoza, llegará a oídos del general *Ossorio* en Chile.

Todos nos miramos anonadados, el brillante coronel ya había pensado en todo. Nos sentimos halagados de poder ser partícipes tan cercanos de su proyecto. En tal sentido, yo estaba impresionado de la humildad y la abnegación del general *O'Higgins*. Mal que mal era el general en jefe de las fuerzas armadas chilenas y, sin embargo, aquí estaba llano a dejar su grado de lado y someterse al mando del coronel *San Martín*. Qué distinto del presuntuoso general *Carrera*, que paseaba su prepotencia por doquier.

Cuando por fin se dieron por terminadas las actividades oficiales, fuimos invitados al gran comedor de la hacienda, donde nos sentamos en torno a una enorme mesa. El hermano *San Martín* me obligó a tomar parte en el largo y opíparo almuerzo.

—Brindemos por el éxito de nuestra gran aventura —dijo en algún momento dado el coronel *San Martín*—, y aprovechemos de desearle suerte al general *O'Higgins*, quien partirá en unos días a Buenos Aires para advertir en primera persona al gobierno respecto de las intrigas que se pueden esperar allá del infame caudillo *Carrera*. También se reunirá con el hermano *Terrada* para informarle de nuestro plan.

Al término del ágape, cuando ya se destacaban las sombras en los faldeos cordilleranos, emprendimos el camino de vuelta a la ciudad. A los 10 minutos, cabalgando siempre al paso, el coronel *San Martín* se detuvo y extendió su brazo derecho:

—Ese lugar es conocido como El Plumerillo, allí estableceremos el campamento general del Ejército de Los Andes. Será la fragua en que se fundirá el "Martillo de Thor" que derrotará a los maturrangos.

***

1814, *Carrera* en Buenos Aires

A mediados de diciembre de 1814 llegó una carta desde Buenos Aires. La enviaba don José Pedro a mi señor:

Buenos Aires, Noviembre 26 de 1814

Luis Manuel

Con muy poco ánimo y bastante resentimiento en contra de mi familia, me permito hacerle llegar esta para volcar fuera la ira que llevo en mi interior. Hace dos días llegamos a esta ciudad, luego de 21 días de marcha denigrante. Su amigo *San Martín* se ha comportado como un insufrible y mal educado tiranuelo. Desde el día mismo en que llegamos con mi general *Carrera* a Mendoza, el intercambio epistolar entre ambos fue de una insolencia fuera de todo límite. No quiso reconocer los títulos de mi señor y lo sometió al escarnio público, ofendiéndolo gratuitamente. Finalmente, después de arrebatarle sus tropas y de mantenernos presos durante dos días en las condiciones más degradantes, el reyezuelo nos envió al exilio. El 3 de noviembre subió a mi general, su hermano y las mujeres de ambos a una rústica galera tirada por cuatro mulos. *Diego José Benavente*, su hermano *José María*, fray *Julián Uribe* y una decena de oficiales, entre los cuales me encontraba yo, formamos su mínima escolta, todos desarmados. Y fuimos obligados a someternos a un escuadrón de 30 dragones al mando del teniente chileno *Agustín López*.

En el miserable pueblo de San Luis se quedó el coronel *Juan José Carrera* con su mujer y nosotros seguimos camino. Los dragones nos acompañaron hasta el poblado de Luján y mi general se vio incluso obligado a pagar por el servicio de escolta, una vergüenza tremenda.

Ahora nos hemos acomodado en una casa, donde vivimos los oficiales que acompañamos a mi general, y que lleva en forma espléndida la hermana de este, doña *Javiera*.

Apenas llegamos, nos enteramos del duelo de mi coronel *Luis Carrera* con el general *Mackenna* y la justiciera muerte de aquel. Pagó por sus ofensas a la familia de mi general.

Don *José Miguel* nos ha revelado que tratará de conseguir audiencia con el Director *Posadas* para solicitarle apoyo a su plan de volver a Chile para expulsar a los españoles.

Su hermano

Cpt. José Pedro García-Lazcano

1815, tareas muy urgentes

El día lunes después de la reunión cerca de El Plumerillo, el coronel *San Martín* empezó a trabajar con los distintos grupos en las tareas asignadas. A petición de él, asistimos, en compañía de mi señor, a las primeras instrucciones que dio a los militares. Llegó acompañado del hermano *Zenteno* a la sala que había sido puesta a cubierto.

—Mi general *O'Higgins* —se dirigió a él *San Martín*—, quiero encargarle que sea usted quien planifique y luego construya nuestro gran campamento donde ya les indiqué. Pondré a su disposición a un pequeño contingente y le ruego que, en concordancia con este, en un plazo no superior a 15 días me haga conocer el proyecto, su funcionamiento y su costo.

—A su orden, coronel —contestó el hermano *O'Higgins*.

—Mi general *González Balcarce* —siguió—, usted se encargará de estudiar el plan detallado de nuestra campaña, estimará el número de soldados y oficiales que requeriremos y las necesidades de armamento, incluida la artillería.

—Sí, coronel.

—Mi general *Belgrano*, mientras usted esté aquí, le ruego que elabore el completo plan de avituallamiento del Ejército de Los Andes que bajará a Chile.

—A su orden, coronel.

—Déjenme informarles que he comisionado a *Fray Luis Beltrán*, un presbítero devenido en civil y de extraordinaria inventiva, la puesta en marcha de nuestra fábrica de armas.

—Qué bien —comentó *O'Higgins*—, eso ayudará mucho.

—Coronel *de las Heras*, usted se encargará, con un contingente de oficiales y en correspondencia con el plan del general *González Balcarce*, de ubicar en la provincia a todos los hombres disponibles para la guerra, lugareños y chilenos, los registrará y los reclutará. Una vez terminado ese proceso se preocupará de los planes de entrenamiento militar, los cuales se efectuarán en base a pequeños grupos trabajando en lugares cercanos a sus viviendas. No quiero un gran regimiento que pueda hacer abrir los ojos al general *Ossorio* en Chile. Nunca, por ni un minuto, se les olvide, y a todos se los digo, lo que hagamos aquí será conocido un par de días después por los maturros de allá.

*

Al día siguiente le tocó al tío Pancho su turno. Desde temprano estuvo reunido con mi coronel y a la hora del almuerzo llegó muy ufano de su cargo.

—Me encargó el hermano *San Martín* que recorra la ciudad y toda la zona para hacer un censo de todos los chilenos presentes aquí. Quiere tener un empadronamiento completo con nombres y edades. Quiere conocer su disposición a colaborar y quiere saber de los parientes cercanos y amigos que quedaron en Chile. Como ustedes ven, es un hombre muy metódico y tiene muy claro lo que quiere.

—Tío, va a tener que trabajar —rio Manolo—, no se vaya a cansar más de la cuenta.

—Respeto, sobrino —dijo este riendo—, para que no me canse tanto va a poner a mi disposición un coche de caballos, un teniente escribano y dos soldados para mantener el orden, por si fuera necesario. También me dijo que averiguara si hay entre nuestros compatriotas soldados u oficiales que hayan estado bajo el mando de *Ossorio*, quiere saber todo de él.

—Interesante… —pensé yo en voz alta.

—Me dijo que va a tratar de ubicar a las familias que aún no han encontrado alojamiento en casas de mendocinos, que para eso necesitará los datos que obtenga.

*

Al final, nos citó a mi señor y a mí a su despacho privado. Se apoyó en su escritorio mientras nosotros permanecíamos sentados en las butacas.

—Quiero que hagamos un ejercicio queridos hermanos —inició sus palabras—, ustedes conocen nuestro plan, ¿qué condiciones creen ustedes que son primordiales para poder ejecutarlo?

—Tener el tiempo para prepararlo —saltó mi patrón.

—Tener los recursos necesarios —dije yo.

—Contar con el deseo de nuestros compatriotas de liberarse de los españoles —agregó mi señor.

—Poder contar con un ejército superior al de ellos —dije yo.

—Todo ello es muy válido y sabido —dijo *San Martín*—, ahora la pregunta más importante, ¿qué podemos hacer desde ya, sin un ejército y sin recursos, para contribuir a esos objetivos?

—Para tener el tiempo necesario —respondí— es importante que no tengamos que entrar en estado de guerra antes de que estemos listos.

—Bien dicho, hermano —dijo el coronel—, tenemos que evitar por todos los medios a nuestro alcance que el general *Ossorio* nos declare la guerra. ¿Cómo hacemos eso?

—Teniendo un tremendo ejército para defendernos —dijo mi señor—, lo que obviamente no tenemos.

—No constituyendo una amenaza para sus planes en Chile —dije yo.

—Muy cierto —dijo *San Martín* con un aplauso cerrado—, que no constituyamos una amenaza, que no obliguemos a *Ossorio* a preocuparse por recuperar sus huestes, que no se le ocurra pedir refuerzos a Lima. Eso es lo que tenemos que lograr como primer propósito, convencerlo de que puede seguir tranquilo, que aquí no pasa nada, que no tenemos ninguna intención de emprender nada contra él. Es nuestra primera tarea, señores.

—Por otro lado —dijo mi señor—, sería conveniente desincentivar cualquier intención de conquistar Mendoza, que esta plaza carezca de todo atractivo para él y sus ávidos soldados, que no haya nada de qué apoderarse aquí.

—Muy válido también —dijo *San Martín*—, ahora, ¿cuáles son nuestras herramientas para lograr nuestros objetivos?

—El ingenio, la astucia, nuestra arma es la comunicación —dije.

—Eso es, queridos hermanos —dijo *San Martín*—, lo que yo he denominado la "guerra de zapa", porque, así como los mineros van horadando la montaña, así nosotros horadaremos la fortaleza de los españoles. Usaremos todos los cauces de comunicación disponibles para hacer creer a *Ossorio* todo lo que nosotros queramos que crea. Ahora se los encargo, en un plazo de una semana quiero que me presenten acciones pormenorizadas que podamos ejecutar. No se les olvide que Mendoza está llena de correos espías, está en nosotros saber cómo utilizarlos a nuestro favor. Gracias.

*

Con las tareas muy bien definidas, todos los hermanos lautarinos comenzamos a desarrollar nuestras funciones. Cada cual conocía a la perfección su ámbito, sin embargo, solo conocía de lejos lo que estaban haciendo los otros. Era la estrategia del coronel para evitar las filtraciones. Su astucia era sorprenderte. Sabíamos, por otra parte, que, además de las tareas ya encauzadas, el hermano *San Martín* estaba preocupado en forma personal de elaborar los planes para reunir los fondos necesarios.

*

El 20 de enero de 1815 llegó a la Logia Lautarina una carta fechada días antes en Buenos Aires. Provenía del hermano *Antonio Irisarri*:

Buenos Aires, Enero 15 de 1815

Q:::H:::

Me es muy grato saludarlos y ponerlos al día respecto de hechos de relevancia acaecidos en esta gran ciudad. Hace algunos días tuve el gusto de recibir en ésta a nuestro hermano *O'Higgins*, quien llegó acompañado de su madre y de su hermana *Rosa*. Fuimos juntos a conversar con el director, nuestro hermano *Gervasio Antonio Posadas*, quien nos recibió con grandes muestras de afecto y respeto. Le manifestamos nuestra preocupación por la presencia de general *Carrera* en Buenos Aires y, de paso, le hicimos presente el plan de reconquista del territorio chileno.

Pero las cosas suelen cambiar con mucha rapidez en esta capital y, como debe ser ya de vuestro conocimiento, tras una rebelión militar y la consecuente renuncia de *Posadas*, la asamblea nombró Director Supremo de las Provincias Unidas del Río de la Plata a nuestro otro hermano, don *Carlos María de Alvear*, para que cumpla el resto del mandato del anterior. Ahora hay gran preocupación en nuestro seno por el temperamento indomable de este joven, que es muy pretencioso.

Para nuestra desgracia, este nombramiento le vino como anillo al dedo al general *Carrera*, quien conoce a *Alvear* desde sus tiempos como militar en España y con quien coinciden tanto en carácter. Rápidamente se contactó con él y, no solo consiguió lo que no había logrado con

Posadas, que liberaran a su hermano *Luis*, condenado por la muerte del hermano *Mackenna*, sino que se ha transformado rápidamente en consejero del nuevo director. Podrán imaginarse lo que esto significa para nuestros propósitos. Para peor, llegó ayer a esta el *coronel Juan José Carrera*, figúrense los tres libres e intrigando en palacio.

En una reciente reunión de la Logia Lautarina tuvimos la ocasión de presentar al hermano *Bernardo*. Estuvieron presentes allí, entre otros, el hermano *Fretes*, el coronel mayor don *Juan Florencio Terrada*, el general don *Marcos González Balcarce*, el doctor don *Juan José Paso* y el general don *Ignacio Álvarez Thomas*, quienes lo recibieron con fraternal cariño.

Dios los conserve en plenitud Q:::H:::

H::: *Antonio de Irisarri*

***

1815, primeras tareas de la futura guerra

Durante el verano de 1815 todos los hermanos lautarinos estábamos afanados cumpliendo con las tareas encomendadas. El tío Pancho llegaba todas las tardes agotado y se echaba sobre la poltrona y exigía una suculenta cuota de coñac antes de abrirse a contar de sus peripecias.

—¡Pucha que ha hecho calor hoy! —fue lo primero que exclamó—, un sol inmisericorde nos acompañó durante toda la jornada.

—Todos lo hemos sentido, tío —dijo mi señor estirando sus piernas.

—Hoy salimos hacia el lado de las chácaras de Coria, junto al camino a Chile —siguió el tío—, está lleno de chilenos pobres allá, es sorprendente cómo los han recibido y cómo les han dado la posibilidad de trabajar en lo que más saben. Y aunque están bien aquí, casi todos están listos y dispuestos a enrolarse, apenas sea necesario, para volver a Chile.

—¿Y el teniente escribano hace su tarea? —preguntó Manolo.

—Sí, bastante bien, ha inscrito con mucha paciencia a todos nuestros compatriotas. Y descubrimos a uno que había estado bajo el mando de *Ossorio*, era de esos que reclutaron a la fuerza en Chiloé.

—¿Y qué dijo de él?

—El pobre hombre dijo que lo había escuchado solo una vez, de lejos, y que tenía un hablar tan culto con tantas palabras incomprensibles, que no había entendido nada. Su teniente les había contado que era un hombre muy crédulo y bien intencionado, pero que confiaba demasiado en sus subalternos y les daba demasiada libertad para actuar. Él, en lo personal, creía que *Ossorio* era un poco cómodo, que prefería dar instrucciones en vez de involucrarse personalmente en las acciones.

—Ajá… —expresó mi señor.

—Sí, que además su capitán les había dicho que en Lima *Ossorio* había sido profesor de matemáticas y que todo el tiempo insistía en lo importante que era saber de eso.

—Vaya, qué interesante —dijo mi señor—, habrá que informar a la brevedad a mi coronel *San Martín*.

—Ya le debe haber llegado —dijo el tío—, ¿y ustedes, qué tal?

—Vea, tío —le contestó mi señor—, mi coronel nos puso una tarea harto difícil. Aquí, con el hermano Juancho, tendremos que estrujar el cuesco para lograr lo que él quiere. Nos dijo que dentro de breve le dará estructura al comando de inteligencia y contrainteligencia directamente bajo su mando. Aparte de nosotros habrá un grupo de amanuenses y, en terreno, los correos y los espías.

—¡Qué apasionante! —exclamó el tío—, ustedes estarán al tanto de todo lo que pase, extraordinario.

—Ya nos han surgido algunas ideas muy ingeniosas —dijo mi señor.

—¿Ah sí, y cuáles serían esas? —preguntó el tío.

—Por lo pronto convinimos con mi coronel en que sería fundamental que a *Ossorio* y su gente ni se les ocurra venir a asaltar Mendoza, para poder trabajar tranquilos en la preparación de la campaña. Se nos ocurrió que no debía haber riquezas en la zona.

—Vaya, interesante…

—Sí, y ya hemos redactado un bando que se emitirá en los próximos días, el que obligará a toda la gente pudiente entregar sus caudales en custodia al gobierno provincial, quien los pondrá a resguardo en la ciudad de Córdoba. Ya tenemos también escritos los formularios de recepción que firmará personalmente el gobernador.

—Muy ingenioso *San Martín* —dijo el tío—, con eso no habrá aquí, ni soldados que intimiden, ni riquezas para ser expropiadas.

—También está disponiendo el destierro de todos los realistas a la Punta de San Luis —agregué—, de esa manera los godos carecerán de todo apoyo si se les ocurre asaltarnos.

*

El tiempo pasaba rápido con la actividad, que todos los involucrados estábamos desplegando en la provincia. El general *O'Higgins* había regresado de Buenos Aires el 20 de febrero y de inmediato se había puesto de cabeza en su tarea, vale decir el campamento de El Plumerillo.

A nuestro despacho se fue allegando gente, en especial escribanos capaces de copiar documentos. Yo, por mi parte, me concentré en aprender a copiar escrituras y falsificar firmas, en lo que adquirí una enorme destreza. Al poco tiempo podía firmar cartas simulando la firma de los realistas, las que comenzamos a enviar a Santiago. En ellas, los supuestos remitentes informaban a sus parientes y amigos que, al margen de sentirse muy reprimidos por el gobernador *San Martín*, la ciudad de Mendoza estaba en completa calma y parecía que nadie quería cambiar el statu quo. Antes de que se cerrara la cordillera en el mes de abril, alcanzamos a mandar dos docenas de cartas del mismo tenor que, esperábamos, hubieran llegado a destino y, de paso, a oídos del general *Ossorio*.

*

A fines del mes de abril de 1815 nos llegó una nueva carta del hermano *Irisarri* desde Buenos Aires:

Buenos Aires, Abril 25 de 1815

Q::: H:::

Desde esta tumultuosa ciudad junto al río de la Plata les envió mis más fraternales saludos y me permito informarles sobre acontecimientos recientes. A principios del corriente la paciencia de los porteños llegó a su límite y, con la complicidad de algunos regimientos, depusieron al fantoche de *Carlos María Alvear*, terminando así su dictadura infame. Se rumorea incluso que habría acudido a la corona inglesa ofreciéndole la entrega del país. Algo poco creíble, sabiendo que es un hermano masón.

Pero con ello también se acabó la influencia del general *Carrera* en el gobierno, lo que me parece muy conveniente. Así, se reparará la lesión enorme que este había instigado, aconsejando destituir al coronel *San Martín* del Gobierno de Cuyo. Menos mal que ello no alcanzó a ocurrir.

El cabildo le entregó el poder al general *Ignacio Álvarez Thomas*, hermano nuestro, como han de saber, y muy amigo del hermano *San Martín*. Con él a la cabeza podemos soñar con hacer realidad el maravilloso plan que este tiene para liberar Chile.

Les informo que, cuando la logia se dio cuenta del influjo que estaba teniendo *Carrera* sobre *Alvear*, esta mandó a llamar de urgencia a nuestro hermano *Bernardo Vera y Pintado* y se lo impuso como asesor. Sabiendo nosotros que conocía al general *Carrera* desde joven, nos dábamos cuenta que era el más apropiado para contrarrestar los ímpetus de aquel.

Los *Carrera* fueron apresados por colaborar con *Alvear*, pero puestos en libertad después de cuatro días. Ahora, don *José Miguel* ha vuelto a insistir con el general *Álvarez Thomas* solicitando el apoyo para una campaña libertadora de Chile. No se cansa nunca.

Un saludo pletórico de buenos deseos

H::: *Antonio de Irisarri*

*

Durante el período invernal, la correspondencia con Santiago se vio disminuida y circunscrita a los correos que podíamos mandar por el paso norteño que bajaba a Coquimbo o por el del sur hacia las provincias meridionales. Aprovechamos ese tiempo para ordenar con el coronel *San Martín* las tareas que se vendrían después de que se abriera la cordillera en octubre o noviembre.

—Los maturrangos nos han mandado puros espías muertos de hambre —nos dijo un día riendo—, son tan ignorantes que les hacemos creer lo que queremos. Nosotros vamos a mandar gente educada e inteligente tan pronto se pueda.

—¿En quién ha pensado? —le preguntó mi señor.

—Hay varios oficiales chilenos que se prestarían muy bien para esta tarea —dijo—, me entrevistaré con ellos en los próximos días, ya les avisaré. Por ahora quiero dictar las instrucciones bien precisas de lo que han de informar esos espías desde Chile. Por favor hermano Juancho, tome nota y luego lo hace copiar unas treinta veces:

«- *Opinión patriótica de cada provincia.*
- *Estado de la disciplina.*
- *Fuerza efectiva del enemigo.*
- *Estado de su táctica e instrucción.*
- *División de sus armas, infantería, caballería, artillería, etc.*
- *Cómo se hallan pagas y vestidas las tropas; y que opinión tienen a favor de la causa de América; y puntos ocupados por los distintos cuerpos.*
- *Averiguar, si es posible, el plan de defensa y ataque del enemigo.*
- *Puntos que cubren con sus avanzadas y número de que se componen.*
- *Noticias de Lima y Perú.*
- *Qué número de caballos y mulas hay y puntos que ocupan.*
- *Qué clase de trabajos militares ha hecho el enemigo.*
- *Qué buque de guerra o armados tiene disponibles y puertos en que se hallan.*
- *Qué progreso han hecho nuestras fuerzas navales.*
- *Nombre de sus regimientos y jefes, y opinión que cada uno merece.*
- *Si hay inconveniente entre los cuerpos, y estos con el pueblo.*
-*Si son perseguidos con violencia los patriotas.*»

***

3.
1840
Santiago, Chile

Días después del pavoroso exabrupto del joven barón Louis Phil-lipe, quién se dio el gusto de demoler la casa de Juancho y causar su fuga a Mendoza, Juanito se dio a la tarea de cumplir con el encargo de su padre. Apretando bajo su brazo el cartapacio, caminó hacia el despacho del abogado *Mariano Egaña*, uno de los hombres más versados en derecho en la joven república de Chile. Se había preocupado de vestir su mejor ropa, la de las misas solemnes, los matrimonios y los entierros. Mientras caminaba, sin fijarse en la gente, su mente estaba en total efervescencia, no podía dejar de imaginar las consecuencias que traería la gestión que estaba emprendiendo. El patrón jamás accedería a ceder parte de su hacienda, y menos a un huacho, que era su dolor de cabeza permanente. El odio que Louis Phillipe le tenía a Juancho se vería dis-parado hasta lo inconmensurable, casi podía ver la cara que pondría cuando fuera informado. Con los pensamientos así de revolucionados la caminata se le hizo corta y, cuando llegó a la oficina del jurisconsulto, tuvo que detenerse delante de la puerta para calmarse un poco. Apenas el amanuense le franqueó la pasada, Juanito entró a la gran estancia cir-cundada por enormes anaqueles llenos de libros. Se acordó arrobado del apasionamiento de su padre por la lectura y cómo les había traspasado este encanto a sus hijos.

—Gusto de saludarlo, Juanito —dijo el abogado—, ¿en qué puedo ayudarlo?

—El gusto es mío, señor —contestó este—, es un asunto que me ha encargado mi padre y que reviste caracteres muy delicados.

—Más delicada que mi reciente participación en la redacción del tratado con la Confederación Perú-Boliviana no creo que pueda ser.

—Bueno, su experticia es la razón por la cual mi padre me envió donde usted —dijo Juanito extendiéndole el cartapacio—, le ruego leer con mucha calma las cartas póstumas, que recibió de nuestro antiguo patrón y el documento adjunto.

Don *Mariano* se calzó sus anteojos y comenzó a leer en el orden que se debía. A medida que avanzaba, sus ojos se iban abriendo y no pudo evitar abrir también la boca. Cuando hubo terminado, se echó para atrás en su sitial, estiró las manos hasta apoyarlas en el enorme escritorio de madera lustrosa, se quitó los lentes y miró fijo a Juanito.

—Morrocotudo —dijo sonriendo—, si acabo de poner fin a una guerra, veo que daremos inicio a una nueva. ¿Esto lo conoce alguien más?

—No, mi padre ha querido mantenerlo en la máxima reserva, él está consciente del impacto que causará el conocimiento público de esta documentación.

—Yo sugeriría, aun cuando no albergo dudas de la validez de ella, que consigamos una ratificación por parte de la justicia. Y recomendaría hacerlo antes de darla a conocer al joven García-Lazcano.

—Es usted quien manda, señor —dijo Juanito—, por algo hemos confiado en usted.

—A propósito, ¿por qué es que no ha venido su padre en persona, el honorable teniente Ramírez?

—Ese es otro cuento bastante más largo —respondió Juanito—, no sé si llegó a oídos suyos que el barón Louis se dio el gusto de demoler nuestra casa para dar expresión a su inmensa ira en contra de mi padre. Y, de paso, juró perseguirlo y hasta matarlo. Quiso exigirle que le entregara las memorias que está escribiendo y cuando no lo logró, quiso robarlas, lo que afortunadamente tampoco pudo.

—Algo escuché de ese arrebato y me costó creerlo —dijo don *Mariano*—, no puedo entender ese brutal encono del joven heredero.

—Por un lado, culpa a mi padre del desencuentro que tuvo con su propio padre a lo largo de la vida y, por el otro, quiere hacer creer que mi padre tuvo alguna responsabilidad en la muerte de los hermanos *Carrera* y de *Manuel Rodríguez*, lo que es, desde luego, una gran aberración.

—Qué cosas tan abigarradas —dijo el abogado pensativo—, bueno, habrá que actuar, dejaré hacer dos copias certificadas de los documentos para guardar el original bajo siete llaves. Luego encargaré a mis colaboradores revisar y validar todas las fechas, las firmas, los sellos, etc. Cuando nos hallemos convencidos de que todo está en regla, iremos a la justicia y demandaremos el cumplimiento de la entrega oficial de la propiedad, cedida de acuerdo a la escritura de donación.

—Y, con ello, haremos una declaración de guerra —rio Juanito—. Le agradezco, don *Mariano*, quedo a la espera de sus noticias, ya sabe dónde vivo.

—No faltaba más, dilecto amigo —contestó este—, a la brevedad sabrá de mí.

—Cómo me habría gustado ser abogado —exclamó Juanito mientras se levantaba.

—¿Ah, sí? —preguntó don *Mariano*.

—Claro, señor. Cuando salí del Instituto Nacional no me animé a seguir con los estudios, no se le olvide que nosotros hemos sido sirvientes toda la vida, era difícil pensar en ejercer una profesión.

—Vaya, o sea que usted tiene una buena educación, como la de su padre —comentó don *Mariano*—, ¿y cómo fue que pudo estudiar allí?

—Fue gracias a los buenos oficios de los amigos de mi padre cuando se reabrió el instituto en el año 1819.

—Qué buena cosa, y ahora, que le ha cambiado la vida, amigo, ¿no se animaría a reiniciar sus estudios?

—Es algo que me encantaría poder hacer, pero no sé si ya se me habrá pasado mi momento.

—Siempre se puede intentar, pues, ¿qué le parece si le pregunto a mi buen amigo *Andrés Bello* si existe la posibilidad?

—¿Usted haría eso por mí, señor?

—Claro. Por qué no, cuando vea a don *Andrés* la próxima semana, le preguntaré. La cátedra de derecho se está dando aún en el Instituto Nacional, pero, de acuerdo al decreto que yo mismo suscribí en mi calidad de ministro el año 1839, pronto iniciará sus funciones la Universidad de Chile, de la cual mi amigo será el primer rector.

—Oh, me ha dejado anonadado, señor, no sabré cómo agradecerle.

*

Juanito no pudo calmarse después de la reunión con el abogado, quedó más inquieto que antes y, para peor, no tenía a quién contarle sobre su turbación, ni siquiera a su madre, quien se habría alterado de sobremanera. Con el padre habían convenido en mantener el secreto hasta que el largo trámite previsto hubiera terminado. Sin embargo, la curiosidad hizo presa del joven, quien quiso conocer con mayor precisión el predio por el que estarían luchando. No obstante que durante toda su vida había cabalgado, jugado y paseado por esas tierras, le parecía que serían muy distintas cuando su familia estuviera en posesión de ellas.

Al día siguiente, sin haber podido dormir bien, se levantó temprano y fue a la caballeriza a ensillar su potro alazán. Se despidió del caballerizo y partió a galope tendido hacia Santa Lucía levantando una nube de polvo. Cuando llegó allá, fue de inmediato a buscar al ministro, quien estaba terminando de almorzar.

—Juanito, amigo querido —lo saludó este palmoteándole la espalda—, ¿qué lo trae por estos lados, viene a sulfurar al franchute?

—¿Está aquí? —preguntó Juanito un poco asustado.

—No, no ha venido desde que tuvo ese arranque de locura, yo creo que debe estar avergonzado y no se atreve a enfrentar la mirada de todos nosotros.

—Disculpe que le pregunte, ministro, ¿qué tiene plantado en el potrero del molle?

—Está en barbecho para la siembra de invierno —contestó el ministro—. ¿Por qué?

—Pura curiosidad no más, don Oscar —soslayó la pregunta Juanito—, quiero hacer un paseo por el Callejón de las Loicas hasta el río, ¿puedo?, se echa de menos la naturaleza, encerrado en Santiago, ¿sabe?

—Así debe ser puh, Juanito, hemos sentido tanto lo que les pasó, yo estaría con la rabia viva, le habría jurado la muerte al patrón. Pero vaya no más, avise antes de volverse a la ciudad para que se lleve unos huevitos y una mermelada que hizo la vieja.

—Gracias, don Oscar, pucha que los echamos de menos.

Juanito montó y se dirigió al camino señalado para recorrerlo muy despacio mirando hacia su derecha el enorme pedazo de tierra que sería de ellos, si casi no se veía el deslinde y mucho menos el río. Sonrió con tristeza pensando que el futuro próximo se veía de dulce y de agraz. Recién cuando pudieran haber hecho respetar sus derechos, podrían estar tranquilos, y tal vez ni entonces, conociendo al baroncito, quien desde chico había sido tan odioso y soberbio con los inquilinos.

***

1815, primer 18 de septiembre en el exilio

A principios de agosto de 1815, una tarde que atendía la solitaria tertulia de mi señor y la señorita Anette en la cuadra, me recordé del árbol, que había visto esa mañana con las yemas muy hinchadas presagiando su próximo florecimiento, al inicio de la primavera. No sé qué me hizo recordar la fecha de la primera junta de gobierno en Chile y de repente tuve una visión esclarecedora. Me acerqué apurado a mi patrón:

—Disculpe, su merced —le dije—, creo que se me ocurrió una idea que puede ser muy beneficiosa para los tiempos que estamos viviendo.

—Echa afuera, Juancho —me respondió.

En vista de lo cual le desarrollé todo lo que iba imaginando en relación a la celebración del 18 de septiembre. Con ojos escrutadores sonrió ante mis evoluciones llenas de colorido.

—Esto lo tiene que saber el tío Pancho, anda a buscarlo, Juancho.

—No está su merced —le respondí—, usted sabe, todas las tardes se desaparece y vuelve recién a la hora de la cena. Y frecuentemente tampoco llega a esa hora, sino que de madrugada.

—¿Y a nadie le ha dicho dónde va?

—No que yo sepa su merced.

—Entonces se lo diremos mañana y pediremos audiencia con mi coronel para plantearle el proyecto. Pero, Juancho, dile al Palomo que mañana en la tarde siga secretamente al tío y nos informe adónde se va.

Al mediodía siguiente tuve que desarrollar mi presentación de nuevo y el tío también se mostró muy interesado, supuso que el propósito sería bien acogido por *San Martín* y *O'Higgins*. A esa hora yo ya había hablado con el Palomo y este estaba preparado para seguir al tío en su escapada.

Esa tarde me quedé en el zaguán junto al Jacinto esperando el retorno del Palomo con la noticia que esperábamos. Después de algún rato escuchamos el muy tenue golpeteo de unos tacos en la semi-penumbra del atardecer y entonces apareció la esmirriada figura del chasqui en el cono de luz, que daban los dos velones de sebo colgados a ambos lados del acceso.

—Bueno y, hombre por Dios —lo acometí—, dime ya hacia dónde se dirigió el tío.

El Palomo permaneció en silencio con una sonrisa misteriosa en los labios. Lo volví a apremiar y solo atinó a sacar de su bolsillo una moneda de plata que me mostró, tomándola entre dos dedos. El mensaje era clarísimo, el tío había comprado su silencio.

—Ya, Palomo —le espeté—, si no me dices la verdad le diré al patrón que te ponga en el cepo[6].

—No puh, Juancho —respondió—, si don Pancho me pagó por mi silencio yo tengo que respetarlo por mi honor, no creo que su merced vaya a desconocer un código de caballero.

Y tenía razón el hombre, eso debía reconocerlo, no era justo reprenderlo por cumplir con su palabra. En vista de ello me decidí a perseguir al tío personalmente al día siguiente. Llegado el momento me puse mi poncho, bajé el ala de mi sombrero y lo seguí por el lado sombrío de la calle. Cuando llevaba caminadas dos cuadras de repente una aparición oscura me cortó el paso provocándome un tremendo susto.

—No, don Juancho —escuché que me decía la voz del Palomo riendo—, ¿usted no creerá que voy a dejar al tío en la estacada, después de lo generoso que ha sido?

—Ya, Palomo, no te interpongas —le dije molesto.

—De eso se trata puh, señor don Juan, ahora el tío ya va a haber desaparecido, volvamos a casa será mejor.

---

[6] Cepo: Artefacto destinado a apresar de manos y cuello a un individuo

Frustrado, me giré para emprender el camino de vuelta, estaba muy molesto con el Palomo, pero debía reconocer su fidelidad y eso era algo muy valorable. Tendría que usar otra estrategia.

—Mira, viejo —le dije el día siguiente al Viejo Arteaga—, a ti no se te escapa nadie, te doy dos monedas de plata si eres capaz de averiguar dónde va el tío todas las tardes.

—Bien puh, don Juancho, trato hecho.

Esa tarde volví a hacerle compañía al Jacinto a la espera del viejo. Sabía que este tenía mañas arteras que lo hacían insuperable en su oficio. Después de un poco rato se asomó a la zona iluminada con una tremenda risa en la boca y acompañado del Palomo.

—Anote, don Juancho —me dijo sin parar de reír—, don Pancho va donde la viuda de Solís, a menos de tres cuadras de aquí, mañana le puede exigir que se confiese.

—Pucha que te costó poco ganarte las dos monedas —le dije un poco amostazado.

—Moneda y media no más, don Juancho —sonrió artero—, le ofrecí media al Palomo y este me llevó derechito donde la viuda.

—Así los dos ganamos moneda y media —rio ahora el Palomo—, y todos felices.

—Buena, que son cazurros[7] ustedes —tuve que reír, mientras el Jacinto aplaudía contento.

*

Días más tarde nos juntamos con el coronel en su despacho y mi señor le expuso todo lo que yo le había dicho:

—Como una manera de aglutinar a los chilenos en torno a nuestra causa, podríamos celebrar el día 18 de septiembre próximo el quinto aniversario de la primera junta de gobierno en Chile, ¿qué le parece? —le dijo al general.

—Vaya, qué idea tan interesante —respondió este—, a ver hermano, siga presentando su idea.

_____

[7] Cazurro: Astuto

Y mi señor le contó todo lo que habíamos hablado, haciéndole ver que el festejo también uniría aún más a cuyanos y chilenos y, de paso, fortalecería nuestro plan de reconquista.

—Hermanos, la tarea es vuestra —dijo *San Martín*—, ustedes se encargarán de todo, sabiendo que los recursos son escasos.

—No se preocupe, mi coronel —le dije—, verá que con poca plata también se puede.

—Cuando sepan lo que necesitarán, vayan donde el hermano de *Villegas* para que este les asigne los fondos.

*

Desde ese mismo día estuvimos trabajando para organizar el evento. Conseguimos los fondos necesarios, pero, mejor aún, logramos la colaboración de muchos patriotas, chilenos y cuyanos, que se entusiasmaron con la idea. Y finalmente llegó el día.

Justo a las 10 de la mañana del día lunes 18 de septiembre se escuchó a una cuadra de la catedral el redoblar de un tambor y los sones de un cornetín. Era una mañana fresca y un grupo de no más de 100 militares estaban iniciando el desfile. Adelante marchaba la división mendocina al mando del coronel *San Martín* y detrás venían los chilenos al mando del hermano *O'Higgins*. Ordenados, de a tres en fila, venían los generales y coroneles, luego los seguían los capitanes y tenientes. No había ninguna tropa. La gente comenzó a agolparse a ambos lados de la calle y los aplaudía al pasar, luego todo el mundo comenzó a caminar detrás de ellos. La señorita Anette y yo nos habíamos apostado a mitad de camino. Y nos integramos a la espontánea comitiva. Era una alegría desatada, la que mostraban todos en sus rostros, particularmente los más pequeños. Desde lejos pudimos apreciar que el atrio frente al templo estaba repleto. Todas las familias patricias mendocinas y chilenas estaban allí vistiendo sus mejores atuendos. Además de estas, había una gran cantidad de ciudadanos de niveles inferiores, expectantes. Entonces divisé al tío Pancho y no pude menos que reír y mostrárselo a Anette, ahí estaba él, muy orondo en compañía de una dama muy distinguida de figura entallada y movimientos coquetos, muy bien trajeada, la viuda, desde luego.

Los soldados siguieron marchando hasta las puertas de la iglesia y entonces entraron a paso normal para tomar los asientos asignados. En las bancas del lado derecho se instalaron los cuyanos y al lado izquierdo los chilenos. En la primera fila quedaron los generales, a quienes se habían allegado sus familiares directos. Junto a *San Martín* estaba su mujer, doña *Remedios de Escalada*. Junto a don *Bernardo* estaban su madre, doña *Isabel*, y su hermana *Rosa*. Las mujeres de los restantes oficiales también se sentaron junto a sus consortes. El tío, que había llegado con la viuda de Solís, se sentó al lado de mi señor y nosotros con la señorita Anette tuvimos que ubicarnos en la parte trasera del templo. Su cara de molestia difícilmente lograba disimularla. En nuestra cercanía se sentó todo el resto de la concurrencia y cuando se acabaron los asientos, los hombres empezaron a distribuirse, quedando de pie a ambos costados. Tan pronto estuvieron todos en sus ubicaciones, salieron por una puerta lateral el grueso señor obispo de Mendoza y nuestro hermano fray *Juan Pablo Fretes*, quienes oficiarían en forma conjunta la misa de Te Deum.

En ese momento me acordé de lo que nos había contado el hermano *San Martín* respecto de los curas y monjes de la zona. Un día había citado, por medio del obispo, a todos ellos a esa misma catedral y los había conminado a colaborar con el fragor patriótico. Sin pelos en la lengua les dijo que era su deber apoyar la causa y que aquellos que no lo hicieren serían castigados. Así de simple. No habían faltado quienes quisieron rebelarse y, por tal motivo, mandó a enclaustrar a cuatro frailes franciscanos que se habían atrevido a hablar en contra de los patriotas. Por eso es que no me extrañó que ambos padres lanzaran ardorosas palabras de aliento a la causa de la liberación durante la prédica. Del hermano *Fretes* era lo esperable, pero del obispo no se podía tener ninguna certeza.

Luego de terminada la misa, toda la gente salió al exterior dando muestras de alegre complicidad y repitiendo las palabras patria, libertad y reconquista una y otra vez.

Poco a poco la concurrencia se fue desplazando, sin grandes apuros, hacia la plaza mayor, donde ya estaban construidas desde hacía varios días las ramadas que acogerían a todos los comensales. Había sido una ardua tarea traer desde las cercanías del río Mendoza todas las ramas de sauce necesarias para cubrir los esqueletos de madera de quebracho. Yo caminaba junto a la señorita Anette, quien no se desprendía de mi brazo, como queriendo demostrarle al mundo que no estaba huacha y abandonada. Caminando al lado del doctor *Vera y Pintado*, quien había vuelto de

Buenos Aires, solicitado como auditor del ejército por *San Martín*, mi señor nos observaba sin atreverse a acercarse y yo lo sentí por él, me imaginé cómo habría deseado pasar por alto todas las convenciones y dejarse ver junto a su amada, pero sabía que ello no era posible.

Los hombres se alejaron de sus familias y fueron hasta el lugar donde estaban los toneles de vino que habían donado los viñateros más distinguidos. Las damas se juntaron en corrillos y se observaban unas a otras sin mucho disimulo. Como es habitual, los niños comenzaron a jugar, persiguiéndose y levantando desagradables nubes de polvo. Con la señorita Anette nos fuimos a juntar con el Palomo y con el Viejo Arteaga, quienes ya tenían sus vasos de vino a medio vaciar. Yo fui a buscar un vaso para mí y uno para ella. Desde donde estábamos instalados, podíamos ver que a un lado de la plaza se había demarcado la pista para las carreras de caballos y el populacho ya se había ido apiñando a ambos costados de esta para hacer sus apuestas. Y allá lejos se veía a los jinetes moviendo a sus caballos nerviosos para que entraran en calor. Al centro se había confeccionado un estrado y en ese momento estaba un conjunto de cantoras chilenas tocando sus guitarras y su arpa mientras cantaban canciones que evocaban la patria distante. No muy lejos estaban asándose al menos 15 novillos que también habían sido donados por los hacendados.

Justo a las 13 horas, el coronel *San Martín* se desprendió de sus compañeros y subió al entablado provocando el silencio de los asistentes.

—Mis muy amados cuyanos —comenzó sus palabras—, mis muy queridos chilenos, estimados españoles amigos de la libertad y respetados ciudadanos de otras latitudes, reciban ustedes los sentimientos de mi corazón henchido por el recuerdo de esta fecha, que para nuestros vecinos de allende los montes fue el momento en que se levantaron, como un solo hombre, en contra del tirano europeo que nos ha oprimido y explotado desde hace 300 años. Ese momento de gloria no está muerto, solo se encuentra acallado por las armas del invasor pirata, comandado por el desalmado *Ossorio*. Pero aquí, en la orgullosa ciudad de Mendoza, bastión de la independencia americana, el amor por la libertad está vivo y refulgente en nuestros espíritus. Y llegará el día, ténganlo por seguro, en que ese amor trocará en sacrificio y los chilenos y cuyanos de corazón bien puesto destruirán las cadenas del odioso español. Viva Mendoza y viva Chile.

Un millar de aplausos acompañó al coronel mientras se retiraba y se cruzaba con el general *O'Higgins*, quien se dirigía al podio:

—Gracias por sus alentadoras palabras, compañero *San Martín* — dijo este—, creo representar a todos mis compatriotas chilenos, al manifestarle a usted y al amadísimo pueblo cuyano nuestro agradecimiento por la recepción que nos dio en nuestra hora de máximo dolor. Es muy angustiante tener que alejarse del terruño que a uno vio nacer, de los campos, caminos y pueblos que nos son conocidos, de los familiares que han quedado atrás y de todos esos ciudadanos incógnitos que llenaron desde la cuna nuestra existencia. Son tiempos aciagos los que estamos viviendo, pero se percibe aquí tanta energía positiva que el futuro solo puede predecirse lleno de gloria y felicidad. Llegarán tiempos mejores, expulsaremos al tirano y volveremos a la patria, que será libre y soberana. Y cuando ello haya sucedido, estaremos dichosos de acoger a los hermanos cuyanos con el alma inflamada. Hemos contraído una deuda que las generaciones futuras deberán saldar a costa de afecto y solidaridad, sentimientos que jamás se perderán en la oscuridad de la noche. Viva Mendoza, se los digo de corazón, y viva Chile libre.

Nuevamente se repitieron los efusivos aplausos, los que fueron decreciendo de a poco, a medida que las familias patricias se fueron trasladando hacia los largos mesones emplazados en todos los quinchos rústicos. El bajo pueblo, al que yo pertenecía y al que mi señor condenó, durante todo ese día, a su amada, era agasajado con grandes panes con carne de res y vino a destajo. Mi compañera provisional insistió en beber un vaso tras otro para ahogar la ira. Me imaginé que quería borrar de su mente el dolor que le causaba la tremenda injusticia social a la que estaba siendo sometida. Manolo, sentado entre los grandes, y su compañera desterrada a la clase plebeya. Y así llegó el momento en que perdió la compostura, sus palabras se atascaban en su lengua traposa y, finalmente, su cuerpo no la quiso sostener más. Tuvimos que llevarla con el Palomo y el Viejo Arteaga en andas hasta la casa y depositarla sobre su cama.

Luego volvimos a la plaza, bastante más tranquilos, ya no sentíamos la presencia inconfortable de la patrona en las áreas populares. La fiesta se fue extendiendo durante toda la tarde hasta que, de los animales, no quedaron más que los huesos y todos los toneles sonaron huecos. La alegría en los rostros no quería apagarse y las chanzas y bromas se sucedían sin terminar. Los niños con sus trajecitos empolvados y sus caras sucias estaban dichosos. Las matronas ya estaban cansadas y añoraban llegar pronto a sus hogares. Y el sol también quiso descansar, después de la larga jornada, y se escondió, artero, detrás de las montañas cubiertas de nieve.

A la mañana siguiente, los espías enemigos partirían a Chile a informar que unos escuálidos batallones habían hecho el ridículo en cuanto a demostración de poder y de gallardía. Que en Mendoza no se escondería ningún peligro para los españoles y que allí solo podían dar curso a sus emociones frustradas con palabras grandilocuentes que no incitaban a nadie. Y nosotros habríamos cumplido el doble objetivo de entusiasmar a nuestra gente y, de paso, engañar a *Ossorio*.

***

1815, el lustre de *San Martín*

La celebración del 18 de septiembre no pasó inadvertida en el pequeño reino de nuestra morada. La noticia de la llegada de la dueña de casa en estado de total embriaguez, se esparció como reguero de pólvora hasta los confines del último patio. Fue el comidillo de los sirvientes durante toda la tarde de ese día y los días posteriores. La señorita Anette no salió de su estado de sopor hasta la mañana siguiente y lo primero que hizo fue exigir que le habilitaran otro de los dormitorios. Mi señor, quien se había tenido que acostar al lado de un ente perdido en sus sueños etílicos, no se atrevía a abrir la boca. Él sabía que era el responsable por lo acontecido. Y ella permaneció, entonces, en su nueva habitación durante un largo tiempo y nadie, excepto yo, le vio la cara, hasta que se animó a salir de su propio encierro. Durante todos esos días, apenas aceptaba que su doncella le llevara una bandeja con algunos alimentos. Un día, esta llegó a mi despacho y me dijo que la patrona quería verme. Dejé mis utensilios y me encaminé hacia adentro.

—¿Se puede, su merced? —pregunté abriendo un palmo la puerta.

—Pasa, Juancho, y nada de su merced —escuché que me dijo desde dentro.

Ingresé sigiloso y la encontré sobre la cama en semi-penumbra. Estaba en ropa de dormir, con una mañanita y una manta cubriéndole las piernas.

—Siéntate en esa butaca, Juancho —me ordenó.

—¿Está segura? —le pregunté—, mire que ya antes he tenido problemas por sentarme al lado de alguien de clase superior, específicamente la señorita Trinidad.

—Aquí no va a entrar nadie que yo no autorice, quédate tranquilo.

—Bueno, gracias —dije sentándome—, ¿qué se le ofrece?

—Juancho, tú eres un hombre culto e inteligente —empezó—, Manolo me ha dicho muchas veces que te encuentra el hombre más sabio que conoce. Y esto no lo digo por halagarte.

—Gracias, señorita…

—Mira, Juancho, yo tengo 24 años y mi vida está destruida. Cuando debí casarme, se me ocurrió meterme con un hombre casado y, no solo le causé daño a mi amiga y patrona, sino que sepulté mis posibilidades de llegar a tener familia. Tú viste lo que pasó hace unos días, cómo envidiaba a esas mujeres que se paseaban orgullosas del brazo de sus maridos y yo tenía que permanecer a la distancia, como si fuera una leprosa, un monstruo o alguien demente.

—Pero… —quise rebatirle.

—No hay pero, querido Juancho —dijo ella con lágrimas rodando por sus mejillas—, he cometido el peor error de mi vida y no tengo perdón de Dios. Y mi hombre me desprecia. Ni siquiera ha tenido la decencia de venir a preguntar cómo estoy. Se avergüenza de mí.

—No creo que sea así, señorita Anette —le dije—, tal vez sea él, quien está avergonzado de sí mismo y no se atreve a enfrentarlo. Y debe sentir impotencia, porque sabe que no puede cambiar las circunstancias. Yo no sé cómo será en su país, pero aquí un hombre no se puede dejar ver en público con su amante, eso es un delito de lesa sociedad.

—¿Y qué puedo hacer, Juancho, ser infeliz toda la vida? —preguntó sollozando—, ¿cómo lo haces tú para soportar tu destino de lacayo teniendo los conocimientos que tienes?

—Es duro, no lo niego —le contesté—, pero es una decisión que yo tomé siendo muy joven. Y, además, yo tengo dos vidas, dos mundos, dos espíritus. Por un lado, está el mundo de mi familia, donde soy respetado y admirado abiertamente, y por el otro, está esta sociedad casi feudal en que vivimos, donde nadie de la clase alta puede reconocer públicamente mis méritos intelectuales, eso sería algo chocante, anti natura.

—Pero tú, ¿qué me aconsejarías a mí, Juancho?

—Yo le voy a proponer algo que tendrá que meditar con mucha calma —le dije—, por ahora disfrute de su amor con mi señor, viva con él puertas adentro, comuníquese con él y goce de los placeres matrimoniales, salgan a cabalgar, ríanse. Cuando nosotros volvamos a Chile a liberar nuestra patria, usted quédese aquí.

—Y dejarlo?

—Sí, dejarlo, usted es aún joven y con toda certeza encontrará un hombre que pueda llenar su vida, que pueda darle hijos y presentarla a la comunidad. Pero no busque a alguien de la clase patricia, allí nunca será bien recibida, sufrirá del desprecio que solo las mujeres de esa clase son capaces de manifestar.

—Pero…

—Lo sé, es duro, pero tendrá tiempo para ir acostumbrándose a la idea. Y yo me preocuparé de que durante este tiempo se pueda divertir, déjelo en mis manos.

—No sé, Juancho, suena tan descabellado, tan difícil de ejecutar —dijo—, ¿cómo es que se pueden dominar los sentimientos?, ¿es eso lo que tú has aprendido?

—De alguna manera, señorita —terminé mis palabras—, ahora yo me voy, vístase, arréglese, domestique sus sonrisas más cariñosas, verá que puede recuperar la felicidad. Pero…, no le pida a la vida lo que esta no le puede dar.

—Gracias Juancho, eres de verdad un sabio —me sonrió aún un poco triste.

*

Esa misma tarde hablé en privado con el tío Pancho y le conté, en parte, el drama de la señorita Anette. Le propuse o, más bien, le pedí, que la viuda invitara a mi señor y a su amante a sus veladas. Este lo pensó un rato y se manifestó de acuerdo conmigo, que lo haría a la brevedad.

*

Días después el patrón dio las instrucciones pertinentes y la señorita Anette y yo tuvimos que hacer lo mismo que él, vestir las mejores ropas, cada uno en su condición. Y así, a principios de octubre de 1815, los tres, acompañados, por supuesto, por el tío, partimos caminando hacia la casa de la viuda, quien salió personalmente a recibirnos en el zaguán. Era una elegante dama mendocina que frisaba los 45 y vestía una falda repolluda de raso azul. No pude dejar de reconocer que tenía gran belleza, era delgada, de cabello claro y ojos verdes.

—Les presento a la señora María Graciela Urquijo viuda de Solís —hizo el tío las presentaciones—, mi sobrino Luis Manuel y su mujer, Anette.

Se saludaron todos muy afectuosos, del criado, por supuesto, nadie se acordó, no correspondía. Yo entré a la casa con la soltura de los sirvientes, que dan por sentado que deben cumplir sus obligaciones, que no tienen que saludar a nadie más que con una muy educada venia. En la cuadra ya había un matrimonio mayor, mendocino, y dos oficiales jóvenes. Además, estaba la hija de la viuda, una jovencita que bordeaba los 18 años. Después de los saludos, todos se sentaron confortablemente en las numerosas poltronas y butacas. Yo, como era habitual, me paré al lado de la puerta y presto para servir copas. Recién en ese momento comenzaba mi verdadera entretención, escuchar las conversaciones y sacar mis conclusiones.

—Muchas gracias, señora María Graciela —dijo mi señor—, es muy bella su casa.

—Nada de María Graciela —rio ella—, solo Chela, o mejor, Chelita, como me dice su cariñoso tío.

—Yo también le agradezco —dijo, en un murmullo, la señorita Anette—, es la primera vez que voy a una tertulia desde que llegamos.

—Pobrecita —dijo la anfitriona—, puedo entender su situación, las lenguas de víbora de esta comunidad cargada de hipocresía son intolerables. Pero su angustia terminó, querida, a partir de hoy vendrá todos los días, si quiere.

—Permítanme una digresión —interrumpió entonces el tío, levantando la copa de mistela que le había servido—, quiero hacer un sentido brindis por el gobernador *San Martín*. Es de verdad sorprendente que un militar tenga tanta capacidad como administrador público.

—Yo concuerdo con usted —dijo uno de los oficiales—, no sé si están al tanto de cómo se ha preocupado de áreas tan distintas de lo militar como, por ejemplo, los numerosos canales que se están ejecutando para fomentar la agricultura en zonas que eran incultivables.

—Y no solo eso, querido compañero —dijo el otro—, ¿han visto lo que se está haciendo en educación pública? Es increíble lo que está logrando mi coronel con los escasos reales que tiene en las arcas.

—Yo tuve la oportunidad de ver, en zonas alejadas de la ciudad, cómo se está aplicando la vacuna antivariólica —agregó el tío—, eso sí que es preocuparse por la población.

—Y qué me dicen de cómo ha reordenado los cuerpos de policía —comentó el señor mayor—, la seguridad pública ha mejorado mucho en el último tiempo, ya no da miedo salir de noche.

—Perdonen —dijo la esposa del anterior—, ¿les ha tocado pasar por donde están construyendo el paseo público? Es algo impresionante, por fin vamos a tener una ciudad decente. Yo he vivido toda mi vida aquí en Mendoza y nunca antes un gobernador había hecho tanto en tan poco tiempo. La gente está muy contenta.

—Y quisiera agregar que el gobernador también se ha preocupado del hospital, que estaba en condiciones inadmisibles —dijo el señor mayor—, atrajo a ese médico chileno de apellido *Zapata*, que ha resultado ser muy eficiente, se dice que ha hecho muy buenas migas con el coronel.

—No digo yo —rio el tío—, a este señor hay que creerle cuando dice lo que va a hacer, no como tantos otros.

—Y no solo encarga los asuntos —intervino mi señor—, sino que se preocupa personalmente de supervisar que las cosas se estén haciendo bien. Francamente no sé de dónde saca tanta vitalidad.

—Y eso que el pobre sufre de dolores indecibles —dijo la señora Chela—, tanto, que tiene que recurrir al opio para poder hacerle frente.

—Dios quiera que eso no le cause más daño —dijo la señora mayor—, es sabido que el abuso del opio tiene consecuencias fatales.

—Bueno queridos, ahí vienen llegando unos refrigerios, los invito a ir a la mesa —dijo la anfitriona tratando de despertar los ojos embelesados de su hija, que no se apartaban de los dos jóvenes oficiales.

***

1815, la guerra de zapa

Un día, a mediados de octubre de 1815, el patrón me pidió que lo acompañara a él y la señorita a una cabalgata.

—No sé qué le ha dado a Anette —me dijo—, desde hace días me insiste en que quiere salir a andar a caballo, así que organízalo para mañana.

Me agradó mucho la idea y, además, poder comprobar que ella me estaba haciendo caso. Le pedí al Palomo que fuera a buscar los caballos temprano y a su regreso, tipo 10 de la mañana, partimos.

—Se me ocurrió que podríamos ir a El Plumerillo —dijo mi señor—, así aprovechamos de ver cómo van las obras de mi general *O'Higgins*.

Con ese objetivo enfilamos hacia el norte, saliendo al poco rato del radio urbano, allí torcimos hacia el noreste llegando a la enorme llanura. Los patrones salieron de inmediato al galope y se alejaron rápidamente. Era increíble la destreza que había adquirido la señorita Anette para hacerlo en la difícil postura de las mujeres, con ambas piernas a un mismo lado. Yo los seguí al trote durante al menos media hora hasta alcanzarlos. Habían desmontado y estaban abrazados bajo un enorme ombú, que los abrigaba con su sombra generosa. Me miraron, rieron con complicidad, entonces volvieron a montar y seguimos camino. Cuando ya nos íbamos acercando al campamento en construcción, no pudimos menos que sorprendernos, el área despejada de espinos y arrayanes era impresionante en cuanto a su tamaño y las barracas y los galpones aún más. Desde lejos pudimos ver al general *O'Higgins* acompañado de tres oficiales, todos montados, aparentemente en tareas de supervisión. Nos fuimos acercando hasta que él nos reconoció, se separó de sus escoltas y nos fue a recibir.

—Bienvenidos a mi feudo —rio—, ¿de paseo o inspeccionando mis labores?

—Solo de paseo, mi general —dijo mi señor—, permítame presentarle a la señorita Anette du Bois.

—Un gusto, señorita —dijo *O'Higgins* llevando la mano al sombrero—, pero déjenme mostrarles lo que estamos haciendo, vengan, acompáñenme. A propósito, lo saludo sargento Ramírez.

—Buen día, mi general —le respondí, mientras ya nos encaminábamos hacia las barracas.

—Hemos tenido que levantar 10 barracas para los dormitorios de los soldados, dos para los oficiales y una para los jefes —nos instruyó don *Bernardo*.

—Qué grandes se ven —comentó mi señor —¿se puede saber cómo han logrado financiar todo esto?

—En gran medida en base a donaciones, nos han enviado maderas de toda la comarca, los trabajadores los hemos puesto nosotros.

—Veo que aplicaron el orden de los campamentos romanos —me atreví a intervenir.

—Sí, así es —contestó el general—, he aprovechado bien los libros militares que he podido conseguir. Tengan presente, además, que hemos tenido que construir un enorme casino donde entregar el rancho en, al menos, tres turnos.

—¿Y las cloacas? —preguntó mi señor riendo—, mire que Juancho y yo somos unos expertos en esas materias.

—Sí, lo sé, me acuerdo que estuvieron con general *Mackenna* en el sitio de Chillán —dijo *O'Higgins*—, él era el gran perito en esto, qué tremenda lástima su muerte tan estúpida.

—La que podemos sumar a los demás exabruptos de los *Carrera* — dije, recordando al prestigioso oficial.

—Y respecto de lo preguntado, hemos tenido que excavar una gran cantidad de letrinas —dijo el general—, y allá atrás pueden ver los potreros que hemos cercado para las caballadas, las mulas y el ganado.

—¿Y el agua? —preguntó mi señor.

—Afortunadamente esta ciudad ha tenido un muy buen sistema hídrico desde antes que llegaran los españoles, así que solo hemos tenido que desviar un canal hacia acá.

—O sea que tienen todo absolutamente bien pensado —dije—, ¿y para cuánta gente será el campamento?

—Como 5000 personas —contestó el general—, de acuerdo a las estimaciones del general *González Balcarce*, es lo que necesitaremos para reconquistar Chile.

Seguimos durante una hora recorriendo el campamento, que estaba en plena ejecución, y después nos despedimos para volver.

*

Al día siguiente se me acercó el coronel *San Martín* y me indicó que dispusiera para esa misma noche, a las 21:00 horas, una reunión a puertas cerradas con un grupo de, al menos, 25 personas que él había contactado, las que serían nuestros espías en territorio chileno. Que me preocupara de unos refrigerios para ellos y que le avisara a mi señor para que se programara. Que, además, esperaba mi presencia.

Durante todo ese día hice mis deberes con mi mente un poco ausente. La idea de conocer a los agentes me ponía nervioso. Ahora, por fin, se iniciaría la verdadera guerra de zapa, para la que tanto nos habíamos preparado. A las ocho y media empezaron a llegar unos caballeros vestidos de civil, muy embozados, a quienes hice entrar a un despacho, de a uno, para que mi señor registrara sus nombres, sus domicilios y sus seudónimos, luego los hice pasar a la sala de reuniones para que tomaran asiento en torno a una gran mesa. A cada uno se le pidió mantener silencio total hasta que llegara mi coronel.

La lista elaborada por mi señor fue la siguiente:

Manuel Fuentes	*alias Feliciano Nuñez*
Manuel Rodríguez	*alias el Español*
Antonio Ramirez	pendiente
Antonio Merino	*alias el Americano*
Juan Rivano	pendiente
Diego Guzmán de Ibáñez	*alias Víctor Gutiérrez*
Santiago Bueras	pendiente

Francisco Martínez	pendiente
Francisco Salas	alias Planchón
José de San Cristóbal	pendiente
José Francisco Pizarro	pendiente
Aniceto García	pendiente
Nicolás Vivar	alias Quinto
Ramón Picarte	alias Vicente Rojas
Juan Pablo Ramírez	alias Antonio Astete
Pedro Segovia	pendiente
Miguel Ureta	pendiente
Pedro Alcántara de Umola	pendiente
Domingo Pérez	pendiente
Francisco Perales	pendiente
Isidro Cruz	pendiente
José Francisco Villalta	pendiente
Antonio Rafael Velasco	pendiente
José S. Aldunate	pendiente
Nicolás Grana	pendiente

Cuando, por fin, hubimos terminado ese trámite, fui a avisarle al coronel y los tres ingresamos a la sala. Era gracioso ver a todos esos señores en silencio sepulcral, mirándose unos a otros. *San Martín* se sentó en un extremo de la mesa y nosotros a sus costados.

—Señores —dijo muy formal—, les agradezco su presencia en esta única reunión que tendremos y el respeto al silencio que les hemos impuesto. El propósito de esta es que puedan reconocerse cuando estén en Chile. No les revelaremos sus nombres, pero podrán saber que son compañeros, ello es vital en vuestra actividad. De aquí en adelante se comunicarán conmigo a través de mis colaboradores aquí presentes. Yo les indicaré cuándo partir a Chile y les asignaré sus acompañantes y guías para cruzar los Andes. A quienes no tienen un seudónimo yo se los asignaré. En un lugar secreto de esta ciudad se les entregarán las instrucciones, los papeles necesarios y el dinero para sus actividades. Ahora los invito, manteniendo el silencio, a que se sirvan los refrigerios dispuestos y no tengan vergüenza de mirarse con detención.

Después de un rato, durante el cual comieron unos bocadillos y tomaron vino, yo les pasé, de acuerdo a lo convenido, la lista de objetivos sobre los que debían informar, que habíamos fijado hacía meses.

Y entonces se dio por terminada la reunión, el coronel se paró, hizo una venia y salió en silencio. Nosotros lo acompañamos y los agentes secretos fueron saliendo sin abrir la boca.

***

1815, noticias de Juan Fernández

Apenas se abrió la cordillera, hacia fines de octubre de 1815, nos llegó desde Santiago una larguísima carta del hermano *Juan Egaña*. El mensajero nos informó que había sido contrabandeada en el buque de suministros que atendía la isla cada cierto tiempo.

Juan Fernández, octubre de 1815

QQ::: HH:::

Me avergüenzo ante vuestros ojos y oídos por parecer un ser malagradecido de nuestro Señor. No hallo la forma de atemperar los hechos que me ha tocado vivir este último año. Sabido debe ser para ustedes que el infame general *Ossorio*, incumpliendo su palabra, nos hizo apresar y trasladar a este infierno, sin haber de por medio algún tipo de juicio que determinara nuestras faltas.

En el mes de noviembre de 1814 un grupo grande de ciudadanos chilenos fuimos mandados apresar por haber participado en las instancias de gobierno desde aquel día en que la dignidad americana se vio enaltecida con la formación de la primera junta de gobierno ese glorioso 18 de septiembre de 1810. Después de varios días presos, durante los cuales elevamos nuestras solicitudes de clemencia a la autoridad, las que fueron desoídas con gran indolencia, fuimos trasladados a Valparaíso montados sobre jamelgos a punto de morir y custodiados por soldados de comportamientos insoportables.

Una vez allí nos tiraron dentro, no puedo usar otra expresión, de la corbeta La Sebastiana. Éramos casi 50, la gran mayoría hombres, todos de clase alta, a quienes metieron a la fuerza en un espacio muy reducido, todos con grillos[8] en las muñecas y amarrados sin posibilidad alguna de movernos. En esas infames condiciones perma-

---

[8] Grillo: Adminículo de hierro para aprisionar ambas manos juntas

necimos varios días al ancla desprovistos de cualquier asistencia. Los pocos mendrugos que nos lanzaban desde arriba debíamos dárnoslos a la boca unos a otros. Y, no siendo mi deseo escandalizarlos, les cuento que nuestras necesidades más básicas no las podíamos hacer sino en el lugar. Nuestra ropa se llenó de heces y por el suelo de madera fluían en todas direcciones infestos riachuelos de orina impulsados por el vaivén de las olas. En esa cloaca, nuestros espíritus se alegraron cuando por fin el buque se hizo a la mar, al menos unas míseras brisillas se colaban por las rendijas, con lo cual se pudo volver a respirar. Sin embargo, nuestros equipajes quedaron impregnados de ese olor fétido a excrementos, orines y vómitos de los mareados que aún me parece sentir en mi nariz.

A mi lado izquierdo quedó nuestro H::: *José Antonio Rojas*, quien ya tiene 82 años y sufre todo el rigor de su elevada edad. A mi lado derecho fue ubicado el H::: *Juan Antonio Ovalle*, de 64. Yo, con mis 45 años me sentía un jovencito al lado de ellos.

—Aquí me voy a morir —dijo el H::: *Rojas*—, qué desgracia estar tan alejado de mi familia.

—No diga tonteras, H::: —le susurré acercándome lo más que pude—, es en este momento cuando nuestro estoicismo debe atenazar nuestro corazón, ni por nada sucumbir a los miedos y los desalientos.

—Nosotros seremos su sostén, don *José Antonio* —dijo el H::: *Ovalle*, quien había escuchado el lamento del anciano.

—Les agradezco, amigos —dijo este—, vuestro aliento me revive. Quiera Dios que seamos capaces de mantener en alto el espíritu hasta que este castigo se levante.

Luego callamos los tres, cada uno meditando las palabras que se habían dicho. No supe en ese momento y aún no lo sé, si eran palabras de buena crianza o si teníamos verdadera fe en ellas. Con cada movimiento del mar, éramos zarandeados de un lado al otro y, si al principio nuestro pudor nos llamaba a separar nuestros cuerpos, con el pasar de las horas perdimos la vergüenza y quedábamos apegados unos a otros sin afectarnos. Curioso por saber las condiciones en que se encontraban los demás pasajeros —graciosa ocurrencia— yo estiraba el cuello tratando de mirar a la distancia. Solo veía las caras de horror de mis compañeros de infortunio. Mi querido hijo *Mariano* quedó en el costado opuesto del casco a unos 6 metros en diagonal.

A su lado derecho estaba el H::: *Juan Enrique Rosales*, a quien, desde mi ubicación, veía muy acongojado.

—¿Cómo está, *Mariano*? —le grité.

—Bien padre —me respondió—, tratando de mantener el ánimo.

—Apoye por favor a don *Juan Enrique*, que lo veo muy afligido, cuéntele un chiste.

—Qué buena idea, don *Juan* —escuché que decía, con dificultad, desde alguna parte distante, una voz que conocía, era el H::: *Manuel de Salas*, un hombre lleno de energía—, parta usted mismo con uno para toda audiencia.

Pero los prisioneros estaban demasiado amargados y cansados, de manera que la proposición no tuvo eco por el momento. Cada cual se quedó con sus propios pensamientos sumidos en la desesperación y buscando en el fondo del corazón algún resquicio de optimismo con el cual hacer frente al destino.

La llegada a la isla no fue menos angustiante que la partida, en dos botes a remo se hicieron varios viajes sorteando la rompiente de olas enfurecidas que amenazaban en cada momento con voltear las pequeñas naves. Finalmente estuvimos todos en tierra, cada uno sujetando como podía sus pocas pertenencias. El gobernador *Anselmo Carabantes* dispuso que los soldados nos condujeran, siempre engrillados, a las miserables casuchas que serían nuestro alojamiento insular. El estado de estas era deprimente, muchas estaban sin puertas ni ventanas y no había ningún techo que estuviera completo. Era un poblado devastado por la inclemencia del clima y en poder de las bestias y las sabandijas. Fuimos ubicados de a uno por rancha y se nos conminó a hacer en forma personal las reparaciones que fueren necesarias para acondicionar el lugar. Solo aquellos, cuyas sufridas mujeres decidieron acompañarlos al infierno, fueron asignados junto a ellas a un mismo recinto.

No se imaginan la felicidad que me provocó el mísero hecho que me retiraran los grillos, fue como volver a nacer. Pude, por fin, sacarme las calzas asquerosas y dejarlas a la intemperie esperando que comenzara a llover. La lluvia, QQ::: HH:::, es el pan de cada día en este averno dantesco. Desde que llegué, hasta ahora, no hemos tenido más de un mes sin el húmedo clamor del cielo. Incluso en pleno verano puede llover 24 horas al día.

Y la lluvia lo impregna todo, todo está húmedo siempre, el moho nace crece y avanza como una marea maliciosa que pudre los alimentos, las maderas, el cuerpo y el alma. No se está a salvo de ella, nunca. Pero si el moho, los musgos y los líquenes nos invaden, su efecto es paradisíaco al lado de las pantagruélicas ratas que circulan a ojos vista por suelos, muros y repisas de las ranchas. El agua, el viento, las ratas y las termitas se alían para transformar paredes y pisos en quesos suizos llenos de orificios por los cuales circulan todos nuestros enemigos.

Pero ya era libre del yugo de las esposas, volvía a ser un hombre, tenía manos y tenía brazos para acometer acciones, podía caminar, podía rascarme y desvestirme sin que nada ni nadie lo pudiera impedir. Ocupé mis energías renovadas para poner un poco de orden en el lugar, casi aplaudí por el hecho de contar con una puerta que era posible cerrar, aunque con dificultad. Encontré restos de cueros que me permitieron tapar los huecos donde antes había habido ventanas. Pero el buen humor se vino al suelo cuando empezó a diluviar y el lugar empezó a llenarse de agua. Tuve que volver a abrir la puerta para dejar que esta corriera hacia afuera. ¿De dónde sacaremos materiales para arreglar el techo?, me pregunté. El lugar era reducido, tenía solo 3x3 metros, pero tenía al menos una mesa, dos sillas en mal estado y una cama con un jergón. Me pareció de primera necesidad crear un techo sobre ella para que desviara las aguas y permitiera que este se secara. Había también un armario al cual le habían robado las puertas. Dentro puse mis pocos bártulos, algo de ropa, la navaja de afeitar, un jabón y los alimentos de guarda que mi querida esposa había puesto en mi equipaje. Y cuando estaba terminando de colocar las cosas vi una rata gorda que miraba interesada. Oh Dios, dije, ¿cómo voy a impedir que esa bestia me robe la poca comida? Encontré en una esquina un pedazo de soga y amarré varios frascos juntos. No creo que pueda abrirlos, me convencí.

Eso fue al principio cuando mi optimismo aún no había declinado. Creía que, con un poco de buena voluntad, uno podía acomodarse para soportar el chaparrón. Pero no fue así como se dieron las cosas. Desde el primer día tuvimos que sacar coraje para soportar los aguaceros pertinaces, el viento huracanado que llegaba indistintamente del norte o del sur, el calor húmedo del día que se pegaba a la ropa, a las narices y se metía en los oídos y el frío igualmente húmedo de la noche que se colaba por los millones de intersticios y que provocaba escalofríos y tercianas. Cuántas veces me constipé y tuve temperatura, cuántos días he pasado en cama con molestias a los pulmones y a los riñones, cuántas veces creí que mi momento final había llegado y, por voluntad del Señor, sigo aquí.

Nunca se nos ha permitido reunirnos, no podemos intercambiar palabras con nadie, nuestros cerebros se han comenzado a encoger. Llegado un momento de suma desesperación, cuando mi mente afiebrada amenazaba con machacarme la razón, en un último instante de sabiduría, me inventé un compañero, un maravilloso fantasma que me ha acompañado desde entonces y ha morigerado mis raptos de locura. Con Adeodato[9], que así le puse a mi amigo invisible, hemos podido sostener larguísimas conversaciones, que me han alentado a soportar este calvario en medio de esta selva inhóspita. Mi inquilino virtual, cuyo nombre significa "entregado por Dios" ha sacado lo mejor de mí, me ha hecho recordar mis antiguas lecturas, me ha traído a la memoria los nombres de tantos filósofos, que han pretendido enaltecer el alma humana y darle las fuerzas para soportar los designios del destino. Y, principalmente, ha reinstaurado en mi corazón la humilde sumisión a la voluntad de Dios, me ha aconsejado implorar su benevolencia y su apoyo en estas agrias circunstancias.

No obstante tanta gratificación espiritual para sobrevivir a esta pena, día a día sigo teniendo mis disputas con las ratas guerrilleras. Ni los pocos perros de la isla, ni tampoco los gatos montaraces, que algunos compañeros de prisión se han conseguido, han sido capaces de frenar esta plaga que se desbandó cuando la prisión fue cerrada por el hermano *de la Lastra* y se dejó en las bodegas los alimentos sobrantes. Sin nadie que lo impidiera, las alimañas se hicieron fuertes y ahora es casi imposible combatirlas. Cuántas veces nos hemos mirado a los ojos con la rata gorda, yo pensando en mi infortunio y ella imaginando su próximo festín. Tampoco es muy feliz, creo yo, siente que estar confinada en esta isla no fue su mejor destino, no tiene dónde ir. Afortunadamente, nosotros los humanos descubrimos nuestro lazo con el creador, ello nos permite tranquilizar nuestras almas, sabiendo que somos trascendentes, que la tragedia terrenal es pasajera, que terminado este tormento vendrá la paz del Señor.

—Inteligentes, ustedes los humanos —me respondió la otra noche la rata—, nosotras también deberíamos inventarnos un dios para

---

[9] Verídico

hacer más llevadera y trascendente nuestra mísera vida. Así no estaríamos solo preocupadas de conseguir unos granos más, de romper los sacos de frejoles podridos, de morder los pedazos de pan duro descuidados sobre la mesa, sino que también podríamos destinar tiempo a entender los confines del universo y creer que algún día seremos felices.

En ese momento me detuve, ¿qué estás desvariando?, me dije, ¿quién le dio voz a ese asqueroso bicho?, ¿quién le dio derecho a meterse en mi psiquis y alterarme los pensamientos? Y entonces tomé consciencia de las pulgas gigantes que me estaban picando y me tuve que rascar con furia. Ya no supe qué era peor, si perderme en los vapores húmedos de la demencia o sufrir en forma consciente el dolor de la realidad.

Y con esto quiero terminar, QQ::: HH:::, no porque no haya más desdichas que sacar a la luz, sino porque no creo tener el derecho de atribular más aún vuestros corazones. Quiera el Altísimo que en alguna parte alguien esté pensando en nuestra desgracia y elucubrando algo para acabar con ella. Sepan que no hay nadie en este hoyo infesto que se sienta en paz con su existencia, ni nosotros, los prisioneros, tampoco los soldados, que nos vigilan, ni siquiera el alcaide, que vive rodeado de su familia, ni siquiera las alimañas que nos devoran. Tal vez solo los siete de nosotros, que han muerto aquí han podido encontrar la paz y viven a la diestra del Señor.

Gracias por querer devolvernos la fe alguna vez en el futuro.

H::: *Juan Egaña*

***

4.

1840

Santiago, Chile

El 29 de mayo de 1840 Juanito recibió una nota de don *Mariano Egaña* diciéndole que estaban listos para dar el siguiente paso. Que todos los documentos habían sido verificados y ratificados por la judicatura. Que al día siguiente ingresaría en el tribunal una demanda ejecutoria para que fuera entregada la propiedad. Que, una vez formalizada la causa, se le enviaría la citación al demandado, don Louis Phillipe, por medio de un ujier. Que, con suerte, se podía esperar una primera audiencia para mediados de junio.

Bastó que el juzgado diera curso a la demanda para que la mitad de la ciudad se enterara de que el lacayo Juan Ramírez había tenido la osadía de demandar al hacendado opulento, el Barón de la Huguette. Fue el comidillo de los salones y las tertulias durante semanas. La fecha del comparendo preliminar fue fijada para el martes 16 de junio a las 9:00 horas.

A las 8:40 llegaron al palacio de justicia don *Mariano Egaña* y los hermanos Juanito y Manuelito Ramírez. El mayor de ellos llevaba en su bolsillo el poder para representarlo firmado por su padre. Los tres entraron a la sala y tomaron asiento donde el secretario del tribunal les indicó. A las 8:55 apareció un grupo de hombres jóvenes acompañando a Louis Phillipe y a José Pedro. Eran sus compinches de la Hermandad Carrerina que venían a demostrarle bulliciosamente su apoyo en este denigrante asunto. Junto a ellos venía el abogado Martín José de Eyzaguirre. Todos se sentaron en los bancos del lado opuesto. Recién cuando apareció el magistrado por una puerta lateral los jóvenes guardaron silencio.

—Causa N° 324 de 1840 —dijo levantándose el secretario—, Ramírez con García-Lazcano, demanda por entrega de propiedad…

—¡Ohh! —fue la exclamación que salió de todas las gargantas des-informadas.

—¡¿Queé?! —preguntó en voz alta el joven Louis Phillipe.

—Shht —lo conminó a mantener la cordura su abogado.

—Pero, ¿qué es esto? —preguntó el joven.

—Tendremos que esperar hasta conocer todos los antecedentes, cál-mese.

—Representa al demandante el abogado don *Mariano Egaña* y al demandado el abogado don Martín José de Eyzaguirre.

—Doctor *Egaña* —dijo el Juez Maximiliano del Villar—, sírvase exponer su demanda.

—Gracias, Su Señoría —contestó éste –como consta en autos, don Florencio Miguel García-Lazcano Urmeneta, el otrora mayorazgo de su familia y propietario de la hacienda Santa Lucía, sita a 35 kilómetros de esta ciudad y bisabuelo del demandado, efectuó en el año 1794 una subdivisión de la citada propiedad, formando la hijuela N° 1, de aproxi-madamente 500 hectáreas, debidamente delimitada, la que entregó en calidad de donación a su hijo natural, don Juan Segundo Ramírez Faún-dez…

—¡Ohh! —volvieron a expresar los asistentes con incredulidad.

—Sigo, Su Señoría —dijo don *Mariano*—, demandamos al actual propietario de dicha hacienda, aquí presente, se allane a entregar a mi cliente el uso y goce de su legítima propiedad.

—¡Está loco! —gritó Louis Phillipe—, yo no entrego ni un pie cuadrado de mi campo.

—¡Joven, compórtese! —le espetó el juez—, si no quiere que lo expulse de mi sala.

—¡Qué se ha creído ese viejo de mierda que ha destruido a nuestra familia! ¿Y qué es eso de hijo natural, ¿hijo de quién?

Juanito y Manuelito miraban a Louis Phillipe con miedo en sus ojos, sabían que la guerra se había declarado y que pasaría mucho tiempo antes de que se pudiera dar por ganada. Un patricio no se deja pasar a llevar por un vil sirviente, pensaban, eso significa, no solo perder algún pedazo de despreciable tierra, sino que es una terrible ofensa a su honor familiar.

—Permítame, Su Señoría —volvió a hablar el abogado *Egaña* manteniendo una parsimoniosa calma—, consta en la escritura de donación que el demandante fue reconocido en ese acto por su fenecido padre natural, don Florencio, Como hijo suyo. Es, por tal motivo, tío abuelo del demandado.

Qué absurdo, pensó Juanito, resulta que ahora soy tío del imbécil, no me hace ninguna gracia. Manuelito solo movía la cabeza sin siquiera reparar en que él tenía una relación mucho más estrecha aún: era hermanastro del baroncito.

—Licenciado Eyzaguirre, le doy un plazo de 60 días para presentar su caso —dijo entonces el juez y golpeó con su mazo para dar término al comparendo.

Y, tal como lo habían pensado, la guerra estaba declarada. Bastó que los hermanos Ramírez salieran a la calle en compañía de su abogado, para que se les fuera encima una turba de 10 jóvenes Carrerinos, con el solo propósito de dañarlos y hacerles ver que su propósito podía ser de verdad peligroso. Cuando ya casi los alcanzaban, don *Mariano* alzó la voz de manera sorpresiva y frenó los ímpetus:

—¡Alto ahí! —exclamó—, al primer golpe lograré una sentencia ejemplarizadora, cárcel y grillos incluidos. Recuerden que soy jurisconsulto del gobierno.

Los mocetones se frenaron, pensando en las consecuencias, se apartaron, pero les hicieron gestos a los hermanos y les lanzaron amenazas previniéndolos de futuros actos de violencia, cuando no estuvieran protegidos por el gran señor.

*

El abogado de la parte demandada usó todos los subterfugios y las artimañas posibles, cuestionó la paternidad de don Florencio, lo que era irrelevante, puso en duda los títulos de la propiedad donada, los que ya habían sido confirmados previamente, adujo la imposibilidad de separar dicho predio por el daño irreparable que causaría a la unidad productiva de la hacienda, argucias que sonaban ridículas. Finalmente, el juez declaró inadmisibles todas las objeciones del abogado Eyzaguirre y sentenció el cúmplase de la entrega demandada. Simultáneamente, encargó a la fuerza pública la consumación del acto legal.

1815, libres de *Carrera*

A fines de noviembre de 1815, en un mismo día, llegó a la logia en Mendoza una carta del Director Supremo, el hermano *Ignacio Álvarez Thomas*, desde Buenos Aires, y una carta a mi señor de su hermano José Pedro.

Buenos Aires, 16 de noviembre de 1815

QQ::: HH:::

Con gran alegría les informo que el día de ayer el general *Carrera* y su comitiva de seis oficiales y cuatro criados han abandonado nuestras costas a bordo del bergantín Expedition con destino Estados Unidos.

Como se convenció de que nuestro gobierno no le iba a ayudar en su plan de cruzar la cordillera para reconquistar Chile, solicitó autorización para viajar a la América del Norte. Hizo explícita su voluntad de conseguir allá el apoyo del gobierno para formar una escuadra para liberar su país desde el mar.

Aprovecho la ocasión para contarles que nuestro hermano, el joven *Antonio José de Irisarri*, también nos ha dejado para dirigirse a Londres y proseguir allá sus estudios.

Y, por último, les aviso que el general *Viamonte* tuvo gran éxito y pudo deponer al gobernador *Tarragona*. Con ello la provincia de Santa Fe ha vuelto al dominio de Buenos Aires.

Les saluda fraternalmente

H::: *Ignacio Álvarez Thomas*

*

Buenos Aires, 14 de noviembre de 1815

Estimado hermano

Con el solo propósito de que sepa dónde me encuentro, le relato que mañana nos embarcamos en el bergantín Expedition para navegar hacia los Estados Unidos. Esperamos atracar en Annapolis en el mes de enero próximo.

Nos vamos a la América del Norte para conseguir el auxilio que necesitamos para lograr lo que ustedes no han podido, ni nunca podrán, liberar a Chile de los godos.

Atentamente

Cpt. José Pedro García-Lazcano

Cuando todos los hermanos de la logia se enteraron de estas cartas, pudieron por fin descansar tranquilos. Ya, todos tenían claro que no se debía esperar una invasión por parte de *Ossorio* y ahora se sabía que durante un largo tiempo no se podría esperar una nueva avanzada del intrigante caudillo. Los trabajos de preparación de la campaña de los Andes podrían seguirse ejecutando en forma ordenada y con plena calma.

***

1815, primeros informes

A fines de diciembre de 1815, llegó noticia desde Santiago que, por fin, el día 20, había llegado allá el nuevo gobernador designado por el rey *Fernando VII*, quien había vuelto al trono el año anterior, para reemplazar al general *Ossorio*, don *Francisco Casimiro Marcó del Pont Díaz Ángel y Méndez* (más otros 20 títulos adicionales). Cuando el coronel *San Martín* supo de ello, rio con alegría.

—A este imbécil yo lo conocí en España, de guerras y milicias no sabe nada, ha ascendido gracias a sus contactos en la corte y es medio afeminado —dijo—, pero es malo, malo de veras.

—Pero con ello nos hará un gran favor —intervino mi señor—, si actúa con esa maldad en contra de los compatriotas, estos desearán con mayor fervor la libertad.

—Así lo creo —dijo *San Martín*—, pero bueno, vamos a lo nuestro, ¿tenemos noticias de Chile?

—Le informo, mi coronel —contestó mi señor—, que de los dos espías que partieron el 15 de octubre con sus guías y criados por el paso El Planchón, don *Domingo Pérez* ya está de vuelta. Tomó contacto con varios patriotas en la zona de Talca, entre ellos el sargento mayor don *José Manuel Borgoño*, quien está escondido en ese lugar. El otro, don *Juan Pablo Ramírez*, sigue allá y ha comunicado grandes movimientos en la zona del Maule. Es muy auspicioso, dice que la causa patriótica está muy efervescente en muchos pueblos.

—Qué buena noticia —dijo el coronel—, ¿de don *Manuel Rodrí-guez* se ha sabido algo?

—Nada aún, mi coronel —respondí.

—Con esta buena noticia del arribo de *Marcó*, vamos a cambiar la estrategia, es tan cobarde y estrecho de miras, que vamos a empezar a meterle miedo. Se va a desesperar y va a hacer puras tonteras.

—¿En qué ha pensado, mi coronel? —preguntó mi señor.

—Vamos a mandar a Chile un par de campesinos que esparzan el rumor que tenemos un ejército de 7000 hombres para atacar este verano y que la escuadra rioplatense llegará por el mar en forma simultánea.

—¿Y hay tal escuadra rioplatense? —pregunté yo.

—El hermano *Álvarez Thomas* me informó que le otorgó patente de corso[10] al almirante *Brown* y que ya va en camino al Pacífico.

*

Los días de navidad y año nuevo siguieron en la tensa calma que rodeaba al estado de preparación de la campaña de los Andes. No había plata para celebraciones, de manera que la iglesia y la intimidad de los hogares fueron el escenario obligado de las fiestas. Yo observaba con silente felicidad que mi señor y su mujer se habían abuenado y que parecían estar disfrutando del presente sin preocuparse del futuro. Las tertulias en casa de la viuda de Solís y en la nuestra se iban alternando y, según podía apreciar, todos se divertían hasta tarde.

Yo tenía poco que hacer después de las horas de trabajo. Por tal motivo, me dirigí un día al hermano *San Martín* y, con secreto interés, le sugerí preocuparse de una biblioteca municipal que contribuyera a su proyecto de instrucción pública, la que estaba dando sus primeros frutos. Le pareció bien y, como era su costumbre, supo de inmediato a quién encargarle la tarea.

—Hermano Ramírez, ubique a don *Agustín Delgado*, es un maestro muy abnegado y diligente, póngase de acuerdo con él y hagan una colecta pública de libros. Yo veré con el cabildo dónde poder habilitar unas salas para este efecto.

---

[10] Patente de corso: derecho otorgado por un país a un marino para conquistar naves y compartir la ganancia

Una sonrisa agradecida surgió espontáneamente en mi rostro, estaría muy cerca de la actividad que más satisfacciones me había producido en mi vida, la literatura. Tendría libros para leer y esperaba que fueran muchos. Me propuse no esperar ni un momento más y, ya al día siguiente, me puse en campaña.

*

Un día de fines de enero llegó a nuestro despacho el hermano *José Gregorio Argomedo*. Se le veía un poco inquieto.

—Hermanos —dijo—, siento que hemos estado un poco apartados en tiempos recientes, cada uno en lo suyo y sin comunicarnos. Creo que sería bueno convocar a una reunión de la Logia Lautarina para enterarnos de todo lo que está sucediendo.

—Es cierto —dijo mi señor—, queda claro que a nuestro coronel le gusta mantener las áreas bien separadas para que no se interfieran.

—Pero también es bueno que, al menos nosotros, sepamos del global —dijo *Argomedo*—, por favor secretario Ramírez, háganos el servicio de citar a los hermanos para el día martes 30 de enero de 1816 en mi casa.

El día previsto, fuimos con mi señor y el tío, a la hora habitual, donde el principal de la logia. Tenía habilitada una sala con la disposición de sillas conocida. Después de los afectuosos saludos, cada cual tomó su puesto habitual, yo junto a la puerta.

—Queridos hermanos —comenzó don *José Gregorio*—, los saludo fraternalmente en esta primera reunión del año 1816. Quiera este ser todo lo productivo que se auspicia bajo la brillante conducción de nuestro hermano *San Martín*. Felicitémosle por su reciente ascenso a general de brigada con que lo ha honrado nuestro hermano *Álvarez Thomas* desde la capital.

Cayó un cerrado aplauso de todos los asistentes. El novel brigadier levantó la mano y pidió la palabra que, por supuesto, le fue concedida de inmediato.

—Por favor, queridos hermanos, menos halagos aquí —dijo—, creo que cada uno de nosotros está contribuyendo a la causa con su labor específica y no tengo nada que decir al respecto. Creo que el plan general se va cumpliendo a la perfección. Y así también —rio— seguimos perfectamente carentes de fondos.

—Pero al menos se ha podido ordenar las cuentas, que ahora están muy claras —dijo el hermano *Marín*—, nuestro hermano de *Villegas* es un prodigio en lo referido a los números.

—Permítanme informarles una noticia fresquita que acaba de llegar a nuestro centro de informaciones —dijo mi señor—, en Europa el emperador *Napoleón* sufrió el 25 de noviembre pasado una derrota terminal en la localidad de Waterloo, en Bélgica. Parece que su destino está trazado y que ya no podrá atormentar más a sus vecinos.

—¿Y cómo se ve la cosa en España? —preguntó el hermano *Fretes*—, me imagino que esta derrota le devolverá los bríos a la corona, lo que significa que intensificará sus ansias de reconquista aquí en América.

—Es muy cierto, hermano —respondió *San Martín*—, estamos en una encrucijada muy determinante, los maturrangos se han hecho fuertes en todos los países vecinos con excepción del nuestro. Si no logramos expulsarlos de Chile y luego llegar a Lima y hacer lo mismo en Perú, todas nuestras ansias libertarias pueden ser enterradas en el cementerio de la Historia.

—Pero nuestro plan es perfecto —lo alentó don *Bernardo O'Higgins*—, de acuerdo a lo que hemos discutido latamente en el alto mando, con vuestra estrategia singular, no deberíamos perder.

—Eso, solo si lo hacemos todo bien, y no solo bien, sino perfecto —dijo el general *González Balcarce*—, tenemos que concentrarnos como nunca antes, nada nos puede fallar.

—Y lo estamos haciendo bien —dijo el coronel *de las Heras*—, con sigilo meticuloso hemos ido adiestrando a jóvenes en el arte de la guerra. Hemos mejorado sus condiciones físicas, les hemos enseñado a usar las armas, pero, lo más importante, les hemos inculcado disciplina, obediencia y mucho entusiasmo patriótico.

—A propósito, hermano *San Martín* —dijo sonriendo el tío Pancho—, todos nos alegramos que el cabildo lo haya convencido de mantener aquí a su dilecta esposa, doña *Remedios*. Habría sido una desgracia que ella se hubiera tenido que ir a Buenos Aires.

—Bueno, le agradezco, hermano García-Lazcano —contestó *San Martín*—, yo solo quería evitarle a ella las penurias de estar aquí, en medio de esta pobreza franciscana, no puedo olvidar que su familia es de muchos recursos allá en la capital. Pero creo que no viene al caso mencionar este asunto tan doméstico en este círculo.

—Disculpe si lo contradigo, hermano —volvió el tío—, nuestros ideales superiores contemplan a la familia como el sostén de la sociedad, lo que pasa en aquella no está ausente de esta, debe ser siempre parte de la preocupación de nuestra orden.

—Bueno, bueno, bueno —rio *San Martín*—, me retracto de lo dicho y valoro la altura de su espíritu. Ahora sigamos con lo nuestro y yo me callo. Gracias hermano Pancho.

—Permítame, hermano presidente —dijo don *José Ignacio Zenteno*, cuando todos dejaron de reír—, quiero informarles de algo que nuestro hermano *San Martín*, en su humildad, va a esconder. A mí me consta que les devolvió el alma al cuerpo a todos nuestros oficiales, que estaban con el ánimo muy decaído. A mediados de mes, organizó un banquete en las barracas inconclusas del campamento. Cuando todos estaban en la cima de su alegría bastante etilizada, nuestro general hizo un brindis muy tranquilo, con voz firme y serena, dijo: —«*por la primera bala que se disparase al otro lado de los Andes contra los opresores de Chile*». Podrán entender que encendió de una vez todos los espíritus.

—Excelente —lo felicitó el hermano *Vera y Pintado*, agregando después una de sus rimas jocosas:

Cual Hermes Trimegisto en esta arcadia sureña
el brillante general su victoria sueña,
y nosotros, peones en esta llanura
aramos, sembramos, y cuidamos con esmero,
confiados como estamos en nuestra bravura,
cosechar la victoria el próximo enero.

Los aplausos no se hicieron esperar y todos rieron, distendiendo la seriedad anterior.

—Creo que el hermano *Vera* ha puesto de nuevo su nota de humor y con ello será mejor trasladar esta solemne sesión al comedor. Vamos amigos, podemos disfrutar ahora —dijo el presidente, levantándose.

1816, el hermano *Freire* de corsario

A fines de marzo de 1816 llegó una larga carta del capitán *Ramón Freire* desde Buenos Aires.

Buenos Aires 20 de Marzo de 1816

QQ::: HH:::

Hace algunos días hemos retornado a este puerto después de una travesía intensa y llena de grandes éxitos y pequeños fracasos. Parece extraño que un soldado de tierra se aliste para embarcarse en un buque con patente de corso, pero así ha sido. Cuando el gobierno decidió entregar al almirante *Guillermo Brown* esta franquicia, decidí hacerlo para sacudirme la modorra que estaba viviendo, alejado de las acciones bélicas que tanto excitan mi alma.

Y así fue que el 15 de octubre pasado, zarpé junto a la escuadra del valeroso marino con cuatro navíos, el bergantín Trinidad al mando del cuñado de *Brown*, don *Walter Davis Chitty*, el bergantín Hércules, capitaneado por el hermano del almirante, don *Miguel Brown*, el bergantín Halcón al mando de don *Hipólito Buchardo* y el queche Uribe, armado y financiado por don *Julián Uribe*, se acordarán, el compinche de *Carrera*.

En el Cabo de Hornos sufrimos temporales espantosos que nos desarticularon, desviándonos de nuestras líneas de navegación. Lamentablemente el queche naufragó con toda su tripulación, no supimos más de él. Los demás nos volvimos a reunir frente a la Isla Mocha y de allí partió nuestra travesía corsaria.

Al cabo de un corto tiempo habíamos atrapado varias naves españolas, entre ellas la fragata española La Consecuencia, con el recién temente nombrado gobernador de Guayaquil a bordo.

El astuto *Brown* hizo entrar a dicho buque en la bahía de El Callao, enarbolando en el último momento la bandera rioplatense y provocando el enfrentamiento con los buques españoles surtos allí. Por desgracia no teníamos el poder de fuego suficiente para sostener el ataque y debimos retirarnos, no sin antes haber sorprendido a las fuerzas españolas.

Luego fuimos a Guayaquil, donde también nos apuntamos algunos triunfos, pero después debimos replegarnos para volver aquí. Ahora, ya hice la experiencia y espero volver pronto a vuestro lado.

Los más fraternales saludos

H::: *Ramón Freire*

Me pude imaginar que el fatuo *Marcó del Pont*, al ser informado desde Lima de la escuadra revolucionaria, debe haber sentido el miedo en las entrañas. El rumor que habíamos propagado en diciembre se volvía realidad, eso lo haría más crédulo a futuros embustes.

***

1816, *Carrera* en EEUU

Por las mismas fechas llegó una larga carta del capitán José Pedro García-Lazcano desde los Estados Unidos.

Baltimore, febrero 28 de 1816

Estimado hermano

Después de una travesía muy calma, atracamos el 17 de enero pasado en el puerto de Annapolis. Mi general arrendó sobre la marcha dos coches y nos trasladamos ese mismo día a Baltimore, una ciudad inmensa. Allí me encargó poner en el correo una carta dirigida a su recordado amigo, don *Joel Roberts Poinsett*, quien había sido cónsul en Chile cuando él estaba en el poder. A los pocos días recibió una carta de respuesta, la que involuntariamente llegó a mis manos y tuve oportunidad de leer:

Washington, enero 18 de 1816

Señor Presidente *Carrera*

Con alegría le doy la bienvenida a nuestra nación y me complace que esté bien. Respecto de su petición de apoyo para formar una escuadra libertadora, usted se imaginará que eso sobrepasa mi capacidad. Sin embargo, le enviaré en este momento una carta a nuestro hermano, el almirante *Porter*, que es el actual Comodoro de la Marina de los Estados Unidos. Él le puede abrir las puertas de la Casa Blanca e incluso conseguirle una entrevista con el presidente *Madison*.

Mi recomendación personal es que ratifique aquí su calidad de masón lautarino, dejándose iniciar en mi logia St. John's Nr.1 de Nueva York, para lo cual contactaré a mi Venerable Maestro, haciéndole ver sus antecedentes y pergaminos. Una vez dentro del círculo serán muchos los contactos que le permitirán cumplir su objetivo.

Best regards and whishes

Joel Roberts Poinsett

Para nuestra gran sorpresa, estas excelentes relaciones de mi general *Carrera* dieron sus frutos de inmediato. Ya el día 20 de enero se confirmó la visita al presidente. Se podrá imaginar, hermano Manolo, que don *José Miguel* se pasó innumerables horas tratando de aprender a chapurrear algunas palabras en inglés.

El 25 de enero nos fuimos a Washington con toda la comitiva y lo hicimos en compañía del señor *John Randall Shaw*, un amigo personal del almirante *Porter*, quien habla español. Al día siguiente fuimos en visita oficial al palacio de gobierno. El mismo señor *Shaw*, el capitán *Benavente* y quien suscribe fuimos recibidos con una solemnidad inesperada para nosotros. Mi general vestía su mejor uniforme, al igual que nosotros. A nuestra llegada le fueron franqueadas a Mr. *Shaw* todas las puertas y terminamos en una sala de espera muy elegante y de grandes dimensiones.

Un criado abrió la enorme puerta, que vigilaba, y salió un señor con uniforme militar. Mr *Shaw* se adelantó y nos presentó al almirante *Porter*. Este nos saludó de mano y nos hizo pasar al gran despacho, donde se encontraba el presidente en compañía de un secretario. Mi general se cuadró delante de él flanqueado por nosotros. Entonces salió de detrás de su escritorio de madera y se paró a corta distancia de nosotros.

—Mr. President —dijo entonces el almirante, hablando en inglés—, me es grato presentarle al general *José Miguel Carrera*, presidente de la República de Chile, ubicada en el extremo sur de la América del Sud. Les presento a Mr. *Madison*, nuestro presidente —dijo a continuación dirigiéndose a nosotros.

—Welcome to America —dijo el presidente estirando su mano—. I hope you are fine, general.

—Yes…, me… president of Chile —tartamudeó sonriente mi general—, necesitar… you… help Chile… matar españoles —hizo un gesto de cortar la garganta.

—Says he needs our support to throw the Spaniards out of his country —le comunicó *Porter* al presidente *Madison*.

—Yes… ships… and pistols… siguió balbuceando mi general.

—Well, you talk to Mister *Porter* —dijo entonces *Madison*—. Nice to meet you…

—We —hizo entonces un gesto mi general indicando con el dedo al presidente y a sí mismo y sonriendo misterioso—, we… have… mismos altos ideales, secret ideals —y levantó su vista hacia arriba.

Madison miró a *Porter* con cara de pregunta. Este le hizo una mínima seña como confirmándole algo, entendió que ambos pertenecían a la masonería. Pensé en ese momento cómo le debía haber repugnado la idea, supuse que seguía el juego solo para lograr sus objetivos. Más tarde, concluida la corta reunión, *Porter* le informó a mi general que el gobierno no se iba a comprometer en ayudar a ninguna nación independiente sudamericana, porque estaba negóciando con España la compra del estado de Florida. Que tendría que buscar otros apoyos.

Con la frustración en su alma volvimos a Baltimore, donde inició contactos con armadores y comerciantes de armas. Los resultados hasta ahora han sido lamentables. A principios de febrero nos trasladamos a Nueva York y allí mi general, haciéndole caso a *Poinsett*, se dejó iniciar en la logia St. John's Nr 1 el día 24 de febrero recién pasado. No ha querido revelar nada sobre ese hecho, en su corazón católico debe haber sentido un cargo de consciencia brutal. Pero él se hace grandes ilusiones que esta afiliación le abrirá muchas puertas.

Les cuento que la vida aquí es bastante aburrida. Según dijo mi general, «*Un Jueves Santo en Chile no es tan triste como un domingo en Nueva York. Ni coches ruedan*».

Lo saludo desde la distancia

Cpt. José Pedro García-Lazcano

—Vaya, vaya, vaya —exclamó mi señor cuando terminó de leer la carta—, quién lo hubiera dicho. Qué poca honestidad moral tiene nuestro antiguo amigo, Juancho. Qué ideales de tan baja estofa.

—Degradante —fue mi comentario.

—Muy cierta su opinión, sobrino —dijo el tío después de terminar.

***

5.
1840
Mendoza, Argentina

El invierno de 1840 estaba gélido en Mendoza, los temporales no amainaban y los vientos glaciales provenientes de los hielos cordilleranos se colaban por donde podían. Juan estaba abrigado con dos gruesos chalecos de lana cruda, tenía las piernas envueltas por una manta y tenía el brasero a menos de 50 centímetros. Así y todo, los dedos se le congelaban y tenía que refregar reiteradamente las manos para poder seguir escribiendo. Desde la mañana hasta la noche estaba dedicado por completo a su tarea, la que quería terminar en el más breve plazo posible. Solo se daba tiempo para tomar una siesta corta cubierto por cinco frazadas. No entendía cómo su hijo pintor podía permanecer en el exterior frente a su atril totalmente indolente ante la inclemencia del clima. Trinidad se aparecía cada cierto rato en el cuarto de Juan y le traía unos tés hirvientes para calentarlo por dentro.

—No sé para qué te ayudo tanto —le dijo un día—, mientras más rápido acabes con eso, antes me vas a abandonar.

—Es muy cierto, querida sobrina —respondió él jocoso—, y no creas que esa idea no me afecta. Has sido tan generosa conmigo, me he sentido tan bien aquí, que la sola idea de irme me causa dolor.

—Juancho, ni por nada me digas sobrina, esa palabra me enerva, solo nos separara, yo te conocí como hombre, sirviente por lo demás, y me enamoré de ti, no soporto verte como un tío distante.

—Es un problema difícil de tratar —reconoció Juan—, a mí tampoco me sale fácil decirte así, pero mi temor es muy grande, no sé cómo manejar ese amor que tú vuelcas sobre mí, me altera, me siento pecador y trato de escabullirme.

—Tal vez nuestro Señor nos dio la facultad de amar a más de una persona y nuestra sociedad después nos la robó.

—Puede ser, querida Trini, es probable que así sea —dijo él—, yo amo a mi mujer, he estado con ella por más de 30 años y, sin embargo, siento por ti un amor que antes era desconocido para mí, uno que no se puede catalogar.

—Para mí, tú has sido el único, me gustaría retenerte y sé que no es posible. ¿Qué te parece si te das un tiempo para que estemos juntos?, solo para compartir nuestro afecto. Me gustaría que saliéramos mañana a cabalgar, te voy a dar una grata sorpresa.

—¿Con este frío?

—Andando a caballo entraremos en calor —dijo ella—, galoparemos como lo hacíamos en Santa Lucía cuando chicos.

—Bueno, por ti lo haré, te lo mereces. Eso y mucho más.

—Sigue escribiendo, Juancho, no es mi deseo aproblemarte —dijo ella cerrando la puerta.

A la mañana siguiente, después del desayuno, un criado les trajo los caballos ensillados, montaron y partieron hacia los extramuros de la ciudad. Trinidad guiaba su cabalgadura con gran precisión en una dirección que Juan parecía reconocer.

—Oye, ¿no es por aquí donde estaba el gran campamento de *San Martín*? —le preguntó de repente.

—Así es —respondió ella—, aún quedan en pie algunas de las construcciones.

Al poco rato llegaron a un pórtico hecho con troncos de árbol, del cual colgaba un rótulo de madera con letras talladas que decían: "Santa Lucía". Cuando Juan lo vio detuvo en seco a su caballo y exclamó:

—¡¿Santa Lucía?!, ¿igual como nuestra Santa Lucía?

—Así es —contestó ella, misteriosa —vamos, acompáñame a la casa.

A unos 500 metros encontraron el patio con una gran casa señorial rodeada de otras construcciones menores. Alrededor de una caballeriza, cuyo portón estaba abierto, circulaban peones y caballerizos moviendo las bestias. Trinidad se acercó a quien parecía dirigir a los demás.

—Don Facundo, ¿dónde está tu patrona? —preguntó.

—Acaba de entrar en la casa, pregúntele a Mirta.

Ambos desmontaron, le entregaron las riendas a Facundo y cruzaron el patio. Dos perros se acercaron corriendo a Trinidad, moviendo sus colas con entusiasmo. Juan observó que había más familiaridad de la esperable y empezó a sospechar algo. Se veía que no era desconocida en el lugar, supuso que podía ser la dueña, pero curiosamente había hablado de la patrona. Ella abrió la puerta con mucha naturalidad y siguió derecho hasta la gran cocina a un costado de la entrada.

—Mirta, ¿dónde está la señora? —preguntó desde lejos.

—En su habitación, su merced, —respondió esta.

—Juancho, espérame aquí en el salón, ya vengo —le dijo ella con una nueva sonrisa misteriosa —siéntate.

Juan se dio vuelta en la estancia, miró por las mamparas hacia el exterior, donde se veía una enorme explanada con un pasto ralo, estaba rodeada de álamos desnudos enfrentando con valor el crudo invierno. Luego observó con interés unos grabados que colgaban de las paredes y que representaban a caballos en distintas acciones de salto y carrera. Por último, se fijó en varios certificados que acreditaban premios a caballares en certámenes rurales. De repente escuchó que se acercaban dos voces de mujer que se superponían.

—¡¿Juancho!? —escuchó entonces que exclamaba una de las voces.

—¡¿Qué, señorita Anette?! —respondió este sobrecogido—. ¿Usted aquí?

—Ven, Juancho, dame un abrazo —dijo ella, acercándose—, aquí vivo pues, seguí tu consejo, viejo querido.

—¿Y cómo eso? —preguntó Juan, abrazándola con cariño.

—Tú sabes que me quedé aquí cuando ustedes se volvieron a Chile en el año 1817 —contestó ella—, Manolo me dejó plata, pero esa no me iba a durar para siempre, así que empecé a buscar dónde trabajar. No era fácil para una francesa y, más aún, de clase alta, encontrar trabajo. Di clases de piano y de francés a hijos ricos, fui vendedora de una tienda de ropa importada y un día llegué a una pequeña fábrica de ropa que se estaba ampliando. Adivina quién era la dueña.

—La Trini —rio Juan—, ahora voy entendiendo, lo que no capto es por qué ella no me ha contado nada.

—¿Y ahorrarte esta sorpresa? —rio Trinidad—. No, era preferible esperar a poder venir. Anette ha sido mi mejor empleada, amiga y luego socia.

—¿Socia?

—Sí, durante años trabajó en lo de la ropa, después me ayudó a instalar el hotel y fue recepcionista…

—Y después nos transformamos en hacendadas —rio Anette—, somos socias en este criadero de caballos finos.

—¿Y no se casó como yo le propuse? —preguntó Juan un poco des-ilusionado.

—Claro que lo hice —respondió ella—, primero tuve un novio mi-litar de intendencia que me duró como un año, después, cuando trabajaba en el hotel, me casé con un oficial muy prestigioso que llegó un día por allá, me dio dos hijos, que te presentaré, pero afortunadamente se murió en acto de servicio.

—¿Afortunadamente? —quiso saber Juan con mucha curiosidad.

—Sí —contestó Anette—, resultó ser un hombre violento que me maltrataba. Muchas veces me golpeó y un día me prohibió seguir traba-jando, prácticamente me encerró en casa, no teníamos amigos ni visi-tábamos tertulias, fue muy deprimente.

—Así es que tuve que rescatar a mi amiga de las fauces de ese explotador —dijo Trinidad—, con mis altos contactos conseguí que al señor lo enviaran lejos de aquí a una campaña de pacificación de los indios que se habían vuelto a sublevar. Allí encontró la muerte.

—O sea que, no solo hay una viuda, sino que son dos —rio Juan—, la vida es tan fantásticamente impredecible. Y me alegro tanto de verlas a las dos tan contentas. Oh, se me olvidaba…, sabrá que mi señor…, Manolo… falleció.

—Sí —contestó Anette—, la Trini me lo contó hace unos meses, qué lástima que la salud no lo acompañó. A propósito, ¿qué fue de mi primer hijo, el que Manolo me arrebató?

—Usted…

—¿A quién le dices usted? —lo reprendió Anette—, solo de tú, por favor.

—Perdona, Anette… —le costó decir a Juan—, tú sabes que entre mi mujer y yo criamos a Manuelito. Hoy es todo un hombre, tiene 27 años y es regalón de Auristela. Lo educamos igual que a Juanito y los dos son cultos, tu hijo es maestro de escuela y enseña las primeras letras a los niños.

—Qué orgullo, qué bella noticia me has dado —dijo ella emocionada—, qué ganas me dan de poder conocerlo.

—Bueno, tal vez eso se pueda arreglar —dijo Trinidad.

—Claro… —dijo Juan como pensando en voz alta—. Ya es hora que lo sepa.

—¡Mirta! —gritó entonces Anette—, tenemos visitas, apúrate con el almuerzo, tráenos unas mistelas mientras esperamos.

Los tres permanecieron en el salón cerca de un brasero que había entrado un criado y conversaron por varias horas haciendo recuerdos, contándose sus vidas, y agradeciendo a estas por sus destinos. Sin interrumpir el coloquio pasaron al comedor a degustar las delicias de Mirta. A las cuatro de la tarde, después de una larga sobremesa, Trinidad y Juan se despidieron, cargados de afecto, y partieron de vuelta a la ciudad, cabalgando al paso. Se sentían jubilosos, pero en Juan surgía una y otra vez el sentimiento de culpa, se sentía muy infiel por estar disfrutando tanto lejos de su esposa.

*

De regreso en casa, Juan retomó su tarea y estuvo escribiendo hasta la hora de la cena, que una criada le llevó a su aposento. A las 10 de la noche se acostó con un guirigay de pensamientos rondando su cabeza. La culpa, la felicidad, las memorias, el patrón muerto, la señorita Trini, la francesa Anette, todo daba vueltas en su mente. Se quedó dormido con esas inquietudes que se repetían. Las cinco frazadas apenas lograban mantenerlo temperado.

De repente se despertó, algo le interrumpió el sueño y lo puso alerta. En ese momento se dio cuenta del calorcillo que emitía un cuerpo a su lado. La señorita Trini, pensó de inmediato con una sonrisa preocupada, una vez más, ¿qué hacer?

—Estamos viejos, Juancho —le dijo ella con la voz muy queda—, sé que no estamos en edad de pasiones, perdóname si te he invadido, es que todas las noches pienso en ti y me da ganas de abrazarte, de tenerte a mi lado, solo eso.

—Me has hecho recordar de sopetón la noche aquella en que me tuviste con el alma en un hilo, qué terrible, estaba desesperado, me parecía ver que entraban a la pieza el patrón, la Francesa, el tío y todos los sirvientes y que el Negro Joaquín me pegaba con un palo en la cabeza y tenía que salir corriendo desnudo.

—Fuimos osados, éramos jóvenes —rio Trinidad—, ahora no hay ningún peligro, nadie nos impone condiciones ni reglas, Juancho, somos viejos, yo tengo 52 años y tú más. Ya no somos bellos, mi cabello está canoso, mi cuerpo fláccido, pero el corazón pareciera que no envejece, los sentimientos permanecen intactos, son adolescentes, quieren reír como niños y amar como jóvenes enamorados.

—Trini… —murmuró Juan sin atreverse a moverse.

—Shhtt —dijo ella—, no digas nada, no hagas nada, quedémonos así, uno junto al otro, como si siempre hubiéramos sido amantes, o esposos, o compañeros.

Y callaron. Callaron mucho rato, no dijeron palabra, no se movieron, pero no podían evitar percatarse de sus presencias, no era necesario hablar para saber que estaban allí, sus cuerpos hablaban por ellos, sus calores se mezclaron. Las edades de ellos parecieron quedar suspendidas en un limbo, desaparecieron en el frío de la noche y, sin haberlo forzado, surgió en ambos un deseo carnal, que no podían desconocer o desterrar, un deseo que los llevó a buscar sus labios y besarse con la calma de la edad madura, no había apuro, de nadie había que esconderse, tenían tiempo. Y las manos cobraron vida propia, eran cuatro seres animados que hurgaban buscando el tiempo perdido, veinte dedos percibiendo con sus yemas los aspectos recónditos de sus fisonomías ocultas en la sombra. Se abrazaron con extrema pasión y sintieron el despertar de los sentidos, la necesidad de ir más lejos, de entregarse el uno al otro, de llegar a ser uno. Y lo hicieron, se complementaron, se fundieron en una misma fragua, cuyas brasas se encendieron hasta el paroxismo y luego declinaron en medio de un goce largo y compartido. En sus labios se habían asentado unas sonrisas cargadas de alevosía culpable y cómplice. Y entonces rieron, rieron de la situación y se rieron de ellos mismos, por un momento fueron los seres más libres del planeta, libres de prejuicios y libres de compromisos sociales, su pecado parecía estar exculpado por los dioses. Se sintieron inmensamente felices.

Y entonces, de repente, Juan percibió algo extraño, levantó el torso y alcanzó a ver una silueta gruesa que se movía en el vidrio de la mampara que daba al pasillo.

—Nos vieron —dijo calmo.

—No me importa —dijo ella—, este es mi reino y nadie me impone normas, soy libre de amar a quien quiera.

—Ha sido lindo…

—Nunca dejaré de amarte, Juancho…

—Shhtt —murmuró él—, es mejor que te vayas a tu dormitorio, no es necesario que todo el servicio se entere de lo nuestro.

*

A la mañana siguiente, Juan salió de su habitación y se encontró, como siempre, con su hijo, el pintor, sentado frente a su atril. Hoy había una diferencia con las veces anteriores, tenía un espejo y estaba tratando de dibujar sus propios rasgos en el lienzo.

—Vaya —exclamó Juan con alegría—, qué gusto, vas a pintarte a ti, eso es un gran avance.

—No señor —respondió el joven moviéndose inquieto—, no es a mí a quien pinto, es a usted.

—¿A mí? —saltó Juan—, pero entonces es bastante raro que uses un espejo…

—No es raro, señor —contesto muy serio el hijo—, usted es muy parecido a mí, usted es mi padre, no me será difícil pintarlo un poco más viejo.

—¿Te lo dijo tu madre? —preguntó Juan.

—No, lo he deducido yo solo —contestó sonriendo contento—, yo estoy acostumbrado a mirar el rostro y me di cuenta de su parecido. Y anoche lo vi con mi mamá en su pieza, entonces lo confirmé.

—Oh Dios, Juancho —dijo Juan acercándose al joven y poniendo su mano sobre su hombro—, me alegro tanto de que lo sepas, en efecto, yo soy tu padre y te voy a amar como tal.

—Y yo lo voy a pintar hartas veces, papá —dijo el joven sonriendo nervioso—, para que acompañe siempre a mi mamá.

***

1816, viaje a Chile

Días antes de que empezara abril de 1816 y amenazara con cerrarse el paso por la cordillera, mi patrón me dijo:

—Juancho, necesito que viajes a Chile, quiero que vayas al campo de Pirque donde mi cuñado y le pidas que te entregue 2000 pesos, dile que estamos casi en la inopia. Y aprovecha de ver cómo está mi familia.

—¿Qué le digo a mi general *San Martín*? —le pregunté.

—No te preocupes, yo hablo con él, tal vez te encomiende alguna misión. Anda con el Palomo y el Viejo Arteaga.

Efectivamente me pidió *San Martín* que le llevara al agente *Manuel Rodríguez* una carta. Me dio claras señales de cómo contactarlo.

Al día siguiente, de madrugada, partimos, los tres, dirigiendo nuestros pasos hacia el sur para cruzar por el paso que el Palomo ya conocía, el del Portillo Los Piuquenes. En esa misma jornada avanzamos los primeros 100 kilómetros sobre terreno relativamente plano y llegamos al pie de monte, donde pasamos la noche en nuestras carpas, que casi no nos protegían del frío. Mis compañeros se encargaron de juntar algo de leña para hacer una fogata y poder calentarnos. Cuando ya había oscurecido, nos dimos cuenta que, a una distancia imprecisa, pero suficientemente lejos, se veía el reflejo de otra fogata. Supusimos que serían otros chasquis haciendo el camino inverso. A la mañana siguiente emprendimos la escalada hasta la cumbre, donde soplaba un viento gélido que nos obligó a calarnos los ponchos e incluso cubrirnos las piernas con una manta. Afortunadamente, no se veían nubes en el horizonte, no había peligro de lluvia o tormenta. Ese día pernoctamos en las cercanías del río Maipo.

Al cuarto día llegamos, finalmente, al campo de Pirque, después de bajar por los cerros que rodeaban el río. Les indiqué a mis acompañantes que esperaran en un determinado lugar hasta que yo les avisara, era preferible que no nos vieran a todos juntos. Al poco rato arribé al patio junto a las casas, donde me encontré de entrada con el Bicho.

—Don Juanito —me saludó cariñoso dándome un abrazo cuando bajé de mi caballo.

—-Hola, Bicho —le dije—, qué bien se siente estar en casa. ¿Está su patrón?

—En su despacho —me contestó.

—Voy y vuelvo, quiero conversar contigo —le dije acercándome a la casa mayor.

Golpeé la puerta que me había indicado el Bicho y esperé respuesta.

—Adelante —escuché que decía don Juan María.

—¿Se puede, su merced? —pregunté muy respetuoso.

—¿Juancho? —preguntó sorprendido—, —¿qué haces tú por estos lados?, ¿cuándo llegaste?

—En este mismo instante, su merced —le respondí—, vengo con un encargo urgente de mi señor, disculpe usted, pero me dijo que le pidiera un préstamo de 2000 pesos.

—¿Está afligido mi cuñado?

—Sí, lo poco que logramos llevar a Mendoza se ha ido acabando —le contesté—, según él estamos casi en la inopia.

—Pero, ¿cómo está él? —preguntó preocupado—, ¿es verdad que la vida allá es tan miserable como la pintan?

—Qué quiere que le diga, su merced —contesté—, hay poca plata, mucha gente y muchos gastos.

—¿Y piensan volver? —quiso saber.

—Mientras estén los godos va a ser imposible —le respondí sin mencionar el plan de reconquista, mal que mal su padre era realista acérrimo.

—¿Hasta cuándo te quedas? —me preguntó—, necesito un tiempo para juntar las monedas.

—Ahora voy a Santa Lucía donde mi familia, mañana voy a Santiago y en dos días más estaría volviendo por aquí, ¿le parece bien?

—Sí, está bien.

—¿Y la familia del patrón? —pregunté—, él me pidió que le informe.

—Todos bien —dijo él—, los niños creciendo, Josephine ha estado un poco delicada de salud, hace tiempo no sale de sus dependencias.

—¿Qué la aqueja? —pregunté.

—Cosas de mujeres —rio.

—Bueno, me voy entonces, su merced, vuelvo en tres días.

Y salí de allí con mi tarea cumplida, el Bicho me estaba esperando sentado en una cerca.

—¿Cómo andan las cosas por aquí? —le pregunté.

—Así no más —respondió intrigante.

—¿Qué pasa, problemas en la familia o con el personal?

—Muchos de nosotros estamos muy desconcertados y amargados, han ocurrido cosas que nos avergüenzan, que van contra la ley de Dios.

—¿Cómo qué? —pregunté afligido—, ¿qué puede ser tan grave?

—La Francesa… —dijo, dejando la respuesta en el aire.

—¿La Francesa? —pregunté sorprendido—, me dijo don Juan María que ha tenido la salud delicada.

—Qué salud delicada ni que ocho cuartos —contestó con notoria molestia en su voz—. Embarazada está.

—¡¿Quéee?! —exclamé reaccionando enseguida—. ¿Es que volvió el capitán franchute por estos lados?

—Así es, don Juanito —contestó—, apenas nos vinimos para acá apareció con el papá de la señora y no ha dejado de venir. Y para que usted sepa, iñor, esta es la segunda vez, por eso está encerrada en su pieza y no se deja ver.

—¿La segunda vez?

—Así es, el año pasado quedó preñada y la vieja Emilia se la quitó, la guagüita, con sus yerbas venenosas, casi se murió la pecadora, estuvo como dos meses en cama con la calor. Usted sabe que las criadas todo lo ven y todo lo saben. Pero no se contentó la perla y cuando se mejoró, volvió el pelafustán ese.

—Oiga, pero qué tremendo —le dije—, ¿y ahora qué?

—No sabemos qué va a pasar, la señora está aterrada de hacer lo mismo y morirse. Es que hay que ser muy falto de Dios para hacer esa cochinada. Ahora entenderá por qué estamos tan abrumados, nos sentimos cómplices de su pecado.

—Tremendo, Bicho —le dije—, yo no le diré nada a mi señor, es demasiado grave, el franchute ha pisoteado el honor de esta familia, no se merece vivir.

—Claro, fácil de decir —dijo él mientras yo montaba mi bayo y le daba la mano—. A propósito, ¿dónde vive el desgraciado?

—En la casa del viejo en Santiago —contestó.

Cuando me junté con el Palomo y el Viejo Arteaga no supe si informarlos o quedarme callado. La verdad es que no sabía cómo tratar el asunto, era demasiado complejo. Me pregunté si el padre de la señora sabía de todo esto. —Si así fuera —me dije para mis adentros—, sería más grave aún, de una insolencia suprema. En silencio seguimos por el valle del Maipo hacia la hacienda, llegando por el lado del cerro Lonquén.

Al atardecer, cuando los últimos rayos del sol iluminaban la casa…, mi casa…, pintándola de amarillo ocre, golpeé muy suave la puerta de la cocina para no asustar a mi gente.

—¡Juancho! —exclamó Auristela cuando me vio delante de la puerta—. ¿Juancho?, no me la creo, ¿eres tú?, ¿qué haces aquí?, ¿estás bien?, ¿has vuelto?

—Hola, Telita —le dije abrazándola con gran emoción—, qué bueno verte, cuánto te he echado de menos, lamentablemente estoy solo de paso, traigo un encargo del patrón. ¿Los niños?

—¡Niños! —gritó entonces y sus cabecitas empezaron a aparecer detrás de ella. Juanito ya tenía ocho años, un pequeño hombrecito, la Luisa Marina tenía seis y Manuelito cinco. Todos rieron llenos de alegría y la niña saltó a mis brazos.

—Un año y medio que no te veíamos —dijo en ese momento mi mujer—, es mucho tiempo para estar abandonados aquí.

—Telita, por favor —le dije—, tú sabes que no es por voluntad propia. Pero si todo sale bien, el próximo verano estaremos de vuelta. Y derrotaremos a los godos.

—Ay, qué bueno —dijo abrazándose fuerte a mí—, ven vamos adentro, te voy a dar un puchero como te gusta.

Pasé un par de horas magníficas con todos ellos, compartimos la comida, después les conté en detalle de nuestra vida en Mendoza y de lo que estábamos haciendo y, finalmente, cuando los niños se hubieron acostado, regaloneamos con mi amada y luego nos fuimos llenos de pasión a la cama. Antes de las 9 de la mañana nos volvimos a reunir con mis acompañantes para entrar furtivamente en Santiago. Llegamos hasta el centro y tuve que permanecer muchas horas sentado en la iglesia de Santo Domingo, al lado izquierdo de la entrada principal, esperando que don *Manuel Rodríguez* se apersonara y me reconociera. Cuando por fin sucedió, le entregué subrepticiamente los documentos.

—Espere aquí —me dijo y tuve que volver a armarme de paciencia.

Una hora más tarde me pasó un sobre dirigido a mi general y se retiró sin decir palabra. Durante todo ese tiempo estuve sentado en un banco de la iglesia mirando al Cristo crucificado, a la Virgen María con su hijo en brazos y a todos los demás santos que miraban a los feligreses con sus insensibles ojos de vidrio. No podía olvidar la ofensa que habían hecho a nuestra fe la Francesa y su amante francés. Ellos merecían el peor castigo que el cielo estuviera dispuesto a enviarles. Esa idea me daba vueltas y vueltas en mi cabeza, mientras esperaba con esforzada resignación. Me sentí contento cuando tuve en mis manos la carta del agente y pude por fin salir a la tarde santiaguina. A menos de una cuadra encontré a mis compañeros, quienes llevaban un par de horas con sus vasos de vino pipeño en las manos.

—¿Nos vamos, Juancho? —me preguntaron los dos al unísono.

—No todavía —les respondí—, tenemos un asunto pendiente. Viejo, quiero que vayas a buscar los caballos y alquiles uno más, completamente aperado, tendremos compañía. Encuéntranos en la calle de las Agustinas con la calle de Amunátegui. Tú, Palomo, acompáñame.

Nos fuimos caminando y notamos cómo iba disminuyendo poco a poco la cantidad de gente en las calles, a medida que declinaba la luz del ocaso. Al poco rato llegamos a la casa del Barón de la Huguette, donde había acompañado a mi señor cuando conoció a la Francesa, el día de su gran amargura. Pedí hablar con él y el mozo me hizo esperar delante de la cuadra, donde lo divisé en compañía del capitán Riqueur y dos personas más. El señor salió preocupado y me reconoció en breve.

—¿No estabas en Mendoza, Juancho? —me preguntó.

—Volví ayer con un mensaje de mi señor a su mujer, a quien vi muy mal, recluida en su alcoba, casi en penumbras.

—¿Qué tiene mi hija?

—No lo sé, su merced —dije—, pero la patrona me pidió que viniera con urgencia para acá, es de vida o muerte, necesita comunicarse con el capitán, quiere que él se vuelva con nosotros de inmediato.

—Pero, ¿qué le pasa? —preguntó muy afectado.

—Como dije, a mí no me lo explicaron, solo tengo la instrucción que le he dicho, por favor transmítaselo al capitán, lo estamos esperando afuera con un caballo ensillado para él —dije, despidiéndome agachando la cabeza, mientras ya me alejaba hacia la salida.

Afuera, ya había llegado el Viejo Arteaga con los caballos. Le pasé una misiva para don Juan María que había escrito en la Iglesia.

—Te va a pasar una alforja —le dije—, recíbela y nos esperas junto al vado de Las Compuertas, allí nos juntamos y empezamos a escalar los cerros.

Partió apretando ijares bajo la luz de la luna llena que venía apareciendo por encima de la cordillera. En ese momento salió del interior el capitán Riqueur con la cara agriada. Supuse que no le había gustado para nada la emergencia, con seguridad su anfitrión había tenido que imponerse. Sin decir palabra montó el caballo, cuyas riendas sostenía el Palomo. Los tres iniciamos la marcha siguiendo las indicaciones de este, quien conocía las calles como la palma de su mano. Cuando ya hubimos cruzado las últimas casas y no hubo más perros que nos ladraran, tomamos el Callejón del Traro hacia el suroriente en dirección a Pirque. Durante la primera media hora nos cruzamos todavía con algunos parroquianos que volvían tarde a la ciudad, después, éramos los únicos bajo el cielo estrellado con una luna enorme sobre nuestras cabezas. Como el camino era llano y despejado, aprovechamos de apurar nuestros equinos dándoles huasca para galopar. Mientras antes llegáramos, mejor, les dije cuando aún íbamos al paso. El capitán no abría la boca, probablemente en su mente se le enredaban los pensamientos.

—¿Qué querrá ahora? —escuché que decía entre dientes, como descargando su aflicción.

Cuando nos aproximábamos al río Maipo y ya se escuchaban sus aguas arrastrando piedras río abajo, les grité desde la retaguardia.

—Paremos, démosle un descanso a estos jamelgos.

Nos detuvimos y fui el primero en desmontar. Cuando el capitán hubo hecho lo propio me acerqué a él como para hablarle y con un movimiento rápido de mano saqué mi pistola y, sin decir palabra, le disparé al pecho. Él abrió los ojos al máximo como preguntando qué pasaba.

—Por el honor de la familia, con el honor no se juega —fue lo único que le respondí y le puse otra bala mientras iba cayendo al suelo ante la mirada espantada del Palomo.

—¡Juancho! —exclamó este espantado —¡¿qué hiciste, jamás lo habría esperado de ti?!

—Se lo tenía bien merecido, compañero —dije sin inmutarme—, no tenía perdón de Dios. Ayúdame a subirlo al caballo y átalo con tu lazo. Lo llevaremos a pasear al infierno.

—¿Por qué lo hiciste?

—Era necesario, alguien tenía que preocuparse de darle su merecido al bribón, cómo se habrá reído de nuestro patrón, encamándose con su mujer, que más que mujer, parece puta de conventillo.

En completo silencio lo amarramos sobre su caballo, las palabras estaban demás. Enseguida, enfilamos por el borde del río, internándonos en el valle que empezaba a estrecharse. Cuando nos encontramos con el Viejo Arteaga, este no perdió palabra ni preguntó nada, entendió a la perfección lo acontecido.

—Subamos un rato —les dije—, y luego tiramos el cuerpo a una quebrada oculta, allí se lo comerán los buitres. Pueden pasar años antes de que lo encuentren.

1816, El Plumerillo

A la vuelta de Chile, en abril de 1816, nuestra unidad de inteligencia se trasladó con todos sus bártulos al campamento de El Plumerillo. El día de nuestra llegada a Mendoza, después de haber cruzado, una vez más, el macizo andino, antes incluso de ir a casa, me dirigí hacia allá a entregar a mi general la carta de *Manuel Rodríguez*. Él la leyó, y me la pasó, para leerla y mandar hacer las copias de archivo correspondientes. Traía diversas observaciones, de las cuales retuve las más importantes:

Santiago, 25 de marzo de 1816

Al general *San Martín*

«*La gente media es el peor de los cuatro enemigos que necesitamos combatir. Ella es torpe, vil, sin valor, sin educación, capciosísima y llena de la pillería más negra. De todo quieren hacer comercio: en todo han de encontrar un logro inmediato; y si no a Dios promesas, a Dios fe; nada hay seguro en su poder; nada secreto…*

La borrachera y facilidad de palabra que tachan generalmente a la plebe, y a las castas, nos impiden formar planes con ellas…

Todos los artesanos desesperan faltos absolutamente de qué hacer en sus oficios…

La nobleza es tan inútil y mala, como el estado medio. Pero llena de buena fe y de reserva hacia el enemigo común: más tímida y falta de aquella indecente pillería; no le encuentro otro resorte que presentarle diez mil hombres a su favor cuando solo tengan tres en contra…

El español es nuestro menor y más débil enemigo. Está generalmente aborrecido en los pueblos. Su Oficialidad, y tropa sin honor, ni sistema. Solos se envidian. Solo falta quién los compre. Los Talaveras y los chilotes son los únicos que consideran a su Rey. Aquellos no pasan de ciento; y estos por falta de ilustración adoran la fantasma más despreciable…

A Chile no le encuentro más remedio que el palo. Preséntese invasión: las tropas desamparan sus Jefes, como crean venir fuerza considerable: con los Oficiales hay Partido: Los Pueblos interiores, los virtuosos campos nos ayudan, y están libres de vicios, y sacrificados con impuestos…

El enemigo tiene tanta tropa enferma, que Grajales ha pedido, se boten las putas, para evitar una epidemia general en los soldados…

Usted estudie para entender esta ensalada, me cuesta trasnochar para escribir. ≫

El Español

Había estado tan agitado durante todo el paso de los Andes que no me había acordado de mi familia. El asesinato a sangre fría del capitán Riqueur me pesaba en el alma. Pero sabía que había hecho lo correcto, que el hombre merecía su castigo y que nadie lo iba a ejecutar salvo yo. Era el honor del hombre y este tenía su costo, el que tendría que acarrear conmigo hasta mi muerte.

*

Un día, el general *San Martín* llegó muy excitado a la sala de reuniones, donde lo estábamos esperando mi señor y yo.

—Señores —dijo—, nos hemos anotado un tremendo triunfo, nuestro hermano *Godoy Cruz* logró lo que habíamos planeado con tanto esmero y consiguió que el Congreso de Tucumán eligiera, el día 3 de abril, a nuestro hermano *Juan Martín Pueyrredón* como Director Supremo de las Provincias Unidas del Río de la Plata. Con eso tendremos cancha libre para aprobar nuestro plan y recibir el apoyo del gobierno.

—Vaya, qué buena noticia —le contestó mi señor.

—Excelente —agregué yo.

Días después, el 17 de abril de 1816, nos llegó la noticia desde Buenos Aires, que el hermano *Antonio González Balcarce* había reemplazado al hermano *Ignacio Álvarez Thomas* en el gobierno nacional. Lo haría en forma interina hasta que asumiera el general *Pueyrredón*.

Y para felicidad de todos, el presidente *Álvarez Thomas*, antes de terminar su mandato y sabiendo que las Provincias Unidas no serían atacadas, mandó pertrechos y gente a Cuyo, bajo las órdenes del general *José Matías Zapiola*, otro hermano lautarino, que al poco tiempo se integró a nuestro círculo. Con ello los ánimos de todos empezaron a mejorar y el éxito se veía más cercano.

En el mismo mes de abril, el hermano *San Martín* se tuvo que alejar para restablecer su salud. Con ese propósito se fue a la estancia de Saldán en la provincia de Córdoba, donde sostuvo largas conversaciones con el general *Guido* respecto a su plan para reconquistar Chile. El hermano

Guido era Oficial Mayor de la Secretaría de Guerra desde los tiempos del general *Posadas* y le presentaría a *Pueyrredón* el plan de guerra.

*

Mientras tanto, la actividad en la provincia y en el campamento seguía en forma febril. Estaba previsto que en septiembre se acogiera allí a todos los regimientos, lo que obligaba a terminar las construcciones cuanto antes. Entre estas se incluía el hospital militar que *San Martín* había encargado al médico inglés *Diego Paroissien*, un cirujano general con una enorme experiencia y quien había llegado a ser un gran confidente del general. Mientras eso sucedía en El Plumerillo, en otras localidades se estaba trabajando con la misma intensidad. El chileno *Dámaso Herrera*, un comerciante que sabía mucho de hilandería, colaboró en instalar una manufactura de telas con telares fabricados allí mismo de acuerdo a sus instrucciones. También se preocupó de instalar un batán para teñir las telas. Y en cientos de casas las mujeres estaban contribuyendo ad honorem con la causa, cosiendo los miles de uniformes que se requerían. En la maestranza de fray *Beltrán* se trabajaba a doble turno para terminar todas las armas, las municiones y los aperos. En los telares rústicos de toda la provincia se tejían mantas para soportar los intensos fríos de la montaña.

*

En el mes de junio apareció en Mendoza el agente *Manuel Rodríguez*, quien se había arriesgado a cruzar la cordillera en pleno invierno. Se presentó de inmediato en nuestra unidad.

—¿Cómo está, mi general? —saludó a *San Martín*—, misión cumplida.

—Cuéntenos, *Rodríguez* —dijo el general—, no escatime en palabras.

—Traigo aquí un informe bien completo respondiendo a todos sus objetivos —contestó este—, ha sido una experiencia magnífica, durante todos estos meses he vivido en estado de alerta permanente. He mudado de alojamiento cada dos días, a veces hasta dos veces en un mismo día. Son muchos los chilenos que me han cobijado y ayudado. Los godos sabían perfectamente que estaba en Santiago, pero, por más que se esforzaban, no lograban capturarme.

—Increíble —exclamó mi señor—, ¿cómo lo ha logrado?

—Teniendo los ojos muy abiertos y desafiando la inteligencia de los soldados, que son harto tontos, debo decir. Pueden llegar todos ellos por un lado y uno salir por el otro y no reaccionan. Me he divertido mucho usando disfraces de todo tipo. El otro día me conseguí una indumentaria completa de fraile franciscano y me paseé por la plaza durante horas, vi cómo llegaba el afeminado de *Marcó del Pont* rodeado de todos sus esbirros. Incluso me di el gusto de abrirle la puerta de su carroza. Nadie reaccionó.

—Debo decirle, señor *Rodríguez* —dijo *San Martín*—, que hemos leído su carta de marzo y notamos que se desliza en ella una opinión que es muy desalentadora, la que se refiere a la actitud de los chilenos en general. ¿Es cierto que la idea de la patria independiente tiene tan poco asidero?

—Por ahora pareciera ser —contestó este—, es que hay mucho miedo en el ambiente. Los talaveras, con *San Bruno* a la cabeza, se han comportado de una manera brutal y sanguinaria, no tienen contemplaciones. En esas circunstancias, al miedo se ha sumado un odio parido a los españoles, pero los chilenos no saben de qué manera podrían contribuir a su liberación, no es un tema en sus mesas ni en sus tertulias.

—Eso es lo que tendremos que revertir —afirmó el general—, el ánimo, la disposición a involucrarse en nuestra causa. Ya no necesitaremos mucha más información castrense, lo militar no va a cambiar de un día para el otro. Tenemos que producir en las ciudades y los campos un movimiento subversivo que convenza a sus compatriotas de que los maturrangos sí se pueden vencer con un poco de voluntad. Eso los va a despertar de su siesta colonial. Apróntese para su nueva misión.

*

Y así fueron pasando los meses de invierno y se aproximaba con rapidez la llegada de la primavera, cuando todas las actividades se acelerarían al máximo. A mediados de julio nos llegaron diversas noticias:

El 7 de julio había habido un importante cambio en el gobierno de nuestros enemigos. El virrey *Abascal* había sido sucedido por don *Joaquín González de la Pezuela Griñán y Sánchez de Aragón Muñoz de*

Velasco, I marqués de Viluma, quien asumió como trigésimo noveno virrey del Perú.

El 9 de julio el Congreso de Tucumán había, por fin, sancionado el documento oficial de la Declaración de Independencia de las Provincias Unidas del Río de la Plata, lo que *San Martín* había estado reclamando hacía tiempo, para que la guerra contra los españoles fuera reconocida como un acto entre dos naciones independientes y no como una mera guerra civil.

El 10 de julio había llegado a Mendoza un oficial español, don *Antonio Arcos*, un hombre ingenioso, alegre y bueno para la tertulia, quien se ganó con gran rapidez la confianza del general *San Martín*.

El día 3 de agosto de 1816, don *Bernardo O'Higgins* lanzó a correr de boca en boca una invitación a todos los oficiales para el día siguiente, al atardecer, en el nuevo campamento. No dio mayores explicaciones. Tuve la suerte de poder acompañar a mi señor y me puse a disposición para cualquier servicio.

El jefe encargado de alimentación se había preocupado en forma especial de organizar un evento con carácter apoteósico en ese lugar aún tan desolado. A las 19 horas estaban todos allí reunidos, muy curiosos por saber qué se celebraba. Nadie lo sabía y las suposiciones eran muchas. A las 19:30 se vio llegar caminando a los generales *San Martín*, *O'Higgins* y *González Balcarce*. A la distancia, nadie se dio cuenta de lo que yo vi. Los dos generales que flanqueaban a *San Martín* lo traían muy sujeto de sus brazos obligándole a avanzar.

Al llegar al lugar donde estaban todos congregados, el general *O'Higgins* se apartó, respiró profundo y dijo con voz estentórea:

—Señores, esta celebración, que estamos comenzando, tiene por objeto rendir un muy sentido homenaje a nuestro jefe, el general *José de San Martín*, quien hace dos días fue oficialmente designado por el supremo gobierno de Buenos Aires como General en Jefe del Ejército de los Andes. Démosle un muy merecido aplauso.

Nadie se quedó atrás y el golpear de palmas fue apoteósico y no quería terminar. Todos parecían revitalizarse con la noticia que por fin les confirmaba que el plan estaba en plena marcha y que no solo estaba en sus mentes y espíritus. Muchos comenzaron a pedirle unas palabras al general, quien, con su humildad habitual, pretendía soslayarlo, hasta que por fin se decidió:

—Gracias, colegas —dijo sin alzar en extremo su voz—, alegrémonos todos, con esta designación no solo se me ha reconocido el mando, sino que nuestro ejército tiene un nombre oficial y nuestra campaña tiene una fecha cierta de ejecución. Si hace meses brindé por la primera bala que se disparase al otro lado de los Andes contra los opresores de Chile, ahora podemos asegurar que esa solitaria bala será acompañada de miríadas de otras balas, que borrarán de la faz de la tierra a los maturrangos soberbios.

Un nuevo aplauso se apoderó de todas las manos de los asistentes, quienes incluso las golpeaban sus muslos en señal de euforia.

—Vamos adentro —dijo entonces el general *González Balcarce*—, saquémosle lustre a nuestro flamante casino de oficiales, todo está previsto.

*

A principios de agosto el general *San Martín* le traspasó la gobernación de Mendoza al hermano lautarino, coronel *Toribio de Luzuriaga*, a fin de poder concentrarse en nuestra labor de preparación de la campaña.

El 24 de agosto nació la hija primogénita de nuestro general, a quien nombró *Mercedes Tomasa*, lo que fue motivo de una nueva celebración por parte de sus amigos y subalternos.

A principios de septiembre se fue de vuelta a Chile don *Manuel Rodríguez*, quien en esta oportunidad iba acompañado de un contingente de chilenos que lo secundarían en sus actividades insurrectas y, entre los cuales, se encontraba el Viejo Arteaga.

El 23 de septiembre volvió a Mendoza el general *San Martín*, quién se había ido el día 13, dejando al general *O'Higgins* en el mando del ejército.

—No se pueden imaginar lo que fue ese machitún con los indios en las cercanías de San Carlos —nos contó a su llegada, sonriendo con un dejo de ironía—, lo llamamos elegantemente parlamento y juntamos un enorme grupo de pehuenches conducidos por el viejo cacique *Necuñán*, un hombre muy astuto. Con gran solemnidad, para impresionar a la indiada, abrí el evento con la ayuda de un traductor:

—«*En representación del gobierno de las Provincias Unidas del Río de la Plata tengo el honor de ofrecer a ustedes un tratado de paz permanente entre nuestros pueblos a fin de que ustedes puedan hacer uso irrestricto de estos territorios en un ambiente de concordia y sabiendo que nuestro gran ejército estará siempre atento a vuestra defensa*».

—Vaya ofrecimiento —comentó el coronel *de las Heras*.

—Y esto sigue —contestó San *Martín*.

«*Durante el próximo verano nuestras fuerzas pasarán al lado chileno para expulsar al tirano español que se ha enseñoreado allí, usurpando las tierras a sus justos propietarios. Por tal motivo les solicitamos respetuosamente vuestra autorización para cruzar por vuestros territorios y vuestra disposición a suministrarnos ganado para alimentar a nuestros soldados*».

—¿Y? —quiso saber el general *O'Higgins*.

—Todo arreglado —sonrió de nuevo *San Martín*—, el viejo cacique se dio mucha importancia y estuvieron conferenciando durante muchísimas horas para subir el valor de su apoyo. Al final todos contentos y, por lo demás, ansiosos de que se abrieran los incontables barriles de vino y aguardiente que llevábamos, al margen de otros regalos muy apreciados por ellos.

—Sería terrible la tomatera —rio mi señor.

—Espantosa —reconoció el general—, se lo tomaron todo, no quedó nada, imagínense, cientos de indios borrachos como cuba, tirados en el suelo.

—¿Y usted, mi general, aprovechó de filtrar un poco también?

—Muy medido, comandante, muy medido —dijo este sonriendo.

—Estará contento de su pequeño éxito —dijo don *Bernardo*.

—En extremo —contestó—, ya le debe haber llegado la noticia al estúpido de *Marcó del Pont* de que vamos a llevar todo nuestro ejército para allá. Calculo que ya habrá tomado las providencias del caso y debe haber dispuesto la movilización completa hacia esa zona.

El 30 de septiembre, de acuerdo a lo planificado tantos meses antes, todos los reclutas entraron en el campo de El Plumerillo para recibir sus últimas sesiones de instrucción, antes del inicio de la campaña. Fue un despliegue muy intenso hasta tener a todos los soldados veteranos y a los reclutas bisoños ubicados en sus barracas. Muchos de estos últimos nunca antes habían dormido en una cama con un colchón. Los oficiales tuvieron que hacer ingentes esfuerzos para instruir a todos esos mocetones faltos de educación y cultura en los hábitos mínimos de higiene y salubridad.

En octubre llegó desde Buenos Aires el regimiento N° 8 con 250 esclavos negros libertos y también un grupo de artilleros con 4 cañones. Cada uno de estos eventos causó gran alegría en todos quienes estábamos desde octubre de 1814 actuando para que se cumpliera el plan de San Martín.

***

1816, de sentimientos y astucias

Durante los últimos meses de 1816 nuestra actividad de inteligencia se fue acelerando en un proceso continuo que, sabíamos, concluiría el día de nuestra marcha hacia Chile. Yo no paraba de escribir cartas falsificando firmas, las que tenían por propósito producir ese aliento entre nuestros conciudadanos, que parecía tan necesario. A esas alturas el gobernador *Marcó del Pont* ya estaba en conocimiento de que teníamos un tremendo ejército listo y preparado para invadir Chile. Su gran preocupación era el lugar por el cual se haría el paso de los Andes. Ese era el gran secreto del astuto *San Martín*, jugar con el miedo del militar español, haciéndolo dispersar sus fuerzas.

Un día, por esas fechas, un grupo de espías nuestros, que venía de Chile, capturó en uno de los pasos sureños a un fraile, que venía en la misma dirección. De inmediato lo trasladaron a Mendoza y lo pusieron a nuestra disposición, junto con un mensaje del agente *Juan Pablo Ramírez*, que lo señalaba como espía. *San Martín* comenzó tratándolo con deferencia, pero descubrió a poco andar que el sacerdote, de nombre *Vernardo López*, era un hueso duro de roer. Finalmente tuvo que someterlo a algunos procedimientos más bruscos, hasta que confesó que traía cuatro cartas en una entretela de su sotana. Las cartas revelaron los nombres de cuatro realistas que vivían en la ciudad esperando iniciar actividades antipatriotas. *San Martín* los mandó apresar, uno por uno, y los amenazó de muerte si no firmaban varias cartas, cuyos textos los había dictado él mismo y que estaban destinados a causar en el gobernador español confusión, por una parte, y temor, por la otra. A los dos días partieron los chasquis con sendas epístolas que, oh casualidad, cayeron en manos de los soldados enemigos para ser derivados a sus jefes.

*

Una tarde, después de haber pasado toda la jornada atendiendo nuestros asuntos en El Plumerillo, íbamos, como todos los días, cabalgando de camino a casa, mi señor adelante y yo dos metros más atrás.

—Acércate —me dijo moviendo su mano.

—¿Se le ofrece, su merced? —pregunté poniéndome a su misma altura.

—Sabes, Juancho, nuestra actividad aquí me causa todos los días muchas y variadas emociones, es increíble todo lo que se le ocurre a nuestro general, me entretengo redactando esas cartas subversivas, me siento bien siendo partícipe de este increíble plan que de seguro va a quedar en los anales de la historia, pero en la ruta de vuelta a casa mi ánimo decae, no estoy contento.

—¿No le agrada volver donde la señorita Anette? —pregunté.

—No sé qué me pasa —contestó—, ya no siento el entusiasmo y la pasión que sentía allá en Santiago, creo que no hice bien en traerla para acá.

—Es que aquí no tiene el enardecimiento de lo prohibido —le dije—, no está su círculo social amenazando y cuestionando su comportamiento.

—¿Será eso Juancho? —preguntó con congoja en su voz—, ¿será eso lo que me tiene melancólico y con ganas de volver a Chile? Además, siento que, aunque trabaje día a día en nuestro glorioso plan, aquí no paso de ser un miserable capitán chileno, uno más de otros tantos, aquí no tengo la valoración social que tenía allá.

Durante algún rato cabalgué en silencio recibiendo en el rostro los cálidos rayos del sol poniente. Noté que Manolo me miraba como esperando una respuesta o, más que eso, un diagnóstico preciso o, tal vez, una especie de sentencia.

—¿Será eso lo que tiene el exilio? —me pregunté en voz alta—, que esa sensación de ser parte de un continuo histórico, ser un eslabón en una cadena familiar, que viene de un pasado, que hemos envuelto en honor y gloria, se pierde al insertarse en una sociedad ajena, indolente ante nuestro quehacer, ante nuestro prestigio, ante nuestro espíritu. Se pasa a ser un forastero desconocido que a nadie importa...

—Sigue —dijo.

—¿De qué vale aquí llevar el ilustre apellido García-Lazcano si a nadie le significa nada? No hay recuerdo de padres, abuelos, prohombres, héroes nacionales, grandes políticos o siquiera abnegados hombres públicos al servicio de la comunidad.

—¿Será eso, Juancho? —me dijo, mirándome fijo—, si lo pienso bien, tengo 29 años y hasta ahora nunca he tenido una participación en nuestra sociedad con la que pudiera sustentar el reconocimiento público. Esta participación en las guerras de la independencia al lado de otros que se visten con las capas de la fama y del heroísmo, no reviste ninguna importancia y está lejana a cualquier forma de celebridad.

—Póngase ahora en mi papel, su merced —lo invité a pensar—, un criado como yo, casi un esclavo, ¿qué posibilidades tiene de dejar, aunque sea una mísera huella en los anales de la historia?

—Es bien cierto...

—Son los grandes, los llamados a escribir las leyendas, esparcir los mitos, forjarse un nicho en el corazón de sus compatriotas.

—Pero tú sabes, Juancho, porque tú me lo inoculaste, que yo elegí este camino secreto que nadie debe conocer, que jamás se va a develar.

—Pero su merced sabe que hay muchos de los hermanos que tienen una intervención notoria en las actividades políticas, ellos sí van a estar en los libros de historia, aunque nunca se va a saber su filiación filosófica.

—¿Tú crees que yo me debería involucrar en política?

—Puede ser, eso dependerá de cómo se sienta usted con ello.

—Voy a meditarlo, Juancho —dijo más aliviado—, gracias, siempre me vuelves a sorprender con tus opiniones y consejos. Una lástima que, como tú mismo dices, no vas a tener ni un solo párrafo en los relatos de esta época.

—No se preocupe, su merced —le dije—, me he acostumbrado a esa idea y hasta me gusta ser un filósofo en las sombras. Si hubiera podido, me habría gustado ser masón, pero yo no soy un "hombre libre de reputación", soy apenas un esclavo remunerado. Sin embargo, aun así, adhiero en su totalidad a los altos ideales de la francmasonería y tengo la íntima certeza que en el futuro habrá gente de todas las clases en sus templos.

*

Por esos días nos llegó al campamento un artilugio que me fascinó: una imprenta. A partir de ese día no dejé nunca de ir a observar durante un rato al tipógrafo y al operario. Luego corría de vuelta al despacho para seguir redactando proclamas de acuerdo a las instrucciones de mi general, las que mandábamos por montones hacia Chile para causar la ira de los españoles y para levantar el ánimo de los patriotas.

*

Entre la numerosa correspondencia que iba y venía, cruzando la cordillera día a día, llegó una tarde una carta en clave de acuerdo a los códigos establecidos. Supimos al tiro que la había despachado el mayor *Ramón Picarte*. Una vez descifrada supimos que decía lo siguiente:

Para mi general *San Martín*

Hace un par de semanas don *Diego Guzmán* y yo nos dejamos apresar por parte del ejército, para introducirnos a sus cuarteles. Por nuestra mayor cultura, llegamos a contactar y conversar con varios oficiales superiores.

Y he aquí algo interesante, muchos de ellos están en pie de guerra contra el gobernador *Marcó del Pont*. No solo no comparten sus estrategias de defensa, sino que tienen grandes aprensiones respecto de la manera como está gobernando, sienten que es un tirano opresor que solo se gana la odiosidad de la población.

Y, oh sorpresa, hay algunos de ellos de clara inclinación libertaria, hombres cultos que anhelan la instauración de un régimen constitucional. Ellos están al tanto de la rebeldía de muchos altos generales en

España, quienes incluso han amenazado al gobierno, si no hace reformas en este sentido.

Se podrá imaginar que este desánimo en las filas será crucial para nuestra campaña, hay una gran desmotivación y no me extrañaría que algunos lleguen incluso a apoyar nuestra causa.

Vicente Rojas

***

1816, noticias de *Carrera*

Sabíamos que el general *Carrera* permanecía en Estados Unidos, pero no teníamos idea de sus actividades allí. Hasta que llegó una nueva carta de don José Pedro.

Nueva York, 28 de septiembre de 1816

Manolo

Ahora sí que me puedo reír de todos ustedes: mi general, con su astucia zorruna ha logrado lo que nadie de ustedes jamás en sus miserables vidas va a conseguir.

La certera movida de dejarse iniciar en una logia masónica ha dado sus réditos. La ayuda de los ingenuos hermanos masones ha sido vital para lograr sus objetivos. Con su habilidad para escribir, incluso llegó a publicar en una gaceta de Baltimore un largo panegírico realzando los grandes negocios que se podrán hacer con una Sudamérica libre. También se ha dado el tiempo de aprender el inglés, el que ya maneja en lo que le es necesario. Y, más allá de eso, ha descubierto la idiosincrasia de estos gringos y se ha vuelto serio y calculador para negociar con ellos.

Siempre en su calidad de presidente de la república sudamericana de Chile, ha firmado contratos con armadores dispuestos a darle crédito a nuestro país. Entre ellos un señor *Didier*, un armador y traficante de armas que ya ha llevado muchas de estas a Buenos Aires.

Mi general ha estado también en contacto con un chileno que se ha destacado en la guerra de independencia venezolana, fray *José Cortez de Madariaga*, un pariente de él, a quien llama tío. Este se escapó de la cárcel española de Ceuta y está reunido en la isla de Jamaica con don *Simón Bolívar*, quien tuvo que refugiarse allí luego de su derrota ante el almirante *Morillo* en Cartagena. Mi general ha querido conversar con *Bolívar*, pero no le ha sido posible.

A esta hora ya se están preparando las cinco naves de nuestra escuadra nacional, con las que partiremos a reconquistar Chile dentro de poco tiempo. Les cuento, para finalizar, que mi general está enganchando a una serie de altos oficiales franceses que se han quedado sin trabajo, con motivo del término de las guerras napoleónicas. Estos están aquí al alero de *José Bonaparte*, quien fuera el rey de España impuesto por *Napoleón* y quien fue Gran Maestro de la Gran Logia Nacional de España. Se ve que su condición de masón le ha permitido a mi general acercarse a círculos muy poderosos. El valor total de esta campaña bordea el millón de pesos, el que se ha comprometido a devolver mi general tan pronto lleguemos a Chile.

Quién sabe si nos veremos allá el próximo año, cuando los Carrerinos estemos en el poder y ustedes estén mendigando nuestros favores.

Cpt. José Pedro García-Lazcano

***

6.
1840
Santiago, Chile

Ese día, 16 de junio de 1840, la casa de los García-Lazcano en Santiago estuvo del todo revolucionada, tan alterada como estuvo toda la alta sociedad santiaguina cuando se enteró del juicio que había entablado Juan Ramírez en contra de Louis Phillipe. Ni en la calle, ni en la casa, podían creer lo que se había dicho en el tribunal. Era imposible hacerse a la idea que Juan, el sumiso Juancho, el criado de toda la vida, hubiera resultado ser un hijo ilegítimo del opulento don Florencio.

Louis Phillipe había vuelto del juzgado acompañado por su tío José Pedro y sus amigos carrerinos. Todos se habían dejado caer en los sillones de la cuadra y habían exigido al criado más próximo que los atendiera. La Francesa, que fungía como la mater familia y controlaba todo lo que pasaba en casa, llegó apurada al ver lo alterados que parecían todos.

—Madre —dijo Louis Phillipe—, tenemos algo insólito que contarle.

—Algo aberrante —lo interrumpió José Pedro.

—Nos hemos enterado hoy de que el Juancho, el roteque ese, es un pariente nuestro muy cercano.

—¡¿Queeé?! —saltó ella—, ¿de qué me están hablando?

—Así es —dijo José Pedro—, es una historia demasiado sórdida.

—A ver —dijo ella mirando de reojo a los amigos—, yo creo que esto es algo que tenemos que conversar en familia, por favor, amigos, les ruego dejarnos solos ahora.

—Sí, señora —dijeron estos levantándose.

—Por favor, todo de nuevo —dijo la Francesa—, tengo que sentarme para escuchar esto, Misael, sírveme una mistela por favor.

—Lo que dije, madre —volvió a comenzar el baroncito—, hoy comparecimos ante el juzgado y fuimos notificados de una demanda que entabló el imbécil ese.

—Pero, ¿qué reclama? —preguntó ella espantada.

—Papá le dejó una carta póstuma en que le revela que él es hijo ilegítimo de mi bisabuelo Florencio. ¡Qué tal!

—A ver, repita, hijo, por favor —dijo ella.

—Que el Juancho es hijo huacho de mi abuelo Florencio, —dijo José Pedro—, ¿lo escuchó bien?

—Ya, bueno, eso pasa, hay muchos hijos ilegítimos, pero qué pretende ese malcriado.

—Es que el abuelo Florencio, cuando era el patrón, subdividió la hacienda, creó una hijuela y se la donó a él.

—¡¿Queeé, una parte del campo?! —exclamó la Francesa—, ¿qué parte?

—Todo lo que va del Callejón de las Loicas hasta el deslinde poniente.

—¡¿Todo eso?!

—Así es, son como 500 hectáreas, un décimo del total.

—No me lo puedo creer —dijo ella, tratando de calmarse—, ese pelafustán sibilino, siempre mirando de soslayo, como registrándolo todo. Incluso creo que fue él quien hizo desaparecer al capitán Riqueur.

—No sería extraño, cuñada —dijo José Pedro—, nosotros estamos convencidos que fue él quien mandó a matar a los hermanos *Carrera* y a *Manuel Rodríguez*.

—A ver, esperen, lo que les dije, yo lo creo de verdad, pero, ¿qué poder podía tener un hombrecillo como ese para mandar a matar a personas tan importantes?

—El Juancho metió a papá en eso de la masonería y después en la Logia Lautarina y se sabe que fue esta la que mandó a matar a los *Carreras*.

—¿Y su papá andaba metido en eso también? —preguntó ella—, ¿cómo lo sabe?

—Yo estuve presente, cuñada, cuando él lo reconoció ante mi general *Carrera* en el año 14.

—Y yo lo supe hace un tiempo, cuando mi tío me lo reveló —dijo el hijo—, y tiene que saber que el tío Pancho también era masón y lautarino.

—¿Pero y qué tenía que hacer un criado en esas organizaciones que eran de señores, ¿o no?

—Ahí está el secreto —dijo Louis Phillipe—, papá siempre supo que su criado malagradecido era inteligente, que además lo apoyaba intelectualmente, me imagino que le conocía también sus propios secretos y por eso no decía nada.

—¿Y por qué le fue a revelar todo ahora, antes de morir?

—Yo creo que Manolo se sentía obligado —dijo José Pedro—, mal que mal conocía el secreto del abuelo, desde que murió nuestro padre, debe haber cargado una culpa mayor durante todos estos años.

—Y él se fue y nos dejó el problema a nosotros —dijo ella gesticulando—, yo creo, más bien, que se quiso vengar de nosotros, nos odiaba.

—Nos odiaba… —repitió Louis Phillipe—, eso es, siempre nos odió, por eso yo lo odiaba a él.

—¡Qué terrible! —suspiró ella—, ¿qué van a decir sus hermanas? Y peor, piensen lo que van a decir todos nuestros amigos, porque esto ya debe andar de boca en boca. Espantoso. Misael, ve a buscar a Sophie, esto lo tiene que saber ya, no lo puede escuchar de alguien más.

Al poco rato llegó a la cuadra la última hija de la familia. A Michel, que vivía en Francia y a Juliette, que vivía en San Fernando, habría que informarlos por carta. José Pedro le haría una visita a su hermana María Fernanda. Louis Phillipe tuvo que repetir la historia y la recién llegada lo miraba incrédula.

—Pero no pienso entregarles el campo —agregó después—, sabrá que los García-Lazcano no somos unos peleles, que daremos la guerra.

*

Y así fue, no iba a ser tan fácil la entrega del paño de terreno. El juez de Santiago no podía saber que la fuerza pública, que debía apoyar la acción y que correspondía a la provincia de Melipilla, podía ser coaccionada con gran facilidad. Las monedas compraron en breve su total falta de voluntad para ejecutar la orden. Ante esa inacción no había más recurso que llegar hasta la corte suprema para exigir el respeto de los derechos. Don *Mariano Egaña* tuvo que solicitar un castigo para la fuerza policial y sus jefes y, de paso, el reemplazo de estos por un batallón de las fuerzas armadas.

***

1816, noticias de *Manuel Rodríguez*

A mediados de diciembre de 1816 llegó un día, de vuelta al campamento, el Viejo Arteaga.

—¿Trae noticias del *Español*? —le pregunté apenas entró al despacho.

—Sí —dijo el viejo—, deje que le cuente un poco, el hombre es increíble, la gente en Chile está muy loquita con él, lo están transformando en un verdadero héroe, creen que él solo va a echar a los godos.

—Ya, no tanta alabanza —dijo mi señor—, cuéntanos la firme.

—Cuando nos fuimos de aquí en septiembre, llegamos por los cerros del sur, a la zona de Colchagua, y nos fuimos a quedar un poco al norte de San Fernando, en la hacienda "Los Rastrojos", que le pertenece a don *Feliciano Silva*. Él y su señora, doña *Mercedes*, son unas personas maravillosas, patriotas de verdad, no se imaginan cómo nos trataron, y eso que éramos un numeroso grupo. Después de algunos días partió don *Manuel* con dos escoltas hacia Santiago. Al día siguiente llegó uno de ellos de vuelta con una carta para la señora, que por favor le entregara el costal que se le había quedado olvidado. Qué hombre tan descuidado.

Cuando él estaba ausente, llegó un día El Manchado con una carta para él, según dijo, escrita por el mismo *San Martín*. Días después, cuando don *Manuel* estuvo de vuelta, mientras estábamos sentados en torno al fogón nos contó de la carta aquella.

—Ptas, el jefe me mandó a retar —dijo riendo—, escuchen lo que me puso:

>*Mi amigo. Veo que su carácter tiene algo de fosfórico. ¿Qué diablos se hace usted que no me escribe?»* Y luego esto: *«Yo estaba persuadido que las nieves de los Andes, serían derretidas por el calor de esa imaginación de fuego y con ella se hubiera abierto un paso para hacerme sus comunicaciones, pero todo ha sido ilusión.»* Y me dio instrucciones: *«En el momento de recibir esta saldrá de su tinaja y marchará a San Fernando; dos objetos debe usted proponerse. Primero: reunir mil caballos o por lo menos seiscientos en las inmediaciones de Quecheregas, para la gran recogida de ganado que debe hacerse para mediados de diciembre;...»* Y escuchen esto otro: *«Si oyese usted decir que se han presentado algunos buques en Talcahuano, avíseme rabiando a toda costa, sin perdonar gasto alguno,...»*

—Tiene su gracia para escribir el *San Martín* —exclamó uno de nosotros.

—A que sí —dijo don *Manuel*—, pero ahora se van a quedar con la boca abierta, porque no van a entender nada, me ha escrito en francés, escuchen: *«Nada de temor, siempre tener presente aquella máxima: dans tous les temps il faut savoir afronter la mort pour meriter de vivre».*

—¿Y qué significa eso, patrón? —le pregunté.

—En todos los tiempos hay que saber afrontar la muerte para merecer la vida, ¿qué les parece? —contestó—, ¿Creen que nosotros sabemos afrontar la muerte?

—Por supuesto, señor —dijimos todos al unísono.

A los dos días empezamos a movernos por toda la región, el jefe andaba tomando contacto con los patriotas para reforzar las acciones de insurgencia, que estaban enloqueciendo a los godos. Fuimos donde don *Francisco Villota* a su hacienda en Teno, después fuimos donde don *Francisco Salas* cerca de San Fernando y también llegamos un día donde el mismísimo *José Miguel Neira*, un salteador de siete suelas. Todos estábamos un poco nerviosos, se dice que le cuesta re poco matar a la gente. Menos mal que se puso de acuerdo con don *Manuel* y dijo que iba a colaborar con los patriotas asaltando solo a los sarracenos.

Y entre todos estos guerrilleros, nosotros incluidos, hemos tenido ocupados todo este tiempo a los españoles. Y ese es el mensaje que traigo, que de Santiago han destinado como 2600 soldados a la zona de Colchagua, porque piensan que son las avanzadas del ejército patriota las que ya han cruzado a territorio chileno.

—Qué excelente noticia nos has traído, viejo —le dije—, mi general va a estar de pláceme, está logrando su objetivo, que el tontorrón de *Marcó del Pont* distribuya su ejército por todo el país, así no será fuerte en ninguna parte.

Cuando fui a darle el parte al general *San Martín*, este pensó durante unos momentos y luego dijo:

—Ahora quiero que envíen un mensaje a nuestros agentes provocadores *Manuel Rodríguez*, *Juan Pablo Ramírez* y *Francisco Villota*:

«*Con esta fecha, 17 de diciembre de 1816, los instruyo para proceder a atacar los pueblos de Melipilla, Curicó y San Fernando. Dispongan de todos los colaboradores que puedan reunir para doblegar a las fuerzas de defensa en esos puntos, tomen posesión de los gobiernos locales, retiren todos los fondos municipales, sostengan la posición mientras les sea posible y, en el caso de acercarse escuadrones enemigos, emprendan la huida sin exponer vuestras vidas. El propósito es dispersar lo más que se pueda a los ejércitos invasores. San Martín.*»

—Listo, mi general —le dije cuando hube terminado de escribir el mensaje.

***

1816, planificando el triunfo

Hacia fines de diciembre de 1816 tuve que citar a todos los miembros de la Logia Lautarina a una reunión urgente. Cuando todos estuvieron sentados y yo tuve certeza de que estábamos a cubierto, don *José Gregorio Argomedo* dio inicio a la sesión.

—Queridos hermanos —dijo este—, esta reunión tiene una trascendencia, que hemos obviado atender hasta ahora. Todos nosotros estamos involucrados en el eximio plan postulado por nuestro hermano *San Martín* y confiamos plenamente en el éxito que este apuntará. Si Dios quiere, en menos de tres meses podremos estar de vuelta en Chile afrontando la dura tarea de reorganizar el gobierno.

—Agradezco sus palabras, querido hermano —dijo *San Martín*—, vuestra confianza en nuestro éxito me halaga y nos debe dar el ánimo necesario para emprender la dura travesía hacia Chile. Permítanme ponerlos al tanto de lo que hemos conversado con nuestra logia hermana de Buenos Aires. Nos ha parecido apropiado establecer que, en el esperado caso de obtener el triunfo, debería ser nuestro hermano *Bernardo O'Higgins* quien asuma el cargo de Director Supremo por un tiempo indefinido hasta que nuestro poder se vea consolidado.

—Qué excelente decisión —dijo el tío Pancho.

—Debo decirles que el caso se sopesó con mucha seriedad en Buenos Aires —siguió *San Martín*—, e influyó muy positivamente el informe entregado por el hermano *Juan José Paso*, quien está muy al tanto de todo lo ocurrido en Chile. Él dijo que *O'Higgins* es el único en «*quien Chile debe fundar sus esperanzas, porque es un hombre modesto, amigo de los rioplatenses, alma buena y generosa y espíritu esforzado*».

—Es un honor demasiado grande la confianza que se deposita sobre mis hombros, solo espero estar a la altura de vuestras expectativas —dijo un poco asorochado el hermano *Bernardo*—, haré todo lo que esté en mis manos para que nuestros ideales iluminen siempre nuestra acción. Desde ya supongo que podré contar con vuestra colaboración en los tiempos difíciles que nos esperan.

—Creo que puedo hablar por todos mis hermanos —contestó don *José Gregorio Argomedo*—, si respondo a su solicitud afirmando con la mayor fuerza nuestra voluntad de estar a vuestro servicio, querido hermano, reciba mis más sinceras felicitaciones.

—A ese respecto, querido hermano *O'Higgins*, creo que es importante tener como una prioridad principal, dando por descontado que hemos echado a los godos, que se mande a buscar a todos nuestros hermanos prisioneros en Juan Fernandez —dijo don *Bernardo Vera y Pintado*.

—No le quepa duda que así será —lo tranquilizó *O'Higgins*.

—Y cuando se den las condiciones, es importante que retomemos las reformas inspiradas en nuestra doctrina, queridos hermanos —dijo mi señor.

—Lo que nos acarreará problemas con la fronda aristocrática y con el clero —comentó el hermano *Gaspar Marín*—, y, hablando de clero, tendremos que volver a expulsar a la ignominiosa Inquisición que se ha vuelto a instalar a sus anchas al alero de los godos.

—Y, si me lo permiten decir —intervino el general *San Martín*—, es fundamental que Chile siga lo antes posible los pasos de las Provincias Unidas y declare su independencia de España.

—Eso parece de Perogrullo a estas alturas —dijo el tío—, ya no puede haber dudas al respecto.

—Bien así —retomó la palabra *San Martín*—, quisiera hacerles presente un hecho que yo encuentro lamentable: de nuevo la familia *Carrera* nos está poniendo obstáculos, varios oficiales carrerinos, que debieran estar pensando en la campaña próxima a emprenderse, han preferido escuchar, una vez más, la insidia que esparce aquella sin ningún pudor. Han comenzado a azuzar a sus compañeros y a sus tropas a rebelarse en contra nuestra. Ha sido doloroso, pero hemos debido expulsar a varios de ellos de nuestras filas.

—¿Cuándo será el día que esos intrigantes terminen de causar problemas? —reflexionó don *Bernardo*.

—Y ese tema no termina aquí —dijo *San Martín*—, ya se sabe que el general viene navegando con cinco naves que consiguió en los Estados Unidos, ¿se pueden imaginar cómo estarán sus seguidores de eufóricos esperando su arribo?

—Hermanos, no es secreto que yo he sido amigo muy cercano de don *José Miguel* —afirmó don *Bernardo Vera y Pintado*—, yo le tengo mucho aprecio, sé que es obsesivo y, tal vez, ambicioso por el poder, pero ¿no sería mejor aliarnos con sus fuerzas en vez de rechazarlo?

—Ni por nada —saltó mi señor—, yo también he sido amigo de *José Miguel* desde que éramos niños de pecho, es él quien no querrá ni por nada asociarse con nosotros. El hermano Ramírez estuvo presente cuando él se confesó con nosotros, dijo que no iba descansar en su vida hasta ver que se nos hubiera arrebatado el poder.

—Disculpen —intervine con mucha mesura—, aquí está en juego algo más que el poder político, es una disputa ideológica entre el dogma católico y el liberalismo masónico. No esperen jamás que la Iglesia Católica abjure de su postura hegemónica. Y don *José Miguel* es el brazo armado de la Iglesia y, como tal, es imposible pensar en negociar con él.

—Tiene mucha razón, hermano Ramírez —dijo *Argomedo*—, saquémonos de la cabeza esa opción, tenemos que evitar a toda costa que los hermanos *Carrera* vuelvan a Chile, solo podrían malograr el nacimiento de la república, tal como nosotros la concebimos.

***

1816, el Ejército Libertador

A fines de diciembre de 1816 todo estaba planificado hasta el más mínimo detalle. El mayor *Álvarez-Condarco* había vuelto a Mendoza después de presentar oficialmente al gobernador *Marcó del Pont* la Declaración de Independencia de las Provincias Unidas en conjunto con una propuesta de paz redactada por *San Martín* para confundir a su enemigo. El entrar en negociaciones implicaba el reconocimiento de la declaración, por lo cual el gobernador rechazó cualquier acercamiento e incluso hizo apresar al emisario. Días después, eso sí, lo volvió a liberar para que se retirara. Lo que *Marcó* no sabía, era que la tarea del agente no terminaba ahí, sino que la parte más importante estaba por venir. En su calidad de ingeniero militar debía hacer un levantamiento planimétrico preciso de los pasos cordilleranos, lo que cumplió a la perfección. El viaje de ida lo hizo por el camino Los Patos, por donde se pretendía enviar a una división, y el de vuelta lo hizo por el camino de Uspallata, por donde lo haría otra división. Los mapas que dibujó el mayor con sus ayudantes fueron de vital importancia para la confección del plan definitivo.

San Martín contaba ahora con información detallada de la topografía de los pasos y había programado la travesía en todas sus minucias. La estrategia estaba concluida. En el mes de enero de 1817 todas las designaciones de la oficialidad estaban selladas. El general me encargó hacer una veintena de copias del documento para ser distribuidas a todos

136

los jefes, dos para el archivo y una para enviar al director supremo *Pueyrredón* en Buenos Aires. Yo me hice una copia para mí con indicación de los hermanos de la logia y de los compatriotas incluidos allí: En el alto mando figuraban los hermanos *San Martín*, *O'Higgins*, *Zenteno*, *Vera y Pintado*, *Hilarión de la Quintana* y *Álvarez-Condarco*, en el estado mayor aparecían los hermanos *Beruti* y *Freire* y en las fuerzas de línea los hermanos *de las Heras* y *Zapiola*.

La composición final del ejército libertador contemplaba el siguiente cuadro:

Generales	3
Jefes	25
Oficiales	207
Soldados	5.175
Civiles	15
Total	5.425

De todo este contingente, la mayor parte correspondía a cuyanos, más o menos unos 4000, a estos se sumaban, del orden de 600 soldados chilenos exiliados en Mendoza, luego, había 250 esclavos negros libertos y, finalmente otros tantos de diversas nacionalidades, entre los cuales había varios oficiales franceses e ingleses.

Era interesante constatar que las diferentes divisiones que marcharían por distintos pasos también incluían a nuestros hermanos lautarinos:

Paso Comecaballos hacia Copiapó:	*Francisco Zelada*
Paso de Olivares hacia Coquimbo:	*José Manuel Cabot*
Paso Los Patos hacia Santiago:	*Miguel Soler*
	Bernardo O'Higgins (L)
	José de San Martín (L)
Paso Uspallata hacia Santiago:	*Gregorio de las Heras* (L)
Paso Portillo los Piuquenes a Stgo:	*José León Lemos*
Paso El Planchón hacia Talca:	*Ramón Freire* (L)

—Sargento Ramírez —me ordenó el general, tan pronto hube terminado la misión anterior—, vaya donde el proveedor general, don *Domingo Pérez*, y pídale que le diga si tiene listo todo el avituallamiento. Quiero que me confirme el ramo alimentación.

Partí urgido a los galpones, donde el movimiento de gente era inagotable. Pude observar cómo tenían todos los empaques ordenados de acuerdo a las fechas de salida:

> 600 reses para la provisión de carne fresca (en los potreros),
> 4 toneladas de charqui,
> 3 toneladas de galletas de maíz,
> 1.133 cargas de vino (1 botella por hombre al día),
> 10 barriles de aguardiente para combatir el frío nocturno,
> 3 barriles de ron,
> Charqui machacado,
> Maíz tostado,
> Grasa,
> Gran cantidad de ajos,
> Cebollas,
> Quesos,
> Ají picante,
> Otros.

***

1816, días tensos

Mientras en el campamento los reclutas asistían a sus últimas prácticas de instrucción militar y, particularmente, de disciplina, lo que observábamos desde nuestro despacho en la unidad de inteligencia, en las bodegas se estaban entregando los uniformes que habían sido confeccionados por cientos de mujeres de la zona. Cada escuadrón, que terminaba de recibir sus pertrechos, se presentaba después con rostros ufanos luciendo sus nuevas vestimentas. Y todos los días podíamos divisar a los soldados después de sus ejercicios fabricando sus propios zapatos con los cueros del ganado faenado, así como sus chifles[11] para llevar agua.

A nuestro despacho llegaban varias veces al día los chasques[12] desde Chile trayendo noticias de los agentes provocadores. Nosotros se las

---

[11] Chifle: Cacho de res con tapa, para llevar líquidos
[12] Chasqui, chasque: Mensajero (correo)

transmitíamos al general *San Martín* y este daba, sobre la marcha, una respuesta para ser enviada de vuelta. Junto con estas respuestas, enviábamos cientos de copias de las proclamas que la imprenta había ido imprimiendo día y noche sin parar. Estas debían ser repartidas en los pueblos y ciudades a fin de motivar a la población y alertarla de la próxima incursión.

—Bien, bien, bien —dijo una mañana muy contento el general—, hemos logrado que *Marcó* desintegre su ejército y nos espere por el sur, bonita sorpresa se va a llevar.

—¿Cuándo partimos, mi general? —preguntó mi señor.

—Nosotros seremos los últimos —contestó—, las distintas divisiones se pondrán en marcha, cada una a su tiempo, para llegar al teatro bélico en una misma fecha, así los enemigos no podrán mover sus fuerzas de una región a otra.

—¿Cuál es el orden de salida, mi general? —le pregunté yo.

—Los primeros en abandonar el campamento serán el mayor *Cabot*, quien cruzará por el paso de Olivares, el capitán *Lemos*, que irá por el paso Portillo de Piuquenes y el teniente coronel *Freire* por el paso El Planchón, luego lo hará entre el 19 y el 21 de enero el general *Soler* con 1400 hombres, quien irá a la vanguardia por el camino Los Patos. Dos días después lo seguirá el general *O'Higgins* con 950 hombres por la misma ruta del anterior, el día 18 de enero partirá el coronel *de las Heras* con 700 hombres hacia el camino Uspallata y por último salimos nosotros, que nos vamos el 25 de enero con 120 hombres, a paso acelerado, para alcanzar al grueso que irá por el paso Los Patos, haremos en cinco días lo que los demás harán en ocho. Con eso tendremos a todo el ejército en movimiento.

—Mi general —preguntó mi señor—, ¿cómo desarrollaremos nuestra tarea de inteligencia durante la campaña?

—Por ahora ya no seguiremos preocupados de los movimientos de nuestros agentes en Chile, ellos ya recibieron sus instrucciones. Ustedes seguirán a mi lado atendiendo las comunicaciones hacia el frente y hacia el gobierno de Buenos Aires. Todo lo que llegue por escrito y lo que se envía, deberá ser copiado para nuestro archivo.

—¿Quién más va con nosotros como amanuense? —le pregunté.

—Palomares y Benítez —contestó—, ya están avisados, los otros se quedan aquí junto al capitán *José María Aguirre.*

—¿Cuántos estafetas estarán a nuestras órdenes, mi general? —preguntó mi señor.

—He seleccionado a los 10 más avispados y buenos para el caballo —respondió—, tendrán que saber encontrar el camino sobre la marcha ya que estaremos en movimiento permanente.

—Gracias, mi general —dijo mi señor—, a propósito, podemos llevar nuestros caballos o se nos proveerán otros.

—Pueden llevar los suyos, como lo harán muchos oficiales. Además, se les proporcionarán mulas para el trayecto montañoso, así no tendrán que exponer a vuestros caballos.

—¿Alguna otra instrucción, mi general? —pregunté.

—Una y muy importante —dijo—, hasta ahora, aquí en el campamento, todas las cartas y comunicados recibidos han podido ser leídos varias veces y con gran calma. Allá en el escenario bélico, en medio de las acciones, no habrá tiempo para eso. Y de ustedes dependerá saber comunicarme a máxima velocidad lo esencial de la información. Cuento con vuestra inteligencia para separar la paja del grano.

Ahora ya teníamos clara la fecha de nuestra partida y podríamos prepararnos para ello. Formaríamos parte de la unidad central de comunicaciones a cargo de informar al alto mando, en especial a nuestro general *San Martín.* Por ese momento, nuestra rutina diaria seguía siendo la misma de hacía tantos meses, cada mañana cabalgábamos hasta el campamento y en las tardes de vuelta a casa. Hacía días que yo notaba que mi señor estaba muy callado y cabizbajo. Me podía imaginar que tendría un gran conflicto en su mente. Se había acabado el feliz paseo de campo con su joven amante, ahora tendría que enfrentar su responsabilidad como cabeza de una familia de bien. Se reintegraría a su casa, volvería a ver a su hermana y los parientes de su marido, que habían albergado a su gente, necesariamente tendría que cortar o, al menos, suspender por un tiempo su relación con Anette.

—¿Qué va a ser de mí ahora que volveremos al terruño? —me preguntó un día durante el trayecto—, no puedo aparecer en Santiago con

Anette, hay mucha gente que la vio aquí, empezarían las habladurías al tiro.

—En cualquier caso, ella no va a poder llegar tan pronto —le contesté—, recién cuando la guerra se acabe, podrá viajar.

—No sé si quiero que vaya tan pronto —me confidenció—, me haría bien un tiempo sin compromiso con ella.

—Bueno, por ahora la puede dejar aquí al cuidado del tío, él tampoco va con el ejército, después puede ver.

—Sí, algo así deberá ser.

—Es importante que los deje con plata —le agregué—, ellos no trabajan y van a tener que costearse la vida quién sabe por cuánto tiempo.

—Sí, por supuesto —me dijo, pensándolo.

—Y, dejé al Palomo con ellos —le dije a continuación—, para poder mantener la comunicación.

—Sí —dijo—, transmíteselo.

Cuando llegamos a casa esa tarde, yo noté que mi señor seguía con la mente centrada en lo que habíamos conversado, lo notaba ausente y eso se hizo evidente cuando apareció la señorita Anette.

—Tengo que ver un par de cosas —le dijo en tono frío—, me voy a mi despacho, más tarde hablamos.

Ella me miró como preguntando qué le pasaba, lo que, evidentemente, yo no le podía responder.

—Es que nos dieron la fecha de partida para el 25 de enero —le contesté escabullendo el bulto—, debe estar nervioso por eso.

Desde ese momento, la relación entre ambos sufrió un deterioro que se hacía cada vez más evidente. Las tertulias familiares declinaron y los silencios aumentaron. Mi señor tampoco tenía deseo de asistir donde la viuda de Solís, de manera que el tío partía solo, con lo que la tristeza parecía aumentar. Mis patrones comenzaron a cenar temprano y luego se retiraban. No podía saber yo qué pasaba en la intimidad de su habitación.

Por esos días veíamos en cada jornada como iban partiendo las divisiones compuestas cada una de granaderos a caballo[13], de dragones[14], de cazadores[15], de artilleros[16], de fusileros[17], de volteadores[18], de estafetas y, después, de todos los soldados y milicianos[19], herreros, barreteros, personal sanitario, matarifes, cocineros y otros tantos especialistas. Todos iban montados en mulos Y detrás de todos ellos, las miles de mulas cargadas, ordenadas en piaras de 20 cada una, a cargo de un arriero. Se demoraban varias horas en terminar de abandonar el campamento. No vimos nosotros las 600 reses en pie para alimento de todos y los 1200 caballos de batalla que fueron enviados por el camino de Los Patos cuatro días antes del primer contingente.

***

---

[13] Granaderos: Soldados a pie o caballo con granadas, sable y fusil

[14] Dragones: Soldados montados de carga ligera

[15] Cazadores: Soldados de infantería que actúan disgregados en el terreno

[16] Artilleros: Soldados que atienden los cañones

[17] Fusileros: Soldados de infantería provistos de fusil

[18] Volteadores: Soldados especializados en voltear jinetes

[19] Miliciano: Soldado recluta, no de línea

7.
1840
Santiago, Chile

El 18 de septiembre de 1840 fue de una tristeza manifiesta en la casa de los Ramírez. Estaban lejos de la hacienda Santa Lucía con sus coloridas festividades patrias y, para peor, estaba ausente el padre Juan, de quien poco sabían por esos días. No obstante que había llegado un par de cartas desde Mendoza, todas ellas eran más bien herméticas y un poco frías, se extrañaba el afecto habitual en él.

Pero Santa Lucía no solo les evocaba el recuerdo alegre de aquellas fiestas, sino que provocaba el recuerdo inmediato de la disputa atroz que se estaba llevando a cabo por esos días.

El abogado *Mariano Egaña* había tenido que recurrir recientemente hasta la Corte Suprema para exigir que un comando militar especial supervisara la entrega de la hijuela donada a Juancho. Para su sorpresa, el presidente de la corte, don Manuel Joaquín de Valdivieso, había exigido una revisión en el fondo de la causa, lo que estaba demorando más de lo esperado.

El que más extrañaba la vida en el campo era Manuelito, quien echaba mucho de menos a su amada Laurita, la hija del Ministro, a quien no veía desde su traslado a Santiago. Su trabajo como maestro en una escuelita de los monjes mercedarios, si bien lo satisfacía enormemente, no lograba sacarle de la mente a su enamorada. Hasta ahora no se había atrevido a ir allá por miedo a una posible reacción del barón, pero en esta oportunidad dejó de lado los temores y se decidió a viajar el día 17. Temprano en la mañana tomó su caballo en la caballeriza y llegó al mediodía a la casa de ella.

—Misss, qué sorpresa —rio el ministro cuando apareció por allá—, si el jutre capitalino ya ni se asoma por aquí.

—No diga eso, don Oscar —contestó Manuelito—, si no he venido es por no provocar la ira del baroncito.

—Venga o no venga, la ira de patrón está siempre a flor de piel. Ahora va a quedar la embarrada no más, espérese.

—La Laurita, señor, ¿está por ahí?

—Era que no puh, Manuelito, si puro que lo ha estado esperando todo este tiempo.

En eso se asomó ella por la puerta de la casa y su rostro se encendió y se adornó con una amorosa sonrisa. Un fugaz abrazo, era lo más que tenían permitido. El padre, observando a los jóvenes con simpatía, invitó a Manuelito a pasar adentro para el almuerzo. Al poco rato escucharon a lo lejos la llegada del patrón y todos sus invitados. La familia en pleno había arribado en el coche tirado por cuatro caballos y todos los amigos venían en sus propias cabalgaduras. Entre las risas y los juegos de los niños se fueron reuniendo frente a la Casa Grande para luego entrar en ella.

Mucho rato más tarde, después del largo y regado almuerzo y de la insoslayable siesta, aparecieron en el patio, uno tras otro, el patrón y sus amigos, quienes se fueron en dirección a las pesebreras con la intención de hacer un paseo.

—¡Romualdo! —gritó Louis Phillipe desde fuera—, ensíllame mi tordillo al tiro, mira que tengo que ganarles a todos estos vagos.

El caballerizo salió corriendo por el portón con una cara de aflicción que llegaba a deformarlo.

—No va a poder montarlo su merced —dijo muy asustado de la posible reacción del patrón.

—¡¿Por qué mierda no voy a poder montarlo?! —exclamó este con su habitual virulencia.

—Es que ayer se escaparon las bestias y parece que el suyo se cayó en una quebrada, tiene los dos tobillos delanteros muy inflamados. Si quiere le ensillo la yegua de la señora.

—¡Imbécil, ¿qué te has creído?!, ¿que yo monto yeguas, acaso?, ¿te estás burlando de mí viejo de mierda? ¡Eso será para los afeminados!

—Perdón, su merced —balbuceó el hombre al borde de las lágrimas, es que sus otros potros no los hemos encontrado todavía.

—¡No te lo puedo creer, zopenco, anda corriendo a buscar al Oscar, a este huevón me lo voy a penquear! —gritó ante la mirada atónita de sus invitados.

El empleado salió trastabillando y corría como podía con su pierna tullida, llegó agotado a golpear la puerta del ministro. Este salió urgido y supo de inmediato lo que pasaba. Romualdo le hizo una seña con el dedo y solo pudo decir mientras jadeaba:

—El patrón te llama, está furia.

Oscar tomó su sombrero y enfiló a paso rápido hacia el establo, seguido de Manuelito, quien, lleno de curiosidad, quiso enterarse de lo que acontecía.

¡¿Por qué se escaparon los caballos?! —lo gritoneó Louis Phillipe blandiendo su huasca en el aire.

—No lo sabemos, patrón —contestó este—, el Romualdo tuvo que ir al pueblo ayer y cuando volvió descubrió que estaba abierta la tranca del potrero.

—¡Alguien tiene que haber sido! —siguió gritando el patrón—, ¿investigaron quién fue, algún peón curado, algún chico haciéndose el chistosito?

—Hemos preguntado, su merced —contestó Oscar lleno de temor—, pero no fue nadie de por aquí, puede haber sido el Pichuloco, a quien vieron rondando, debe haber bajado del cerro, usted sabe cómo es.

—Quiero que me lo vayas a buscar al tiro —dijo—, aunque tengas que traerlo atado, este viejo me las va a pagar.

—Pero su merced sabe que el loquito es inofensivo, no le hace mal a nadie, ¿pa qué le va a estar pegando?

—¡Anda a buscarlo te dije! —gritó—, no te pedí tu opinión.

—Voy… dijo el ministro girándose.

—¡¿Y tú, qué andas haciendo por acá, quién te dio permiso para entrar?! —exclamó cuando reconoció a Manuelito —¡¿No es que los había echado de aquí, no les bastó que les haya destruido la casa?!

Manuelito no respondió, sino que se volteó y siguió a toda velocidad a Oscar mientras el patrón seguía desvariando y afligiendo a sus amigos. Los dos tomaron sus caballos y partieron al paso por el "Camino al Cielo", que así le habían puesto al sendero que subía al cerro Lonquén por el lado sur.

—Imbécil —fue lo único que pudo articular el ministro después de mucho rato en silencio.

—Insoportable —confirmó Manuelito—, alguien algún día tendrá que darle su merecido. ¿De verdad vieron al Pichuloco por las casas? Hace mucho tiempo que no se aparecía, yo creo que lo habré visto no más de tres veces en mi vida.

—Si no se asoma nunca, vive allá arriba arranchado donde la vieja Mila y su hijo, el Mocho, el carbonero. Que yo sepa no vienen nunca al llano, es el Pedro el que les lleva las pocas cosas de almacén cuando va a buscar el carbón.

—Oiga, don Oscar, cuénteme la historia del Pichuloco, que mi papá nunca me quiso contar, no sé por qué no se atrevía.

—Es bien triste la historia puh, Manuelito —dijo este—, si dicen que el viejo era hermano de don José Manuel, hijo de don Florencio. Ahora debe andar por los 80, pa que vea lo rara que puede ser la vida.

—Oiga, pero si entonces viene a ser hermanastro de mi papá, qué raro.

—Así no ma' puh —siguió el ministro—, los más viejos contaban que de chico parecía normal, pero que se paseaba por los patios y los potreros a pata pelá en pleno invierno, con los mocos colgando y despreciando el frío. Dicen que comía gusanos, que andaba siempre sucio, como todavía, ya lo va a ver.

—¿Pero, y nadie lo cuidaba? —quiso saber Manuelito.

—Que se arrancaba, que nadie lo podía retener, que a veces pasaban días antes de que apareciera. Y mírelo, todavía rondando por ahí, y bien vivito.

—¿Y ese nombre tan cochino que le pusieron, don Oscar?

—Feo, si tiene mucha razón, se le fue quedando pegado, dicen, cuando el loquito llegó a los 14 se pasaba tocando y haciendo la paja delante de todo el mundo, no le importaba, no tenía ningún pudor, ni aunque lo golpearan. Los chicos se reían y los grandes miraban para el lado, ahí los mismos chicos le pusieron ese nombre. Se imaginará que la familia se moría de vergüenza, tanto, que lo mandaron a vivir allá arriba con la mamá de la vieja Mila, cuando esta era jovencita todavía. Lo pusieron a ayudar al carbonero de ese entonces.

—Mire qué espectáculo, pobre niña —comentó Manuelito.

—Yo no lo sé —dijo don Oscar—, las malas lenguas dicen que la Milagritos lo pasó re bien con el loquito. Si también dicen que el Mocho es hijo de los dos. Vaya a saber uno.

—Y tan pacífico que es el viejo —dijo Manuelito como meditando—, cuando lo vi, yo era re chico, pero no me dio nada de miedo, andaba por ahí mirando las mariposas y silbando. Y se reía solo, no nos hizo nunca nada.

—Va a ser difícil traerlo, es lo único que lo enrabia, que lo fuercen a hacer algo —dijo el ministro—, no a quedar otra que traerlo amarrado del lazo. Habrá que venir despacito.

—Y más se va a enojar el patroncito —rio Manolito—, que se joda.

Tres horas más tarde volvieron al patio con el pobre viejo con las manos amarradas con el lazo y atado a la montura del ministro. Llevaba unas calzas que le llegaban al tobillo y estaba a pie pelado. Arriba tenía apenas un camisón que le colgaba por fuera. Todo era color tierra y oscurecido por el carbón. Sus ojos de huevo miraban ausentes, su larguísima barba le llegaba hasta el ombligo, gris y blanco entremezclados y con restos de comida pegados en ella. Indolente ante todo el viejo venía cantando y mirando al cielo:

"Caballito libre, llévame de aquí,
Vámonos pal cielo, porque me caí..."

—¡Ya, cállate, viejo estúpido! —le gritó Louis Phillipe, tan pronto llegaron—. ¿Tú abriste la tranca de los caballos?

—Caballito libre, llévame de aquí... —siguió murmurando el viejo sin llevar de apunte al patrón.

—¡Te pregunté algo, idiota, respóndeme! —insistió el barón.

—Vámonos pal cielo, porque me caí... —seguía el loco.

—¡Te voy a azotar si no me respondes! —lo amenazó Louis Phillipe.

—Caballito libre…, caballito libre…, caballito libre…, mucho caballito libre…, mucho mucho caballito caballito caballito…

—¡Ya loco, cállate! —gritó el patrón—, ¡ándate de vuelta al cerro, aleja tu olor a mierda de aquí, y no vuelvas a bajar, ¿entendiste?, la próxima vez te hago amarrar a un árbol y yo, personalmente, te voy a azotar, ¿escuchaste?!

—Caballito libre, llévame de aquí… —seguía delirando el pobre viejo mientras el ministro lo soltaba.

—Ándate luego —le susurró palmoteándole la espalda.

*

—Pero eso no fue nada, lo peor vino después —rio Manuelito cuando volvió el día 19 a su casa. Ni se imaginan el barón franchute como está. Si no se muere con esta va a ser por puro milagro.

—Ya pues, Manuelito, echa afuera —le dijo urgido, Juanito.

—A la mañana siguiente, ayer 18, estaban todos los mesones puestos en el parque, el entarimado estaba listo, lleno de guirnaldas y banderas, estaba todo dispuesto para el almuerzo de siempre.

—Ya pues hijo, apure la causa —lo reprendió Auristela.

—Pucha que son apuretes —reclamó Manuelito—, bueno, estaba todo listo desde el día anterior y uno que otro peón ya andaba por ahí, buscando las barricas y llevando el carbón para el asado. Cuando de repente se apareció el patrón en el corredor y puso el grito en el cielo.

—¿Qué pasó? —preguntó Juanito lleno de curiosidad.

—Fue un solo grito el que lanzó, igual que el día anterior:

—¡Está todo mojado!, ¡putas estos huasos imbéciles!

La gente se empezó a acercar para saber qué gritaba, don Oscar llegó apurado.

—¡¿Quieres que te mande a torturar, viejo de mierda?! —le gritó enfurecido—, ¡el parque está completo bajo agua!

—Chuta, patrón —le contestó este—, verdad, alguien debe haber puesto la tranca en el canal, por la cresta.

—Claro, por la cresta, dice el muy carajo, ¿no eres tú el que tiene que supervisar este campo, no eres tú el administrador?, ¡¿O me vas a salir con que el Pichuloco debe haber sido?!, ¿me crees un estúpido acaso?, son ustedes los que me están tratando de cagar, ahora entiendo por qué anda por aquí el Manuelito, los voy a mandar fletados de aquí, a los dos.

—Achupalla —exclamó Juanito—, la cosa se venía dura.

—Pero no termina ahí, hermano, —rio Manuelito—. Tuvieron que trasladar todas las mesas, la tarima, las brasas, todo hacia el patio delante de la Casa Grande, eso se le ocurrió al propio patrón, allí armaron todo. Y ustedes saben, todo el mundo asistió, todos los inquilinos estaban amenazados para que no pasara lo de hace dos años. Bueno, de alguna manera se fueron olvidando del percance y las risas, las bromas y hasta uno que otro discurso amenizaron la fiesta. Las cantoras de El Monte cantaron como siempre y los huasos se pusieron a bailar. Y entonces, ta, ta, ta, tan...

—Ya puh, hijo, chicotee los caracoles —dijo ahora la madre.

—¿Qué pasa todos los días a las tres y media en el campo?

—No, ¿de verdad? —rio Juanito—, no te lo creo.

—Así fue, no más —dijo este—, a las tres y media apareció por el Callejón de las Loicas el Orlando arriando sus vacas para la ordeña de la tarde. Los animales, como siempre, venían picaneándose unos a otros, una vaca joven se montaba sobre otra, esas no sabían nada de fiestas y celebraciones patrias, solo notaron que había algo en su camino habitual.

—Chuta...

—Sí puh, y aunque el Orlando trataba de arrinconarlas hacia el lado de la capilla, las vacas no querían saber nada de cambios. La gente se empezó a levantar de las bancas y también trataban de ahuyentar a las vacas, pero ustedes saben que el piño es grande y ocupa todo el ancho del patio. Un animal chocó contra la primera mesa y después de eso quedó el descalabro, las demás se le fueron encima y los mesones se empezaron a caer y las vacas los pisotearon mientras los comensales corrían para ponerse a salvo. El patrón saltó las tres gradas al corredor y empezó a gritar como desaforado, gritaba y gritaba. Sus amigos lo miraban con pavor, al igual que todos nosotros. Lanzaba improperios, que iba a echar a todo el mundo, que iba a traer a los soldados para que los fusilaran, que él mismo los iba a huasquear hasta que les saliera sangre. Qué manera de gritar el hombre, estaba igual que ese día que botó la casa, como que se le funde el cerebro, se vuelve loco, casi tan mal de la cabeza como el Pichuloco.

—Con razón —dijo Juanito—, si son parientes.

—Cuidado, hermano, que nosotros también somos parientes.

—Pero ustedes no están locos —dijo la madre—, Dios me libre.

—Así que quedó la tendalada —rio Juanito—, ¿y a ti no te volvió a amenazar?

—No, yo creo que estaba tan perdido que se olvidó de mí —contestó este—, y, además, fue él quien decidió hacer su famosa fiesta en el patio, no le preguntó a nadie. Y nadie se acordó de advertirle tampoco. Así que la vergüenza ante sus invitados la pasó él. ¿Quién sabe qué habrá dicho doña *Javiera Carrera* que es siempre tan criticona? Pero se lo tiene bien merecido el cretino.

—Mire hijo que tener tanta mala suerte en un mismo día el patrón —dijo Auristela meditabunda.

—Quién sabe cuánta mala suerte —respondió Manuelito sonriendo irónico—, don Oscar me despidió con una misteriosa sonrisa en sus labios y me dijo —parece que resultó a la perfección, ¿no le parece, mijo?

—¡¿Queeé?! —exclamó Juanito.

***

1817, más noticias de *Manuel Rodríguez*

El 21 de enero de 1817 apareció de nuevo en el campamento, muy agitado, el Viejo Arteaga. Venía llegando en ese momento desde Chile, de donde había partido cinco días antes.

—P'tas, déjeme que le cuente, don Juancho —dijo, echándose encima de la silla del patrón que estaba desocupada—, la cosa está que arde por allá, la gente anda toda revolucionada. Los patriotas asaltamos

Melipilla y después San Fernando. Aquí le traigo una carta de don *Manuel* p'al general.

—A ver, pasa para acá —le dije—, y anda contándome al tiro no más.

—Mire, le cuento —partió diciendo él—, el día 3 pasamos por Santa Lucía y hablamos con el ministro. Allí nos escondimos esa noche. Todos seguían de fiesta desde la navidad y les quedaban tres días todavía…

—A ver, viejo, dime cómo estaba la Telita y los niños —le dije urgido.

—Bien puh, Juancho, todos estaban bien, ni un problema, el ministro se ha encargado de mantener el campo y darle a la gente lo que necesita.

—Ya, sigue no más.

—Como le dicía, puh, esa noche la pasamos en el granero, éramos como 10 junto con don *Manuel*. A la mañana siguiente nos fuimos pa Lo Chacón y nos pusimos en el camino, todos montados. No dejamos pasar a nadie hacia Santiago, los devolvimos a todos pa Melipilla.

—¿Y por qué? —le pregunté.

—Pa que no fueran a soltar la lengua por allá, puh. Y gritábamos a cada rato "viva la patria" pa atraer a los patriotas. Don *Manuel* les estuvo ofreciendo plata si nos acompañaban. Los que andaban a pie corrieron a buscar sus jamelgos. Me creerá que se nos juntaron como setenta cabros más. Como nadie trabajaba en esos días, andaban todos a la bartola puh…

—¡¿Setenta compadres, y qué hicieron?!

—Nos fuimos toititos pa Melipilla, puh, y entramos gritando al pueblo. Viera como las viejas sacaban las cabezas por las ventanas. Algunos viejos, d'esos rialistas que llaman, se anduvieron escondiendo, pero los buenos chilenos nos aplaudían. Llegamos hasta la gobernación y con las requete pocas armas que teníamos encañonamos al subdelegado, don *Julián Yécora*, y un par de soldados que estaban de guardia. Lo obligamos a echar afuera toda la plata que había allá. El pobre hombre no se pudo negar y al tirito aflojó los 2000 pesos que tenía. Viera usted, don *Manuel* cruzó con la plata hasta el centro de la plaza y nos repartió a todos unas tantas monedas y después les tiró el resto a los niños y las viejas que se acercaron. Había que ver cómo estaban de felices todos.

—Qué osado es don *Manuel* —le comenté.

—Y nos íbamos a ir llevando al *Yécora* de rehén, pero la gente reclamó diciendo que era un buen hombre, así que nos llevamos al teniente *Tejeros* y su acompañante. Y nos fuimos a la hacienda Huaulemu cerca del río. Ahí tuvimos mansa ni que fiesta. Mataron varias vacas y sacaron como tres barriles de vino.

—¿Y no tenían miedo que llegaran los sarracenos? —le pregunté.

—Sí puh, pero don *Manuel* dijo que de seguro no iban a llegar hasta pasada la medianoche a Melipilla, así que a más tardar esa misma noche tendríamos que partir de ahí. Claro que algunos de los más curaos se quedaron durmiendo.

—¿Ya, y?

—Los que se habían allegado en El Monte se dispersaron y nosotros partimos pa la hacienda Chocalán, un poco más al sur, con los dos soldados. Pero ya al día siguiente llegó un huaso y nos dijo que los milicos nos andaban buscando, así que tuvimos que apretar cueva. Nos fuimos pa Culiprán, pa Santa Rosa y hasta pa San Vicente. Y sin na qué comer andábamos. Y los dos soldados, más lo que jodieron no más, caminaban lento pa que nos alcanzaran. Incluso el ayudante se nos arrancó pa los cerros. Así que a don *Manuel* le dio toa la rabia, qu'el tenientito ponía puro problema, así que lo mató ahí mismito y lo dejamos tirado. Nos dijo que nos separáramos, así que yo me fui pa más al sur pa pasar pa acá. Él dijo que se iba a ir pa la villa de Alhué, que está tan perdida en los cerros, que ahí no lo iban a pillar.

—Oiga, bien tremendo lo que me cuenta —le dije sorprendido—, mire que andar matando así no más a sangre de pato.

—Bueno, pero entienda al hombre —dijo el viejo—, éramos nosotros o él, capaz que nos hubieran alcanzado y no estaría aquí contándole todo esto.

—Ya, y te fuiste al sur, ¿hasta dónde llegaste?

—Me creerá, don Juancho, que me fui hasta San Fernando y allí la cosa fue igualita la noche del domingo 12, me encontré con los montoneros cuando iban pal pueblo metiendo ruido y gritando "viva la patria", igual que nosotros. Pero además llevaban unos sacos de cuero llenos de piedras que sonaban como las ruedas de las cureñas que acarrean los cañones.

—¿Y quién estaba organizando la cuestión por allá?

—Eran unos señores *Francisco Salas* y *Feliciano Silva*, después me vine con ellos pa este lado. Fue muy chistoso, le digo, el señor *Salas* daba instrucciones igualito que los soldados, y gritó "que entre la artillería" y todos los milicos que estaban arratonados en el cuartel, salieron corriendo por atrás pa los campos.

—¿Qué, y dejaron la ciudad sin ninguna guardia?

—Así mismito, don Juancho, se arrancaron, y nosotros nos aprovechamos y descerrajamos la puerta del estanco y nos robamos todo el tabaco y los naipes. Todo bien rapidito, antes que se armara la toletole. Y de ahí nos fuimos, cada uno pa su santo, yo me fui pal paso de El Planchón junto con los jefes. Ellos después se quedaron con el coronel *Freire*, quien estaba con su campamento a este lado esperando pa entrar a Chile.

***

1817, cruce de los Andes

El día viernes 24 de enero de 1817 la casa estuvo alterada, la patrona llevaba días azuzando al personal para organizar una tertulia especial y una cena de despedida. A la hora prevista, llegó el tío con la viuda de Solís, quien, como le era habitual, se había arreglado como para una gran fiesta. Un poco más tarde se hicieron presentes la hija de la viuda y dos amigos de esta. Para infortunio de todos los asistentes, reinaba en el ambiente un ánimo más bien sombrío. La señorita Anette debía estar pensando que esa sería la última velada que pasaría con mi señor. Él, por otro lado, debía estar afligido por lo que le esperaba en Chile. El tío debía estar calculando cuánto faltaba para poder viajar a su patria y, con toda probabilidad, la viuda veía que su reciente compañero la abandonaría dentro de breve. Así, la velada se fue estirando entre silencios y algunas pocas bromas de escaso humor hasta que, a las 10:30 de la noche, mi señor la dio por terminada. Había que levantarse temprano al día siguiente. Hubo entonces emocionadas despedidas y luego nos fuimos todos a nuestras habitaciones. Nunca supe cómo habría sido esa última noche de mi señor con la señorita Anette.

A la mañana siguiente, temprano, estuvimos en el cuartel con nuestras cabalgaduras listas para emprender la ruta. El Palomo había traído más temprano aún nuestros bagajes, que ya estaban sobre los lomos de las mulas. En el patio había a esa hora movimientos desordenados de soldados, oficiales y auxiliares que terminaban de ubicar los equipajes bajo la adusta mirada de nuestro general, quien consultaba una y otra vez su reloj.

A las 9:30 en punto mandó a la avanzada de 10 soldados con dos tenientes a ponerse en movimiento. Diez minutos más tarde el general se despidió del capitán *José María Aguirre*, quien se quedaba a cargo del campamento y, entonces, partió acompañado de los secretarios *Zenteno* e *Iglesias*, el auditor *Vera y Pintado*, los edecanes, coronel *Hilarión de la Quintana*, teniente coronel *Diego Paroissien* y el sargento mayor *Álvarez-Condarco*. A ellos los seguían un par de oficiales ayudantes y luego lo hizo el grueso de su escolta. A continuación, veníamos nosotros, el cuerpo de comunicaciones, luego un grupo de civiles que se habían ofrecido como ayudantes, entre los cuales figuraban los hermanos *Argomedo*, *Marín*, *de Villegas* y *Zañartu*, y, finalmente, las mulas cargadas junto a las de remontas, más o menos unas cien en total.

Cruzamos la ciudad de Mendoza, cuyas calles, ya a esa hora, estaban repletas de mujeres, niños y ancianos que nos aplaudían y vitoreaban con esperanzadas sonrisas en sus rostros. Luego de pasar las últimas casas, tomamos la ruta de Jahuel hacia Uspallata. El día estaba radiante, un potente sol veraniego nos hacía transpirar a raudales en nuestros flamantes uniformes. Pero, salvo esa molestia para nuestros cuerpos, el ánimo de todos parecía ser excelente. Era como partir de paseo a una excursión de amigos. Íbamos a paso rápido para cumplir con el plan de llegar a Villavicencio en la jornada, vale decir unos 80 kilómetros. Era un propósito bastante exigente, pero llegamos allí después de 10 horas de cabalgata, habiéndonos detenido solo por una hora para hacer descansar a los caballos y comer nuestra escuálida ración de charqui y galleta.

Antes de que se hubieran instalado las carpas, tuvimos que presentarnos donde el general, quien estaba reunido con el mayor *Álvarez-Condarco* observando con detención un mapa extendido sobre una mesa plegable. Quería conocer los últimos informes y despachar algunos mensajes. Antes de ello le hicimos entrega de un comunicado del coronel *de las Heras*.

«Excelentísimo Señor: Ayer omití dar parte a S. E. de un suceso ocurrido de la avanzada de Picheuta, por ignorar el paraje por donde podría realizarlo, particularmente cuando por los itinerarios de los ejércitos de S.E. debía hallarse en Yaguaráz, y el señor Jefe de Vanguardia en el arroyo de Uretilla, y este último por sus comunicaciones me consta se hallaba en dicho Yaguaráz.

Queriendo ocultar al enemigo la fuerza con que me hallaba en este punto, tuve a bien no relevar la avanzada de Picheuta, compuesta de cinco soldados y un cabo del N° 11, con siete milicianos más, dándoles al efecto más órdenes sobre las que antes tenían, a fin de que con motivo alguno se descuidasen, y pudieran ser sorprendidos. A pesar de estas preocupaciones, ayer a las 11 de la mañana, se presentó un soldado dándome parte que el enemigo en número de 54 a 60 hombres, al amanecer los asaltó, y que probablemente tomó prisioneros los más; enseguida se fueron presentando uno y otros hasta el número de siete, Por incontinenti hice salir la compañía de Granaderos del N° 11 y los a caballo al mando de mi segundo D. Enrique Martínez, con órdenes de perseguirlos hasta el pie de la cordillera. De su resultado daré a US. a la brevedad posible el correspondiente parte.

Dios guarde a US. Muchos años.

Uspallata y enero 25 de 1817 a las 8:30 de la mañana.

Sr. General en Jefe del Exto. de los Andes.»

—García-Lazcano y Ramírez —nos dijo el general cuando le hubimos entregado el documento—, este es un ejemplo muy claro de lo que les señalé en Mendoza, esta comunicación está llena de palabras y lo que informa es poco, dígame cómo la transmitiría usted.,

Mi señor pensó durante algunos instantes y luego dijo:

—El coronel *de las Heras* comunica desde Uspallata que una avanzada suya de 15 hombres fue asaltada por una compañía enemiga de alrededor de 60 hombres, la que la venció y tomó muchos prisioneros. Qué mandó una compañía a perseguirla hasta el pie de monte. Parte va.

—Bien me pareció, capitán —dijo el general *San Martín*—, así es como quiero que me informen, los demás datos quedan para el archivo.

—Permítame entones, señor, darle otro parte —dije yo—, informa el coronel *de las Heras* desde Uspallata que solo le ha llegado la mitad las provisiones solicitadas. Pide se le envíe lo faltante.

—Bien —dijo *San Martín*—, comuníquelo al proveedor general.

—Y otro —agregó mi señor—, informa *de las Heras* que el general *Soler*, que va a la vanguardia, le ha pedido retrasar su avance en dos días porque ha tenido problemas con el suministro de víveres y está detenido.

—Excelente, con eso quedo muy informado —dijo el general.

*

Entre el 25 y el 28 llegaron numerosos comunicados con información muy poco relevante, que traspasamos al general en muy breves palabras. El día 28 *de las Heras* informó que se ponía en movimiento desde Uspallata. Y luego, el 1 de febrero a las 10 de la noche partió de Las Cuevas. Después de eso llegó un parte que a mí me llamó la atención:

《*... reconociendo donde una guerrilla de mi división al mando del Mayor don Enrique Martínez se batió contra el enemigo, se encontraron tres cadáveres más, de que tengo anteriormente dado parte a V.E., de los cuales uno parecía ser oficial por la delicadeza de su cútis, así en la cara, manos y pies como por el pelo.*》

El 2 de febrero *de las Heras* informó que tomó la cima, donde no hubo enemigos y que luego bajó hasta Juncalillo en el lado chileno sin encontrar resistencia alguna.

El mismo día 2 llegó comunicado del general *O'Higgins*:

《*Me hallo situado a legua y media de la Vanguardia... No pude llegar al campo de Vanguardia porque las cargas de esa división, obstruyendo los desfiladeros por donde debían pasar los cuerpos de mi mando, me hicieron perder muchas horas de marcha; de manera que entrada la noche me vi en riesgo de que la tropa por el frío intensísimo que experimentamos en el día ayer, sufriesen algún contraste sensible e importante. Pero por haberla reforzado con un poco de vino logré no haber tenido más pérdida que la de un negrito que ya venía bastante enfermo...*》

Al día siguiente, el 3 de febrero llegó reporte del general *Soler* en la vanguardia.

—Mi general —le transmitió mi señor—, desde Mercedario se informa que ayer capturaron a dos civiles buscando unos animales en los valles. Estos informaron que en Santiago no hay tropas, que todas fueron enviadas al sur. Solicita que *O'Higgins* y nosotros aceleremos la marcha para llegar antes de que estas retornen.

—Señor —le dije al general el día 5 de febrero—, le transmito informe de *de las Heras* desde Juncalillo, su guerrilla rindió a la guardia enemiga en el sector de La Guardia, tiene 35 prisioneros, entre ellos dos subtenientes del Valdivia.

—Gracias, Ramírez —respondió él sonriendo.

El mismo día 5, el general *Soler* informó que una pequeña compañía adelantada se había batido con 300 soldados en la guardia de Achupallas apuntando un glorioso triunfo y poniendo en fuga al enemigo, que dejó 19 muertos en el campo, entre ellos dos oficiales. Además, se recogió numerosas armas y otros pertrechos.

El día 9 nos llegó la noticia del coronel *de las Heras* del día anterior informando que el enemigo había abandonado por completo la villa de Santa Rosa de Los Andes. El general no podía creer que los españoles estuvieran allanándole de tal manera el camino.

—Señores, felicitémonos —nos dijo *San Martín* lleno de alegría—, esto significa que *Marcó del Pont* cayó en la trampa, mandó sus fuerzas hacia el sur y dejó totalmente descuidada esta región, un error imperdonable.

—Enhorabuena —dijo mi señor riendo—, su astucia zorruna está dando frutos.

—Sí —afirmo el general—, ahora ubíquenme a *Justo Estay* sobre la marcha, que se presente para mandarlo a Santiago para que me informe en detalle de lo que está pasando allá. Él es bien pillo.

*

Durante todos esos días nuestras marchas eran agotadoras. Llevábamos 15 días cruzando cordilleras, vadeando ríos torrentosos y arriesgando nuestras vidas en desfiladeros bordeados de precipicios. Varias mulas cayeron con sus cargas por los barrancos y no hubo manera de rescatarlas. Durante no menos de 10 horas al día cabalgábamos a lomo de esas mulas que eran poderosas para los senderos de montaña, pero cuyo movimiento brusco causaba serio dolor a los riñones. En las quebradas la temperatura era soportable, pero cuando nos asomábamos a las cimas, corrían unos vientos gélidos que nos obligaban a cubrirnos con los gruesos ponchos y las mantas. Gracias a Dios no nos tocó un temporal de nieve, que habría sido mortal para nuestras pretensiones. Mientras el grueso de la tropa cabalgaba al paso, nuestros estafetas llegaban y partían al galope. Cuando tenían que enfrentar un recorrido más largo llevaban una remonta. Al menos una vez cada media hora regresaba uno de los tenientes de la avanzada para avisar al general las características del terreno que pasaría y si había algún tipo de riesgo.

Las dificultades estaban a la orden del día, a cada nada llegaban comunicados de las distintas divisiones reclamando los atrasos en la entrega de las provisiones, lo que tenía a la gente molesta e incluso debilitada para marchar. O bien se nos informaba de lo agotadas que estaban las mulas y los caballos. Supimos que de los 1200 equinos que se habían mandado anticipadamente solo se pudo rescatar 600, los demás se escaparon en busca de pastos, que eran muy escasos en los valles cordilleranos. Muchos murieron de inanición. Y, sin embargo, aún con estas contrariedades, la tropa se comportaba con una presencia de ánimo que sorprendía a sus oficiales y jefes. Muy pocos desertaron durante nuestro duro periplo cordillerano.

La parte más crítica de la travesía fue en la alta montaña, pues cuando ya bajamos por los valles de los ríos chilenos, las jornadas de marcha se hicieron mucho menos sacrificadas. Siempre a la zaga del general *Soler* y del general *O'Higgins*, nosotros no teníamos que enfrentar a las pocas compañías de enemigos estacionadas en el sector. Así, llegamos, tal como lo proyectado, el día 8 de febrero, a la cuenca del río Aconcagua.

***

1817, batalla de Chacabuco

El domingo 9 de febrero de 1817, a las 12:00 del día, el capellán castrense *Lorenzo Guiraldes* ofició, junto a dos monjes franciscanos, una gran misa para las dos divisiones que ya se habían reunido en el campamento montado en una llanura cercana al río, a mitad de camino entre los poblados de San Felipe y Los Andes, distante casi 20 kilómetros de la cordillera de Chacabuco. El monasterio de los monjes franciscanos, ubicado en ese lugar, había permitido que nos instaláramos en las praderas colindantes a las casas. Los jefes incluso habían sido alojados en celdas de los monjes. Precisamente en esa pradera se llevó a cabo el oficio religioso bajo el intenso sol matinal.

La columna de *San Martín*, *Soler* y *O'Higgins*, que había llegado por el camino Los Patos y la columna del coronel *de las Heras*, que lo había hecho por Uspallata, podían ahora celebrar juntas el maravilloso acierto de haber concluido en 17 días el paso de los Andes con prácticamente ninguna baja. En los poquísimos enfrentamientos con el enemigo, los soldados se habían comportado con mucha valentía y arrojo y lo habían ahuyentado sin dificultad. Las escaramuzas en La Guardia, por el camino de Uspallata, y en Las Coimas, por el camino de Los Patos, no alcanzaron a denominarse batallas. Los realistas, que habían reconocido rápidamente su terrible desventaja, se habían ido replegando y a esa hora habían concentrado sus pocas fuerzas en la cima de la cuesta de Chacabuco, lo que podíamos apreciar observando por el lente largavista del general.

Siguiendo con mucha devoción el oficio religioso, todo el mundo agradeció a la Virgen del Carmen, quien había sido nombrada generala del Ejército Libertador por el propio general *San Martín*, por su decidido apoyo a la causa patriota. Con el éxito obtenido hasta ese día, más las alentadoras palabras del capellán, los ánimos de toda tropa estaban por los cielos. Había que celebrar en grande, era el momento de hacerlo, la victoria final parecía más cerca que nunca. Con tal propósito los padres franciscanos habían dado muy temprano la orden de faenar varias reses de sus piños y, además, ofrecieron a todos doble ración de vino.

Sentados aún en el suelo después de que finalizó la misa, mi patrón me dijo con el rostro adusto:

—En menos de una semana podemos estar en casa, Juancho, después de dos años y medio de ausencia. Tengo temor de llegar allá y enfrentar nuestra vida rutinaria.

—¿Pero, no tenía tantas ganas de volver a Chile, su merced, quién lo entiende? —le contesté.

—Es muy cierto, ¿quién me entiende? —dijo él mirando hacia la distancia—, allá me sentía un extraño y aquí temo volver a ser el mismo de antes.

—Disculpe, su merced —le dije—, tal vez ahora que va a tener que guardar en el ropero el uniforme militar y colgar en la pared su honroso sable, ¿no sería bueno pensar en entrar a la política? De seguro habrá puestos en el gobierno donde pueda participar.

—Quién sabe, voy a meditarlo muy seriamente —dijo mientras se levantaba.

Esa noche todos nos fuimos a acostar con el alma henchida, habíamos logrado el primer objetivo y estábamos ansiosos de cumplir con el segundo, que era vencer a los españoles y liberar Santiago. Ahora teníamos bien suplidos los pertrechos y a cada nada se acercaban paisanos deseosos de incorporarse a nuestra hueste. Parecía que todo Chile quería estar con los patriotas y que los realistas se habían esfumado de la faz de la tierra. ¿Cuánto de oportunismo había en ello?, eso no lo podíamos saber.

El día 10 pasó sin novedad, se herraron caballos, se arreglaron las armas y las tropas se descansaron. Los mayores *Arcos* y *Álvarez-Condarco* estuvieron toda la jornada dibujando croquis y mapas para planificar la batalla que se nos venía. Los enemigos seguían en la cresta del monte Chacabuco. El día 11 a eso de las 3 de la tarde llegó de vuelta de Santiago el espía *Justo Estay*, quien venía pletórico de novedades:

—Hola, viejo, cuéntame que estoy impaciente —le dijo *San Martín* a modo de saludo.

—Lo primero, mi general —dijo este—, en Santiago no hay tropas, ayer mandaron un contingente para acá, pareciera que quieren presentar batalla en esta zona. Y, según dicen, vienen del sur otros batallones para reforzar.

—Excelente…

—De todas partes llegaban noticias de la sublevación de los patriotas en los pueblos y en los campos, el godo mayor está aterrado, dicen que ya mandó su equipaje pa Valparaíso p'arrancar.

—Vale, muchacho —lo felicitó el general.

—Y, escuche esto, señor —dijo el otro—, los conté bien contados y con todo no van a llegar a más de 2000 hombres en la cuesta.

—Pues esa es una buena noticia —dijo *San Martín* alejándose—, parece que tendremos que apurar la causa.

El general se encerró en su celda con los generales *O'Higgins* y *Soler* y el coronel *de las Heras*. Estuvieron reunidos ahí durante dos horas estudiando el mapa confeccionado el día anterior, mientras nosotros con mi patrón esperábamos en los patios del convento para comunicar sus decisiones. Habían decidido adelantar la batalla en dos días para evitar que les alcanzaran a llegar los refuerzos al enemigo. Escuché que *Soler* le advertía a *San Martín* que aún no llegaba el grueso de nuestra artillería, que venía por el paso Uspallata.

—No importa, general —le respondió este—, entraremos en batalla sin su respaldo, no podemos esperar ni un día más, de no ser así, les llegarán los escuadrones rezagados en el sur y va a ser para peor.

A las 18 horas tuvimos que repartir a la oficialidad la Orden del Día:

«*Esta tarde a las seis pasarán los jefes a sus cuerpos revista de armas i municiones, cuidando que en las marchas todos lleven ojotas o zapatos en su defecto...*

...Los jefes de los cuerpos de infantería dispondrán se recojan todos los caballos de sus subalternos respectivos i los remitirán a este cuartel jeneral...

...El ejército se formará esta noche a las doce y cuidarán los jefes de las respectivas divisiones de amunicionar su tropa con sesenta cartuchos a bala por hombre, sin permitir que ninguno lleve sus mochilas que quedarán en los equipajes guardados por un oficial i cuatro soldados...

...Ocurrirán los cuerpos por ración de aguardiente para distribuirlo aguado antes de marchar...

...El ejército se hallará formado y pronto a marchar a las 2 de mañana. El batallón N° 1 de cazadores tomará la cabeza; le seguirá una división de artillería de siete piezas a las órdenes de...

...Los cuerpos marcharán en columnas cerradas, lo más unidos posible hasta...

Soler»

Estas, y otras instrucciones para las distintas divisiones, incluía la orden, que se fue entregando por partes hasta la medianoche. La gente se fue a acostar a la hora del ocaso y a la medianoche el corneta sonó la alarma para levantarse y formarse.

A las dos de la mañana, bajo una luna creciente que iluminaba los cerros con su luz mortecina, los batallones fueron partiendo por diversos senderos hacia la cumbre de acuerdo a lo planificado. Se trataba de sorprender al enemigo y plantar batalla para ganar la cima, que es donde se esperaba la resistencia.

Detrás de los batallones, emprendimos nosotros la ruta en la comitiva del general *San Martín*, junto a todo su estado mayor. A medida que nos acercábamos a la ladera norte de la cuesta de Chacabuco, podíamos ver cómo se iban encaramando los 1500 hombres de *O'Higgins* por el frente y los 2000 de *Soler* por el lado derecho. Eran como hormigas laboriosas trepando por la pared. Y en la cima veíamos a las fuerzas enemigas que esperaban nerviosas. De repente estas desaparecieron, lo que le llamó la atención al general. *O'Higgins* tomó posesión de la cresta como a las 8 de la mañana y al rato llegamos nosotros y también el general *Soler* junto con su edecán. Allí nos enteramos que los españoles se habían replegado una vez más, probablemente a la espera de auxilio desde Santiago. Pudimos observar que agrupaban fuerzas en la ladera sur del monte.

—Señores, tendremos que replantearnos la estrategia —dijo el general *San Martín* a sus subalternos—, los maturrangos nos han dejado la cumbre, debo suponer que nos darán batalla más al sur. Aunque, pensándolo bien, la estrategia puede seguir siendo la misma, la 1ª División de *Soler* continúa avanzando por nuestro flanco derecho para rodear al enemigo y la 2ª División de *O'Higgins* lo hace avanzando por el centro para acaparar su atención y sin entrar en batalla hasta que llegue *Soler*.

Desde la cima, donde se instaló el alto mando, podíamos observar con mucha claridad lo que estaba pasando. La vista hacia el sur parecía no acabar y se podía intuir dónde se emplazaba la ciudad de Santiago. Mientras la gente de *O'Higgins* bajaba en forma abrupta la ladera sur de la montaña, siguiendo la ruta de la Quebrada de la Ñipa, *Soler* lo hacía por el camino viejo, que sería mucho más largo, pero menos escarpado. Los enormes grupos de soldados, allá en la distancia, se veían tan diminutos, que por momentos se difuminaban en el paisaje sin límites y se hacían invisibles. Pasadas las 10 de la mañana todavía podíamos ver que la división de *O'Higgins* seguía avanzando, que alertaba a los realistas, que les hacía amagos amenazantes, pero que no entraba en acción, tal como estaba previsto. Hasta que, en un momento dado, ¡oh Dios!, se escucharon en la distancia sones de los tambores de ataque, que nos traía la brisa del sur, y vimos cómo su gente empezaba a disparar y cómo su infantería trataba de escalar una escarpada loma para acercarse al enemigo. Pero, ohh, qué desgracia, no les resultó, tuvieron que recular para protegerse.

—¡Carajo! —exclamó *San Martín*, quien observaba atentamente por su catalejo—, ¡le dije a don *Bernardo* que retuviera esas ansias que lo enloquecen?

—¿Es grave? —preguntó mi señor.

—Claro que lo es —contestó el general sin despegar el ojo del lente—, la estrategia es que *Soler* llegue antes para picarles el flanco izquierdo y la retaguardia. Menos mal que no le fue bien con ese primer envión, eso lo va a demorar un tanto. Ahh, y veo el general *O'Higgins* no se ha dado cuenta que sobre ese cerro los maturros le duplicaron su gente. Miren cómo ya están empezando a seguirlos. ¿Tenemos cómo enviar incontinenti[20] a un estafeta?

—Sí, mi general —dijo mi señor—, pero no creo que llegue a tiempo.

—Envíelo igual y mándele a decir al general que se aguante, que espere —gritó urgido—, y, además, avísenle a *Soler* que se apure al máximo.

---

[20] Incontinenti: del latín in continente, en el acto, en seguida

Acto seguido el general dio la orden y partió con su pequeño escuadrón a reforzar a *O'Higgins*, que estaba reculando peligrosamente. Pero entonces, mucho antes de que *San Martín* llegara al frente, los negros del 8° lograron, por fin, conquistar el cerro a bayoneta calada, matando enemigos sin consideración alguna, mientras gritaban a toda voz "victoria".

—Mire, su merced —le dije a mi señor extremando la visión—, parece que ya les quebraron la mano, los realistas se mueven, están asustados.

—Mira, Juancho, ya los primeros godos están empezando a correr como locos y, ¡ay los pobres!, los están persiguiendo los granaderos a caballo con el sable en la mano, los van a matar a todos.

—¡Vea ahora, patrón! —le grité—, allá atrás están llegando los Cazadores de Los Andes que van con *Soler*. Gracias a Dios ya se asomó. Mire cómo se les van encima a los españoles, si los están despedazando.

Y entonces empezaron a aparecer detrás de un cordón de cerros los demás hombres de *Soler*, venían corriendo bayoneta en mano y, otros disparando sus fusiles. Los enemigos por fin se dieron cuenta que los habían encerrado y que estaban acabados, los que podían, corrían, los demás se entregaban. Pero, en rigor, el batallón de *Soler* había llegado tarde, cuando ya todo estaba decidido, el gran héroe de la jornada era el arrebatado general *O'Higgins*, quien con mucho menos tropa y desobedeciendo la orden de batalla, había doblegado al enemigo.

Eran cientos los cuerpos que iban quedando esparcidos en el suelo y los granaderos seguían pasando por encima de ellos rematándolos con sus sables, era una verdadera carnicería, parecía que los nuestros querían arrasar con el enemigo, no bastaba con ganar la batalla, había que castigar a los españoles por la masacre que provocaron en la batalla de Rancagua.

—¡Mira, Juancho! —gritó ahora mi señor —, todo ese destacamento de fusileros allá arriba de ese cerrito, no han disparado un tiro y ya salieron arrancando como perseguidos por el diablo. Hemos triunfado, Juancho, esto se acabó.

A las dos de la tarde parecía que el silencio se podía escuchar en todo el valle, los cañones enemigos y los fusiles patriotas habían enmudecido y los soldados deambulaban por el campo de batalla entre los cientos de muertos. Se agachaban y les quitaban a los cuerpos los pocos objetos de valor que podían llevar. Ya no había gritos, las gargantas estaban secas, el sol despiadado parecía querer freír en el lugar a los pobres malogrados. Nuestros heridos fueron recogidos, nuestros muertos identificados, los 600 prisioneros puestos en custodia y los enemigos escapados eran perseguidos por tropillas de granaderos aún sedientos de sangre. Cuando el furor fue declinando, las compañías, dirigidas ordenadamente por sus capitanes, fueron volviendo a paso lento al campamento al otro lado de la cuesta, quedándose solo un batallón que debía prevenir cualquier resurgimiento de la fuerza española.

El ánimo de los cansados soldados no podía estar más exultante. A medida que iban llegando al campamento, lanzaban pequeños gritos de euforia, se palmoteaban las espaldas, los amigos se abrazaban felices de no haber sufrido daños, luego se tiraban al suelo apoyando sus cabezas en sus mochilas, dejando que los últimos rayos del sol les iluminaran sus sonrisas. Algunos se alegraban de que hubieran matado a los crueles oficiales españoles *Elorreaga* y *Marqueli* y se lamentaban de que solo hubieran tomado prisionero al chacal de *San Bruno*, quien, a última hora, estando solo, quiso infructuosamente disparar un cañonazo contra la compañía que lo tenía arrinconado.

Nosotros seguíamos los pasos del general *San Martín*, quien mantenía un rostro serio, sin dejarse llevar por el éxito. Más bien parecía apesadumbrado, costaba meterse en su cerebro. De repente escuchamos a la distancia un altercado y todos estiraron el cuello para ver y oír. El general *Soler* venía llegando a toda carrera, su caballo agotado jadeaba con espuma en el hocico, tiró de la rienda y paró en seco al lado de *O'Higgins*, quien lo miraba incrédulo.

—¡General! —le gritó el hombre lleno de ira—, se ha portado como un idiota, un insubordinado, pudo haber arruinado toda nuestra estrategia, era yo quien debía atacar primero.

—Disculpe, general —le respondió *O'Higgins* con indolencia—, no es el momento de recriminaciones, mejor agradezca que le hice gran parte de su trabajo.

—¡Estúpido, qué se ha creído, me ha ofendido en público, ha puesto en duda mi honor, exijo de inmediato una reparación, lo desafío a duelo!

Cuando *San Martín* tomó consciencia de lo que estaba sucediendo, corrió hacia ellos y los detuvo. Nadie escuchó lo que les dijo, pero ambos se separaron en silencio. Luego se acercó a nosotros y dijo:

—Vamos, les voy a dictar el parte para mandar el director supremo en Buenos Aires:

«*Excmo. Supremo Director del Estado.*

Una división de mil ochocientos hombres del ejército español acaba de ser destrozada en los llanos de Chacabuco por el ejército de mi mando, en la tarde de hoy. Seiscientos prisioneros, entre ellos treinta oficiales, cuatrocientos cincuenta muertos y una bandera que tengo el honor de dirigir, es el resultado de una jornada feliz, con más de mil fusiles y dos cañones. La premura del tiempo no me permite extenderme en detalles, que remitiré lo más breve que me sea posible; en el entretanto debo decir a V. E. que no hay expresiones como ponderar la bravura de estas tropas: nuestra pérdida no alcanza a cien hombres. Estoy sumamente reconocido a la brillante conducta, valor y conocimientos de los señores brigadieres don Miguel Soler y don Bernardo O'Higgins. Dios guarde a V. E. muchos años.

Cuartel general de Chacabuco en el campo de batalla y febrero 12 de 1817.

José de San Martín»

Bajo la severa mirada de mi señor, yo tomé nota y luego pasé en limpio el documento. Acto seguido juntamos a tres de nuestros hombres, los aperamos, les pasamos una copia del reporte militar a cada uno y los enviamos por el camino de Uspallata. Al otro lado de la cordillera tomarían distintos caminos. Así nos asegurábamos que el mensaje llegara a Buenos Aires. Cuando estábamos concluyendo el encargo, me percaté que el capellán, acompañado de cuatro novicios del monasterio, estaba congregando a toda la gente. Muchos se levantaban con desagrado, pero no había tutía, el general había dado la orden y esa no se contradecía. Cuando por fin estuvo toda la tropa reunida, el presbítero se subió a una roca y dijo:

—En el nombre del Padre, del Hijo y del Espíritu Santo, amén. Queridos hermanos, el día de hoy es de gran regocijo para nuestro Señor. Con el apoyo de Él, con la rectitud de nuestros corazones y con el respaldo cariñoso de nuestra generala, la Virgen del Carmen, hemos derrotado a nuestros enemigos, a los tiranos, a quienes han sometido por el poder de las armas a nuestros compatriotas. Les hemos dado su merecido, han tenido que soportar el mismo horror que ellos trajeron a esta pacífica tierra después de haber triunfado en Rancagua. La atrocidad, con atrocidad se paga. Hoy nuestro Señor ha vengado a nuestros héroes muertos allá y también a todas las víctimas inocentes que fueron brutalmente degolladas o incendiadas. Nuestra patria se ha puesto de pie gracias al valor de todos vosotros, vuestros nombres quedarán inscritos a fuego en los corazones de todos los chilenos. Habéis sido el ejemplo de la fraternidad más elocuente, chilenos, cuyanos, porteños e incluso europeos, blancos, mulatos y negros, todos os habéis comportado como los hermanos que sois, empuñando todos juntos el arma vencedora. Gracias, general *San Martín*, por vuestra inteligencia, gracias, generales *Soler* y *O'Higgins*, por vuestro valor en batalla y gracias a todos los oficiales, a la tropa y a los auxiliares que han dejado tan bien puesto el nombre de la América. Oremos ahora todos, junto a nuestra Señora, la Virgen del Carmen, quien se merece que en este lugar se erija un monumento a su nombre…

El general *San Martín* se acercó al capellán cuando este hubo dicho el último amén, le dio la mano agradeciendo su prédica y dijo con la parquedad que le era habitual:

—Gracias a todos, son demasiados para nombrarlos, ustedes son los verdaderos héroes de este día.

Hubo entonces un atronar de aplausos que se fue apagando muy de a poco, todos nos sentimos por un segundo siendo partes de un mismo espíritu. Ese día quedaría en nuestra memoria y en nuestro corazón para toda la vida.

Cuando todos se hubieron dispersado, el general *O'Higgins* se acercó a *San Martín*.

—Mi general —le dijo—, ¿no le parece que sería apropiado mandar a una división de unos mil hombres a Valparaíso para evitar que los maturrangos se fuguen a Lima? Yo con gusto podría ir al mando.

—Lo he estado pensando, general *O'Higgins* —contestó este—, pero nuestras noticias son demasiado inciertas, no sabemos si en el transcurso de la noche puedan aparecerse los ejércitos enemigos que vienen del sur. Mantengamos mejor la unidad que nos da la fuerza, no hagamos lo que hizo *Marcó*, disgregando su poder bélico, al final no pudo hacer pie en ninguna parte.

***

1817, *Carrera* en Buenos Aires

El 13 de febrero de 1817 el campamento despertó con mucha calma y recién a las 9 de la mañana se formaron los cuerpos. Desde muy temprano, habían ido llegando delegados del cabildo de Santiago, que venían muy urgidos a pedir la asistencia del ejército para contener a los vándalos y los saqueadores, que se habían enseñoreado en la ciudad. Informaron que el día anterior, los más acérrimos realistas, los militares, así como el gobernador y toda su corte, habían emprendido la huida de la ciudad camino de Valparaíso, para abordar las naves surtas en el puerto. Contaron que al poco rato de quedar desprotegida la ciudad, habían empezado a salir las turbas de populacho a recoger lo que se pudiera. Los comerciantes habían tenido que organizar su propia defensa para enfrentar a los delincuentes. Después de escucharlos, el general *San Martín* envió a un destacamento de los Granaderos a Caballo al mando del comandante *Mariano Necochea* para que se pusiera a las órdenes del cabildo.

El general también armó un grueso escuadrón de 150 hombres voluntarios que tuvieron que volver al campo de batalla para excavar fosas y enterrar los cuerpos. Se les ofreció quedarse con todas las prendas y adminículos de los muertos.

El resto, incluidos nosotros, tuvimos que proceder a ordenar el campamento para poder desalojarlo al día siguiente y lavar y aderezar, en la medida de lo posible, nuestros uniformes para entrar en gloria y majestad a la ciudad capital de la patria. Mientras estábamos en eso, moviéndonos bajo el sol inclemente de febrero, cerca del mediodía, empezaron a llegar oleadas fétidas que traía la brisa desde el campo sembrado de cadáveres, probablemente a medio picotear por las aves de rapiña. El asco era insoportable y yo me apiadaba de los compañeros que estaban disputándole los restos a los tiuques, los jotes y los aguiluchos, para luego poder apilarlos como muñecos desnudos y proceder a enterrarlos en la fosa común, era una faena del todo despreciable.

De repente, mientras pensaba en ello, me vi interrumpido en lo que hacía, y debí recibir a varios chasquis, que venían llegando de distintos lugares. El primero venía desde el sur para informar sobre el completo éxito de la división comandada por el hermano *Ramón Freire*. Había entrado por el paso El Planchón y en su recorrido había encontrado mínima resistencia, los realistas habían huido a morir. Ahora ya estaba acantonado en la ciudad de Curicó y había tomado posesión de su gobierno local.

El segundo correo venía desde Buenos Aires con un mensaje urgente del director supremo *Pueyrredón*:

Buenos Aires, 9 de Febrero de 1817

Sr.
General en Jefe Ejército de los Andes
Estimado amigo

A estas horas solo puedo hacer votos por su éxito y orar a Dios por el debido castigo a los españoles. Le informo, en calidad de urgente, que hoy ha aparecido, en la rada del puerto, la avanzada de una escuadra de cinco buques estadounidenses al mando del general *José Miguel Carrera*. Me mandó un mensajero solicitando una audiencia, la que he fijado para mañana. Estoy muy preocupado por lo que esto pueda significar para vuestra campaña libertadora. Todos sabemos la capacidad de este señor para vulnerar los actos patrióticos, buscando siempre su figuración personal y allegar el poder a su familia.

Lo mantendré informado.

Dios guarde a su Exclcia. por muchos años

Juan Martín Puyerredón
Director Supremo
Provincias Unidas del Río de la Plata

El tercero también venía de Buenos Aires con una carta del mayor José Pedro García-Lazcano.

Buenos Aires, 9 de Febrero de 1817

Manolo

Probablemente contra el deseo suyo y de su siniestro grupo, hemos arribado hoy a este puerto, después de una larga, pero inocua travesía desde los Estados Unidos.

Con la astucia del zorro cumpeo, la inteligencia de un buho, la sagacidad del lince y la fortaleza de un Caupolicán, mi venerado general *Carrera* logró en un tiempo ínfimo negociar, en representación de nuestra patria, el apoyo de armadores, comerciantes de armas y comerciantes en general, para formar una escuadra nacional de cinco buques debidamente artillados. Además, reclutó para el ejército chileno a un grupo importante de oficiales franceses y norteamericanos dispuestos a pelear por nuestra libertad. Por último, consiguió un empréstito con la garantía de nuestro país para adquirir una gran cantidad de armas para apertrechar nuestros ejércitos.

Hoy, mi general envió a un emisario donde el general *Pueyrredón*, a fin de concertar una entrevista de gobernante a gobernante e informarlo que, tan pronto hayamos avituallado los buques, seguiremos navegando hacia Chile, donde esperamos atracar en algún puerto sureño en un máximo de 45 días.

Entonces podrá ver, Manolo, que los propósitos, que mi general se impone, los cumple. Y el nombre de la familia *Carrera* volverá a estar en la cúspide de la nación chilena.

Sin otro particular, le saluda

Sgto. Mayor José Pedro García-Lazcano

Apenas mi señor leyó la carta, sin decir palabra, me la pasó a mí para enterarme.

—Tenemos que informar de inmediato a mi general —le dije cuando ya ambos enfilábamos hacia la carpa de este.

Mientras *San Martín* avanzaba en la lectura su rostro se iba demudando y apenas terminó, me dijo a mí:

—Secretario Ramírez, reúna a la brevedad a todos los miembros de la Logia Lautarina que se hallen en el campamento. Esto es de vital urgencia. Dígales que con gran discreción vayan ingresando a la capilla, que procuren que nadie los vea. Ojalá en menos de dos horas lo logre. Usted, capitán García-Lazcano, preocúpese de que no haya nadie en el lugar, nadie debe pisar ese recinto mientras estemos parlamentando. ¿Entendido?

—Sí, mi general —dijo mi señor y partió a cumplir su tarea mientras yo salía a la carrera a citar a los hermanos.

Exactamente dos horas más tarde estábamos todos reunidos cerca del altar. El general *San Martín* se paró delante de nosotros y tomó de inmediato la palabra:

—Hermanos —dijo sin ningún preámbulo—, tenemos que tomar una decisión vital, aquí y ahora.

En menos de cinco minutos les relató lo señalado por don José Pedro en su carta y dijo con firmeza:

—Los *Carrera* no pueden volver a Chile por ningún motivo, serían un peligro permanente para nuestra causa. Quiero vuestro beneplácito para solicitar al hermano *Pueyrredón* que detenga a la escuadra y no le permita seguir hacia el Pacífico.

—Concuerdo plenamente con usted, mi general —respondió sobre la marcha el hermano *O'Higgins*—, con buques, oficiales y armas para formar un ejército es un verdadero peligro. Con gran facilidad puede levantar milicias en el sur y amenazar al gobierno de Santiago. Apruebo la moción.

—Vuelvo a insistir en lo que dije hace meses —intervino el hermano *Vera y Pintado*—, siempre es posible negociar con él y aprovechar su fuerza militar y naval para afianzar nuestra soberanía.

—Y yo vuelvo a decirles que él solo pretende destruir a nuestro grupo —dijo muy serio mi señor—, yo no confiaría en él, vean lo que pasó con el hermano *Martínez de Rozas*, a quien traicionó a la primera de cambio. Yo no tengo ninguna confianza en mi, otrora, amigo de infancia.

—Además, él se sigue considerando el presidente de Chile —dije yo—, el mayor García-Lazcano así lo hace ver en su carta, *Carrera* ha comprometido la palabra y el honor de Chile, ha contratado en su nombre créditos bancarios y ha reclutado militares. Lo único que podemos esperar de él es que pretenda volver a la cúspide del poder político en nuestro país y nos relegue a nosotros o, en el peor de los casos, nos mande desterrados a otros países. Yo no creería una palabra que se firmara con él.

Uno tras otro, fueron dando su opinión, mayoritariamente de aprobación a la propuesta del general, los rioplatenses, que no lo conocían en persona, acogieron la opinión de los chilenos y finalmente hubo consenso en cuanto a que se debía pedir con urgencia total a *Pueyrredón* que detuviera el avance de *Carrera* y, en lo posible, se debía confiscar los buques y las armas. El documento salió apenas pasado el mediodía, en triplicado, en manos de tres chasquis.

Esa tarde, a las 17 horas, los ejércitos comenzaron a movilizarse hacia Santiago. Se marcharía durante 6 horas para cubrir 38 de los 68 kilómetros que faltaban para llegar hasta allá. Con ello llegaríamos al Portezuelo de Colina en esa jornada para poder ingresar marcialmente a la capital en la tarde del día 14.

***

8.
1840
Mendoza, Argentina

Mientras en Chile Juanito y Louis Phillipe llevaban adelante su guerra solapada, en Mendoza Juan seguía escribiendo sus memorias con la máxima velocidad que le era posible. No obstante que su situación era privilegiada y podía gozar de una vida muy placentera en compañía de María Trinidad, su corazón y su mente le decían que estaba cometiendo un pecado sin nombre. No era posible que le jugara tan sucio a la mujer que lo había acompañado desde la cuna.

Una mañana escuchó unos ruidos que no supo identificar, los que le interrumpieron el fluir de la pluma sobre el papel. Se levantó de su silla y salió al corredor, que encontró en plena actividad. Varios criados sacaban de la habitación contigua las camas, los veladores, el armario y la cómoda para luego ingresar dos sillones, una mesa y varias sillas. También se dieron el trabajo de colgar una docena de cuadros, por supuesto que la mayoría de imágenes de la dueña del lugar, pero, para su sorpresa, también algunos con su propio retrato.

—¿Te gusta? —le preguntó María Trinidad, apareciendo por la puerta.

—No sé —respondió él—, ¿de qué se trata?

—Estoy habilitando una sala de estar con una mesa para que podamos reunirnos aquí y dejarnos traer la cena, ¿qué tal?

—Parece una buena idea —dijo Juan, recordando angustiado los remordimientos que lo atormentaban a diario.

—Te invito a la tertulia de esta tarde —dijo ella riendo, mientras se alejaba hacia el segundo patio—. Hasta la tarde, Juancho.

Juan volvió a su quehacer habitual, se sentó a la mesa delante de la ventana, apoyó la cabeza en su mano izquierda y buscó en su memoria las imágenes de los eventos que estaba describiendo. Pero los recuerdos no se querían plasmar en su cerebro, este se había alterado con el sentido profundo de la obra emprendida por María Trinidad. Supuso que ella quería anclarlo al lugar lo más posible. Muy afligido por la situación, no pudo recuperar la calma para escribir y decidió salir del hotel. Tomó sus cosas y se fue a buscar su caballo al establo. El día estaba gélido, de manera que se cubrió como pudo con su gruesa manta de lana.

Partió deambulando por las calles, que se veían despobladas con motivo de la ola de mal tiempo. Si bien no llovía, las nubes se mostraban amenazantes en el horizonte. Eran de color gris oscuro y creaban una sensación muy sombría, que poco ayudaba a su estado de ánimo. Involuntariamente, su caballo, que era el que determinaba el rumbo esa mañana de fines del invierno, se dirigió hacia el camino, cuyo destino final era Chile, como si hubiera intuido los desvaríos del alma de su amo. Juan levantaba poco la cabeza, solo se dejaba ir con la mente en blanco. De improviso, en un recodo del camino, vio venir a la distancia, a su encuentro, a un baquiano montado, muy aperado y tirando dos mulas. Cuando estuvo más cerca le pareció conocida la cara del hombre que se cubría con su poncho y llevaba su sombrero gaucho muy metido hasta la frente. Lo saludó al pasar y 50 metros más delante de repente se acordó, era el guía que lo había traído a Mendoza hacía meses.

—¡Don Fermín! —le gritó desde lejos, girando bruscamente a su corcel—, espéreme.

El hombre miró hacia atrás sorprendido y detuvo la marcha, levantó el ala de su sombrero y esperó hasta que Juan estuvo a su lado y le pasó la mano.

—Vaya, si es usted, ¿cómo está sargento Ramírez? —lo saludó afectuoso.

—¿Viene de Chile con este tiempo tan terrible? —preguntó este.

—No, che —le respondió con su modo argentino aprendido—, es al revés, quería ir hacia allá, pero la cordillera está completamente cerrada, no hay manera de pasar, qué rabia.

—Vaya, don —dijo Juan—, qué mala suerte, ¿y ahora hacia dónde va?

—Acompáñeme, amigo —contestó el otro—, voy a casa de mi gaucha, voy a presentársela, es una buena mujer.

—Le voy a aceptar, don Fermín, tengo la cabeza muy arremolinada, así que me va hacer bien distraerme un poco.

—¿Y qué lo tiene tan aproblemado, sargento?, si no es una indiscreción.

—En cualquier otro podría haberlo sido, pero no en su caso —sonrió Juan tímido—, es que, sin haberlo buscado, al parecer he seguido sus pasos.

—¿A ver, cómo sería eso, che? —preguntó Fermín interesado.

—Usando sus mismos términos, estimado amigo, me he encamado aquí en Mendoza y le estoy siendo infiel a mi mujer de toda la vida.

—Cuénteme, che, eche afuera —dijo el guía—, tiene aquí un filósofo popular a sus órdenes.

Y Juan comenzó, apurado, a contarle todo lo que le había acontecido desde el día que se habían separado frente al Hotel La Viuda. Fermín expresaba su asombro y su incredulidad con pequeños chiflidos, mientras Juan extendía el relato hacia el pasado hasta los días de joven en la casa de los García-Lazcano, no dejaba nada fuera. Incluso le contó de las cartas póstumas y de su nueva condición de hacendado.

—Y el pecado me tiene atribulado, amigo, no sé qué hacer.

—No haga nada, don Juan —le dijo Fermín muy serio—, tómelo como lo que es no más, la moral es solo para los que quieren parecer ricos y para los curas, que quieren parecer incorruptos. Ni los ricos bien ricos, ni nosotros los pobres, pretendemos pasar por virtuosos e incorruptibles.

—Vaya qué ideas tiene, don Fermín —comentó Juan sonriendo—, para mí, la honestidad y la moral han sido prioritarios en mi vida.

—Pero tendrá sus pecadillos ¿o no?

—Que los tengo, los tengo, para qué decir una cosa por otra.

—Entonces, ya ve usted, el pecado no existe en la naturaleza, es el hombre el que estableció las reglas de la moralidad, el hombre es imperfecto, eso tiene que saberlo.

—Pero…

—¿Usted las ama a las dos?

—Sí.

—¿Las hace feliz a las dos?

—Yo creo.

—Entonces no le dé más vuelta, iñor, en Chile su mujer de toda una vida, en Mendoza su amor prohibido. No hay pecado. Y apuremos el tranco ahora para tomar un vinito añejo que tengo guardado para la ocasión que lo amerite, y esta sin duda que lo es —rio y espoleó su caballo asustando a las mulas de tiro, que también partieron al galope.

Al poco rato llegaron a una rancha en medio de un potrero de hortalizas. Pareció entonces que la furia del cielo se quiso hacer presente, unos aterradores relámpagos iluminaron el cielo, transformando el gris negruzco de las nubes en un blanco encendido, que se esparció por el firmamento. Luego, un trueno interminable y, acto seguido, se dejó caer un aguacero arrollador. Los caballos y las mulas se espantaron y solo la firmeza de las riendas logró frenar su huida.

—Entremos rapidito, sargento —le gritó Fermín para superar el ruido atronador de la lluvia.

Amarraron las bestias al cerco, bajo un árbol añoso, y corrieron hacia la puerta. Una mujer de unos 45 años de pelo oscuro con visos canos y con varios dientes menos se dio vuelta del fogón donde estaba revolviendo una olla, abrió mucho sus ojos y exclamó:

—Fermín, che, ¿qué hacés de vuelta?

—Está cerrado el paso, mujer —respondió este—, y me he encontrado en el camino con este señor, a quién traje hace unos meses a Mendoza. Don Juan, le presento a Eloísa, de quien ya le he hablado.

—¿Y qué tienes que andar hablando de mí, che?

—No se preocupe, doña Eloísa —dijo Juan muy respetuoso—, ¿cómo está usted? Solo palabras elogiosas, me ha dicho Fermín de su gran mujer.

—Bueno, más le vale —rio ella—, que eso de andar difamándola a una no está bien, digo yo. Pero terminemos con esto, tome asiento don Juan.

Se acercó a un butacón y lo despejó para que Juan se sentara y en ese momento entró Fermín despolvando una botella y sonriendo. Juan miró a la redonda recordando su casa en el campo, el piso de tierra batida, los muros de adobe pintado a la cal y dos ventanucas, que ya no aclaraban el ambiente.

—Apróntese che, que es del bueno, si debo tenerlo guardado desde los tiempos de la independencia —rio—, y, vieja, pon un trozo más de carne en la sopa, que ya hace hambre.

—¿Y qué es de sus tantos hijos, don Fermín? —preguntó Juan.

—Como le decía hace tiempo, los mayores ya se fueron de estos pagos, andan pal interior oficiando de gauchos, usted sabe.

—Ahá…

—Y los más chicos andan por allá atrás desmalezando.

—Oiga, pero si con esta lluvia no se puede trabajar.

—Entonces apróntese que ya van a empezar a aparecer. Tome, a su salud.

—Salud —dijo Juan, bebiéndose de un trago el fuerte y dulzón vino añejo—, bueno de verdad, lo digo —añadió estirando el brazo.

—Se lo decía, sargento, imagínese los años que lleva ahí en el fondo del armario. Desde los tiempos de los finados *Carrera*, le digo.

—Esos *Carrera* eran re malos —dijo Eloísa desde lejos—, viera cómo los vecinos asustaban a los chicos con que iban a venir los *Carrera*, eran como el cuco.

—No le creo, doña —exclamó Juan—, ¿tan así?

—Se lo digo, los chilenos eran como el satanás para los cuyanos en esos días. Si los *Carreras* andaban hasta con los indios Pampas y esos sí que son malos. Todos se alegraron de que los ajusticiaran.

—¡Córtala, vieja! —gritó Fermín molesto y tratando de superar el sonido de la insistente lluvia sobre el techo—, te lo he dicho tantas veces, el general *Carrera* era un buen hombre, un tanto arrebatado, pero bueno con su gente. Claro que no fuera uno a mirarlo chueco, porque también sabía castigar el hombre. Los compañeros le tenían un curioso amor-miedo y se quedaban inmóviles ante él.

—Hay que ver el hombre, ¿no? —comentó Juan sonriendo y pidiendo una nueva ronda.

—Pero hay que reconocer que fue harto lo que la revolvieron los tres hermanitos —agregó Fermín—, se puede entender que al final los fusilaran a todos, digo yo.

En ese momento se escucharon unas voces fuera de la puerta y empezaron a entrar, uno tras otro, dos muchachas y dos jóvenes entre los 12 y los 18. Venían estilando agua y dejando pequeñas pozas con sus pies pelados.

—Saluden, pibes —les dijo Fermín—, o es que no les he enseñado modales acaso.

Todos saludaron con un gesto y desaparecieron detrás de una cortina colgada en el vano donde faltaba una puerta. Se los escuchaba parlotear y reír mientras se cambiaban de ropa. Juan y Fermín no paraban en su cháchara y Eloísa ya estaba sirviendo los platos.

—Sí pues —dijo Juan—, harto revoltosos eran esos *Carreras*, ¿me creerá si le digo que yo los conocía desde la infancia? La hacienda San Miguel, allá en el Monte, quedaba muy cerca de la de mis patrones. Y siempre íbamos para allá. Ni le digo lo malos que eran conmigo, el lacayito, me decían, y siempre me pegaban. Niños mal criados, don *Ignacio* no sabía qué hacer con ellos. Y, así pues, igual de llevados de sus ideas fueron después donde los milicos.

—Así parece —dijo Fermín—, por algo los mataron, digo yo.

—Ya, a sentarse —dijo la mujer, terminando de poner los platos sobre la rústica mesa de madera.

—Aguarde, don —dijo Fermín sacando una nueva botella, esta vez de vino de la zona—, que aquí no me va a faltar el líquido celestial.

Los jóvenes entraron, se sentaron y atacaron sus platos sin decir palabra, su madre los observaba sonriente, significaba que les gustaba su comida. Juan y Fermín continuaban con sus memorias y sus palabras se hacían cada vez más lentas. Afuera seguía lloviendo.

—¿Sabe que yo vi cuando trajeron prisioneros al general con sus amigos? —dijo entonces Fermín—, y no se crea que venía apenado, todo lo contrario, con la cabeza bien puesta, como era él, puh, patrón de fundo, orgulloso, gallo de pelea.

—No me diga…

—Sí, y después incluso lo fui a ver adónde lo tenían encerrado, me dio pena el hombre, yo le tenía buena. Menos mal que conseguí verlo, era pa puro darle mi apoyo, si qué iba a querer hablar él conmigo.

—¿De veras, Fermín? —no podía creerle Juan.

—Bien de veras —dijo haciendo la cruz con los dedos—, y me recibió el hombre, hasta me agradeció el gesto, y me habló.

—Lo que más siento en mi vida —me dijo—, es que no logré salvar a mi patria de los infieles, fueron demasiado poderosos y arteros, siempre escondiéndose.

—¿A quiénes se refiere, mi general? —le pregunté yo puh, que era ignorante en esas cosas de perros grandes.

—No es algo que tú puedas saber —me contestó—, son cosas de nosotros, los aristócratas, no de gente como tú.

—Me sorprende, mi general —le dije—, no sabía que entre la gente rica se hicieran zancadillas, como dicen que entre bueyes no hay cornadas.

—Uf, amigo —resopló él—, si usted supiera cómo son los ricos, Caín se queda chico al lado de ellos.

—No pensaba que había tanta maldad —le dije yo, dándome cuenta que su mirada se perdía en algún punto fijo en la pared.

—Bueno, lo dejo, mi general —le dije entonces—, espero que logre zafarse de esta, le deseo lo mejor, no les lleve siempre la contra.

—No me sorprende lo que le dijo el general *Carrera* —dijo Juan—, estaba obstinado con sacar del poder a quienes, en definitiva, lograron la independencia.

—Así será puh, yo sé poco de todo eso…

—¡Pucha! —exclamó Juan—, mire cómo se ha hecho de noche, me voy a tener que ir, me estarán esperando.

—Yo lo acompaño, don Juan —dijo Fermín tratando de levantarse de su asiento—, ptas, parece que le pusimos más de la cuenta.

Tambaleantes, llegaron a sus caballos y montaron sobre las monturas mojadas. Juan apenas se había despedido, agradeciendo a Eloísa, ahora callaba. Y así, en el silencio, a paso lento, bajo la lluvia, dejaron atrás el campo y entraron a la ciudad cuando ya la oscuridad había hecho presa de ella. En la entrada de servicio del hotel se despidieron y Juan desensilló para dejar su caballo en el establo. Se fue sigiloso hacia su habitación y cuando estaba por entrar escuchó:

—¡Juancho, ¿no te da vergüenza?! —le gritaba María Trinidad desde la distancia—, ¿tratabas de esconderte acaso?

—Perdone, señorita Trini —balbuceó este arrastrando las palabras.

—¡Y vienes ebrio, qué indecencia!

—Disculpe, señorita Trini, es que…

—¡No te disculpes, y no me digas señorita Trini! —siguió diciendo ella muy molesta—, me desilusionas Juancho, yo que te creía un hombre distinto a todos los demás, veo que eres igual no más.

—El hombre tiene dere…

—No me hables de derechos Juancho, estoy muy dolida, te recibí con todo mi amor y ¿así es cómo me pagas?

—No era mi intención…

—Claro, siempre es así con los hombres, se les calienta el hocico y no paran más.

—No seas tan dura, Trini —dijo Juan recobrando un poco el pundonor—, trata de ponerte en mis zapatos por un rato.

—¿A qué te refieres?

—Yo he sido un hombre honesto toda mi vida y aquí me entregué a tu amor, lo he disfrutado, mucho incluso, pero eso ha exacerbado mi sentimiento de culpa, me siento pecaminoso, me enturbia el cerebro, eso es lo que me pasa.

—¿Y era necesario emborracharse para escapar de eso?

—Lo del vino fue casi accesorio, Trini —respondió—, estuve con un buen hombre, que fue capaz de escuchar mis lamentaciones y aconsejarme.

—¿Y qué fue lo que te aconsejó?

—En dos palabras: en Chile, que ame a la mujer de mi vida, en Mendoza, que ame a mi amor prohibido. No existe la moral en el amor, hay que dar curso a la naturaleza.

—¿Y te parecieron apropiadas sus palabras?

—Son acomodaticias, ¿qué quieres que te diga? —contestó él—, pero me han ayudado a aceptar mi situación. Tú ves, no puedo despreciar tu amor, solo puedo mantener a la Tela en estado latente.

***

1817, de vuelta en Chile

El día 14 de febrero de 1817, a media tarde, nuestro ejército en pleno entró marchando con gallardía en la ciudad de Santiago. Adelante, abrían el cortejo, los generales *San Martín*, al centro, y *O'Higgins* y *Soler*, uno a cada lado. Detrás venían los coroneles y ayudantes del alto mando. Más atrás los batallones con sus respectivos jefes. Las calles estaban atestadas de gente que nos vitoreaba. Habían aparecido, de quién sabe dónde, las banderas tricolores prohibidas por los españoles. Los gritos de "viva la patria" salían de miles de gargantas. Del pillaje y los saqueos ya no había rastros, todo el mundo festejaba el triunfo y la huida de los godos.

Cuando llegamos a la plaza, las infanterías se detuvieron detrás de los altos comandantes y los montados descendimos de nuestros caballos. La alegría era total, parecía que nunca había habido allí personas afines a los realistas, ahora todos eran patriotas de tomo y lomo. Aunque, pensaba yo, no eran muchos los que entendían a cabalidad lo que era lo uno y lo otro. La vida no les cambiaría, solo tendrían distinto patrón. Salvo, esperaba yo de corazón, que los masones fueran capaces de transformar sus ideales en obras reales, que llegaran a la sociedad en toda su extensión.

Luego se hicieron presentes los vecinos cargados de vituallas de todos los tipos y muchos barriles de vino, la fiesta recién comenzaba. El cabildo de la ciudad, que se había renovado, expulsando a los realistas, había designado esa misma mañana a don *Francisco Ruiz Tagle* como gobernador interino para que dirigiera el traspaso ordenado del poder. Este y sus compañeros llegaron a saludar y felicitar a todos los altos oficiales. Las muchachas merecedoras observaban con sonrisas sonrojadas desde los costados de la plaza a los jóvenes oficiales.

—Ven, vamos —me dijo de repente mi señor—, vamos a rescatar nuestros bagajes y nos vamos a casa.

—¿Y estará desocupada? —le pregunté desconfiado.

—Supongo, si la estaba usando un oficial español, este habrá arrancado con el godo mayor —dijo mi señor mientras ya nos movíamos en dirección a las recuas de mulas en un costado de la plaza.

Al poco rato estuvimos frente a la casa, que tenía el portón abierto, lo que nos sorprendió. Dejamos los animales en el zaguán y ya en el primer patio divisamos el desastre. El Humberto estaba sentado en el escaño con los codos en las rodillas y sujetando la cabeza. Estaba agobiado. Cuando se percató de nuestra presencia se levantó urgido y dijo:

—Perdone, su merced, llegaron tantos…, no pude…, traté…, pero no pude, perdone patrón, me merezco el castigo.

—Cálmate, hombre —le dijo el patrón palmoteándole la espalda— cuéntanos qué pasó, veo que debe haber habido mucha gente por aquí.

—Le digo, su merced, apenas se corrió la noticia que el *Marcó* se había arrancado, todos los demás sarracenos hicieron lo mismo. Aquí, el mayor Fernández entró desesperado, reunió a su mujer y a sus hijos, dio instrucción de cargar una carreta con sus cosas y partieron esa misma noche, hace dos días, rumbo a Valparaíso. Y al tirito aparecieron las hordas de malvados y, no se crea, también mujeres y niños harapientos, empezaron a agarrar cosas. Yo trataba de espantarlos, pero se reían de mí, entraban y salían, sacando todas las cosas de la cocina, los vinos, las comidas, las ollas, las sartenes y las vajillas. Después se robaron la ropa de cama y hasta jergones sacaron a la rastra.

—Ya, Humberto, basta, gracias, entendemos bien —dijo mi señor— , ahora entra las bestias y luego cierra el portón, mañana vamos a ordenar y ver qué todo hace falta.

Nos acomodamos como pudimos esa noche y, temprano al día siguiente, nos pusimos manos a la obra. Me sorprendía el ánimo de mi patrón, quien, ante la adversidad, mantuvo la cabeza fría y, sabiendo que no había más criados disponibles, estuvo llano a mover muebles y trasladar objetos de un lugar a otro. Afortunadamente, el mobiliario estaba todo allí, no habían podido sacarlo con facilidad. Los retratos de los antepasados aparentemente tampoco les interesaron, pero no había nada de la platería, ni de las fuentes de cristal y de porcelana. De los alimentos, quedaban solo restos y de la cava, se había salvado solo la cuarta parte. Nos sorprendió que no se metieran a la pulpería contigua a la casa, la puerta que daba hacia ella estaba cerrada con llave y su portón exterior también.

A media mañana se asomó don Baltazar, el pulpero, con sus ayudantes. Se les veía dolidos por el drama de la casa, pero sonreían felices de que la tienda no hubiera sido desvalijada.

—Baltazar —le dijo mi señor después de los saludos—, por favor ve bien en las bodegas y repón lo que falta con lo que tengas en el local. Anota lo que no tengas para mandarlo a buscar. Le das a Juancho el papel.

Cuando estábamos poniendo todo en orden, apareció un mensajero del cabildo citando a mi señor a una reunión ampliada de notables para atender el asunto del gobernador. Me indicó que me vistiera con uniforme y, tan pronto estuvimos listos, partimos hacia la plaza. Él entró de inmediato a la sala capitular y yo me quedé junto a los puestillos para conocer las últimas novedades. Ahí me enteré que *San Martín* y *O'Higgins* habían sido alojados en la Casa Colorada, la antigua residencia del *Conde de la Conquista, don Mateo de Toro y Zambrano*, aprovechando que su hijo *Gregorio*, el realista recalcitrante, había partido, fugándose de la capital. También supe que a nuestra tropa la habían mandado a los distintos cuarteles desocupados por los realistas. Y, por último, me informé que los restos de los ejércitos españoles arrancaban en ese momento hacia el sur.

—Ven —me dijo después de un par de horas mi señor, cuando venía saliendo del cabildo—, vamos a almorzar al mercado de abastos.

Yo me puse de inmediato a su derecha, un paso detrás de él, para seguirlo.

—Ven, ponte a mi altura —dijo—, hay mucho que contar. Estaban allí los más connotados vecinos, unos cien, los que siempre han sido patriotas, pero también aquellos que van mudando sus posturas de acuerdo a lo que les conviene. Se contaban entre ellos los hermanos *Argomedo, Marín, Vera y Pintado, Zañartu, Zenteno* y *Freire*. El interino *Ruiz Tagle* dirigía la sesión. Todos, de común acuerdo, desechamos la idea de *San Martín* de elegir a un representante de cada provincia, para que ellos eligieran las nuevas autoridades, y propusimos por aclamación su nombre para asumir el cargo de gobernador con todos los poderes.

—¿Y aceptó? —le pregunté muy interesado—, porque se suponía que se iba a poner a don *Bernardo*.

—No —respondió mi señor—, tal como estaba previsto, el general se excusó diciendo que él se quedaría a cargo de la jefatura del ejército y que eligieran a otro.

—Curioso —dije—, yo suponía que él, como triunfador, tendría la potestad de imponer un gobernador.

—No deja de ser interesante —comentó—, aunque podría haberlo hecho, prefirió la vía democrática, me enorgullece, es un fantástico masón, de todo corazón. Mañana domingo se volverá a sesionar.

En una de las cocinerías del mercado almorzamos bajo la atenta mirada de todos los puesteros, quienes no dejaban de alentarnos y felicitarnos. Tuvimos que responder a muchos brindis, de manera que salimos de allí, más tarde, con nuestros sentidos bastante embotados. Así llegamos a casa a tomar nuestra siesta.

*

El domingo 16 de febrero de 1817 se volvió a celebrar una junta, ahora con la participación de más de 200 vecinos. El hermano *Bernardo Vera y Pintado* hizo una larga alocución en representación del general *San Martín*, explicando los motivos por los cuales no podía asumir como gobernador de Chile y, de paso, dejó caer el nombre de don *Bernardo O'Higgins*, ausente de la sala, para la misma función. Una nueva aclamación lo dio por aceptado. Un importante número de vecinos partió entonces hacia la Casa Colorada y acompañaron de vuelta a don *Bernardo*, quien debió jurar su cargo ante los vecinos exaltados.

Yo, que nuevamente esperaba en el exterior, me di cuenta que la plaza se comenzaba a llenar de personas del bajo pueblo, como yo mismo, quienes venían con mucha curiosidad para saber quién dirigiría el gobierno, ahora que los godos se habían arrancado. Cuando un vocal del cabildo salió a anunciar el resultado, la multitud prorrumpió en aplausos y vítores que se extendieron por todos los confines de la plaza y luego, de boca en boca, hasta los extramuros de la ciudad.

Por coincidencia, se estaba celebrando en esos días el carnaval de cuaresma, durante el cual todos los trabajos se suspendían. Con ello, las fiestas se siguieron celebrando durante dos días más. En las calles se escuchaban músicas militares y los soldados tuvieron que arreglarse para volver a desfilar por la ciudad. En las tardes había múltiples festejos organizados por el cabildo y por los vecinos pudientes. El populacho disfrutaba de los bocadillos, las golosinas y los vinos, regalados por estos, y las casas se iluminaban con gran profusión todas las noches.

Recién el miércoles 19, más tranquilos ya, mi señor me pidió que lo acompañara a Pirque para organizar el traslado de su familia.

—Qué curioso —me dijo mi señor a mitad de camino—, después de la intensidad de las emociones vividas durante el trayecto desde Mendoza, luego, la brutal batalla de Chacabuco y después, los agasajos y las fiestas, ahora, viendo este camino y los silentes huertos a sus lados, pareciera que aquí no ha pasado nada.

—Es muy cierto, su merced —le dije—, y es probable que para muchos de los campesinos haya sido así, nunca vieron un soldado, no escucharon cañonazos, nadie los amenazó, en fin, la vida ha seguido su ritmo milenario.

—Me pone nervioso enfrentarme con la Francesa —casi escupió el patrón—, tengo el estómago apretado, siento culpa.

—Pero qué tanto, señor —le rebatí—, acuérdese que ella también tuvo sus pecadillos.

—Es cierto, pero algo me dice que yo, como señor de la familia, debía haber estado más cerca de ella y, en particular, de los niños. Y, como tú sabes, no fue así.

—Cálmese, su merced, ya verá que todos van a estar felices con su llegada y nadie lo va a mirar mal.

Cuando arribamos al campo, todos los familiares nos estaban esperando. Habían sabido del triunfo sobre los españoles y suponían que el patrón se asomaría en cualquier instante. La primera en correr a nuestro encuentro fue María Fernanda, quien abrazó a su hermano con gran efusividad y cariño.

—Cómo te hemos echado de menos, Manolo —le dijo agitada—, han pasado más de dos años y medio, es mucho tiempo. Hola Juancho.

—Cómo está, señora María Fernanda —la saludé de vuelta, mientras veía que se acercaban los demás.

—Hola, cuñado —le dijo don Juan María sonriendo—, espero que haya llegado entero después de esa cruda travesía.

—Sí, bien —respondió mi señor muy parco.

—Cómo está, Luis Manuel —lo saludó con frialdad la Francesa—, niños, denle la bienvenida a su padre.

Los niños se acercaron con timidez, hacía tanto tiempo que no veían a su padre que lo sentían extraño.

—Bon jour, papá —le dijo Louis Phillipe en el perfecto francés que le había enseñado su madre, pero sin demostrar ninguna emoción.

—Bon jour, papá —repitió su hermana Juliette de igual manera.

—Bon jour, papá —dijo por último Michel, el menor de solo cuatro años.

—Como está, don Manuel —lo saludó Melanie con una guagua en brazos.

Mi señor la miró con cara de extrañado, pero evitó hacer cualquier pregunta.

—Vamos al corredor a tomar un jugo —dijo doña María Fernanda sonriendo con simpatía, mientras emprendía el camino rodeada de tres grandes perros que saltaban a su lado.

Los niños del patrón más los dos de su hermana corrieron riendo hacia la casa, los demás lo hicieron en silencio y yo los seguía intrigado. Quería saber cómo le contarían el cuento a mi señor. Cuando todos estuvieron sentados y con sus vasos en las manos, don Juan María hizo un brindis por los héroes familiares.

—¿Cómo está tu padre? —le preguntó mi señor.

—Bien, un poco asustado, pero bien.

—Habrá llegado el momento de devolverles la mano —dijo mi señor con algo de solemnidad—, ustedes acogieron a la familia cuando podría haber sido perseguida por los realistas, ahora nos toca a nosotros protegerlos de vuelta, no tengan cuidado, somos muy amigos de los generales.

—Gracias, hermano —dijo doña María Fernanda—, ha sido un gusto acoger a tu gente. Supongo que has llegado para llevarla de vuelta a Santiago.

—Efectivamente, es mi deseo, pero quiero que partan primero los criados para limpiar y reacondicionar la casa, que fue saqueada por las turbas.

—¡Oh Dios! —exclamó la patrona—, ¿quedó muy destruida?

—No, no tanto, tendremos que reponer la loza, la vajilla, los adornos y la ropa de cama, lo demás está bien.

—Quiero partir cuanto antes —dijo ella—, me tengo que preocupar de todo eso.

—Que mañana se vayan los criados y tú te vas el próximo lunes con los niños —dijo mi señor, sin dar pábulo a una posible réplica, mientras miraba a Melanie y la guagua por el rabillo del ojo.

—Juancho, sírvenos coñac —me dijo don Juan María, mostrando con el dedo dónde se encontraba la botella.

—¿Se casó? —preguntó mi señor de sopetón, como no aguantando más.

—No —contestó María Fernanda—, lo iba a hacer, pero el capitán Riqueur desapareció.

—¡¿Riqueur?! —saltó mi señor—, ¡¿ese maldito?!

—Sí —contestó la Francesa con mucha timidez, mientras Melanie callaba y miraba hacia el lado.

—¡Oh Dios! —exclamó mi señor—, ¡ese desgraciado ha mancillado el honor de esta familia, lo mataré!

—No va a ser necesario cuñado —dijo don Juan María—, encontraron sus restos hace meses, aquí en las cercanías, lo deben haber asaltado y lo mataron, vaya a saber uno.

—¡Infame! —no se pudo retener mi señor y se tomó de un trago lo que le quedaba en la copa—. Juancho, vámonos, tenemos mucho qué hacer en Santiago.

***

1817, la Logia Lautarina al poder

Al día siguiente de nuestra visita a Pirque, temprano en la mañana, el Humberto nos dijo que fuéramos de inmediato donde don *José Gregorio Argomedo*, que su criado había venido a avisar. Tan pronto estuvimos listos, fuimos allá y nos encontramos con varios hermanos lautarinos que ya habían llegado, incluidos el general *San Martín* y el general *O'Higgins*. En ese momento estaba este último relatando que los soldados habían capturado a *Marcó del Pont* junto con el coronel *Cacho* y el fiscal *5*, además de otros oficiales cercanos, cuando huían de camino a San Antonio.

—Los llevaron prisioneros a Valparaíso —dijo.

—Que buena noticia —dijo don *José Gregorio*—, ¿y el resto de los realistas que se fugaron a Valparaíso?

—Allá se ha producido una batahola que aún no acaba —contestó *O'Higgins*—, hemos enviado varios batallones a pacificar la ciudad. Se podrán imaginar a más de mil soldados y no menos de quinientos civiles tratando de abordar los pocos buques a la gira. Ha habido escaramuzas entre los realistas en fuga y los soldados armados, que han tratado de impedir que estos lleguen a los barcos.

—¿Muertos? —preguntó el hermano *Vera y Pintado*.

—Los hay, pero no sabemos cuántos —contestó *San Martín*.

—¿Y han logrado escapar los realistas? —quiso saber el hermano *Marín*.

—En la bahía había nueve embarcaciones españolas, una inglesa y una francesa, incluida la fragata Bretaña, las que lograron zarpar con alrededor de 1600 fugitivos, los que, desde luego, no son todos.

—Y, como era de esperarse, apenas la guardia del puerto dejó de vigilar, las masas empezaron a saquear las casas y los almacenes de los escapados.

—Disculpe, mi general —le dijo el hermano *Bernardo* a *San Martín*—, ¿no le parece que habría sido bueno ir a Valparaíso cuando yo se lo pedí?

—Perdone usted, general *O'Higgins* —contestó este molesto—, es fácil ser general después de la guerra. No teníamos idea de las amenazas que se cernían sobre nosotros en ese momento.

—Lo siento, tiene usted razón —dijo *O'Higgins* y luego calló.

—Pero hay una buena noticia en todo esto —intervino el coronel *de las Heras*—, en la fragata Victoria estaban prisioneros un montón de patriotas, quienes pudieron liberarse, entre ellos el comandante *Santiago Bueras* y el capitán *José Santos Mardones*.

—Lo que es muy lamentable es que los españoles saquearon todo el tesoro y se lo llevaron consigo en la noche después de Chacabuco —comentó el general *San Martín*—, y peor aún, que la soldadesca revolucionada se apropió de la plata y esta ha desaparecido.

—Era de esperarse del infame gobernador —exclamó mi señor—, afeminado, cobarde y, además, ladrón.

—¿Y qué va a hacer con *Marcó del Pont*, mi general? —preguntó el hermano *Zenteno*.

—Tan pronto lo traigamos a Santiago me entrevistaré con él —respondió *San Martín*—, dependerá mucho de su actitud.

—Aprovechando de volver a felicitarlo, hermano *O'Higgins* —dijo *Argomedo*—, me permito recordarle que hay varios hermanos nuestros en la isla Juan Fernández, tal vez sería apropiado mandar a rescatarlos.

—No tenga cuidado, hermano —respondió este—, es, desde ya, prioridad para mi gobierno cumplir con esa tarea.

*

No eran aún las 10 de la mañana, cuando se dio por terminada la reunión y pudimos partir con mi señor a Santa Lucía y por fin tuve la oportunidad de llegar donde mi mujer y mis hijos. Dejé al patrón donde el ministro y, literalmente, me arranqué a casa.

—¡Tela…, Tela…! —le fui gritando mientras corría hacia allá.

—¡Oh, mi amor! —gritó ella, saliendo a mi encuentro perseguida por los niños, que reían llenos de alegría.

Nos abrazamos con enorme cariño mientras los chicos bailoteaban a nuestro alrededor. Después de separarnos los besé, uno tras otro. Era mucho tiempo que no los veía, desde abril del año anterior. Qué maravilla, pensé, por fin la tranquilidad del hogar, el descanso después de los tiempos agitados que me había tocado vivir. Entré en la casa y tiré mi bolso de lona al suelo, me extendí sobre el rústico sofá y reí. Reí relajado y mi risa contagió a los demás. Los niños se sentaron en el suelo a mi lado y me miraban expectantes, querían saber todo lo que habíamos pasado, el cruce de la cordillera y las cruentas batallas, todo. Tuve que contarles con pelo y detalle. Mientras tanto, Auristela seguía preparando el almuerzo, sonriendo dichosa, mientras escuchaba el relato.

Almorzamos y luego dormimos siesta muy acurrucados. Nuestra pasión empezó a despertarse y terminamos haciendo el amor a media tarde, lo que nos produjo un acceso de risa cómplice. Cuando nos levantamos, me fui caminando a la Casa Grande donde el patrón.

—Qué suerte —me dijo, apenas llegué—, está todo bien, don Salvador me contó todo lo sucedido y solo puedo estarle agradecido a don *Manuel Manso* de que haya respetado a la gente y las costumbres de aquí.

—Y con las ganancias, ¿qué pasó? —le pregunté.

—Lo que tú me dijiste antes, no quedó nada, pero la gente pudo vivir y hay papas y maíz en la bodega. Y también quedó vino, que está madurando en las barricas.

—Y supongo que pronto la vendimia ayudará a aumentar los mostos.

—Así es, Juancho —me dijo, como descargando una gran preocupación—, ándate tranquilo donde la Tela, quédate aquí una semana y entonces, vuelve. Yo me voy mañana.

*

Después de esa semana de ensueño, y para disgusto de mi mujer, volví a Santiago, donde la casa García-Lazcano estaba funcionando con renovada normalidad, igual que en tiempos anteriores. De inmediato me puse a las órdenes de mi señor, quien me dijo que había recibido el encargo de *San Martín* de reunir a todos los hermanos lautarinos. En el mensaje se mencionaba una dirección de una casa que se había requisado a algún realista para que fuera la sede permanente de la orden.

—Y mira —me dijo mi señor, pasándome dos cartas.

La primera era del tío, anunciando que llegaría en máximo una semana a Santiago junto con la viuda de Solís, que había entregado la casa al gobernador Luzuriaga y que, para su sorpresa, la señorita Anette había desaparecido, dejándole la carta que le adjuntaba, en cuyo sobre había escrito que ella se iba, que no la buscara:

Mendoza, 18 de Febrero de 1817

Mi muy amado Señor

Con gran dolor en mi corazón escribo estas palabras para usted, esperando que ellas reflejen a cabalidad el sentimiento que las impulsa.

Durante muchos meses, viviendo la dicha de compartir una misma casa y un mismo lecho con su excelencia, he ido acumulando en mi alma una congoja que no he podido soslayar. Sé, y de eso me he convencido, que usted es un hombre de familia, de una familia cuyo honor prevalece a todo, razón por la cual mi vida a su lado va a estar condenada a ser de segunda clase, de vano amancebamiento, desprovisto de la honra que acompaña a la mujer legal en una sociedad clasista y moralista como la suya.

Estaría condenada a esconder mi faz de los ojos de sus conciudadanos, condenada a ser tildada de barragana de cuatro pesos, condenada a pasar mis días en el encierro más agobiante. Por estos motivos, que han llegado a pesar en mi espíritu hasta hacerme derramar lágrimas en la oscuridad de la noche, es que he decidido no volver a Chile a su lado.

No faltarán las mujeres que puedan sustituirme en el futuro y, no le quepa duda, que le deseo la mejor de las suertes a lo largo de toda su vida.

Que Dios lo guarde por mucho tiempo, amado mío,

Anette

Terminé de leer y lo miré mientras él permanecía silencioso como esperando mi opinión, la que yo no quería tener que dar, para no tener que manifestarle mi apoyo a ella.

—Ya pues, Juancho, dime lo que piensas, tú, que siempre tienes un juicio certero sobre todo.

—Yo puedo comprender a la señorita Anette, mi señor —le respondí—, debe ser muy triste tener que aceptar un destino tan asfixiante como el de una amante que pierde su dignidad, que debe esconderse, que no puede disfrutar de una vida normal en sociedad.

—¿Ella te comentó sobre esto allá en Mendoza? —me preguntó de sopetón—, ¿fuiste tú quien le recomendó tomar ese camino tan difícil en la soledad más angustiante?

—Es cierto, mi señor, ella vino donde mí con el alma partida y yo no pude hacer menos que aconsejarla, es el deber de cualquier hombre de bien. Espero que me sepa entender, de usted depende.

—No sé qué decirte, Juancho —respondió—, por un lado, me da ganas de castigarte por meterte donde no te corresponde, pero por el otro, reconozco que tienes razón. Tal es así, que dentro de breve te voy a mandar a Mendoza para que la encuentres y le hagas entrega de un estipendio que le enviaré con mis parabienes.

—Señor, permítame que le agradezca en nombre de ella, ha dado muestras de un corazón generoso, Dios lo premiará.

*

El 27 de febrero, después de la siesta, cuando estaba con mi patrón revisando las cuentas del campo, se escuchó de repente la voz del tío Pancho y risas de mujeres. Dejamos los papeles, que estábamos leyendo, sobre la mesa y nos dirigimos al zaguán, donde estaba el Humberto ayudando a descargar las mulas.

—¡Ahh, qué placer! —exclamó el tío acercándose a saludar a su sobrino—, no hay como volver a casa. Miren a quien traje conmigo, aparte de la Chelita, que ustedes ya sabían.

—Vaya, si es Leticia —dijo mi patrón dándole un beso—, ¿cómo esta Chelita?, ¿muy tremenda la travesía de los Andes?

—Frío, mucho frío en las noches —respondió ella abrazando a mi señor.

—Sobrino, tenemos algo que decirle con Chelita —dijo el tío con una gran sonrisa—, nos hemos casado. O, ¿debería decir que me cazó?

—Malo —lo reconvino ella riendo—, tú sabes que no es así.

—Hola, Juancho —me saludó entonces el tío—, ¿cómo está todo en esta casa, tú que lo sabes todo?

—Todo bien, gracias a Dios, don Francisco —le respondí—, esperándolos.

En ese momento aparecieron, detrás de nosotros, la Francesa y la señorita Melanie acompañadas de las criadas. Las dos se detuvieron con cara de impactadas. Jamás se imaginaron que el tío volvería con una señora tan atractiva y, además, con una bella jovencita en la flor de su vida. Las observaron un instante ínfimo y luego inventaron unas sonrisas para darles la bienvenida. Y entonces, se asomó misiá Charito arrastrando sus pies, delgada y envejecida, el rostro serio y los ojos escrutadores. En su traje negro parecía estar reviviendo a su tía Chita. Observó a la viuda haciendo recorrer la mirada desde la cabeza hasta los pies, luego hizo lo mismo con la joven, sonrió irónica, hizo una ligera venia y recibió el beso que le estaba dando el tío, se giró y partió de vuelta, no había abierto la boca.

—Vamos entrando —dijo el patrón—, Juancho, llévales sus cosas a la habitación del tío. Rosita, prepárale una de las otras a Leticia, Humberto, acarrea los bultos más pesados.

Y todos partimos en una pequeña procesión, a la que luego se allegaron los niños, que se habían asomado llenos de curiosidad.

—Este es Louis Phillipe —partió presentando la Francesa—, luego está Juliette y entonces Michel. Saluden niños.

Y todos sonrieron y murmuraron algo en francés antes de salir corriendo.

—Se han casado —dijo mi señor, como constatando el hecho—, esa sí que es una novedad, ¿no les parece?

—Oh, mon Dieu —exclamó la Francesa—, enhorabuena, se decidieron rápido.

—No había razón para dilatarlo —dijo el tío—, nos amamos y no era necesario llegar a Chile para hacerlo. Además, ya no estamos en edad de grandes ceremonias, así es que hicimos una pequeña fiesta con los amigos más íntimos solamente.

—Y trajeron a la niña —dijo Melanie con una mirada incierta.

—Sí —respondió doña Chela—, ¿con quién la iba a dejar, si no?

—Bueno, aquí estarán cómodas —dijo la patrona—, total espacio hay de sobra.

—Gracias, señora —dijo el tío—, evitaremos causar problemas.

—Y harán más amenas las tertulias —agregó el patrón.

—Gracias —sonrió la joven—, ¿vienen muchachos jóvenes a ellas?

—Hasta ahora no mucho —contestó la patrona—, habrá que buscar algunos.

Y así fue que los tres se instalaron en la casa, dando la impresión que se sentirían muy a gusto. A mí me constaba que doña Chela era una persona histriónica y alegre, que contribuiría a la vida social, la niña, en cambio, me parecía demasiado ávida de galanterías. Y los ánimos de la Francesa y su dama de compañía, me los podía imaginar muy deprimidos.

*

Al día siguiente me puse en campaña con las citaciones y también me preocupé de habilitar, en la nueva sede, una estancia con sillas suficientes para poder llevar a cabo una tenida de la logia. Pasaron los días y el 12 de marzo de 1817, de acuerdo a lo planificado, se instaló oficialmente, de nuevo, la Logia Lautarina de Santiago de Chile. Según lo convenido, asumió como jefe, quien ya lo había sido en Mendoza, don *José Gregorio Argomedo*. Este, nuevamente, había querido declinar en favor del general *San Martín* y este, una vez más, había rehusado aceptar, aduciendo la misma razón anterior, vale decir que él estaría a cargo del ejército que se debía preparar para la incursión al Perú. De hecho, se había excusado de asistir a la ceremonia, dado que había partido a Buenos Aires el día anterior.

—Bueno —dijo entonces *Argomedo*—, agradezcamos al hermano *San Martín* por haber habilitado esta casa, donde podremos sesionar con comodidad sin estorbar en ninguna casa de familia. Le hemos pedido al hermano Ramírez que se preocupe de su mantención.

—Queridos hermanos —dijo *O'Higgins*—, mi general me encargó transmitirles sus disculpas por no poder estar presente hoy. El día de ayer partió a las Provincias Unidas en compañía del teniente *O'Brien* y su asistente *Justo Estay*.

—¿Se puede saber con qué propósito viajó, siendo que en el sur los realistas siguen amenazando nuestra estabilidad? —preguntó el hermano *Gaspar Marín*.

—Dinero, querido hermano —respondió *O'Higgins*—, mucho dinero es lo que necesitamos. Nuestra caja está totalmente desbancada, no tenemos cómo pagar a los soldados de nuestro ejército.

—¿No quedó nada de los tiempos de los godos? —preguntó *Argomedo*.

—Lo que había, se lo robaron, no quedó nada. Desde el primer día hemos estado esquilmando a todos los realistas para que suelten sus fortunas, es una reparación de guerra, por el gasto que hemos tenido que afrontar para vencerlos.

—Perdón, hermano *Bernardo* —intervino el doctor *Vera y Pintado*—, hay un tema que me afecta mucho, ¿en qué está el rescate de nuestros hermanos de Juan Fernández?

—Está todo programado —respondió este—, requisamos el vergantín *Águila*, un navío de cabotaje, que hemos puesto al mando del capitán inglés *Harvey Morris*, quien vino con nuestro ejército desde Mendoza. Debe partir mañana.

—Y si no es nave de guerra con cañones, ¿cómo pretende vencer a la guarnición española de la isla? —preguntó el hermano *Zañartu*.

—La hemos mandado en calidad de parlamentaria con el coronel español *Fernando Cacho*, el subalterno de *Marcó*, que apresamos junto a este, a fin de que informe al gobernador de la isla del triunfo nuestro y de la fuga de los realistas.

—Bien, oremos por su éxito —dijo el hermano *Marín*.

Pasó un minuto de silencio y luego volvió a tomar la palabra el hermano *O'Higgins*:

—Queridos hermanos, para quienes aún no están al tanto, me permito informarles que, en conjunto con el hermano *San Martín*, hemos designado a los primeros ministros para nuestro gobierno. El hermano *de Villegas* será el ministro de Hacienda, el hermano *Zañartu* será el ministro del interior y el hermano *Zenteno* será el ministro de guerra y marina. Demás está decirles que hay numerosos cargos de confianza que deben ser cubiertos y que me alegraría que todos ustedes los ocupen. Ya he mandado carta a los hermanos *Irisarri*, que está en Inglaterra y *José Miguel Infante*, quien permanece en las Provincias Unidas. Cuando lleguen los hermanos de Juan Fernández espero que ellos también estén dispuestos a integrarse.

—Creo representar a todos nosotros —dijo el hermano *Argomedo*—, si felicito muy de corazón a los nuevos ministros.

—Queridos hermanos, ha llegado la hora de actuar —dijo don *Vernardo*—, nuestro gobierno está comprometido con impulsar las reformas que apunten a materializar nuestros ideales masónicos. Si hemos querido liberar a nuestro país de la tiranía monárquica es precisamente para dar cabida a nuestra filosofía humanista.

—Sí —agregó el hermano *Zenteno*—, estamos de acuerdo con don *Bernardo* en que las reformas, las tenemos que impulsar ahora que nuestro prestigio está por lo alto, o se harán escuchar demasiado pronto las voces contrarias.

—Bien pensado —dijo el tío Pancho—, no les quepa duda que nuestra clase alta y, en particular el clero chupasangre, serán los principales opositores.

—Permítanme delinearles mis propósitos más próximos —siguió don *Bernardo*—, vamos a insistir en la educación laica y pretendemos reabrir el Instituto Nacional. Luego nos preocuparemos de volver a poner en actividad la Biblioteca Nacional. Respecto de los ciudadanos más opulentos, desterraremos los infames escudos de armas y los títulos nobiliarios, que fueron comprados con la opresión de nuestro pueblo. Con respecto al clero, les informo que, a la brevedad, prohibiremos las famosas listas de impenitentes, esa execrable costumbre de chantajear a las personas, que no han querido cumplir con la obligación de comulgar. Además, castigaremos duramente a todos los clérigos que hablen mal de nuestro gobierno y, en tal sentido, estoy evaluando mandar al obispo *Rodríguez Zorrilla* fuera del país, es él quien más azuza a sus subalternos para desacreditar nuestra concepción del mundo. Finalmente, les requisaremos parte de sus propiedades, conventos y monasterios, para ubicar en ellos a nuestros nuevos regimientos.

—El pataleo va a ser brutal —rio el hermano *Vera y Pintado*—, le recomiendo hermano que sea muy fuerte y no se deje intimidar.

—Así será, querido hermano —dijo *O'Higgins*—, no me temblará la mano para cumplir con nuestros objetivos. Ya mandé despejar una parte del convento de los padres agustinos, mañana mismo se fundará allí la Escuela Militar del Ejército de Chile. Pondré al sargento de ingenieros *Santiago Arcos* a cargo. Y el teniente *Beauchef* lo secundará.

—Lo felicito, mi general —dijo mi señor—, qué buena iniciativa.

—Hay una última cosa que querría informarles —volvió a hablar *O'Higgins*—, ustedes saben muy bien el prestigio que se ganó el espía e instigador *Manuel Rodríguez*, tanto entre la elite, como entre la plebe. Pues bien, este joven desenfrenado y sin respeto por el orden ha cometido un delito y nos ha obligado a someterlo a la justicia.

—¿Qué hizo? —preguntó el hermano *Marín*.

—Aprovechándose del desorden, durante esos días que siguieron a la batalla de Chacabuco, tuvo la osadía de tomarse la ciudad de San Fernando junto con sus montoneros, se autodesignó gobernador y comenzó a requisar propiedades y bienes de los realistas, Francamente un despropósito. Creo que va a ser una persona muy difícil de dominar.

—Muy lamentable —dijo el tío—, y parece ser un hombre tan agradable.

—Bueno, queridos hermanos —interrumpió entonces don *José Gregorio Argomedo*—, ha sido muy instructivo todo lo que hemos escuchado hoy. Demos ahora por terminada la reunión y pasemos al ágape.

—Disculpe, querido hermano *Argomedo* —dije un poco asorochado levantando el dedo—, ¿no sería apropiado que la logia mandara una comisión a recibir a nuestros hermanos, que tanto han sufrido en Juan Fernández?

—Vaya este hombre —respondió *Argomedo* —, siempre tiene tan buenas ideas. Por supuesto que es muy apropiado. Supongo que todos estarán de acuerdo en que les pidamos a los hermanos García-Lazcano con su eficiente secretario que participen en este comité de bienvenida. ¿Hay alguien más que quiera inscribirse?

—Hermanos —nos dijo entonces el general *O'Higgins*—, pasen a mi oficina mañana para que programemos todo.

***

1817, recepción a los sufrientes

Al día siguiente, temprano, nos presentamos en el palacio de gobierno donde el hermano *O'Higgins*, quien estaba sesionando con el ministro *Zenteno*. El ujier nos hizo pasar y nos sentamos junto a ellos.

—A ver, hermano Ramírez —me dijo don *Bernardo*—, ¿en qué estaba pensando cuando formuló su proposición ayer?

—A decir verdad —le respondí—, no es algo que hubiera tenido pensado, me surgió en el momento. Pero creo que algo discreto con que darles la bienvenida a los hermanos y, probablemente, organizarles algún alojamiento para esa noche, de manera que no tengan que seguir viaje apenas descendidos del buque…

—Disculpe, hermano *O'Higgins* —dijo *Zenteno* interrumpiendo mis palabras—, ¿no le parece que deberíamos recibir en iguales condiciones a todos los patriotas que tanto han sufrido?

—Tal vez sea bueno —dijo mi señor—, así, de paso, logra el agradecimiento de unas tantas familias de vecinos que lo han pasado tan mal.

—Bien —dijo escuetamente don *Bernardo*—, partan al menos una semana antes del arribo esperado y me informan a la brevedad cuánto va a ser el gasto en que incurriremos.

Supimos que, por falta de viento, el bergantín recién se había hecho a la vela el día 18 de marzo, de manera que el día lunes 24 nos pusimos en campaña, sin sospechar que la tarea que teníamos por delante era ardua y agotadora. A última hora se habían acoplado a nuestra comitiva, llenas de entusiasmo, la señora Graciela y su hija. Estuvimos dos días en camino y llegamos tarde en la noche a un albergue que nos habían recomendado. Ya temprano a la mañana siguiente, reservamos en el mismo hostal todos los alojamientos de que disponía. Sabíamos que el grupo llegaría a unas setenta personas, lo que nos obligó a recorrer las miserables calles del puerto, visitando todas las hospederías existentes. Desde luego las había algunas de un nivel aceptable, pero había unas tantas que dejaban mucho que desear. Gracias a Dios, el gobernador *Rudecindo Alvarado* ya había sido informado desde el gobierno y había previsto el apoyo que necesitábamos. Aparte de los alojamientos, nos encargamos de la gran recepción que se haría en el cuartel militar.

Mientras nosotros nos movíamos por la ciudad, nos percatamos de que iban llegando allá numerosas personas que venían desde Santiago con el mismo propósito nuestro, eran los parientes de los prisioneros, que querían recibirlos después de su larga ausencia.

El día 31 de marzo, a media mañana, el vigía dispuesto en las alturas del puerto dio el aviso y los cañones del castillo comenzaron a disparar salvas de bienvenida. El buque ancló al mediodía y durante varias horas el muelle fue un hervidero de personas que desembarcaban y otras que las recibían cargadas de emociones. Uno tras otro, fueron arribando los botes que transportaban a los viajeros desde el bergantín y, cada vez que uno de ellos aparecía en el lugar con sus ropas ajadas y su rostro demacrado, se acercaban sus familiares a abrazarlo con apasionamiento. Junto con mis señores, observábamos atentos el fabuloso despliegue y tomábamos nota de los hermanos que iban apareciendo: *Juan Enrique Rosales, Manuel de Salas, Martín Calvo Encalada, Luis de la Cruz, Manuel Blanco Encalada, Francisco Antonio Pérez, Juan Egaña, Mariano Egaña, Francisco de la Lastra y Antonio Urrutia y Mendiburu*.

Además de ellos, desembarcaron los demás patriotas que no eran hermanos nuestros y cuya lista era larga. También venía un contingente de soldados españoles, varios de ellos acompañados de sus familias y, para nuestra gran sorpresa, también un grupo de delincuentes comunes confinados a la isla. Pero más nos llamó la atención un grupo de unas veinte personas, entre hombres y mujeres, que habían acompañado voluntariamente a sus familiares presos para prestarles apoyo.

Un oficial de ejército tomaba registro de todos los recién llegados y, de paso, los informaba de los albergues y de la recepción prevista para esa misma noche.

A las 8 estuvimos, mi señor y yo, elegantemente uniformados, y el tío Pancho, vestido de civil, en la puerta del regimiento, para dar la bienvenida a los festejados y sus parientes. Doña Chela y su hija ya habían ingresado. Las casas de la ciudad estaban muy iluminadas y durante la tarde las campanas de las iglesias habían repicado en numerosas ocasiones. Frente a la entrada, al otro lado de la calle, se había ido aglomerando una multitud atraída por la curiosidad. Había allí hombres del bajo pueblo, mujeres de pocos dientes y muchos niños vestidos con harapos y a pies pelados. Desde mi ubicación no podía dejar de pensar en las terribles condiciones que vivía aquella gente en comparación con la clase alta.

—¿Cómo está, don Juan? —saludó mi señor al hermano *Egaña*, cuando este apareció arrastrando sus pies—, no sabe cuánto nos alegra tenerlo de vuelta por aquí. Leímos su carta, que nos llegó al corazón, cuánto deben haber sufrido.

—Hola, amigos García-Lazcano —dijo este hablando lento—, disculpen, aun no me repongo bien de las innumerables afecciones que nos atacaron en ese infierno. Vaya, amigo Ramírez, usted también por aquí —me sonrió.

—Un gusto, su merced —le dije.

—Podrán creer queridos her…, perdón, amigos —dijo don *Mariano Egaña* con más presencia de ánimo de la que uno podría haber esperado—, que ahora durante esta corta travesía desde la isla hemos sido víctimas de robo.

—No le creo —reaccionó el tío.

—Claro, es que trajimos a todos esos delincuentes encarcelados allá y esos carajos no respetan nada ni a nadie. Sabiendo nuestras condiciones, no se privaron de robar nuestras pocas cuatro cosas, qué desastre.

—¿Y los pillaron? —preguntó mi señor.

—Claro, no fue difícil, apretaron a uno un poco y confesó. Menos mal, se recuperó todo, pero estos hechos desalientan, ¿se podrá algún día confiar en nuestras clases menesterosas? ¿Podrán nuestros altos ideales llegar a ser realidad?

Y así fueron entrando, uno tras otro, los conocidos y los desconocidos, a quienes recibíamos en nombre del gobierno y del general *O'Higgins*.

—Brava tarea tuvieron que cumplir —dijo el hermano *Manuel de Salas*—, no debe haber sido fácil cruzar a la carrera los majestuosos Andes para luego caerles encima a los godos, todo sobre la marcha.

—Así fue, señor —le respondió mi señor sonriendo—, fue una experiencia muy aflictiva que, gracias a Dios, resultó a pedir de boca.

—Sin despreciar la tremenda astucia y fortaleza de nuestro general *San Martín*, a quien tendrá el gusto de conocer en Santiago —agregué yo.

Entonces apareció don *Juan Enrique Rosales* acompañado de su mujer, quien había llegado el día anterior desde Santiago. Se lo veía muy envejecido, sonreía un poco distante, como aun no creyendo que su martirio había terminado. Recién en ese momento pude tomar conciencia de lo que debía ser para todos ellos el volver de ese cadalso, de ese lugar inhóspito y desprovisto de todas las comodidades que conocían.

Don *José Antonio Pérez* no pudo asistir al evento, venía muy debilitado y su salud estaba muy delicada. Ya había cumplido los 64 años y los doctores del ejército, que lo atendieron a la llegada al puerto, le auguraban muy poca vida.

El gobernador *Alvarado* había dispuesto una cena al más alto nivel y había invitado a las familias más notables del puerto. En total debe haber habido unas 300 personas, las que se ubicaron en largos mesones cubiertos con manteles blancos. La loza y los cubiertos eran muy elegantes y abundaban los jarros de vino de fino cristal tallado, así como los jarrones con jarabes de atractivos colores.

Mis patrones se ubicaron en el extremo de una de las mesas y yo, como de costumbre, me paré detrás de mi señor, tal como lo hacían numerosos criados. Este se había sentado al lado de la señorita Cita y, frente a ellos, el tío con doña Chela. A medida que transcurría la velada me fijé que la joven y mi señor no paraban de conversar, olvidándose del resto. Me sorprendió la capacidad de ella para interesar a mi amo en temas que nunca le había oído abordar. —Aquí va a haber conflictos— me dije para mis adentros sonriendo irónico.

***

1817, problemas en el sur

San Martín había partido a Buenos Aires el 11 de marzo con el solo propósito de conseguir del hermano *Pueyrredón* más recursos para organizar el Ejército Unido que debería conquistar el Perú, incluida la escuadra que habría de trasladarlo hasta allá. El hecho fue muy lamentado en Santiago por el afecto y la gratitud que la población sentía por el libertador. El cabildo, en una sesión especial, decidió hacerle una donación de 10.000 pesos en agradecimiento y una comisión de concejales lo siguió hasta cerca de Mendoza con el solo fin de entregárselos. Sin embargo, cuando los representantes del cabildo llegaron donde él, pudieron reconocer, una vez más, la austeridad y el desprendimiento del hermano *San Martín*. Este pidió que esos fondos les fueran entregados a los hermanos *Zenteno* y *Vera y Pintado* para que pudieran habilitar y reabrir, tan pronto se pudiera, la Biblioteca Nacional.

*

Cuando *San Martín* volvió de las provincias unidas, nos envió a la casa un estafeta para citar a mi patrón y a mí a una reunión esa misma tarde.

—Asiento, hermanos —nos dijo tan pronto entramos a su despacho.

—Gracias —le respondimos mientras nos acomodábamos.

—Iré directo al grano, hermanos —inició sus palabras—, quiero pedirles que sigan colaborando conmigo en la unidad de inteligencia y de comunicaciones. Nuestra tarea militar está lejos de haber concluido. Primero tenemos que doblegar a los realistas que huyeron al sur y después tenemos que iniciar la campaña de Lima, la que probablemente va a necesitar una nueva guerra de zapa.

—Nos halaga su invitación —respondió mi señor—, estábamos dispuestos a reintegrarnos a nuestras tareas habituales, pero con gusto seguiremos contribuyendo a la causa, que es lo principal.

—¿Y usted, sargento Ramírez? —me preguntó.

—Donde está mi amo, estoy yo —le respondí—, siempre a sus órdenes mi general, cuente conmigo.

—Bueno, les agradezco, a decir verdad, confiaba en vuestra generosidad —dijo *San Martín*—, ahora los pondré rápidamente al día en cuanto a lo que está sucediendo en el sur.

—¿Está complicada la cosa? —preguntó mi señor.

—Después de la batalla de Chacabuco los ejércitos realistas desmembrados se fugaron por todos los caminos hacia allá. Nuestro hermano *Ramón Freire* ha hecho lo que ha podido para apresar a grandes contingentes de soldados, acordonó todo el largo del río Maule y nos ha mandado unos 300 reclutas enemigos, a los que enviaremos a Mendoza para que no nos causen problemas aquí.

—Perdone mi indiscreción, mi general —le dije—, ¿no ha sopesado la posibilidad de mandar una división completa al sur?

—Por ahora no creo que sea necesario —contestó él—, estoy enviando a *de las Heras* para que se reúna con *Freire* y sigan juntos hacia Concepción, dificulto que los maturros puedan reorganizarse. Además, tenemos que someter a un montón de rebeldes que están asolando los campos. *Freire* ya capturó al montonero *Neira*, lo sometió a consejo de guerra y lo fusiló. Espero que con eso los demás se sientan intimidados.

—O sea que no bastó con ganarles en Chacabuco —dijo mi señor—, veo que esto va para largo, hasta tener pacificado todo el territorio.

—Así es, hermano, por eso los necesito aún por aquí —dijo él—, a partir de mañana los espero de uniforme en el cuartel general.

*

Ya el día 19 de febrero, el coronel *de las Heras* había partido con su división hacia el sur. Lamentablemente se fue encontrando con grandes problemas que le impedían avanzar. Su gente y sus caballos prácticamente no habían tenido descanso después de la agotadora travesía de Los Andes y la posterior batalla de Chacabuco. Mientras tanto, el hermano *Freire* seguía en Talca persiguiendo desertores a la espera de la llegada del comandante *de las Heras*.

El 3 de marzo, *O'Higgins* había nombrado a *Freire* gobernador de Concepción y este se cansó de esperar los refuerzos prometidos y partió hacia el sur el día 7 de marzo, justo un día antes de que *de las Heras* arribara a Talca, donde tuvo que quedarse para reparar sus armamentos y recuperar las caballadas. Recién el 2 de abril, *Freire* y *de las Heras* se habían podido reunir junto al río Diguillín, para comenzar a avanzar sobre Concepción, mientras los enemigos se seguían replegando. Apenas tuvieron que enfrentar una escaramuza en Curapalihue, antes de entrar en Concepción, desde donde los realistas habían huido hacia más al sur.

Pero el coronel español *Ordóñez* se hizo fuerte en Talcahuano, donde construyó defensas que resultaban infranqueables para los ejércitos patriotas. Ante la imposibilidad de derrotarlo con la tropa que *Freire* y *de las Heras* habían reunido, este pidió repetidamente a *O'Higgins* que fuera él, personalmente, con una gran división a someter toda la zona.

Y entonces, acogiendo la solicitud desde el sur, *O'Higgins* programó su partida. Para poder dejar funcionando el gobierno en Santiago, quiso dejar al hermano *Luis de la Cruz* al mando, pero los hermanos rioplatenses de la logia no lo conocían y tuvieron aprensiones. En virtud de ello dejó al hermano *Hilarión de la Quintana*, un militar rioplatense.

Finalmente, salió de Santiago el 16 de abril, el mismo día que *Marcó del Pont* y otros prisioneros españoles fueron enviados a Mendoza. Lamentablemente la marcha se vio muy interrumpida, por cuanto fue encontrando gran desorganización en los pueblos por los que pasaba. Había conflictos entre los patriotas y los realistas que aún se aferraban al poder en ellos. Tuvo que remover cabildos y designar autoridades que aseguraran la fidelidad al nuevo gobierno. Con el ministro *Zenteno* tuvieron que trabajar con mucha diligencia para lograr su cometido en un mínimo de tiempo. Además, hubo de organizar una comisión que se encargara de las requisiciones de propiedades de realistas fugados. Con ello, solo pudo llegar a Concepción el 6 de mayo.

***

9.
1840
Santiago, Chile

Había pasado el 18 de septiembre de ese año 1840 y la demanda de Juanito seguía estancada en los tribunales. Se sentía responsable ante su padre por no haber podido lograr su objetivo. Cada vez le quedaba más claro que demandar a un opulento podía llegar a ser un imposible. Ahora, llevaba ya casi cinco meses asistiendo de oyente a las clases de leyes en la facultad y hacía un buen tiempo había podido comprobar la actitud con que los estudiantes de las clases altas trataban a los compañeros de niveles inferiores. Su soberbia llegaba a ser irritante y solo se estaba dispuesto a soportarla para no afectar los estudios superiores, que para cualquier joven no aristócrata eran un anhelo casi imposible. Quien tenía un comportamiento diametralmente opuesto a aquellos era un joven de 17 años llamado *Francisco Bilbao*, con quien había hecho buenas migas. Este había entrado a estudiar el año 39 y fue el único que estuvo dispuesto a relacionarse con él, que era bastante mayor que sus compañeros de aula. Era de suma inteligencia y revelaba una gran animadversión en contra de los pudientes presuntuosos y, en especial en contra de la Iglesia.

Cuando caminaba desde su facultad hacia su humilde casa, iba pensando en la impotencia que le causaba el no poder vencer la resistencia que le oponía su odiado enemigo. No obstante que los documentos eran del todo legales, no podía acceder al reconocimiento de la donación que había hecho el abuelo Florencio a su hijo natural. De repente tomó consciencia de que este había autorizado explícitamente la posibilidad de usar el apellido que, por el momento, le era tan adverso. Se rio cuando, de repente, se le ocurrió que podría presentarse donde el baroncito como su primo Juan…, no Juanito, desde luego, Juan…, claro, Juan Salvador, usando sus dos nombres, eso sería imponente, se dijo, Juan Salvador García-Lazcano Rodríguez, por su madre. Sí, eso sonaba muy bien, muy aristocrático, muy abridor de puertas, muy capaz de lograr éxitos en esa sociedad clasista.

—Eso es —se dijo entonces en voz alta ante los peatones que lo miraban extrañados—, así me llamaré desde ahora, Juan Salvador García-Lazcano Rodríguez, suena muy bien, será el primer paso para ganarle al ufano de mi primo —rio.

Llegó a su casa con la sonrisa pegada en los labios y no pudo ocultarle a su madre lo que había estado pensando. Manuelito lo miraba expectante:

—¿Y qué crees que lograrás con esto? —le preguntó—, ¿no te da un poco de vergüenza despreciar a la gente de tu clase?

—De eso se trata, hermano —le respondió el reciente Juan Salvador—, es usar a nuestro favor esta circunstancia tan particular para lograr ganarle la mano al imbécil de Louis Phillipe, ese arrogante que jamás ha tomado un libro, que con suerte sabe pronunciar su nombre y poner su firma.

—¿Y tú, de verdad crees que vas a torcerle la mano? —preguntó Manuelito—, ¿tú crees que los jueces chilenos, solo por tu nuevo apellido, te van a dar el favor?

—¿Quieres que te diga, hermano?, sí, es lo que creo. Después de meses de estar inmerso en el ambiente de los futuros juececitos, no me cabe duda que ellos tienen la mente deformada, creen que el mundo se divide entre los buenos de las clases altas y los malos de las clases bajas. Eso es lo que me propongo torcer a nuestro favor.

—Dios te lo conceda, yo seguiré siendo un Ramírez a toda honra — respondió su hermano.

*

Al día siguiente, durante el receso de mediodía, Juan Salvador se fue caminando rápido a la oficina de don *Mariano Egaña*, quien lo recibió un poco sorprendido por el nombre que le había transmitido su secretario.

—Sí, efectivamente, he decidido llamarme Juan Salvador García-Lazcano Rodríguez, y tengo derecho a ello —le dijo este cuando don *Mariano* lo miró con ojos extrañados.

—¿Por qué? —fue lo único que se le ocurrió preguntar a este.

—Tal vez a usted, don *Mariano*, que siempre ha pertenecido a la clase alta, no se le ocurre pensar en todas las trabas que se les ponen a quienes no pertenecen a ella. Eso es lo que he decidido desafiar.

—¿Usted cree, Juanito, que nuestra causa está trabada por la diferencia social de los contendores?

—Estoy totalmente convencido de ello, don *Mariano* —contestó este—, ¿no se dio usted cuenta cómo me miró el juez cuando nos presentamos al tribunal?, ¿no vio usted cómo le sonrió en forma cómplice al baroncito, incluso después de haberlo amonestado?, ¿usted cree que no sabía que su sentencia se toparía con la corruptibilidad de los ejecutores?

—Me sorprende gratamente, joven —admitió el abogado—, veo que es un hombre muy sagaz, siga estudiando, algún día puede que le ofrezca un empleo.

—Don *Mariano* —dijo muy serio el flamante Juan Salvador—, ahora necesito de su gran ayuda para proceder a la segunda etapa de mi plan.

—¿Y cuál sería esa, estimado joven?

—Es necesario insertarme en la sociedad santiaguina y para ello requiero de alguien me abra algunas puertas, ¿estaría usted dispuesto a hacerlo?

—No sé bien en que está pensando, joven —sonrió don *Mariano* con afecto por el hábil joven—, pero déjeme hacer un intento. Claro, hablaré con doña *Carmen López*, la señora de don *Manuel Blanco Encalada*, usted sabe, nuestro primer presidente constitucional. Ellos tienen hijos jóvenes y tal vez quieran aceptarlo en sus tertulias.

—Sería extraordinario, don *Mariano* —dijo Juan Salvador—, no sabe cuánto se lo agradecería.

Juanito, el novel Juan Salvador, volvió agitado a la facultad. Aún no se atrevía a hacer público su nuevo nombre y dudó de la manera de poder hacerlo. Después de darle muchas vueltas decidió postergar el tema para más adelante. Cuando, horas más tarde, llegó a casa, decidió escribirle a su padre, sintió que él debía ser parte de su plan y debía tenerlo informado.

Santiago, 8 de Octubre de 1840

Querido Padre

No me es fácil iniciar mis palabras en circunstancias que todavía no puedo contarle nada positivo respecto del encargo que me encomendó al partir. La justicia, en nuestro país, deja mucho que desear y los altos ideales que usted me ha revelado como los grandes éxitos de la construcción de nuestra nación, emprendida por sus tantos amigos, pareciera que no fue contagiada por el sentimiento de igualdad, al que ustedes aspiraban.

Estoy convencido de que las trabas que nuestra causa ha hallado en los tribunales se han debido casi exclusivamente a las enormes diferencias sociales que tenemos nosotros en relación a la suntuosa familia de su padre.

He tomado, por tal motivo, una decisión que, espero, cuente con su beneplácito, he decidido llamarme por mis dos nombres de pila, Juan Salvador y he agregado los apellidos García-Lazcano y Rodríguez, por mi madre. Me estoy jugando el todo por el todo para ser recibido en los salones lujosos de nuestra ciudad. Cuando haya encontrado un lugar en ella, volveré con otro espíritu a luchar por sus derechos.

Le cuento, querido padre, que sigo con mucha atención las clases de leyes en la universidad. Seré un gran abogado, no le quepa duda.

Tenga confianza en mí, no lo defraudaré.

Su hijo, que lo ama

Juan Salvador

***

1817, *Carrera* en Montevideo

Pasó el tiempo y, a principios de mayo, recibí en casa una carta para mi señor que venía de Montevideo y la remitía don José Pedro. Luego de leerla me la pasó a mí:

Montevideo, 27 de Abril de 1817

Manolo

Tan solo espero poder hacerle sentir a usted, así como a sus malvados esbirros, la rabia infinita que alberga mi general *Carrera* en vuestra contra. En su nombre los maldigo y les deseo el peor de los males.

Cuando, por fin, mi general había logrado, tras un indecible esfuerzo, crear la primera armada nacional de Chile, la que habría de sojuzgar a los invasores españoles, vuestra logia maldita se interpuso en sus planes y desbarató todo el plan, que, con tanto esmero, había forjado.

Nos queda claro que el director *Pueyrredón* actuó de común acuerdo con todos vuestros "hermanos" para impedir que mi general pudiera llegar a su patria, donde sus amados súbditos lo siguen esperando llenos de fe en su éxito.

Pueyrredón, con el beneplácito de *San Martín* y *O'Higgins*, ha vilipendiado a mi general, exigiéndole que haga entrega de los buques y las armas que él, gracias a su talento infinito, supo adquirir en los Estados Unidos. Podrán entender que eso suena a blasfemia, es una ofensa gratuita al espíritu de don *José Miguel*.

Y les ofrecieron a los tres hermanos *Carrera* pasaporte para que se radiquen en el extranjero. Incluso les ofrecieron pensiones vitalicias con ese propósito, lo que, usted entenderá, era el más vil chantaje para alejarlos de su ámbito natural, donde son tan amados por sus compatriotas.

En vista de la negativa lógica de ellos, don *Juan José* y don *José Miguel* fueron apresados. Gracias a Dios, don *Luis* se les escapó. Ahora, que estamos en Montevideo, mi general nos contó de la visita que *San Martín* le hizo en su celda.

—Llegó el muy prepotente el día 15 en la noche —nos relató hace algunos días—, con su estilo solapado, hablando poco, observándome como a un bicho raro, era exasperante.

—¿Pero, qué le dijo? —le preguntó el capitán *Diego Benavente*, quien está con nosotros aquí en la banda oriental.

—El muy cretino me ofreció el oro y el moro con tal de que me fuera de América del Sud, una pensión de 3000 pesos anuales, un consulado, en fin, cualquier cosa con tal de que aceptara. Yo le contesté:

—Si me impiden entrar a Chile es por el temor que les inspira el prestigio que tengo entre mis ciudadanos.

—No crea usted general *Carrera* —me respondió el imbécil—, que nosotros temamos a nadie. Por mi parte yo no encuentro inconveniente alguno para que usted y sus hermanos regresen a Chile, porque *O'Higgins* y yo estamos resueltos a ahorcar en el término de media hora a todo aquel que trate de poner resistencia al gobierno y lo ejecutaremos con prontitud y energía, porque no tenemos que consultar la voluntad de nadie.

—Siendo esto así —tuve que contestarle—, ningún hombre racional se entregará a un poder tan arbitrario, sin contar con los medios de resistir la violencia.

—¿Y qué va a hacer, mi general *Carrera*? —le pregunté yo.

—Voy a hacer como que juego su juego y después me voy a fugar, ¿cómo me voy a reír del muy gaznápiro?

Bueno, para no alargar más de lo necesario esta carta, le cuento que efectivamente don *José Miguel* le pidió a *Pueyrredón* pasaporte y 1500 pesos para embarcarse hacia Boston. Este liberó a don *Juan José*, pero volvió a encerrar a mi general en el bergantín Belén, desde donde, tal como lo había dicho, se escapó.

A los dos días estaba en Montevideo contando con todo el apoyo del gobernador de la plaza, don *Carlos Federico Lécor*.

Apróntense, porque cualquier día de estos aparecemos allá en Santiago y ahí los quiero ver.

José Pedro

***

1817, *O'Higgins* en el sur

Una mañana me acerqué al Bicho, quien estaba muy afanado barriendo la bodega con una rama de palmera.

—Hola, amigo —lo saludé—, ¿acostumbrado aquí de vuelta?

—Por supuesto, don Juancho —me contestó—, aquí tengo mi propia pieza, que no tengo que compartir con nadie.

—Oye —le dije curioso—, desde que llegamos me he estado preguntando cómo logró la Francesa ocultar su embarazo.

—Re fácil —me respondió—, doña María Fernanda mandó a las dos mujeres a las termas, dijo que la patrona estaba tan enferma, que necesitaba las aguas minerales. Estuvieron como seis meses por allá y, mire usted qué curioso, a la vuelta llega la francesita con su guagua y la Francesa de lo más campante.

—O sea que doña María Fernanda estaba al tanto del asunto.

—Como son las mujeres, puh. Y nuestro patrón se la tragó completita.

—Así parece —le dije sonriendo.

*

El 11 de mayo de 1817 llegó un mensajero desde Concepción trayendo un parte del general *O'Higgins*. En él daba cuenta de su llegada a esa ciudad el día 6 de mayo pasado, justo cuando *de las Heras* y *Freire* se habían apuntado un éxito en una batalla contra los españoles, que ahora estaban recluidos en el puerto de Talcahuano. Se lamentaba también de ver el estado catastrófico de la tropa, «*entristece el estado miserable en que se halla la tropa por falta de vestuario. Me he avergonzado al verla el día de ayer.*» También informaba que había exigido a todas las familias la contribución de camas para el hospital, que estaba en la miseria total.

Durante todo ese mes, los partes de guerra daban cuenta de importantes triunfos que había logrado, en particular, el comandante *Freire*, los que habían permitido conquistar toda la zona al sur de Concepción, incluyendo Nacimiento y Arauco, desde donde el coronel *Ordóñez* en Talcahuano ya no se podría abastecer de alimentos. Ahora estaba quedando sitiado, no obstante que por mar podía ser apertrechado. Sin embargo, la posibilidad de atacar su fortaleza se veía del todo impensable, en particular durante la estación invernal.

El hermano *San Martín* estaba desesperado con las noticias que llegaban.

—Invierno de mierda —reclamó un día—, si no fuera por él ya habríamos podido derrotar a esos pertinaces maturrangos.

—El invierno en el sur es siempre escabroso —dijo mi señor—, llueve de abajo para arriba y todo se humedece, en especial junto al mar.

—Y, para peor, aquí en Santiago, el hermano *Hilarión* es acosado por esta gente poderosa y detestable, que no se cansa de reclamar sus derechos y que solo piensa en sus riquezas. ¡Me da unas ganas de mandar a fusilar a unos cuantos!

*

Y así fue pasando la estación cruda, que parecía haber estancado todo. No se podía avanzar en afirmar el gobierno del país y no se podía eliminar a los execrables realistas, que aparecían como la peste, por todas partes. Lo peor de esa calaña revoltosa eran los curas que, en forma abierta o velada, seguían atemorizando a la plebe con las penas del infierno.

Y entonces, a mediados de agosto, cuando los perfumes precursores de la primavera ya habían empezado a posesionarse del aire santiaguino, llegó una carta del hermano Juan Gregorio de las Heras.

Concepción, 10 de agosto de 1817

QQ::: HH:::

Qué invierno tan infernal, el que hemos vivido. Todo está húmedo y lleno de hongos, me parece que mi cuerpo estuviera con escamas. El único que no puede estar acongojado aquí, es nuestro querido hermano *O'Higgins*. ¡Está enamorado! Algo que era difícil de pensar en él, que ha sido tan retraído en relación con las mujeres.

Hace tiempo se encontró aquí con una pariente lejana, doña *María del Rosario Puga*, una dama de una belleza excepcional, que lo ha aherrojado a su catre.

Sin perjuicio de que mi general cumple a cabalidad con sus obligaciones, tan pronto como no es requerido, aprieta las cinchas y galopa hacia la casa de su amante. Ella tiene el cabello colorín, tan así, que, estando juntos, parecen hermanos. Y eso lo hace andar contento por la vida.

Mientras los demás sufrimos las consecuencias de las lluvias eternas, él pasa silbando alguna melodía inglesa junto a nosotros.

Pero a la hora de ponerse serio, él es el primero en hacerlo. Y, en tal sentido, ha sido tremenda la impotencia que hemos tenido que tragarnos todos.

No obstante que hemos podido someter a gran parte de la región, basta que nos descuidemos, para que aparezcan los realistas azuzados por los curas de mierda, formen montoneras y salgan a estorbar. Hace unos días tuvieron la desfachatez de venir a atacar Concepción. Gracias a Dios nuestro comandante *Arriagada*, incluso estando en inferioridad numérica, logró abatirlos.

La posibilidad de atacar Talcahuano sigue estando muy distante, el foso defensivo que construyeron, es imposible de traspasar y llegar por la costa tampoco se puede, por los cañones de los buques anclados en la bahía.

Esperemos que la primavera sea más favorable para esta guerra maldita. Al menos sabemos que sí lo será para nuestro hermano *Bernardo*.

Fraternales saludos a todos los H:::

H:: *de las Heras*

*****

1817, los eternos *Carreras*

—¿Quién lo fuera a pensar? —me decía yo a fines de agosto de 1817—, todos los gobernantes de Chile y los militares nacionales y rioplatenses estaban aquí nerviosos, mordiéndose las uñas con la terrible situación que se estaba viviendo en el sur y, como si fuera poco, tenían que hacerse cargo de los problemas causados por nuestros propios compatriotas, los inefables *Carreras*, desde luego.

Por esas fechas llegó una carta del hermano *Pueyrredón* desde Buenos Aires, la que le provocó un gran malestar a nuestro general *San Martín*.

Buenos Aires, 22 de Agosto de 1817

Mi querido general y amigo

Lamento tener que informarlo de noticias que, una y otra vez, nos han sacado de nuestros cabales. Gracias a Dios la molestia parece estar dominada por el momento.

Don *Luis Carrera*, ese hombre siempre dispuesto a intrigar y alterar nuestra paciencia, salió de Buenos Aires hacia Chile el 10 de Julio pasado. Iba con su amigo *Juan Felipe Cárdenas*, ambos Carrerinos, lo que es obvio. Un espía nuestro fue alertado y alguien de su grupo confesó que iban con intenciones de reunir en Chile a todos sus secuaces, para despejar el camino a la próxima llegada del hermano *José Miguel*, quien sigue soñando con ser el emperador de ese país. Estando en antecedentes de estos hechos, dispuse que fueran capturados a principios de agosto y llevados a prisión en la ciudad de Mendoza.

Le ruego que ordene usted en Chile el apresamiento de don *Juan de Dios Martínez*, otro cómplice en esos movimientos subversivos.

Tiempo después nos enteramos que el otro hermano, don *Juan José*, en forma coordinada, partió de la Punta de San Luis el 8 de agosto, en la misma dirección. A él lo apresamos el día 20 recién pasado en la localidad de Barranquitas. También fue trasladado a Mendoza.

Le recomiendo estar muy atento a las acciones de los tantos seguidores que esta gente tiene por allá.

Dios lo guarde por mucho tiempo

Juan Martín Pueyrredón
Director Supremo
Provincias Unidas

—¡Esta situación no tiene límites! —exclamó el general al terminar de leer la carta—. ¿Qué vamos a hacer ahora?

—Debemos tener mucho cuidado con lo que hagamos —dijo mi señor—, toda la alta sociedad santiaguina va a poner el grito en el cielo si nos sobrepasamos con ellos.

—Pero estos sujetos no escarmientan nunca, son como esas malezas imposibles de exterminar.

—Disculpe, señor —los interrumpí en sus pensamientos—, la maleza debe exterminarse, de no ser así, no permite que se desarrollen las buenas plantas, aquellas que son beneficiosas para el género humano.

—¿De dónde tan sabio este sargento Ramírez? —sonrió *San Martín*—, me parece correcto, voy a sugerirle al hermano *de la Quintana* que comisione al ministro *Zenteno* para que estudie las causas en contra de los hermanos *Carrera*.

*

Don *Hilarión de la Quintana* no alcanzó a tomar nota del tema de los *Carrera*. El cargo de gobernador interino parecía haberle quedado demasiado grande para sus capacidades, que eran preferentemente militares. Renunció y quiso que *San Martín* asumiera en su reemplazo, sin embargo, este no quiso hacerlo. Por tal motivo, el 7 de septiembre de 1817, los hermanos de la Logia Lautarina decidieron formar una Junta Provisional que fue constituida por los hermanos *Luis de la Cruz, Francisco Antonio Pérez* y *José Manuel Astorga*, presidida por el primero de ellos.

***

1817, vida social en Santiago

Mientras la situación en el sur era decepcionante y nuestros gobernantes estaban angustiados por no poder actuar en forma cabal para atacar los problemas de nuestra naciente república, la elite santiaguina no dejaba de vivir de la manera como estaba acostumbrada desde siempre. Todos los días, las tertulias reunían a la gente de alcurnia, la que aprovechaba cada espacio que se le daba, para reclamar y criticar a esos afuerinos y desclasados, que se habían hecho del poder, que, según ella, debía estar en sus manos.

Y era precisamente la vida social, la que más diferenciaba a los tres grupos en que se había dividido la alta sociedad. Por un lado, estaban los pocos patriotas liberales que se desempeñaban en las esferas del poder gubernamental y en el ejército, estos pertenecían al bando o'higginista. Por el otro, estaba la mayor parte de la clase alta patriota, que se declaraba abiertamente carrerina y, desde luego, quedaban unos tantos que, veladamente o a plena luz del día, se reconocían como realistas. Era la forma como se habían ido identificando los tres grupos que se recelaban y odiaban mutuamente.

A principios de septiembre le llegó a mi señor una invitación de palacio:

Isabel y *Rosa O'Higgins*, en representación de nuestro distinguido Director Supremo, el heroico general, don *Bernardo O'Higgins*, tienen el alto honor de invitar a su excelencia, en compañía de su dilecta esposa, a un sarao que se ofrecerá en el palacio de gobierno el día jueves 18 de septiembre de 1817, a las 21:00 horas, para conmemorar el séptimo aniversario de aquella gloriosa instancia de nuestra liberación del yugo español.

Era la primera fiesta, a que mi patrón era invitado desde nuestro retorno del exilio cuyano. La Francesa estaba encantada y se puso en campaña urgente para comprar telas recientemente llegadas de Europa y dejarse confeccionar su atuendo. La señorita Melanie estaba enfurecida por no haber sido invitada.

Entonces, el día 15, me llegó, dirigida a mí, una carta que me dejó boquiabierto, era remitida personalmente por el hermano *Bernardo* desde Concepción. Quedé del todo anonadado cuando terminé de leerla y me pareció que el general ponía una tremenda cruz sobre mis hombros:

"… quiero que, a partir de este momento, comience a pensar en mí en cada instante, se recuerde de mis gestos, de mis palabras, se convierta en mí…"

"… que con las ideas que expongo a continuación, improvise…"

"… tengo gran confianza que sabrá hacer lo que le pido, que será menos jocoso que nuestro hermano Vera y menos serio que nuestro hermano San Martín…"

"… hable con mi hermana Rosa por la escenificación, ella ya está al tanto de este pequeño acto…"

"… y le exijo que mantenga la confidencialidad de esta misión, incluso ante su patrón…"

No podía creerlo, empecé a tiritar de manera incontrolable, jamás en mi vida me había sentido más expuesto al escarnio público, lo que se me pedía me parecía casi como una afrenta al pudor. Y no podía contarle a nadie este secreto, era espantoso.

Tal como estaba previsto, el día 18 de septiembre, el presidente de la junta gobernante, don *Luis de la Cruz*, dispuso una jornada de celebraciones para toda la población santiaguina. A media mañana hubo una severa parada militar encabezada por el general *San Martín* y el caudillo popular *Manuel Rodríguez*, quien mantenía una postura marcial sobre su corcel negro, sin ocultar su sonrisa irónica. Ambos eran aplaudidos por la masa de personas, que se había agrupado en la plaza desde temprano. Con mi señor nos habíamos apostado en la esquina de la catedral y en torno a nosotros, la gente de esa vilipendiada plebe chilena, vitoreaba sin freno a los héroes de la gesta libertadora concluida en Chacabuco.

Yo miraba de soslayo a mi señor y, cuando lo hacía, me daba un estertor pensando en el encargo que me había confiado el general *O'Higgins*. De alguna manera me sentía pasando a llevar la autoridad de mi amo y, sin embargo, estaba obligado a mantener silencio. Desde el día en que había recibido el mensaje, no había podido conciliar el sueño tratando de concentrarme en la figura del hermano *Bernardo*.

Al mediodía de ese 18 hubo viandas y bebestibles para todos los asistentes, los que se agolparon en las ramadas construidas frente al portal sur de la plaza, que estaban decoradas con bandas tricolores y celestes. Temprano en la tarde ya estaba lleno de borrachos tambaleando entre la gente.

*

Después de la siesta, mis nervios no me dejaban sentarme, me veía forzado a estar en movimiento y me paseaba entre el primer y el tercer patio sin descanso.

—¿Qué le pasa, don Juancho? —me preguntó la Rosita—, está como león enjaulado.

—Así me siento —le respondí sin dar ninguna explicación y alejándome de ella.

A las 20:30 mi señor consultó su reloj de bolsillo y nos instó a partir. Había arrendado una berlina para que nos llevara a palacio con toda la dignidad del aristócrata que era. Adentro iban mis patrones, sus señoras y la señorita Cita. Yo iba en el pescante posterior en calidad de postillón.

Pensaba en la señorita Melanie, quien no había recibido invitación y estaba furiosa. Frente a la casa de gobierno seguía habiendo gente curiosa festejando a los elegantes señores que llegaban orondos a dejarse observar. Varios ebrios gritaban palabras de aliento o hacían bromas maliciosas y se reían con ironía, mientras los presentes celebraban sus ocurrencias.

Mis patrones fueron recibidos con saludos ceremoniosos por parte de doña *Isabel*, doña *Rosa* y el hermano *Luis de la Cruz*. Yo, en forma discreta y atendiendo un guiño de doña *Rosa*, me escabullí hacia la zona de servicio.

Por un hueco entre los cortinajes pude ver que el gran salón estaba profusamente decorado con guirnaldas, banderas y muchas flores. A un costado estaba un atractivo ambigú en el cual se destacaban las delicias que gustaba preparar doña *Isabel*. Yo observaba secretamente cómo se iba juntando la gente que, a cada momento, me parecía más intimidante. Las mujeres se habían ido reuniendo en un sector y sus esposos en otro. Yo escuchaba muy interesado sus conversaciones.

—¿Cómo es que vino a palacio, doña Antonia? —preguntaba una señora voluminosa con rizos entrecanos y cachetes sonrosados.

—Usted sabe, doña Choca, que yo no comulgo para nada con estos roteques —respondió su compañera en voz baja—, pero convencí a Leonidas que viniéramos para tomar nota de quiénes asisten y así evitar invitarlos a mis tertulias.

—Supongo que tampoco invitaría a la gorda fea que se cree tan distinguida —rio maliciosa doña Antonia.

—Típico de los arribados —siguió la señora Chita—, la *Rosa* esa se colgó el apellido de su hermano, siendo que ella es solo media hermana por el lado de la madre, nada que ver con *O'Higgins*.

—Y mira, por favor, si está lleno de pobretones aquí —volvió a decir con insidia la señora de los rizos.

—Primera y última vez que vengo para acá, te lo juro, mientras esta gente esté en el poder… —dijo la otra—, es muy desagradable.

—Pero —pensé yo con ironía, mientras ya enfocaba a un par de caballeros—podrán seguir descuerando a las rotecas por meses en su círculo viperino.

—Menos mal que a don *Luis* se le ocurrió celebrar el 18 como Dios manda —dijo un señor muy bien trajeado sorbiendo su copa de champaña.

—Sobre todo ahora que la cosa en el sur se ve tan fea —le respondió otro muy serio—, qué importante es involucrar a las clases bajas en las ceremonias de la patria, así se mantienen contentas y pacíficas.

—Yo quedé muy impresionado por el fervor que manifestaba la gente hoy en la mañana, ¿viste cómo aplaudían a *San Martín* y *Manuel Rodríguez*, los dos juntos?

—Para callarle la boca a los empingorotados que hablan tan mal de los rioplatenses y los cuyanos, es una soberbia de no creer la que tienen esos fantoches…

—Juancho, estamos listos —me dijo desde atrás doña *Rosa*—, anda a buscar tus cosas y te ubicas donde te dije, el Carmelo está prendiendo los velones.

Sentí un solo estertor, mi corazón saltó como queriendo salirse, me puse piel de gallina y un sudor helado me bajó desde la nuca hasta la cintura. —No pensar —me repetí varias veces—, no pensar, ya sabes lo que tienes que hacer, lo has repasado cientos de veces, ¡ánimo! Y corrí por el pasillo hasta la salita, me puse la chaqueta con charreteras, calcé el tricornio, ajusté el sable a la cintura y tomé el tambor. Y entonces corrí de vuelta para ubicarme detrás de la cortina de velo. El Carmelo me miró riendo y desapareció y yo oteé por última vez por un intersticio minúsculo, la mitad de las velas del salón habían sido apagadas y doña *Rosa* estaba llamando al orden. En un semicírculo frente a ella se habían ubicado, al centro, el general *San Martín*, don *Luis de la Cruz* y don *Manuel Rodríguez*. A sus costados y en las primeras filas estaban todas las damas y, detrás de ellas, todos los caballeros.

—Amigos y amigas, les tenemos una muy grata sorpresa —dijo doña *Rosa* sonriendo misteriosa—, hay alguien que no ha querido perderse esta fiesta, alguien a quien recordamos a diario, alguien que se desvive por nosotros y cuyo espíritu es más grande que toda nuestra patria. Adelante hermano.

Ordené sobre la marcha mi vestimenta y toqué el tambor a batalla. El fuerte sonido calló a los asistentes y pareció calmarme a mí, sentí como haber espoleado mi caballo para enfrentar al enemigo.

—Mamitaaa —exclamé a través de la cortina impostando la voz, mientras me ponía delante del cúmulo de velas para que me vieran en silueta—, en alas de un formidable cóndor he volado desde el frente para estar con usted en este día tan singular, para recibir sus caricias, para degustar su exquisita cazuela de pava y para alimentar a sus pichones.

—¡Ohhh! —exclamaron los asistentes y luego rieron.

—Y a ti, querida hermanita, las gracias por haber colgado todos esos cuadritos, haber dispuesto los jarroncitos chinos y haber desplegado esas elegantes cortinas de brocato, en mi ausencia le has sabido dar brillo a ese palacio tan austero. ¡¿Y ustedes qué esperan para aplaudirla?!

Todos rieron y la aplaudieron con entusiasmo mientras se empezaban a escuchar murmullos y preguntas:

—¿Quién es? —escuché a varios.

—¿Cómo que quien es? —dije muy fuerte—, ¿es que no me reconocen acaso, desconocen mi espíritu flamígero?, ¿solo recuerdan al aburrido de *Bernardo*?, ¿creen acaso que no puedo albergar algo de humor en mi corazoncito?

Risas

—Y más serio ahora, ¿ha pensado alguno de ustedes que nuestra celebración nacional coincide con el inicio de la primavera? ¿Qué momento del año podría ser más auspicioso para el nacimiento de nuestra patria? Es ahora cuando los días se empezarán a alargar, cuando las flores nos perfumarán el ambiente, cuando el calor del sol hará crecer las siembras. Después del crudo invierno nos preparamos para los éxitos más gloriosos. Y usted, general don *Pepe*, ¿por qué siempre tan serio?, ¡aleje ya ese rictus de sus labios y sonría, el verano nos está dando un guiño y batiremos a sus malditos maturrangos!

Todos voltearían sus cabezas hacia *San Martín* y reirían, es lo que yo suponía detrás de la cortina.

—Celebramos hoy el séptimo aniversario de ese evento tan particular, que supieron articular con tanta astucia varios de los aquí presentes. Fue el primer acto que aglutinó a los chilenos en torno a un propósito común. ¡¿O no, doctor *Vera y Pintoso*? ¡Lo conmino ahora ya a componer un poema de tres líneas en honor a ese momento!

—Qué me han dicho —saltó este y se puso delante de todos:

Mató su Toro el Zambrano
En esa mañana se septiembre
El toro era godo y desapareció para siempre.

Todos rieron y aplaudieron

—¡Patria! —exclamé—, esa casa grande que nos alberga a todos, a los lujosos que pasean bastón y sombrero, a las matronas tan hábiles para murmurar en tardes de tertulia, a los gallardos granaderos un poco acaballados, a las tiernas muchachas de trenzas de carbón, a esos chilenos de ojotas, a los valientes con bayoneta calada, a los huasos enredando con su lazo a las chinas coquetas, a nuestras madres con sus crías dichosas, a usted, chileno incógnito y a mí, tu primer servidor, cómo te amamos, patria querida.

Muchos aplausos.

—Cómo quisiéramos que nuestra fronda de alcurnia se sintiera tan chilena como nuestra plebe en andrajos, que luchara, a brazo partido, por una prosperidad compartida, que llegara hasta el último rincón de nuestro terruño. ¿Será mucho pedir que el rico y el pobre puedan protegerse del frío en invierno, que el pobre y el rico puedan guarnecerse del calor en verano, que ambos puedan gozar del fruto generoso que asoma en primavera y que juntos puedan embriagarse con el dulce mosto del otoño?

Más aplausos.

—Son solo sueños, mamita, estoy soñando despierto, cómo quisiera que todos soñaran conmigo.

—Ohhh…

—Pero, mamita, alégrese de su hijo, que ahora no estoy soñando, ¿quiere saber?, me he enamorado, es colorina, tiene 21 y los graciositos de siempre ya le pusieron *"la generala"*. ¡Y Ustedes, ¿quién les dio derecho a sonreír así?! ¿Es que un viejo como yo no puede perder la cordura por una mujer bella y amorosa? ¡No sean tan mezquinos!

Grandes risas y aplausos.

—Y ahora me voy —fui terminando el acto—, el cóndor me espera amarrado en el palenque y aletea con furia porque me pasé de lengua. Adiós damas y caballeros, sigan disfrutando.

Y con gran rapidez, antes que alguno se atreviera a descorrer la cortina y ponerme en evidencia, me desaparecí por una puerta lateral y devolví los objetos usados al lugar donde estaban. Entonces, volví sigiloso y me aposté donde había estado antes. Me fui calmando de a poco y doña *Rosa* me pasó un gran vaso de mistela que aportó lo suyo.

—Te pasaste, Juancho —me dijo riendo—, ¿de dónde sacaste tanto ingenio?

—Gracias, su merced —le respondí—, fue un orgullo haberme puesto en la cabeza de su hermano, alguien a quien tanto admiro. Espero haberlo dejado bien puesto.

—No solo bien, muy bien —dijo ella—, humor, amor, igualdad, fraternidad, patria, qué bellos conceptos, el alma de mi hermano.

*

—¿Viste el espectáculo? —me preguntó al final de la jornada mi señor aún muy intrigado —¿quién pudo hacer tan bien el papel del general?

—Mi instinto femenino, algo me dice —sonrió la Francesa, quien había disfrutado mucho de estar en sociedad.

—¿Qué te dice? —preguntó mi señor muy serio—, supongo que sería un actor, de esos que ha traído doña *Rosa*.

—O tal vez no —dijo ella—, tal vez es alguien más cercano que conoce a don *Bernardo*.

Yo callaba mientras caminaba detrás de ellos. De repente me asusté, el patrón se detuvo de improviso y miró hacia atrás.

—¡¿Fuiste tú?! —me preguntó mirándome a los ojos.

—¿Yo, por qué dice eso su merced, me halaga?

—Claro, ahora que lo pienso —dijo él golpeándose la frente—, si era tu voz, aunque la hayas disimulado, era tu voz.

—Ay, patrón, qué dice —traté de desviarlo.

—No me engañes, Juancho —dijo entonces, justo cuando la Francesa comenzó a reír.

—Eres un pillo, Juancho —exclamó ella—, ¿a quién se le ocurrió?

—A don *Bernardo* —confesé sonriendo—, él me hizo el encargo.

—Me asombras Juancho, lo reconozco —dijo él cuando ya llegábamos al zaguán y el Humberto se despertaba.

***

10.
1840
Mendoza, Argentina

La primavera mendocina estaba maravillosa, los árboles florecidos, el clima templado y los azahares flotando en la brisa del mediodía. Juan observaba y percibía esos regalos de la naturaleza, que se repetían año tras año indiferentes ante los avatares de los seres humanos. Pero su espíritu lloraba un llanto silencioso, interior, solitario. Día tras día recibía el cariño sin límites de Trinidad y de su hijo, quien había asumido su amor filial con gran seriedad y se alegraba cuando su padre le pasaba la mano por el cabello mientras él lo pintaba una y otra vez. Su dolor le partía el alma en dos, se sentía un pecador inmisericorde que, con su infidelidad, estaba afectando a quien más había querido desde la infancia.

Y todas las noches volvía a acostarse con Trinidad, ahogando previamente su culpa en varias copas de coñac, que le iban embotando los sentidos. El ambiente cálido de las tertulias privadas antes de la cena y las sobremesas, que se alargaban hasta entrada la noche, lo mantenían en un estado de tensión insoportable.

—Por favor, querido, no me culpes a mí por amarte —le estaba diciendo ella, cuando por fin reaccionó, saliendo de su claustro interior.

—No podría culparte, Trini —le respondió afectado—, has sido una mujer extraordinaria, abnegada y generosa, no has pretendido esclavizarme, como hacen tantas, sabes que mi corazón está fraccionado.

—Y sé también que lo nuestro tiene fecha de término, que tan pronto finiquites tus memorias partirás urgido de vuelta a Chile.

—Chile… —repitió él meditabundo—, me duele Chile, sus aflicciones son incluso mayores a las mías.

—¿Por qué dices eso?

—Nosotros caímos en una época histórica llena de incertidumbres y ese estado revolucionado no ha parado desde el día en que se inició —dijo Juan como rememorando—, el tiempo de la colonia era opresivo para muchos, pero la vida en nuestra provincia era pacífica, o, al menos, eso parecía.

—Pero fueron ustedes los que quisieron acabar con esa vida que se escucha tan placentera.

—Así es, querida, fuimos nosotros quienes abrimos la caja de Pandora y se escaparon todos los espíritus malignos. Nadie ha sido capaz de volver a meterlos dentro. Don *Diego Portales* lo intentó, pero murió en el intento.

—Parece que tu depresión quisiera abarcar a todo el universo —dijo ella sirviéndole una nueva copa—, da pena.

—¿Cómo no va a ser triste pensar que todos aquellos ideales nobles, que nos enseña la orden masónica, sean pisoteados sin clemencia por pasiones humanas e intereses mezquinos?

—Es que la filosofía de tu grupo peca de tremenda ingenuidad, parte de la base que el hombre es intrínsecamente bueno y eso es un error.

—Eso puede ser muy cierto —contestó él, dándole un sorbo a su copa—, estamos convencidos de que la naturaleza nos dotó de una consciencia que nos permite reconocer la diferencia entre el bien y el mal.

—Eres un iluso, Juancho —rio ella con cariño—, tal vez todos ustedes lo son, creen que por arte de magia aparecerá un hombre nuevo lleno de buenos sentimientos.

—Tal vez no por arte de magia, pero sí por medio de la educación, eso lo tenemos claro. Y tenemos que ser nosotros, los esclarecidos, quienes introduzcamos la educación para todo el pueblo, no solo para unos pocos aristócratas.

—Bueno —recapacitó ella—, pero desde ese punto de vista, sí lograron apuntar algunos avances, hoy hay más educación que antes de la independencia.

—Ese es nuestro pequeño éxito —sonrió Juan—, si hubiera sido por la elite chilena, habrían mantenido a las clases bajas lo más alejadas posible de las letras, las artes y la cultura. Cuando empezamos a promover los cambios, fuimos tildados de revoltosos, precisamente por gente de esa clase, pero se equivocaban, nosotros teníamos objetivos espirituales que ellos desconocían.

—¿Y alguna vez han reconocido esos progresos? —quiso saber ella.

—Francamente no lo sé, querida —respondió él—, cuando uno ve el comportamiento de los poderosos, uno duda de que, en su mente, puedan concebir la idea de que la plebe mejore sus condiciones de vida. Yo creo que eso los sigue irritando.

—Juancho, cuando te escucho hablar, se me olvida que naciste casi como esclavo y que has sido toda la vida un lacayo de mi hermano.

—Y ve tú la ironía del destino, ahora, de viejo, me entero de que soy un hijo de aristócrata, que podría haber vivido una vida de holgura y placer.

—Y de estupidez —dijo ella muy seria.

—Es probable, he sido afortunado…, y no tanto, tal vez —dijo él meditando—, tanta sabiduría me ha hecho envejecer, el conocimiento envejece, acumula demasiada historia en la mente, se pierde la simpleza de la juventud.

—Dices que te sientes viejo, pero yo te veo lleno de energía —rio ella.

—Lo que yo siento muy dentro de mí —reconoció Juan—, es que yo soy un hombre partido en dos, por un lado, soy un sabio viejo, lleno de erudición, y por el otro, sigo siendo un niño de sentimientos ingenuos, de amores irresolutos, tú sabes…

—Ay, Juancho, tú has sido siempre viejo, recuerda que yo te conozco desde chico.

—Tal vez siempre he sido viejo —dijo Juan tomando el resto de su trago y sonriendo un poco tristón—, tan viejo como la esclavitud, probablemente. Vamos a acostarnos será mejor.

*

A la mañana siguiente, cuando Juan se asomó al comedor para tomar su desayuno, la señora de la recepción le entregó una carta.

—Tome, don Juan —le dijo—, esto llegó hoy temprano para usted.

—Gracias, Marielita —le respondió este mientras observaba con pavor el remitente, era Auristela.

Dobló el sobre y lo metió en el bolsillo de su chaleco de lana, no se atrevía a abrirlo, con seguridad lo pasearía durante horas haciéndose el desentendido, ignorando su obligación. Sabía que encontraría solo palabras amorosas llenas de confianza en la lealtad de su hombre, a quien echaba tanto de menos. ¿Cómo podría soportar el dolor que volvería a sentir?, ¿cómo podría llegar a la diaria tertulia con Trinidad escondiendo en el fondo de su mente lo que quería brotar como un manantial e inundar su consciencia?

Arrastrando los pies y el alma retornó a su claustro monacal para sumergirse en los recuerdos del pasado y olvidar el calvario del presente. Y allí se mantuvo, escondido de los ojos de los demás, no apareció a la hora del almuerzo, no visitó a su hijo pintor, se metió en su cama para dormir la siesta, más que por reposar, por refugiarse de sus propios pensamientos. Cuando despertó se golpeó la cabeza y dijo en voz alta:

—Juan, imbécil, enfrenta con hombría el dolor, hazte fuerte.

Y tomó el sobre del bolsillo, lo desplegó y lo abrió:

Santiago, 15 de octubre de 1840

Querido Amor Mío

Cuánto te echamos de menos, este hogar está muerto, todos transitamos sigilosos, como tratando de no molestar a tu ánima, que ronda por aquí.

Yo necesito volver a conversar contigo, quiero recibir tus caricias y, por mi parte, regalonearte con todo mi amor. Han pasado muchos meses, desde que te fuiste, y no transcurre minuto alguno sin que yo te recuerde con añoranza. Por favor apura tu obra para que puedas volver al hogar.

Y, por supuesto, me da mucha pena cuando pienso que debes estar solo en esa ciudad distante, sin tu familia que te ama, frente a miles de desconocidos que no te aprecian, me aflige que tu espíritu se sienta deprimido en aquella soledad.

Tal como Juanito te reveló en su carta, nos hemos enfrentado a una situación novedosa que, a veces, me causa risa y, en otras, me provoca pavor. Nuestro hijo está tratando de parecer una persona de la alta aristocracia y eso es extraño en nuestra humilde casa. Ambos sabemos que tiene derecho a adoptar el nombre encopetado que te legó tu padre biológico, pero aun así es curioso observarlo en esta faceta tan contraria a su personalidad.

Se ha dejado crecer una barba que, cada dos días, le recorta un barbero muy fino. Además, se ha comprado un par de tenidas muy elegantes para asistir a las tertulias. Se ve tan distinto, que de repente lo desconozco. Y Manuelito lo mira con malos ojos, según él está haciendo el ridículo y además les está haciendo el juego a los ricos, no sé qué va a decir cuando conozca su propio origen.

Don *Mariano Egaña* se ha portado muy bien con Juan Salvador (que no me ría) y le ha abierto las puertas de casas de gente encopetada a las que ha estado asistiendo. Mañana irá donde don *Manuel Blanco Encalada*, figúrate tú, un hombre de tan elevado nivel. Allí podrá compartir con jóvenes amigos de sus hijos.

Te informo, por último, que nuestras reservas monetarias, que hicimos a lo largo de los años, están disminuyendo en forma alarmante, en particular por lo caro que significa el actuar de Juanito. Menos mal que Manuelito contribuye con lo que gana como maestro y yo gano mis buenos pesos con mis ponchos y otros pocos más, haciendo empanadas, que se venden muy bien por estos lados.

Recibe todo mi amor y esfuérzate por volver pronto.

Auristela

***

1817, tierra asolada

Los meses de primavera de 1817 fueron pasando y en Concepción y Talcahuano todo seguía igual. Los partes de guerra daban cuenta de pequeños triunfos y derrotas. El coronel *Ordóñez* seguía siendo abastecido por mar e incluso había recibido algunos contingentes de refuerzos venidos de Lima. El general *O'Higgins* no perdía la esperanza de poder batirlo, pero este se sostenía incólume en Talcahuano.

En Santiago, las críticas de la clase alta eran cada día más atroces. El director supremo parecía haberse gastado toda su fama y respeto durante esta interminable espera. De acuerdo a las noticias que llegaban del sur, éramos un día un país independiente, pero dejábamos de serlo al día siguiente.

Y una de esas noticias, esta vez llegada desde el norte, fue devastadora, un marino con patente de corso, otorgada por nuestro gobierno, informó que en El Callao se preparaba un impresionante contingente militar bajo las órdenes de nuestro ya conocido general *Ossorio*, el que llegaría en breve a reforzar las huestes españolas de Talcahuano.

El 11 de diciembre de 1817 llegó a nuestro cuartel de inteligencia un parte del general *O'Higgins*:

«*Exctmo. General San Martín*

El día de hoy hemos estado combatiendo durante toda la jornada con la intención de romper las defensas enemigas e ingresar a Talcahuano, lo que finalmente no fue posible. Contra nuestra voluntad y esfuerzo hubimos de replegarnos.

Dios guarde de su exclcia. por muchos años.

Concepción, 6 de diciembre de 1817

General Bernardo O'Higgins»

—Sargento Ramírez, tome nota —me dijo el general *San Martín*, atento a que pusiera el papel, abriera el frasco de tinta y tajara la pluma.

«*Excmo. General O'Higgins*

Acuso recibo de su parte del 6 de diciembre y me permito expresarle nuestra profunda decepción. Además, le informo que vuestra situación en aquella zona se ha vuelto insostenible. Tenemos información certera de una escuadra que va navegando hacia allá con una división de 4000 hombres al mando del oprobioso general Ossorio.

Creemos, con mucha firmeza, que es más provechoso para nuestras expectativas plantarle batalla en terreno abierto juntando para ello todas nuestras fuerzas. Sugiero que a la brevedad desocupe la ciudad de Concepción en conjunto con toda la población y se traslade hasta Talca, llevando consigo a toda la población civil de los pueblos, así como todas las caballadas y la población vacuna que vayan encontrando. Sería además aconsejable quemar las siembras para impedirles todo suministro de alimento.

Dios guarde de su exclcia. por muchos años.

Santiago, 11 de diciembre de 1917

General José de San Martín≫

—Señores —dijo días después el general—, ustedes quedarán al mando de esta oficina aquí en Santiago, yo me iré con todas las fuerzas disponibles hasta el Maule. *Ossorio* ya está en Arauco y, de seguro, se comenzará a movilizar pronto. De ustedes dependerá ahora la Unidad de Comunicaciones. Si lo hacen bien los ascenderé a mi vuelta. Quiero que a partir del próximo 1 de enero se hagan cargo y estén permanentemente de turno. Pueden alternarse.

—A su orden, mi general, muchas gracias —respondimos al unísono mientras nos cuadrábamos para retirarnos.

*

En vista de las órdenes recibidas, nos fuimos sobre la marcha a Santa Lucía, a donde el patrón había mandado a toda su familia a principios de mes. Yo era el más contento, ya que había pasado largo tiempo en que no había podido hacerme presente donde mis seres queridos.

Cuando llegamos allá, el día 15 de diciembre, todos me estaban esperando con ansias. Abrí la puerta de la cocina y abracé a Auristela, luego alcé la vista y me avergoncé, quise haber podido obviarlo, pero no pude, sentí en mi corazón un golpe, la culpa me hizo flaquear las piernas. Me senté y observé a los tres chicos, que se pararon en torno a mí. Juanito ya tenía 9 años, Luisa Marina 7 y el pequeño Manuelito ya había cumplido los 6. —¿Cuánto tiempo de sus vidas he pasado con ellos? — me pregunté en silencio, mientras ellos me miraban con sus sonrisas infantiles llenas de preocupación. No entendían qué le pasaba a su padre, solo la Tela lo percibía y ella me miró tratando de parecer severa y, al mismo tiempo, darme ánimo.

Aun sin abrir la boca, estiré mis brazos y abracé a los tres en forma simultánea. Se apegaron a mi torso como acogiendo allí el calor del mundo, el lugar más seguro para su existencia.

—Perdónenme —dije mientras una lágrima rodaba por mi mejilla.

—¿Por qué lloras, papá? —preguntó Luisa Marina.

—Por ustedes, por mamá y por mí —respondí—, me he pasado toda la vida cumpliendo con mi deber y los he dejado solos, apenas me conocen y eso me causa mucha pena.

—No te preocupes, papá —dijo Juanito con una seriedad de niño mayor que me abrumó—, mamá nos ha dicho siempre que tú tienes que cumplir una tarea muy importante.

—Y también dice que eres el mejor papá del mundo —dijo Manuelito con su hablar atarantado.

Los volví a apretar junto a mi corazón y miré hacia arriba a mi extraordinaria mujer, quien, llena de cariño, pasaba su mano por las cabezas de los niños.

—Bienvenido, amor —dijo serena—, nos alegramos tanto de que hayas llegado, siempre eres un regalo para nosotros.

—Yo ya sé leer y escribir como un grande —dijo Juanito lleno de orgullo.

—Yo también…, bueno, no tanto —sonrió la Luma, como le decíamos a la niña.

—Yo también —exclamó el chiquito—, sé escribir todo mi nombre, ¿no es verdad mamá?

—Sí hijo —dijo ella sin que jamás se pudiera notar alguna diferencia en el trato al hijo del patrón.

—Mañana iremos a cabalgar —les dije lleno de entusiasmo—, ahora voy a ir a dejar mis cosas a la pieza y luego comeremos las exquisiteces de la mamá.

*

A la mañana siguiente nos despedimos de Auristela y partimos caminando hacia las caballerizas. Juanito caminaba muy serio junto a mí, los otros dos corrían, se perseguían y daban vueltas alrededor nuestro. El chico me recordaba a mí mismo, siempre atento y aprendiendo. Cuando íbamos llegando al establo, de repente se detuvo y apuntó con el dedo:

—Papá, para, están los niños allí, no podremos entrar.

—¿Qué quieres decir? —le pregunté sorprendido.

—No dejan que nos acerquemos a ellos —contestó—, su mamá lo prohibió. Cuando ellos están por ahí nosotros tenemos que irnos. Y es mejor irnos, porque el Luchito siempre nos grita cosas feas.

—¡Oh Dios! —exclamé con amargura—. ¿Y por qué?

—No sé —dijo el niño—, siempre andan hablando en francés y solo ocupan el castellano para decirnos cosas malas.

—¿Cómo qué?

—Andrajosos, patipelados, rotos, hediondos y otras palabras que no me acuerdo. Ahora vámonos antes de que empiece.

—Íbamos a andar a caballo y eso haremos —le dije airado—, acompáñenme.

Entré muy decidido al galpón y me acerqué a don Esteban, el caballerizo, y dos peones que estaban escobillando los ponys de los hijos del patrón, mientras los chicos los observaban y apuraban.

—Váyase, don Juancho —me dijo este en sordina—, mire que va a llegar la Francesa y se va a enojar.

—Pero, don Esteban, si yo he estado con ella todo el tiempo, ¿por qué se va a enojar conmigo?

—Con usted tal vez no, pero tiene estrictamente prohibido que sus hijos se junten con alguno de los niños del lugar, incluidos los suyos. A mí me golpeó con la huasca cuando un día los pilló por aquí.

—No lo puedo creer —dije acongojado—, me pregunto si el patrón sabe de esto.

—De que lo sabe, lo sabe, pero no puede hacer nada, porque cuando se trata de los franchutes chicos, la patrona se encrispa como araña venenosa y él le teme.

—Voy a tener que hablar con mi señor —dije muy decidido.

—Mejor no lo haga —contestó él—, lo va a poner en problemas no más, él se arranca cada vez que la patrona empieza a gritar como loca, cuando le tocan a los niños. Él no le puede decir nada. Y peor, cuando anda por aquí su papá, el barón.

—Qué tremendo —fue lo único que atiné a decir—, gracias, don Esteban, solo voy a sacar mis dos caballos, hasta luego.

Le pedí a Juanito que me esperaran junto a la casa, ensillé los caballos y me fui hacia allá. Monté a Juanito con la Luma en uno y yo llevé a Manuelito en la grupa. Al poco rato nos habíamos alejado de las casas y nos internamos en los potreros hasta cerca del cerro Lonquén. Retornamos a casa recién al mediodía, contentos y riendo, sin haber vuelto a tocar el tema.

Esa noche, después de intimar con la pasión que provoca la distancia y la ternura albergada en nuestros corazones, me costó mucho quedarme dormido. El hecho, evidenciado esa mañana, no obstante que traté de bajarle la importancia ante los niños, no me dejó indiferente. Habían pasado siete años desde que nuestros ideales masónicos habían logrado su primer triunfo y, sin embargo, el desprecio hacia las clases bajas por parte de los opulentos no había cambiado un ápice. ¿Cuánto tiempo tendría que transcurrir antes que los pobres pudieran gozar, al menos, del respeto por parte de los ricos? ¿Cuántos lustros tendrían que pasar antes de que la dignidad de las personas se distribuyera equitativamente entre todos los ciudadanos de la república?

—Cálmate, querido —me susurró Auristela tocándome con cariño—, no está en ti mejorar el alma de la humanidad, duérmete.

—Me apeno por el patrón —le respondí—, él también ha creído en el mensaje de la orden y tiene que soportar con estoicismo en su propia casa el comportamiento altanero de una aristocracia que él desdeña.

—Te agradezco por no recargar el espíritu de nuestros hijos con resentimiento, talvez ellos puedan disfrutar un futuro de mayor consideración por parte de los fantoches de ahora. Por el momento preocupémonos de educarlos y transformarlos en personas cultas.

—Gracias, querida —le dije un poco más calmado y esperanzado en el devenir.

*

Nos quedamos en el campo hasta después del año nuevo, mis niños y yo siempre alejados de la Casa Grande. Ellos ya se habían acostumbrado a la situación e incluso hacían bromas respecto de los chicos franceses. A ellos no les afectaba como a mí. No los necesitaban para entretenerse, para eso se juntaban con un grupo grande de hijos de inquilinos. Durante esos días yo iba solo a hablar con el patrón sobre otras cosas de trabajo, pero nunca le planteé el tema.

*

En el sur pasaron más de tres semanas, antes de que los ejércitos y los civiles pudieran abandonar Concepción, lo que recién se produjo el 1 de enero de 1818. Ante el peligro que significaban las huestes españolas, se había decidido evacuar la ciudad. Estaba previsto que los enfrentamientos se dieran, más al norte, cerca de Talca. Lamentablemente, el traslado era sumamente lento debido a las familias completas que conformaban el séquito. Y a eso había que sumar el arreo de grandes cantidades de animales para no dejar alimentos para el enemigo. Por tal motivo, la larga comitiva se demoró más de quince días en llegar al Maule, dejando detrás de sí un suelo asolado y estéril. No se dejaron reses ni granos para alimentar al vasto ejército de *Ossorio*, que partió raudo a la siga de *O'Higgins*. Tampoco había mujeres que violar, ni aguardiente que requisar, el panorama era todo menos atractivo para las tropas invasoras. En esas circunstancias, para suerte nuestra, el avance se les fue dificultando cada vez más, lo que retrasaba cualquier enfrentamiento.

***

1818, Declaración de Independencia

Con mi patrón nos hicimos cargo de nuestros puestos el día convenido con el general, para recibir y despachar mensajes mientras duraran las acciones bélicas en el sur. Todos los días nos llegaban los partes enviados por los diferentes coroneles y generales. Uno de los primeros fue el siguiente:

«*Excmo. Director del Estado, don Luis de la Cruz.*

De acuerdo a lo conversado previamente ruego a usted acelerar las gestiones relativas a la Declaración de Independencia según lo acordado.

Es de primordial importancia que dicho evento tome lugar antes de que se inicien las acciones en el campo de batalla. El general Ossorio y el coronel Ordóñez deben saber fehacientemente que se estarán enfrentando con una nación independiente y no con una provincia sublevada.

Ruego enviar el borrador del texto elaborado para una última revisión. Es de principal importancia cumplir con la fecha del 12 de febrero para su proclamación en todos los pueblos, a fin de que coincida con el primer aniversario del triunfo heroico en Chacabuco. Disponga de todos los festejos que correspondan a lo largo y ancho de nuestro territorio.

Dios guarde a V. E. muchos años.

Cuartel general de Talca y Enero 15 de 1818.

Bernardo O'Higgins
Director Supremo»

Se hizo con suma urgencia una copia y de inmediato se mandó a un estafeta al palacio de gobierno. Apenas tres días después recibimos la respuesta, fechada el día 17, acompañada del texto elaborado por los hermanos *Zañartu* y *Vera y Pintado*. Luego, el día 23, llegó desde Talca un nuevo mensaje del general *O'Higgins*, del día anterior, el que contenía numerosas observaciones relativas al texto presentado:

«Conozco que mis conocimientos no son suficientes para dar al borrador el retoque necesario, i parece que ni aun para censurarlo; pero, hablando con franqueza, creo que el sentido común es bastante para conocer que puede arribarse a otros grados de perfección...

... no debe omitirse el imperdonable i espantoso [hecho] de haber excitado en nuestra contra, en todo el curso de la guerra, a las naciones bárbaras de nuestro mediodía, con el objeto de no sujetarnos sino de destruirnos i de arrasar el país entero. La Europa se horrorizaría de ver una conducta tan feroz, porque los pueblos cultos se abstienen de belijerar en concurso de los bárbaros que, desconociendo toda especie de derecho, no distinguen entre el combatiente, el rendido i el inerme ciudadano...

...La protesta de fé que observo en el borrador, cuando habla de nuestro invariable deseo de vivir i morir libres defendiendo la fé en que nacimos, me parece suprimible, por cuanto no hai de ella una necesidad absoluta, i acaso pueda chocar algún día con nuestros principios políticos. Los países cultos han proclamado abiertamente

la libertad de creencias. Sin salir de la América del sur, el Brasil acaba de darnos este ejemplo de liberalismo; e importaría tanto proclamar en Chile una relijión excluyente, como prohibir la emigración hacia nosotros de multitud de talentos i de brazos útiles de que abunda el otro continente. Yo, a lo menos, no descubro el motivo que nos obligue a protestar la defensa de la fé en la declaración de nuestra independencia."

Ruego devolver el borrador a los señores Zañartu, Juan Egaña y Vera y Pintado para una corrección a la brevedad posible para que se me remita para la firma.»

Me llamó la atención el comentario del hermano *Bernardo* relativo a no establecer una fe específica en la declaración de independencia. Quedaba en ello muy claro su espíritu profundamente masónico, siempre propendiendo a la libertad de consciencia. Me alegró, reconocí la honestidad en él. Procesamos el material sobre la marcha y lo hicimos llegar al gobierno. Entonces, en los últimos días de enero, pasó por nuestro despacho la versión definitiva para ser enviada al general *O'Higgins*, quien luego la suscribió el día 2 de febrero, después de agregarle, de su propia mano, cuatro cambios que no alcanzaron a introducirse en la matriz antes de la impresión final.

*

Mi amo cumplía el turno de día y yo el nocturno, de manera que me retiraba a las 9 de la mañana para ir a casa y dormir todo lo que pudiera. Al retirarme, veía cómo se preparaba la ceremonia programada para el día 12. Ya a esa hora temprana había intensos trajines en la ciudad. En todas partes se estaban haciendo reparaciones y embellecimientos que realzaran el acto solemne ad portas. Lo más importante era el alto estrado que se había instalado en medio de la plaza mayor, en el cual había trabajado una cuadrilla de no menos de 20 carpinteros. Tres días antes del evento, ya flameaba allí una enorme bandera con los colores patrios e innumerables cintas tricolores exaltaban el espíritu patrio.

Pasaron los días y, finalmente, llegó el ceremonioso día 12 de febrero, tal como estaba previsto. Desde temprano se fueron congregando en la plaza todos los ciudadanos poderosos, que eran autorizados a entrar más allá de las barreras impuestas por los soldados. Distinguidos caballeros y finas damas, todos vestidos de fiesta, se hacían presentes llenos de expectativas. Entre ellos también figuraban mis patrones, además del tío Pancho con doña Chela y su hija, a quienes yo acompañaba como de costumbre. La patrona y sus hijos permanecían en la hacienda. Quedamos en medio de una inmensa masa humana que casi no podía moverse y que sufría del calor espantoso de un día de febrero en Santiago. Recién a media mañana, fueron llegando las más altas autoridades, las que cada vez eran aplaudidas por la multitud. Estas subían con esfuerzo los altos peldaños y se ubicaban en el tablado, desde donde saludaban orgullosas a sus conocidos. Entre ellas hizo su entrada el general *San Martín*, acompañado del delegado de Buenos Aires, el general *Guido*. Ambos fueron vitoreados hasta el paroxismo. Lo mismo ocurrió cuando, después de ellos, apareció el Director Supremo, don *Bernardo O'Higgins*, quien había cabalgado sin descanso desde el sur para hacerse presente.

Yo observaba en silencio, mirando hacia todos los lados y me sonreía para callado. Nadie, de todos aquellos dichosos nuevos "chilenos", sabía que la concreción de ese sueño, la liberación del yugo español, era producto del arduo trabajo y la firme voluntad de un grupo minúsculo de patriotas, que albergaban ideales magníficos. En ese momento me sentí más masón que cualquier venerable maestro en el mundo. Mi orgullo fue tremendo cuando se adelantó en el estrado el hermano *José Gregorio Argomedo* para dirigirse a los asistentes y darle el máximo brillo al acto. En medio de esa vorágine me fueron quedando grabadas ciertas palabras que me parecieron eximias:

>≪*Vais ya a proclamar la ley más augusta del código de la naturaleza. Os vais a declarar libres, e independientes de toda dominación extraña; y con este decreto vais a romper las cadenas que os han oprimido por trescientos años...*
>
>*...Vais a abrir a vuestros hijos la carrera del honor, del comercio y del desarrollo de las virtudes y talento que con tanto esfuerzo se empeñaba en sofocar el sistema colonial....*
>
>*...No es la célebre y augusta ceremonia con que publicáis este decreto la que debe haceros felices, son las virtudes y el desempeño de los heroicos deberes en que os vais a constituir, los que han de traer esas ventajas.*≫

¿Cuánto de todo ello habrá captado la masa inquieta que me rodeaba?, lo ponía en duda. Pero en ese momento no era lo más importante, era tanto el entusiasmo que había logrado levantar el acto, era tal el sentimiento de solidaridad que se respiraba en el ambiente, que todo lo demás pasaba a un segundo plano. Bajo el sol radiante de la mañana, éramos todos chilenos, de corazón y por la ley, y eso calaba hondo en el espíritu. Cuando el hermano *Argomedo* terminó de dar su discurso, fue el hermano *Zañartu* quien se acercó a la baranda sosteniendo el acta de la independencia en sus manos:

《*El Director Supremo del Estado:*

La fuerza ha sido la razón suprema que por más de trescientos años ha mantenido al Nuevo Mundo en la necesidad de venerar como un dogma la usurpación de sus derechos...

...Era preciso que algún día llegase el término de esta violenta sumisión...

...la resistencia del débil contra el fuerte imprime un carácter sacrílego a sus pretensiones y no hace más que desacreditar la justicia en que se fundan...

...La revolución del 18 de septiembre de 1810 fue el primer esfuerzo que hizo Chile para cumplir esos altos destinos a que lo llamaba el tiempo y la naturaleza...

...la resolución de separarse para siempre de la Monarquía Española y proclamar su independencia a la faz del mundo reservando hacer demostrables oportunamente, en toda su extensión, los sólidos fundamentos de esta justa determinación...

...declarar solemnemente, a nombre de ellos, en presencia del Altísimo, y hacer saber a la gran confederación del género humano, que el territorio continental de Chile y sus islas adyacentes, forman de hecho y por derecho, un Estado libre, independiente y soberano, y quedan para siempre separados de la Monarquía de España y de otra cualquiera dominación, con plena aptitud de adoptar la forma de Gobierno que más convenga a sus intereses...》

El último en cumplir con su parte fue el hermano *Bernardo*, quien procedió a tomar juramento de fidelidad a la nación recién nacida a todas las instituciones de la república. Siendo él, el primero en hacerlo, se hincó y, sosteniendo una biblia por testigo, dijo:

«Juro a Dios y prometo a la patria bajo la garantía de mi honor, vida y fortuna sostener la presente declaración de independencia absoluta del estado chileno de Fernando VII, sus sucesores y cualquier otra nación extraña.»

La gente escuchó en silencio, meditó algunos instantes respecto del significado del hecho y luego prorrumpió en vítores cargados de emoción. Vi que muchas mujeres dejaban caer lágrimas, que acompañaban sus risas pletóricas de felicidad. Y muchos hombres ocultaban con dificultad el nudo en la garganta y los ojos humedecidos.

El acto continuó con una gran procesión encabezada por el propio director, la que fue a tomar juramento en distintas partes de la ciudad, primero a las masas populares, luego al general *San Martín* en su propia casa y también a los cuarteles militares. Mientras ello sucedía, se repartían por cientos las copias del acta conocida.

Después de los actos solemnes, comenzaron los festejos populares que harían las delicias de la gente corriente, que de palabras altisonantes y conceptos sofisticados sabía poco. En ramadas similares, a las del 18, se sirvió menestras y vino a todos los asistentes.

En medio del tumulto de la plaza quedamos, mi señor y yo, en compañía del tío y su flamante esposa y la hija de esta, lo que de entrada me pareció peligroso. Como era mi costumbre y mi deber, me mantuve alejado de ellos y solo me preocupaba de observar el comportamiento de las personas. Mientras caminábamos hacia los mesones, la joven Leticia me pareció que estaba perdiendo su compostura y, para peor, lo hacía frente a su propia madre. En la aglomeración no hallaba nada mejor que arrimarse muy cerca de mi patrón, a quien yo sentía entre halagado y nervioso. Sabía que él no era pacato, pero me imaginé que le incomodaría verse acosado frente a tanta gente sin poder decir nada. Ella, en cambio, sonreía con una malicia juvenil que se le grababa en sus mejillas. Parecía disfrutar del enfado que producía en él. Y, debía reconocerlo, era demasiado bella, tenía toda la hermosura de una muchacha de 18 años, un cabello marrón con unos ligeros visos dorados, grandes ojos verdes y unos gruesos labios que realzaba con un pigmento carmín. Estúpidamente, sentía un sufrimiento extraño por mi patrón.

*

En los días posteriores, se celebraron saraos y fiestas, así como celebraciones litúrgicas. Durante cuatro días la capital estuvo en estado de euforia total, debidamente resguardada por los piquetes de soldados que vigilaban posibles actos de vandalismo.

Pero el jolgorio debía terminar algún día. Vueltos al trabajo fuimos recibiendo partes desde los distintos pueblos, los que hablaban de celebraciones de la misma índole, "tirando la casa por la ventana".

***

1818, sorpresa de Cancha Rayada

Después de los cuatro días de fiesta, los militares, incluidos *San Martín* y *O'Higgins*, volvieron al sur. Y, mientras el verano siguió transcurriendo, nosotros sufríamos, teniendo que permanecer en Santiago, cuando tantos otros se estaban refocilando en sus haciendas o chacras. El tío parecía no sentir el rigor del estío y seguía embelesado con su nuevo estatus de casado. Pasaba largas horas del día en compañía de doña Chela sin asomarse fuera de sus aposentos. Al atardecer, cuando bajaba la temperatura, solían salir a pasear en compañía de la joven Cita.

Los partes seguían llegando a cada instante:

≪*Excmo. Director del Estado, don Luis de la Cruz.*

De acuerdo a lo planificado con nuestro general en jefe hemos despejado todo el territorio al sur del río Maule. Es nuestra intención alejar al general Ossorio lo más posible de Talcahuano atrayéndolo hacia el norte a fin de que no caiga en la tentación de volver allí a tomar sus buques e incursionar con ellos en San Antonio o Valparaíso, lo que sería desastroso para nuestras pretensiones. Con ese mismo propósito seguiremos desplazándonos hasta Curicó dentro de breve.

El general San Martín ha comprobado personalmente, en terreno, que el ejército enemigo en pleno está en movimiento. En estas circunstancias reuniremos la totalidad de nuestras tropas en la zona de Curicó – San Fernando.

Dios guarde a V. E. muchos años.

Cuartel general de Talca y Febrero 20 de 1818.

Bernardo O'Higgins
Director Supremo»

Días después recibimos mensajes urgiendo al gobierno por mayores pertrechos. Entre ellos, se pedía seis mil pares de zapatos u ojotas y setecientas mulas para trasladar a la brevedad los enseres de las familias que habían sido evacuadas desde el sur.

Y así transcurrían los días y las noches, siempre en estado de alerta ante la posible llegada y posterior transmisión de la información. Con el patrón nos veíamos solo breves minutos, cada vez que teníamos cambio de turno. Yo llegaba agotado a las 10 de la mañana y me metía en mi cama a dormir. No despertaba hasta pasada la hora de siesta y entonces me alimentaba en forma suculenta para enfrentar una nueva jornada. En uno de esos días, después de haber estado conversando con el tío en el despacho junto al zaguán, me devolví, dejándolo a él sumido en la lectura de unos documentos. Al pasar delante de la habitación de la señorita Leticia escuché a esta justo en el momento en que decía:

—… don Manolo está perfecto…

Me detuve conteniendo la respiración para escuchar mejor lo que se estaba conversando:

—Yo ya pesqué a Pancho —decía doña Chela en tono de sonrisa—, sé que no era el mejor partido, pero al alero de esta familia rica no nos faltará nunca nada, puedes estar tranquila. Ahora eres tú quien tiene que encontrar a alguien con plata.

—¿Y si conquisto a don Manolo? —preguntó ella—, está harto bueno y tiene toda la plata del mundo.

—Pero está casado, eso lo hace inaccesible, él no se puede dar el lujo de despreciar a su mujer, menos en esta sociedad beata.

—Pero me puede tener a mí como amante —dijo la chica—, acuérdese, mamá, de la señorita Anette, que tenía allá en Mendoza.

—Sí, pero eso era allá…

—Y puedo chantajearlo con desvelar la existencia del hijo de ella con don Manolo, eso que se le salió a su marido. ¿No le gustaría acaso que pudiéramos allegarnos más al cofre del tesoro familiar?

—¿Qué quiere que le diga, hija?, la idea no es mala, pero tiene que ser muy cuidadosa y astuta. No puede hacerlo en forma abierta, así solo puede provocar su molestia y no logrará nada. El otro día, allá en la plaza, fue demasiado evidente.

—Primero me preocuparé de seducirlo, lo dejaré loco. Y me negaré hasta que se desespere, entonces lo tendré a mis pies. ¿Qué le parece?

—Oh Dios —pensé—, ¿en qué problema se meterá mi señor?, ¿podré ayudarle?

*

De acuerdo al astuto plan concebido por los oficiales chilenos, el general *Ossorio* y su reforzado ejército de 4000 soldados avanzaron hasta cruzar el río Maule y entrar en Talca el día 4 de marzo, al tiempo que *O'Higgins* se retiró hasta Curicó. Allí se fueron juntando todas las tropas hasta completar un contingente de 6600 hombres. Y entonces pasaron dos semanas de pequeños avances realistas y permanentes escaramuzas entre los dos bandos. *San Martín* no estaba contento con esos enfrentamientos parciales, él estaba decidido a dar una batalla general que decidiera de una vez el conflicto.

Tras una de esas refriegas menores, el coronel *Freire*, luego de ganar, persiguió a las avanzadas realistas hacia el sur, donde estas terminaron por replegarse en la ciudad de Talca. Haciendo caso a las instrucciones, él se devolvió al norte.

Los partes seguían llegando todos los días y los chasquis no descansaban, estaban constantemente en camino. El día 20 de marzo, como a las 12 de la noche, llegó uno de nuestros correos, agitadísimo, sin ningún mensaje, a avisarnos de lo que llamó la tragedia de Cancha Rayada.

—A ver, cálmate, Rubén —le dije pasándole un vaso de agua—, ven, siéntate y empieza de nuevo.

—No puedo calmarme, sargento Ramírez —tartamudeó—, es terrible, los godos nos van a descuartizar. Se nos van a venir para acá de nuevo.

—Rubén, por favor, ordena un poco la cosa y parte desde el principio, que voy a tomar nota.

—Ayer en la tarde, llegaron nuestras tres divisiones a las inmediaciones de Talca, más o menos a las 2 de la tarde —comenzó a relatar—

, yo andaba en las cercanías del alto mando esperando misión y escuché a los jefes que discutieron si atacar al tiro o dejar que la tropa descansara y hacer una gran batalla a la mañana siguiente. Mal que mal, habían estado dos días avanzando a marcha forzada y todos estaban cansados.

—Ya, ¿y?

—Aunque algunos querían y otros no, terminó por ganar mi general *O'Higgins* y partieron a combatir. Y estaban ganando, habían matado no sé cuántos realistas. Pero a eso de las 8 mi general *San Martín* le avisó que no siguiera, que no iban a poder ver nada, ya que estaba oscureciendo. Entonces se volvieron y las tres divisiones se ubicaron para acampar en distintas partes, ahí en Cancha Rayada. Luego se vino la noche y, aunque había luna, se dejó caer una neblina densa que no permitía ver a 3 metros, atroz. Como estaba cerca de *San Martín* me enteré que sus exploradores habían captado movimiento en el interior de la ciudad. Eso lo afligió y dispuso que las divisiones se trasladaran sigilosamente más al norte para confundir a los godos.

—¿Y qué más? —le pregunté.

—Tremendo, desde el cerro en que estábamos, pudimos ver que mi general *O'Higgins* no alcanzó a trasladar a su gente, que los godos llegaron de improviso y que les plantó pelea, pero eran muy pocos para poder enfrentarlos con éxito, si eran como 4000 los de ellos. En la neblina no entendíamos nada, se veían miles de siluetas negras cada vez que salían los disparos, no sabíamos de qué lado eran, parece que al general lo agarraron, porque su gente empezó a correr como mala de la cabeza. *San Martín* también dio orden de retirada y yo vi clarito que el general *de la Quintana* dejó su división y se fue pa' callao. Donde yo estaba, nos agarró a todos el miedo, porque veíamos a los granaderos enemigos cómo perseguían a los nuestros y los ensartaban, era espantoso.

—¿Y arrancaste? —le pregunté.

—Clarito puh sargento, como todos los demás, estuve toda la noche y todo el día galopando, descansando apenas, casi se me murió el pingo, pero llegué, menos mal.

—¿Qué, y todos se dispersaron? —le pregunté lleno de angustia.

—Chuta, supongo —dijo él—, eran miles de infantes corriendo a morir, se metían en las quebradas y se ocultaban en los bosques. Y el que tenía caballo espoleaba como loco, éramos cientos, me imagino que muchos se habrán desviado pa' esconderse entre los cerros, pero yo quise venir a informar. ¿Qué va a pasar ahora?

—Ándate a descansar —le dije y vuelve después para estar disponible, nosotros vamos a avisar al gobierno.

—No se preocupe de hacerlo, sargento —dijo él—, a esta hora el director delegado ya debe estar informado por mi teniente *Samaniego*, con quien nos vinimos juntos.

*

Durante horas me devané los sesos pensando en la información que había recibido. Me daba cuenta que ella llegaría a la ciudad en boca de otros soldados dispersos y que produciría un estado de ánimo fatal. Me pareció ver a los miles de emigrantes partiendo de nuevo por el camino de los Andes. Me pregunté si en esta oportunidad yo también partiría o si me quedaría junto a mi familia, lo que me parecía más justo.

A las cinco y media de la mañana apareció un propio del gobernador con un mensaje urgente dirigido al general *San Martín*. Venía con sello de lacre con el escudo del gobierno, de manera que no supe qué decía. De inmediato me encargué de despachar al chasqui que estaba de turno.

—Tendrás que estar atento para encontrar al alto mando —le dije—, pregunta a los escapados, ellos te podrán dar señas.

Un poco más tarde, alrededor de las seis de la mañana, ya no aguanté más la tensión, dejé a mi ayudante a cargo y me fui a casa a darle parte a mi señor. Un par de minutos después de despertarlo, nos reunimos con él y con el tío en el despacho del patrón.

—Espantoso —dijo, alicaído, mi señor, cuando terminé mi relato.

—Aterrador —agregó el tío, cubriéndose mejor con su bata.

—Estimo que sus mercedes deberían ir a palacio a hablar con el hermano *de la Cruz*, es el momento de demostrar solidaridad —les dije—, se va a requerir de mucho coraje para enfrentar esta situación.

—Cierto —dijo mi señor—, es primordial que los hermanos lautarinos nos mantengamos unidos. Juancho, encárgate de citar a todos los que estén en Santiago a una reunión urgente.

—Sobrino —dijo el tío— –vamos luego a la plaza, de seguro que deben estar llegando esos otros cientos de desertores.

***

1818, flamante patria llena de espanto

Ese día 21 de marzo no dormí, me despabilé un poco, tomé un fuerte desayuno y me puse a escribir las esquelas para la citación. Fui pasando lista para saber quiénes de los hermanos lautarinos estaban en la ciudad. Viendo mi listado secreto fui registrando a *José Gregorio Argomedo, Gaspar Marín, Juan Antonio Ovalle, Juan Egaña, Manuel de Salas, Juan Enrique Rosales, Francisco de la Lastra, José Miguel Infante, Juan Antonio Pérez,* fray *Juan Pablo Fretes, Mariano Egaña, Hipólito de Villegas, Luis de la Cruz, Miguel Zañartu, Martín Calvo Encalada,* mis patrones y el general *Guido.* Luego hice un recuento mental de los que estaban en el frente de batalla: *Bernardo O'Higgins, José de San Martín, Ramón Freire, Juan Gregorio de las Heras, José Zapiola, Marcos González Balcarce, Bernardo de Monteagudo, José Ignacio Zenteno, Manuel Blanco Encalada, Antonio Luis Beruti* e *Hilarión de la Quintana.*

Apenas cerré el tintero y se hubo secado la tinta sobre el papel, partí a toda velocidad a recorrer las calles para entregar mis mensajes. La reunión se previó para esa misma tarde en la sede de la logia. Cuando llegué de vuelta a casa, me encontré con mis patrones, quienes habían estado durante toda la mañana en el palacio de gobierno y en la plaza.

—En el gobierno están bastante paralogizados —me dijo mi señor—, los hermanos *de la Cruz, de Villegas* y *Zañartu* no saben qué hacer. Solo se escuchan las noticias que traen los desertores y escapados.

—Entre ellos nuestro hermano *Monteagudo* —comentó despectivo el tío—, es de los peores alarmistas, llegó temprano, huyendo como del diablo, y solo piensa en arrancar a Mendoza. Según él, los realistas le tienen mucha bronca y lo van a matar.

—No creo que él vaya a venir esta tarde —dijo mi señor—, debe estar estibando la carga para fugarse, así como lo está haciendo mucha otra gente.

—¿Bah?, yo lo hacía en el frente —comenté—, será un poco cobarde el hermano ese. Qué cosa más terrible, es como revivir lo mismo del año 14.

—Pareciera que es nuestro destino —dijo el tío tomando de la copa que le había servido.

—La gente está como loca —les dije—, escuché a varios decir que la luna llena coincidente con la semana santa, trae muchas desgracias.

—La típica superstición chilena —dijo mi señor haciendo un gesto de desagrado con la mano.

*

A la hora prevista, esa tarde del día 21, los hermanos fueron llegando con la discreción que los caracterizaba. Cuando estuvieron todos ubicados, el hermano *Argomedo* dio por iniciada la sesión y le dio la palabra al hermano *de la Cruz*.

—Queridos hermanos —dijo este—, trataré de ser escueto, es muy poco lo que podemos aseverar a esta hora. Si hemos de hacer caso a los alarmistas y agoreros nuestra situación es insostenible. De acuerdo con ellos, nuestro ejército está destrozado y nuestros generales están muertos. Si así fuera, la llegada de los realistas a Santiago en los próximos días sería inevitable.

—Disculpe que interrumpa, hermano —dijo el don *Gaspar Marín*—, al menos yo he escuchado algunas versiones que difieren de las de aquellos malintencionados.

—Ya se han escuchado algunas voces que dicen que vieron a nuestro hermano *Bernardo* en las cercanías de Curicó —agregó don *Juan Egaña*.

—Como ven —volvió a tomar la palabra *de la Cruz*—, es muy aventurado asegurar las noticias.

—¿Pero, por qué no ha llegado ninguna de parte de los generales? —preguntó don *Juan Enrique Rosales*.

—Eso no lo sabemos —le contestó el hermano ministro, *Miguel Zañartu*—, queremos suponer que están evaluando el daño sufrido. Yo he mandado un mensajero donde el hermano *O'Higgins* para que se reporte cuanto antes.

—Y qué piensa hacer, hermano *de la Cruz* —preguntó muy atribulado don *Manuel de Salas*.

—Permítanme informarles que hoy ya he enviado delegados a todas las ciudades cercanas instando a las autoridades a formar a la brevedad milicias, a recolectar las armas que se pueda y a requisar caballos y reses, todo esto con la finalidad de reconstruir nuestro ejército. Además, he dispuesto que nuestros ingenieros militares planifiquen un refuerzo en la angostura de Painc, es lo único que se me ocurre a estas horas.

—También hemos instruido el embalaje de las platas del estado a fin de ponerlas a resguardo —dijo el ministro *Hipólito de Villegas*.

—Aparte de lo anterior, he enviado un contingente a la cuesta de Chacabuco para evitar que soldados desertores puedan escapar hacia la provincia de Cuyo —dijo *de la Cruz*.

—Perdonen, hermanos —dijo entonces, muy serio, mi señor—, al margen de felicitarlos por las acciones emprendidas, creo que hay un tema que no hemos tocado y que es de suma gravedad para nuestra orden. He escuchado con mis propios oídos a instigadores Carrerinos circulando por la plaza para difundir los peores horrores y denigrar a nuestro gobierno.

—Incluso se han dado el lujo de decir que, si hubiera estado aquí el general *Carrera*, esto no hubiera sucedido —agregó el tío.

—Esa gente es irrefrenable —dijo con voz muy modulada el anciano hermano *Martín Calvo Encalada*—, han encontrado una mínima fisura y la están agrandando para que por ella salgan todas las alimañas ávidas de poder.

—Disculpen, señores —me atreví a decir yo, desde mi ubicación junto a la puerta—, ¿han pensado en don *Manuel Rodríguez*? Me atrevería a suponer que él se aparecerá muy pronto a remover las aguas hacia el lado de los eternos Carrerinos.

—¿No iba a partir a Buenos Aires como delegado, el señor *Rodríguez*, que tanto ha estado estorbando durante el último año? —preguntó el hermano *Ovalle*.

—Cierto —le contestó *de la Cruz*—, pero hoy mismo llegó a mi despacho para pedir autorización para quedarse y colaborar en esta emergencia, y se la di.

—Tendremos que estar muy atentos —dijo el hermano *Argomedo*—, muy en especial usted, hermano *de la Cruz*, no permita que ese señor le haga temblar el piso.

—Hermanos —intervino entonces el general *Guido*—, ustedes conocen mejor que yo a su gente, pero me atrevería a sugerir que durante los próximos días estemos muy atentos a lo que pasa y que participemos en todas y cada una de las posibles asambleas de ciudadanos. No podemos permitir que una repentina mayoría tumultuosa pretenda arrebatarnos el poder, que con tanto esfuerzo hemos conseguido.

—Y hagamos votos por recibir pronto noticias de nuestros hermanos en el frente —dijo cerrando la sesión el hermano *Argomedo*.

*

Esa noche nos fuimos a acostar todos con el alma en un hilo. No obstante mi cansancio, no pude dormirme durante horas. Y me fue imposible cumplir mi turno, para lo cual tuve que dejar a un subalterno.

Por fin, pasado el mediodía del día 22 de marzo, apareció un mensajero agotado trayendo el primer reporte del general *San Martín*. En lo sustancial este decía:

≪*Excmo. señor supremo director delegado*

Campado el ejército de mi mando a las inmediaciones de Talca, fue batido entre nueve i diez de la noche de anteayer, por el enemigo que se hallaba concentrado en aquella. Este sufrió una pérdida doble respecto del mío entre muertos i heridos, i el nuestro una dispersión casi general que me obligó a retirarme a esta villa, donde me hallo reuniendo mis tropas con feliz resultado, pues ya cuento casi cuatro mil hombres desde Curicó a Pelequén, entre la caballería i los batallones Cazadores de Chile i de los Andes…

San Fernando 21 de Marzo de 1818.- José de San Martín.≫

Apenas copiado, lo llevó personalmente mi señor a palacio, donde fue recibido con gran alivio. Todas las aprensiones expresadas la tarde anterior se aliviaban, sabiendo que los generales estaban vivos, que el ejército se estaba rearmando y que, más allá de la gran alarma, las condiciones seguían siendo las mismas que antes del descalabro de Talca.

*

Todos, quienes habíamos conocido el mensaje, estábamos más tranquilos, sin embargo, los agitadores, quienes ya habían sido identificados, seguían divulgando noticias tremendistas. La lectura pública del mensaje y el bando mandado a las ciudades no logró frenar la perversa acción de los intrigantes Carrerinos. Tal fue su éxito, que lograron presionar al hermano *de la Cruz* exigiéndole un cabildo ampliado de las corporaciones y los vecinos, supuestamente para atender la defensa del país.

Esta se llevó a cabo el día lunes 23 a las 11 de la mañana con asistencia de gran cantidad de personas, entre ellas, actuando a cubierto, todos los hermanos lautarinos. Tal como lo esperábamos, se hizo presente allí el caudillo *Manuel Rodríguez* y, aunque estaba tan informado como todos nosotros, tomo la palabra y dijo, mintiendo alevosamente:

—≪*Me toca una tarea muy penosa; la de comunicar a mis conciudadanos los detalles del triste suceso que ha ocurrido en la noche del jueves 19. El ejército ha sido sorprendido y derrotado tan completamente que en ninguna parte se hallaban esa noche cien hombres reunidos en rededor de sus banderas. ¡Ah! El orgulloso ejército que existía una semana ha y en el cual fundábamos todas nuestras esperanzas no existe ya. Se anuncia que el director O'Higgins ha muerto después de la derrota y que el general San Martín, abatido y desesperado no piensa más que en atravesar los Andes. Pero es preciso, chilenos, resignarnos a morir en nuestra propia patria, defendiendo nuestra independencia con el mismo heroísmo con que hemos afrentado tantos peligros.*≫

Luego, el general *Brayer*, otro de los vergonzosos desertores, apoyó sus palabras y dio una cuenta deprimente del estado del ejército que provocó un desánimo general. Sin embargo, el hermano *Guido*, quien ya estaba bien informado, le rebatió cada una de sus aseveraciones. Pero los Carrerinos se opusieron a aceptar la verdad y siguieron presionando, hasta que lograron que se le diera a *Manuel Rodríguez* facultades similares a las del director delegado, el hermano *de la Cruz*. Eso, hasta que el director oficial retomara su función.

Bastó que le dieran algún derecho, para que el caudillo empezara a actuar de manera inconsulta. Esa misma tarde se fue a la maestranza del ejército y sacó armas, que repartió al pueblo sin ningún control, luego fue a rescatar de la cárcel a todos sus correligionarios presos por subversivos, los integró en un escuadrón que llamó los "Húsares de la Muerte" y les entregó armas. Los Carrerinos se acercaban peligrosamente al poder.

***

252

11.

1840

Santiago, Chile

Un día miércoles del mes de noviembre de 1840 por fin surtió efecto el favor que Juan Salvador, el anterior Juanito, le había pedido a su abogado *Mariano Egaña*. Él había hablado con su amigo, el ex presidente de la república, don *Manuel Blanco Encalada*, y éste había estado gustoso de invitarlo a una tertulia en su casa.

Juan Salvador se lavó de forma concienzuda y se vistió con la tenida que había comprado recientemente en una de las mejores tiendas de la ciudad, hecho por un sastre francés a su medida, según la imagen vista en el Journal des Tailleurs. Esta comprendía unos pantalones entallados de lana color gris con finas líneas negras, un chaqué de color gris marengo, un chaleco de raso gris perla, una camisa blanca de cuello duro y una pajarita blanca. Desde luego no le faltaban los accesorios ineludibles para cualquier persona de alcurnia, un reloj de bolsillo con leóntina, colleras de plata, un sombrero de copa y un bastón con mango nacarado. Se miró una última vez al espejo ante los ojos desorbitados de su madre y una sonrisa irónica de su hermano, luego deslizó su mano por la barba candado perfectamente delineada por el barbero Luzzi, y, entonces, se aplicó un caro perfume comprado en la botica alemana.

—Ay, mijito, espero que sepa comportarse en un lugar tan empingorotado —le dijo la madre, sacándole una pelusa—, usted sabe que son tan dados a despreciar a los que no son de su clase.

—Sí, ten harto cuidado, hermano —que no te vayan a pillar por tu modo de hablar.

—Llevo más de un mes fijándome en cómo hablan los ricos y practicando —sonrió Juan Salvador—, esta es una situación macanuda, mi ñato, no sé qué hacer con tanto oro que le arrebatamos a las entrañas de la tierra, qué tal.

—Ya oh…, ándate será mejor —rio Manuelito dándole un palmazo.

Juan caminó lo más erecto posible apenas tocando el suelo con su fino bastón y moviéndolo con la gracia que había observado con detención en señores muy elegantes. Así y todo, sentía que las piernas le flaqueaban y temía tropezarse. Más nervioso se ponía, al ver las miradas de admiración de las personas con que se cruzaba. Nunca había pensado que la simple apariencia exterior pudiera atraer más admiración que la inteligencia o que la cultura de un hombre.

Cuando llegó al zaguán de la casa *Blanco Encalada*, el guardia uniformado no se extrañó por su aspecto, lo dio por sentado. Luego de mostrarle la esquela de invitación, lo acompañó para hacerlo pasar al salón exquisitamente decorado según estilo francés. Una joven muy bella y sonriente se le acercó para darle la bienvenida.

—Soy Juan Salvador García-Lazcano, mucho gusto —dijo él temblando por dentro.

—Hola, yo soy *Mercedes*, me imaginé que era el invitado de quien nos habló mi papá.

—¿Y qué le dijo él de mí, señorita *Mercedes*?

—Nada en particular, que usted es nuevo en la ciudad, que tiene pocas relaciones. ¿A propósito, es pariente de los García-Lazcano de aquí?

—A decir verdad, no es una relación muy directa, mi padre podría aclarársela mejor —respondió Juan acostumbrándose a su nuevo papel.

—Bueno, adelante —dijo ella—, le voy a presentar a mis hermanos y hermanas, y también a una reciente amiga.

Uno tras otro, le presentó a *Florencio*, el mayor, a *Félix*, quien le seguía, luego a *Carmen*, entonces a *Teresa* y, finalmente a *Adolfo*. Además, conoció a varios otros jóvenes, cuyos nombres no pudo memorizar. Al final le presentó a una muchacha que lo descolocó, era muy alta, delgada, ojos verdes, labios rellenos y cabello claro, que le caía en bucles a ambos lados de su rostro ovalado, hábilmente blanqueado con polvos perfumados. Vestía a la última moda francesa, eso se podía advertir con solo mirarla. Llevaba un vestido de esos que llamaban de "moda tapicera" con polisón y varios pliegues. Era de color blanco perlado con ribetes de color azul.

Hasta cuando terminó su inspección ocular, todo había sido tranquilo, pero cuando ella le ofreció su mejor sonrisa, Juan sintió que podría desfallecer, ella le pasó su delicada mano con una finura que lo abismó, él la tomó y la llevó a la cercanía de sus labios y sentía que sus brazos se estremecían.

—Bon soir, monsieur —le dijo ella en perfecto francés—, ¿habla usted mi idioma?

—Mais oui —le respondió él sonriendo—, pero no con su gracia, apenas lo que aprendí en el colegio, señorita…

—Chantal —rio cálida—, Chantal Riqueur.

—Ahh… —se quedó pensando Juan, ese apellido le sonaba, no sabía de dónde—, yo soy Juan Salvador García-Lazcano, un placer.

Cuando notó que *Mercedes*, a su lado, se estaba inquietando le dijo:

—Disculpe, señorita *Mercedes*, ¿será posible que me presente a sus padres? Perdone usted, señorita Chantal.

Se acercaron entonces donde estaban unas ocho personas mayores conversando animadamente.

—Mucho gusto, don *Manuel* —saludó al padre y luego se volvió hacia su señora—, mucho gusto y muchas gracias, doña *Carmen*, es un honor para mí estar en su distinguida casa.

—Sea bienvenido, joven —dijo el dueño de casa—, espero que se divierta.

Luego se acercó a los otros mayores y saludó a cada uno de mano. Cuando terminó, sintió que se había sacado un tremendo peso de encima.

—Vamos —dijo *Mercedes*—, la Clotilde le servirá una mistela, puede acercarse a los varones.

Tal como se lo había propuesto la joven, Juan Salvador se allegó al corrillo de los hombres jóvenes y, sin llamar la atención, se puso a escuchar lo que estos hablaban, lo que, en definitiva, le pareció bastante superficial. Los comentarios respecto de las muchachas copaban casi todo su espectro temático. Cuando se aburrió y aún no había intervenido en la conversación, se volteó para ubicar a la joven francesa que lo había impresionado. Se la veía muy solitaria, tratando de entender lo que hablaban las otras muchachas en español, se notaba que no le salía fácil. En vista de ello Juan sacó fuerza de flaqueza, trató se sintonizar su mente en francés y se dirigió a ella.

—Ahh, monsieur —le dijo ella riendo, cuando lo vio acercarse—, ¿Me va vous sauver?

—Je veus fair le possible, mademoiselle Chantal —le respondió él, devolviéndole la sonrisa—. ¿está usted hace tiempo en Chile?

—No —contestó ella—, arribé hace solo dos meses de Francia.

—Perdone la indiscreción, pero ¿cómo es que llegó por estos lados? Es un largo viaje desde Francia hasta acá.

—Lo que pasa es que yo nací aquí, en Santiago, en el año 1816, pero mi madre se trasladó a Francia cuando yo tenía apenas un año. Mi padre había fallecido. Como ahora me puedo dar el lujo, decidí conocer el lugar de mi nacimiento.

—¿Por qué dice que ahora se puede dar el lujo? —quiso saber Juan.

—Es que mi madre se casó hace un par de años con un señor muy rico y por fin podemos llevar una vida satisfactoria. No le diré cómo era antes.

—¿De veras, su vida anterior no lo era?

—Pobretona —dijo con una sonrisa maliciosa que lo dejó pensando extrañado.

—Bueno, le revelaré que yo también he conocido una vida sin lujos —le dijo él tratando de empatizar.

—Tal vez llegue el momento en que le pueda contar más de mi vida —dijo ella ahora con un aire misterioso.

—Sería un honor, estimada señorita. ¿Y dónde está viviendo aquí en Santiago? —le preguntó él.

—En la residencia de Madamme Noilly junto con mi doncella —contestó.

—Ah... —fue la expresión de Juan—, ¿Y cuánto tiempo disfrutaremos de su presencia en nuestra tierra?

—No lo tengo decidido, eso dependerá de qué tan bien lo pase aquí.

—Si de mí dependiera —dijo entonces Juan, mirándola con una sutil sonrisa en la comisura de sus labios—, estaría gustoso de contribuir a que su estadía aquí sea muy placentera.

—Qué gentil, Monsieur Juan —le sonrió ella de vuelta—, lo tendremos muy presente.

***

1818, Batalla de Maipú

Esa misma tarde del día 23 de marzo, cuando el sol se estaba poniendo, se fueron congregando, sin invitación de por medio, varios hermanos lautarinos, a quienes guie hasta la cuadra. Tenían rostros descompuestos, el miedo se les reflejaba en los ojos. Con gran celeridad les serví coñac para que recuperaran sus colores.

—¿Vieron a los Carrerinos en la asamblea? —preguntó el hermano *Argomedo*—, estaban como aves carroñeras ante un cadáver de aspecto apetitoso.

—¡Qué les han dicho! —siguió el hermano *Marín*—, qué mejor para ellos que declarar nuestra incompetencia para gobernar y defender a la patria. Les puedo asegurar que a esta hora ya debe ir un chasqui galopando hacia Montevideo para advertir a *Carrera*.

—Supongo que ya supieron todos los desatinos cometidos por *Manuel Rodríguez* en el transcurso de la tarde —agregó el hermano *Egaña*—, y todo hecho con un solo propósito, armar a sus compinches carrerinos. Debe estar convencido que con un simple golpe de fuerza puede derribar al gobierno.

—Qué falta hace el hermano *Bernardo* aquí en Santiago —se dolió mi señor.

—Así lo creo —dijo el tío Pancho—, pero afortunadamente el ministro *Zañartu* ya partió hacia el sur para traerlo a como dé lugar a la capital.

—Permítanme informales, queridos hermanos —tomé yo la palabra—, que nuestros correos nos han dicho que *Ossorio* todavía no se mueve de Talca, sabemos que el coronel *Ordóñez* sí lo hizo, persiguiendo a nuestra primera división, pero que se detuvo en Quechereguas, aparentemente para esperar al grueso de su ejército.

—Gracias, hermano Ramírez —dijo don *José Gregorio Argomedo*—, eso al menos nos da tiempo para organizar la defensa.

—En todo caso, *Ossorio* y *Ordóñez* deben estar convencidos de que nuestro ejército está aniquilado —comentó el hermano *Marín*—, de no ser así no se entiende que no hayan seguido persiguiéndolo.

—¿Más coñaquito? —preguntó mi señor y todos levantaron sus copas vacías—, Juancho...

*

Lo que en ese momento ninguno de nosotros sabía, y de lo cual nos vinimos a enterar la mañana siguiente, era que a esa misma hora el hermano *Zañartu* traía al hermano *Bernardo* a toda velocidad hacia Santiago en su calesa. Lo había recogido en Rancagua, hasta donde el general, herido grave en su brazo, como estaba, había cabalgado durante toda la noche anterior. Incluso se había dado el tiempo para pasar revista y animar a todos los soldados que el general *González Balcarce* y los coroneles *Zapiola* y *Freire* habían logrado rejuntar hasta ese momento. Finalmente, *Zañartu* y el general habían llegado a la ciudad a las tres de la mañana.

Y entonces, actuando a un ritmo inimaginable para una persona que está afiebrada y con una herida de bala en el cuerpo, el general *O'Higgins* retomó el poder, frenó los excesos cometidos por *Manuel Rodríguez*, se preocupó de hacer trasladar desde Los Andes una carga de fusiles que provenía de Buenos Aires, compró a un mercader inglés otros tantos fusiles más, encargó la concreción de la compra de un navío inglés surto en la bahía de Valparaíso y apuró la entrega de un millar de uniformes recién confeccionados. Los hermanos que lo vieron, comentaban que estaba como en trance, nadie lo podía parar, sus médicos sufrían por su falta de cuidado, estaba eufórico y comentaba, a quien quisiera escucharlo, que la batalla decisiva estaba ad portas y que sería el triunfo definitivo de la patria sobre el rey español.

Al día siguiente en la tarde, llegó el general *San Martín*, quien vino para reafirmar el poder de los dos líderes. Se dejó ver en compañía de *O'Higgins*, caminando por la ciudad y ambos fueron vitoreados por el pueblo y por la plebe. Y luego, puertas adentro, siguieron planificando las acciones. *San Martín* se fue dos días después, al mando de todos los contingentes que se habían ido reuniendo en Santiago, alrededor de 2000 efectivos, tanto soldados veteranos, como milicias, y se trasladó a un campamento de instrucción que se había levantado sobre la marcha en las cercanías del río Maipo al sur de Santiago. Al día siguiente, tuvimos que trasladarnos nosotros también a dicho campamento.

Mientras tanto, el ejército español seguía avanzando hacia el norte sin que se le opusiera resistencia en ninguna parte. Los exploradores patriotas solo se preocupaban de vigilar desde la distancia sus movimientos e informar al alto mando. Se necesitaba tiempo para reestructurar los batallones, reparar la artillería, hacer descansar a la tropa e instruir a los nuevos reclutas. Supimos también, por los partes llegados, que el día 2 de abril el general *Ossorio* se había desviado de su trayectoria hacia Santiago a la altura del río Maipo dirigiéndose unas tantas leguas al poniente del camino real para cruzarlo por el paso Lonquén.

—Su merced —le dije lleno de aflicción cuando vi el mensaje enviado por los exploradores—, el enemigo va a pasar por Santa Lucía.

—¡¿Queeé?! —exclamó mi señor.

—Sí, su merced, el último parte lo dice clarito, van a cruzar el Maipo por el vado de Lonquén, ya están llegando allá —le dije muy serio—, ¿cree usted que debamos ir al campo para resguardar a nuestras familias?

—Ve urgente donde el general *San Martín* —me dijo—, que nos diga qué hacer y si alcanzamos a ir a protegerlas.

La respuesta de *San Martín* fue inmediata, de manera que, en menos de dos horas, estábamos en camino hacia el campo. Los dos pensábamos en qué podríamos hacer. La Francesa y los tres hijos del patrón estaban allá, al igual que Auristela y los tres niños en mi casa. —¿Los llevaremos a Santiago? —me preguntaba—, ¿habrá tiempo para ello o será muy tarde ya?

Apenas llegamos a las casas, el patrón envió al huaso Lorenzo al Camino de los Trailes, que corría pegado al pie de monte del cerro Lonquén.

—Es por allá que van a circular —le dijo—, avísales a Rubilar y Manríquez que se vengan con todos para las casas, que se traigan también sus vacas y sus ovejas. No hay razón para dejarles nada a los godos. Ministro, vaya con el Arcadio y unos ocho peones y arríen todo el ganado hacia acá.

—Patrón —le pregunté—, ¿nos irá a alcanzar el tiempo para volver antes de que aparezcan por aquí los maturros?

—Ándate a buscar a los tuyos, yo haré ensillar unos 8 caballos y voy a buscar a la Francesa —me respondió él, cuando yo ya enfilaba hacia mi casa.

Media hora más tarde estábamos en camino de vuelta a Santiago. Juanito montaba solo, Auristela llevaba a Manuelito y yo a Luisa Marina. En el caso del patrón, Louis Phillipe iba sobre su espléndido potro alazán, don Manolo llevaba a Juliette y la Francesa al pequeño Michel, la señorita Melanie cargaba a su guagua. Nos acompañaban las criadas y seis peones armados. Yo notaba que el baroncito hacía lo posible por no acercarse a Juanito, lo que tenía prohibido. Se iba continuamente hasta la punta. También me fijaba en que la Francesa miraba muy recelosa a mi mujer y nuestros niños. Pero me abstraje, en ese momento no había tiempo que perder, de manera que incentivé a mi señor y aprovechamos de galopar durante media hora para adelantarnos al lento movimiento que podíamos esperar del ejército de Ossorio. Luego seguimos al paso durante media hora y, entonces, nuevamente a galopar. En los extramuros de Santiago, atardeciendo ya, fuimos detenidos por un sargento que comandaba su piquete de soldados, resguardando unos tremendos fosos de protección que, al parecer, habían mandado excavar en esos días. El patrón le habló y, gracias a nuestros uniformes, nos dejaron avanzar.

A oscuras ya, llegamos finalmente al centro de la ciudad a golpear el portón de servicio una y otra vez hasta que el Bicho nos llegó a abrir. Ubicamos a las familias de acuerdo a lo acostumbrado y luego nos reunimos en la cuadra con el tío.

—Yo les voy a servir —dijo este con gentileza—, deben estar muertos.

—Ya lo creo —dijo mi señor echándose para atrás en la poltrona—, ven Juancho, siéntate.

—Menos mal que llegamos —dije yo—, ¿se dio cuenta su merced cómo andaba la gente en las calles?

—Me imagino que los saqueadores andarán investigando en qué casas se meterán a robar si la batalla se pierde.

—Desde que se fueron al campamento, hace apenas cuatro días, han estado pasando hartas cosas —dijo el tío—, ¿vieron las zanjas en el lado poniente?

—Sí —contestó mi señor—, ¿qué se dice, creen que van a querer entrar por allí?

—Hoy me encontré en la plaza con el hermano *de Villegas* —contó el tío entonces— y me relató todo lo que el gobierno ha hecho en estos pocos días. Aparte de las armas que ya mandó al campamento de Ochagavía, *O'Higgins* mandó al coronel *de la Cruz* a Coquimbo por la eventualidad de que hubiera una derrota en la batalla, él cree que, si ese fuera el caso, todos deberían partir al norte para reorganizarse.

—¿Piensa él que puede haber un revés en los próximos días? —preguntó mi señor temblándole la voz.

—Según *de Villegas* no, pero dice que un general siempre tiene que prepararse para todas las posibilidades. Incluso mandó a *Miller* a hacerse cargo del buque que compró, para tenerlo listo para embarcar gente. Y mandó armas y munición a Santa Rosa de los Andes, por si hubiera que proteger la retirada.

—No se me habría ocurrido tanta previsión —hice el comentario.

—Bueno, tío —dijo mi señor—, usted va a tener que hacerse cargo de la familia, nosotros nos vamos mañana temprano.

*

Al día siguiente, de madrugada, nos fuimos a la hacienda de Ochagavía y nos reintegramos a nuestra unidad de comunicaciones. Los partes seguían informando de los movimientos del enemigo. Así, nos enteramos de que este había acampado en el sector de Calera de Tango esa noche. Estaba cada vez más cerca y eso se notaba en la crispación que se advertía en el general *San Martín* y toda la oficialidad del alto mando. Las instrucciones de estos, sin embargo, eran redactadas de manera de llamar a la calma.

—Sargento Ramírez —me dijo el general—, informe a *Freire* que se prepare para empezar mañana a hostigar al enemigo.

—Sí, mi general —respondí corriendo a cumplir la misión.

El día 4 de abril la tropa completa lo pasó sobre las armas, mientras los españoles se acercaron aún más, instalándose en el sector de Lo Espejo, a menos de 6 kilómetros de nuestro campamento. A esas horas, ambos ejércitos contaban con alrededor de 4500 efectivos, pero nosotros teníamos más artillería que ellos. Sin embargo, todos coincidían en que estábamos muy parejos y solo la astucia de la estrategia o la furia de los combatientes decidirían las acciones.

A las 10 de la mañana del día 5 de abril de 1818, las huestes de ambos lados estuvieron enfrentadas, esperando que se iniciara la batalla. Aparentemente el general español había llamado a mantener la defensiva y solo tratar de ir avanzando con sigilo hacia el camino a Valparaíso, que quedaba a su izquierda, vale decir nuestra derecha. Mi señor y yo estábamos junto al alto mando sobre una colina observando con el lente largavista.

Entonces, nuestra artillería en el sector norte comenzó a disparar para evitar el movimiento táctico del enemigo, logrando que sus batallones tuvieran que responder, manteniéndose un statu quo lleno de tensión.

—Que nuestra ala izquierda estreche la distancia —instruyó *San Martín*, ante lo cual *Freire* y *Bueras* acercaron la caballería y la infantería a su flanco derecho. Después de unas pocas refriegas, se lanzó la infantería a subir la colina sobre la que estaba el enemigo.

Hubo intenso fuego de fusilería y la avanzada nuestra fue repelida, debiendo retirarse para reorganizarse, comenzando a ser perseguidos. Desde nuestra ubicación todos se preocuparon, el ánimo decayó, se le estaba entregando la iniciativa al contrario y eso era peligroso. *San Martín* partió, sobre la marcha, con la reserva a reforzar la línea.

—Me voy con él —me gritó mi señor en medio del ruido de cañones y fusiles—, es mi momento, quédate aquí.

Lo observé cómo ajustaba la cincha de su caballo, montaba y desaparecía en medio del escuadrón. Entonces volví a concentrarme en la batalla. Los infantes del N° 8, el escuadrón de negros libertos, volvía al ataque y con más ardor que antes, corrieron ladera arriba con el apoyo de los granaderos a caballo y la artillería. Esta vez llegaron a la cima y la lucha cuerpo a cuerpo, bayoneta calada, fue atroz, en la majamama pantagruélica apenas se distinguían los movimientos individuales, era una masa de cuerpos, los más fuertes de pie, los derrotados ya en el suelo, caballos, sables que subían y bajaban, cabezas que volaban, brazos con manos teñidas de rojo que salían disparados por el aire, cada vez más cuerpos en tierra, negros saltando por encima de estos y comenzando a perseguir a los que arrancaban. ¡Arrancaban!, eso me quedaba claro, los nuestros estaban ganando.

—¡Ohh Dios, que espanto! —grité sin que nadie se inmutara.

Y seguían corriendo, unos detrás de otros. Y entonces, desde el centro del ejército realista partieron algunas compañías a apoyar a los que huían, con eso se empezó a producir una brecha en su defensa y los nuestros la aprovecharon y penetraron sus filas, ya había dos amplias grietas en su defensa y nuestros dragones entraban libres cortando cabezas a diestra y siniestra. Y entonces, nuestro flanco izquierdo comenzó a desnivelar y se vio enemigos escapando urgidos. Ahora todas nuestras compañías estaban persiguiendo a los godos, quienes corrían en desorden hacia el lugar de su último campamento.

—¡Ohh, no! —tuve que exclamar, cuando vi que un pequeño contingente de españoles montados, llevando al general *Ossorio* al centro. Salía a matacaballos hacia el norte—. ¡Ese cobarde!

Eran las dos de la tarde y todo había acabado, el campo de batalla estaba en completo silencio, un silencio de muerte. Hacía un par de horas no se escuchaba allí un simple disparo, todas las divisiones y las artillerías se habían alejado, solo a la distancia se escuchaban algunos disparos. Aquí, delante de mis ojos, únicamente muerte, miles de cuerpos cercenados, cabezas buscando sus troncos, brazos solitarios aferrados a sus fusiles. Solo los camilleros hacían su tarea encomiable, subían cuerpos que aún respiraban, que se contorsionaban, que se sacudían, sobre carretillas e incluso carretas, los trataban con afecto, con delicadeza, algunos de esos cuerpos perdían sus signos vitales cuando iban en camino al hospital de sangre, donde los doctores trabajaban como desaforados, los serruchos subían y bajaban amputando piernas y brazos.

—Qué tristeza —dije con el alma descorazonada, mientras observaba a los primeros escuadrones volviendo agotados, pero eufóricos.

Allí venía un destacamento de granaderos rodeando por todos los lados a un vastísimo contingente de prisioneros. No es que evitaran que estos escapasen —para eso venían demasiado cansados—, sino que los protegían de nuestros soldados enfurecidos, con la mente y el corazón respirando sangre, en especial los negros, que parecían querer vengar sus vidas de privación. Era un horror ver que allí la más simple misericordia, el sentimiento de compasión humana, el aprecio por el semejante, parecían estar desterrados, en esa situación solo se respetaban las instrucciones de los oficiales, defendidas con el poder de los sables y las pistolas.

Más y más soldados a caballo y a pie seguían retornando al campamento, pero de mi señor no sabía nada. —En fin —me dije—, habrá que tener paciencia. En algún momento, que no podría definir, empecé a ver un movimiento de seres agazapados que se desplazaban rápidos entre los cuerpos caídos, parecía una plaga de ratones invadiendo el campo de batalla. Pero no eran rata, eran los "rateros", hombres harapientos, niños a pies pelados y mujeres andrajosas que se movían como alimañas robando lo que encontraran a su paso, desvestían a los muertos para llevarse su ropa, sus adminículos, sus miserables joyas. Otros recogían fusiles, tercerolas, sables y cuchillos. Algunos de estos eran detenidos con gritos rabiosos por soldados montados encargados de recuperar las armas.

Y entonces, no sabía qué hora era, todos los jefes ya estaban de vuelta y gentes civiles, funcionarios del gobierno, señores de alcurnia, poblacho mal vestido y cientos de curiosos llegados de Santiago se acercaban por todos los lados. La euforia y los vítores llenaban el espacio sonoro. Entre todos ellos, con su faz demacrada y su brazo en cabestrillo, sonriente, irguiéndose sobre su caballo, vi al general *O'Higgins*, quien se aproximaba al general *San Martín*, lo abrazaba con afecto fraternal y le decía algo al oído. Luego los dos declamaban sus frases para ser escuchadas por todos los presentes:

—«*Gloria al salvador de Chile*» —le dijo *O'Higgins* al hermano *San Martín* lleno de euforia.

—«*General, Chile no olvidará jamás el nombre del ilustre inválido que el día de hoy se presentó al campo de batalla en ese estado*» —le respondió este solemne.

Los aplausos fueron atronadores y se fueron desplazando hasta la periferia del gentío que se agolpaba lleno de curiosidad y alegría. Oh Dios, pensé en ese momento lleno de aflicción, mi patrón todavía no aparece, ya están de vuelta tantos oficiales y él todavía no se hace presente. Me preocupé, ¿qué hacer?, me pregunté, mientras, sin meditarlo, inconsciente de lo que hacía, saltaba sobre mi caballo y me dirigía al campo de batalla. Buscarlo, era lo único que se me ocurría hacer.

Crucé el terreno cubierto de cadáveres aguzando mi vista, que solo veía rateros y soldados que los espantaban. Seguí la ruta de nuestras compañías hasta las cercanías de un caserío, el aspecto del camino y las inmediaciones seguía siendo dantesco, muertos y heridos por todas partes, de mi señor ninguna noticia. Me movía despacio observando con detención en su búsqueda. Tenía un nudo en la garganta, sentí que las lágrimas me afluían, pero debía secarlas para poder mirar. Pasó media hora y ya había visto cientos de occisos de distintos colores y fisonomías, pero mi señor no aparecía. Con verdadero temor avanzaba. Me había bajado del caballo y lo llevaba de la rienda. Daba vuelta los cuerpos que estaban de bruces. Nada, otra media hora transcurrió, otro centenar de soldados malogrados, ocasionalmente alguno que se movía, entonces llamaba a los camilleros. El sol ya se estaba poniendo en los cerros de la cordillera de la costa. ¡Nada aún!, decidí volver al hospital por si lo hubieran llevado para allá.

En la enfermería el espectáculo era tan espeluznante como en el campo, efectivamente, allí estaban los vivos, pero los gritos de quienes estaban siendo sometidos a amputación eran pavorosos. El alma parecía hacerse pequeñita para no tener que enfrentar tanto dolor. Allí no había identidades, solo había seres dolientes, otros silenciosos, muchos sencillamente desmayados. Las camas de campaña se habían hecho pocas y muchos estaban en el suelo sobre colchas y ponchos. Un ayudante distribuía, entre los conscientes, licor de alta graduación para embotarles los sentidos.

Recorrí los pasillos entre aquellos cuerpos agonizantes. No había nadie a quién poder preguntarle, ni los enfermeros ni los médicos sabían quiénes eran sus pacientes. Eso no importaba, solo la agilidad para tratarlos antes de que fallecieran era lo urgente. Y, de repente, lo vi, parecía un cadáver, el rostro blanco como papel, en coma, los brazos estirados a ambos lados, la pierna derecha del pantalón cortada sin cuidado, una gran venda bajo la rodilla. Me giré para lado y lado para ubicar un doctor a quien preguntarle, pero no había nadie. Comprobé que vivía y me decidí a actuar, de seguro haría bien, facilitaría las tareas de los sanitarios, eso pensaba.

Monté y volé hacia la ciudad hasta que en las primeras casas vi una carreta, desmonté, ubiqué al carretero, le ofrecí un dineral y este empezó a moverse rápido, trajo sus bueyes y los enyugó. Al ritmo cansino de los animales volvimos al hospital de campaña, me parecía que no se movían y me daba ganas de chicotearlos, pero sabía que era un absurdo. Después de casi tres cuartos de hora llegamos allí. Con la ayuda del buen hombre eché a mi amo encima, lo cubrí con un poncho, amarré mi caballo a la carreta y me subí a su lado. Cuando, mucho más tarde, ya habíamos entrado en la ciudad y la oscuridad se estaba apropiando del cielo, de repente escuché un gemido, el patrón estaba volviendo en sí.

—¿Juancho? —dijo con un hilo de voz cuando mucho rato después abrió un ojo— ¿me encontraste?

—Sí, su merced —le respondí sonriendo al verlo mejor —, no sabe cuánto me costó.

—Me llegó una bala de fusil —dijo—, me caí del caballo y este escapó, dolía terrible, me revolqué en el suelo, un sargento de una fuerza descomunal me encaramó, con tremenda dificultad, sobre otro jumento, de guata, arriba de la montura, me amarró la pierna buena con los brazos y partió. El dolor era insoportable, sentía cada paso del caballo en mi rodilla. A mitad de camino no aguanté más, se me fue todo a negro, no recuerdo nada.

—Estaba en el hospital —le dije, tranquilizándolo—, no le cortaron la pierna, solo está vendada, lo llevo a casa.

—Gracias, buen amigo —alcanzó a decir antes de volver a perder la consciencia.

***

1818, muerte de los *Hermanos Carrera*

La casa amaneció revolucionada. Con ayuda de todos los hombres habíamos trasladado al patrón a su cama la noche anterior y la Rosaura lo había velado hasta el amanecer. Cada vez que se despertaba gritando por el dolor, ella le daba aguardiente hasta que perdía la consciencia. Al acostarlo lo habíamos apuntalado, de manera que no pudiera mover la pierna herida y, así y todo, se le hacía insoportable.

Todos estábamos alarmados y no hallábamos cómo aliviarle el sufrimiento. Misiá Charito se instaló en la pieza y, desde allí, mandoneaba a las criadas. La Francesa, para mi extrañeza, se mantenía incólume, solo visitaba al patrón cada cierto rato y luego seguía preocupada de los niños, a quienes impedía alejarse de su lado para ir al tercer patio, donde estaban nuestros niños.

Yo partí temprano al palacio de gobierno a fin de ubicar al general *San Martín*. Quería contarle, de primera mano, el percance de mi señor.

—Mayor Bustamante —dijo en voz alta apenas hube terminado—, vaya urgente a ubicar al doctor *Paroissien* y lo manda con una escolta a la casa del capitán García-Lazcano.

—Muchas gracias, mi general —le dije, aprontándome para salir—, ahora me puedo ir más tranquilo a retomar mis labores.

—Olvídese, teniente Ramírez —me dijo sonriendo—, ¿escuchó?, acabo de ascenderlos a los dos, usted preocúpese hoy solo del mayor García-Lazcano.

—Oh, señor, muchas gracias —le dije—, él va a estar contento cuando se lo transmita.

—¿Y usted, acaso no?

—Por supuesto, señor —respondí—, es un orgullo sin nombre para una persona como yo.

—Muy entre nosotros, hermano Ramírez —me dijo para callado—, nosotros sabemos de su capacidad y su cultura, no me es ningún misterio.

—Me halaga, querido hermano, si usted me lo permite —le dije un poco asorochado.

—Por supuesto, los lautarinos tenemos el alma de los masones, las personas valen por lo que son y no por su alcurnia —me sonrió.

—Perdone usted, señor, ya que no voy a ir al trabajo, ¿me puede decir algo de los números de ayer?

—Ellos, mil quinientos muertos y más de dos mil prisioneros, nosotros ochocientos muertos, aun no sé cuántos son los heridos —respondió—, e imagínese la cantidad de armamento que les arrebatamos.

—Vi cuando el general *Ossorio* se escapaba —le dije—, ¿lograron pillarlo?

—No —respondió—, lamentablemente el capitán *O'Bryan* equivocó el camino y se nos escapó hacia la costa. Pero ya lo vamos a agarrar al cobarde.

—Me contaron, mi general, que la entrada vuestra a la ciudad ayer en la noche fue apoteósica, que las casas estaban completamente iluminadas y que el pueblo los acompañó en un frenesí exaltado. Yo venía en ese momento en camino y pude escuchar el repicar de las campanas.

—Fue un momento sublime —me respondió como desahogandose—, el hermano *Bernardo* y yo recibiendo esos homenajes públicos, nos sentíamos cercanos al cielo. No paraban de aclamarnos, pero, lo que el pueblo no sospecha es que queda mucho por hacer en la zona sur y no va a ser fácil terminar con el enemigo.

—Me imagino —le dije despidiéndome con saludo militar y golpeando efusivamente los tacos —gracias por todo, mi general.

*

Cuando iba llegando a casa vi un grupo de soldados delante de ella, los saludé y entré. Fui derecho al dormitorio del patrón, donde encontré al doctor terminando de vendarlo. Lo miré con ojos de pregunta.

—La bala cruzó la pierna rompiendo venas y músculos y astillando la tibia. Las puntas filudas de esas astillas provocan un dolor indecible. Afortunadamente la herida está sana y le he vuelto a poner polvos antisépticos.

—¿Tengo para largo, doctor? —preguntó mi señor con una mueca de dolor.

—No menos de dos meses, querido amigo —respondió este, sonriendo con afecto, mientras guardaba su instrumental—, es fundamental que mantenga la pierna inmovilizada para que el hueso se regenere.

Misiá Charito miraba alternativamente al médico y a su hijo, se la veía muy afligida y condolida, como si quisiera hacerse cargo del dolor de su amado primogénito.

—Paciencia y fortaleza, capitán García-Lazcano —dijo *Paroissien* llevando su mano a la gorra militar—, señora.

—Mayor García-Lazcano —lo corregí sonriendo, a lo que este me miró extrañado.

—Los informo oficialmente que mi general *San Martín* lo ascendió esta misma mañana.

—Oh —expresó mi señor sonriendo con dificultad—, ¿a ti también, Juancho?

—Sí —respondí con orgullo—, me elevó a grado de oficial, soy teniente.

—Vaya cosa —dijo el doctor sonriendo—, los felicito a ambos, hasta luego.

*

Los días fueron pasando y la condición del patrón iba mejorando con lentitud. Ya no tenía esos accesos de sufrimiento que lo hacían gritar, podía soportarlo con mayor entereza. Misiá Charito no se movía de su lado, siempre preocupada de que no le faltara nada, incluso le daba de comer en la boca.

Yo seguía preocupado por la posibilidad que hubiera desertores realistas en las cercanías del campo. Ya el día 6 había mandado al Palomo para que hablara con el ministro, mi suegro, y se informara de todo. A su vuelta pude saber que, en principio, no había pasado nada grave allá. Nadie había sido perjudicado y solo faltaron seis novillos en engorda, de seguro terminaron en los estómagos de los soldados realistas. En vista de eso, decidí llevar a mi gente el día domingo siguiente, después de ir a misa en la catedral.

Toda la semana, las festividades con motivo del triunfo fueron colosales, las campanas repicaban alternativamente en las distintas iglesias. Y en las tardes, antes de que se pusiera el sol, en los frentes de las casas se encendían chonchones que duraban hasta tarde. Además, estaban engalanadas con banderas y cintas tricolores. Apenas oscurecía, los jóvenes salían a la calle a lanzar cohetes multicolores ante la mirada fascinada de los más pequeños.

Pero, no obstante el ánimo festivo de toda la población, las autoridades tuvieron que preocuparse de ordenar rondas de severa vigilancia, ya que los soldados, aún eufóricos, solían perder la compostura y asaltaban a los parroquianos para poder seguir con sus juergas.

Aproveché, durante esos días, de mostrarles a los niños los lugares de mayor interés, los llevé a la plaza, que volvía a ser el centro de toda la actividad comercial y donde, por primera vez, ellos pudieron ver tantas mercaderías expuestas. Estaban embelesados y se movían curiosos de un puesto al siguiente. Auristela, con dificultad, los tenía en la mira. Luego los llevé a todos al paseo Tajamar para que vieran a la gente encopetada circulando por allí con sus numerosas familias. Les mostré el palacio de gobierno y la antigua Real Audiencia. Las sonrisas no se desvanecían de sus pequeños rostros, en particular de Juanito, quien a su temprana edad ya manifestaba un gran interés por aprender.

La mañana del domingo 12, antes de partir todos a la catedral, llegó un chasqui trayendo una carta personal para mí, lo que me extrañó. La guardé en el bolsillo para disponernos a salir de casa. Auristela se sentía orgullosa de poder pasear por la capital con sus retoños. Cuando cruzamos el portal y nos persignamos mirando hacia el altar, los niños quedaron impresionados con la vastedad del enorme templo y la ostentación que se notaba en todas partes. Luego los anonadó la solemnidad del rito litúrgico seguido en silencio por la masiva feligresía.

Al término de la misa, salimos sintiendo el alma cargada de sensaciones profundas. Más tarde, después del almuerzo, luego de despedirnos de toda la servidumbre, partimos camino al campo.

—Tómalo con calma —me dijo el patrón cuando fui a despedirme de él—, aquí no hay nada urgente.

—Gracias, su merced —le dije—, el lunes 20 estaré de vuelta, me preocuparé de ver con mi suegro el estado de la hacienda.

*

—¿Qué pasó con el patrón? —me preguntó el ministro con cara de gran preocupación, apenas llegamos al campo.

—Lo hirieron en la batalla —le dije—, ¿por qué lo pregunta, suegro?

—Su caballo, llegó ensillado ese día —me respondió—, supusimos al tiro que algo grave le había pasado.

—Afortunadamente está bien, tendrá que reposar como dos meses, no más.

—Gracias, Diosito Santo —exclamó—, qué susto pasamos. ¿Y ustedes, todos bien?

—Como nos ve, suegro, aquí le traigo a la Telita y sus nietos.

—Qué bueno, hijito —vayan a la casa a saludar a sus padres, nosotros vamos más tarde.

*

Cuando ya nos íbamos a la cama, esa misma noche, después de haber comido con mis suegros, encontré la carta que tenía olvidada. Me sorprendí gratamente al ver que el remitente era la señorita Anette desde Mendoza. Por la fecha, me percaté que ella no podía haber sabido de la batalla de Maipú.

Mendoza, miércoles 8 de Abril de 1818

Querido Juancho

Hace varios meses he estado postergando esta carta, que he escrito en mi mente dos docenas de veces. Cuan acertado fue tu consejo de quedarme aquí en Mendoza. Los primeros días, lo reconozco, me sentí muy sola y hasta con miedo. Sin embargo, después de un tiempo me pude ambientar y he conocido gente que ha sido generosa y me ha facilitado la vida.

Cuando no habían pasado tres meses, tuve la suerte de conocer a Leandro, mi actual pretendiente. Es un oficial de baja graduación, que ejerce de ayudante del edecán del gobernador *Luzuriaga*. Te hice caso de no aspirar a un hombre de alcurnia y creo que he hecho bien.

Por el cargo que tiene, Leandro siempre está enterado de todo lo que pasa a nivel de gobernación y, en tal sentido, te cuento que la situación en esta provincia ha estado muy alterada. Desde que se supo de esa batalla que perdieron en Cancha Rayada los ánimos están muy deprimidos y el pánico ha estado cundiendo. Se ha dicho que los españoles están cruzando por el sur para venir a conquistar la ciudad. Quien más ha estado asustando a la gente es un señor *Monteagudo*, que llegó huyendo de los godos.

El gobernador *Luzuriaga* está afligidísimo, tan así que mandó a pedir armas y refuerzos a Buenos Aires. La gente le enrostra a diario que no se preocupa adecuadamente de la defensa de la provincia.

Me imagino que se habrán enterado allá del intento de insurrección en que estuvieron involucrados los hermanos *Juan José* y *Luis Carrera*. Desde la prisión estaban complotando para tomarse el gobierno. Menos mal que los detectaron a tiempo, pero la gente no se convence de que el gobernador no los haya pasado por las armas de inmediato. Se ha comentado que ellos iban a abrirles el camino a los españoles y liberar a todos los maturrangos presos.

Menos mal que ahora ese peligro se acabó, hace un par de horas fusilaron a los *Carreras* y el pueblo está contento, por fin esos conspiradores están neutralizados. Acuérdate que yo estaba en Chile las tres veces que se tomaron el gobierno.

¿Cómo está el Manuelito? A veces pienso en él y me da ganas de conocerlo y tenerlo conmigo, pero sé que no es posible. Agradécele a tu mujer por su caridad maternal.

Que Dios te guarde por mucho tiempo

Anette

—¡Ohh Dios! —exclamé.

—¡¿Qué pasa?! —me preguntó Auristela asustada—, ¿algo grave?

—Sí —le contesté—, no es algo cercano a nosotros, pero es grave, fusilaron a los dos *Carreras* que tenían presos en Mendoza.

—¿Y qué significa eso? —quiso saber.

—Va a tener graves repercusiones, eso te lo puedo asegurar. Voy a tener que volver a Santiago mañana.

—¿Tiene que ser? —me preguntó entre afligida y molesta.

—Sí, mi amor —le dije—, pero volveré pronto.

*

Temprano en la mañana partí con el bayo a Santiago y me pareció que los ánimos estaban más calmados, la gente estaba volviendo al trabajo y las calles estaban con mucho movimiento. En casa, el patrón empezaba a inquietarse. Acababa de salir el hermano *Marín*, quien, como tantos otros, había ido a visitarlo.

—No te creas que es muy fácil estar así con la pata sin mover —me dijo—. Bah, ¿y tú no te habías ido al campo?

—Necesito hablar algo muy urgente su merced, ¿podríamos estar en privado?

—Mamá. Por favor salga al patio un rato —le dijo—, le hará bien tomar un poco de aire fresco.

—Patrón, recibí una carta de Anette —le dije cuando ya había cerrado la puerta.

—¿De Anette? —me preguntó—, ¿y que quería?

—No es que quiera algo —le contesté—, y lo suyo no reviste mucha importancia, pero la carta la envió el día 8, un par de horas después de...

—¿De qué pues, Juancho? —apura el cuento.

—De que fusilaran a los hermanos *Carrera* —le dije de sopetón.

—¡¿Queeé?! —exclamó—, ¿los fusilaron?

—Sí, su merced —respondí—, los hallaron culpables de una conspiración contra el gobernador de Mendoza, el hermano *Luzuriaga*, y los condenaron a muerte.

—Esto va a tener consecuencias —dijo el tío, quien había entrado sigiloso.

—Los Carrerinos van a hervir de rabia —dijo mi señor—, tal vez no sea bueno dar a conocer la noticia hasta que terminen los festejos.

—Esperemos que llegue por vía oficial entonces —dije yo.

*

A mediodía del día 13 llegó a visitar al patrón el hermano *Bernardo O'Higgins*. Él seguía con su brazo herido en un cabestrillo. Venía acompañado de una guardia pretoriana que quedó en la calle. Acompañé al general hasta el dormitorio de mi señor y él entró con mucha modestia.

—¿Mayor García-Lazcano, se puede? —preguntó en voz baja.

—Pase, mi general —contestó él alzándose sobre los cojines—, muchas gracias por venir. Mamá, ¿podría dejarnos solos durante un rato?

—Cómo está, estimada señora —le dijo el general dándole un beso en la mejilla—, me recuerda a mi madre.

—Gracias, señor —dijo ella caminando ya hacia la puerta.

—Vaya, vaya, querido hermano —entró diciendo el tío—, qué honor tenerlo en nuestra casa, por favor, siéntese. Más aún, aflójese la

274

guerrera, pongámonos cómodos. Perdone, pero cómo es que su médico lo deja andar circulando, ¿no debería estar en reposo?

—Si me meto a la cama ahora, no le quepa duda que los agitadores carrerinos me pueden sacar del poder.

—Juancho —me dijo mi señor—, trae esa botella de coñac Napoleón que nos llegó hace un tiempo, y cuatro copas.

—¿Cuatro su merced?

—Sí, vamos a estar entre hermanos lautarinos, te lo mereces.

Cuando volví, estaban riendo de alguna broma que no había escuchado. Serví y me senté sobre el arcón. El hermano *Bernardo* había abierto los botones de su chaqueta de uniforme y estaba muy relajado sentado en el sillón exponiendo su grueso abdomen.

—¿Así es que llegó muy bien acompañado del sur? —rio el tío en forma sardónica.

—Ya era hora —confesó don *Bernardo* abriendo mucho sus ojos azules y sonriendo irónico—, creo que ahora va en serio, estoy de veras enamorado. Voy a instalar a *María del Rosario* en alguna de las casas requisadas a los sarracenos.

—Tendrá que presentarla en sociedad —sonrió mi señor—, es lo menos, digo yo, para que conozcamos a su prenda.

—Ya viene, ya viene —rio.

—Bueno, esperaremos.

—¿Y qué le dio, hermano Manolo, por meterse en medio de la trifulca? —preguntó entonces don *Bernardo*.

—Algún día tenía que ser, pues —respondió mi señor—, y, si le soy bien franco, cuando los godos se nos vinieron encima me asusté, me acordé de Rancagua y me dije que yo tenía, sí o sí, que colaborar.

—No es lo que piensan todos los jefes —rio *O'Higgins*—, vean ustedes al valiente *Ossorio*, que partió corriendo.

—Parecido a otros que conocemos, ¿no? —dije con malicia.

—Sí —dijo el hermano *Bernardo*—, y, a propósito, hemos decidido con nuestro hermano *San Martín* liberar a esos pelafustanes que tanto nos han mortificado.

—¿Ah sí? —preguntó el tío Pancho.

—Sí —contestó—, anteayer le mandé al hermano *Luzuriaga* un mensaje, a ver, creo que tengo una copia, escuchen, esto le escribí:

>«*Este gobierno no ha podido resistirse al influjo del padrino, ni a las circunstancias en que se hace esta súplica, no considerando el gobierno justo que el placer de la victoria no alcance a esta desconsolada esposa. En consecuencia, este gobierno suplica a V.S. que, en favor del citado individuo, por lo respectivo al delito perpetrado contra la seguridad de este estado, se aplique toda indulgencia, dando así a él como a su hermano, aquel alivio conciliable con los progresos de nuestra causa.*»

—¡Oh, qué espanto! —se le escapó al tío.

—¿Qué espanto qué? —preguntó.

—Los hermanos Carrera fueron fusilados el día 8 —dijo el tío.

—¡¿Queeé?! —exclamó el general.

—Así es —intervine—, lo supimos anteayer.

—¡Oh Dios! —exclamó de nuevo—, esto nos lo van a cargar a todos nosotros, a mí, a *San Martín*, a la logia, a todos los lautarinos, imagínense como van a chillar.

***

1818, muerte de *Manuel Rodríguez*

Pareció que la alegría por el triunfo en Maipú se desvaneció como la neblina cuando aparece el sol. Apenas se empezó a extender la noticia de la muerte de los *Carrera*, la gente de la alta sociedad y, en particular, los Carrerinos, lanzaron sus improperios al cielo. Tal como lo habíamos sospechado, todo el mundo culpó a nuestros hermanos lautarinos, incluidos *Pueyrredón*, *San Martín* y hasta *O'Higgins*. Todos ellos eran signados como responsables, nadie quiso informarse sobre los infames actos de los hermanos *Carrera* en las Provincias Unidas, al otro lado de la cordillera.

Manuel Rodríguez y sus compinches empezaron a causar problemas, a alterar a la población santiaguina, a difundir noticias falsas y a exacerbar los ánimos en contra del general *O'Higgins*, quien finalmente había tenido que obedecer a su médico, el doctor *Green*, y guardar cama. Aprovechando esa circunstancia, los revoltosos habían conseguido que el cabildo llamara a reunión de corporaciones a fin de atender diversos temas, entre los cuales estaba el imponer al general restricciones a su poder omnímodo, como, por ejemplo, el derecho a escoger a sus ministros de Estado. Una comisión de tres miembros fue entonces a palacio para informar a *O'Higgins* de sus decisiones.

Al saber este de las intenciones en su contra, *O'Higgins*, enardecido y, contra las instrucciones de su médico, se levantó y recibió a los comisionados. Pero estos no llegaron solos a palacio a parlamentar, sino que venían acompañados y siendo coaccionados por un grupo de agitadores capitaneados por don *Manuel Rodríguez*. Él y otro secuaz, don *Gabriel Valdivieso*, se dieron incluso el lujo de sortear la guardia y entrar al patio a caballo gritando arengas y pullas contra el general. Eso le provocó un brutal acceso de ira a este, podía entender la euforia, pero no la falta de respeto, por lo tanto, hizo aprehender a los dos cabecillas y mandarlos detenidos al cuartel San Pablo.

*

Sabiendo que mi señor estaba confinado en su habitación y que, por lo tanto, no necesitaba de mis servicios, me pude ausentar por dos semanas seguidas, durante las cuales disfruté de la vida campestre. Como su familia estaba en Santiago, no hubo ningún problema para circular por toda la hacienda y cabalgar con los niños y con Auristela por todos los caminos y callejones.

—Telita, tendré que preocuparme de conseguir dónde mandar a Juanito al colegio —le dije mientras descansábamos a la orilla de un potrero y los niños correteaban persiguiéndose—. Él está por cumplir los 10 años y no es suficiente la educación que le podemos dar en el hogar.

—¿Y qué podemos hacer? —contestó ella—, aquí en la zona no hay escuelas, tendríamos que mandarlo a Santiago.

—Podríamos enviarlo al mismo colegio de los agustinos, donde fui yo, no creo que el patrón ponga problemas para que el niño viva conmigo en el tercer patio.

—Quién sabe —dijo ella—, tal vez él no tenga inconvenientes, pero la Francesa va a poner el grito en el cielo.

—Pero es él quien manda en la casa y no creo que me lo pueda negar.

—Si tú dices…

—Yo sé que el gobierno está trabajando en la reapertura del Instituto Nacional y pienso que podría conseguir con mis conocidos que lo reciban allá cuando eso suceda.

—Eso sería extraordinario —dijo ella sonriendo—, y tal vez es buena la idea que parta ya, así se acostumbrará a compartir con otros niños.

—Hecho —le dije—, me pondré en campaña. ¿Volvamos ahora?

*

Cuando retorné a Santiago, después de esas dos espléndidas semanas, me fui a presentar donde mi patrón.

—Hola, Juancho —me saludó—, necesito hablar contigo urgente. Mamá, por favor salga.

—¿Cómo está, su merced? —lo saludé yo—, ¿en qué puedo servirlo?

—Hace unos días estuvo mi suegro a visitarme —dijo.

—¿Ah, sí? —pregunté—, ¿está bien?

—Eso no importa ahora —me espetó con el ceño fruncido y mirándome directo a los ojos—, ¡tú mataste al franchute!

—¿De qué me habla? —le dije con el corazón desbocado.

—¡No me lo ocultes! —me fulminó—, no lo he hablado con nadie, pero lo deduje clarito.

—¿Por qué dice eso patrón? —le respondí—, ¿qué es lo que le dijo?

—Me contó de cuando tú te presentaste en su casa hace dos años y le llevaste un presunto mensaje de mi mujer al capitán. Calculé que fue cuando te mandé a Chile a buscar plata. Lo sacaste de la casa, supuestamente para acompañarlo a Pirque. Allá nunca llegó.

—¿Sí, y?

—La Francesa no te vio en esa oportunidad. ¡Confiesa ya!

—¿Está seguro, su merced, que quiere saber, no prefiere dejar en el olvido lo que puede molestarle?

—Molestarme, ¿por qué?

—Hay cosas que es mejor no saber —le dije tratando de cerrar el tema.

—Quiero saber —dijo seco—, es más, te obligo a decirme la verdad.

—Bueno su merced, usted lo ha querido —contesté—, la Francesa estaba embarazada de Riqueur. Y era la segunda vez. Ahora lo sabe. Por eso lo maté. Usted mismo lo dijo, con el honor de la familia no se juega.

—Oh Dios —dijo él en un murmullo—, qué espanto. ¿Qué puedo hacer?

—No sé yo, patrón, yo lo dejaría extinguirse solo, total el hombre está bien muerto y nadie sabe nada.

—A ver, espera, entonces la guagua de Melanie es hija de mi mujer.

—Así es, su merced —le respondí.

—O sea que, si ella habla, todo Chile lo sabrá —susurró.

—Eso también es cierto —le dije—. Talvez sería bueno mandarla de vuelta a su país, y con la niña.

—Y si no quiere hacerse cargo de la niña, ¿qué?

—Páguele —le dije—, asegúrele un estipendio que le permita vivir modestamente en Francia y criar a la niña.

—¿Y qué hago con la puta?

—No diga eso, su merced, téngale misericordia, tal vez está arrepentida. Además, usted estaba ausente, se sentía sola. Y vea usted cómo cuida y protege a sus hijos.

—¿Quién más lo sabe? —preguntó cargado de furia.

—Su hermana y la servidumbre —le contesté.

—Ándate ya Juancho, tengo mucho en qué pensar.

*

Esa misma tarde el tío me encargó citar a los hermanos lautarinos. Dijo que se había encontrado con el hermano *Argomedo* y que éste se lo había pedido. En vista de ello me puse en campaña y cité para el día jueves 14 de mayo.

—Queridos hermanos —abrió don *José Gregorio* la reunión—, hay diversos temas que debemos comentar. En primera instancia quisiera darle la bienvenida de vuelta a nuestro país al hermano *Irisarri*, quien estuvo en Europa varios años.

—Gracias, hermano —respondió este—, es un gusto volver a nuestras importantes tareas.

—También quisiera aprovechar de felicitar a los hermanos que fueron nombrados recientemente ministros de Estado, el hermano *Infante* en Hacienda y el hermano *Irisarri* en Relaciones Exteriores. Además, agradezco a quienes tan bien se desempeñaron antes en esos mismos cargos, el hermano *de Villegas* y el hermano *Zañartu*. Y, por supuesto, felicitar y, a la vez, agradecer al hermano *Zenteno*, quien permanece en la cartera de Guerra.

Todos los demás se levantaron de sus asientos y los aplaudieron efusivamente.

—Aprovecho de despedir al hermano *Zañartu*, quien se va de embajador a la ciudad de Buenos Aires. Ahora quiero pasarle la palabra al hermano *O'Higgins* para que nos hable de un tema que sigue produciendo problemas a nuestra patria.

—Gracias, hermano *Argomedo* —dijo este—, el tema no es nuevo, todos ustedes están enterados de él, pero es el momento de tomar alguna decisión al respecto: *Manuel Rodríguez*.

—¿No lo tiene preso en San Pablo? —preguntó el hermano *Marín*.

—Efectivamente, así es —respondió—, y, sin embargo, desde allí, sigue agitando las aguas. Él no para de hablar pestes de nuestro gobierno, de mi persona, de nuestro hermano *San Martín* y, apenas puede, de nuestra logia. Y cuando lo visitan sus prosélitos, imagínense cómo nos vituperan. Les cuento que se negó hasta el final a desarmar sus famosos Húsares de la Muerte, los que creó solo para poder armar a sus secuaces. Algo espantoso.

—¿Y qué han pensado a nivel de gobierno? —preguntó el hermano *Juan Egaña*.

—Como primera medida, alejarlo de Santiago —contestó *O'Higgins*—. Está previsto que todo el regimiento de Cazadores de Los Andes se traslade a Quillota y él se irá con ellos. Eso debería ser ya la próxima semana.

—¿Algo más? —preguntó alguien que no identifiqué.

—Le hemos ofrecido ir al extranjero, todo pago, honores y beneficios para él, pero no quiere aceptar. No quiere o, tal vez, no puede terminar de complotar, parece que eso es parte de su proyecto de vida. Un día me dijo muy ufano:

«*Usted ha conocido, señor Director, perfectamente, mi genio. Soy de los que creen que los gobiernos republicanos deben cambiarse cada seis meses, o cada año a lo más, para de ese modo probarnos todos, si es posible, y es tan arraigada esta idea en mí, que si fuese Director y no encontrase quien me hiciera la revolución, me la haría yo mismo. ¿No sabe que también se la traté de hacer a mis amigos los Carrera?*»

—¿Debemos colegir de eso, hermano director, que el sujeto es del todo inmanejable? —preguntó don *Mariano Egaña*.

—Así lo creemos hermano, don *Manuel* es un maestro de la persuasión, hábil para timar al más astuto, es como un caballo cimarrón, casi imposible de domar.

—¿Y usted espera, hermano *O'Higgins*, que nosotros sentenciemos, aquí y ahora, a este individuo, en un acto fuera de la ley y de la justicia? —preguntó el hermano *Manuel de Salas* moviendo la cabeza.

—Absolutamente no —respondió él—, no está entre mis valores cristianos y masones el ajusticiar a alguien sin un debido proceso, eso está fuera de toda discusión.

—¿Entonces qué? —preguntó el hermano *Juan Antonio Ovalle*.

—Tenemos solo dos opciones —dijo *O'Higgins*—, mantenerlo recluído en nuestro territorio o enviarlo lejos de aquí. Sus faltas no ameritan una sanción penal, no se le puede condenar a muerte, y cualquiera que sea la decisión que tomemos, no nos salvará de su posible reincidencia.

—¿Por qué? —preguntó el tío Pancho.

—Si lo enviamos al exterior, él, con mucha facilidad, puede llegar hasta Montevideo donde su compadre, *José Miguel Carrera*, para seguir subvirtiendo nuestro orden. Si lo dejamos preso en Chile corremos el riesgo que se escape y haga lo mismo.

—¡Por Dios que caso más agreste! —exclamó el hermano *Vera y Pintado*—, y para peor resulta que yo soy amigo, desde niño, de ambos personajes cahuineros.

—¿Y qué nos sugiere usted, hermano? —le preguntó *Argomedo*.

—No lo sé —se disculpó el hermano *Vera*—, a estas alturas de mi vida, francamente, no lo sé. He visto el comportamiento de ambos y solo han complicado el normal cauce de nuestra independencia.

—Como ustedes ven, queridos hermanos —volvió al tema el director supremo—, sigue siendo un tema sin solución.

*

Pero el tema tuvo una solución y yo no me atreví a juzgarla. El día 27 de mayo, apenas diez días después de la asamblea lautarina, corrió la brutal noticia por la ciudad, como un reguero de pólvora. *Manuel Rodríguez* había muerto el día anterior. Mientras era trasladado a Quillota. En Til Til. Nada más se revelaba. La "Gaceta Ministerial" del día 30 de mayo no traía ninguna noticia al respecto. Muchos, lo que era de esperarse, culparon al general *O'Higgins* del hecho.

***

1818, gobierno de *O'Higgins*

Un par de días después me llamó el Bicho en forma misteriosa desde la bodega.

—Don Juancho, usted no sabe nada de todo lo que ha pasado aquí, todo de la manera más misteriosa.

—¿Qué ha pasado? —le pregunté.

—Hace varios días llegó donde mí la Rosaura con un chisme:

—Bicho —me dijo—, el patrón se debe haber enterado del asunto de la guagua de la señorita Melanie, porque ayer me mandó a buscarla a ella y a la Francesa, dijo que quería hablar con las dos.

—Ándate a la cocina —me dijo después—, pero yo me hice la sorda y me quedé al lado de la puerta para escuchar.

—¡Puta de mierda! —le gritó a la Francesa—, ¿creías que me ibas a tener engañado toda la vida?

—¿Qué? —fue lo único que le escuché a la patrona.

—Y tú, celestina, ¿cuál es tu negocio en todo esto? —le espetó a la señorita.

—Ninguno —le respondió ésta temblándole la voz—, yo soy la única que pierdo en todo este cuento, don Manuel, qué bueno que por fin se enteró.

—¿Y por qué aceptaste ser cómplice? —le volvió a preguntar.

—Su mujer me amenazó de muerte —contestó.

—¡Por Dios, qué desgracia! —dijo el patrón mientras la Francesa callaba.

—¿Qué nos va a hacer? —casi lloró la francesita.

—¡Josephine! —la gritoneó, porque al parecer ella estaba como ida —¡a partir de este mismo minuto está condenada al encierro de por vida! Se dedicará a cuidar los niños y solo podrá salir cuando yo se lo indique, ¿ha escuchado?

—Sí —respondió ella con aparente soberbia, por lo que dice la Rosario.

—¡Y tú, alcahueta, te vas a ir de Chile y con la guagua, esa será tu carga! Yo pagaré por vuestras vidas, pero muy lejos de aquí, así es que empieza a preparar tu equipaje.

—¿Todo eso les dijo? —le pregunté al Bicho.

—No solo eso, don Juancho —respondió este—, después nos citó a la Rosario, la Rosita, a mí y al Negro Joaquín a su pieza.

—¡Ustedes no tienen ojos ni oídos y mucho menos boca! —nos gritó—, que yo sepa que alguien en Chile dice una sola palabra de lo que ha pasado aquí y ustedes, uno tras otro, serán pasado por las armas. ¡¿Entendido?!

—Por supuesto, su merced —le dijimos todos al mismo tiempo, no nos quedaba otra.

—Que terrible —le dije—, parece que efectivamente las mentiras tienen patitas cortas.

—Pero hay algo peor aún —dijo el Bicho abriendo los ojos.

—¡¿Qué puede ser peor?! —le pregunté asombrado.

—Cuando la Rosario se iba a alejar de la puerta para que no la pillaran, se dio cuenta que detrás de ella estaba la viuda de Solís. Ella también lo sabe.

—¡Oh Dios! —fue lo único que pude decir.

*

El patrón seguía postrado en cama y me mandaba con frecuencia a hablar con los hermanos lautarinos a fin de recabar información sobre la marcha del gobierno.

—Seguimos en la inopia total —me confidenció el hermano *José Miguel Infante*—, ya no sabemos de dónde más sacar plata. Todo lo que logramos juntar mes a mes se nos va en el pago de sueldos, especialmente del ejército.

—¿Pero hay entradas fijas por impuestos? —le pregunté.

—Lo menos, la mayor parte proviene de las tasas a las importaciones y a las ventas del estanco de tabacos y otros —contestó—. El resto viene de la venta de las propiedades requisadas a los enemigos, pero su materialización se hace muy engorrosa, ya que el procedimiento es poco claro y hay unos tantos funcionarios que se aprovechan de ello. Tal es así, que el gobierno tuvo que nombrar una comisión especial encargada de la supervisión. En ella participa nuestro hermano *Juan Egaña*.

En otra oportunidad fui a visitar al anciano hermano *Manuel de Salas*, quien nunca perdía energía en los temas relativos a la educación de la sociedad humana.

—El hermano *Bernardo* me encargó reabrir la Biblioteca Nacional —me dijo muy orgulloso—, pero, no solo eso, sino que firmó un decreto que libera de derechos de aduana a todas las importaciones de libros, así como todos los implementos de imprenta.

—Qué maravilla…

—Pero hay más —siguió—, el hermano *Bernardo* ya instruyó a todos los cabildos y a las congregaciones religiosas para que abran y sostengan colegios gratuitos para todos los niños de Chile, sin distinción de clase.

—Vaya, qué alegría —expresé—, estará contento de estar trabajando por uno de nuestros grandes ideales.

—Así es, querido hermano —respondió—. Y algo más, muy acorde con nuestros ideales, se está estudiando introducir al menos dos Escuelas Lancasterianas, una en Santiago y otra en Valparaíso. Con educación laica y profesores ingleses. Dios quiera que eso prospere, porque el clero pondrá el grito en el cielo.

—Y, a propósito, ¿qué se ha sabido de la reapertura del Instituto Nacional?

—Es algo que está en plena marcha, querido hermano —me respondió—, a más tardar el próximo año debería materializarse.

—Que buena noticia, señor, ¿cree usted que pueda matricular a mi hijo cuando ello suceda?

—No faltaba más, hermano Ramírez —sonrió—, usted es merecedor de eso y mucho más. Y, en ese orden de cosas, hablando de los derechos de todos los ciudadanos de Chile, le cuento que el 18 de mayo pasado el gobierno creó una comisión para el estudio de una constitución y también me concedió el honor de incluirme junto a personas distinguidas de la talla de nuestro hermano *Francisco Antonio Pérez*, don *Joaquín Gandarillas*, el presbítero *José Ignacio Cienfuegos*, don *José María Villarroel*, el hermano *José María Rozas* y don *José de Villalón*.

Un día decidí por mi cuenta ir a hablar con el general *San Martín*, nuestro jefe directo:

—La cosa en el sur sigue siendo muy compleja —me dijo, como meditando—, los realistas que aún quedan en esas tierras son como esas cucarachas que viven debajo de las piedras, se esconden de día y salen de noche a provocar desmanes. Todavía está *Ossorio* metido en Talcahuano y hay cientos de otros esparcidos en la región.

—¿O sea que *Ossorio* logró escapar de la batalla de Maipú y llegar hasta allá?

—Así es, fue muy astuto y huyó por la costa eludiendo nuestras milicias.

—¿Pero eso significa que la guerra aún continúa? —le pregunté.

—De alguna manera, sí —respondió—, pero son escaramuzas, grupos aislados viviendo del pillaje y el bandolerismo. Uno de los peores es *Benavides*, él y su grupo, no dejan en paz a las villas, incluso se han aliado con los mapuches.

—¿Y usted no tiene temor de una nueva incursión de ejércitos del virrey?

—Eso es poco probable, algunos buques, a los que hemos dado patente de corso, mantienen a su flota inmovilizada, ya no les va a salir tan fácil mandar soldados hacia acá. Habrá que tener paciencia y que esta maldita guerra se vaya extinguiendo de a poco.

El más entusiasmado de los hermanos, cuando fui a visitarlo, fue don *José Ignacio Zenteno*, el ministro de guerra.

—Todos los días tenemos avances en la formación de nuestra primera escuadra nacional —me dijo orgulloso—, ya tenemos cinco navíos a nuestro haber. Lamentablemente tenemos poca experiencia en este ámbito y tenemos que recurrir a marinos ingleses, lo que conlleva bastantes dificultades. Y para reunir gente de mar, tenemos que echar mano de antiguos pescadores balleneros o, peor aún, de piratas y corsarios. Todos ellos no tienen ninguna disciplina y se lo pasan embriagándose.

—¿Y qué piensan hacer para revertir eso? —le pregunté.

—Ya están en camino los decretos para formar una academia de guardiamarinas, que, con suerte, debería empezar a funcionar el próximo mes de septiembre. Nuestro hermano *Manuel Blanco Encalada*, de solo 28 años, en su calidad de jefe de la armada, está trabajando de sol a sol en esta materia.

—Sorprende…

—Pero hay algo más inaudito —me dijo brillándole los ojos—, viene navegando el lord inglés *Thomas Cochrane*, un marino de mucho prestigio y experiencia, quien se preocupará de todo el proceso con el cargo de vicealmirante. Lo contactó en Inglaterra nuestro hermano *Álvarez-Condarco*. Debería llegar por estos días.

En otra oportunidad fui a visitar al hermano *Bernardo Vera y Pintado*, a quien el gobierno había confiado la edición de la "Gaceta Ministerial", un periódico que aparecía todos los días sábado y en el cual se publicaban todos los actos y los decretos del gobierno.

—Corro como loco —me gritó en su estilo risueño buscando un documento extraviado—, nuestro hermano *Bernardo* y sus colegas no me dan tregua, me están mandando todos los días noticias, decretos y leyes. No alcanzo a imprimir un ejemplar y ya me están repletando el siguiente.

—Estará feliz, como chancho en el barro —reí.

—Es así, me encanta esto de la información, es la manera que tenemos de hacer crecer la cultura. A ver si algún día nuestros señoritos de alcurnia llegan a cultivarse. Échele una mirada al último ejemplar.

Tomé del mesón varias hojas aún no encuadernadas y leí diversos artículos. Hacia el final venía:

≪ *Reglamento de la Maestranza*

...Debiendo convertir mis cuidados después que la Divina Providencia se ha dignado coronar con la victoria los esfuerzos del Pueblo Chileno...

...considerando que el primer fundamento de la riqueza de la hacienda pública, aún en los Estados más opulentos es el buen manejo, la dirección, y economía de las obras que corren por cuenta de la Tesorería Nacional, he venido en decretar lo siguiente:

1. Habrá en la Capital del Estado una oficina con el título de Maestranza, destinada al solo objeto de trabajar en ella cuantos útiles, y aprestos militares necesiten los egercitos de la nación.

2. A la cabeza de esta oficina habrá un Gefe superior con el nombre de Superintendente, a cuyo solo cargo...

49. Y para la puntual y pronta observancia de este reglamento, imprímase y circúlese a quien corresponda. Dado en la Sala Directorial del Estado de Chile – O'Higgins – Cruz. ≫

—Demasiado largo para leerlo todo —le comenté al hermano *Vera*—, pero pone de manifiesto la acuciosidad con que están trabajando en el gobierno. A decir verdad, me siento orgulloso de estar tan cerca de él.

—¿Cómo que cerca, sargento Ramírez? —rio él—, en medio de la vorágine de él.

—Bueno, gracias —le dije—, y, a propósito, tendrá que corregirse, ahora es teniente Ramírez.

—Ahá —exclamó sorprendido y, como siempre chanceando—, sea usted felicitado por este humilde y paciente, me desaparezco un rato y lo transforman en teniente —y rio.

—Siempre con sus coplas, el hermano *Vera* lanza sus frases y embauca a cualquiera.

—Vaya, vaya, vaya, ¿quién lo hubiera dicho?

***

12.
1840
Santiago, Chile

A fines de noviembre de 1840 llegó a la casa de Santiago de la familia García-Lazcano uno de los amigos carrerinos. Preguntó por José Pedro y cuando este se hizo presente, le dijo:

—Te tengo noticias del escritor.

—¡¿Qué, lo encontraste?! —preguntó este—, ¿dónde está?

—En Mendoza, ¿qué tal? —contestó—, yo lo vi, está cambiado, se dejó barba, la tiene muy canosa.,

—¿Hablaste con él? —quiso saber José Pedro.

—No, pero escúchame, que te cuento —dijo el amigo—, hace unos días, cuando concluía mi viaje por negocios, a la hora del desayuno, estaba en el comedor del hotel "La Viuda", cuando apareció el hombre y saludó con respeto a todos los pasajeros.

—¿Y?

—Se sentó en una mesa junto a la ventana y, de inmediato, la criada le sirvió su desayuno. Entonces entró la viuda, la dueña del hotel, saludó y se fue a sentar con él.

—¿Con el lacayo?

—Así, tal como te lo estoy contando, se sentó y empezó a conversar con él como si se conocieran de una vida entera. Y, lo más decidor, lo trataba de "Juancho".

—Gracias, Carlitos —dijo José Pedro despidiéndose—, mañana mismo nos vamos para allá.

*

Una semana después entraron en el hotel mendocino José Pedro y su sobrino, Louis Phillipe. Sin levantar sospechas, pidieron una habitación.

—Es la 16 —les dijo la recepcionista una vez anotados en el gran libro de pasajeros—, por el corredor, en el segundo patio.

Los dos tomaron sus morrales, que habían dejado en el suelo, y partieron hacia atrás. Apenas torcieron por el corredor vieron en el muro a su derecha unos pequeños dibujos de niño de tamaño cuaderno escolar debidamente enmarcados y colgados en una perfecta secuencia. Siempre se repetía el mismo tema, una mujer de cabello oscuro. Les llamó la atención que, a medida que avanzaban, los dibujos iban progresando en su expresión. El quinto ya no era hecho por un infante, sino que, por un jovencito de unos 10 años, los detalles de la ambientación y el dibujo del cuerpo humano ya denotaban cierta experticia y, lo que más impresionó a ambos, es que el rostro de la mujer empezaba a tener rasgos más pulcros. Entonces, cuando llegaron al sexto, José Pedro se detuvo afligido, le parecía que el rostro que estaba viendo le era conocido. —No puede ser —se dijo—, si es igual a mi hermana María Trinidad. Siguió inspeccionando los siguientes cuadros, que ya no eran meros dibujos a crayón en una hoja de cuaderno, sino que estaban pintados al óleo sobre tela, rústicos todavía, pero mucho más desarrollados. José Pedro se sonrió, pensando que tal vez sí era su hermana, tal vez ella era conocida en este hotel. Y siguió avanzando cada vez más interesado. El rostro era cada vez más perfecto y sí, tenía que ser el de ella. Ya habían llegado al segundo patio y recién en ese momento se percataron que, al centro de este, a la sombra de unos naranjos, estaba un hombre joven de menos de 30 años, de tez morena y un cuerpo de notoria obesidad. Estaba sentado en una silla de mimbre y tenía ante sí un atril sobre el cual había una tela con una versión más del mismo rostro.

—Buenas tardes joven, mi nombre es José Pedro García-Lazcano, ¿y el suyo?

—Me llamo Juan García —contestó este con amabilidad—, pero me dicen Juancho.

—A mí me dicen Pelluco —dijo este embobado—. ¿Y a quien está pintando?

—Es mi mamita —dijo sonriendo orgulloso—, todos mis cuadros son de mi mamita o de mi papito, ya no necesito ni mirarlos, los tengo en mi cabeza.

—¿Y dónde están su madre y su padre? —preguntó José Pedro.

—Por ahí —contestó el joven pintor—, siempre andan por ahí y de repente aparecen, y me dan un besito o me acarician el pelo, y eso me pone muy contento. Y me traen jugo y, a veces, un pan.

—¿Sabes quién es? —le preguntó José Pedro a su sobrino mientras miraba con detención el rostro en la tela—, es tu tía María Trinidad, mi hermana. Tú eras una guagua cuando ella se fue al convento. Yo nunca más supe de ella y estaba convencido que estaba todavía allá, como monja de claustro, encerrada de por vida.

—¿Le consta, tío, que es ella? —dijo el joven—, su caso parece bien curioso, le voy a decir.

En ese momento aparecieron en el segundo patio la dueña del hotel y una mucama, ambas saludaron displicentes a los dos nuevos clientes. Iban a seguir cuando oyeron a sus espaldas una voz que a María Trinidad le pareció conocida:

—Trini —escuchó que le decían y se asustó—, Trini, sé que eres tú.

Ambas se volvieron y en ese momento ella reconoció a su hermano. El susto fue aún mayor. De inmediato pensó en Juancho, supo que ahora estaría en peligro.

—Sí, ¿quién me busca? —fingió mientras la mucama abría los ojos.

—No me engañas, hermanita —dijo José Pedro acercándose a ella y abrazándola contra su voluntad.

—¿José Pedro? —preguntó reconociendo que no podría escaparse.

—El mismo —rio este—, y a quien ves aquí a mi lado es tu sobrino Louis Phillipe, el primogénito de tu hermano Luis Manuel, QEPD.

—Oh, qué tal —lo saludó pasándole la mano.

—Un gusto, tía —dijo este estrechándole la mano—, ¡¿dónde está el Juancho?!

—¿De qué me habla, sobrino? —preguntó ella—, Juancho está delante de sus ojos, ¿verdad Juancho?

—Yo les dije a los caballeros que me llamo Juancho —contestó el pintor apuntando a José Pedro con el dedo—, él es Pelluco.

La mucama captó que algo raro pasaba y decidió avisarle a Juan, quien, como siempre, estaba en su habitación escribiendo.

—Dos caballeros finos están con la patrona —le dijo—, uno la llamó hermana.

—¡Válgame Dios! —exclamó Juan—, tengo que desaparecer de aquí. Anda y pídele a Jeremías que me ensille sobre la marcha mi caballo.

Apenas la joven salió de la pieza, Juan tomó su talego[21], metió dentro el manuscrito, agarró su poncho y muy sigiloso siguió los pasos de ella. En menos de cinco minutos estaba en la calle, montado, pensando dónde se podría esconder.

Mientras tanto, María Trinidad les contaba una historia un poco torcida a su hermano y a su sobrino. Estos no habían insistido en preguntar más por Juan, ya habría tiempo para ello.

—Qué alegría que hayan llegado por estos lados —les dijo sonriendo falsamente—, espero que se encuentren a gusto aquí. Esta noche, durante la cena, les contaré toda mi historia, que es larga y llena de contingencias. Pónganse cómodos, yo seguiré mi ronda de inspección.

—Se fue —le susurró la mucama cuando volvió a su lado para seguir con su tarea.

—Uf, eso sí que fue muy al justo.

*

A menos de una cuadra, Juan ya había decidido dónde ir, sería a la hacienda donde Anette.

*

Una semana después apareció por allí María Trinidad. Encontró a Juan trabajando arduamente en la conclusión de su obra.

—Se fueron —dijo ella—, menos mal, estuvieron toda la semana buscándote en la ciudad. Preguntaron por todas partes, pero nadie te había visto. Fue una buena idea venirte para acá.

---

[21] Talego: morral

—¿Y el mensajero que te mandé, fue discreto? —preguntó Anette interesada.

—Sí, en exceso, buen muchacho.

—Yo he trabajado como malo de la cabeza —dijo Juan—, he hecho una segunda copia, por si me llegaran a robar una. Cada día estoy más próximo al final.

—Qué lástima —dijo María Trinidad con notoria pena en la voz.

***

1818, *Carrera* de editor

En mayo de 1818 se produjeron algunos hechos que nos quedarían para siempre en la memoria. El día 5 salió la publicación del decreto que ponía fin a la antigua tradición legal de los mayorazgos y que causó, desde el primer momento, enormes problemas que sacudieron la paz de las familias poderosas. Nadie sabía bien cómo se iban a fraccionar las grandes fortunas entre los herederos y eso empezó a generar amargos roces entre ellos.

El 10 de junio, finalmente, mi señor pudo, por primera vez desde su infausta participación en la batalla de Maipú, salir de su habitación haciendo uso de dos bastones, caminando con extrema dificultad y mucho dolor. El doctor *Pariossien* estaba muy contento con su mejoría, pero advirtió que el dolor al caminar continuaría por largo tiempo.

Con una mueca en sus labios se trasladó bajo nuestra atenta mirada hasta la cuadra, donde se volvió a sentar en su sillón preferido.

—Juancho —me dijo sonriendo con una mueca—, esto amerita una copa grande de coñac, sé tan gentil.

En ese momento golpeó a la puerta el Humberto y me pasó un grueso sobre de papel manila. Serví las copas y luego leí el remitente. Venía desde Montevideo y lo remitía don José Pedro:

Montevideo, Junio 2 de 1818

Señor don Luis Manuel García-Lazcano

Sírvase, señor, recibir por medio de estas dos copias correspondientes al prospecto y al primer ejemplar del periódico "El Hurón", que está siendo editado en esta por mi amado general *Carrera*.

Sin otro particular,

Cpt. José Pedro García-Lazcano

—Me puedo imaginar lo que dicen esos pasquines —dijo mi señor, haciendo un gesto con el brazo—, léelos y nos extractas lo que parezca interesante saber.

Así lo hice mientras mi señor y el tío comentaban temas intrascendentales. Al poco rato me pude dar cuenta de que mi patrón tenía la razón, eran textos llenos de bilis lanzados en contra del gobierno de Buenos Aires, contra la Logia Lautaro y, de paso, contra nuestro gobierno:

≪*Prospecto*

Ya tenemos Patria, ya la tenemos consolidada, ya no nos agita la idea de que pudiéramos perder el fruto de tantos trabajos y de tanta sangre...; ¿Será cierto americanos?... Así lo dice la Gaceta del Gobierno...

... no somos más que una multitud de hombres divididos entre sí y juguete de un pequeño número que a virtud de las intrigas más detestables ha adquirido el poder de disponer de nuestra suerte; poder tan ominoso que...

...El que suscribe hace mucho tiempo que ve y llora los males públicos; hace mucho tiempo que para tormento suyo está en todos los secretos de los tiranos...

...Pero otras esperanzas le animan y conducen en este empeño: está en posesión de todas las intrigas y manejos de los gobernantes; va a descubrirlos; penetrará en sus gabinetes, en sus cuevas...

...cuando una porción de vampiros en quienes fiasteis la suerte de la patria ha engañado vuestra confianza...

Despertad de una vez, americanos...≫

—Hay que ver que está enfurecido nuestro ex hermano *Carrera* —comentó el tío—, tiene mucho odio en el alma el pobre hombre.

—Bueno, es comprensible —dijo mi señor—, él está convencido de que, tanto él, como sus pobres hermanos ajusticiados, han sido baluartes de honestidad y heroísmo.

—Y, les aseguro que de veras lo cree —agregué yo—, mientras tomaba el siguiente texto:

«*El Hurón*

NÚMERO I

Cuando anunciamos la publicación de este periódico ofrecimos notar primero los vicios de la administración...

...La publicación del prospecto ha producido un desengaño fatal: lejos de arrepentirse los malvados, se volvieron furiosos; yo los vi en sus orgías; yo vi pintado en sus rostros el orgullo y el despecho; oí sus discursos sacrílegos; todo era sangre y venganza; todo proscripción y muerte...

"... me pareció que me hallaba en un club de bestias feroces que, ya cubiertas de sangre, se preparaban a despedazar nuevas víctimas y disputarse los fragmentos de la patria abatida sobre los cadáveres de sus mejores hijos...

...Voy a cumplir este voto sagrado. ¡Temblad, tiranos! El velo que os encubre va a rasgarse para siempre...

...El objeto del Club Aristócrata es apoderarse de la administración y de la fuerza y disponer del país a beneficio de sus miembros...

...El célebre fundador de esta sociedad en Sud América es José de San Martín. ¡Monstruo de corrupción, de crueldad y sobre todo de ingratitud!...

...En el Congreso.- El presbítero doctor don Antonio Sáenz, el canónigo don Luis José Chorroarin; el coronel mayor don Juan José Viamont, don José Maria Serrano, don Matías Patrón y don Pedro Carrasco...

...En el Gobierno.- El Director don Juan Martín Pueyrredón, el Secretario de Estado don Gregorio Tagle, el de Guerra don Matías Irigoyen...

...En el Ejército.- General San Martín, general Belgrano, coronel mayor don José Matías Zapiola; el de igual clase don Juan Ramón Balcarce;..

...Hay al efecto otra muy numerosa sociedad masónico-filantrópica presidida por Julián Álvarez; bajo este instituto, cuyas bases seducen a los incautos, se ha alistado una multitud de ciudadanos pacíficos... ...son conducidos como esclavos por las insinuaciones de su presidente, que perteneciendo al Club Aristocrático hace instrumento de sus resoluciones...

...¡TIRANOS! Ya estáis descubiertos...

...¡Masones! Que las virtudes cívicas no sirvan más de instrumento a los crímenes de los malvados: conocedlos y detestadlos; ellos os degradan y añaden al insulto la burla y el desprecio: huid, pues, de continuar alistados en sus huestes sanguinarias...

...Habitantes todos de las Provincias Unidas: la patria está en peligro ¡y vosotros quietos!»

—Debo reconocer muy sinceramente —dije después de leer—, que la pluma de quien redacta en ese periódico es eximia.

—Es probable —dijo mi señor—, pero su corazón está completamente emponzoñado. Él solo ve maldad en todos nuestros hermanos masones y lautarinos, en circunstancias que hemos sido nosotros los verdaderos impulsores de esta revolución.

—Cierto, sobrino —agregó el tío—, sin nosotros aun estaríamos sometidos al poder del monarca.

***

1818, primera Escuadra Nacional

A medida que pasaban las semanas, el patrón se sentía cada vez más fortalecido y la sonrisa había vuelto a su rostro. Siempre con dificultad, se movilizaba por la casa, pareciendo estarla reconociendo, visitaba el tercer patio, donde a veces nos encontrábamos, observaba al Bicho y al Negro Joaquín en sus quehaceres, luego se metía en la cocina y probaba de la olla que estaba cocinando la Negra Nicolasa y después llegaba hasta el zaguán y despertaba al Humberto.

A veces se sentaba en el escaño del corredor y se cubría con su poncho. Allí llegaban sus hijos donde él y emprendían sus típicos juegos de niños.

—¿Se acuerda, patrón, cuando correteábamos igual que ellos y molestábamos al tío Pancho? —le dije riendo, mientras pasaba hacia mi despacho.

—Que no me voy a acordar —respondió él—, claro que me acuerdo, siempre te ganaba… ¿o… eras tú el que se dejaba ganar?

—¿Cómo está, don Luis Manuel? —escuché a mis espaldas que le decía la señorita Leticia—, dichosos los ojos que lo ven tan repuesto.

No quise voltearme y solo atiné a cerrar la puerta. Cada vez que la veía en las cercanías del patrón notaba un aire lisonjero de ella hacia él. Era que no, pensé, si su propósito está más que claro. De vez en cuando se asomaba a su puerta la Francesa y miraba a su marido expresando ira, culpa y sumisión, siendo la ira, la que más marcaba sus arrugas junto a la boca.

*

Por mis conversaciones periódicas con el hermano *Vera y Pintado* estaba bastante enterado de lo que había sucedido en Chile y el mundo durante el verano anterior. Así fue que supe de los intentos desesperados que hacía la corte del rey *Fernando VII* por reconquistar el poder en sus colonias americanas, el que se le hacía cada vez más esquivo. Después de una fuerte ofensiva en los años 16 y 17, que le permitieron derrotar a los patriotas en diversos lugares, estos habían ido recuperando sus fuerzas y estaban derrotando a los españoles. Con enormes dificultades, debidas a la escasez de fondos, el rey logró despachar hacia Sudamérica dos contingentes, uno de los cuales estaba destinado a apoyar al virrey *Pezuela* en el Perú. Este consistía en una escuadra de varios buques de guerra y barcos de apoyo que traían a 2000 efectivos.

—Vio, hermano Ramírez —me dijo *Vera y Pintado*—, yo esperaba que, mientras el hermano *O'Higgins* permaneciera en Valparaíso jugando con sus nuevos buquecitos, yo estaría más tranquilo, pero esto del periodismo no tiene descanso.

—Interesante su trabajo, hermano —le dije—, creo que es algo que a mí me habría gustado hacer.

—¿Quiere saber la última noticia, hermano? —sonrió—, algo fantástico, es una primicia que impactará, hace cuatro días el general *Ossorio* se dio a la vela hacia Lima. Aparentemente se aburrió de esperar que le enviaran refuerzos.

—Pucha —exclamé—, ese sí que es un notición.

*

Llegado a casa, me encontré, una vez más, con la joven Leticia rondando a mi patrón y acompañada desde la distancia por su madre, ambas confabuladas en su artero plan. Muy amargado y molesto me encerré en el despacho y busqué afanosamente una actividad que me alejara los malos pensamientos.

Sin embargo, la preocupación por lo que tramaban ambas mujeres me inquietaba demasiado, más aún, sabiendo que doña María Graciela había escuchado el sucio secreto de familia. Tamborileaba con los dedos sobre el escritorio, me rascaba la pera, me pasaba la mano por el pelo, pero no podía encontrar la calma. Abrí el tintero y tajé la pluma, decidí escribir algo, esa era siempre una buena estrategia.

—Estrategia, eso es lo que necesito, una estrategia de guerra, una estrategia astuta, inteligente, una ¡guerra de zapa! —pensé.

—¡Eso es! —me respondí a mis propias inquietudes.

Y comencé a darle vueltas al asunto hasta que di en el clavo. Mandaría lejos los problemas. ¿Cómo hacerlo?, eso era aún una incógnita, tendría que seguir pensando en ello.

Y así lo hice y, a la mañana siguiente, me fui caminando rápido donde el general *San Martín*, quien, generosamente estuvo dispuesto a atenderme.

—Mi general —le dije—, su gran éxito en la campaña libertadora de Chile fue la que usted mismo llamó 'guerra de zapa'. Me pregunto si por estos días está aplicando lo mismo en Lima, su próximo objetivo.

—A ver, hermano Ramírez…, teniente Ramírez —sonrió—, tenemos un par de espías estacionados allá, pero nada muy estructurado.

—Yo lo he estado pensando, mi general, si usted me lo permite —seguí con mi historia—, y creo que tengo una buena oferta para usted.

—¿A ver? —dijo—, me interesa.

—¿Se acuerda del hermano Francisco José García-Lazcano?

—Como no me voy a acordar pues hombre, si nos vemos a menudo.

—Bueno, el caso es que él se casó en Mendoza y ahora es un hombre muy respetable, es culto, es informado y tiene gran astucia, yo creo que tiene el perfil adecuado para ser su hombre de enlace en la ciudad de Lima. Creo que no levantaría sospechas.

—Sí, suena interesante, hermano… —dijo como meditando—, tal vez podría ser una buena idea tener a alguien allá, pero tendría que tener una actividad que le sirviera de tapadera, ¿no le parece?

—De partida lo podemos hacer llegar desde Nueva Granada, no desde Chile, luego se instala allí como representante comercial y mantiene relaciones con casas de comercio de Cartagena de Indias, ¿qué tal?

—Nada de mal, teniente, lo felicito, se ve que usted está muy involucrado en nuestra causa, mucho más que otros hermanos.

—Así es, mi general —le mentí con descaro—, dele una vuelta y me avisa…, ah…

—¿Ah qué?

—Es muy probable que mi señor esté dispuesto a correr con la mitad del gasto que esto significa.

—¿Por qué?, ¿qué gana él con este negocio?

—Sería su manera de contribuir a nuestros objetivos partidarios, señor.

—Bien, déjeme pensarlo.

*

Pasaban los días y yo me comencé a inquietar, no obtenía respuesta del general *San Martín*. Tampoco podía ir a insistir, eso lo habría disgustado. Una vez más me obligué a mantener la paciencia.

—Juancho —me dijo mi señor cuando lo encontré en el corredor disfrutando de los primeros días cálidos de la primavera—, te tengo un encargo.

—¿Sí, de que se trataría, su merced? —le pregunté.

—Quiero que vayas a buscar a mi suegro, dile que necesito hablar urgente con él. Además, quiero que tú estés presente, solos los tres, en privado.

Cumplí con lo encomendado y una hora después estábamos en la oficina de mi señor, ellos dos sentados, yo de pie junto a la puerta.

—Suegro —le dijo mi señor muy serio, después de haberlo saludado—, esto que le voy a decir no es negociable.

—¿De qué se trata? —preguntó el señor extrañado.

—Su familia ha ofendido gravemente el honor de la mía y usted es cómplice de ello.

—¿Cómplice de qué? —quiso hacerse el desentendido el suegro.

—Sé que usted está perfectamente al tanto —siguió mi señor—, y si no fuera así, poco me importa.

—Pero diga ya, don Manolo, ¿de qué me acusa?

—Su hija, señor, ha demostrado la peor calaña de su familia —le espetó con indignación en la voz—, me fue largamente infiel con ese imbécil que usted mismo trajo a nuestro hogar. Dos veces incluso quedó embarazada, casi se mata haciéndose un aborto clandestino y le endilgó su hija ilegítima a su dama de compañía.

—¡¿Queeé?! —exclamó el suegro, probablemente falseando su extrañeza.

—No se venga a hacer el inocente aquí, suegro —siguió mi señor—, usted visitaba frecuentemente el campo de mi hermana en Pirque, de manera que estaba perfectamente al tanto de lo que estaba pasando. Yo podría hacerlo detener y mandarlo a que se pudra en prisión.

El señor mayor calló, lo que a mí me sorprendió, fue una manera indirecta de reconocer su falta. Se echó hacia atrás en la silla y dejó caer los brazos.

—Quiero que desaparezca cuanto antes de Chile —le dijo entonces mi señor, mirándolo directo a los ojos—, y se irá con la damita esa, de compañía. Ella se llevará la guagua, eso ya está convenido. Usted la acompañará hasta Francia, lo que haga allá me es indiferente.

—No tengo dinero —dijo el suegro—, estoy en bancarrota, depend de lo que mi hija me manda.

—Eso ya lo suponía —rio irónico mi señor—, pero se acabó el vil negocio que hizo con mi padre. ¡Ya no más!, ¿entendió? Su título de barón no vale un céntimo, es un fraude. Yo pagaré el pasaje y le daré un poco de plata para que se ubique allá, después usted verá qué lo que hace.

—Mmmm…

—¿Juancho, escuchaste? —se dirigió a mí mi señor—, tú te encargarás de conseguir los boletos para estos dos pasajeros y medio. Mientras antes partan, mejor.

—Sí, su merced —le respondí.

—Y ahora se puede ir, señor don suegro —le dijo a este —, si no nos vemos más, le deseo suerte, hasta luego.

*

El 9 de octubre de 1818 llegamos, a media mañana, al puerto de Valparaíso, después de haber cabalgado toda la noche. La señorita Melanie y el barón estaban agotados. Ella no había dejado de llorar y sus lágrimas habían mojado a la criatura que llevaba en brazos. El huaso Lorenzo y el Palomo nos acompañaron tirando cuatro mulas con sus bagajes.

El barco mercante estaba en medio de la bahía y sus botes estaban haciendo continuos viajes trasladando los equipajes. Yo no hallaba las horas de terminar ese trámite, que me parecía tan ingrato, muy en particular porque la culpa de la señorita Melanie me parecía muy menor y, sin embargo, debía reconocerla.

—Hasta luego —les dije sin mucha emoción en mi voz, cuando se dirigían al bote.

—Adieu —me dijo ella tratando de sonreír.

—A tout alheure —dijo él—. Hasta nunca jamás.

Tan pronto vi que iban camino de su nave capeando las suaves olas del puerto, levanté la vista y me percaté que cerca de esta había cuatro buques enarbolados con banderas chilenas. A bordo se veía mucha actividad de marineros perfectamente uniformados. Sentí un orgullo desconocido. Esa debe ser la escuadra chilena, me dije en silencio.

Y entonces tomé nota de un cortejo que venía caminando por el muelle. Eran numerosos señores muy bien vestidos, varios de ellos con uniforme. Quien los antecedía era el hermano *O'Higgins* con su rostro más encendido que nunca y sosteniendo su tricornio que parecía querer volarse con la brisa mañanera.

Al pasar a mi lado y, para mi mayor sorpresa, él se detuvo:

—¿Qué hace por estos lados, teniente Ramírez? —me saludó con afecto.

—¿Cómo está, mi general? —le respondí—, estoy despidiendo al suegro de mi patrón.

—Venga, acompáñeme —dijo entonces—, ¿cómo está el mayor García-Lazcano?, nuestro héroe de la patria, tiempo que no lo veo.

—Muy recuperado, señor —le respondí—, pero aún no sale de casa.

—Mire, fíjese bien y recuerde este momento para siempre, para que le cuente a su patrón —me dijo un poco agitado—. Allí están, listas para zarpar en un rato más, las cuatro naves que conforman nuestra primera escuadra: son el navío *San Martín*, la fragata *Lautaro*, la corbeta *Chacabuco* y el bergantín *Arauco*. El comandante *Blanco* va al mando, dígame si no es para estar henchido de orgullo.

—No se imagina lo que yo sentí al verlas —le dije—, me imagino que es lo que se llama orgullo nacional.

—Así es —me susurró cerca del oído—, y además orgullo masónico.

Cuando llegamos caminando hasta el final del muelle, yo a la saga, el general se despidió con solemnidad de varios marinos con sus uniformes resplandecientes. Entre ellos, el joven hermano *Manuel Blanco Encalada*, quien sonreía con una altivez que era más grande que él. Eso sí, lo aprecié bien, fue muy gentil conmigo, al quedar a mi lado me pasó su mano enguantada.

—Mucha suerte, señor —le dije.

Apenas se terminaron los despidos, el general *O'Higgins* instruyó a sus acompañantes, a mí incluido, que lo siguiéramos hasta lo alto de los cerros de Valparaíso para ver cómo se perderían las naves en el horizonte. Como eso quedaba en nuestro camino de regreso, les hice una seña al huaso y al Palomo y seguimos el cortejo de los señores encopetados y al general, que sacaba pecho. Nos escoltaba la guardia pretoriana.

Nos ubicamos en un mirador que estaba protegido por soldados y un capitán le extendió un catalejo al hermano *Bernardo*. Pasándoselo después al *hermano* Zenteno, que estaba a su lado, dijo emocionado:

—«*Cuatro barquichuelos dieron a los reyes de España la posesión del Nuevo Mundo, esos cuatro van a quitársela*».

A esas simples palabras le siguieron los aplausos de todos los presentes.

***

1818, Constitución y Senado

Dos días después de que despidiera a los viajeros en Valparaíso, tuve que acompañar a mis patrones hasta el edificio del cabildo. Mi señor caminaba con mucha dificultad, pero no quiso arrendar un coche, dijo que necesitaba ejercitarse porque si no lo hacía, se le iba a atrofiar la pierna. De manera que yo lo protegía por la espalda para que nadie lo pasara a llevar y, a su vez, el tío iba por delante de él.

Los dejé en la entrada y me quedé observando a la gente. Eran muchos, los caballeros de clase alta, que llegaban y luego salían del edificio. Todos ellos habían cumplido su deber cívico, habían firmado el libro de aprobación del texto de la nueva constitución que había estado preparando la comisión donde participaba el hermano *Manuel de Salas*.

—Ya —dijo mi señor al salir—, eso estaría hecho, aprovechemos el sol primaveral para dar una vuelta por la plaza.

—Usted manda, sobrino —dijo el tío—, ¿qué le parece si vamos al único café de la ciudad?

Cruzamos la plaza, entramos en el portal y de allí al café, el célebre mentidero de Santiago, el que estaba abarrotado, como todos los días, de hombres que conversaban en voz alta y fumaban, mientras le daban el bajo, uno tras otro, a sus cortos de coñac o aguardiente.

—Vaya amigos, ¿qué hacen por estos lados? —nos saludó riendo el hermano *Vera y Pintado*.

—¿Y usted, señor, no debería estar moviendo los brazos de su gran imprenta? —rio de vuelta el tío.

—Algún momentito de placer tendrá que tener el hombre —contestó él sonriendo sibilino—, a propósito que lo veo, amigo Manolo, ¿cómo va su recuperación?

—Viento en popa, querido amigo —le respondió—, es la primera vez que salgo de casa, pero ya estamos superando este martirio.

—Bueno, me alegro por usted —dijo él—, ahora entiendo por qué no estuvieron presentes en la inauguración del nuevo teatro de Santiago. Estuvo fastuoso. Ustedes saben que doña *Rosa* ha trabajado como china para sacarlo adelante.

—¿Y dónde queda? —preguntó mi señor.

—Frente a la plaza de la Compañía —respondió el hermano *Vera*—, caben como 1500 personas y sobre el telón pusieron unas letras mías:

>*«He aquí el espejo de virtud y de vicio.*
>*Miraos en él y pronunciad el juicio»*

—Bellas palabras —comentó el tío susurrando—, me suenan muy masónicas.

—Como ha de ser, ¿no le parece? —contestó el hermano *Vera*—, y, ¿ya firmaron el libro de aprobación de la constitución?

—Por supuesto —dijo mi señor.

—¿Y se preocuparon de ver cuántas firmas había en el otro? —rio *Vera*.

—No, no lo miré, ¿por qué? —preguntó el tío.

—Ninguna firma pues, nadie se atreve a oponerse al general, ¿qué tal?

—Cizañero, ¿ah? —sonrió mi señor.

—Yo, si he de ser bien sincero —dijo el tío—, jamás pensé que el general iba a permitir que le coartaran sus poderes, me suena a dispararse en el pie.

—No se engañen —le contestó *Vera*—, don *Bernardo* es el hombre más democrático que he conocido. Ojalá lo dejaran actuar de acuerdo a sus principios, pero me doy cuenta que hay muchos que quieren hacerle la vida imposible.

—Yo siento una gran admiración por él —les dije con firmeza ante su extrañeza de verme opinar.

—Bien dicho, secretario Ramírez —dijo el doctor *Vera*—, así se habla. Pero ahora me voy, hasta luego amigos, pásenlo bien.

*

El texto constitucional, con la aprobación de una mayoría, fue promulgado el 23 de octubre de ese año por don *Bernardo O'Higgins* y el plebiscito con el que se consultó la voluntad de la ciudadanía entre Copiapó y Cauquenes fue, tal como se esperaba, ganado por paliza.

En virtud de ello entró en actividad el senado considerado en el texto, el que, para molestia de muchos, había sido nominado en su integridad por el general *O'Higgins*. Estuvo formado por el gobernador del obispado de Santiago, don *José Ignacio Cienfuegos*; el gobernador-intendente de la misma ciudad, don *Francisco de Fontecilla*; el decano del Tribunal de Apelaciones, don *Francisco Antonio Pérez*; don *Juan Agustín Alcalde* y don *José María de Rozas*, como titulares; y como suplentes, don *Martín Calvo Encalada*, don *Javier Errázuriz*, don *Agustín Eyzaguirre*, don *Joaquín Gandarillas* y don *Joaquín Larraín*. Todos ellos habían sido partidarios acérrimos del movimiento independista desde sus orígenes y cuatro eran hermanos masones.

*

Un propio me trajo un día una citación del general *San Martín*, a la cual asistí con mucha expectativa.

—Lo he pensado bien, teniente Ramírez —me recibió sin ambages—, y voy a aceptar su proposición.

–Qué bien, señor —le dije—, y cuándo cree usted que se podría materializar el hecho, tengo que avisarle a don Francisco José para que se prepare.

—Yo le enviaré una carta formal —me contestó—, supongo que será en un plazo de 60 días, eso le dará tiempo para programar todo. No se le olvide hablar con su patrón por la colaboración económica.

—Así lo haré, señor, espero haberle sido útil.

—No le quepa duda que así fue, teniente.

***

1818, poder en el Pacífico

El 17 de noviembre de 1818 la noticia corrió por Santiago como reguero de pólvora, había vuelto la escudara nacional a Valparaíso y traía consigo una presa mayor, había capturado en Talcahuano nada menos que a la fragata *Reina María Isabel*, uno de los barcos insignia de la armada española. A media tarde corrimos con el Palomo a la plaza para observar la llegada triunfal del comandante *Blanco* y el mayor *Miller*.

Los dos se bajaron delante del palacio de gobierno de la carroza presidencial, que se les había enviado para trasladarlos a la capital, y, de inmediato, fueron a saludar al general *O'Higgins*. La cantidad de gente que se juntó en la plaza era impresionante, no había espacio entre ellas. Con mucha dificultad logramos ver que el director supremo salía de palacio y se acercaba para abrazar a ambos. Por encima de las cabezas de muchas personas divisé al hermano *José Gregorio Argomedo*, quien, al verme, me hizo gestos con la boca y con la mano que me dieron a entender que debía citar a reunión de la logia.

Cuando estuvimos todos congregados en el templo dejamos que fuera el hermano *Blanco Encalada* el último en entrar. Todos nos paramos para aplaudirlo con emociones contenidas. Mal que mal era la primera acción de una escuadra nacional y había concluido con una victoria fenomenal.

—Demás está, querido hermano *Blanco*, que le repita una vez más lo que ha estado escuchando durante toda la semana —le dijo el hermano *Argomedo* cuando ya se hubo calmado la algarabía—, solo puedo agregar que es un orgullo para nuestra logia tener un hermano tan exitoso.

—No faltaba más, hermano *Argomedo* —respondió este, cuando todos ya se sentaban—, la diosa fortuna estuvo de nuestro lado y, cuando eso sucede, no la podemos defraudar.

—Es demasiado humilde, querido hermano —le dijo muy serio el hermano *Manuel de Salas*, quien, a sus 64 años, era el mayor en la sala—, me atrevo a augurar otros grandes éxitos en su vida.

—Gracias —dijo el aludido.

—Pero ahora, querido hermano —lo enfrentó *Argomedo*—, por favor, lo que todos estamos esperando, un relato en primera persona de lo que pasó allá en el sur.

—Bueno, queridos hermanos, trataré de sintetizar un poco el larguísimo informe que le remití a nuestro hermano *O'Higgins* y que él ya conoce. Según instrucciones imprevistas impartidas por él a última hora tuve que partir hacia el sur, cuando yo esperaba partir hacia el norte en dirección a El Callao. Fue él quien dispuso que fuéramos a recibir con mucho cariño a la escuadra española que venía a causarnos problemas.

—¿Cariño, ah? —rio alguno de los hermanos.

—Bueno, así la tratamos, no nos olvidemos que se trataba de la dama *María Isabel* —rio el comandante.

—Ya, no lo interrumpan —dijo *Argomedo* mirando serio a todos.

—Diecisiete días nos demoramos en llegar de Valparaíso a la isla Santa María, eso porque corría puro viento sur, que apenas nos permitía avanzar. Con mucha suerte nos enteramos que el buque español estaba en la rada de Talcahuano y, sin pensarlo dos veces, me decidí a capturarlo. Aunque no me lo crean, me encomendé a Dios, pensando en que la primera acción de nuestra escuadra no podía fallar. Suerte de principiantes, quise creer en ese momento. Y resultó.

—¿Muy fácil? —preguntó alguno.

—No crean eso por ningún minuto —respondió *Blanco*—, el viento sur-oeste nos metió a toda vela a la bahía, nos acercamos hasta distancia de tiro y entonces, para nuestra sorpresa, levantaron ancla y dejaron ir a la fragata a encallarse en la arena. No entendíamos nada, después lo supimos, la tripulación había llegado muy debilitada por el escorbuto, en el camino habían muerto varios cientos de hombres. Por ese motivo habían desembarcado a la mayoría y solo quedaban unos pocos a bordo. Suerte nuestra.

—Nunca viene mal, ¿no? —rio el doctor *Vera*.

—El problema vino después —contestó *Blanco*—. Yo, como caballero que soy, mandé al capitán *Miller*, como parlamentario, a hablar con el jefe de la escuadra española, quien estaba en Concepción. Lo trasladaron allá y él le transmitió mi mensaje. Le hice ver que en Chile habíamos triunfado y que los realistas estaban perdidos, le propuse que se rindieran y les ofrecí a todos empleos en nuestra escuadra y una vida contenta en nuestro país.

—¿Y? —escuché a otro.

—Nones, fue la respuesta —siguió *Blanco*—, y para peor me tomaron preso al delegado, algo inconcebible en el código de honor militar. Pero lo más grave era, en ese momento, que se habían ido acercando tropas de tierra hacia el barco encallado y amenazaban con retomarlo. Pasó toda la noche en esas, nosotros disparándoles a esas cuadrillas que se acercaban y ellos tratando de llegar al buque. Ya habíamos tratado de desencallarlo, pero había sido infructuoso, porque la marea estaba baja.

—Hagámosla corta, hermano, por favor.

—Vean ustedes cómo la suerte puede incidir en los actos humanos —dijo entonces el hermano *Blanco*—, a media mañana arreció el viento sur, justo cuando la marea estuvo más alta. Tensamos nuestras velas, subimos las de la fragata, que ya habíamos abordado, tomando prisioneros a 70 fusileros, y nos encomendamos al dios Eolo, el que se portó muy bien y sopló que daba gusto y así pudimos llevarnos nuestra presa. ¿Qué tal queridos hermanos?

Pensé que alguien diría algo, una felicitación o, por el contrario, una broma, pero todos callaron, con seguridad estaban asimilando lo que había significado ese hecho, algo que a la distancia se desconocía. Después de un minuto de silencio todos se levantaron y aplaudieron.

—Bien —intervino entonces el hermano *Bernardo*—, ya supieron de nuestra primera batalla naval, el primer éxito de nuestra incipiente armada, el primero de muchos otros que se lograrán en el futuro. Les informo que en este momento vienen en camino otras naves apresadas, las que llegarán en los próximos días. El poder de España en el Pacífico se acabó.

*

Yo creo que esa noche nos fuimos a acostar plenos de orgullo nacional, la patria se estaba afirmando, faltaba poco para que el territorio estuviera completamente sometido al poder del estado chileno. La logia lo había logrado y eso nos debía enorgullecer.

*

Pero, no todo fluía tan bien como yo esperaba. Una gran batahola se produjo días después durante la tertulia familiar.

—¡Yo no pienso irme a Lima con ustedes! —gritó con vehemencia la señorita Leticia—. No es mi culpa que su estúpido marido haya aceptado esa misión suicida en esa ciudad.

—Pero, querida, tienes que entender a Pancho—, le dijo su madre suavizando el ambiente—, el siente un deber patriótico que yo no puedo desconocer y, como esposa, estoy obligada a seguirlo.

—Tal vez usted, pero yo no tengo por qué —siguió reclamando ella.

—Usted tiene apenas 18 años y me debe total obediencia —siguió la madre.

—No hay tutía —dijo el tío.

—Eso es lo que ustedes creen —gritó ella—, ni amarrada me van a llevar.

—Démosle unos días para que asimile la idea —se atrevió a decir, con mucha humildad, mi patrona, la Francesa.

—Usted no se meta —la amonestó mi señor—, es un problema de ellos, no tenemos por qué entrometernos.

—Decía yo no más —dijo la Francesa y se paró para irse.

—No se vaya, Josephine —le dijo Manolo en tono severo, tan severo que me impresionó.

—Don Manolo —dijo con voz suplicante la chica—, no permita que me lleven a la fuerza, yo haré aquí lo que usted quiera, pero no los deje.

—Yo no tengo mucho que ver en vuestro asunto —dijo mi señor—, tienen que resolverlo entre ustedes.

—El problema es entre madre e hija —dijo el tío—. Ellas tienen que ponerse de acuerdo, a mí me da igual.

—Disculpe, don Manolo —dijo doña María Graciela como recapacitando—, ¿a usted le molestaría que mi hija siga viviendo aquí?

—Cómo se le ocu… —alcanzó a decir la Francesa.

—¡Usted no se meta, señora! —le gritó el patrón—, es una decisión mía, no suya.

—¿Y, qué dice, don Manolo? —le preguntó la joven con una ligerísima sonrisa en sus labios y aleteando con las pestañas.

—No sé, tendría que pensarlo un poco —respondió mi señor dándose importancia.

*

Reconozco que no fue mucho lo que mi señor lo pensó, ya al día siguiente me dijo que organizara la partida del tío y su señora, que arreglara todo con el general *San Martín* y que, finalmente, los acompañara a embarcarse en Valparaíso con rumbo a Montevideo.

***

13.

1840

Santiago, Chile

Juan Salvador repasaba en su mente el transcurso del año 1840 y se sonreía. Reconociendo que, aunque durante meses le había resultado imposible conseguir el traspaso de la hijuela de su padre por parte del baroncito, su existencia había sufrido un vuelco total. Su vida en Santa Lucía, trabajando como secretario contable, había quedado en el pasado, su aspecto de peón agrícola vestido con ropajes burdos y la escasez de roce con otras personas ya no se condecían con su diario quehacer.

Juan iba todos los días a la facultad y asistía, ahora, oficialmente a las lecciones del currículum. Y por las tardes estudiaba, lo que terminó por gustarle más allá de lo que había supuesto. Cuando el tiempo se lo permitía se iba a la plaza mayor acarreando una mesilla y un pequeño escaño. En el talego llevaba plumas, papel y la tinta negra. Junto a uno de los arcos del portal se instalaba entonces para escribir cartas para esas miles de personas analfabetas que necesitaban comunicarse.

Jóvenes enamorados pedían escribir cartas de amor cargadas de sentimientos, madres preocupadas querían comunicarse con hijos alejados del hogar cumpliendo sus obligaciones militares y viejitas andrajosas dictaban con voces temblorosas unas líneas a sus hijos y nietos que vivían en otras ciudades. Todos ellos le pagaban un par de monedas, que a Juan le permitían contribuir al gasto del hogar. Pero su mayor habilidad se fue descubriendo a medida que pasaban los meses y consistía en redactar cartas a la autoridad para tramitar múltiples causas administrativas y judiciales. Su cultura, debida a la lectura precoz impulsada por su padre, le permitía conocer los vocablos apropiados para dar a conocer los petitorios y, dado el caso, hacer las exigencias legales correspondientes. Involuntariamente se iba acercando a la labor de un abogado para la gente del bajo pueblo. Y eso le gustó, se sintió contribuyendo con el espíritu de igualdad, que su padre le había inculcado desde chico, aun cuando este había vivido sometido a su patrón toda la vida.

Desde el día que había conocido a Chantal en casa del ex presidente *Blanco Encalada*, su mente se volaba a esferas impensables y allí la veía con su belleza que le parecía pura y sin dobleces. Un día se recordó de haber escuchado a su padre mencionando el apellido de ella, pero no sabía en qué contexto. Tal vez le escriba para que me lo revele, pensó entonces meditativo. Cuando estaba en uno de esos momentos de embeleso se desconcentraba de los estudios o, algo de mayor gravedad, de lo que estaba escribiendo para algún cliente pobretón. Luego tenía que disculparse y hacer repetir parte de lo que se había perdido.

En una oportunidad había ido a visitar a la señorita en su residencia y juntos habían paseado por el paseo Tajamar. Él, ocasionalmente, la miraba con mayor detención y rápidamente se refrenaba para no afectarla. Ella, por el contrario, era muy abierta y parecía no tener inconvenientes en tal sentido. A Juan Salvador su belleza lo mantenía cautivado, la piel clara, los ojos azules, el cabello rubio y su figura entallada lo tenían hechizado. Y el hecho que fuera tan alta como él parecía no afectarle.

Los dos conversaban animadamente en una mescolanza entre español y francés. Ella estaba cada día más interesada en aprender el idioma y le pedía a él que le enseñara. Cuando, en una oportunidad, se lo solicitó con cierta formalidad, su corazón dio un vuelco de alegría, eso significaba que ella no partiría pronto lejos de él.

—Madre, estoy enamorado —le dijo muy serio a Auristela un día llegando a casa.

—¿Así que es francesa? —le preguntó ella—, supongo que no será como la viuda del patrón, esa mujer detestable.

—Puede que tenga algún parecido —le contestó—, por lo alta, pero su genio es muy distinto. Y no es para nada presuntuosa, yo la veo muy sencilla.

—Pero ella está convencida que tú eres alguien de alcurnia, ¿Qué pasaría si supiera de tu clase?

—¿Cuál es mi clase, mamá? —le preguntó muy serio—, mi padre es medio opulento y medio pobre, yo sería un cuarto de ricachón y tres cuartos de menesteroso. Pero, y si llegamos a poseer una hacienda de 500 hectáreas, ¿qué somos todos nosotros entonces?

—-Tienes razón, hijo —comentó ella—, ¿qué es la clase al final de cuentas, solo el poseer bienes y ofender al prójimo o disponer de veras de educación y cultura?

—Ve usted, mamá, que no es tan fácil, Chantal me cree culto y sabe que estudio leyes, por ahora no tiene para que saber del resto.

—Ahora que dices Chantal, mijo, me recuerdo que hace más de veinte años me parece que escuché ese nombre por estos lados.

—Hoy vamos a casa de don Manuel José Fermandois —informó entonces Juan a la madre—, ¿está lavada mi camisa?

—Todo listo hijo, sobre su cama —le respondió mientras se hacercaba a la cocina de leña.

*

Dos horas más tarde estaban Juan y Chantal en medio de un grupo grande de jóvenes que se divertían conversando, contando chistes y haciéndose bromas. A su lado estaba el joven *José Miguel Carrera Fontecilla*, hijo del malogrado general, quien observaba sonriente junto a su flamante esposa, *Emilia*.

—A ver, joven García-Lazcano, usted, que parece tan instruido —lo quiso molestar uno de los contertulios, que se ufanaba de sus conocimientos—, ¿sabe por lo menos algún poema en latín?

—Estimado Alberto, no me ponga en situación difícil —sonrió Juan Salvador—, ¿pone usted en duda mi capacidad acaso?

—No le haga caso, Juan —le dijo en ese momento Chantal—, solo quiere provocarlo.

—Veo que sus pergaminos son más grandes que sus conocimientos, estimado señor —rio Alberto mofándose y señalándolo para risa de sus amigos.

—Bueno, señores —dijo entonces Juan—, ustedes lo han querido, escuchen esta pieza maestra del sabio Catón:

Si Deus est animus nobis, ut carmina dicunt,
Hic tibi praecipue sit pura mente colendus.
Plus uigila semper, nec somno deditus esto,
Nam diuturna quies uitiis alimenta...

Un alboroto detrás de él, junto a la puerta de la cuadra interrumpió a Juan Salvador, quien se volteó urgido en el momento que un hombre fuera de sus cabales atropellaba a todos los demás para acercarse a él con los puños en alto.

—¡Juan de mierda, imbécil andrajoso, ¿qué haces aquí?! —gritó como desaforado su antiguo patrón, el baroncito Louis Phillipe, mientras le daba un puñetazo en la nariz que lo tiraba al piso.

Los demás presentes miraron al prepotente con los ojos llenos de espanto.

—Este infame es un fraude —les gritó alterado—, él no pertenece a nuestra clase, es un desclasado, un lacayo plebeyo, échenlo de aquí a patadas, yo no puedo estar en un mismo recinto con este cretino.

Chantal observaba la escena demudada, no podía darle crédito a lo que veían sus ojos. ¿Cómo de la nada aparece un ser lleno de odio a golpear y echar a alguien que no le ha hecho nada? Eso es lo que pensaba, desconociendo la relación viciada que había entre ellos. Se agachó para atender a Juan, quien ya se venía parando, le pasó una servilleta para que se limpiara la sangre de la nariz y se puso en actitud de defenderlo. En ese momento vio que Louis Phillipe mostraba una daga que tenía en su mano derecha.

—¡Defiéndete, si eres tan machito! —le espetó.

—¡A ver, ¿qué está pasando aquí?! —escucharon todos que exclamaba el dueño de casa acercándose—, ¡¿creen que están bajo el puente, en el basural o en los arrabales?!

—Él empezó —dijo una joven asustada señalando al barón.

—¡Yo no acepto en mi casa este comportamiento! —siguió diciendo el anfitrión en voz alta—, ¿qué le pasa a usted joven, que viene a alterar la sana convivencia?

—Ese hombre —dijo ahora el barón indicando a Juan con el dedo—, es un fraude, él era un inquilino de mi hacienda, un patipelado, un andrajoso, no tiene ningún derecho a estar aquí.

—Y usted, ¿qué dice a esa seria acusación? —le preguntó entonces a Juan.

—La historia es muy larga señor, si usted gusta se la relato en privado.

—Venga a mi despacho —dijo don Manuel José—, y ustedes mantengan la calma.

Se dirigieron al corredor, mientras los jóvenes rodeaban a Louis Phillipe para que este les contara su versión de los hechos. Recién en ese momento Chantal se enteró de quién era el agresivo, supo que era aquel niño que, no habiendo cumplido los 7 años, ya manifestaba rasgos de prepotencia, lo que su madre le había contado hacía tanto tiempo. Quienes los rodeaban, escuchaban al barón con grandes ojos. Mientras eso sucedía en el salón, Juan Salvador le contaba a don Manuel José todas las instancias de su historia y la situación legal en que se encontraban enfrentados con el fantoche que lo había golpeado.

—Mire, joven —le dijo cuando Juan hubo terminado—, yo le creo y comprendo su posición, pero debe usted entender que en nuestra sociedad no se puede introducir cualquiera sin contar con el previo reconocimiento de sus derechos por parte de la gente de bien. Le ruego que se retire sin hacer escándalo o me veré forzado a denunciarlo.

—No tenga usted cuidado, don Manuel, no sufrirá usted ningún bochorno por culpa mía, me iré con discreción y dejaré aquí a la joven que me acompaña, quien sí pertenece a su cofradía de alta alcurnia y quien no se merece lo acontecido.

—Muy bien, joven —dijo el dueño de casa—, agradezco su fineza y descuide, yo mandaré a dejar a la joven.

Minutos después, Juan se despedía de Chantal con gran tristeza en el corazón, sentía que su puesta en escena había fracasado, que no tenía derecho a perjudicarla y que su amor por ella estaría condenado al fracaso.

—Yo no me quedo aquí, ni se te ocurra —le dijo ella, tuteándolo, con gran decisión causándole extrañeza—, yo me voy contigo, espera que le aviso a mi doncella.

*

—Es más, señor —dijo Louis Phillipe aproximándose a don Manuel José cuando este regresaba al salón—, nosotros somos todos Carrerinos aquí y le debo decir que el padre del entrometido fue O'higginista y, peor aún, miembro de la Logia Lautarina.

—¿Puede ser cierto eso? —preguntó el señor—, ¿cómo es que lo admitieron en la logia siendo un simple plebeyo?

—Es que siempre estuvo al lado de mi padre, quien también perteneció a ella. Es una desgracia en mi familia, lo reconozco, pero hemos hecho todo lo posible para revertir esta infame situación y recuperar nuestro honor y abolengo.

—Menos mal —dijo don Manuel José—, espero que con esto ese mequetrefe vea impedida la entrada a nuestros salones.

***

1818, conflictos ideológicos

El 29 de octubre de 1818 llegó a Santiago, tarde en la noche, el general *San Martín*, proveniente de Mendoza. Había tenido que pasar todo el invierno allí a la espera que las nieves, que ese año habían sido especialmente copiosas, le permitieran pasar. Como él sabía de los agasajos que estaban preparados, los que él quería evitar, se decidió a llegar durante la calma de la noche.

Sin embargo, apenas arribado, tuvo que hacerse el ánimo que los santiaguinos le querían testimoniar su afecto, lo que no pudo eludir. Durante varios días hubo saraos, banquetes particulares y públicos y todas las tardes había espectáculos de fuegos artificiales.

Ahora, que por fin había vuelto el general, me vi en la obligación de citar a una reunión de la logia.

—Queridos hermanos —dijo este después de las palabras de bienvenida del hermano *Argomedo*—, es un gusto estar de nuevo en Chile y poder seguir adelante con nuestro plan. Como ustedes deben haberse enterado, me costó lo indecible estrujar el tesoro de las Provincias Unidas para lograr un soporte para nuestra expedición libertadora.

—¿Cuánto estuvieron dispuesto a aflojar? —preguntó el hermano *Marín*.

—Se comprometieron con 500.000 pesos, pero hasta la fecha hemos recibido solo la mitad —contestó *San Martín*—. Sin embargo, hay ciertas complejidades en el aire, que debemos atender con premura.

—¿Cómo qué, hermano? —preguntó *Argomedo*.

—Como algunos de ustedes saben —siguió este—, yo, durante mucho tiempo, pensé que la manera de sostener nuestra independencia, lograr su reconocimiento por las naciones europeas y adquirir un prestigio internacional solo lo lograríamos instalando aquí una monarquía constitucional. Pensaba que el sistema republicano no sería capaz de someter a nuestros pueblos a un orden que permitiera una clara gobernabilidad.

—Lo sabemos —lo interrumpió el hermano *Vera*—, pero su idea de poner a la cabeza al hijo del inca *Manco Capac* siempre ha parecido un poco irrisoria. Qué prestigio nos daría un príncipe analfabeto e inculto a los ojos de los europeos.

—Bien dicho —retomó la palabra *San Martín*—, y por tal motivo terminé por desechar esa idea. Pero sigue sobre el tapete la idea de invitar a un príncipe de alguna de las casas reales europeas.

—Usted sabe, querido hermano, que yo rechazo categóricamente esa idea —dijo el general *O'Higgins*.

—Está bien, yo lo sé —dijo *San Martín*—, pero aun así ha sido una intención aceptada por muchos de nuestros hermanos lautarinos de las Provincias Unidas. Tanto así, que el general *Belgrano* y don *Bernardino Rivadavia* se han paseado por media Europa conversando sobre esta posibilidad, lo que hasta ahora no se ha concretado.

—Menos mal —se le salió a *O'Higgins*.

—Pero deben saber que por estos días se está llevando a cabo en el centro del Viejo Mundo, específicamente en Aquisgrán, una cita de las naciones más poderosas y se ha adelantado la posibilidad de que el príncipe de la casa real de los Borbones, el *duque de Luca*, un joven prestigioso, pudiera ser aceptado como monarca independiente en América.

—Uf —exclamó de nuevo *O'Higgins*.

—Y debo decirles que el senado recientemente instaurado aquí ha designado al hermano *Irisarri* para que concurra a ese evento internacional.

—Perdone, hermano —lo interrumpió el hermano *Mariano Egaña*—, quisiera saber cuál es el mensaje o la negociación que pretende llevar a cabo el hermano *Irisarri*. Lo que es yo, me opongo a cambiar a un tirano antiguo por otro nuevo. Además, me gustaría saber qué opinan los demás hermanos al respecto.

Se hizo una pequeña votación con mano alzada y la gran mayoría se manifestó en contra de la iniciativa planteada, lo que me agradó de sobremanera, yo coincidía con la opinión del hermano *Egaña*.

—Hermanos —dijo después de ello el general *O'Higgins*—, teniendo clara nuestra postura, espero que el hermano *San Martín* recapacite. Quiero ahora informarlos de una gestión que, después de largo tiempo, se está viendo materializada. Nuestro país, que recién está dando sus primeros pasos, ha demostrado tener capacidad militar, sin embargo, nuestra experiencia en el mundo marítimo era nula hasta hace poco. Hemos creído necesario traer de fuera a un marino con conocimientos y maestría. Con tal propósito nuestro hermano *Álvarez-Condarco* tomó contacto, a través de la Gran Logia de Inglaterra, con un prestigioso marino de esa nacionalidad, el hermano masón *Lord Thomas Cochrane*.

—¿Y viene? —preguntó alguien.

—Así es —siguió *O'Higgins*—, el comandante *Cochrane* tuvo algunos problemas financieros que le causaron el descrédito, los que en ningún caso alteran su fabulosa capacidad para la guerra naval. Los pongo en antecedentes que ha aceptado el cargo de almirante y está próximo a arribar, durante este mes todavía.

—Vaya, interesante —dijo don *Juan Enrique Rosales*—, ¿pero no se había designado a nuestro hermano *Manuel Blanco Encalada* como jefe de la armada?

—Así es, y debo manifestar mi agradecimiento al hermano *Blanco*, quien ha dado muestras de un gran espíritu masónico al declararse plenamente dispuesto a colaborar con *Lord Cochrane*, a quien respeta.

—Espíritu masónico —repitió el hermano *Argomedo*—, Dios quiera que la Historia recuerde en el futuro nuestra abnegación, nuestro esfuerzo y ningún interés mezquino de nuestros hermanos. Con esto concluimos por hoy, muchas gracias.

Cuando volvimos a casa después del ágape, lo que teníamos que hacer con mucha calma por las dificultades que tenía mi señor para caminar, nos encontramos con la sorpresa que en el despacho del patrón había luz. Abrí la puerta con sigilo y la impresión fue incluso mayor: estaba allí nada menos que la joven Leticia sentada en la poltrona de mi señor con una copa de mistela a su lado y con una copa de coñac servida a su otro lado. Él miró hacia adentro, sonrió levemente y me dijo:

—Buenas noches, Juancho, que duermas bien.

*

Poco tiempo después nos enteramos que la famosa cita en la cumbre a realizarse en Aquisgrán se había dado por concluida sin resultados y que los diputados de América no habían alcanzado a llegar a ella.

***

1818, *José Miguel Carrera* no descansa

Si en algo había cambiado la sociedad chilena con la independencia de España, promovida por los ideales masónicos, era la existencia de varios periódicos que daban cuenta de noticias del país y del extranjero. Yo era un fiel seguidor de la "Gaceta Ministerial", el diario "El Sol de Chile", editado por don *Juan García del Río*, del periódico "Argos de Chile" y del otro llamado "El Duende de Santiago", que era editado por el hermano *Irisarri*.

En el ejemplar del Argos de Chile del 29 de octubre de 1818 se podía leer una noticia decidora respecto de la situación en España:

«*Extracto de una carta de Gibraltar.*

Quien vé los esfuerzos ruinosos de la España para continuar la guerra civil de América creerá que ha ya convalecido de los graves males pasados; y que opulenta en si misma, con una agricultura floreciente, manufacturas numerosas, un rico y extenso comercio, exjércitos bien mantenidos, fuertes esquadras puede pensar en el lujo de las grandes potencias, en la adquisición y conservación de distantes colonias. Pero quién ve todo lo contrario, una inmensa miseria ya continuada operación de los desordenes, abusos, errores y aún crímenes anteriores, en fin, todos los males de los tiempos del ministerio de Godoy, aumentados por un acrecentamiento asombroso de corrupción, de delirios y tiranias, es preciso que concluya que su gobierno, ó está frenético, ó está decrépito, ó abandonado á sus errados consejos por aquella providencia que sabe sacar bienes del abismo, dé los males.

¿Que es lo que España ofrece a nuestra vista? —un gobierno arbitrario, providencias interesadas, y a veces caprichosas, una justicia parcial y venal como siempre; contribuciones pesadas, el olvido de los mejores patriotas, de los buenos ciudadanos que mas se distinguieron por su zelo y servicios, el desprecio de los talentos, ...»

*

En el ejemplar del Sol de Chile del 11 de diciembre de 1818 venía un opúsculo cómico referido a don *José Miguel Carrera*:

«*Carta tercera del diablo á José Miguel*

Septiembre 6,

Recibe un dulce beso querido hijo: tu respuesta es tal cual yo la esperaba de un corazón como el tuyo; í en prueba de lo contento que estoi contigo, voi á revelarte un secreto que no queria descubrirte hasta ver si eras digno de todo lo que he hecho por tí — Escucha....

Hoi hace cinco meses cabales que estando el Rei de España en su gabinete, contemplando á sus solas de qué medios se valdría para subyugar la América, me entré por una de las ventanas envuelto en una espesa nube de humo, haciendo mucho estrépito í apestando de azufre todo el Palacio, Atónito con aquella visión el supersticioso Monarca...

Yo —¿En que piensas, Fernandito? ¿Qué haces que no pones en juego todos los resortes para recobrar tus dominios, í vengarte de los que han ultrajado tu real autoridad?

Fernando —Es el caso, Señor, que ya tengo derretidos los sesos á fuerza de cavilar sobre los medios de saciar mi ardiente sed de sangre Americana; porque esos malditos insurjentes son tan obstinados que ya se hallan exhaustos mis recursos...

...Con Buenos Aires ya no hai que contar, pues desde que tomó el mando Pueirredon se ha consolidado enteramente aquél Gobierno. Solo á Chile tengo esperanzas de recobrar, mediante la expedición que acompañe á Osorio de Lima...

Yo —I con razón. Mas es preciso que no te alucinen tus deseos, Fernando. Voi á hablarte con claridad, porque deseo tu bien. La expedición de Osorio ha sido completamente destruida ayer en el llano de Maipú....

Fernando —¡La expedición de Osorio!,... ¿Qué decis?.... (Patea como furioso, í se arranca de cólera los cabellos.)

Yo —Pero todo no está perdido todavía; aún nos quedan recursos... ...pero ahí quedan siempre José Miguel, Alvear í otros varios. De la eficacia í de las intenciones del primero no debes dudar un solo instante: asesino, ladrón privado í público, inmoral í corrompido en superlativo grado, ¿qué no debes prometerte de él? Lo que importa es que no pierdas tiempo, í le auxilies francamente...≫

*

El ejemplar del Duende del 14 de diciembre de 1818 traía una carta del hermano *Hipólito de Villegas* que confirmó los rumores que corrían por la ciudad y que también decían relación con el general *Carrera*:

≪*Señor Editor del Duende*

Santiago y Diciembre 3 de 1818.

Quando por decreto Supremo dé 17 de Noviembre último fui comisionado para formar el sumario con el objeto de averiguar los corresponsales, y cómplices de las correspondencias de José Miguel Carrera, residente en Montevideo, relativas á asesinar á los Excmos. Sr. Director, y General en gefe del Egército Unido, D. Bernardo O'Higgins, y D. José de San Martin, y á la subversión del orden y de las actuales administraciones, de que hablan las cartas hoy reconocidas por su padre, y los correos de 27 de Junio, 31 de Julio, y 24 de Agosto de este año corrientes á f. 5, f. 9, y f, 12 que se me pasaron, comprendí á la primera ojeada, que aquel facineroso con su socio Alvear, y Colegas, Herrera , Larrea, Viana , y otros ejusdem furfuris habían contraido una liga con alguna nación extrangera para dice- minar la desunión, y desconfianza entre los ciudadanos de Buenos Ayres y de Chile, y lograr por aquellos viles instrumentos el plan de subyugación de ambos Estados. En el progreso del sumario descubrí mas claramente ese plan y di inmediatamente cuenta oficial á este Supremo Gobierno, mas nunca me persuadí que aquella liga fuese con la nación española, no porque creyese con especialidad á Ca- rrera incapaz de unión con ella, pues no era la primera vez que aqui se habia coligado con los españoles para sorprender el Gobierno en 1813; sino porque no juzgué al gabinete español tan humilde, abyecto, y degradado para someterse á unos indecentes, que conocia mejor que otro su carácter, pusilanimidad a ló menos en Carrera en los bruces arriesgados, su inmoralidad , y el ningún concepto entre sus compatriotas ...»

Al terminar de leer esos dos últimos artículos no pude menos que sorprenderme. Yo, desde la infancia, había incubado una opinión respec- to de los hermanos *Carrera*, sabía de su falta de mesura, de sus am- biciones y de su desprecio por las clases bajas, pero no estaba en ante- cedentes de la consideración que podían tener otras personas respecto de ellos. Y estas que había leído me parecían funestas.

***

1818, *Lord Cochrane*

En los primeros días de diciembre de 1818 se llevó a cabo en el seno de la logia lautarina la recepción del hermano *Cochrane*, quien además ostentaba el título de *X. Conde de Dundonald*. Por protocolo, entró a la sala cuando todos ya estaban congregados. Vestía su uniforme de marino con un pantalón blanco y chaqueta azul marino con grandes charreteras. En el pecho lucía numerosas insignias y escarapelas. Tenía en ese mo- mento 43 años y era un hombre alto de contextura delgada, con abundante cabello claro y ojos escudriñadores. Una ligera sonrisa irónica se marcaba en su rostro. Se detuvo a un metro de la puerta y todos los hermanos se levantaron con solemnidad ritual.

Después del ritual y, a pedido del hermano *Argomedo*, el hermano *O'Higgins* le dio la bienvenida en inglés e invitó al recién llegado a aprender el español a la brevedad, ahora que se le había concedido la nacionalidad chilena por gracia. En el silencio de mi puesto junto a la puerta, me vanagloriaba de haber aprendido ese idioma extranjero y poder entender todo lo que se hablaba en él.

Cochrane había llegado el 28 de noviembre en compañía de su esposa, doña *Catherine, "Kitty" Barnes*, mujer entregada a los avatares del marido y dispuesta a instalarse en Chile. Estaba deseoso de iniciar cuanto antes sus funciones.

En esa misma reunión se nos informó que la escuadra bajo su mando zarparía en enero hacia el norte con el propósito de apoderarse de cuantas naves españolas fuera posible para desgastar la ya debilitada armada del rey en el océano Pacífico. La flota estaría compuesta por cuatro embarcaciones, la antigua fragata española *Reina María Isabel*, rebautizada como *O'Higgins*, el navío *San Martín*, la corbeta *Chacabuco* y la fragata *Lautaro*.

*

Llegó la navidad y ya antes de ella las familias poderosas se habían trasladado a sus haciendas, fundos o chacras para pasar el verano. El patrón había trasladado a la suya a Santa Lucía, incluida la joven Cita, que no se despegaba de él, lo que a mí me causaba un furibundo escozor. Y no porque él pudiera disfrutar de sus delicias juveniles, sino porque yo conocía el plan de ella. Por otra parte, no me disponía a revelárselo a él para no desilusionarlo. Además, así pensaba yo, no me lo habría creído.

Nos fuimos con Juanito a buscar mis dos caballos y emprendimos la ruta al campo.

—Y, ¿qué opinas, hijo, ahora que terminaste el año escolar? —le pregunté.

—Aprender es algo maravilloso, papá —me respondió—, pero soportar a los prepotentes no lo es.

—Qué lástima —dije entonces—, se ve que eso no ha cambiado para nada con nuestra independencia, ni siquiera por los altos valores que la han inspirado.

Nuestra llegada a casa creó una verdadera bataola. Al margen de las grandes demostraciones de amor hacia mí y hacia el niño, antes de que pudiéramos instalarnos, los tres chicos, enfervorizados por el reencuentro, iniciaron sus típicos juegos envueltos en un aura de risas.

Quienes más disfrutaron con nuestra llegada fueron mis padres y mis suegros. Las abuelas volverían a agasajar a su nieto mayor como antes y los consuegros encontrarían cuanto motivo estuviera disponible para celebrar junto conmigo, apreciando los vinos hechos en casa.

Ocasionalmente dejábamos a los chicos con mi suegra y salíamos a cabalgar a primera hora en la mañana o bien al atardecer. A los 33 años este ejercicio seguía siendo de todo nuestro agrado. En una de esas tardes fuimos al paso en dirección al cerro Lonquén, que reflejaba en pleno el sol cálido del atardecer. De repente vimos a corta distancia una nube de polvo que se acercaba al galope. Cuando logramos distinguir a los jinetes me quedé descolocado, eran el patrón en su yegua parda y la joven Cita en un bayo. Los dos reían en, lo que me pareció, una complicidad desconocida. Pasaron a nuestro lado sin detenerse y saludando pletóricos de alegría. Esta vez la risa de mi señor se veía deformada por la mueca causada por el dolor que le provocaba su pierna derecha.

—¿Qué es eso? —preguntó la Tela sorprendida.

—Y yo qué sé —le respondí displicente—, están en su derecho, ¿no?

—Ay, Juancho —dijo ella y espoleó su caballo.

—Ay, Juancho —repetí yo—, me parece que ya escuché eso antes.

—¿Sí?, entonces ve a decirle a tu patrón que yo no voy a criar otro huacho.

*

El Palomo llegó un día al campo con una carta del coronel Freire dirigida a la logia:

Concepción, 2 de Marzo de 1819

QQ::: HH:::

Despúes de una ardua temporada por fin tengo el tiempo para escribirles. Quiero darles a conocer lo que han sido estos casi 12 meses desde la batalla de Maipú.

Cuando creímos que en los llanos del Maipo se había terminado la guerra contra los godos, estábamos muy equivocados, esta todavía no concluye.

Ossorio, quien tuvo la astucia de escabullirse hasta Talcahuano y hacerse fuerte allí, siguió gobernando en toda la región al sur del río Maule. Durante el invierno estuvimos próximos a recuperar Chillán, pero el gobierno quiso esperar hasta la primavera para organizar una campaña más poderosa.

Una vez iniciada esta, logramos reconquistar este territorio provocando la progresiva huida de *Sánchez*, *Lantaño* y otros, primero a Los Ángeles, luego a Nacimiento, entonces a Tucapel y, finalmente, a Valdivia.

El obtuso y grosero *Sánchez* obligó a más de 200 mujeres, incluidas las pobres monjas del convento de clausura, cientos de niños y otros tantos ancianos a marchar al ritmo de los soldados, algo inusitado. Se supo que mucha de esa gente murió ahogada durante el cruce del río Bío Bío.

El coronel *Antonio González Balcarce*, a quien se le entregó el mando del ejército del sur, llegó hasta Nacimiento en persecución del enemigo, logró apropiarse de numerosas armas dejadas atrás e incorporar a grandes cantidades de desertores de la causa realista.

A mí se me destinó de gobernador a la ciudad de Concepción, donde llegué el día 25 del mes recién pasado, encontrando una ciudad devastada con muchas casas saqueadas y quemadas.

Según el comandante *Balcarce*, la región estaría pacificada, sin embargo, tal como conozco a los indios y los delincuentes que los acompañan, creo que falta mucho por hacer. Por ahora nos dedicaremos a reconstruir esta villa y a fortalecerla.

Esperamos que el bando publicado por el gobierno anime a los antiguos habitantes a volver, se les ha ofrecido una amnistía a los simpatizantes realistas y me hago muchas ilusiones que todos ellos van a contribuir a hacer grande otra vez a esta ciudad.

Dios los guarde por muchos años

H::: *Ramón Freire*

***

1819, éxitos en mar y tierra

A fines de febrero de 1819, antes de que concluyera el caluroso verano en la hacienda, llegó el Palomo con carta del tío Pancho desde Lima:

Lima, 10 de febrero de 1819

Querido Sobrino

Solo deseo informarle que hemos arribado bien a esta y que nos hemos instalado para iniciar los negocios.

Les saludan con afecto

Francisco y M. Graciela

*

Luego, el 16 de marzo, se celebró una tenida de la Logia Lautarina en la cual estuvieron presentes gran parte de sus miembros. El presidente le dio de inmediato la palabra al Director Supremo.

—Queridos hermanos —dijo este—, quiero ponerlos al tanto de un hecho muy grave sucedido en la villa de San Luis en la provincia de Cuyo. Como ustedes deben saber, han estado relegados allí gran parte de los oficiales del ejército español, que fueron tomados prisioneros durante las batallas de Chacabuco y Maipú. Todos ellos han sido alojados por vecinos del pueblo y se han podido mover libremente por él. Pues bien, algunos de estos se insurreccionaron, instigados por los generales *Alvear* y *Carrera*, quienes los invitaron a integrarse a sus montoneras.

—¡Oh! —exclamó el hermano *Juan Egaña*—, una vez más ese joven indómito metido en los peores delitos.

—Bueno, como decía, hace unos días se sublevaron varios de ellos y trataron de tomar la guardia y quisieron secuestrar a don *Vicente Dupuy*, teniente gobernador de San Luis. Afortunadamente el plan les salió mal y los propios parroquianos los persiguieron con garrotes y palos hasta derrotarlos.

—¿Y qué pasó entonces? —preguntó mi señor.

—Fueron juzgados y condenados a muerte. El hermano *Monteagudo*, a quien también mandamos confinado allá por sus actos rebeldes, ofició de fiscal para el teniente gobernador y le recomendó las sentencias. No menos de 25 oficiales fueron fusilados, entre ellos el coronel *Ordóñez*, el compañero de *Ossorio,* que apresamos en Maipú.

—Una desgracia por ellos —dijo mi señor—, pero menos mal que no pasó a mayores.

—No se crean, queridos hermanos —dijo don *Bernardo*—, estas montoneras están causando muchos problemas en las Provincias Unidas y el hermano *Pueyrredón* ha solicitado que el ejército unido pase la cordillera y colabore en combatirlas.

—Pero eso atrasaría la campaña del Perú —comentó el hermano *Marín.*

—Por supuesto, es lo que nos tiene muy complicados —dijo *O'Higgins*—. El 15 de febrero pasado, el hermano *San Martín* partió a Cuyo con un destacamento de 100 hombres y unas tantas armas para inspeccionar en terreno la defensa ante las montoneras.

—¿Y qué opina él de la orden de Pueyrredón? —quiso saber don *Mariano Egaña.*

—Ustedes se imaginarán que está desesperado, su plan de derrotar a los españoles en Lima se desintegra, recuerden todo lo que hemos hecho para armar el ejército libertador, el gasto terrible que ha significado, todo ello se estaría echando por la borda.

—¿Y hay algo que podamos hacer? —preguntó el hermano *Argomedo.*

—Yo estimo que es importante que nuestro hermano *San Martín* conozca el parecer de nuestra logia y que haga todos los empeños posibles para que el director *Pueyrredón* revoque su orden. Deberíamos mandar a un hermano que pueda transmitir nuestra voluntad con toda la privacidad del caso. ¿Hay alguien que se oponga a ello?

Nadie levantó la mano, por lo que se dio por aprobada la moción de don *Bernardo*.

—En tal caso, quisiera proponer —siguió diciendo—, que enviemos a nuestro reciente hermano, el comandante *José Manuel Borgoño*, quien goza del aprecio del hermano *San Martín*.

No hubo objeción.

*

Borgoño partió a Mendoza a los dos días y no tuvimos informes durante mucho tiempo. Las únicas noticias que recibíamos eran las que venían del sur, donde las montoneras realistas estaban provocando grandes estragos. *Benavides* y sus secuaces, al igual que otras bandas de desertores de los ejércitos, actuaban con saña y sin ningún concepto de moralidad. Asaltaban, robaban, violaban y mataban a quien se les pusiera por delante. No tenían ninguna consideración con nadie. El coronel *Freire* estaba muy angustiado con la situación y hacía lo posible con los escasos medios de que disponía.

*

El 1 de junio, finalmente, supimos que el plan para mandar al ejército allende la cordillera había sido abortado. La amenaza de una ofensiva española en el norte de las provincias se había desinflado y las montoneras estaban contenidas. Hubo una reacción de gran alegría en las esferas de gobierno y en la logia.

Y eso se reflejó en el ánimo de los hermanos durante la reunión del día jueves 24 de junio, cuando recibimos de vuelta a los hermanos marinos, *Blanco* y *Cochrane*, quienes habían retornado recientemente de su primera campaña naval contra el Perú.

—Fue muy provechosa nuestra incursión en mares peruanos y ecuatorianos —informó el almirante *Blanco*—, al margen de la gran cantidad de naves que logramos apresar y los dineros y armas que incautamos, le hicimos ver al virrey que ya no podrá contar con apoyo desde el mar.

—Así es —siguió *Lord Cochrane*—, estuvimos en las barbas mismas del español, nos metimos a la bahía de El Callao y tuvimos a todos sus buques en jaque. Ahora está aterrado. Incluso tomamos varios poblados al sur de ese puerto, como Paita, Huambacho y Supe.

—Chile tiene en este momento la armada más poderosa del Pacífico —dijo el almirante *Blanco* con una gran sonrisa en sus labios.

*

El día 18 de julio de 1819 quedó grabado en mi memoria como uno de aquellos que engrandecían el éxito de la orden secreta a la cual me sentía tan ligado, sin pertenecer a ella. Ese día se reinauguró el Instituto Nacional, después de innumerables problemas que hubo que sortear para que ello se pudiera hacer realidad.

Cuando supe que el proyecto se había puesto en marcha, fui a hablar con el hermano *Marín*, quien había sido uno de los miembros de la comisión llamada a informar sobre la viabilidad de la fusión del antiguo seminario religioso con la nueva institución laica,

—El clero presentó una férrea oposición a esa idea —me contó *Marín*—, si no hubiera sido por la magistral ponencia de don *José Antonio Rodríguez Aldea*, quien desarticuló la postura de los curas, este logro aún estaría en veremos.

—Hermano —le dije—, quiero pedirle un gran favor, yo tuve la suerte de obtener una educación impensable para una persona de mi clase, me he esforzado en esta vida por seguir aprendiendo y asumí el compromiso conmigo mismo de traspasar mi nivel cultural a mis hijos.

—¿Y en qué puedo ayudarlo, hermano Ramírez?

—Que hable con fray *Manuel Verdugo*, el rector del Instituto Nacional y consiga que mi hijo sea aceptado allí.

—No faltaba más, hermano, yo pienso que no habrá problema al respecto, déjelo en mis manos.

*

Cuando volví a casa después de que fray *Verdugo* registrara a Juanito como primer inscrito en el nuevo instituto, fui directamente donde mi señor y le informé respecto de lo que había hecho.

—Vuelve allá —me dijo molesto—, e inscribe también a Louis Phillipe, es obvio que él también debe estudiar ahí.

Días antes de la reinauguración me citó el rector y me pidió un favor muy particular que me llenó de orgullo.

—Su hijo es el número 1 en la lista de inscritos, y es un mérito que no sea un niño aristócrata, esta es la educación universal a la que aspiramos.

La mañana del magno evento, después de haber obtenido el permiso de mi señor, fuimos con él, su hijo y Juanito a participar en la ceremonia. Mi pobre hijo no dejaba de temblar, estaba muy nervioso. A media mañana se llevó a cabo una misa de gracia en la catedral, la que incluyó un extenso sermón que versaba sobre los afanes de la patria y el significado profundo de la educación pública como instrumento del progreso humano. Ambos conceptos eran novedosos y hasta revolucionarios en nuestra sociedad anquilosada, particularmente para la Iglesia Católica, que había monopolizado el ámbito de la educación y cuyos dogmas no daban espacio a la idea de progreso humano, el que reflejaba el sentimiento iluminista que le era abyecto. Los miembros del gobierno y el senado ocupaban, llenos de orgullo, los asientos de las primeras filas y escuchaban embelesados la homilía. Detrás de ellos nos abarrotábamos todos los restantes, muchos de los cuales difícilmente entendían lo que estaba en juego.

Terminada la liturgia, salí del templo llevando a Juanito de la mano y nos encontramos en la calle con un destacamento militar perfectamente formado dejando un callejón que conducía hasta el edificio del seminario, que sería la sede del instituto. El director supremo abría la marcha junto a sus ministros y detrás de él iban todos los miembros del senado. Más atrás iban numerosos funcionarios del gobierno, algunos curas y varios de los hermanos lautarinos que no quisieron perderse esta manifestación patente de sus desvelos.

Al inicio del acto se izó la bandera nacional y la banda de granaderos tocó y cantó el himno del instituto, que había sido compuesto por el hermano *Vera y Pintado*. Luego, mientras el rector designado daba el discurso de inauguración ante la mirada atenta de los asistentes, Juanito, aun tembloroso, y yo nos acercamos al estrado sobre el que estaba este. Yo le pasaba la mano por el cabello tratando de calmarlo.

—…y en adición a mis palabras, el jovencito que ostenta el número uno en la lista de inscripción, dirá unas palabras —terminó diciendo el rector.

Le siguieron los aplausos a la alocución y Juanito, tiritando, subió al estrado sujetando el papel que habíamos elaborado en conjunto:

—"Señor Director Supremo, don *Bernardo O'Higgins* —balbuceó para después aclarar la garganta—. Hoy hay aquí 100 niños y jóvenes seminaristas que reciben educación religiosa, yo seré el primero de los muchos que vendrán a buscar educación laica. En nombre de todos ellos le agradezco su férrea voluntad de sacar adelante este proyecto, que será muy beneficioso para los hijos de nuestra patria.

La educación nos hará libres y algún día seremos todos iguales en cuanto a conocimiento y dignidad. Y, espero con fervor, el Instituto Nacional nos enseñará el valor de la fraternidad entre sus pupilos.

Gracias señor Director."

Los aplausos fueron tan generosos como los anteriores y muchos sonreían ante el simbolismo de las palabras, tan afines a nuestra filosofía, eran los hermanos distribuidos en el gran salón actuando, cada cual en forma independiente, en la vida profana. El hermano *Bernardo* se acercó a Juanito, le pasó la mano y dijo para que escucharan todos:

—Este joven estudiante, cuyo origen es humilde, se ha transformado en el emblema de lo que todos los patriotas soñamos, que algún día en el futuro todos los hijos de nuestro país lleguen a ser educados.

***

14.
1840
Santiago, Chile

La navidad del año 1840 estuvo, para la familia Ramírez, marcada por situaciones no habituales que provocaron ánimos muy variados.

Hacía ya dos semanas había aparecido un día Juan Salvador alterando la normalmente apacible vida en la familia.

—Mamá —le dijo muy excitado—, hoy he vivido una experiencia de dulce y de agraz, he sabido lo que es eso. En casa de don Manuel José Fermandois, donde fuimos con Chantal, me divertí con los jóvenes e incluso pude hacer una demostración de alguno de mis talentos, les recité en latín. Cuando estaba en eso, apareció ese engendro llamado Louis Phillipe, quien no pudo soportar la idea de verme en un salón aristocrático. Me denunció como fraude e incluso me agredió.

—Por Dios ese niño —dijo Auristela—, no escarmienta nunca.

—Si no fuera por don Manuel José, capaz que me hubiera enterrado su daga —siguió Juan—, él lo detuvo justo a tiempo, pero el escándalo ya se había producido. Tuve que revelarle al dueño de casa mi identidad y todo lo que esta envuelve. Me escuchó con atención, pero igual me echó de su casa.

—Qué disgusto —dijo la madre con comprensión.

—Pero ahora viene lo mejor, mamá —dijo él, justo en el momento en que Manuelito ingresaba a la cocina—, quise haber dejado a Chantal ahí, en un ambiente que le corresponde, pero ella no aceptó, quiso venirse conmigo. Ah, mamá, estoy tan enamorado que me duele.

—¿Y le contó a la señorita toda la verdad? —preguntó Auristela.

—No, ella no me permitió, me dijo que es algo que hablaríamos con calma en el momento que a mí me pareciera adecuado.

—Qué atenta —dijo Manuelito.

—Mamá, como ella está sola aquí en Chile, quiero invitarla a pasar la navidad con nosotros, ¿usted aceptaría?

—Por qué no habría de aceptar, Juanito, si ella acepta, yo por mi parte, no tengo problema.

Y Chantal aceptó y Auristela preparó una cena con los ingredientes más finos que encontró en los tenderetes del mercado de abasto. Juan y Manuelito, sin escapatoria, tuvieron que ayudarla en hacer un aseo profundo en toda la casa. Y entonces, cuando llegó por fin el día 24, Juan fue a buscar a la joven a su hostal y la condujo a casa en compañía de su doncella.

Durante los días anteriores a la celebración, Chantal había estado sumida en pensamientos que le robaban la calma. Ahora ella sabía quién era Juan Salvador, no el joven de aspecto aristocrático, sino el hijo de un peón agrícola con una rara historia de cultura. Se preguntaba cómo sería el hogar de una familia que albergaba esas facetas tan dicotómicas.

Y la entrada en la casa de Juan reveló que esa dicotomía era parte sustancial de la familia Ramírez. No obstante que la vivienda era pequeña y humilde, relucía de limpia y su decoración con un leve aire francés no dejaba nada que desear.

—Mucho gusto, señora —saludó a Auristela con dos besos franceses cuando Juan la hubo presentado—, su hijo es muy educado y culto, la felicito.

—El gusto es definitivamente mío —le respondió ella—, es un honor tenerla aquí. ¿Y cómo se llama su distinguida compañera?

—Mi doncella se llama Charlotte, ella podrá ayudarle en lo que sea.

—Gracias —respondió la madre dándole a la criada un beso que la sorprendió.

Cuando estuvieron todos reunidos en la sala, incluida la doncella, después de haber brindado con una copa de mistela, Manuelito sacó de su bolsillo una carta para darles la sorpresa de leerla. Venía desde Mendoza.

Mendoza, 14 de diciembre de 1840

Querida familia toda

En esta fecha tan particular he querido hacerme presente a través de mis palabras. Espero que ellas logren transmitirles los sentimientos que albergo y que debo echar afuera.

Sería muy ingrato de Dios y de mi destino si comenzara por quejarme, ya que el tiempo que he pasado en esta ciudad ha sido gratificante, no obstante el gran esfuerzo que he hecho para concluir mi misión a la brevedad posible.

Con gran satisfacción les informo que me falta muy poco y que en un plazo no superior a un mes debería estar concluido. Sin embargo, hace muy poco tiempo viví un contratiempo que me llenó de temor. Aparecieron por aquí don José Pedro y don Louis Phillipe con la clara intención de capturarme para que les entregara el manuscrito. Afortunadamente fui advertido a tiempo y me pude ocultar, pero con toda certeza ellos van a mandar a sus espías a ubicarme.

Por este motivo quiero pedir a Juanito y Manuelito que tengan la gentileza de viajar hacia acá a fines de enero para acompañarme de vuelta a Chile.

A partir del día 26 de enero los estará esperando en la plaza de Santa Rosa de Los Andes mi amigo, el guía Fermín, a quien reconocerán por su sombrero gaucho con una pluma blanca.

Es mi ferviente deseo que esta noche de navidad disfruten el amor que siempre nos hemos tenido y que se acuerden de mí con afecto. Yo los amo a todos.

Que Dios los guarde por siempre,

Juan

PD. Un beso muy apretado a ti, mi amor eterno.

Cuando Manuelito terminó de leer, tanto Auristela como sus dos hijos se quedaron estáticos durante algunos minutos tratando de refrenar los lagrimones que pujaban por salir. Chantal esperó y cuando vio que ya estaban más repuestos, tomó la palabra:

—Por favor escúchenme, yo ya conozco bien la historia de vuestra familia, Juan Salvador me la ha contado. Es conveniente que ustedes conozcan la mía. Ya saben que yo nací aquí en Chile, que mi padre murió y que mi madre volvió conmigo a Francia. Lo que no pueden sospechar es que ella era Melanie, la dama de compañía de doña Josephine, la mujer de vuestro antiguo patrón. Pero, deben saberlo, resulta que, al final de cuentas, yo tampoco soy hija de aquella dama de compañía, sino que la propia baronesa es mi madre.

—¡Oh! —exclamaron los tres.

—Así es, yo no sé si ustedes se enteraron que mi madre tuvo amores con el capitán Riqueur, quien se transformó en mi padre. Mi madre ocultó el hecho y me hizo pasar por hija de Melanie. Él murió aparentemente asesinado en las cercanías de Pirque.

—¡Oh! —volvieron a exclamar.

—Cuando el marido de doña Josephine supo de su desliz se enfureció y, para evitar que la infamia se divulgara en la sociedad chilena, negoció con Melanie un estipendio de por vida, con tal que se volviera a Francia conmigo.

—Ay Dios —exclamó Auristela—, qué crueles pueden llegar a ser los hombres. Y cómo ha sabido cuidarle los secretos el Juancho.

—Durante muchos años vivimos una vida de carencias en París —siguió la joven—, la plata alcanzaba para poco, mi madre tuvo que buscar trabajo en una gran tienda de vestuario y yo, cuando cumplí los 15 años, hube que seguir sus pasos. En ese momento Melanie me contó todo, mi origen, mis padres, su calvario y su generosidad.

—La compadezco, señorita Chantal —la interrumpió Auristela.

—Sí, y así fue, hasta que mi madre conoció a un rico señor viudo, que quiso casarse con ella. Ese día la vida nos cambió, de nuestro ambiente pobretón pasamos a una residencia llena de lujos, donde nada faltaba, con criados para todos los servicios, en fin, fue como si el destino hubiera premiado a mi madre adoptiva por su altruismo.

—Qué bella historia —sonrió la madre mientras los hijos observaban interesados.

—Y, curiosamente, los pagos de vuestro patrón se interrumpieron hace algún tiempo.

—Hace el tiempo exacto que tu hermanastro Louis Phillipe nos echó del campo —dijo Juan—, mi padre era el encargado de enviar la remesa cada seis meses hasta que yo heredé su puesto de secretario y lo seguí haciendo, sin preguntarme a quién estaba dirigido.

—Por eso vine a Chile, para saber qué había pasado.

—Ahora ya lo sabes —siguió Juan—, y también sabes la historia de mi padre y la disputa que tenemos con el baroncito.

—Sí —contestó ella—, y yo les voy a ayudar a recuperar lo que les pertenece.

***

1819, otra vez *José Miguel*

En septiembre le llegó a mi patrón una nueva carta de su hermano José Pedro, esta vez despachada en la ciudad de Paraná en la provincia de Entre Ríos.

Paraná, 28 de Agosto de 1819

Hermano

Ahora sí que es en serio. Con mi general hemos abandonado el exilio en Montevideo y nos hemos trasladado hacia acá, invitados por el gobernador provincial, el general *Francisco Ramírez*. Este recibió con verdadero afecto a don *José Miguel*, a su esposa y a sus hijos.

Mi general ya os lo dijo en su «*Aviso a los Pueblos de Chile*» publicado en el pasado mes de junio, antes que nos requisaran la imprenta:

«*¿No veis en O'Higgins y San Martín el carácter bárbaro y feroz de los Morillos y los Morales &, que inundaron de sangre Americana las fértiles campiñas de Caracas y Bogotá?*

¿Y vosotros con poder permaneceréis en la apatía de los esclavos para ser el ludibrio de las Naciones, y el oprobio de nuestra descendencia?

No, Chilenos, no. Es bien conocido vuestro carácter para que pueda dudarse de vuestros sentimientos. El ultraje hecho en la sangre de los Carreras á la Nación entera agitará vuestra justa indignación, y la familia y sus amigos, que lloran hoy sobre sus sepulcros, bendecirán un sacrificio, que afirme para siempre la Independencia de la Patria sobre las cenizas de sus bárbaros opresores.»

Con el ingenio y el tesón de mi general conseguiremos pronto el respaldo del gobierno de las Provincias Unidas para emprender la ruta libertadora a Chile. Será el momento en que vuestros correligionarios herejes temblarán ante la espada vencedora de los verdaderos Chilenos.

Y los derrotaremos para pasarlos por las armas, tal como hicieron ellos con los hermanos *Carrera*.

¡Para su información!

Cpt. José Pedro García-Lazcano

—¿Qué te parece? —me preguntó mi señor, cuando hube leído la carta.

—¿Qué quiere que le responda, su merced? —le dije—, no es la primera vez que nos llegan las amenazas, están siempre vigentes, es de esperar que no pasen de eso.

*

En la mañana del 16 de septiembre nos fuimos al campo en compañía de la Francesa y de la joven Cita. Yo iba atrás y veía que a mi patrón el cabalgar le causaba dolor en su pierna. La movía alternativamente para cambiarla de posición. Después de un tramo, durante el cual galopamos, nos obligó a detenernos y soltó el pie del estribo derecho para estirar la pierna.

—Don Manolo —le dijo la joven Cita—, usted tiene suficiente plata, debería comprar un coche con cuatro caballos en el cual pudiera venir con toda su familia al campo, ¿no le parece?

—Es algo que he estado sopesando —contestó él con dificultad—, pero son tan terriblemente caros. Y tendría que importarlo de Europa o Estados Unidos.

—Creo que es una buena idea, señor —le dijo la Francesa—, es digno de un hacendado contar con un carruaje.

—Juancho —gritó mi señor hacia atrás—, encárgate de averiguar cuánto valen los coches, pregunta a los comerciantes ingleses y norteamericanos.

—Sí, su merced —le respondí.

Yo sabía que doña Josephine le había pedido en innumerables oportunidades la compra de un coche y él siempre se había negado:

—Los chilenos andamos a caballo —le había respondido—, andar en coche es de hombres adamados, siúticos.

Ahora, él sí había escuchado a la joven, que desde hacía tiempo estaba dominando su espíritu. Y la Francesa lo sabía y su ira se le reflejaba en la cara, sin embargo la culpa que llevaba en su conciencia le impedía poner reparos, tenía que aceptar.

*

El día del gran evento patriótico, el 18 de septiembre, que había empezado a revestir caracteres apoteósicos a medida que pasaban los años, reunió en la pradera de las caballadas a todos los inquilinos con sus familias. Aparte de ellos, aparecieron varios vecinos con sus familias, las que disfrutaron de un soleado día pre primaveral. Los hijos de los hacendados, por supuesto, no se mezclaron con los "patipelados" según el decir del niño Louis Phillipe.

Al atardecer, cuando todo el mundo había vuelto al hogar, me aproximé a la Casa Grande para preguntarle al patrón si me necesitaría al día siguiente. Cuando caminaba por el maicillo hacia el corredor norte, escuché la voz de la patrona, me frené y escuché:

—Louis Phillipe no va a ir más al instituto Nacional —le dijo con un tono lleno de agresividad—, ni él ni ninguno de nuestros hijos van a ir a colegios donde deban convivir con gente de baja estofa.

—¡Josephine! —exclamó el patrón alzando su voz—, Aquí yo…

—¡Aquí yo nada! —le gritó ella de vuelta—, en todo lo demás puede hacer lo que quiera, pero los hijos son míos, yo hago con ellos lo que quiero.

—Pero…

—Ningún pero, señor, usted a mí no me ama, ni me respeta, yo no lo amo a usted y solo lo obedezco. Siga adelante con su pequeña puta, retoce con ella a vista y paciencia de su familia.

—¡Oiga!

—¡¿No escuchó bien, señor?! Usted me puede mandar matar si le parece bien, pero yo no daré mi brazo a torcer. Puede seguir mandándole plata a la otra puta de la Anette, pero a mis hijos no me los toca.

—¡Aguántese, Josephine! —respondió gritando—, usted no tiene la altura moral para criticarme, una dama que deshonró su castidad no tiene derechos.

—Así será en todo lo que quiera —le respondió ella con una calma de hielo—, pero no con mis hijos. Ellos son míos, si usted interviene yo los mataré y revelaré todas sus ignominias ante su imbécil sociedad.

—Volveremos a hablar —dijo él tratando de calmarse.

—No señor, no tenemos nada que hablar, usted mandará a borrar de la lista al niño y yo me encargaré de contratar a un tutor francés que le enseñe mi cultura. Buenas noches.

Yo me retiré muy sigiloso esperando que mis zapatos no hicieran crujir las piedrecillas del camino. Cuando levanté la vista me percaté que la joven Leticia me observaba por la ventana. No sé si fue idea mía o ella tenía una sonrisa irónica en sus labios.

***

1820, siempre *Carrera*

En enero de 1820 llegó la buena noticia que *Lord Cochrane* había conquistado la ciudad de Valdivia. Con ello y la posterior incursión del ejército de tierra, por fin, se estaba expulsando a los realistas del territorio continental, los últimos vestigios de la colonia quedaban circunscritos a la Isla de Chiloé.

El resto del verano pasó en la forma habitual y en marzo estuvimos de vuelta en Santiago para el inicio de clases de Juanito. Una vez más tuve que abandonar a mi mujer y dejarla con los niños más chicos en el campo.

Un día en la tarde abrió la puerta de mi despacho Juanito. En voz baja me dijo que lo siguiera, lo que me llamó la atención. Me señaló con el dedo la puerta de una bodega de muebles que nadie pisaba.

—Escuche —me susurró—, ¿no es extraño?

Agucé mi oído y capté que era la voz de la Francesa, quien les hablaba en francés a sus hijos:

—…votre pere est terrible —les estaba diciendo—, él no los ama, los odia, solo piensa en sí mismo y no soporta a nadie más.

—C'est vrai —la apoyó el Luchito—, solo conversa con el Juancho o con la Cita, a nosotros nunca nos habla.

—Es mejor que no se acerquen a él —siguió la Francesa—, cuídense de que se vaya a enojar, porque puede ser brutal para castigarlos. Es un hombre malo. Pero este secreto queda entre nosotros, entendu?

Empujé a Juanito y nos alejamos hacia el tercer patio, no fuera a ser cosa que nos pillaran.

—¿Qué les decía? —preguntó mi hijo con curiosidad en sus ojos—, ¿y por qué escondidos allí dentro?

—Le estaba hablando mal de su padre —le respondí—, es una lástima.

*

El jueves 18 de mayo se llevó a cabo una reunión de la logia. La había pedido el hermano *O'Higgins* para ponernos al tanto de hechos que ya habíamos sabido antes por el correo de las brujas.

—Queridos hermanos —dijo este, después del saludo protocolar del hermano *Argomedo*—, es importante que todos ustedes sean informados de una nueva conspiración protagonizada por nuestro acérrimo contrincante, el general *Carrera*.

—Siempre *Carrera*… —se le escapó a alguien.

—Así es —siguió *O'Higgins*—, y es algo que se venía fraguando hacía meses en Buenos Aires. El hermano *Pueyrredón* descubrió los planes, que llevaban a cabo unos oficiales franceses ligados a *Carrera*. Se juntaban nada menos que en la casa de doña *Javiera*. Pretendían pasar la cordillera, asesinarnos a *San Martín* y a mí y despejar el camino para que volviera el infame a tomar el poder.

—¿Y qué interés podían tener esos franceses en arriesgar sus vidas en un negocio ajeno? —preguntó el hermano *Mariano Egaña*.

—Aparentemente no era un negocio tan ajeno —respondió don *Bernardo*—, supuestamente el general les tenía ofrecidos cargos, sueldos y otras prebendas tan pronto asumiera como gobernador.

—Por Dios qué ingenuos los franchutes —rio el hermano *Marín*.

—Es el tremendo poder del timador ese —siguió *O'Higgins*—, pero se descubrió todo y varios de los oficiales fueron condenados a muerte. El hermano *Pueyrredón* me mandó a preguntar si me mandaba a doña *Javiera* para acá, a lo que le respondí que ni por nada en el mundo, que se quedara bien lejos de Chile.

—Bueno, menos mal que todo ello se aclaró —dijo mi señor.

—Pero ahora falta la segunda patita en este baile —dijo *O'Higgins*—, resulta que los compinches de *Carrera*, aquí en Chile, supieron de aquel plan y pensaron en colaborar con su ídolo.

—No lo puedo creer —dijo don *Manuel de Salas*.

—Así es, un grupo de confabulados se comenzó a reunir en casa de don *Cipriano Valle* aquí cerquita, en la calle de Santo Domingo número 57. Ahí fraguaban sus planes. Incluso engatusaron a varios militares, entre ellos al antiguo coronel *Luco*, para tomarse los cuarteles. Una vez logrado eso, nos apresarían o, tal vez, nos matarían para tomarse el poder.

—Oh Dios… —exclamó alguno.

—Menos mal que el maldito *Carrera* ya no cuenta con toda su clase aristocrática para sus barullos. Hay muchos que ya lo calaron, que saben de su ambición sin límites y de su falta de ética para lograr sus objetivos. Alguien, que no voy a nombrar, denunció el plan, que se debía llevar a cabo el 8 de abril recién pasado, e incluso me permitió escuchar una reunión secreta de los miserables.

—¿Y qué pasó? —preguntó el hermano *Juan Egaña*.

—Que desbaratamos todo, tomamos presos a los conspiradores y los sometimos a juicio. Hay tres condenados a muerte, los capitanes *Ramón Vásquez de Novoa*, *Martín de la Cuadra* y *Ramón Allende*, todos los demás fueron sentenciados a destierro.

—¡Hay que ver! —exclamó don *Juan Enrique Rosales*—, si este parece un cuento de nunca acabar.

—Así es, queridos hermanos —terminó don *Bernardo*.

*

En junio de 1820 nos sorprendió una noticia proveniente de España. La había recibido el hermano *O'Higgins* por correo secreto de uno de sus antiguos correligionarios en su logia de Cádiz. En la reunión de la Logia Lautarina nos leyó:

Cádiz, 15 de marzo de 1820

Q::: H:::

Hoy, finalmente, podemos aseverar que nuestras ideas se han hecho cuerpo en España. Después de tantos años insistiendo en la necesidad de reinstaurar la constitución de 1812 para desterrar de una vez por todas a la monarquía absoluta, ello se ha hecho realidad y nos tiene muy contentos.

Y esto lo hemos logrado gracias a la infiltración que hemos venido haciendo en los cuerpos armados. Sabíamos que no podíamos contar con la aristocracia, de manera que ha sido a la oficialidad, a la que hemos llegado con nuestros ideales masónicos. Hoy tenemos a muchos oficiales asistiendo a nuestros templos.

A los levantamientos producidos en años anteriores, los que fueron sofocados por el monarca, esta vez se han sumado dos de mayor envergadura que lo han atemorizado.

El 1 de enero recién pasado el comandante *Riego* se puso al frente de su batallón en la pequeña villa Cabezas de San Juan, proclamando la reinstauración de la constitución liberal de 1812. El movimiento prendió como reguero de pólvora y apresaron al general *Conde de Calderón* con todo su estado mayor. Lamentablemente no tuvo eco en las clases medias y bajas, que están acostumbradas al absolutismo.

Pero después de muchos conciliábulos estalló, lejos de allí, en La Coruña, una nueva revolución, que fue más generalizada y le causó pavor al rey, quien se apuró en reponer la constitución que él mismo había abolido.

Con esto, puedo asegurarle con certeza, Q::: H:::, que las antiguas colonias podrán estar a salvo de los ejércitos del rey por mucho tiempo. En nuestros templos la independencia de América es un hecho reconocido.

Fraternalmente

H::: Silvestre Opazo

1820, interminable guerra en el sur

El jueves 15 de junio de 1820 los hermanos de la Logia Lautarina estaban ávidos de escuchar las noticias del sur, que nos iba a transmitir el hermano *Ramón Freire*, quien desde hacía un par de semanas estaba en Santiago. Después de los saludos protocolares tomó la palabra:

—Queridos hermanos —dijo con el ánimo muy decaído y con el rostro demacrado—, no saben cuánto he echado de menos la tranquilidad de estas reuniones, lo que en la provincia de Concepción es impensable. Se vive sobre ascuas. Desde que el hermano *San Martín* confió, para su terrible error, en ese monstruo que es *Vicente Benavides*, hemos tenido que soportar las peores agonías.

—¿*San Martín* confió en él? —preguntó alguien.

—Así es, el hombre se ganó la confianza de nuestro general y este cometió la torpeza de enviarlo de parlamentario para convencer a los pocos militares realistas que quedaban al sur del Bío Bío de que depusieran sus armas. *Benavides* traicionó su palabra y, por el contrario, azuzó a estos para mantener viva la guerra en esa zona.

—¿Por qué lo llamó monstruo, querido hermano? —preguntó otro.

—Porque no tiene respeto humano, no reconoce el código de honor militar y no manifiesta sentimientos de piedad, ni por las mujeres, ni por los niños. Él se mantiene oculto junto a un grupo de frailes, que esparcen el odio hacia los patriotas y exigen una sumisión fanatizada al rey. Allí forma sus cuadros de jefatura, prepara a los jóvenes oficiales que ha rejuntado entre los desertores, y les inculca el comportamiento más despiadado. Han creado un ejército de montoneras, que se desplazan por la provincia, provocando ataques guerrilleros que no respetan nada.

—¿Y nuestro ejército no ha sido capaz de dominarlos? —preguntó un tercero.

—Atacan por sorpresa las localidades más desguarnecidas, matan a los hombres, violan a las mujeres y saquean las viviendas, luego parten arriando el ganado que encuentran. Nuestros destacamentos, cuando son informados, se organizan y salen en su persecución, pero ellos conocen el territorio y se refugian en bosques y valles apartados. Nuestra gente está muy desesperada y enfurecida, cuando atrapan a algunos de los montoneros los degüellan sin preguntar.

—No se puede tener consideración con ellos —dijo el hermano *Marín*.

—Efectivamente, pero son ellos quienes han violado todas las reglas —siguió *Freire*—, además, el hombre es muy astuto, ha aplicado la guerra de zapa tal cual nos la enseñó el hermano *San Martín*. Hace correr noticias falsas para envalentonar a su gente y a la población que sigue siendo afín al rey y, con ello, causa temor entre los patriotas. En la costa ha apresado barcos balleneros que se han acercado para apertrecharse y los usa para transportar tropa y para comunicarse. Mantiene informado al virrey y le pide sus auxilios.

—¿Y le han llegado refuerzos? —preguntó mi señor.

—Afortunadamente, no, pero no podemos descuidarnos, en cualquier momento puede suceder. Si ustedes pensaron, que después de la batalla de Maipú habíamos conquistado Chile, se equivocaron, esta guerra no quiere parar.

—Pero son puros bandoleros, esa no es guerra —dijo don *Juan Egaña*.

—Puede que no sea una guerra regular, pero todos esos bandidos se dicen fieles a la monarquía y, en su nombre, cometen todas sus fechorías. *Benavides* debe tener sobre los mil efectivos debidamente armados y en permanente movimiento. Si no mandamos al sur un contingente poderoso, será imposible pacificar esa zona. Tenemos, para peor, que pensar en el pueblo mapuche, que parece disfrutar de este estado de inseguridad. Son feroces cuando se trata de matar y saquear, más aún si pueden robar aguardiente, su combustible natural, que los alimenta de una furia del todo contraria a cualquier concepto moral.

En la sala no volaba una mosca, los hermanos escuchaban atentos y en sus caras se apreciaba la impotencia por la grave situación que les estaba siendo relatada, frente a la cual no tenían opción de actuar.

—Lamentablemente no tenemos recursos —le respondió el hermano *Zañartu*—, mientras no hayamos despachado a la escuadra libertadora al Perú será imposible allegar fondos para esta causa.

—Será deplorable para ustedes aquí en Santiago —dijo *Freire* con un tono molesto—, los habitantes de nuestra provincia se sienten muy olvidados, incluso despreciados por Santiago. Se ha ido creando un ambiente muy adverso que algún día puede explotar.

—Solo puedo pedirle un poco más de paciencia, querido hermano —le dijo *Zañartu*—, tenga presente que con nuestros hermanos en el gobierno estamos conscientes de su alarmante situación y que el hermano *O'Higgins* hará todo lo que esté en su mano para revertir la situación.

—Espero que así sea, querido hermano –dijo *Freire*—, a todos se los ruego, no nos dejen de lado, téngannos presente.

—Bueno, queridos hermanos —dijo don *José Gregorio Argomedo*—, hemos tomado nota de estas agrias noticias que nos ha traído el hermano *Freire*. Permítanme mejorar en algo su ánimo, les informo que el próximo mes de julio se celebrará la reapertura de la Biblioteca Nacional, que tendrá más de 8500 títulos. Felicitemos al hermano *Manuel de Salas* por su valiosísima colaboración en esa labor, que solo puede auspiciar un futuro mejor. Y ahora demos por terminada la parte oficial de este trabajo y pasemos al ágape.

***

1820, escuadra libertadora

Yo había cumplido con la misión, que me había encomendado mi señor en cuanto a adquirir un coche de caballos. Cuando ya había analizado la conveniencia de varias ofertas de los comerciantes, que traían estos carruajes de Europa o Estados Unidos, se me presentó una circunstancia particular que le hice ver al patrón:

—Don Germán del Real tiene en venta, a muy buen precio, un coche tipo Landau para seis pasajeros. ¿Qué le parece si vamos a verlo?

—Ay, Juancho, todavía no estoy convencido de comprar un coche. Siento que es una tremenda manifestación de opulencia que a mí me desagrada.

—No lo vea desde ese punto de vista, su merced —le contesté—, piense en que a usted le facilitará el trasladarse. Acuérdese que su pierna no va a ir en mejoría, le va a ser cada vez más incómodo el cabalgar, yo he visto lo que le duele.

—Puede que tengas razón, Juancho —dijo con amargura en la voz—, vamos a verlo.

El coche era una maravilla, tenía muy poco uso y lo mantenían lustroso, las maderas barnizadas, los bronces refulgentes, las ruedas en perfecto estado con sus rayos pintados de rojo, los vidrios espejados y las cortinillas de velo absolutamente pulcras. Era una pieza de todo lujo. El patrón lo miró apenas, abrió la portezuela, inspeccionó el interior durante un instante y dijo:

—Bien, Juancho, procede.

*

Pasado mucho tiempo, en agosto de 1820, de repente, tanto él como yo, nos acordamos del fabuloso coche, que estaba acumulando polvo en el tercer patio.

—Es la oportunidad de estrenarlo —le dije con una sonrisa cómplice.

—¿Por qué? —me preguntó—, ¿quieres ir a dar una vuelta al paseo?

—Vamos a Valparaíso en él —le dije—, el 20 de este mes parte la escuadra al Perú, un evento que va a tener resonancia histórica. ¿Qué le parece?

—Pero vamos solos, Juancho, nada de mujeres y niños, más tranquilo.

—Tal vez quiera invitar a alguno de los hermanos, mal que mal el proyecto de liberar el Perú prácticamente nació en nuestro templo.

—Eres muy ladino, Juancho —lo tienes todo pensado, no das puntada sin hilo.

—¿Qué le parece invitar al doctor *Vera* que es siempre tan alegre?

—Buena idea —contestó—, y agrégale a don *Gregorio Argomedo* y al hermano *Marín*.

—Muy bien, su merced, yo me encargaré de avisarles y de reservar unas habitaciones en el albergue de Curacaví y en Valparaíso.

*

Tuve días de mucho ajetreo para organizar esa pequeña odisea fraternal. Con el Palomo, ubicamos cuatro caballos adiestrados para el tiro y conseguimos un cochero con experiencia. Me preocupé de que la Negra Nicolasa preparara unas menestras y saqué de la cava unas cuantas botellas de los mejores vinos.

Y entonces, el día 27 de agosto, bajo unas nubes negras y bajas que amenazaban lluvia, cerca de las 10 de la mañana, partimos calle arriba a buscar a los compañeros de viaje. Media hora más tarde, estábamos enfilando hacia el poniente por la "ruta de las cuestas". Gracias a Dios yo ya era aceptado en el círculo de los hermanos lautarinos y pude sentarme en el interior del carruaje. Este rodaba relativamente plácido sobre el camino recientemente mejorado. No llevábamos media hora cuando ya el hermano *Vera* comenzó sus chanzas:

> No hay como tener en esta tierra
> al siempre opulento amigo,
> con un coche que no entierra,
> me someto al cruel castigo
> a Valparaíso nos juimo'
> qué así de bien nos entretenimo'

—Usted siempre tan dicharachero, hermano —rio don *José Gregorio*—, ¿no quisieron llevarlo como auditor pal norte?

—No, menos mal —contestó el aludido—, van *Montegudo* y *Álvarez Jonte* junto a *San Martín*.

—Ahora podrá descansar un poco nuestro hermano *O'Higgins* — comentó don *Gaspar Marín*—, qué manera de hacer malabares para juntar las platas para esta campaña.

—Escuché que, raspando el fondo de la olla, logró incluso pasarle al hermano *San Martín* como 180.000 pesos para los gastos en Perú — dijo mi señor—, ¿estoy en lo correcto?

—Sí, hermano —le contestó *Argomedo*—, qué manera de estrujar a nuestro pobre país, está más escuálido que burro de aguador.

—Sus mercedes, ¿cómo les vendría remojar esas gargantas? —les dije tiempo después, mientras cogía una botella y cinco copas del baulito de mimbre que tenía entre mis piernas.

—Amerita —dijo muy serio el hermano *Vera*.

—Convengo —dijo *Argomedo*.

—Me sumo —rio *Marín*.

—Echa afuera, Juancho —dijo mi señor.

Y así se fue dando la jornada de viaje, recorrimos explanadas rodeadas de praderas vestidas de verde invierno, subimos el serpenteante camino de la cuesta de Barriga, nos detuvimos en la cúspide para observar en la distancia el fértil valle de Curacaví y seguimos camino hasta llegar, al atardecer, a la villa del mismo nombre. Una opípara cena coronó ese día de jolgorio, todos nos fuimos a acostar muy achispados.

Al día siguiente se repitió, desde temprano, una jornada cansadora, pero llena de alegría. Nuevos valles, más colinas y otras cuestas se nos presentaron antes de llegar al maravilloso mirador del puerto. El espectáculo que pudimos observar desde allí, a la hora del sol cálido del ocaso, fue grandioso. Una cantidad de naves impresionante se mecía en las quietas aguas de la bahía, ínfimas falúas se movían entre las anteriores trasladando soldados y enseres como incansables hormigas navales. El viento del oeste nos traía sones entrecortados de marchas militares, que acompañaban el embarque, y una infinidad de pequeñísimos seres humanos aplaudían a los migrantes y se despedían con fervor patriótico.

—Vamos allá —dispuso mi señor.

El puerto estaba sumido en un guirigay de movimiento frenético. Costaba avanzar con el ostentoso coche en ese mar de gente. Y en medio de este había numerosos caballeros encopetados acompañados de señoras vestidas de etiqueta, rodeados de sirvientes y niños inquietos. Parecía que toda la alta sociedad de Santiago se había trasladado allí para grabar en sus mentes y sus corazones el acto épico que se estaba desarrollando.

Mis compañeros de viaje se quedaron con el coche en las cercanías de los muelles mientras yo iba a confirmar el alojamiento y reservar una buena mesa para la cena.

Al día siguiente, el 20 de agosto, desde temprano, comenzaron de nuevo las actividades junto al mar. Nosotros nos apostamos en las proximidades y pudimos ver cuando nuestros hermanos *O'Higgins*, *San Martín*, *Zenteno*, *Cochrane* y *Blanco Encalada* se subieron a un lanchón con cuatro remeros y pasearon entre las embarcaciones despidiendo a las tripulaciones y las tropas que, formadas sobre cubierta, saludaban con marcialidad. Cientos de banderas chilenas y también unas tantas argentinas colgaban de los mástiles y flameaban en la brisa matinal. Acordes un poco disonantes provenían de las diferentes naves.

—4500 soldados y 2500 tripulantes —dijo el doctor *Vera* como pensando en voz alta —es lo que me contó *Bernardo*.

—Siete buques armados, dieciséis naves de pasajeros y carga y una docena de lanchas artilladas, la más espléndida escuadra al sur del Ecuador —comentó mi señor.

—*Crosby*, *Wilkinson*, *Guise*, *Forster*, *Carter*, *Spry* y *Edmonds*, puros comandantes británicos al mando de los buques de Guerra —recitó el hermano *Marín*.

—Ya que están en esa —salió al paso *Argomedo*—, les agrego que llevan alimentos para seis meses, más de diez mil fusiles para armar ejércitos patriotas en Perú y un estado mayor con decenas de ayudantes y funcionarios, incluso llevan una imprenta para imprimir volantes y pasquines.

Después de la despedida protocolar, el director supremo y el ministro de guerra saltaron a tierra y los marinos se fueron a sus respectivas naves. Entonces, al son de 21 cañonazos, estas desplegaron sus velas y comenzaron a moverse impulsadas por el mejor viento de la mediatarde. Como primero salió de la bahía el *O'Higgins* con el almirante *Cochrane* a Bordo, luego, en perfecto orden, las demás embarcaciones, cerrando el cuadro el navío *San Martín* con el general homónimo a bordo. Nosotros nos acercamos a los hermanos *O'Higgins* y *Zenteno*, quienes estaban acompañados de una comitiva enorme y rodeados por la guardia de honor.

—Vamos—nos dijo don *Bernardo* sin muchos preámbulos cuando ya la escuadra se acercaba al horizonte—. Todos al palacio directorial, esto tenemos que celebrarlo.

Volvimos al coche y seguimos al cortejo hasta el ostentoso edificio, donde funcionaba el director en esa ciudad. No alcanzamos a ambientarnos cuando ya los sirvientes empezaron a repartir licores y meriendas. El gran salón albergaba unas cincuenta personas, entre militares, funcionarios de gobierno e incluso un par de clérigos.

—Señores —alzó su voz *O'Higgins*—, les voy a revelar un secreto muy guardado hasta ahora. En este momento el general *San Martín* debe estar abriendo el correo personal que le entregamos minutos antes de embarcarse. Ante su reticencia y extrema humildad no vimos otro camino que este. Le hicimos llegar el ascenso oficial a General en Jefe de los Ejércitos de la República de Chile, grado al que se ha negado durante largo tiempo. Hemos querido honrarlo con este título en agradecimiento por la libertad que nos regaló.

Un enorme aplauso surgió espontáneo en todos los presentes.

—Ahora no tiene posibilidad de rechazarlo —rio el director—, brindemos por él y por el éxito de esta jugada magistral.

Todos levantaron sus copas y brindaron efusivos. Se escucharon varios "viva *San Martín*", "viva la patria" y "viva *O'Higgins*" que llegaron desde los confines de la gran sala.

—Permítanme —dijo el hermano *Vera y Pintado*, ¿quién otro?

>   *«¿Con qué el golpe del último tirano*
>   *que va a consolidar la independencia*
>   *estaba reservada a vuexcelencia*
>   *al grande hijo del suelo americano?»*

Nuevos aplausos y felicitaciones al poeta. Después se acercó a nosotros el hermano *Bernardo* y nos dijo en tono reservado:

—Además, le dimos, en forma confidencial y privada, la tuición total sobre todas nuestras fuerzas, incluyendo la armada, ya que el hermano *Cochrane* es demasiado soberbio y hemos tenido problemas de disciplina con él. *San Martín* está facultado para separarlo del mando en caso necesario.

—Vaya, qué importante —dijo mi señor.

—Y usted, teniente Ramírez —se dirigió a mí—, que gusto me da verlo en compañía de señores de tanta alcurnia, ese es el Chile que queremos construir, donde las diferencias sociales tiendan a disminuir.

—Gracias, su merced —le respondí.

—Y a ustedes —les dijo a ellos—, los felicito por ello, los engrandece.

***

15.

1841

Mendoza, Argentina

Faltando una semana para el término del mes de enero de 1841 los hermanos Juan Salvador y Manuel partieron a Mendoza. Era la primera vez que se alejarían de sus lugares conocidos y cierto temor se les colaba, a contrapelo, en sus almas. Afortunadamente el clima veraniego hizo bastante soportable la crudeza de las altas cumbres, pero en la llanura argentina el sol se volvió un enemigo implacable. Y la desnudez de vegetación hacía todo aún más duro de soportar. Solo cuando estuvieron a las puertas de la ciudad y se enfrentaron a los maravillosos huertos regados por los antiguos canales, se sintieron reanimados.

Fermín los guio directamente al hotel La Viuda, donde arribaron a corto andar. Allí agradecieron y pagaron al baqueano. La recepcionista los hizo esperar un momento y fue a buscar a un criado.

—Él los va a conducir donde su padre los espera —les dijo ante su sorpresa.

—¿Por qué, no es aquí acaso? —preguntó Juan.

—No, señor —respondió ella—, es en un campo a la salida de la ciudad, no tengan cuidado, Jeremías los guiará.

Este apareció en el exterior del hotel luego de unos momentos, venía montado. Sin decir palabra tomó la delantera y los condujo, recorriendo las calles y luego, siguiendo los senderos rurales hasta la entrada de la hacienda.

—Sigan adelante —dijo entonces—, yo me vuelvo.

Juan y Manuel se acercaron temerosos a la gran casa campestre, observando a su derecha la centena de caballos finos que pastaban en la pradera. Amarraron sus cabalgaduras en el palenque y se acercaron al corredor sin que nadie saliera a su encuentro. Entonces escucharon a sus espaldas la voz de una mujer que los saludaba y les hacía señas. Los hermanos se miraron extrañados y esperaron hasta que ella llegara donde ellos con los brazos abiertos y una gran sonrisa en la boca.

—Bienvenidos —dijo—, qué gusto de conocerlos, yo soy Anette y sospecho que tú eres Juanito y tú Manuelito. ¿Bien?

—Bien, señora, mucho gusto —dijo Juanito—, ¿mi padre está aquí?

—Por supuesto, los está esperando con nerviosismo, está escribiendo en el corredor posterior, acompáñenme.

Los dos jóvenes siguieron los pasos de la mujer a lo largo del corredor cubierto hasta el fondo y luego giraron a la izquierda. Entonces vieron a su padre concentrado, con la pluma en la mano. Ante el sonido de los pasos se volvió, levantó la vista y una gran sonrisa de amor paternal brotó en sus labios. Se paró urgido y abrazó con euforia a sus hijos.

—¿Por qué aquí, papá? —preguntó Juanito consternado—, no entiendo nada.

—Así es en la vida, hijo, muchas veces uno no entiende nada hasta que lo comprende todo. Ya conocieron a Anette, nuestra anfitriona. Ella fue querida de mi patrón en otros tiempos. Pero esperen, para que la sorpresa no se esfume, permítanme, hijos, pasarle a Manuelito una carta que hace mucho tiempo tengo en mi poder y que está dirigida a él. Cuando la haya leído y digerido seguiré yo.

Fue adentro y volvió con la carpeta que su patrón había dejado para su hijo, quien no entendía qué sucedía a su alrededor.

—¿Por qué una carta para mí, papá?, ¿de qué se trata esto? —preguntó.

—Tome, hijo, y lea concentrado, luego hablaremos mucho.

Una criada había traído limonada y la había puesto sobre una mesa junto con los vasos, que Anette estaba sirviendo y pasando a todos. Manuelito se alejó por el corredor para atender a lo que su padre le había pasado:

Santiago, Septiembre 14 de 1838

Mi querido Manuelito

Ahora que ya no estoy entre los vivos y que no le debo ningún tipo de pleitesía a nadie, ahora que mi espíritu flota por sobre la realidad, ahora que te puedo observar desde el infinito, puedo llamarte "querido

Manuelito", algo que en mi corazón siempre quise haber podido hacer, pero que mi mente me refrenaba por no alterar el orden natural de las cosas…

Seguía sin entender nada, ¿quién estaba muerto y qué tenía que ver con él todo este asunto? Fue al pie y vio quien firmaba, don Luis Manuel, el antiguo patrón. ¿Qué broma era esta?, quiso saber y miró a su padre consternado. Este lo alentó a seguir leyendo:

…Cuando tú naciste, yo no estuve presente, pero si lo estuvo mi querido tío, tu padrastro Juancho. Tenía en ese entonces 28 años y había formado una familia muy consistente, obediente de Dios y respetuosa de las costumbres sociales. Lo que, aparte de mí, por supuesto, solo unos pocos sabían, era que el padre biológico del pequeño Manuelito era yo. Tu madre, Anette, había sido por algún tiempo mi amor clandestino. Su extraordinaria belleza, su calidez emocional y su cordura singular la transformaron en mi muy querida amante. Más allá de poseerla en lo carnal, lo que no me faltó en mi vida, aprendí a compartir con ella una relación cargada de sentimientos, como no la había conocido antes. Por ese motivo sentí un verdadero orgullo cuando te concibió, aun sabiendo que nunca podría divulgarlo.

Conociendo las tristes circunstancias, hice un trato con Juancho, tu padre putativo, a quien le ofrecí seguridad de por vida si se hacía cargo de ti.

Espero que, cuando sea que esta carta te llegue, sepas entender que todos somos esclavos de nuestras circunstancias y que, dentro de ellas, traté de darte lo mejor.

Ahora te he reconocido legalmente y estás facultado para emplear el apellido García-Lazcano, si así lo deseas.

Como último regalo que, con sinceridad espero, recibas y puedas disfrutar en lo que reste de tu vida, va, adjunto a esta, el título de dominio sobre la Hijuela N° 2 de la Hacienda Santa Lucía, una fracción de 500 hectáreas desde el Callejón de las Loicas 800 metros hacia el oriente y desde patio de las casas hasta el río Maipo.

Desde donde mi Señor me haya ubicado después de muerto, te envío mis parabienes y un deseo paternal de felicidad.

Tu Padre Luis Manuel

—¿Qué broma es esta, papá? —gritó Manuelito—, ¿pretende decirme que usted no es mi padre, que me ha tenido engañado toda mi vida?

—Manuelito —le respondió Juan con un nudo en la garganta—, para mí ha sido un tremendo orgullo haberlo podido criar y transformar en un hombre lleno de virtudes.

—Pero…

—No, Manuelito, usted no me puede culpar a mí por haber sido generoso con su padre y con usted.

—¡Oh Dios! —exclamó entonces el joven, brotándole las lágrimas a raudales—, entonces mi mamá, la mujer que yo más quiero en el mundo, no es mi mamá. ¡¿Por qué me hace esto, papá?!

—Hijo —dijo Juan con ternura—, algún día tenía que pasar, usted es ya un hombre adulto y puede comprender, imagínese que lo hubiera hecho antes.

—Escúchalo, hermano —dijo Juan Salvador.

—Si, lo escucho, pero no me entra en la cabeza tanta maldad.

Anette observaba la escena un poco alejada de los hombres. De repente entendió el drama que se estaba viviendo allí y se afligió, sintió que una gran culpa caía sobre ella, una culpa en la cual jamás había reparado. Ella siempre se había sentido como la víctima de la decisión de su amante, pero ahora se daba cuenta que no había hecho ningún esfuerzo por hacerse cargo de la criatura. Siendo en ese tiempo tan joven, le causaba pánico el quedar desprovista del alero que este le brindaba, lo obedeció sin jamás cuestionarse su obligación como madre. Y, finalmente, le echó la culpa a la sociedad hipócrita en que vivía. Ahora todo ello se le hacía presente como un mazazo a su espíritu, quiso salir corriendo, pero Juan, que se había percatado, la tomó del brazo y la obligó a quedarse.

—Esta es tu madre verdadera, hijo —le dijo a Manuelito, quien no se reponía y que abrió los ojos como platos.

—¿Ella? —preguntó espantado—, ¿Y qué hace ella aquí?... o ¿qué hace usted aquí?

—La historia es muy larga y por eso quise que vinieran, era importante que la conocieran —dijo Juan—, sentémonos y yo les voy a relatar todos los hechos, que son muchos.

Una vez sentados, Juan comenzó a revelarles todo lo que los jóvenes no sabían. Anette seguía el relato un poco esquiva, como no atreviendo a hacerse del todo presente,

—…cuando volvimos a Chile, Anette se quedó aquí y yo me preocupé de mandarle el sustento que mi patrón le había ofrecido. Fue lo mejor para los dos, haber vivido su amor en Santiago, esa ciudad pacata que conocemos, habría sido insoportable para ambos.

—No hay caso, no me puedo hacer a la idea de tener otra madre que la que tengo —explotó Manuelito—, mi corazón no lo quiere creer, es mucho lo que la amo a ella.

—Así es, hijo, y está bien que así sea —dijo Juan—, mi gran amor, tu madre, Auristela, es una espléndida madre, les enseñó lo que es el amor y eso ustedes no lo van a olvidar nunca mientras vivan.

—¿Era necesario hacerme esta revelación, papá?

—Lo era, porque tu padre te quiso dejar la herencia que te corresponde, tal como el mío lo hizo conmigo, por ese motivo tenía que abrir algún día las cartas.

—Disculpe, señora —dijo Manuelito entre sollozos—, yo no la conozco, me cuesta mucho creer que usted es mi madre.

—No te preocupes, Manuelito —dijo esta—, son muchas las cosas que he pasado en mi vida y las he superado. Yo no te pediré que de un día para otro tú me puedas amar, o tan solo concebir, como madre.

—Si tan solo…

—Fui yo quien le pidió a Juancho que los invitara a venir dijo ella. Cuando él vuelva a Chile, no se dará nunca más esta posibilidad. Recíbelo como un regalo, eres afortunado de tener dos madres y dos padres.

—Pero…

—No te amargues, Manuelito, si algún día tu corazón puede perdonarnos, a mí y a Manolo, nosotros seremos los honrados, si ello no sucede, no te podremos culpar.

—Yo quisiera, pero…

—Dale tiempo al tiempo, hijo —dijo Juan—, solo ten presentes las palabras que dicen en la carta: "todos somos esclavos de nuestras circunstancias". Y tenemos que aprender a lidiar con ello. Ya verás que algún día superarás este momento aciago.

—¿Qué les parece si se acomodan? —dijo Anette—, les mostraré sus habitaciones, más tarde están invitados a un asado como los que saben hacer aquí.

*

—¿No les vas a decir nada de María Trinidad? —le preguntó ella a Juan cuando volvió.

—No, creo que no es bueno, no hay razón para causarle daño a Auristela, no se lo merece, ha sido tan buena.

—Pero tú tampoco eres realmente responsable de lo que sucedió entre ustedes —dijo ella.

—Pero será mejor dejar las cosas, así como están —dijo Juan—, mañana iré al pueblo, me despediré de ella y de Juancho, luego iré donde Fermín a llevarle su encargo y pasado mañana partimos a Chile.

***

1820, el aparente fin de una era

Un día, de principios de noviembre de 1820, mientras trabajaba en mi despacho, escuché una barahúnda en el tercer patio, que me interrumpió y me motivó a averiguar qué estaba pasando. Cuando llegué allí, estaba don José Pedro descargando su caballo de remonta.

—Ya, Bicho —le dijo—, lleva los caballos al establo municipal.

—¿Cómo está, su merced? —lo saludé, acercándome.

No me miró ni me saludó, pasó a mi lado como si yo hubiera sido invisible, cruzó frente a la cocina haciéndole un ínfimo gesto a la Negra Nicolasa y caminó a paso rápido hasta su pieza, donde se encerró. Hasta la hora del almuerzo del día siguiente no se apareció y, cuando lo hizo, fue para caminar en silencio hacia el comedor. Allí saludó de beso a su madre y se sentó en su silla habitual. No miró al patrón, ni a la Francesa, ni a los niños, ni a la señorita Leticia.

—¿No pretende saludar a nadie? —le preguntó mi señor, mientras yo le escanciaba una copa de vino.

—Dame vino, Juancho —me ordenó—, y es cierto, no pretendo saludar a nadie.

—Pero, hijito —se dirigió a él misiá Charito—, no puede pensar en vivir aquí tratando así al resto de la familia.

—Es así como yo me he sentido tratado, madre, en forma vil. He andado durante años trasladándome de un lado a otro por culpa de los amigos de Manolo. Los asesinos de mis amigos *Carrera* y *Rodríguez*.

—¿Es cierto lo que dice Pelluco, hijo?

—No es cierto, mamá —respondió mi señor—, es el mito que ellos han querido crear para justificar sus tropelías.

—¡Qué tropelías ni que ocho cuartos! —exclamó don José Pedro—, desde que salimos de Chile después del desastre de Rancagua no hemos vivido un minuto de calma, siempre perseguidos por los facciosos.

—¿No será que su gran ídolo eligió su camino tortuoso, lleno de ambiciones y de odios? —preguntó mi señor—. ¿Qué le habría costado dar un paso al costado y dedicarse a sus asuntos privados? Pero él no soporta eso, quiere llegar al poder de cualquier manera.

—¡Para darles en el trasero a ustedes, herejes infames! —gritó ahora ante la mirada atónita de los presentes.

—¡Compórtese, Pelluco! —le gritó el patrón—, en mi mesa no voy a aguantar esta soberbia mal educada.

—¿Y qué va a hacer, hermano?, ¿me va a mandar a prisión, me va a mandar desterrado, o acaso me va mandar matar?

—¿Por qué hay tanta amargura en su corazón, mijito? —preguntó misiá Charito.

—Porque he perdido la mitad de mi vida huyendo, por eso.

—No tiene por qué hacerlo, hermano, puede retomar su vida en cual-quier momento, puede vivir aquí, puede disfrutar de la familia, pue-de casarse, puede tener hijos.

—No puedo, hermano —dijo repentinamente abatido—, me he comprometido con mi general, él confía en mí, él me hace grande a su lado. Es un santo, al que todos idolatramos. Y tenemos que seguir adelante en nuestra cruzada en contra del mal.

—Una lástima, hermano, pero como usted ve, es algo que depende de usted, no de mí, ni de nadie más en esta casa.

Don José Pedro se volvió y me fulminó con su mirada.

—¿Seguro? —dijo.

—Mejor cuéntenos por qué es que llegó por acá dejando a su santo en tierras lejanas —dijo mi señor con una ligera sonrisa cargada de ironía.

—Me mandó, traigo una misión —respondió don José Pedro—, pero eso es asunto mío.

—¿Y qué ha pasado con *José Miguel*?, lo último que supimos es lo que usted nos contó cuando se trasladaron a Entre Ríos.

—Han pasado mil cosas —respondió—, todas dirigidas a un solo propósito, volver a Chile.

—A ver, cuéntenos.

—Allá en las Provincias Unidas ha sido bien distinto de acá, los gobiernos han cambiado cien veces, los caudillos suben y luego son bajados. En febrero de este año, cuando *Pueyrredón* había sido reemplazado por *José Rondeau*, los federalistas depusieron a este y ascendió *Manuel de Sarratea*. Como a los porteños no les gustó, lo cambiaron por *Marcos González Balcarce*. En vista de que mi general era amigo de *Sarratea*, nos fuimos, con el ejército de Entre Ríos al mando de *Pancho Ramírez*, contra *Balcarce*, pero no llegó a la guerra, él se retiró y volvió *Sarratea*.

—Ya voy viendo —sonrió mi señor, ahora con notoria ironía.

—Ese fue el mejor momento, en marzo pasado. *Sarratea* le aceptó a mi general la idea de venir a Chile y conquistar el poder, nos entregó a 300 soldados chilenos que estaban en sus filas.

—¿Y cómo es que no se vinieron corriendo para acá?

—Es que en ese momento don *Carlos Alvear*, que es muy amigo de don *José Miguel*, se sublevó en contra del gobierno y mi señor quiso ayudarlo. Con eso se molestó el director y nos mandó a todos los chilenos a Rincón de Gorondona, lejos de la capital.

—Un pasito para acá, un pasito para allá —rio mi señor.

—Y entonces vino *Soler* y sacó a *Sarratea* —siguió don José Pedro—, y otro amigo de mi general, *Manuel Dorrego*, se propuso bajarlo y para eso le pidió ayuda a don *José Miguel*.

—Cortelá, ¿ya?

—Entonces, junto con *Estanislao López*, el gobernador de Santa Fe, juntamos un gran ejército de más de mil efectivos y combatimos a *Soler*. Ganamos y pusimos a *Alvear* en el cargo, pero la clase política de allá lo rechazó. Durante 19 días sitiamos Buenos Aires para imponerlo, pero no teníamos la fuerza suficiente para seguir en ello y nos volvimos a Santa Fe.

—Otra más.

—*Dorrego* nos persiguió para allá y, en dos cruentas batallas, nos exterminaron a casi todos los chilenos. Con *López* volvimos a formar el ejército federalista y nos fuimos contra *Dorrego* y esta vez le ganamos, pero entonces *López* nos traicionó, negoció con *Dorrego* y nos entregó. Nos desarmó por completo.

—Pero, entonces vuestra cruzada se terminó —concluyó el patrón.

—Eso es lo que usted quisiera, hermano, nuestra cruzada nunca termina. Deje que le cuente, en octubre mi general tomó contacto con los indios Pampa y con ellos se va a venir a Chile por el sur. Espérese no más, traigo una carta para *Vicente Benavides*, él nos va a apoyar.

—¿Ese realista bandolero?, tendré que dar aviso —dijo mi señor como meditando.

—Puede hacerlo, será un ejército de miles de indios más todos los realistas del sur, no tendrán cómo detenernos.

—Pobre hijo —dijo misiá Charito con el ceño fruncido—, se me va a morir en este empeño sin sentido.

—Tiene sentido, mamá –dijo él—, ya verá, tiene mucho sentido.

*

Durante largo tiempo, tanto mi señor como yo, estuvimos muy preocupados por las noticias que nos había traído don José Pedro, quien solo permaneció una semana en casa para luego seguir viaje al sur. Su propósito ya nos lo había dejado ver. Nuestra aflicción, sin embargo, pareció diluirse cuando llegó a Chile la noticia de un feroz asalto cometido por los indios Pampas, precisamente aquellos, con los que se había aliado el general *Carrera*. Fuerte el Salto, ubicado en la frontera sur de la provincia de Buenos Aires, había sido devastado, los hombres masacrados, la iglesia incendiada, las mujeres violadas, el ganado robado, las casas saqueadas. Miles de indios y los ciento treinta soldados de *Carrera* se dejaron caer como una plaga de langostas, que arrasa con todo. Y para su mayor premio, robaron, después, una enorme recua de mulas en camino hacia Buenos Aires, de las cuales una parte cargaba más de 200 barriles de aguardiente.

El artículo publicado en la Gaceta de Buenos Aires del 6 de diciembre de 1820 fue fulminante, decía lo siguiente:

«*Ved, mis compatriotas, los últimos i estremos excesos, que acaba de cometer el horrible monstruo que abortó la América por su desgracia. No necesito exajerarlos para irritar todo el furor de vuestra cólera contra ese funesto parricida que no ha pisado un palmo de tierra donde no haya dejado espantosos vestijios de sus crímenes; crímenes atroces, que han costado las lágrimas, la sangre i la desolación de la patria. José Miguel Carrera, ese hombre depravado, ese jenio del mal, esa furia bostezada por el infierno mismo es el autor de tamaños desastres. Ese traidor, que entregó a su patria en manos del cobarde Osorio, abandonando la defensa del heroico Chile por atender a su venganza: que, despues de haber saqueado los caudales públicos i particulares de aquel Estado, emigró a nuestro territorio en busca de un asilo que nos ha sido tan ominoso: que introdujo la discordia en nuestras provincias: que intentó conspiraciones: que incendió la guerra civil con toda clase de maldades, intrigas i perfidias: que profanó nuestras leyes: que trastornó nuestro gobierno: que invadió nuestras campañas: que insultó con atrevimiento a nuestro pueblo: ese mismo facineroso es el que huyendo del solo nombre de la dichosa paz que no puede sufrir su alma reprobada, ha elejido en su rabioso despecho la venganza de las fieras...*"

Fdo. Martín Rodríguez»

—Yo creo que con esto se eclipsó su estrella, no va a haber nadie allende la cordillera, ni en esta tierra, que pueda seguir apoyando a ese caudillo, que no es capaz de respetar las mínimas leyes de humanidad — dijo mi señor terminando de leer.

—Es demasiado execrable el hecho y es demasiado potente el discurso del gobernador *Rodríguez*, esto va a calar muy hondo —refrendé sus palabras.

***

1821, carta desde Lima

Un día de enero de 1821, cuando estábamos en Santa Lucía disfrutando del verano, apareció el Palomo con una carta del tío Pancho desde Lima.

—Antes que me vaya a las cocinas, don Juancho —me dijo este en tono misterioso—, déjeme que le cuente algo que me pidió el Bicho que le transmitiera, algo que nos tiene a todos preocupados en la casa de Santiago.

—¿Qué es eso? —le pregunté intrigado.

—¿Se acuerda cuando estuvo allá don José Pedro hace unas semanas?

—Claro, por supuesto que me acuerdo —contesté.

—Bueno, la Rosita vio cómo la señorita Cita se fue a meter a la pieza de don José Pedro a la hora de la siesta.

—¡¿Quée?! —exclamé.

—Es cierto —siguió el Palomo—, y estuvo todo el rato ahí, salió como a las dos horas.

—¡Descarada! —fue lo único que se me ocurrió decir.

—Se dará cuenta puh, don Juancho, lo que esta cabra lesa puede hacer sufrir al patrón, que usted sabe cómo está con su pierna y todo.

—Ya, Palomo, gracias por la información, veré que puedo hacer, ándate a tomar un mate.

Lima, 1 de diciembre de 1820

Estimado sobrino

Confiado en este correo secreto, por medio del cual nos comunicamos con mi general *San Martín*, puedo contarle, en forma sucinta, los tremendos avatares de esta misión, que inicialmente subvaloré.

Nuestro largo viaje, circunvalando nuestro continente americano, nos tomó más de cuatro meses. Vivimos todos los terrores de los pasajeros marítimos, primero en el Pacífico, luego en el Cabo de Hornos y después en el Atlántico. El Caribe es bastante tranquilo.

El primer tramo, entre Valparaíso y Montevideo, lo hicimos en un barco inglés con marineros muy avezados. El capitán Smith, un hombre de gran experiencia, no se inmutaba por nada. Cuando el pequeño navío se zarandeaba como cáscara de nuez en un océano infinito y con un temporal de padre y señor nuestro, él, como si nada, encendía su pipa y gritaba órdenes.

El frío en esos mares del sur es congelante, ni los chalecos de lana cruda, ni los ponchos gruesos permitían soportar el viento gélido que se colaba por todas partes. Solo el coñac del capitán nos daba fuerza y paciencia para soportar.

De Montevideo hasta Cartagena de Indias viajamos en un carguero portugués, cuyos marineros ladinos observaban a mi mujer, la única a bordo, con un descaro tremendo. Y a mí me miraban con ironía, como desafiándome. Tuve que armarme de mucha indolencia para poder aguantarlos. En Cartagena formalicé los contactos comerciales que son mi tapadera.

De Cartagena viajamos por tierra hasta Buenaventura junto al Pacífico, trayecto que nos tomó más de quince días cruzando en mula por la selva. Ni les digo lo que es el clima allí y lo que son los ataques de los mosquitos. Finalmente, tomamos un barco de cabotaje hasta Lima.

Gracias al contacto que me dio *San Martín* nos instalamos en una fantástica residencia en las cercanías del palacio de gobierno. Esta le pertenece a un hermano nuestro, que está muy involucrado en el plan de la independencia peruana.

A través de él he conocido la ciudad y me he podido adentrar en sus vericuetos para descubrir la información que a mi general le interesa.

Espero que por allá estén todos bien.

Cariños a todos y un beso de su madre a Leticia

Pancho

*

Cuando volvimos en marzo a Santiago para iniciar el año de actividad normal, supimos que don José Pedro había estado por ahí hacía unos días, a fines de febrero de 1821. Menos mal que la joven insaciable estaba en el campo, pensé para mis adentros.

—Dijo que parece que le fue mal en el sur —me contó el Bicho—, que iba a volver a cruzar la cordillera donde su ídolo. Pa mí que está medio mal de la cabeza el señorito, dijo que el general *Carrera* era como su Dios.

***

1821, *San Martín* en el Perú

El 10 de febrero de 1821 llegó a la logia otra larga carta del tío Pancho desde Lima.

30 de Enero de 1821

QQ::: HH:::

Después de casi cinco meses de estado de guerra en esta región, me permito hacerles un pequeño resumen de los hechos más relevantes acaecidos hasta ahora.

La escuadra libertadora llegó acá el 8 de octubre pasado y desembarcó en las cercanías de Pisco, conquistando esa zona y desplazando a las compañías españolas hacia la sierra.

De ahí, *San Martín* dividió sus fuerzas y mandó al coronel *Juan Antonio Álvarez de Arenales* también a la sierra, donde entró con gran facilidad en los diferentes poblados, consiguiendo que todas las guarniciones tuvieran que huir. Muchos de estos pueblos aislados, donde cunde la población indígena, se entusiasmaron con las proclamas patrióticas y comenzaron a apoyar al movimiento.

El 6 de diciembre nuestras fuerzas derrotaron al brigadier *O'Reilly* en el poblado de Cerro Pasco, desarticulando por completo sus fuerzas. Muchos de sus soldados, incluidos varios oficiales, desertaron y se pasaron a nuestro lado.

Luego vino una cierta recuperación de las huestes del virrey de manos del coronel *Ricafort*, un hombre de una crueldad inconcebible. Venía del Alto Perú y fue reconquistando las aldeas ganadas por *Arenales*. Pero no le bastó con recuperarlas, sino que asesinó a mansalva a miles de indios.

En más de una oportunidad se han sostenido negociaciones entre los representantes del virrey y los de *San Martín*, pero no se ha llegado a nada, porque este se mantiene fiel a su propósito original y solo acepta la independencia total del Perú.

El ambiente se ha llegado a enturbiar de manera notoria en la capital peruana. Si antes los pocos patriotas se mantenían callados ante las fuerzas del virrey, ahora empezaron a sacar la voz. Y su número va en constante aumento.

Tal ha sido el estado de sublevación, que los altos mandos del virrey se levantaron en contra de él el 29 de enero pasado, provocando la renuncia de *Pezuela*, quien fue sustituido por el general *La Serna*.

San Martín, mientras tanto, permanece en las cercanías de Lima y mantiene a esta en vilo.

La reciente revolución en la ciudad de Guayaquil ha ensombrecido aún más el ánimo de los realistas, que ven que su tiempo en la región tiene fecha de término.

Con fraternales saludos

H::: Francisco José García-Lazcano

***

1821, muerte de *José Miguel Carrera*

A fines de septiembre de 1821, una tarde de lluvia primaveral, apareció en el tercer patio don José Pedro. El Bicho me contó después que casi se cayó del caballo, cuando este se detuvo. Luego tuvo que ayudarlo y llevarle las alforjas hasta la pieza.

—Caminaba lentito —me dijo—, como si hubiera sido un viejito, daba realmente pena.

—Es que se murió su Dios —dije—, por eso está como alma en pena, le va a costar asimilarlo.

La noticia de la muerte de *Carrera* había llegado a Chile el día 8 de septiembre y había ocurrido cuatro días antes en Mendoza. Fue como un poderoso trueno que no dejó a nadie indiferente. Los hermanos lautarinos respiraron profundo y sintieron que se habían sacado un tremendo peso de encima. Solo don *Bernardo* había dicho:

—Oh no, otro muerto que van a cargar sobre mis hombros.

Y así fue, al par de horas los Carrerinos empezaron a correr el rumor de que la logia había mandado a matar a su idolatrado mártir. En diversas partes hubo atisbos de demostraciones de queja, pero no pasaron a mayores. Otra noticia, que fue casi coincidente con la esa, hizo olvidar pronto a la anterior y causó en la población un estado de ánimo muy exaltado, el general *San Martín* se había apoderado de Lima el día 16 de agosto.

Don José Pedro no levantaba cabeza, deambulaba por la casa como un fantasma, a paso lento, la cabeza gacha y sin hablarle a nadie. Solo entraba a la habitación de misiá Charito, quien llevaba dos semanas en cama afectada por una tos tísica que no se le quería ir. Los niños lo miraban extrañados y tenían que correrse para no ser atropellados por él. Tampoco parecía fijarse en la joven Cita, lo que me calmó. Pero solo en parte. Con su hermano, el patrón, no se habían dirigido la palabra desde su llegada.

—Voy a dejar que se vaya calmando de a poco —me dijo este a mí.

Cuando hubieron pasado dos semanas, una tarde, durante la tertulia, don José Pedro se hizo presente, entró de brazos caídos y solo hizo un pequeño gesto para que le sirviera coñac. Se lo tomó al seco y pidió más. Se sentó sin saludar. Los demás seguían en sus actividades y se divertían. Mi patrón lo miraba apenado.

—¡¿Por qué mierda lo mataron?! —exclamó de repente—, ¡era el mejor hombre sobre la tierra!

—Por algo sería —se atrevió a decir mi patrón con voz muy queda.

—¡Ustedes lo mandaron matar! —gritó.

—Si nosotros ni supimos cuándo lo apresaron —respondió mi señor—, ¿cómo lo íbamos a mandar a matar nosotros?

—¡Lo tenían planeado de antes!

—¿Quieres contarnos cómo sucedió todo?

—Después de pasar por aquí en noviembre estuve en el sur, Contactándome con nuestros seguidores y esperando la pasada de mi general por el paso El Planchón, lo que nunca ocurrió.

—¿Pero no lo tenían todo planificado? —preguntó mi señor.

—Así era, no sé por qué cambió de opinión, tampoco me dio una explicación, él no daba explicaciones a nadie. El hecho es que, después de haber llegado al río Colorado, a 600 kilómetros al sur de Buenos Aires, para escapar de quienes lo perseguían por lo de El Salto, en vez de venirse a Chile, se volvió al norte y entró en la provincia de Córdoba. Ahí fue donde yo lo alcancé.

—¿Y qué fue a hacer a Córdoba si quería venir a Chile?

—Supongo que necesitaba caballos y armas, pues los que tenía, cuando cabalgó con los indios hacia el sur, estaban a muy mal traer. Y allí en Córdoba consiguió robar una gran cantidad, aparte de cientos de reses y ovejas para comer. Hay que pensar que andaba con alrededor de 400 personas, incluidos 80 indios y las mujeres que siempre nos acompañaban para satisfacer nuestra fogosidad. Algunas andaban incluso con sus críos chicos a cuesta.

—Lo que se dice una montonera, hermano, ¿cierto?

—Si tienes el apoyo de la autoridad, eres milicia, si no la tienes, eres montonera, las características son las mismas. El hecho es que, a principios de marzo, entramos a la Punta de San Luis y la compañía que estaba de guardia se rindió antes de disparar un tiro. Nos apropiamos de la villa en un santiamén. Y, por supuesto, los mocetones empezaron a robar, saquear y violar al tiro. Mientras eso sucedía, mi general hablaba con las autoridades e imponía jefes a su regalado gusto.

—¿Y tú sigues pensando que tu general era un santo, si permitía que esas cosas sucedieran? —preguntó mi señor.

—Me consta que él hablaba a menudo con la muchachada y les prohibía esas malas prácticas, pero muchos no le obedecían.

—Y si los castigaba se le iban, ¿o no? —rio mi señor—, así que había que hacer la vista gorda. Mal que mal toda esa soldadesca solo lo acompañaba interesada en el saqueo y la violación.

—Tal vez ellos, pero no nosotros —se disculpó don José Pedro—, el hecho es que mientras estuvimos en San Luis, donde nos quedamos hasta agosto para pasar el invierno, nos informaron que en Mendoza estaban aterrados de que apareciéramos por allá. Nuestros espías supieron que *O'Higgins* les envió 3000 pesos y que iba a mandar un pelotón completo, pero que se cerró la cordillera antes de que pudiera cruzar.

—O sea que *José Miguel* cambió la idea de pasar a Chile por el sur.

—Así es, se le ocurrió que era mejor atacar la cordillera por San Juan y caer sobre Coquimbo —respondió don José Pedro—. Pero tuvimos que partir antes de lo que quería mi general, porque nos revelaron que los mendocinos, junto con los sanjuaninos y los cordobeses nos querían encerrar en San Luis, así que nos adelantamos a ellos.

—Qué locura —dijo mi señor—, ellos serían muchos más que ustedes.

—Cierto, habíamos llegado como a quinientos y ellos tenían como 3000, pero eso nunca nos molestó, nosotros siempre ganábamos, aunque fuéramos menos, nuestra ferocidad y astucia no se podían comparar.

—Habrá matado a muchos enemigos, querido hermano —comentó mi señor irónico.

—Ni se lo sospecha, hermano, mi sable tiene cientos de cabezas a su haber —contestó como rememorando—, pero vamos al relato: el 21 de agosto partimos hacia San Juan cruzando un desierto maldito que llaman "La Travesía", más de 300 kilómetros, todo arenales, ni una planta, ni menos un árbol y ni que pensar en agua. Los malditos baqueanos, para mí que nos querían traicionar, porque nos prometían agua y pastos y nunca los encontrábamos. Pero igual pasamos y llegamos el 29 al río San Juan. Nuestros exploradores nos avisaron dónde nos estaban esperando los piquetes de San Juan y, además, supimos que un escuadrón poderoso de Mendoza estaba cerca.

—Disculpe, su merced —intervine yo—, ¿pero en esos momentos, sabiendo que estaban en inferioridad, no era mejor dispersarse?

—¡Juancho de mierda, tú no te metas! Y no, no es mejor ser cobarde que valiente. La cobardía estará bien para ti, no para un soldado de honor como mi general.

—Perdóneme, su merced —le dije en voz baja.

—Mi general cambió de idea y prefirió ir a combatir al escuadrón de Mendoza que debía venir cansado, así que torcimos hacia el sur, pero no lo encontramos durante todo el día. Y lo peor, el temporal que nos había tocado el día 22 había dejado todo inundado y con las arenas pantanosas. Al final de la jornada apestosa acampamos en un lugar que llaman Punta del Médano, imagínense no más.

—Hay que ser muy obtuso —dijo mi señor.

—¡¿A quién llamas obtuso, estúpido?!, mi señor sabía perfectamente lo que quería y él nunca se equivocaba.

—Hasta ahora…

—Cierto, hasta ahora —reconoció don José Pedro, dejando caer las manos—, al día siguiente, como a las 9 de la mañana subió la neblina y en ese momento descubrimos al enemigo frente a nosotros, eran las huestes de *José Avelino Gutiérrez*, un hacendado bruto asesorado por un general francés. Estaban ya en formación de batalla a corta distancia nuestra.

—Y ahora se vino el desastre…

—Mi coronel *Benavente*, que es igual de valiente que mi general, logró levantarles el ánimo a las tropas, que se cagaron de miedo, y partimos al ataque sable en mano, pero los muy arteros corrieron sus caballos y aparecieron los fusileros que nos mataron a un montón, tanto que tuvimos que replegarnos. Ellos eran como 700 y nosotros teníamos apenas 300, porque habíamos dejado dos cuadrillas de resguardo más atrás.

—¿Y esta vez tu general fue a la batalla o la miró desde lejos?

—¡¿Qué sugieres, que *Carrera* no era valiente?!

—Yo lo conocí en el sur y nunca lo vi entrar en batalla, como a *O'Higgins*.

—Para que usted sepa, hermano, cuando *Benavente* tuvo que retacar, fue mi propio general quien lo fue a apoyar y volvieron a intentarlo dos veces, pero sin conseguir romper sus filas. Y lo más terrible era, que nuestros caballos se enterraban en la arena movediza y no podían moverse, con eso nos mataban como moscas.

—Pero yo lo veo aquí bien vivito, hermano.

—No se ría, Manolo, la situación era desesperada, tan así que mi general decidió llamar a retirada y como 80 de nosotros, quienes teníamos los mejores caballos, huimos hacia el sur.

—Perdone, hermano, pero no eran tan valientes, ¿por qué huyeron?

—Valientes, pero no tontos —respondió—, si huíamos podíamos volver a formar un ejército. Además, una parte de nuestras avanzadas estaba aún en el terreno.

—Que se murieran los pobres tipos de la soldadesca.

—¿Y qué esperaba?

—Nada, yo digo no más —se escabulló mi señor.

—Lo espantoso vino después —dijo don José Pedro muy desanimado, cuatro oficiales y 21 soldados nos traicionaron a mansalva.

—¿Qué, no idolatraban todos a su gran ídolo?

—Como lo escucha, hermano, siempre hay gente infame: a media noche, cuando andábamos apenas de cansados, nos encañonaron y amarraron. El cretino de *Arias* nos fue a entregar a los mendocinos. Unos pocos lograron escaparse, pero los pillaron igual, entre ellos mi coronel *Benavente*.

—O sea que ese fue el final del camino —dijo mi señor—, una lástima por usted hermano, al menos está vivo.

—Nos metieron a todos en el claustro de Santo Domingo, solo a *Carrera*, *Benavente* y *Álvarez* los dejaron aparte. Incluso los llevaron primero al salón del cabildo y allí mi general dejó a todos con la boca abierta, les dijo todas las cosas pan pan, vino vino.

—¿Qué mentira les fue a contar ese embaucador? —preguntó mi señor.

—Téngale respeto, al menos ahora que ya está muerto. Mi general tenía una labia fabulosa, todo lo que él decía sonaba a poesía, había inteligencia en sus palabras. Y les dijo cosas bien fuertes, escuche:

≪—*He sido participe en mil batallas cuya fortuna fue casi siempre mía, he tomado partido en muchas causas, he penetrado en muchas intrigas, he sondeado desde la altura muchos misterios del poder, he tomado un asiento en muchas asambleas populares y mi voluntad no fue jamás doblegada.*"

...me creéis reo de usurpación y de trastornos, y no recordáis que fui despojado por los jefes supremos de la capital que os manda, de un elemento de guerra, propio mío, y con el que, Dios y Chile mediantes, yo hubiera conquistado la mitad de la América;...

—*Yo no me acuso. Tampoco me disculpo.*》

—No me acuso, tampoco me disculpo —repitió mi señor—, qué palabras tan soberbias, yo no sé qué pasaba por la cabeza de *José Miguel*, él jamás era responsable de nada, todos los demás tenían siempre la culpa. ¿Te acuerdas, Juancho?

—Sí, su merced, desde siempre.

—¿Puedo hacer una pregunta sin que se ofenda, hermano? –dijo el patrón.

—Dele.

—¿Cuántos oficiales se salvaron?

—26 de los 30 que éramos, 4 murieron en batalla.

—¿Y cuántos reclutas murieron?

—Un par de cientos, supongo.

—Gracias, eso era lo que quería saber.

—Y los cretinos en Mendoza lo tenían todo urdido —volvió a enfatizar don José Pedro, quien ya había tomado más de 10 copas de coñac—, apenas dos días después de apresarnos se juntó el consejo de guerra, nadie quiso hacerse cargo de su defensa, los encausaron a los tres, *Carrera*, *Benavente* y *Álvarez*. El fiscal leyó una larga acusación inventada entre gallos y medianoche y lo remachó diciendo: 《*Baste decir que Carrera ha sido el caudillo de ese complot de crímenes que ha puesto en conmoción a todos los pueblos...*》 Con eso todos los oficiales que hicieron de jueces, lo condenaron a muerte. Ni tiempo dieron, lo programaron para el día siguiente, antes de que se pudieran levantar voces que cuestionaran el fallo.

—Lamentable —comentó mi señor —, pero murió en su ley.

—Hubo gente que apeló y pidió clemencia, pero lo dejaron todo al arbitrio de ese monstruo que es *Albino Gutiérrez*, un ávido de sangre. Se negó a cualquier forma de perdón. Al final solo mataron a mi general.

—Me da pena, ¿qué quiere que le diga? —dijo mi patrón—, piense que yo lo conocí de niño chico, pero él se buscó su destino, me consta que tanto a este como a aquel lado de la cordillera hay mucha gente que le tenía pavor, que no cree que haya sido el gran héroe de la independencia como sostienen algunos.

—Eso lo vamos a ver —lo desafió don José Pedro—, nosotros, los Carrerinos, nos encargaremos de contar su verdadera historia y de desvelar la infamia de su secta maldita. El chileno católico, temeroso de Dios, se impondrá a su herejía.

***

16.
1841
Mendoza, Argentina

Ese día de fines de febrero de 1841 el calor en Mendoza era atroz. Juan dejó a sus hijos en la hacienda para que Anette los paseara por ella y les mostrara todos los caballos finos que allí criaban. El partió con el alma dolorida al pueblo para despedirse de María Trinidad. Desde el primer día había sabido que ese momento ocurriría, pero había evitado pensar en él. A decir verdad, le causaba gran angustia tener que enfrentarse a una situación tan penosa. Sería, con toda probabilidad, la última vez en su vida que la vería a ella y también a su hijo. Sería como desprenderse de una parte de su corazón y no sabía cómo enfrentarlo.

Cuando llegó al hotel, preguntó por la dueña y la recepcionista le informó que doña Trinidad no estaba, que había tenido que viajar con su hijo fuera de la ciudad, pero que le había dejado una carta.

Mendoza, 27 de Febrero de 1841

Mi queridísimo Juancho

Te ruego que por favor me perdones, simplemente no soy capaz de mirarte a los ojos y saber que ello nunca más va a suceder. Durante muchos años fui fuerte, porque tú no eras más que un fantasma de mi pasado que vivía en mi mente, pero cuando de repente te reencarnaste y apareciste en la puerta de mi establecimiento, ese ser inmaterial, que yo lograba dominar, se desvaneció y se materializó tu presencia cargada de tu temperamento excepcional, ese que me deslumbró desde que era pequeña.

Llévate a tu vida distante y guarda para siempre en el cofre de tus recuerdos más preciados estos meses, en que hemos conocido la dicha de acompañarnos y compartir el palpitar de nuestros corazones. Que la imagen que guardes de mí sea la de esa mujer poderosa, dueña de su destino, alegre y fuerte para enfrentar cualquier circunstancia y no la apariencia de una mujer ensombrecida y triste por la pérdida de su más caro anhelo.

Juan, sé feliz, ama a Auristela como lo más sagrado, te deseo la mejor de las suertes, que tengas muchos nietos que te acompañen hasta el último de tus días.

Adiós, amor mío

Cuídate mucho

Siempre te querré

María Trinidad

PD. Juancho, tu hijo, desde luego, te desea lo mismo.

Juan se había sentado en uno de los escaños del corredor y, a medida que avanzaba en la lectura, sus ojos se fueron llenando de lágrimas, que no podía contener. Al final pasó de las lágrimas a verdaderos sollozos que lo avergonzaban. ¿Dónde se había visto un hombre que llorara como una criatura de pecho? Tuvo que hacer un tremendo esfuerzo para calmarse.

Durante mucho rato permaneció allí sin saber qué hacer, se daba cuenta que Trinidad le había resuelto el problema de la despedida, pero no pudo dejar de pensar en el futuro de él, de ella y de su hijo. Su preocupación no tenía que ver con la seguridad del sustento, que María Trinidad tenía dominado, sino con esa terrible injusticia que puede presentar la vida de la manera menos manejable. Ella tendría que resignarse a vivir de nuevo con su fantasma de siempre, envejecido tal vez, pero fantasma al fin, sin materialidad, sin sustancia, silencioso, incapaz de comunicarse. Eso le dolía profundo en el alma. Y él tendría que acarrear por el resto de su vida esta rememoración culposa que no podría revelar a nadie.

Cuando, por fin, se sintió más tranquilo, se despidió con afecto de la recepcionista y de los demás criados, tomó sus últimas cosas y salió. Al poco rato cabalgaba en dirección a lo de Fermín, su curioso amigo. Por supuesto que este no estaba en casa, de manera que le dejó a la gaucha el encargo con una nota y unas monedas. Luego se despidió con mucho cariño.

Volvió a la hacienda y su mirada la sentía turbia, lo que antes le había parecido de una belleza campestre exquisita, ahora se teñía con un velo grisáceo de una nostalgia premonitoria. Trató, durante la tarde, de no transmitir a sus hijos esos sentimientos de tristeza, los reprimió e incluso bromeó con ellos, particularmente durante la cena, que nuevamente consistió en un delicioso asado hecho al estilo de la pampa. Durante horas compartieron los tres con Anette, lo que a Juan le aquietó el alma. Tenía claro que no podía pedir que Manuelito descubriera alguna afinidad particular con ella, pero al menos su madre le sería un ser conocido al que tal vez llegara a entender en el futuro.

*

Después de una despedida muy emotiva a la mañana siguiente, los tres emprendieron la ruta hacia Chile. Tendrían por delante cinco días de agotadoras jornadas bajo el sol deslumbrante del día y soportando el frío gélido de las noches cordilleranas. El temor que Juan había albergado respecto a la posibilidad de que fuera a ser asaltado pareció haberse disuelto en la bruma matinal y, en tal sentido, se sentía seguro en la compañía de sus hijos.

El último día de viaje, cuando ya no faltaban sino unas pocas horas de viaje, salieron a media mañana de Santa Rosa de Los Andes en dirección a la cuesta de Chacabuco. Durante largo rato, Juan les relató a los jóvenes la experiencia de la travesía de los Andes con el Ejército Libertador y luego, muy en detalle, las minucias de la famosa batalla de Chacabuco, que él y su patrón habían podido divisar por el catalejo desde la altura.

Cuando iban llegando a la cumbre, de repente, de improviso, apareció desde detrás de un bosquecillo de boldos y espinos, una cuadrilla de cinco hombres mal agestados premunidos de pistolas. Todos los temores reaparecieron en ese instante. Los encañonaron y, antes de que pudieran reaccionar, los tuvieron amarrados con lazos a sus monturas. Acto seguido comenzaron a rebuscar en todas las alforjas hasta que encontraron el manuscrito de las memorias.

—Eso no vale nada —les dijo Juanito—, si quieren plata tomen la que traemos, pero esos son solo recuerdos de mi padre.

—Tontorrón —le gritó quien parecía ser el jefe—, es precisamente esto lo que buscamos.

—No entiendo —dijo Manuelito—, ¿de qué les puede servir un montón de papeles con letras que no tienen idea cómo leer?

—No importa si nosotros podemos o no podemos leer —le espetó el malandrín—, sabemos que hay otros que sí lo pueden, y nos van a pagar muy bien por esta porquería.

—Señor, por favor —le dijo Juan—, yo puedo darles más plata por eso, no me lo quiten, es mi vida.

—¡Cállate, viejo huevón! —le gritó el forajido, mientras los otros observaban con sus armas levantadas—, ya, ahora nos van a seguir, es nuestro encargo.

—¿Dónde nos llevan? —pregunto afligido Manuelito.

—Ya lo verán, imbéciles, ahora a callar.

Tres de los delincuentes los llevaban en sus caballos de tiro, de manera que Juan y sus hijos solo podían afirmarse con manos y piernas sin ninguna posibilidad de escapar. El jefe los guiaba por senderos y caminos siempre en dirección sur-poniente. Cruzaron valles y subieron lomas pobladas de vegetación nativa, también vieron innumerables ovejas y cabras ramoneando el poco pasto seco que quedaba en esa época del año.

En un momento dado, el jefe detuvo a los demás y sacó de su talego unos paños que les fue poniendo a sus tres prisioneros para cubrirles la vista.

—Y siguen callados, los imbéciles, o se van a arrepentir —les dijo—, vamos muchachos.

Otras cuatro horas transcurrieron antes de que se acabara el viaje. Los secuestradores desamarraron a los tres, los bajaron de sus cabalgaduras y los remecieron sin mucha delicadeza. Después de caminar unos 50 metros, siempre a ciegas, los empujaron dentro de un recinto que estaba completamente a oscuras. Allí por fin les quitaron las amarras y las vendas.

—¡Quédense sentados en el suelo! —les gritó el jefe—, ¡Pobre del que se levante! El Chulo se quedará delante de la puerta y tiene muy poca paciencia.

Enseguida salieron de allí y cerraron la puerta por fuera. Juan y los hijos, sentados sobre las frías baldosas de arcilla, callaron durante largo rato.

—Siento tanto haberlos involucrado en esto —les susurró entonces Juan a sus hijos—, yo sé que son los Carrerinos, los que están detrás de mis memorias, ellos quieren conocer los nombres de los Lautarinos, que nunca pudieron descubrir.

—¿Y para qué nos quieren a nosotros, no les bastaba con sus memorias, papá? —preguntó, también en voz baja, Juanito.

—No lo sé —respondió Juan—, será para corroborar datos, supongo.

—Pero yo no lo veo muy afectado, padre —dijo Manuelito—, me llama la atención.

—Son ellos quienes se van a llevar una sorpresa —respondió este.

—¿Nos irán a causar daño? —se preguntó Juanito como pensando en voz alta.

—No lo creo, hijo —respondió Juan tratando de parecer muy seguro—, una vez que obtengan lo que quieren no habrá razón para que nos hagan algo.

La oscuridad era total, ya había caído la noche y el silencio solo era interrumpido por esporádicas pisadas de ratas que corrían de un lado a otro. Manuelito se levantó con sigilo y, con los brazos estirados, trató de reconocer el lugar. A dos metros se tropezó con algo que resultó ser un saco de papas. Fue tanteando y descubriendo más y más sacos.

—Es una bodega —dijo sotto voce—, muévanse para acá y podrán apoyar las espaldas.

Mientras Juan y Juanito se acomodaban, él siguió investigando. Se subió encima de los sacos hasta tocar con sus dedos una pared. Metódicamente volvió sobre sus pasos y encontró la pared opuesta.

—Deben ser unos cinco metros en el ancho —dijo y se dirigió a donde le había parecido que quedaba la puerta.

Entonces escucharon un fuerte golpe en esta, probablemente con la cacha de una pistola.

—¿No les dijeron que se quedaran callados? —les gritó desde afuera el hombre que estaba de guardia.

Pasó otra hora y el cansancio hizo presa de los tres encerrados, quienes, apoyados en los incómodos sacos llenos de protuberancias, se fueron quedando dormidos. Cuando despertaron, del todo adoloridos, pudieron apreciar unos finísimos rayos de luz en el contorno de la puerta, pero el silencio seguía siendo total. Con ese mínimo de luminosidad pudieron entender mejor dónde estaban. Frente a tres lados del recinto había rumas de sacos, solo el muro de la puerta estaba despejado.

—Disculpen, no me aguanto más —dijo Juanito y se encaramó sobre los sacos en una de las esquinas de la pieza y vació su vejiga.

Los otros dos siguieron sus pasos y, después de permanecer de pie para estirar los músculos, volvieron a sentarse. Poco a poco empezaron a sentir hambre y sed, pero no se escuchaba ningún movimiento afuera.

—No creo que quieran dejarnos morir —dijo, después de un par de horas, Juan—, si fuera por eso también nos podrían haber matado antes.

—Alguien debe estar leyendo urgido sus memorias, papá —dijo Juanito.

—Que lea rápido —exclamó Manuelito.

Y el día siguió pasando y el hambre aumentando. En algún momento escucharon relinchos de caballos y balidos de ovejas. Y entonces, algunas voces distantes, algún vaquero arriando vacas, muy lejos, gallinas cloqueando y ladridos de perros.

—Estamos en el campo —murmuró Juan.

—¿Será Santa Lucía? —preguntó Juanito.

—Puede ser —le respondió el padre—, tiene toda lógica.

Pasó todo el día y de nuevo la noche, el hambre y la sed se les hacían insoportables, Manuelito se acercó a la puerta y golpeó con fuerza.

—¿Nos quieren matar de hambre? —preguntó hacia afuera.

Nadie respondió. Los tres se pusieron junto a la puerta para tratar de escuchar, pero no parecía haber nadie allí. Zarandearon la puerta y nadie los llevó de apunte. Volvieron a sentarse, debilitados por la falta de alimento. Se fueron quedando dormidos y se guardaban mucho de no exteriorizar su desesperación. Estaban en eso cuando, de repente, escucharon varias voces altisonantes y pasos de botas con taco. Se acercaban con rapidez y, entonces, vieron una tenue luminosidad nuevamente en el contorno de la puerta. Esta se abrió y dos de los bellacos entraron con sus armas en las manos. Un tercero sujetaba una antorcha.

—¡Vamos! —gritó uno de ellos.

Los tres se levantaron con dificultad y salieron por la puerta a un corredor cubierto con pilares de madera.

—¡Por allá, avancen!

—Es el campo —reconoció Juan—, allí está la puerta de la cocina.

—¡Silencio, imbécil! —lo hizo callar el mismo—, ya, ahora entren.

Los condujeron por el pasillo que daba al comedor. Ahora todo les parecía conocido, el entablado del suelo, las puertas con sus molduras, los retratos de los antepasados y hasta los desconchabados de la pintura. Otro de los secuaces abrió la mampara de la sala y el tercero los empujó hacia adentro. Al levantar la vista vieron un grupo de unos 12 hombres que los miraban con sonrisas irónicas.

—¡Bienvenidos a casa, estúpidos! —los saludó Louis Phillipe—, ¿ahora se convencen de que algún día pagarían por sus fechorías?

—Disculpe, barón —dijo Juan—, mis hijos no tienen nada que ver con nuestra disputa, déjelos ir y castíguenme a mí.

—Se quedan —dijo José Pedro—, que sepan la calaña de padre que tienen.

—Nuestro amigo literato leyó tus memorias cretinas —dijo Louis Phillipe—, puras diatribas, sandeces y monstruosas mentiras, no son más que eso. Ahora ya sabemos los nombres de tus compinches lautarinos.

—Si es así —dijo Juan—, ¿para qué más nos necesitan?

—Vas a borrar algunas cosas y cambiar otras, viejo estúpido —dijo el patrón de la hacienda.

—¿Cómo qué?

—Primero —intervino José Pedro— vas a sacar a los hermanos *Carrera* de la Logia Lautarina; segundo, vas a eliminar el capítulo de la iniciación de mi general en Estados Unidos y tercero, vas a decir que ellos participaban en las batallas como los más valientes.

—No lo haré —dijo Juan—, eso es falsear la historia.

—¿Qué no lo vas a hacer? —le espetó Louis Phillipe—, ¿quieres ver morir a tus hijos?

—¡Oh Dios! —exclamó Juan espantado.

—¡No tienes opción, viejo cretino! —le gritó José Pedro riendo sardónico—, prepárate para escribir. Allá en la mesa hay papel y tinta.

—Siempre que nos den de comer y beber antes —dijo Juan, mostrando una firmeza que no sentía—, estoy incapacitado de concentrarme, estoy desfalleciente.

Los Carrerinos miraban esta escena sin saber bien a qué atenerse.

—¡Y, antes de que te sientes a escribir, sírvenos coñac! —le gritó el baroncito como dándose ínfulas, tratando de humillar a Juan—, ¡tú que has sido siempre lacayo, cumple tu función!

—No lo haga, padre, usted no es su empleado ahora —le dijo Juanito.

—No te preocupes, hijo —respondió este mientras se acercaba a la mesilla de bar—, todos los malvados tienen su personal recompensa. Dios se encarga de ello.

—¡Qué sabes tú de Dios, hereje repudiable! —le espetó Louis Phillipe.

—¿Qué sabe usted de algo en esta vida? —le contra preguntó Juan con una impasibilidad sorprendente.

—¿Te las quieres dar de filósofo de nuevo, viejo indecente? —rio el patrón—, ¿no te bastó con lo que te hice la última vez que se te ocurrió dártelas de ello?

En el intertanto había aparecido una criada con una bandeja con tres platos y tres vasos de jarabe. Cuando vio a Juan y sus hijos, abrió al extremo sus ojos, trató de entender qué estaba sucediendo allí, pero no era capaz.

—¡Deja eso ahí, china estúpida! —le gritó Louis Phillipe. Y luego, mirando a los otros—, ya, coman rápido y a escribir, no queremos estar toda la noche aquí.

Los amigos seguían callando y tratando de asimilar lo que sucedía. Sentían que estaban como empantanados, el negocio estaba resultando más complejo de lo que habían pensado, a decir verdad, se estaban empezando a aburrir. Habían cenado más temprano y habían bebido bastante vino, pero el evento posterior les parecía muy poco gracioso. Uno tras otro se paraban y se acercaban a la botella de coñac para rellenar sus copas.

—Se acabó —dijo uno de ellos, mostrando la botella vacía, ante lo cual José Pedro abandonó la sala.

Cuando terminaron de comer, los dos jóvenes se pararon y se fueron a sentar a una poltrona, al tiempo que Juan desplegaba una página en blanco, abría el tintero y luego buscaba en su manojo de hojas sueltas la escena de la iniciación de los hermanos Carrera en la Logia Lautarina. Es muy fácil, pensó, a los primeros dos simplemente les cambio el nombre, lo que hizo con suma facilidad:

"—Ahora sí —dijo el presidente—, a partir de este momento habéis pasado a ser nuestros hermanos de logia, sed bienvenidos. Tomad asiento en las sillas desocupadas.

Los cinco giraron sus cabezas hacia uno y otro lado observando a sus nuevos hermanos. Sin conocer aún los comportamientos acostumbrados solo inclinaron sus cabezas a quienes reconocían.

Fernando Valdez, Juan Jorge y Lisberto Carnera se sentaron al lado derecho, José Ildaricio Centrino, Jorge Nahuel Astorquiza, Narciso de la Llera y Juan Gerónimo de los Hornos al lado izquierdo. Todos me observaron con cierto recelo que se reflejó en sus pupilas dilatadas…"

Contento con su ingenio, Juan se levantó y se propuso caminar un par de pasos antes de continuar con el siguiente cambio. Levantó la vista y se percató que los amigos carrerinos empezaban a bostezar. Uno que otro se volvía a parar para reponer su dosis de coñac.

—Sigue —le dijo sin mucho ánimo José Pedro, estirando sus piernas.

—Calma, su merced —dijo Juan—, ya seguiré, ¿le sirvo?

—Bueno, dame más —balbuceó levantando la copa.

Juan volvió a lo suyo, se tomó un largo rato pensando con la pluma en la mano, y luego procedió a cambiar la recepción de *José Miguel Carrera* en la logia por una simple conversación sostenida con su patrón, el tío Pancho y don *Juan Egaña*, a quien había transcrito como José Galloso. Ocasionalmente miraba hacia atrás y veía que cada vez eran más los que habían caído en brazos de Morfeo. Uno que otro roncaba sin pudor. Sus dos hijos se habían apoyado el uno en el otro y dormían plácidos.

Finalmente rehízo las páginas correspondientes a la iniciación de su antiguo amigo *José Miguel* en Nueva York por otro suceso distinto que lo liberaba de su pasado masónico.

Se giró y, ahora sí, estaban todos durmiendo en las posiciones más extrañas. Hacía rato se habían apagado varias de las velas de sebo. Hizo unos últimos cambios para exaltar el valor del general:

> "Pero el día 3 de julio, cuando las condiciones de derrotar a los españoles eran insuperables y cuando el coronel *O'Higgins* incluso había ingresado con su gente hasta la plaza de armas, el corazón mismo del refugio español, *Carrera*, observando desde enorme distancia con un catalejo y sin tener los elementos de juicio adecuados, decidió que no era conveniente seguir allí, tomó su caballo blanco y voló por sobre los médanos con su sable en la mano para acompañar al colorín en medio de la balacera realista."

Luego buscó dos escenas más de sucesos similares y también las alteró.

—Ya —se dijo Juan cuando hubo concluido—, supongo que con eso se contentarán estos jóvenes que no saben nada de su historia, que no tienen idea quiénes fueron los próceres, que confunden los nombres. Veamos qué hacen con estas memorias tan sui generis.

Se levantó sigiloso, se acercó a Juanito, le tapó la boca y lo despertó, luego hizo igual cosa con Manuelito, estos se levantaron en silencio total, Juan abrió muy despacio la españoleta de la mampara y los tres salieron al exterior, que apenas iluminaba una luna naciente.

Caminaron durante largo rato por el Callejón de las Loicas en dirección al río, cruzaron este por el vado de Lonquén y siguieron por el camino hacia el poblado de Paine.

—Me imagino que se irán a ir a Santiago a buscarnos —dijo Juanito preocupado.

—Ya tienen lo que quieren —lo tranquilizó Juan—, de seguro van a ir donde doña *Javiera* mañana en la mañana a mostrarle su gran tesoro. Y, cuando ella vaya leyendo, una página tras otra, probablemente levantará su mirada furibunda sobre los ojos de sus incultos prosélitos. Tal vez dirá:

—¡Mentecatos, los han timado! —les gritará ante la mirada atónita de todo el grupo de Carrerinos.

—¿Por qué? —preguntará el baroncito nervioso.

—¡Estos nombres no existen, imbéciles, son una burla, les han gritado en su cara que no saben nada de nada!

—Pero si nuestro joven literato leyó todo, él no nos advirtió nada —dirá José Pedro.

—¿Qué edad tiene?

—Como 25 —responderá Louis Phillipe.

—No tenía 10 años cuando se desarrolló la independencia —dirá ella—, ¿qué va a saber quiénes participaron en ella?

—¡O sea que estas memorias no son ciertas! —exclamará José Pedro.

—Son absolutamente ciertas —contestará doña *Javiera*—, pero los nombres han sido trucados. Además, se ha reído en vuestra cara con el relato de los hechos bélicos, mire que volar con su caballo blanco para llegar al frente de batalla, qué ironía.

—¡Yo lo mato! —gritará Louis Phillipe como enajenado.

—¡Tú no matarás a nadie, estúpido! —lo amonestará ella muy airada—, cuando más necesitamos reivindicar el nombre de mi hermano no podemos aparecer como una tropa desquiciada e inmoral.

—Pero…

—Pero nada, ¿quieres que después digan que *José Miguel* era igualito al grupo asesino que lo defiende?

—¿Y qué hacemos entonces? —preguntará José Pedro—, no podemos quedarnos de brazos cruzados.

—No lo haremos —contestará ella resignada—, seguiremos adelante, buscaremos nuevas fuentes para saber quiénes eran los enemigos de mi hermano.

—Igual lo voy a matar —murmurará Louis Phillipe sin que lo escuche ella—, máximo en un año más, entonces verá el imbécil.

***

1821, Leticia a Lima

Lo que don José Pedro no nos contó del fusilamiento de *José Miguel Carrera*, quien enfrentó este con una dignidad sorprendente, era que, luego de muerto, su cuerpo fue mutilado para ser expuesto en las villas como forma de amedrentar a quienes quisieran tomar la ley en sus manos. Su cabeza y una mano fueron puestas en picanas y presentadas en las plazas mayores de la provincia de Cuyo.

—Eso es lo que yo llamo morir en su ley —me comentó mi señor cuando su hermano ya se había retirado.

*

A medida que pasaban los días yo me ponía cada vez más nervioso. Don José Pedro había ido recuperando sus colores y me pareció atisbar algún tipo de contacto visual con la muchacha trasgresora e insaciable. Eso no me dejaba dormir, pasaba horas en vela, por un lado, me afectaba que mi señor pudiera sufrir emocionalmente con la infame actuación de la joven y, por el otro, que al interior de la familia se produjera una guerra sin cuartel. Supe que mi momento había llegado, que tenía que actuar, no podría dilatarlo más. E intuía también que necesitaría ayuda para lograr mi propósito.

En estas circunstancias me senté una mañana ante un papel en blanco y escribí una larga carta al tío Pancho contándole sobre la delicada situación y pidiéndole su asistencia.

Al poco tiempo llegaron dos cartas del tío, una para mí y la otra para mi señor. En la mía me agradecía la preocupación por su familia y se comprometía a colaborar. La otra era más controversial:

Lima, 3 de noviembre de 1821

Querido sobrino

Me es muy grato escribirle desde esta ciudad patriota, que está toda alterada desde la toma de ella por parte del general *San Martín* el 15 de julio de 1821. Días más tarde, el 28 del mismo mes, ante una enorme multitud reunida en la Plaza de Armas, el propio *San Martín* declaró la Independencia y fue nombrado por el pueblo limeño Protector del Perú con autoridad civil y militar. Se podrá imaginar las celebraciones que se han sucedido desde entonces. Es un verdadero honor pertenecer a la orden que ha sido gestora intelectual y material de estos logros fantásticos para la humanidad.

Lamentablemente, como puede ser la vida, mi querida esposa ha estado muy afectada de una enfermedad, que los médicos no pueden descifrar y su alma está muy dolorida presagiando lo peor. Todos los días no hace más que repetir su deseo de ver a su hija Leticia, aunque sea por un instante postrero.

Por tal motivo, querido sobrino, le suplico tenga a bien hablar con la niña, sin amargarla, y ver manera de enviarla, ojalá acompañada, hacia esta ciudad.

María Graciela se lo agradecerá de corazón y, por supuesto, yo también. Solo deseo su recuperación y me altera el espíritu su posible partida de mi lado.

Hágame el favor de mostrarle ésta a la joven Cita, pero tratando de no alarmarla más de lo necesario.

Esperando que todos estén muy bien,

Le saluda afectuosamente

Pancho

*

No pasaron tres días y el patrón me encargó a mí que acompañara a la señorita Leticia hasta la ciudad de Lima. Cuando ello sucedió, sonreí sibilinamente evitando que él me viera. La mitad del plan estaba ejecutada, ahora vendría la parte más complicada.

En pocos días organicé el viaje y nos embarcamos en un buque correo el 17 de noviembre. Durante la navegación yo mantuve mi discreta distancia, permaneciendo en el entrepuente mientras ella se mantenía en cubierta. Evité todo lo posible cruzar palabras con ella. El 2 de diciembre hicimos nuestro arribo al puerto de El Callao, donde estaba gran parte de la escuadra libertadora. Una vez en tierra tomé un coche que nos trasladó los 12 kilómetros hasta el centro de Lima.

Llegamos a la casa, indicada por el tío, a la hora de la siesta. Ayudé a bajar el equipaje y pagué al cochero, luego hicimos sonar la campana y se asomó al instante un criado negro con una elegante librea roja, nos dio la bienvenida y nos guio al interior. Leticia entró corriendo en busca de su madre, pero nos encontramos con la casa en silencio sepulcral.

—Sus mercedes toman su siesta —dijo el criado.

—¿Está mal mi madre? —preguntó la joven.

—No que yo sepa, su merced —respondió el empleado—, pero será mejor que espere a que los patrones despierten. La voy a conducir a su habitación, le ruego permanecer allí hasta que don Francisco la vaya a buscar.

Después de depositar el baulillo en la pieza de la niña, el criado me acompañó a mi dormitorio en el tercer patio.

—Soy Melchor —me dijo—, espero que se sienta a gusto aquí.

—De eso no le quepa duda, yo soy Juancho —le respondí.

Tan pronto instalé mis cosas en una habitación similar a la que ocupaba en Santiago, volví al segundo patio a esperar al tío.

Cuando este apareció y me vio, se acercó apurado y me dio la mano rompiendo mis esquemas.

—¿Cómo estás, Juancho? —me saludó con especial afecto.

—Yo muy bien, gracias, su merced —le respondí—, ¿aquí todo bien?

—Todo bien —me dijo muy misterioso acercándose a la puerta de la señorita Leticia.

Golpeó y ella apareció con el rostro demudado aparentando un gran temor.

—¿Cómo está? —le preguntó ella al tío después de darle un beso.

—Tu madre está perfecto —sonrió él mirándome de reojo.

—¿Qué, se mejoró? —preguntó ella alegrándose.

—Nunca ha estado enferma —dijo muy serio el tío.

—¿Y qué? —preguntó ella muy desconcertada—, ¿era mentira todo lo que decía su carta?

—Así es, querida —respondió él tío—, todo mentira, era la única forma de sacarte de Santiago, ahora ya lo sabes, fue un ardid.

—Pero, ¿por qué? —preguntó ella haciéndose la inocente.

—Porque estabas a punto de destruir la paz familiar y eso no lo podemos permitir.

—¡Juancho! —dijo, mirándome con un odio imposible de ocultar.

—Así es, querida —le respondió el tío mientras yo la miraba muy serio—, Juancho vela por nuestro honor como el que más.

—¿De qué honor me habla, señor? —lo enfrentó ella con soberbia.

—Sabemos que has estado acostándote con Manolo y con Pelluco y eso supera todo lo aceptable, te has comportado como la más vil meretriz.

—¡Oh Dios! —exclamó ella brotándole las lágrimas—, ¿qué piensa usted de mí, señor?, esto no es más que una infamia inventada por el Juancho. ¡Qué hombre más vil!

—No es la opinión que yo tengo de él —respondió el tío con una calma a toda prueba—. Él sí aprecia a nuestra familia y la cuida, no como tú, que has estado dispuesta a producir la más terrible discordia.

—¡Quiero volver de inmediato! —gritó ella en el momento en que su madre salía de su dormitorio.

—Hola hijita, ¿qué haces tú aquí en Lima? —le preguntó ella abrazándola con inmenso amor.

—¡Me embaucaron, mamá! —exclamó la joven enfurecida abrazándose a ella—, me trajeron engañada hasta acá.

—Pancho, ¿qué es esto? —preguntó doña Chela con los ojos muy abiertos—, ¿de qué se trata?

—Mire, Chelita —respondió el tío—, para que usted lo sepa de una vez, su hija ha tenido relaciones carnales con mis dos sobrinos en la misma casa. Eso no lo podemos aceptar, por eso la trajimos a Lima.

—¡Por Dios hija, qué estúpida es!

—Es que me enamoré de José Pedro —respondió ella encorvando la espalda y dejando caer los brazos.

—¡Imbécil! —le dijo su madre llena de desprecio y se alejó hacia el salón.

—¿Y qué va a pasar ahora? —preguntó la joven—, no me pueden mantener aquí a la fuerza, ¿o sí?

—Así es, querida —le respondió el tío sonriente—, usted se va a casar mañana mismo y le deberá obediencia total a su marido, ese será su castigo.

—¡¿Queeé?!

—Como escuchó, querida, está comprometida en matrimonio con el capitán Pedro Esquivel, un joven patriota de muy buena familia. Los esponsales se celebrarán mañana mismo en la catedral y no habrá fiesta porque los dos se irán a la casa de él en la sierra pasado mañana. Ha sido destinado a la guarnición de Jauja.

—¡No pienso casarme! —gritó ella.

—Tiene otra opción, Leticia —le dijo el tío con su calma imperturbable—, hay otro joven, este es zambo y está muy deseoso de casarse con una mujer blanca, solo está esperando su decisión, no se le olvide que en esa clase aun vale la fuerza del más fuerte, no es problema mandarla a buscar con un pelotón de patipelados. Usted decide.

—¡Imbécil! —gritó y entró en su habitación, tras lo cual el tío le puso llave a la puerta.

—Qué alivio —dije yo—, no sabe cuánto le agradezco, don Pancho, que se haya encargado tan bien del asunto aquí en Lima.

—Es al revés, Juancho, soy yo, como miembro de la familia García-Lazcano, quien te agradece por tu preocupación. ¿Crees tú que Manolo pueda llegar a sospechar algo?

—No lo sé —le respondí—, y si así fuera, no creo que sea importante, la calentura se le pasará pronto. Y, por otro lado, no creo que don José Pedro se haya enamorado tan fácil de la niña.

—Vamos, Juancho, acompáñame, te lo mereces —dijo riendo—, tomaremos un aguardiente de Pisco maravilloso que hacen aquí.

*

Nos sentamos en un escaño en el patio, cada uno con su copa en la mano y la botella a nuestro lado en el piso. El tío estaba entusiasmado de poder conversar sobre los temas que le eran predilectos, cosa que no le era habitual. Yo no podía creer lo que estaba viviendo. En Chile había sido vilipendiado por osar sentarme al lado de la señorita Trini y aquí se me aceptaba como algo natural. ¿Qué había cambiado, era yo o era el medio que me rodeaba?

—Juancho, ustedes se han enterado apenas de algunos hechos poco substanciales de esta brutal campaña que se está llevando a cabo aquí en el Perú. Si bien yo no conozco todas las circunstancias, te puedo contar que los avances y retrocesos han sido innumerables, especialmente en la sierra, que es un territorio indomable, donde, lo que se conquista un día, se pierde al día siguiente. Es muy difícil dominar esas zonas montañosas y tropicales. Para afuera pareciera que la toma de Lima por parte del hermano *San Martín* ha sido lo más importante, pero eso es un gran error, apoderarse del Perú y del Alto Perú ha sido, y seguirá siendo, una tarea titánica. El territorio es tan vasto que en cualquier parte se pueden formar nidos de guerrilleros realistas que vuelvan a amenazar la estabilidad lograda.

—Pero pareciera que el conquistador español ya está en retirada —le dije.

—Es cierto, ellos saben que su guerra está perdida, pero aun así no se entregan por completo. Te aseguro que esta confrontación va a durar varios años más y, si no somos capaces de sustentarla económicamente, nuestros éxitos de ahora se pueden revertir con facilidad en el futuro.

—O sea que el hermano *San Martín* va a tener que seguir teniendo la astucia del zorro para lograr su objetivo.

—Tu astucia, querido Juancho —dijo sonriendo irónico.

—¿Por qué lo dice, su merced? —le pregunté manteniéndome muy serio.

—Yo supe por qué me mandaste a Lima —dijo—, lamentablemente fue tiempo después de estar aquí.

—¿Qué yo lo mandé a Lima? —pregunté haciéndome el desentendido.

—Así es, amigo vivaracho —rio él—, pero ya era tarde para deshacer el camino andado, eres muy pillo.

—Por favor cuénteme qué averiguó —le dije tratando de mantener el rostro indolente.

—Por un lado, fue el propio general *San Martín* quien me reveló, involuntariamente tal vez, que tú habías propuesto mi nombre.

—Eso es muy cierto, pero no dice nada —le dije fijando la mirada.

—Pero un día, cuando estábamos ya tiempo aquí, a la Chelita se le salió lo que escuchó por mera casualidad en la casa de Santiago.

—Bueno —dije yo entonces—, se dará cuenta por qué era importante que su mujer, que, seamos francos, es un poco intrigante, se alejara de allá para no causar una pequeña hecatombe.

—Tan bien dicho, maestro —rio ahora con alegría el tío—, sírveme otra copa, será mejor.

—Me alegro, su merced, que lo tome con humor —le dije—, no es fácil velar por la armonía de su familia.

*

Dos días después de confirmar que la joven estaba oficialmente casada según las leyes de Dios con el oficial de ejército, emprendí mi camino de vuelta a Chile, no sin antes pasar a saludar al general *San Martín*, a quien noté muy agotado con la interminable campaña.

***

1822, muerte de *Benavides*

A principios de febrero de 1822, cuando estábamos pasando la temporada veraniega en la hacienda, llegó un día un huaso, que había ido a Melipilla por un asunto personal.

—Don Juancho —me dijo, sujetando su caballo de la rienda—, no sabe na'.

—¿Qué, Medardo? —le pregunté—, ¿qué te trae tan agitado?

—Pillaron a ese engendro maldito del sur, ¿cómo es que se llama?

—¿Quién, *Benavides*? —pregunté.

—Ese mesmito —respondió—, por allá por la costa, cerca de Topocalma, el muy maldito iba huyendo en una lancha a remos. En Melipilla están re nerviosos porque lo traen por acá hacia la capital. Todos quieren verlo y gritarle cosas.

—Cresta —exclamé—, vamos a tener que estar atentos, eso quiero verlo yo también. ¡Qué hombre tan malo!

—Oiga, don —me dijo, aún sin calmarse—, si se contaba allá en la plaza que asaltó, mató y después mandó a quemar las villas de Arauco,

San Pedro, Santa Juana, Talcamávida, Hualqui, Nacimiento, Los Ange-
les, Isla de la Laja y quién sabe cuántas más, imagínese usted.

—Sí, yo había escuchado que no importaba cuánta población hubiera, le daba lo mismo, su gente degollaba a los hombres y violaba a las
mujeres a vista y paciencia de sus cabros chicos, qué indecencia humana.

—Después hablaban de que no se salvaron las haciendas en Rere,
Puchacay, Chillán, San Carlos y en un montón de otros lugares, que no
me acuerdo. Oiga, y violaban a las señoras finas delante de sus maridos,
no hay valor.

—Ahora, yo no sé cómo se las arregló en estos meses, porque todas
sus huestes ya las habían batido cerca de Chillán en octubre pasado.

—Eso mismo dicían por allá, que los valientes de *Prieto* y *Bulnes*
les mataron como a 200 malvados. Y cómo serían esas montoneras, digo
yo, que andaban con mujeres y niños a la rastra. Y además acarreando
siempre el ganado pa' sus comilonas y las caballadas pa' su' fechorías.
Si dicen que les quitaron como 500 vacas y 300 caballos en esa oportunidad.

—Pero, lamentablemente, nuestros soldados no pudieron apresar al
mal nacido en esa ocasión, se les escapó por los cerros —dije yo—, y
nada menos que con la mujer a cuesta y hasta con una cría. Qué suertudo,
y así dicen que el caballero de arriba castiga a los malos.

—Y, a principios de noviembre, dizque vieron al malo cerca de
Arauco, lo iban a agarrar y, ¿me creerá?, se les volvió a escabullir entre
los bosques, que, se dice, los conoce como la palma de su mano.

—Pero parece, por lo que escuché, que un montón de sus secuaces
y también los hombres que llevaban de obligado le anduvieron haciendo
la cruz y se pasaron pa' nuestro lado.

—Así dicían, don Juancho, pero bueno, ahora me voy pa donde la
vieja.

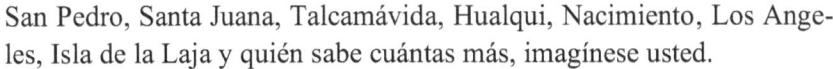

El 13 de febrero, muy de mañana, me interrumpió mi suegro cuando
estaba tomando un té con una tortilla al rescoldo.

—Venga, yerno —me dijo desde la puerta de la cocina—, acaban
de ver una tremenda comitiva que lleva a Santiago al malvado *Benavides*.

La escolta del Director Supremo lo lleva rodeado pa que no se escape. Y detrás van un montón de huasos, no quieren perderse el espectáculo.

—¿Vamos? —le dije—, veamos cómo lo reciben en Santiago y después nos devolvemos.

—Vamos —me dijo lleno de entusiasmo.

—Ensílleme el bayo, que le aviso al patrón.

En menos de 20 minutos estábamos en las cercanías del camino y galopamos para alcanzar la polvareda que se veía más adelante. Y efectivamente, era grande el séquito de curiosos que acompañaba a los soldados. Entre ellos divisé a varios conocidos, a quienes saludé sacándome el sombrero. Todos sonreían con cierta malicia. Cuando pudimos, nos adelantamos con mi suegro por un costado para ver al hombre más odiado de la nación. Era un hombre de mi misma edad, más o menos unos 35 años, de piel clara, pero muy ajada, moreno de pelo y con unos ojos que parecían desquiciados. Iba montando un asno y sin montura. Y, además, le habían colgado del poncho unos papeles con palabras ofensivas. Al lado de él iba su mujer de aspecto indio con un crío en brazos. Detrás venían sus últimos compinches.

Como a mediodía llegamos a la ciudad y el oficial a cargo, de apellido *Merlo*, según decían, condujo a la caravana por la Alameda de las Delicias hacia la cordillera. La gente se agolpaba a ambos lados, dejando apenas un corredor para que pasáramos por él. Gritaban como desaforados:

—¡¡Monstruo!!

—¡¡Degenerado!!

—¡¡Satanás!!

Algunos incluso trataron de tirarle piedras, pero las fieras miradas de los soldados los desanimaron. El gentío compacto se mantuvo a lo largo de todo el camino hasta el centro. Cruzamos delante de la Casa de Moneda y dos cuadras más arriba viramos hacia el norte por la Calle de Ahumada. Al estrecharse la vía se le hizo más difícil aún al piquete abrirse paso. Siempre detrás, llegamos hasta la Plaza de Armas, donde había miles de personas copando toda su extensión. A punta de gritos, la escolta logró llegar delante del palacio de gobierno, donde los prisioneros fueron recibidos por otros oficiales.

—Hay que ver, suegro —le dije, cuando noté que no íbamos a poder ingresar a la plaza—, yo creo que no va a haber mucho más que ver, vamos a la casa y le pedimos a la Negra Nicolasa que nos dé un buen puchero, de ahí nos volvemos.

Antes de partir de vuelta al campo, le pedí al Palomo que me fuera a avisar cuándo saliera la sentencia que, no me podía imaginar otra cosa, sería a muerte. Tenía que volver.

*

El 23 de febrero me levanté más temprano de lo habitual, me había venido a Santiago el día anterior. Ya se sabía que *Benavides* había sido sentenciado a la horca y que el director supremo había confirmado la sentencia, aun cuando hacía tiempo la horca estaba en desuso y los condenados eran fusilados. Probablemente se quiso hacer un escarnio público para acabar de una vez y para siempre con el bandolerismo.

Otra vez estaba repleta la plaza cuando sacaron al reo tendido en una estera de mimbre tirada por un burro. Así, lo acercaron a un altísimo estrado que habían construido al centro del lugar, para que todo el mundo pudiera presenciar el espectáculo. Estaba lleno de hombres que miraban ansiosos, pero también había centenares de mujeres que ocasionalmente le gritaban insultos al condenado. Y también había niños que miraban curiosos.

Lo hicieron subir los muchos peldaños hasta llegar a la plataforma donde ya esperaba el verdugo, quien había estado probando la cuerda. Acompañado de dos guardias y un cura lo subieron arriba de un escaño de madera, el verdugo ajustó el lazo y, en ese momento, se hizo un silencio total, solo se escuchaba a unos pocos infantes que lloraban por aquí y por allá. El cura le leía de la biblia y el reo lo miraba con la vista perdida. Cuando terminó, el cura le hizo la señal de la cruz, le guiñó al verdugo y este pateo con firmeza el escaño, el cuerpo cayó por su peso y se escuchó cómo se desnucaba mientras las piernas seguían moviéndose como un muñeco de trapo. Cuando por fin quedó quieto, la gente aplaudió como si hubiera sido el final de una eximia obra de teatro. Se veía caras sonrientes, plenas de felicidad. Era mucho lo que se había hablado del maldito y mucho el miedo que se había inspirado con él. Por fin se acababa la maldición.

Al poco rato me volví para enfilar hacia la casa. Cuando estaba en eso escuché que alguien decía:

—A la noche lo descuartizan.

En vista de ello decidí retornar al lugar al atardecer, cosa que hizo de nuevo mucha gente. El cuerpo seguía colgando y pude ver en el cielo cómo algunos jotes parecían estar evaluando su posible presa. Pero ellos no sabían que, cuando ya estaba casi oscuro, llegarían seis carceleros y descolgarían el cuerpo y, allí mismo, con, lo que me pareció cierta saña. El verdugo, premunido de un hacha, cortó la cabeza, los dos brazos y las dos piernas. El torso lo tiraron desde arriba sobre un carretón que otros dos se llevaron sin mucha prisa. Cabeza, brazos y piernas fueron ensartados en picas y entregados a cuatro piquetes de soldados que los llevarían hacia las distintas villas del sur para que la población se refocilara y para que los montoneros cobraran miedo.

En la edición especial de la Gaceta Ministerial del 26 de febrero se publicó la infamia de *Benavides* con lujo de detalle. El artículo finalizaba con una rima:

> «*Esos monstruos que cargan consigo*
> *El carácter infame, y servil*
> *¿Cómo pueden jamás compararse*
> *Con los héroes del 5 de Abril?*»

***

1822, vuelta de *Camilo Henríquez*

Como solía yo hacerlo a menudo, a fines de mayo de 1822 fui a la Biblioteca Nacional a devolver algunos textos y pedir prestados otros. Cuando el bibliotecario apareció detrás de unos anaqueles me quedé paralogizado con los libros en la mano.

—¿Usted? —exclamé cuando me salió el habla.

—Así es, querido hermano Ramírez —me respondió con una sonrisa tristona en los labios.

—¿Y cuándo volvió? —le pregunté—, yo lo hacía en Buenos Aires publicando diarios.

Dejé los libros sobre el mesón y le di la mano al hermano Camilo, a quien no veía desde 1814 en Mendoza.

—El hermano *Bernardo* me mandó a buscar y me ofreció trabajo, no sabe usted lo que ello me ha revitalizado. Estaba muy desesperado allá en Montevideo. Llegué hace muy poco.

—¿Montevideo?

—Sí, después de la brutalidad que cometió don *José Miguel*, metiéndose con esos indios bárbaros de la pampa, el gobernador *Rodríguez* nos expulsó de las Provincias Unidas a todos, quienes habíamos tenido algún contacto con él, incluida doña *Javiera*.

—Pero de eso hace más de un año —comenté yo—, ¿qué hizo todo este tiempo?

—Vivir de la caridad y pasar hambre —respondió él—, pensé muchas veces en la muerte durante esos momentos de escasez.

—Qué tremendo, hermano. Bueno, no sabe cuánto me alegro de verlo repuesto y activo —le dije.

—Sí —contestó el padrecito de la Buena Muerte—, y *O'Higgins* me encargó además la edición de La Gaceta Ministerial de Chile, con eso vuelvo por mis fueros y recuperaré mi energía.

—Volverá a la Logia Lautarina, supongo.

—Respecto de eso, sostuve una larguísima reunión con el hermano *O'Higgins* y él me hizo ver que, tanto él, como el hermano *San Martín* y otros hermanos militares han decidido que la Logia Lautarina ya perdió su finalidad original. Ahora que las Provincias Unidas del Río de la Plata, Chile y Perú son repúblicas independientes, la agrupación para la lucha en contra de la monarquía española carece de sentido.

—Todo ello es muy cierto —tuve que reconocer—, pero los hermanos van a echar de menos la comunidad que se había formado. La conversación que se sostenía durante las tenidas era muy valiosa, además de mantenernos informados de lo que sucedía en las altas esferas.

—Yo he estado pensando mucho al respecto —dijo *Camilo Henríquez*—, me queda claro que, como grupo, ya no tendríamos injerencia en el quehacer gubernativo, pero el intercambio de ideas se puede mantener en pie. El perfeccionamiento moral seguirá siendo siempre un propósito de alto vuelo. He pensado en reabrir la logia original, ¿qué piensa?

—Absolutamente —dije—, me parece una espléndida idea, y, sin embargo, creo de suma importancia conservar el juramento de lealtad, tanto a los principios que regían a la Logia Lautarina, como a los hermanos que participen en la administración del estado.

—Parece muy razonable —dijo él.

Luego de recibir los dos libros que había solicitado, me despedí con mucho afecto de fray *Camilo*. Durante el camino a casa no pude dejar de pensar en la pérdida que significaría para mí el cierre de la Logia Lautarina, en ninguna parte hallaría cabida en un grupo intelectual o filosófico, tendría que seguir un camino absolutamente solitario en el mundo del espíritu y de la mente.

*

Por suerte, mis peores presagios no llegaron a cumplirse y me volvió el alma al cuerpo. Un mes después de la conversación con don *Camilo* un día me atajó mi señor cuando iba al despacho:

—Juancho —me dijo—, lamento confirmarte que la Logia Lautarina se va a desahuciar. *San Martín* y *O'Higgins* así lo decidieron.

—¿Y se va a preservar el juramento de los hermanos, como le hice ver al hermano *Henríquez*?

—Efectivamente, no tengas cuidado —me contestó—, los lautarinos nos seguiremos considerando hermanos, mantendremos la lealtad y apoyaremos a los otros hermanos.

—Menos mal —le contesté—, pero qué lástima, era tan interesante participar en ella. En ninguna otra parte podré encontrar el respeto con que se me trataba, sabiendo todos que yo pertenezco a la clase baja.

—Alégrate —me dijo sonriendo—, el hermano *Camilo* ya tiene organizada una nueva logia, esta de carácter filosófica, masónica.

—Vaya —expresé—, qué bueno para todos los hermanos, lamentablemente yo no tendré cabida en ella, yo no soy "un hombre libre de buena reputación", requisito fundamental para pertenecer a la masonería.

—Pero siempre hay resquicios —sonrió mi señor—, el hermano *Henríquez* consiguió que *O'Higgins* conservara la casa para la nueva logia y me ha pedido que tú sigas a cargo de su administración. Con ello estarás en todos nuestros ágapes y seguirás tan relacionado como siempre.

—Oh, su merced, no sabe lo que esto significa para mí —seré el mejor administrador, nunca les faltará nada.

—Eso me consta —dijo él—, ahora escucha, fray *Camilo* quiere instalar la logia el jueves de la próxima semana, tienes siete días para organizar una celebración como Dios manda. Toma, aquí hay bastante plata para que adquieras todo lo necesario.

—Muchas gracias, su merced, de verdad se lo digo.

*

Durante esa semana no paré de hacer cosas, conseguí que los empleados, que habitualmente nos atendían, siguieran haciéndolo, compré adornos para amenizar el lugar, adquirí los alimentos necesarios y, desde luego, los bebestibles tan deseados por los hermanos.

El jueves 18 de julio de 1822 se llevó a cabo la instalación de la logia con la participación de muchos de los hermanos chilenos que habían estado en la Logia Lautarina. Algunos, como don *Mariano Egaña*, se desistieron de incorporarse, probablemente con el propósito de no sentirse obligados a tener que responder siempre de cada uno de sus actos. En base a los datos que me pasó fray *Henríquez* compuse el acta oficial:

A::: L::: G::: D::: A::: D::: U:::
S::: F::: U:::

En el Valle de Santiago, a 18 de Julio de 1822 se celebra la instalación de la Honorable Logia Aurora de Chile N° 1 bajo la dirección de los Q::: H:::

«Venerable Maestro:	H::: *Camilo Henríquez*
Primer Vigilante:	H::: *José Miguel Infante*
Segundo Vigilante:	H::: *Ramón Errázuriz*
Orador:	H::: *Francisco Antonio Pinto*
Tesorero:	H::: *Hipólito de Villegas*
Experto:	H::: *Juan Egaña*

Asisten a esta los siguientes H:::H:::

1.   H::: *José Gregorio Argomedo*
2.   H::: *Gaspar Marín*
3.   H::: *Francisco Antonio Pérez*
4.   H::: *Manuel de Salas*
5.   H::: *Juan Enrique Rosales*
6.   H::: *Fray Joaquín Larraín*
7.   H::: Luis Manuel García-Lazcano
8.   H::: *Bernardo Vera y Pintado*
9.   H::: *Bernardo O'Higgins*
10. H::: *Manuel José Gandarillas*
11. H::: *Miguel Zañartu*
12. H::: *José María de la Cruz*
13. H::: *Martín Calvo Encalada*
14. H::: *José Ignacio Zenteno*
15. H::: *Francisco Ramón Vicuña*»

Había otros hermanos que estaban alejados de la ciudad de Santiago, pero que se consideraron incorporados de pleno derecho, entre estos, don *Ramón Freire*, don *Manuel Blanco Encalada*, don *José María Rozas* y don *Luis de la Cruz*.

***

1822, Convención Nacional

Cinco días más tarde, el 23 de julio de 1822, fui con mi señor a la ceremonia de instalación de la Convención Preparatoria para la instauración de un Congreso Nacional. Habíamos sido invitados por el hermano *O'Higgins*. Como seguía siendo costumbre desde los tiempos de la colonia, hubo un gran despliegue de solemnidad y protocolo. A las 10 de la mañana estaban 22 representantes de los pueblos en la gran sala del Consulado, la misma donde se había celebrado la primera junta de gobierno. Una salva de 21 cañonazos acompañó entonces la llegada del Director Supremo y una gran comitiva de funcionarios civiles y militares. Después de un corto discurso de este, se procedió a la jura de todos los nuevos diputados y se eligió a sus autoridades. Como presidente quedó don *Francisco Ruiz Tagle* y como vicepresidente don *Casimiro Albano*.

Luego volvió a hablar el director, les dio a conocer sus deberes a los congresistas, le entrego a *Ruiz Tagle* un sobre cerrado y después de ello nos retiramos todos.

A la salida se formó un corrillo con varios de los hermanos de la nueva logia. Había inquietud entre ellos:

—Qué pena que el hermano *O'Higgins* haya procedido de esta manera tan poco democrática —dijo don *José Miguel Infante*—, el haber impuesto a los concejales va a ser muy mal visto y va a acarrear problemas.

—De seguro que su amigo, el ministro *Rodríguez Aldea*, que es el único abogado en el gobierno, lo ha convencido de proceder así—, dijo don *Gaspar Marín*.

—Y echo de menos la participación de nuestros hermanos —agregó don *Juan Egaña*—, somos, yo creo, quienes más experiencia tenemos en cómo sacar adelante las tareas de gobierno y no nos tomó en cuenta.

—Por lo menos dejó a los hermanos *Camilo Henríquez*, *Astorga* y *Arriagada* —comentó don *Manuel de Salas*—. esperemos que ellos puedan contribuir con sus ideas.

—Y cómo se le fue a ocurrir darle una representación igualitaria a todos los municipios, sabiendo que en Santiago vive más gente que en todo el resto del país. Es un absurdo que sacará ronchas.

—Yo creo que aquí está la mano negra de *Rodríguez Aldea* —insistió mi señor—, tal como conocemos al hermano *Bernardo*, él no es así.

—Salvo, perdonen que interrumpa —dije yo—, que el miedo de don *Bernardo* a que se desbande la política y se llegue a una anarquía como la de Buenos Aires sea demasiado grande. Si no, no se explica que haya recurrido a los destierros de tantos ciudadanos, simplemente por haber sido realistas. Y, no podemos olvidar que los Carrerinos están permanentemente buscando dónde poder meter cizaña. Por tal motivo le debe haber parecido más seguro imponer candidatos calados.

—Bien dicho, amigo —dijo don *José Gregorio Argomedo*—, ese temor es el que tiene a don *Bernardo* completamente sometido a *Rodríguez*. Le ha entregado un poder demasiado grande y eso le va a pasar la cuenta. Y éste estira la cuerda al máximo, está siempre abusando del poder que le han dado.

La gente ya se había dispersado hacía rato y nosotros seguíamos allí, delante del edificio del Consulado. Algunos peatones, que se movían urgidos, se quedaban parados y observaban este pequeño grupo de hombres conversando agitados y sin llevar de apunte a los demás.

—Yo veo con mucha preocupación el futuro —dijo don *Juan Egaña*—, los aristócratas están indignados porque no se les deja participar en el poder y los curas no paran de lanzar los peores epítetos contra todo lo que nosotros consideramos avances de nuestra sociedad.

—Muy cierto —dijo el hermano *Vera*—, vea usted que se han opuesto a enseñar las primeras letras a los niños pobres, no querían fusionar el Instituto Nacional, no soportan a profesores extranjeros, lanzan diatribas contra las obras de teatro, están enfurecidos porque el gobierno desterró al obispo *Rodríguez* y, finalmente, no nos olvidemos del asunto de los cementerios, en particular el de disidentes. Todo eso lo ven como ofensas al orden social y se lo inculcan a la gente desde el púlpito. Se ve grave la cosa.

—Ese es el gran riesgo de lo que puede pasar si dejamos el gobierno en manos de la clase alta, todo lo que hemos logrado por el desarrollo humano lo pueden deshacer de un plumazo —se lamentó el hermano *Salas*.

—Bueno, vamos andando será mejor —dijo mi señor comenzando a despedirse.

***

17.

1841

Hacienda Santa Lucía

Después de huir de la Casa Grande de la hacienda, cuando se quedaron dormidos todos los Carrerinos, pasada largamente la medianoche, Juan y sus dos hijos caminaron presurosos en dirección al poblado de Paine, donde llegaron cerca de las seis de la mañana. Un huaso madrugador los invitó a compartir un té y un pan con queso. Allí pudieron descansar un par de horas y se aprestaban ya a seguir su camino hacia Santiago, cuando de repente Juan dijo:

—¡Qué tontera! Tal como les dije antes, es seguro que todos esos señoritos van a partir, apenas se den cuenta que no estamos y, si he supuesto bien, irán donde doña *Javiera*. Perfectamente podríamos volver al campo a buscar nuestros caballos.

De manera que volvieron sobre sus pasos, ahora bajo el intenso sol matinal de febrero. Cuando llegaron a las casas, mientras Juan y Juanito iban al establo, esperando encontrar allí sus bestias, Manuelito se fue apurado a ver a Laurita, quien se extrañó mucho al divisarlo por la ventana. Pero fue el ministro el que abrió la puerta antes que ella pudiera reaccionar.

—Oye, Manuelito —exclamó este—, ¿qué han andado haciendo ustedes por aquí?, me dijo la Juana que estuvieron con el patrón y todos los demás futres ayer en la noche.

—No sabe nada, don Oscar —lo saludó el joven—, dese cuenta que unos facinerosos contratados por esos señores nos asaltaron cerca de Los Andes y nos trajeron amarrados para acá.

—Por Dios, hijo, ¿y cómo no supimos nada nosotros?

—Es que llegamos de noche y nos metieron en la bodega de las papas y ahí nos dejaron como dos días sin comer, los desgraciados.

—¿Oiga, y esto es por lo del juicio ese?

—No, nada que ver, es que todos esos tontos de los Carrerinos querían quitarle a mi papá sus memorias, y además querían que las arreglara para dejar bien parado al general *Carrera*.

—Chuta —exclamó don Oscar—, oiga ¿y les dieron algo de comer al menos?

—Sí, menos mal. Mi papá exigió comida para los tres antes de empezar a hacer nada —respondió Manuelito—, pero lo mejor es que se quedaron todos dormidos, los señoritos esos, así que nos arrancamos.

—La Juana me dijo que cuando fue a la sala grande hoy en la mañana todavía estaban ahí los señores, parece que durmieron toda la noche en los sillones. Y estaban re enojados y se movían pa'llá y pa'cá reclamando. Después se fueron todos bien apurados.

—¿Supo de nuestros caballos, don Oscar?

—Sí, Manuelito, quedaron amarrados al palenque y le dije al Julito que los desensillara y los llevara al potrero.

—Ya, ahora quiero ver a la Laurita don Oscar, ¿está?

—Claro puh, allá en la cocina, con su mamá —respondió—, yo voy ir a hablar con su taita.

—Aguántele don Oscar, quiero hablar algo con ustedes tres —dijo Manuelito entrando detrás del ministro.

—Por favor, escúchenme —les dijo a los tres después de haber saludado a la niña y a su madre —es algo de no creer, resulta que el Juancho no es mi verdadero papá, ni Auristela mi mamá…

—¡¿Queé?! —exclamó doña Inés—, pero si yo siempre lo vi donde la Tela desde que llegamos acá hace como quince años.

—Para que usted vea, señora —dijo Manuelito—, resulta que yo soy hijo del antiguo patrón y mi verdadera madre es una señora que vive en Mendoza, ¿qué les parece?

—Oiga, pero entonces a usted le pasó lo mismo que al Juancho —dijo don Oscar.

—Así no más, pues —le contestó el joven—, y, además, para que ustedes sepan, también me dejaron parte del fundo. Justo aquí donde está su casa, algo increíble, es ahora mi tierra.

—¿O sea que ahora tú también erís futre? —saltó Laurita—. ¿Ónde se ha visto cosa igual?

—Y ahora lo mejor…

—¿Qué, hay más hijo? —dijo extrañada doña Inés.

—Sí pues, lo más importante, ahora que soy hacendado. Don Oscar, ¿me daría usted la mano de su hija?

—Vaya, vaya, vaya —exclamó este— mi' que salió bien pillo este. Por supuesto, yerno, que le doy la mano, ¿pa que la quiero yo? —y rio.

—Oh, Manuelito —exclamó Laurita y se abrazó a él.

—Ya, ya, ya —los separó la madre—, mire que hay que esperar la bendición del curita antes de andar tonteando.

—Gracias a los tres —dijo Manuelito, dándole la mano a su próximo suegro y un grueso beso a su futura suegra.

En ese momento escucharon los caballos que se acercaban. Los cuatro miraron por la ventana de la cocina y vieron a Juan y a Juanito trayendo el caballo de Manuelito de tiro. Los dos se apearon y se acercaron a la puerta.

—¡No digo yo! —rio estentóreo don Oscar saliendo a saludar—, ¿cómo está mi consuegro, y pa más remate putativo?

—A ver, ¿qué me perdí? —preguntó este sonriendo ¿es que ya está casando al niño?

—Fue él que andaba pidiendo la mano —rio—, y se la di no más, puh, ¿Qué le iba a hacer, ahora que se nos transformó en opulento?

—Ah, veo que ya lo supo, don Oscar —dijo Juan—, bueno pues, así está la cosa, ¿qué me dice de esta vida tan extraña?

—Qué le voy a decirle pues, que los felicito a los dos, no ma'. ¿Y cuándo se van a hacer cargo de sus tierras?

—De eso quería hablarle, don Oscar, como nos ha ido tan re mal haciéndolo por la buena, yo creo que va a tener que ser por la mala no más.

—¿Y qué piensa hacer?

—¿Qué le parecería trabajar para nosotros, señor?

—Yo, por mí, lo encuentro extraordinario —dijo el ministro.

—¿Y cuántos de los huasos y de los peones cree usted que quieran venir con nosotros?

—Yo creo que todos puh, Juancho, es cosa de hablarles no más.

—Entonces, ¿Qué le parece si vamos construyendo unos rucos provisorios para alojar a la gente mientras construimos las casas? Y procedemos a la cosecha al tiro no más y la vendemos, total la tierra es nuestra.

—¿Y usted cree, papá, que el patrón no se va a dar cuenta? —dijo Juanito.

—Cuando caiga en cuenta, la plata de la venta ya será nuestra y con eso vamos pagando a la gente y haciendo las casas.

—Pero, ¿y si nos demanda?

—Bueno, ahí vemos —respondió Juan—, por lo menos nos hacemos cargo de nuestras hijuelas y nos llevamos a la gente. Con eso nos las paga el bribón.

*

Mientras eso pasaba en el campo, en la ciudad Auristela se comía las uñas, estaba asustada de que sus hombres aún no retornaran de Mendoza. Hacía las cosas de la casa con la mente centrada en ellos. De repente escuchó golpes en la puerta y supuso que estarían llegando, corrió a abrir y se asustó al ver a un extraño.

—¿Don Juancho? —preguntó este.

—No está —respondió ella—, anda en Mendoza, está por volver.

—Disculpe, doña —dijo él—, soy Fermín, es muy extraño, yo vengo de allá mismo con su encargo y el partió antes que yo.

—¡Oh Dios! —exclamó ella— ¿les habrá pasado algo?

—¿Que se hubieran perdido por ahí? —contestó Fermín—, sabe qué más, le voy a dejar el paquete y me voy a ir por el camino de vuelta a ver si los encuentro perdidos en alguna parte.

—Qué gentil de su parte —dijo Auristela—, pero pase antes un ratito, que le doy un mate y un pancito que sea.

*

A la misma hora, tipo cinco de la tarde, a unas tantas cuadras de ahí, la Francesa estaba en su salita bordando un tapiz. Una ya anciana Rosita entró muy curvada y le dijo que una joven francesa deseaba verla.

—¿Dio su nombre? —preguntó la señora que ya frisaba los 53 años.

—No, su merced, disculpe, pero es una dama.

—Dile que pase.

Chantal entró a la salita con mucha desenvoltura, se detuvo delante de la Francesa y saludó:

—Bon soir, cher Mama.

—¿Quoi? —respondió la señora instintivamente en su idioma natal.

—Así es, señora —respondió Chantal—, usted es mi madre natural.

—¡¿Mon Dieu, eres tú?! —exclamó la señora—, cierto, saliste igual de alta que yo y con el cabello de Michel, ¿qué haces aquí?

—Quise conocer a la mujer que abandonó a su hija en manos ajenas.

—Pero no fue por maldad, niña, eso debes entenderlo —se disculpó ella—, esta sociedad hipócrita y pacata nos habría fulminado de haberse enterado. No me quedó otra solución.

—Pero usted no pensó ni por un minuto en mí, ¿no es cierto?

—No digas eso, por supuesto que pensé en ti, pero aplasté ese pensamiento hasta lo más profundo de mi consciencia.

—Feo y deleznable lo que hizo, señora, usted entenderá que no siento el más mínimo afecto por usted, por mí, que se pudra.

—No digas eso, niña, no es de buen cristiano odiar así.

—No es odio, señora, es una indiferencia total.

Y luego le contó todas las peripecias que debió vivir su antigua dama de compañía, Melanie, para sacarla adelante. Y cómo habían conocido la escasez y el abandono. Y cómo de un día para otro la remesa comprometida por don Luis Manuel se suspendió sin previo aviso. La Francesa la miraba con los ojos muy abiertos, pero callaba, no se atrevía a decir nada, cualquier cosa que hubiera dicho, habría sido mal vista por la joven. Cuando estaban en eso, escucharon los taconazos apurados de Louis Phillipe, quien llegaba a casa después de la desagradable entrevista con doña *Javiera Carrera*.

—¡Hijo, venga acá! —le gritó.

—Buenas tardes, mamá —la saludó este, antes de ver a Chantal.

—Mire quién está aquí, le presento a Chantal —dijo la madre sin agregar nada más.

—Tu media hermana —complementó esta con una sonrisa irónica permaneciendo de pie al lado de él.

—Ya la conozco —dijo él hosco, sin entender lo que ella le había dicho —la vi con el estúpido del Juanito, quien ahora se hace llamar Juan Salvador García-Lazcano. Perdón…, ¡¿qué?!

—Sí, hermano —siguió ella—, lo que nuestra madre siempre les ocultó, por vergüenza, por esconder su ignominia, ella tuvo amores prohibidos con el capitán Riqueur.

—¡No puede ser! ¿Cuál, mamá, ese que iba a Pirque cuando éramos chicos?

—Así es, hijo, perdóneme usted por favor, hijo, fui frágil. Y, además, ansiosa de amor, era joven y su padre me detestaba.

—¿Y mi padre supo de la existencia de esta huacha?

—Lo supo —respondió su madre—, y me castigó de por vida por ello y, por supuesto, también lo encubrió. Por el honor de la familia, dijo.

—¡Oh Dios, el honor, el eterno honor! —exclamó Louis Phillipe.

—Por eso la mandó a Francia con Melanie, ¿se acuerda de ella?, mi dama de compañía. Ella sí fue noble, me salvó de la deshonra.

—De lo que nadie la va a salvar ahora —dijo Chantal simulando mucha ira—, todo se va a saber.

—¡Mon Dieu! —exclamó la señora mayor.

—¡Dios mío! —exclamó a su vez el barón—, ¡toda la honra de la familia García-Lazcano de la Huguette tirada por la borda!

—Es que usted no le mandó más la remesa que su padre le enviaba cada seis meses —dijo la Francesa—, repóngasela, tal vez así ella se pueda ir de vuelta a Europa y aquí nadie sabrá nada.

—No será tan fácil —sonrió maliciosa Chantal—, no me contento con eso.

—¡¿Qué mierda es lo que quieres, chantajista?!

—Primero que nada, no le acepto ese tono —dijo la joven con inusitada calma.

—¡Yo trato a quien quiera como me plazca, pelafustana! —le gritó él intentando tomarla del brazo para zarandearla.

—¡Me suelta, señor! —le gritó ella de vuelta—, no crea que me va a intimidar.

—¡¿Qué quieres, estúpida, lárgala ya?!

—¿Qué quiere, señorita? —lo apoyó la madre.

—Es muy simple, hermano, que cumpla con la ley.

—¿Qué ley? —le espetó él.

—La que le impone entregar lo que no es suyo —le respondió.

—¿Entregar qué?

—El campo que le pertenece a don Juan y que usted tiene secuestrado —respondió ella—, que lo entregue de inmediato o haré pública la historia de mi vida, usted decide.

—Ay, hijo —intervino la señora—, haga lo que ella dice, no exponga a toda la familia, ¿qué van a decir los otros niños y mis nietos? Hágale caso.

Louis Phillipe la miró con odio en su mirada, pareció meditar un rato, luego dijo:

—Con una sola condición, que esta buscona haga una declaración legal de que no es hija suya.

—Muy bien, pasando y pasando, hermano —contestó ella sonriendo—, te entrego el certificado en el terreno cuando tú me entregues un certificado, igual de legal, también, reconociendo la propiedad de don Juan.

—Está bien —aceptó él de mala gana—, en una semana.

*

Cuando el sol ya se había puesto, llegó Juan con los dos hijos a su casa. Les salió a abrir Auristela llena de aflicción.

—¡Virgen Santa! —exclamó al verlos—, cómo me han hecho sufrir, ¿los encontró don Fermín?

—No, querida —le contestó Juan abrazándola con una efusión desconocida para ella—, ¿es que estuvo ya por aquí?

—Sí, te traía una encomienda —contestó ella.

—Ah, qué buena noticia, mis memorias están a salvo.

—Juancho, querido, cuánto te echado de menos todos estos meses, ¿estás bien? Te veo más delgado, ¿estabas muy solito allá lejos?, ¿me echaste de menos?

—Ya, mamá, menos trámite ahora, después pueden seguir con eso, ahora déjenos entrar —le dijo Juanito, aún enervado.

—Mire quién está por aquí —le dijo la madre a este, dándoles la pasada y besando a los dos hijos.

—¡Oh, Chantal! —exclamó Juanito—, qué bonito verte aquí, ¿qué haces tú por estos lados?

—Soy el ángel de la buena suerte —dijo ella en francés sonriendo llena de alegría—, te traigo muy buenas noticias.

—Antes, te presento a mi padre —dijo él—, ahora dime qué es eso.

—Mi hermanastro cedió, va a entregar vuestro campo.

—Oh, qué buena nueva —dijo Juan—, ¿y cómo fue que accedió?

—Un poco de chantaje —contestó ella riendo—, lo amenacé con divulgar mi origen y poner en evidencia a nuestra madre, con eso se vio obligado a aceptar.

—Perdona mi impertinencia, no puedo refrenarme —dijo Juanito eufórico acercándose a ella y abrazándola con fuerza—, de verdad eres un ángel. Muchas, muchas, muchas gracias.

—Un plaisir —dijo ella llena de alegría y sin hacer amago de rechazarlo.

—Ya, ya, no tanta pasión amorosa en esta casa —los amonestó Auristela y todos rieron.

—Disculpen —dijo muy serio Manuelito—, probablemente la situación va a ser más complicada aún.

—¿A qué te refieres, hijo? –preguntó Auristela sorprendida.

Durante más de media hora Manuelito le contó a su madre respecto de todo lo que había sabido en Mendoza, su filiación, su madre real, la confesión de su padre y la herencia que este le había dejado.

—Pero, mamá, yo no puedo hacerme cargo de todo esto, usted ha sido y seguirá siendo mi única madre verdadera.

—Y así será siempre, querido —dijo ella—, nunca dejarás de ser mi hijo Manuelito, no te preocupes por eso.

—Yo sí lo creo —los interrumpió Juan—, ese amor de madre y de hijo no se destruye nunca, pero les advierto que también tenemos que preocuparnos del otro tema.

—No hay problema —dijo Chantal—, simplemente lo incorporaremos al convenio, Louis Phillipe no podrá oponerse.

—No basta que entregue las tierras —dijo Juanito como pensando en voz alta—, conociendo la justicia de nuestro país, si algo no está triplemente documentado, sellado y timbrado por la autoridad, no tiene valor jurídico.

—Tienes mucha razón, hijo –agregó Juan—, el documento que firmará Chantal deberá estar refrendado por otro firmado por el baroncito reconociendo la legalidad de las dos herencias.

***

1822, vuelta de *San Martín*

El Director Supremo citó a todos los antiguos miembros chilenos de la Logia Lautarina para el miércoles 16 de octubre de 1822 con el propósito de agasajar, como grupo, por última vez, al hermano *San Martín*, quien había arribado a Santiago hacía dos días. Fui con mi esquela donde mi patrón, no podía ocultar mi felicidad.

—¿Me autoriza, su merced? —le pregunté

—Ahora de repente me pides autorización —rio con gentileza—, cuando tú haces lo que quieres, siempre.

—Gracias —le dije sonriendo—, voy a ir a comprarme ropa, la única más elegante que tengo, está raída ya.

—Vamos juntos —me dijo.

*

Esa tarde llegamos los dos al palacio, después de haber caminado por las calles del centro, mi señor siempre complicado y usando su bastón. Junto con nosotros aparecieron los hermanos *Egaña*, padre e hijo, quienes nos saludaron con el afecto de siempre. Un ordenanza nos guio hasta el gran salón profusamente iluminado, donde ya había algunos otros de los invitados en torno a los hermanos *O'Higgins* y *San Martín*.

—Pónganse cómodos —dijo el hermano *O'Higgins* después de saludarnos—, siéntanse como en casa, hoy no hay protocolo, aquí no hay directores supremos, ni brigadieres generales, ni senadores de la república, ni nada, solo somos hermanos lautarinos de inspiración masónica.

Dos criados entraron en ese momento con copas de un aguardiente muy claro, transparente, como agua.

—Disfrútenlo, pero con cuidado —dijo el hermano *San Martín*—, me traje varias botijas de este "aguardiente de Pisco" que se puede adquirir en el Perú, en el puerto de Pisco.

—Uau —exclamó el hermano *Gaspar Marín* después de tomarse todo el brebaje de una vez y de sacudir la cabeza varias veces—, puchas que es fuerte.

—Le dije, hermano —rio *San Martín*—, esto no se puede tomar a la ligera.

Mientras se desarrollaba una agradable plática en un ambiente de gran intimidad, fueron llegando todos los demás invitados, quienes se iban sumando al corro. De repente, aparecieron por la puerta, la señora *Isabel* y doña *Rosa*, quienes se acercaron a cada uno de los presentes para saludarlos de beso. Cuando la última llegó donde mí exclamó riendo:

—¡*Bernardo*!, que gusto de verte.

Los demás se voltearon y muchos rieron con ella, recordando la pequeña parodia que había presentado, precisamente en el mismo lugar, cinco años antes.

—¿Así que era usted, hermano? —saltaron varios y un cálido aplauso surgió en ellos.

—Querido teniente Ramírez —dijo el general *O'Higgins*—, nunca me he acordado de agradecerle públicamente nuestro pequeño acto de ese entonces, que, aparentemente, divirtió tanto a la concurrencia.

—Fue un honor haberlo interpretado, su merced —dije, muy asorochado.

—Aquí no hay mercedes —me amonestó—, solo hay hermanos.

—Bueno, hermano —le respondí con las mejillas hirviendo.

—Y me informaron que se rio de la colorina —me dijo muy serio—, lamentablemente fue un ave de paso, tal vez mucha mujer para mí.

Durante un instante todos callaron, recordando la triste historia de aquella mujer que, veleidosa como muchas, se había apartado del hermano *O'Higgins* yéndose con otro.

—Es hora que pasen al comedor —dijo entonces doña *Isabel*—, miren que me he esforzado harto para tenerles algunas menudencias.

Pasamos a la estancia contigua y allí estaba dispuesta una mesa rectangular con varios candelabros con las velas encendidas. Los dos generales se sentaron juntos en el centro de un lado y los demás nos fuimos ubicando más allá de ellos. Yo me ubiqué en un extremo.

—Qué bien me siento aquí entre todos nosotros —dijo *San Martín* como echando fuera sus emociones—, aquí no tenemos que fingir, no nos tenemos que reprimir, no hay malas intenciones, hay afecto y comprensión. Tan distinto de allá afuera en el mundo del poder, donde los propósitos más retorcidos surgen en cada esquina.

—Estará tranquilo ahora que renunció, querido *Pepe* —le dijo *O'Higgins*—, no sabe cuánto lo envidio, yo creo que voy tras los mismos pasos. Solo que es una lástima que haya dejado a los peruanos a su propio arbitrio, va a ver usted que eso va a traer muchos problemas.

—¿Qué más querían? —respondió este—, les dejé a uno de los suyos de gobernador civil, a *Torre Tagle*, les dejé un congreso funcionando, les dejé un ejército organizado de más de 6500 efectivos al mando de dos buenos generales, a *Alvarado* y *Arenales* y, lo más importante, les dejé un compromiso de *Simón Bolívar* de terminar la guerra contra los malditos maturros.

—Yo renunciaría hoy mismo —dijo *O'Higgins*—, pero me preocupa que nuestra aristocracia ávida de poder cause una anarquía como la hemos visto en tantas partes, especialmente al otro lado de Los Andes. Antes de irme quiero tener la certeza de que me sucederá alguien que no destruya todo lo que nos ha costado tanto construir. Ya, ahora coman, que si no, mi madre los va a castigar.

Surgieron risas espontáneas que alivianaron el tema tan acuciante en el ambiente nacional. Una entrada de unos enormes locos, tan blandos que se podían cortar con tenedor, acompañados de lechuga trozada muy finita, me hacía guiños desde el plato. El vino blanco helado era muy seco y óptimo para acompañar lo anterior. Miré a lo largo de la mesa y vi a todos muy concentrados.

—Permítanme hacer un brindis —dijo entonces, como siempre, el hermano *Vera y Pintado*:

«*Dos hermanos y una sola ilusión,*
la libertad del espíritu los hace volar,
de dos naciones y un único corazón,
un solo anhelo los hace luchar,
ver libre de godos este noble lugar.
Gemelos con alma pura y transparente,
demasiado premio para nuestro continente.»

—Y brindemos con aguardiente —lo remedó alguien.

Todos levantaron sus copas, rieron con ganas y luego miraron con profundo cariño a los dos hermanos, a quienes sentían como dos héroes de carne y hueso. Luego los aplaudieron.

—Perdonen, queridos hermanos —alzó la voz el hermano *Manuel de Salas*—, noto en el aire cierto pesimismo, cierto ánimo derrotista, tal vez un solapado arrepentimiento de lo que ha sido la emancipación de España…

—Cierto —comentó alguien al otro lado de la mesa.

—Debemos combatir con fuerza esos malos pensamientos —siguió *Salas*—, la tarea que todos hemos llevado a cabo desde mucho antes de la primera junta de gobierno ha sido colosal, no tiene parangón en nuestra historia, y solo se debe a los altos ideales que rebasan nuestros corazones.

—Qué bien expresado —dijo el hermano *Marín*.

—Y nuestro éxito no es haber cambiado al gobernante español por el gobernante americano, eso tiene poco valor, el verdadero éxito es haber iniciado la metamorfosis de nuestra idiosincrasia desde su estado medieval en dirección a la sociedad de las luces y de la razón, que hoy nos acoge.

—Brillante —comentó *Juan Egaña*.

—Los españoles se encargaron de mantener a nuestro pueblo a la vera de la Historia, rezagado, cada vez más atrasado respecto de los países sajones, sumido en un pensamiento animista muy lejano al pensamiento científico que hoy campea, sumergido en mitos y supersticiones, sometido a la voluntad de un Dios aniquilador. Nosotros hemos propendido a liberar el espíritu de nuestra gente. Y eso, la historia lo reconocerá.

—Algún día –dijo alguien.

Todos se levantaron como impulsados por un resorte y aplaudieron con euforia al hermano *Manuel*.

—Déjenme agregar algo —dijo don *Juan Egaña*— nuestra orden es filosófica, se maneja en el mundo de las ideas, en la búsqueda de la verdad, nuestro papel no es gobernar a los países, desconocemos esas facetas, muchas veces infames de la política, las luchas atroces por el poder. Ahora que se ha logrado este triunfo tan significativo, como lo ha expresado muy bien nuestro emérito hermano *Salas*, es hora de volver a nuestros cuarteles secretos, alejados de ese mundo de la ambición personal, y seguir colaborando, solo como individuos, en el mundo profano, siempre aspirando a materializar nuestros altos ideales.

Nuevos aplausos.

—Es muy cierto —intervino entonces el hermano *O'Higgins*—, nosotros no estamos preparados para el poder, para eso se requiere una piel muy gruesa. *Pepe* y yo somos personas sin ambiciones personales, austeras, modestas, nos cuesta lidiar contra las aves de presa, que se dejan caer en el mundo del poder. Tal vez por eso es que él tuvo a su lado al hermano *Monteagudo*, quien sí tiene esas características, y yo me he apoyado en *Rodríguez Aldea* por el mismo motivo.

—Sáquelo, hermano —dijo desde la distancia el hermano *Camilo Henríquez*—, le está causando mucho daño a usted y a la causa.

—Ya veremos, hermano —le respondió *O'Higgins*—, pero por favor no entremos hoy en el área de la política contingente.

—Bien dicho, *Bernardo* —lo interrumpió *San Martín*—, sigamos disfrutando este maravilloso ágape, brindemos por doña *Chabela*, sus comidas son siempre fabulosas.

Se terminó la cena y volvimos al elegante salón, donde ya estaban los criados sirviendo coñac y ofreciendo cigarros puros. De repente se movió el hermano *Vera*:

—Y ahora, damas y caballeros, el ilustre discípulo del gran maestro *Muzio Clementi* nos va a interpretar una pieza en este maravilloso piano de cola, por favor hermano *O'Higgins* —dijo mientras abría la tapa del teclado.

—Oh no —respondió este asorochado—, hace tanto tiempo que no toco ninguna tecla, ¿Qué bodrio quieren que les presente? Imagínense mis manos callosas de tanto usar el sable, ya ni se acuerdan de las armonías.

—No tanto preámbulo, hermano —rio *Vera*—, venga y demuestre lo que sabe.

Finalmente, el hermano *Bernardo* sí toco una pieza corta, que todos vitorearon. Luego abundaron las bromas y las chanzas. De ese modo distendido continuó la celebración hasta muy pasada la medianoche.

***

1822, rebelión en el sur

Sucedió lo que tenía que suceder, lo que los hermanos de la logia habían estado temiendo hacía tiempo: a las quejas de los ciudadanos de Santiago por su nulo poder en la convención, se sumó la molestia de la provincia de Concepción, donde se estimó que *O'Higgins* había pasado a llevar sus derechos al imponer a los representantes.

—Mal, todo mal —me dijo un día de octubre fray *Camilo*, cuando lo fui a visitar a la gaceta ministerial—, no sé qué le ha pasado al hermano *O'Higgins*, parece que el ministro *Rodríguez* lo tiene embrujado.

—¿Por qué dice eso? —le pregunté.

—Todo este asunto de la constitución es una pura farsa, y tan grande, que no se puede ocultar. De partida la convención preparatoria tenía por fin analizar cómo llegar a un congreso representativo de todo el país, y ahora nos salieron con que teníamos que aprobar un texto constitucional.

—¡¿Queé?! —exclamé—, pero eso es completamente inapropiado.

—Por supuesto —siguió él—, y, además, dicho texto fue elaborado por completo por el ministro *Rodríguez*. Tiene artículos que son inconcebibles. Entre ellos la extensión del mandato del hermano *O'Higgins* por diez años más, algo repudiable. Y lo más ridículo es que nos dieron menos de un mes para estudiarlo y aprobarlo. ¿Dónde se ha visto cosa igual?

*

El 30 de octubre de 1822 se aprobó la constitución y, como si fuera poco, junto con ella, un reglamento de comercio. Esto terminó de enfurecer a la gente de Concepción y el hermano *Ramón Freire*, a la sazón gobernador de esa provincia, tuvo que ponerse al frente de toda esa población indignada. Surgió allí, como queja fundamental, la falta de apoyo financiero que había otorgado el gobierno central a toda esa región, que había sido arrasada por las bandas de *Benavides*. *Freire* hizo varias presentaciones a *O'Higgins* solicitando recursos y reclamando por la falta de deferencia del ministro *Rodríguez*, quien parecía afanarse en desconocer los urgentes problemas de hambruna que se estaban viviendo en esos lados. El director hacía enormes esfuerzos, pero el país estaba muy empobrecido por la guerra en Perú y en todas partes escaseaban los recursos. Para peor, aprovechándose de la controversia, los Carrerinos le echaban leña al fuego y hacían correr el rumor que, mientras en el sur sufrían lo indecible, en Santiago festejaban y se enriquecían a destajo.

Tal era el paupérrimo estado del tesoro nacional, que el director supremo tuvo que partir, en persona, a Valparaíso a negociar con los marinos de la armada nacional, que reclamaban sus sueldos impagos. Estando allá lo sorprendió el terremoto del 19 de noviembre, que, con una saña brutal, demolió dicha ciudad, no dejando ladrillo sobre ladrillo. *O'Higgins* estuvo en serio riesgo de que se le viniera encima un muro y salió con algunas magulladuras. Por supuesto, no faltó la insidia del clero, que divulgó, urbi et orbi, que el sismo había sido el castigo divino por las terribles herejías cometidas por la nueva república, que había abandonado las leyes de Dios.

Día tras día escalaba la controversia causada por los tenaces adversarios del gobierno y el ministro poderoso mantenía enmudecida a la prensa para que en Santiago nada se supiera. En ese estado de cosas llegó el día de noviembre, en que se promulgó la constitución junto con la ley de comercio y se las mandó sobre la marcha a las provincias para que las autoridades la juraran. Eso provocó que la furia escalara a su máximo, tan así que el 22 de noviembre *Freire* envió un bando a todos los cabildos de su región para que, de manera efectivamente democrática, por voto universal, con la participación de todas las clases sociales, algo nunca antes visto, eligieran representantes para una asamblea regional. Esta tendría por objeto revisar y dar su aprobación, o no, a la nueva constitución.

La situación se puso cada día más tensa, *Freire* desobedeció órdenes de *Rodríguez Aldea* y, finalmente, la provincia se declaró en rebeldía respecto del gobierno central. Además, consiguió que la provincia de Coquimbo se sumara a sus reclamaciones. Ambas pedían a gritos la formación de un congreso nacional con representación legítima y, sumado a ello, la renuncia inmediata del ministro *Rodríguez*.

Freire incluso llegó a pedirle a *Lord Cochrane* el apoyo de la armada y, después, a *San Martín* que actuara de mediador, lo que ninguno de los dos aceptó. *O'Higgins* le ofreció entonces una negociación directa para resolver las diferencias. Propuso la designación de tres parlamentarios de cada lado, los que se debían reunir en las cercanías de Talca. Esto fue aceptado por *Freire* y el director envió como representantes a los hermanos *José Gregorio Argomedo* y *José Manuel Astorga* y a don *Salvador de la Cavareda*. Después mandó también al hermano *Zañartu*. Los negociadores llevaban la orden expresa de proponer la renuncia de *O'Higgins* bajo la premisa que se entregara el poder al hermano *Freire*.

Sin embargo, mientras los negociadores llevaban a cabo su tarea, las cosas se pusieron cada día peor, ya que *Freire* inició acciones bélicas y se tomó la ciudad de Talca, fuera de su provincia. Quienes estábamos informados de lo que estaba pasando, nos sentíamos sobre ascuas, preveíamos el fin de una era y nos mortificaba la incertidumbre respecto del futuro. Y el hermano *Bernardo* perdía, una tras otra, sus fortalezas, el 26 de diciembre se fue *San Martín* a Mendoza con la seria intención de alejarse para siempre de la vida pública. El 7 de enero le pidió la renuncia al ministro *Rodríguez*, cuando ya era demasiado tarde, y el 18 de enero partió *Lord Cochrane* al Brasil, invitado a formar allá una escuadra. Ese mismo día, para bajar la tensión reinante, el gobierno suspendió la aplicación del reglamento de comercio.

Lamentablemente, las cosas se habían salido de su cauce y ya estaba en marcha una guerra entre el gobierno y las provincias de Concepción y de Coquimbo.

*

—Es inconcebible que dos hermanos nuestros se estén combatiendo por las armas —me dijo fray *Camilo* un día un día de principios de enero de 1823 en que lo fui a visitar.

—Es muy penoso —convine con él.

—El hermano *Zañartu* ha hecho lo imposible por allanar las diferencias y ya sabemos que don *Bernardo*, lo único que quiere es renunciar, pero que le preocupa lo que pueda pasar en Chile más adelante.

—Es una lástima que la Logia Lautarina haya sido desmantelada —le dije—, de haber estado vigente, habría podido imponerles un comportamiento consensuado.

—Eso es muy cierto —convino fray Camilo—, y, ¿sabe qué más, hermano Ramírez?, me ha dado una buena idea. Cite usted a una reunión informal a los hermanos *Infante*, los dos *Egaña*, *Argomedo*, su patrón, *Salas*, *Marín* y *Vera*.

—¿Para cuándo, don *Camilo*?

—Vaya de mi parte donde don *Bernardo* y pregúntele cuándo puede.

***

1823, traspaso del poder entre hermanos

En el comedor de la casa de la logia acondicioné la mesa para 10 personas, puse un par de velones nuevos y me encargué de que hubiera unas menestras y vino. El resto de los recintos permanecieron a oscuras ese día.

—Estoy tan dolido, queridos hermanos —les dijo don *Bernardo* mientras yo permanecía en la sombra—, yo sé que no soy el más capaz para administrar el poder, pero me he esforzado por hacerlo con honestidad, siempre he propendido al bien de la patria, no me enriquecido ningún maravedí en estos años.

—Nos consta, hermano *Bernardo* —le dijo lleno de afecto don *Manuel de Salas*—, y yo sé que nadie duda de su abnegación y de su patriotismo, son los pocos de siempre los que quieren sacarlo de su cargo y humillarlo.

—Y, en tal sentido, por Dios que son ponzoñosos los curas —dijo el doctor *Vera*—, no les falta ocasión para lanzar sus dardos envenenados.

—Bueno, queridos hermanos —tomó la palabra don *Juan Egaña*—, pero más que lamentarnos aquí, lo que debemos hacer, y con urgencia, es ver cómo logramos que el sucesor de nuestro hermano albergue nuestros mismos ideales y no se destruya lo construido hasta ahora.

—Muy bien dicho, *Juan* —intervino don *José Miguel Infante*—, y, en tal sentido, creo que, de verdad, la única opción es el general *Freire*. No hay nadie más que pueda asumir el peso de controlar a los intrigantes de siempre y, tan importante como eso, al poderoso ejército.

—*Ramón* ha sido siempre un muy buen hombre —dijo *O'Higgins*—, ha sido leal conmigo y nunca ha tenido ambiciones personales, yo estoy muy sorprendido de sus reacciones en el último tiempo. Tal es así que le escribí unas letras al respecto:

«*Entre usted en recuerdos de nuestra unión y vea si merezco ser tratado con la amargura que experimento. ¡Quiera el cielo que usted no sufra igual pago de los que han sorprendido su buena fe! El que hace valer las armas y las injurias contra otro, debe esperar que las hagan valer contra sí... ¿Ha creído usted acaso que las amenazas ni nada de lo creado pueda asustarme? Usted y todos saben si sé arrostrar la muerte. Más me abate una ingratitud que un cañón abocado al pecho. En fin, yo ya todo lo he sufrido; y después de haber hecho el bien, no me queda otra satisfacción que ser injuriado por haberlo hecho.*»

—Tengamos presente que él está siendo presionado por la población del sur, que la ha pasado muy mal —dijo mi señor—, yo creo que la impotencia por no lograr acercarse a usted y captar su atención, querido hermano *Bernardo*, es la que lo ha llevado a estas actuaciones extremas.

—Es posible y comprensible, por lo demás —respondió este—, créanme si les digo que en este momento lo único que quiero es abdicar a la brevedad y traspasarle el poder a él, ¿pero cómo lo hacemos para que nadie salga dañado en este proceso?

—Lo primero que habría que hacer —dijo fray *Camilo*—, es que alguien de nosotros vaya a hablar con el hermano *Freire* y lo convenza de tomar el cargo.

—Yo estaría dispuesto a ir —dijo el hermano *Marín*.

***

1823, abdicación de *O'Higgins*

El 20 de enero de 1823 volvió el hermano *Gaspar Marín* del sur y ese mismo día cité a reunión para la tarde siguiente:

—El hermano *Freire* se los ha dicho a todos y en todos los tonos — dijo con gran agitación en la voz apenas le dieron la palabra—, que él por ningún motivo va a aceptar el cargo de director supremo.

—Pero entonces, ¿qué es lo que pretende con esta guerra civil? — preguntó mi señor.

—La opinión pública en Concepción está muy alterada —contestó *Marín*—, la situación económica está terrible y las clases plebeyas están sufriendo una verdadera hambruna. Y todo ello se lo achacan al gobierno central, donde no han tenido ninguna llegada.

—Disculpen, hermanos —lo interrumpió don *Bernardo*—, lo que ellos dicen no es efectivo, en el último año les hemos mandado más de 200.000 pesos, de los cuales no han rendido como 90.000.

—Es cierto —siguió *Marín*—, el hermano *Freire* está consciente de eso, pero la asamblea regional está muy encrispada y prácticamente se ve obligado a mantener una actitud beligerante y hosca.

—Pero *Ramón* sigue siendo hermano nuestro, no es necesario que me mande cartas tan faltas de tacto —dijo *O'Higgins* dolido.

—Es que toda su correspondencia está siendo fiscalizada por el secretario *Novoa*, que tiene especial animadversión contra usted, querido hermano —dijo *Marín*—, y además la situación allá está tan tensa, que él teme que puedan desplazarlo y que pueda asumir el poder de la provincia alguien sin criterio. Y, detrás de esas acciones, están siempre quienes más lo odian, hermano *Bernardo*, los odiosos Carrerinos.

—Pero, volviendo al tema de la sucesión —intervino el hermano *Egaña*—, si *Freire* se niega a ser director, tendríamos que encontrar a otro hermano que sea fuerte y que tenga ascendiente sobre las fuerzas armadas.

—Asumir este cargo es algo muy duro —dijo el hermano *O'Higgins*—, hay que tener ojos en la espalda y olfato de perro para prevenir los ataques arteros desde todos los frentes.

—Yo sugiero al almirante *Blanco Encalada* —dijo don *José María Rozas*—, debe ser el más respetado entre los militares.

—Yo podría ir a Valparaíso a hablar con él —dijo el hermano *Vera y Pintado*.

*

La situación empeoraba hora tras hora en la capital, a la amenaza del ejército del sur y de las milicias de Coquimbo, se sumaba un numeroso contingente de revoltosos Carrerinos, liderados por *Juan Felipe Cárdenas*, que azuzaba a los vecinos mediante pancartas puestas durante la noche en diversos lugares de la ciudad y, peor aún, instaba a los militares a tomarse los cuarteles. El hermano *O'Higgins* no encontraba el sueño reparador, se le había ido su amigo *San Martín* y no tenía con quién explayarse. Él, en lo personal, estaba completamente dispuesto a renunciar, pero seguía sin tener certeza de quién podría sucederle en el poder. Entre quienes trataban de morigerar las pasiones en Santiago y de ordenar el proceso había tres vecinos que lideraban la causa, uno de los cuales era el hermano *Infante*.

El 28 de enero de 1823 quedaría por mucho tiempo en la memoria de todos los chilenos. Cediendo a las presiones que imponían los odiosos y arteros Carrerinos, apoyados, como siempre, por el clero antipatriota, el cabildo de Santiago llamó de urgencia a una reunión ampliada con el solo propósito de representarle a *O'Higgins* la voluntad del pueblo y pedirle su renuncia. Este, sin embargo, estaba muy afligido por sus enemigos declarados, los revolucionados Carrerinos, ya que había sido informado que tenían unas montoneras armadas listas para tomarse el poder. Y supo también que algunos oficiales de sus regimientos habían sido seducidos y estaban llanos a apoyarlos.

El estado de ánimo del hermano *O'Higgins* estaba descompuesto, aquellos militares en franca actitud de deslealtad, sus opositores amenazando destruir los logros de la orden y, por otro lado, el cabildo que, sin saber lo que estaba en juego, estaba pidiéndole la renuncia. Hizo lo que le pareció más apropiado, fue sin escolta a enfrentar a los desleales —le sacó personalmente las charreteras al comandante *Merlo* y lo echó del cuartel, mientras era vitoreado por sus soldados—. Luego, sacó un batallón a la calle para defender la capital de las montoneras carrerinas. Lo ubicó en el costado poniente de la plaza, esperando que en cualquier instante aparecieran los insurrectos. Estaba convencido de que, incluso en el cabildo, había una mayoría de Carrerinos intentando desalojarlo y tomarse el poder.

Yo observaba al destacamento desde el lado opuesto de la plaza: ahí estaba el general muy erecto, hierático, y a su lado los soldados, firmes, obedientes, sin moverse. Me acordé del motín de *Figueroa* del año 1811, solo que ahora no había ni perros que gruñeran a la tropa, el silencio era total. Todos estábamos tensos, sin saber en qué podía derivar esa situación. Muy pocos sospechaban en ese momento que la abdicación del hermano *O'Higgins* se encontraba ad portas.

*

—Nuestro pobre hermano estaba aterrorizado —contó al día siguiente, en la casa del hermano *Mendiburu*, el brigadier *Luis de la Cruz*, quien había sido el último recurso empleado por el cabildo para poder convencer a *O'Higgins*—, cuando le dije que en el salón del Consulado había muchos amigos, que incluso habían decidido que su persona era intocable, recién en ese momento, nuestro pobre hermano pudo respirar tranquilo. Me dijo que avisara que iría a presentarse, que primero pasaría por casa a vestirse para la ocasión y, aliviar el cuerpo, supongo.

Causó risas.

—Yo no pensaba permitir que esos cahuineros[22] comenzaran a desmantelar nuestra gran obra —dijo don *Bernardo*, ahora mucho más relajado, vestido de civil, bebiendo con calma su mistela.

Yo, como siempre, estaba colaborando con la servidumbre y me había apostado junto a una de las puertas. Desde allí observaba la felicidad que se respiraba en el ambiente, después de la tremenda batahola del día anterior. Doña *Isabel* y doña *Rosa* se movían contentas entre los hermanos de la fenecida Logia Lautaro, que habían asistido en masa para testimoniarle su fidelidad y su afecto.

—Excúseme, por favor, *Mariano* —le dijo *O'Higgins* al hermano *Egaña*—, perdóneme si ayer fui un poco brusco para responderle que el cabildo no podía arrogarse el poder de todos los chilenos, aún estaba demasiado nervioso en ese momento. Cuando después habló el hermano *Infante* ya me calmé.

—No tenga problema, hermano —le respondió este—, está todo olvidado.

—Disculpen —dijo mi señor—, permítame manifestarle, querido hermano, mi felicitación por la manera que calló a esos pocos revoltosos vociferantes que había en la sala, cuando les *dijo «no me atemorizan los gritos sediciosos ni las amenazas. Desprecio hoy la muerte como la he despreciado en los campos de batalla.»*

—Muy cierto —dijo el hermano *Juan Egaña*—, fue muy impactante, menos mal que toda esa escena tumultuosa ya quedó en el pasado. Fue muy buena su sugerencia de parlamentar con solo unos pocos. Y ahí se pudo dar cuenta que teníamos todo controlado.

—Ya vio que la junta de gobierno, que formamos, es completamente afín a su persona y a los altos ideales de nuestra orden —dijo el hermano *Infante*, uno de sus miembros—, con nuestro amigo *Fernando Errázuriz* y con don *Agustín Eyzaguirre* podemos asegurarle que el gobierno no pasará a manos extrañas.

—Y vea cómo estructuramos la otra comisión para hacer el reglamento de la anterior —dijo el hermano *Vera*—, conmigo, con el hermano *Juan Egaña* y con don *Joaquín Campino*.

---

[22] Cahuinero: revoltoso

—Y usted ve, querido hermano —sonrió don *Mariano*—, que yo he sido designado secretario y ministro, ¿qué más puede pedir?

—Dios quiera que puedan convencer a *Ramón* que acepte el gobierno —dijo don *Bernardo*—, eso me dejaría muy tranquilo.

—No escatimaremos esfuerzo, querido hermano —le dijo don *José Miguel*—, será nuestra gran tarea.

—¿Y vieron todos lo rapidito que me arranqué del palacio de gobierno? —rio don *Bernardo*—, en un par de horas desalojé el lugar y me vine donde nuestro querido hermano *Mendiburu*, quien se ha portado con gran generosidad. Tuve a mi pobre madre y a mi hermana todo el día corriendo para sacar nuestras pilchas.

Nuevas risas, comentarios jocosos y brindis.

—Perdonen, nuevamente —dijo mi señor—, pero no puedo dejar pasar la ocasión para destacar ese acto lleno de teatralidad de nuestro hermano, que quedará inscrito en los anales de nuestra historia, cuando se arrancó los botones para mostrar su pecho velludo y ofrecérselo a quien quisiera acusarlo.

—«*Ahora soy un simple ciudadano…, …estoy dispuesto a contestar todas las acusaciones que se me hagan, y si esas faltas han causado desgracias que no pueden purgarse más que con mi sangre, tomad de mí la venganza que queráis, aquí está mi pecho.*» —declamó el hermano *Vera y Pintado* sonriente, recordando esas valerosas palabras de aquel momento sublime.

Aplausos furibundos con las vistas clavadas en el general.

*

Lamentablemente, el magnánimo gesto del director *O'Higgins* no fue suficiente para calmar los ánimos en la novel república. Al momento de su abdicación, *Freire* venía por mar con su ejército de 1600 hombres y con una actitud torva producida por las presiones de su provincia. Mal inspirado por sus censores, *Novoa* y *Binimelis*, cometió el error, que después lamentó, de confinar al ex director en la casa del gobernador de Valparaíso, el hermano *Zenteno*.

Luego movilizó a sus batallones hasta Santiago, pero, demostrando que no era su intención botar el gobierno por las armas, en vez de entrar en la ciudad, se acuarteló en la hacienda de Espejo, la misma donde había estado el campamento del ejército enemigo antes de la batalla de Maipú,

Desde Concepción y Coquimbo las respectivas juntas provinciales anunciaron que no reconocían la junta en la cual se había hecho la abdicación, por ser esta solo de Santiago y no representar a todas las provincias. Se exigía la formación de un congreso, a lo cual esta se allanó sin reparos. Y además la junta trató de convencer a *Freire* de que asumiera él como director supremo, pero este se oponía con gran terquedad. Solo aceptó asumir como general en jefe de las fuerzas armadas, con lo cual, al menos, se pudo calmar la intranquilidad en los cuarteles.

Pero ahí, en las sombras, estaban acechantes los eternos aristócratas carrerinos aspirantes a torcer el destino de la patria. Crearon montoneras en sus haciendas, las que volvieron a asolar las zonas rurales, incluso asaltaron las guardias armadas y liberaron presos, en fin, se aprovecharon de la debilidad del estado para hacer de las suyas. Frente a esto, el temor de la población fue en un crescendo continuo y hacía la situación cada día más inmanejable. Por otra parte, los exaltados exigían un juicio de residencia contra *O'Higgins* y sus ministros, lo que la junta primero, y *Freire* después, fueron dilatando hasta que dicha exigencia terminó por desvanecerse.

Una junta tripartita, formada por representantes de las tres provincias, *Juan Egaña* por Santiago, *Vásquez de Novoa* por Concepción y *Manuel Antonio González* por Coquimbo, reemplazó a la anterior y siguió insistiendo con el hermano *Freire* hasta que un día este se vio tan presionado por la grave situación reinante, que aceptó, pero con el carácter de interino hasta que el próximo congreso decidiera.

*

Durante una tertulia en casa de *Argomedo* el hermano *José María Rozas* mostró una carta del hermano *O'Higgins*, en la cual hacía ver su alegría por la designación:

«*Mucho he celebrado el acertado nombramiento de nuestro hermano y amigo Freire al directorio, pues así solamente podían calmarse las pretensiones ilimitadas de las provincias que precipitaban al país en su ruina. Los hombres de crédito e influjo como V., es preciso que coadyuven ahora más que nunca al sostén del gobierno, a cuya existencia está ligada la de Chile. Puede decirse sin equivocarse que, si esta*

se pierde, toda la América revolucionada también se perderá, i enton-
ces el que no exhale el espíritu, vagará errante como los judíos, sin
patria, sin amigos, vituperado y despreciado de todo el orbe.»

—Todos hemos respirado profundo con esta noticia —dijo el hermano *José Gregorio*—, y, tal como *Bernardo* lo solicita, debemos ponernos a la brevedad al servicio del hermano *Freire*.

—Ya lo estamos haciendo —le contestó el hermano *Infante*—, con
el hermano *Henríquez* estamos en el senado, los hermanos *Salas* y *Juan
Egaña* están en la comisión de límites, el hermano *de la Lastra* está de
gobernador de Santiago y el hermano *Zenteno* sigue de gobernador de
Valparaíso. En el tribunal de residencia están los hermanos *Ovalle* y *Vera*
y hemos designado, como fiscal del caso contra *O'Higgins*, al hermano
Hipólito de Villegas.

—Como se ve, está todo bajo control —rio el hermano *Vera y
Pintado*.

*

La presión ejercida por los hombres ensañados con *O'Higgins* fue
tan fuerte, que durante largo tiempo *Freire* no se atrevió a cambiar el
statu quo del antiguo director, quien se hallaba confinado en Valparaíso
en la casa del alcalde *Bosa*. Hasta que un día el senado aceptó los
argumentos del tribunal de residencia y del fiscal adjunto y envió oficio
a este:

«*Senado Conservador--Santiago, junio 30 de 1823.- Al Excmo.
Supremo Director.- Excmo. Señor - Las razones espuestas por el fiscal
del tribunal de residencia son tan poderosas; el juicio de V. E. sobre la
conveniencia pública de que se conceda el pasaporte que solicita el
capitan general Bernardo O'Higgins es tan respetable, i es tan evidente
la máxima de que a la utilidad jeneral deben ceder todos los intereses
particulares i todas las consideraciones que suelen tener lugar en los
casos comunes..., ... el Senado no puede dejar de encargar a V. E. que
la licencia que le conceda para salir del pais esté concedida en términos
honoríficos, de suerte que entre los estranjeros le sirva como un documento de estimacion i consideración de su patria hacia su persona. El
Senado le protesta a V. E. los votos de su más alto aprecio.- Presidente,
Agustin Eyzaguirre - Secretario, Camilo Henriquez*»

El día 2 de julio, finalmente, se le extendió el pasaporte para poder abandonar el país y días después, el 8 del mismo mes, *Freire* le mandó una carta muy conceptuosa a nuestro hermano *O'Higgins*, que confirmaba su lealtad y amistad, las que durante un tiempo se habían visto entorpecidas por las delicadas circunstancias:

> «*Excmo. Señor – Solo las repetidas instancias de V.E. han podido arrancarme el permiso que le concedo para que salga de un país que le cuenta, entre sus hijos distinguidos, cuyas glorias están tan estrechamente enlazadas en el nombre de O'Higgins, que las páginas más brillantes de la historia de Chile son el monumento consagrado a la memoria de V. E. En cualquier punto que V. E. esista, le ocupará el gobierno de la nacion en sus mas arduos encargos, asi como V. E. jamas olvidará los intereses de su cara patria, i la consideración que merece a sus conciudadanos.*»

*

Apenas supimos que se había otorgado el pase, don *Camilo* me pidió congregar a todos los hermanos de la logia para ir a Valparaíso a tributarle una despedida al hermano *O'Higgins*, quien con toda probabilidad viajaría tan pronto se le diera la oportunidad. Le mandé un correo a este informándole de nuestra intención, el que respondió sobre la marcha, esperando nuestra visita el día martes 8 de julio.

Partimos, por lo tanto, el día domingo en cuatro coches. Al de mi señor se sumó la lujosa diligencia del hermano *Mendiburu*, otro landau del hermano *Ovalle* y un cuarto coche arrendado. Después de dos jornadas de viaje, llegamos el día lunes en la noche al puerto, donde, como siempre, había un centenar de navíos fondeados. Era sorprendente cómo había aumentado el movimiento marítimo en los últimos tres años.

La velada fue muy emotiva y no faltaron los discursos cargados de floridas alabanzas a nuestro hermano y las manifestaciones de dolor por el desagradecimiento del pueblo de Chile. Nos costaba hacernos a la idea de que el heroico general, que tanto había entregado por el país, tuviera que alejarse de él para escapar de la tremenda odiosidad de algunos compatriotas, los que no descansaban en lanzar sus dardos ponzoñosos contra él.

—Algún día, cuando los ánimos se hayan calmado, volveré a mi querida tierra —dijo *O'Higgins* hacia el final de la noche con los ojos llenos de lágrimas.

Cuando el evento llegó a su fin, todos nos fuimos despidiendo del general con abrazos muy conmovidos, en un silencio doloroso, evitando pensar en el futuro de la patria y en el devenir de nuestro gran hermano.

—Gracias, hermano Ramírez —me dijo al abrazarme—, sea fuerte y siga adelante. Y, por favor, encárguese de esto y lo publica cuando llegue el momento — me pasó un papel doblado:

> ≪*¡Compatriotas! ya que no puedo abrazaros en mi despedida, permitid que os hable por última vez. Con el corazón angustiado i la voz trémula os doi este último adios: el sentimiento con que me separo de vosotros solo es comparable a mi gratitud: yo he pedido, yo he solicitado esta partida, que me es ahora tan sensible; pero asi lo esijen las circunstancias que habeis presenciado i que yo he olvidado para siempre. Sea cual fuere el lugar a donde llegue, alli estoi con vosotros i con mi cara patria; siempre soi súbdito de ella y vuestro conciudadano.*
>
> *Valparaíso, __ de Julio de 1823; Bernardo O'Higgins*≫

✳✳✳

1841, Epílogo de las memorias

Junto con la increíble experiencia de haber accedido a la cultura más elevada, siendo yo una persona perteneciente a la clase plebeya de mi país, el haber hecho el ejercicio de escribir estas memorias ha sido como alcanzar las estrellas con las puntas de mis dedos.

Ha habido, entre las tantas vivencias, que han adornado mi vida, una toma de consciencia sobre muchos hechos que, como a la mayor parte de la población, me podrían haber pasado desapercibidos.

No quiero entrar en la calificación de los valores éticos presentes en nuestra rústica sociedad. Solo diré que en todos los estratos descubrí una enorme tendencia a sobrepasar los límites morales. La alta sociedad se siente con el derecho otorgado por Dios para gobernar las almas humanas y, por lo tanto, autorizada para excederse en su función. En el otro extremo, los más pobres, se sienten justificados a robar sin ningún cargo de consciencia en pos de una justicia que Dios no les otorgó. Solo el poder de las armas y el miedo al castigo —humano y divino— logran contener a lo que los ricos llaman el populacho. En este contexto, no puedo dejar de mencionar dos rasgos que avergüenzan a nuestra sociedad: la hipocresía y la envidia, pecados que están a ojos vista por doquier.

En nuestro Estado, tan retrasado respecto a otros países, he podido comprobar la creencia en un aparente poder sobrenatural otorgado por gracia divina a frailes, presbíteros, canónigos, curas y monjes de cualquier tipo, quienes abusan de este expoliando, tanto a la población poderosa como a la menesterosa por medio del atávico miedo al castigo divino.

La importancia del honor en las clases altas supera todo lo que jamás hubiera podido sospechar, pero es un honor fraudulento, que no está basado en la corrección y el respeto a las leyes morales, sino que se sustenta en la ocultación de los hechos inmorales que se pudieran haber cometido. No sé si sucederá, pero me preocupa que la hipocresía, que sustenta este estado de cosas, vaya a caracterizar para siempre a nuestra idiosincrasia en el futuro, sospecho que así será.

El lenguaje de los pocos, quienes han obtenido educación en nuestro país, es muy florido y se diferencia del lenguaje rústico y básico de nuestra plebe. Es un goce estético el leer cualquier epístola de esta época.

La vida militar, en nuestra sociedad, es de una relevancia insospechada, ella otorga a los miembros de las fuerzas armadas un honor, que es asumido como propio por sus familias y sus descendencias. Con mayor razón, cuando un familiar ha sido premiado por su heroísmo, las medallas y los diplomas pasan a formar parte del acervo de su estirpe. Me llamó mucho la atención la gran participación de religiosos en las campañas militares, tanto como alentadores del espíritu bélico, como participando directamente en las acciones y, por el contrario, saber de tantos contubernios y actos contrarios al sistema republicano, que resultó de dichas campañas.

El código militar es algo completamente ajeno a las clases populares, lo desconocen. Este da la pauta de cómo debe comportarse la oficialidad, que está restringida a los miembros de las clases altas, con respecto a sus subordinados, pero, en particular, en relación a los oficiales enemigos. Hacia estos no debe haber saña, los tratos deben ser caballerosos, se comprende y perdona la actitud feroz en batalla y los oficiales enemigos prisioneros tienen derecho a todos los servicios, a ser bien alimentados, a recibir un trato de conocidos y hasta de amigos, algo que para cualquier persona del estrato bajo es muy difícil de entender.

Ese mismo código militar obliga a que el ejército atacante ofrezca al ejército defensor la posibilidad de entregarse, en cuyo caso se evita el derrame innecesario de sangre.

Como contrario al código militar, pareciera haber una aceptación generalizada de la deserción, tanto de reclutas y soldados, como hasta de oficiales. Y no hay desprecio moral por pasarse de las filas de un lado a las del otro. No hay compromiso alguno del soldado con una causa específica, sea esta de carácter nacionalista, ideológica o simplemente siguiendo el influjo de un caudillo.

En el mismo sentido, las famosas levas, vale decir el reclutamiento forzado por las armas, es una costumbre muy arraigada y no es castigada moralmente. Un ejército se compone de una pequeña oficialidad, supuestamente fiel a la causa, y una inmensa masa de tropa que es obligada a participar en la guerra sin tener ningún compromiso con ella. Esto lleva a que, cuando un ejército está perdiendo una batalla, los perdedores huyan a morir, abandonando a sus compañeros.

Aprendí que en la guerra el uso de las comunicaciones es de vital importancia. Tanto antes de entrar en una conflagración, como durante las acciones bélicas. El uso de información falsa para engañar al enemigo es algo común. Luego, las arengas para motivar a los soldados son trascendentales a la hora de entrar en batalla. Y los mensajes entre los oficiales durante las campañas y en batalla son fundamentales para el desarrollo de éstas. Por tal motivo la oficialidad requiere de saber leer y escribir.

Me llamó la atención la velocidad con que se mueve la información por mar y por tierra. Los chasquis o mensajeros son capaces de recorrer casi doscientos kilómetros en un solo día. Y me sorprendió que, a lo largo de nuestro litoral, apenas unas leguas mar afuera, circularan cientos de embarcaciones de todos los tipos y en todas las direcciones. Con esto fluye la información y siempre se puede saber de escuadras enemigas acercándose o se conoce el resultado de las batallas navales en muy corto plazo.

Descubrí, a diferencia de lo anterior, que el movimiento de los ejércitos es muy lento y no supera los tres kilómetros por hora, que es el promedio que logran las yuntas de bueyes. No hay que olvidar que, junto a los escuadrones, que finalmente entran en batalla, se movilizan múltiples servicios de apoyo, incluidos la alimentación, la salud, la peluquería, la asistencia religiosa, la maestranza y hasta el contingente femenino para satisfacer las necesidades sexuales de los hombres. Hay que concebir a los ejércitos como pequeños fuertes ambulantes.

No puedo menos que reconocer la sublime participación en nuestra independencia de ese ínfimo grupo de hombres movidos por ideales superiores, quienes, haciendo uso de su inteligencia, su voluntad y su astucia, fueron capaces de movilizar a la población en pos de la emancipación de nuestra patria.

Y, finalmente, debo dejar mi testimonio respecto de un acontecer permanente desde los primeros días de la independencia. Una parte no menor de la alta sociedad nunca pudo entender, ni asumir, ni menos aceptar que el mundo está en evolución. Desde donde estuvieran los miembros de ese grupo, se encargaron siempre de entorpecer la revolución, particularmente aquella referida al mundo de las ideas. El arraigo en ellos de una fe mal entendida y una superstición exacerbada por el clero, los ha hecho enfrentarse siempre a lo que llaman la herejía. Su odiosidad ha quedado de manifiesto hasta este momento, en que doy por terminado mi trabajo.

Estas memorias están dirigidas a nuestros descendientes y espero haber logrado pintar un cuadro fidedigno de la época que me ha tocado vivir.

***

18.

1843

Hacienda Santa Luisa Marina

El 24 de noviembre de 1845 amaneció despejado y augurando un intenso calor primaveral. A las 2 de la tarde la celebración del cumpleaños de los patrones estaba en pleno apogeo. Juan había dado las instrucciones al ministro y este había hecho construir varias ramadas con estacones de álamo y ramas de sauce. En la pradera, al lado de la caballeriza, había armado una especie de pequeño poblado que remataba en un gran estrado donde se instalaron las cantoras para amenizar la fiesta. En todas partes flameaban banderitas chilenas y de las cubiertas colgaban guirnaldas tricolores.

Cinco novillos se habían carneado para la ocasión y los gañanes habían rodado cuatro toneles de vino desde la bodega. Las cocineras aún estaban preparando ensaladas y pebres y sobre los mesones había ingentes cantidades de pan amasado antes del amanecer. Las jugosas empanadas de pino ya se habían repartido a temprana hora.

Juan y Auristela estaban cumpliendo la formidable edad de 58 años, ahora como hacendados, y eso había que festejarlo en grande. Bajo la rama-da número uno, en el extremo de un mesón grande, estaban sentados los dos cumpleañeros, el ministro y su mujer, y, además, el cura párroco que decía misa en la capilla del campo todos los días viernes. En el otro extremo estaban los hijos y sus respectivos consortes, Ladislao, el marido de Luisa Marina, Chantal, la mujer de Juan Salvador y Laurita, la hija del ministro y mujer de Manuelito. Las tres jóvenes esposas estaban embarazadas. Antes de que se iniciaran las festividades, el padre Sigifredo había elevado una oración al cielo y había dado su bendición a los festejados, a la patria, a todos los habitantes de la hacienda y a los alimentos que harían las delicias de todos los enfiestados.

Bajo las otras ramadas estaban disfrutando del exquisito asado todos los inquilinos con sus proles e incluso sus suegras. A los niños era difícil mantenerlos tranquilos y salían a correr por la pradera persiguiéndose unos a otros lanzando grititos de alegría y risas estentóreas que creaban un ambiente pletórico de felicidad.

No obstante que Juan había mandado invitación a Louis Phillipe y a José Pedro, estos, nuevamente, se habían abstenido de aceptar.

—No hay caso, papá —dijo Juan Salvador interrumpiendo la conversación de los mayores—, esos futres todavía no se pueden hacer a la idea que hayamos ganado. Su rencor no declina un ápice.

—Es que, a su indignación natural por vernos competir con los de su clase, se suma su tremenda furia carrerina, que los hace ver en nosotros sus más acérrimos enemigos —le contestó Juan.

—Una lástima que mi hermanastro, Louis Phillipe, nunca haya aceptado nuestro parentesco —agregó Manuelito.

—Lo mismo digo —se sumó Chantal—, es un hombre desquiciado que ve la vida a través de un permanente filtro de odio.

—Reconozcan, hijos, que lo dejamos sin trabajadores y eso le produjo una ola de rabia de la cual aún no se repone —dijo Juan.

—Bueno, olvidémonos de ellos —dijo don Oscar, el ministro—, hoy es un día de júbilo, no lo enturbiemos acordándonos del petimetre.

Las cantoras, que llegaron de Villa El Monte, no paraban de rasgar sus guitarras y el arpa mientras cantaban a voz en cuello las cuecas y los cuándos y varias parejas de huasos y chinas bailaban llenos de entusiasmo recordándole a Juan aquellas celebraciones del 18 de septiembre que disfrutaba tanto su antiguo patrón, amigo y sobrino. Tanta historia que viví con él, pensó con nostalgia, salud Manolo, donde quiera que estés. Entonces se paró y se fue caminando despacio hacia la ramada número dos, donde estaban muchos de sus antiguos amigos y, desde el año anterior, sus hermanos de la Logia Filantropía Chilena.

—¿Cómo los están atendiendo, hermano *Rengifo*? —le preguntó al actual venerable maestro.

—Del uno —le contestó este riendo—, no falta nada, hermano Juancho.

—Bellísima fiesta —dijo el hermano *Manuel Blanco Encalada*.

—Muy cierto, salud, hermano Ramírez —alzó su copa el hermano de sangre del anterior, don *Ventura Blanco Encalada*.

—Eso está bueno —replicó Juan—, me hace usted salud y no tengo con qué brindar.

La china que estaba atendiendo esa mesa se fue urgida a buscar un vaso limpio y lo llenó hasta el borde.

—Tome, su merced —le dijo respetuosa, sin mirarlo a los ojos.

—Brindemos entonces, amigo querido —repitió don *Ventura* y todos los demás siguieron su ejemplo.

—Gracias, hermanos —dijo Juan emocionado—, ustedes me hicieron el regalo más bello que he recibido en mi vida al aceptarme en vuestro círculo. Durante tantos años estuve tan cerca de nuestra orden y, sin embargo, no podía pretender pertenecer a ella. El destino fue generoso conmigo al cambiarme de un día para otro mi estatus social.

—Usted sabe, hermano Ramírez, que es para nosotros un privilegio poder contar con su sabiduría en nuestro templo.

—Además —agregó el hermano *Gandarillas*—, la memoria que escribió sobre la participación de nuestra orden en los avatares de la independencia, es una obra magna que revelará a las generaciones posteriores la eximia actitud y disposición al sacrificio de tantos hermanos nuestros.

—Bueno, muchas gracias, y sigan disfrutando —dijo este escabullendo el halago—, yo me voy ahora donde los otros invitados o me van a empezar a pelar.

*

Tarde en la noche, cuando todos los invitados se habían retirado, Juan se sentó en el sillón de mimbre del corredor de su casa junto a su mujer.

—¿Quién lo hubiera soñado cuando éramos chicos, Telita, que algún día íbamos a ser ricos, casi como el Manolo?

—El destino tiene muchas incógnitas —respondió ella—, solo podemos ser agradecidos de él.

—Y de haber tenido tres hijos que nos aman.

—Es una felicidad que Manuelito se haya quedado en el campo, que Luisa Marina haya vuelto y que Juanito se haya transformado en Juan Salvador Ramírez, un abogado que defiende a los pobres.

—Y yo sigo dándole vueltas a la idea de continuar mis memorias.

—Ay, Juancho, tú no paras nunca.

--- Fin de la Segunda Parte ---

www.ingramcontent.com/pod-product-compliance
Lightning Source LLC
Chambersburg PA
CBHW022239020726
47496CB00004B/985